ED GREENWOOD

Der Palast des Verderbens

Buch

Das Schweigende Haus, einst die Burg der Fürsten von Silberbaum, wird von einem Fluch beherrscht, welcher alle, die es betreten, in den Wahnsinn treibt oder tötet. Die Folgen sind schrecklicher als alles, was rivalisierende Kriegsherren oder feindliche Zauberei anzurichten vermögen. Seit über zwei Jahrtausenden versuchen die Abkömmlinge des Fürstengeschlechts immer wieder, das Schweigende Haus zurückzugewinnen. Die mysteriösen Koglaur streben seit langer Zeit danach, die Macht in Aglirta zu übernehmen, und auch die Schlangenpriester wollen die Herrschaft an sich reißen. Wem es gelingt, das Schweigende Haus für sich zu erobern, kann die ihm innewohnende Magie für seine Zwecke nutzen. Nur wenn es einem Silberbaum gelingt, den Fluch zu brechen, wird Aglirta vor dem Untergang bewahrt. Doch es offenbaren sich Schrecken, die besser verborgen geblieben wären ...

Autor

Ed Greenwood, geboren 1959 in Toronto, hat mit den »Forgotten Realms« eine der beliebtesten Welten für die Fantasy-Leser und Rollenspieler erschaffen. Er hat sie in zahlreichen Veröffentlichungen beschrieben und dazu eine Reihe von Romanen verfasst, unter anderem den populären Zyklus »Die Legende von Elminster«. Ed Greenwood ist Bibliothekar und lebt in einem alten Farmhaus bei Ontario.

Liste der lieferbaren Titel

Der Ring der Vier

1. Land ohne König (24241) · 2. Der leere Thron (24242) · 3. Die verzauberte Schlange (24290) · 4. Die Schattenpriester (24295) · 5. Der Palast des Verderbens (24339)

Die Legende von Elminster

1. Der Zauberkuss (24223) · 2. Die Elfenstadt (24224) · 3. Die Versuchung (24240) · 4. Im Bann der Dämonen (24239)

Weitere Bände sind in Vorbereitung.

Ed Greenwood

Der Palast des Verderbens

Der Ring der Vier 5

Ins Deutsche übertragen
von Marcel Bieger

BLANVALET

Die amerikanische Originalausgabe
erschien unter dem Titel »The Silent House.
A Chronicle of Aglirta of the Band of Four (vol. 5)«
bei Tor Books, New York.

Umwelthinweis:
Alle bedruckten Materialien dieses Taschenbuches
sind chlorfrei und umweltschonend.

Der Blanvalet Verlag ist ein Unternehmen
der Verlagsgruppe Random House.

1. Auflage
Deutsche Erstveröffentlichung 5/2005

Published by arrangement with Edward J. Greenwood
Dieses Werk wurde vermittelt durch die Literarische Agentur
Thomas Schlück GmbH, 30827 Garbsen.
Umschlaggestaltung: Design Team München
Umschlagillustration: Agt. Schlück/Krasny
Satz: deutsch-türkischer fotosatz, Berlin
Druck: GGP Media GmbH, Pößneck
Titelnummer: 24339
Redaktion: Cornelia Köhler
Glossar: Marcel Bieger und Cornelia Köhler
VB · Herstellung: Heidrun Nawrot
Made in Germany
ISBN 3-442-24339-4
www.blanvalet-verlag.de

Für meine Mitforscherin Elaine,
eine großartige Frau.

Und für Brian, der mich über alle
Erwartungen hinaus immer wieder gerettet hat,
wenn mich der Furor Scribendi ereilte.

Was sind die Geister anderes als die Schatten derer,
Welche gestorben sind,
Aber nicht aufhören wollen zu träumen?
Ich sehe sie auf Zinnen stehen,
Ihre Augen, welche nicht länger zu sehen vermögen,
Sind auf mich gerichtet.
Kurz davor zu sprechen, mich zu warnen,
Aber für immer stumm.
Umhänge blähen sich, und sie schreiten Treppen herab,
Welche nicht länger sind,
Gerufen von Dringlichkeiten, die lange vergangen sind,
Aber noch nicht so lange, dass Stolz, Wachsamkeit,
Verzweiflung und Zorn
Verblasst wären.
Hell schimmern ihre Schwerter,
Noch heller ihre Liebe, ihr Hass und ihr Rachedurst,
Ihr Hunger nach Leben und das Verlangen, an der Festtafel
Zu sitzen,
Von welcher sie allzu früh vertrieben wurden.
Dinge blieben unvollendet,
Wie Dinge immer unvollendet bleiben,
Und Bedauern folgt ihnen gleich den kleinen Schatten einer
Lange dahinmarschierenden Armee.
Traurig starren sie schweigend vor sich hin,
Eine Warnung durch ihre schiere Anwesenheit.
Kalt und ohne Anteilnahme,
Endlich geduldig,
Da die Zeit nicht mehr vergeht.

Wie ich sie beneide,
Wurde der Kelch ihrer Sorgen und Nöte doch weggeworfen,
Während die meinen mit jedem Tag immer größer werden.
Ihr Geister, kommt und nehmt mir meine Sorgen,
Und ich werde für euch auf den Zinnen entlangwandern
Und langsam vergessen, wie man im Licht des Mondes zittert.

In Schatten wandle ich niemals allein
Eine Wehklage von
LANDRE SZUNEDRETH
Sänger aus Sirlptar

Prolog

Kalt. Immer ist mir kalt.

Ich hasse diesen eisigen, zerbröckelnden Ort, dieses sich ausbreitende steinerne Reich, und gleichzeitig liebe ich es. Nichts kann mich von ihm trennen. Es lebt, und es enthält die Magie, welche ich am meisten brauche. Ich kann sie fühlen. Und ich spüre auch, wie das Haus selbst all das beobachtet, was ich innerhalb seiner zerbröckelnden Mauern und Gänge tue.

In lastender Stille fordert es mich heraus. Mit tödlicher Geduld und zermalmendem Druck … in alle Ewigkeit. Ich muss seine Geheimnisse lüften, bevor ich wieder ins Leben zurückkehren kann. Das Haus wird mich bekämpfen, und es wird den Sieg davontragen. Aber ein toter Mann kann nicht noch einmal sterben.

Und mir steht all die verstreichende Zeit zur Verfügung, welche ich brauche, um ans Ziel zu gelangen, mögen auch Königreiche entstehen und vergehen und die Namen jener, welche heute leben, vergehen wie vom Wind weggeblasener Staub.

So grün sind die Berge, so hell der funkelnde Fluss, auf welchen ich hinausstarre. Auf halbem Weg erheben sich auf der grünen Insel die schimmernden Zinnen des Palastes, welchen die Lebenden – unter ihnen auch meine Freunde – bevölkern.

Boote kommen und gehen, Reiter traben vorbei … lebendig, so lebendig, so voller Eifer und Lebenskraft. Wenn sie lachen, kann ich das helle Blitzen ihrer Zähne sehen. Ich stehe hier oben auf den zerfallenden Zinnen, welche ich mit dem Wind teile, und schaue zu. Ich werde lernen, was ich brauche, um mich wieder zu erheben.

Ich werde dieses stolze Haus wieder heraufbeschwören und seine Geschichte entstehen lassen. Ich werde aufdecken und lernen und alles ordnen, was ich zu Tage fördere, um die Geheimnisse des

Silberbaumhauses für alle zu enthüllen. Also aufgemerkt, lauscht der langen und endlosen Geschichte des Schweigenden Hauses.

Der hoch gewachsene Jüngling mit den hellen Haaren schaute sich um und musterte besorgt die Bäume und das hohe Gras. Seine sonst fröhlich zwinkernden grünen Augen schauten ungewöhnlich durchdringend und beunruhigt drein, während er noch einmal die Sturmlaterne in seiner Hand untersuchte. Und noch ein weiteres Mal.

»Ich ... fühle mich hier draußen nackt, so ganz ohne ...«

Der kleine, krummbeinige alte Mann hatte ohne Unterlass in alle Richtungen gespäht, seit sie in Sichtweite der großen, steinernen Masse des Schweigenden Hauses gelangt waren, und das hielt er auch weiter so.

»Die Steine von Sirlptar um Euch herum, junger Mann? Ja, jedermann empfindet beim ersten Mal so. Aber habt Ihr wirklich geglaubt, Euch in der großen Stadt verstecken zu können? Ihr seid dort nur in Sicherheit, solange Ihr niemandem auffallt, welcher über wirkliche Macht verfügt – oder einem ehrgeizigen Dieb wie Euch selbst, der zufälligerweise ein wenig schneller, ein wenig schlauer oder einfach nur ein wenig mehr vom Glück begünstigt ist als Ihr.«

Der junge Mann wedelte verächtlich mit der Hand. »Keiner hat mehr Glück als ich. Die Dreifaltigkeit lächelt Tag für Tag auf mich herab.«

»Und deshalb seid Ihr auch närrisch genug gewesen, Euch eine Geldschatulle ausgerechnet von Tlarrons Theke greifen zu wollen, was? Habt Ihr wirklich geglaubt, Ihr könntet gemütlich hinaus und in einen Keller von Sirl spazieren, um dort Eure Beute zu zählen – oder seinen beinahe zwei Dutzend Wächtern und Agenten davonlaufen?« Dlanazar verzog angewidert das Gesicht. »Nun ja, Ihr habt schon Recht, das *war* eine schlechte Idee – aber ich bin immer noch hier und nach wie vor am Leben, oder etwa nicht?«

»Dank *meiner* raschen Hilfe und einer gewissen Menge an Söldnerausrüstung, welche ich für ebensolche Gelegenheiten aufbewahrt hatte, und nicht etwa wegen der Freundlichkeit der Dreifaltigkeit, junger Mann!«

Der Dieb warf die Hände in die Luft und knurrte: »Das sagt *Ihr*. Aber ja, ich bin dankbar, und sicher, ich unterstütze Euch bei Eurer – wie ich Euch ins Gedächtnis rufen darf, ebenfalls närrischen – Unternehmung. Aber lasst Euch noch einmal gesagt sein – die Dreifaltigkeit liebt mein Lächeln, und es erfreut sie, es so oft wie möglich zu sehen!«

Der alte Mann spuckte nachdenklich auf die toten Blätter und verzichtete darauf, dem jungen Mann mitzuteilen, dass die Schädel toter Männer auf ewig lächeln. Ja, dieser junge Narr eignete sich aufs Trefflichste.

BUCH EINS

Ravengar Silberbaum

Geboren im Jahr 112 nach Sirler Zeitrechnung,
gestorben im Jahr 156 nach Sirler Zeitrechnung

Erster Fürst von Silberbaum

Wie er zum Hochfürsten von Aglirta ernannt wurde
und wie sich das Reich gegen ihn wandte

Eins

Der Aufstieg des Ravengar

Der Kampf ist schnell und wild.

Schwerter klirren, als die keuchenden, vor Schmerz und Erschöpfung stolpernden Männer in ihren prächtigen, wenn auch zerbeulten Rüstungen aufeinander einschlagen.

Im aufgewühlten Schlamm der Senke herrscht ein solches Gedränge, dass den Kämpfenden nicht genug Platz bleibt, um sich den Rücken freizuhalten oder zu fechten, ohne sich um das Schicksal ihrer Klingen Sorgen machen zu müssen.

Die Hetzjagd ist zu Ende, alle stolzen Spöttereien wurden ausgestoßen, und jetzt heißt es nur noch, zu töten oder getötet zu werden.

Der schwarzhaarige Mann mit dem wilden Bart und dem schönen Gesicht – seine hohen Wangenknochen und die großen, dunklen Augen hätten den Neid einer jeden Schönen im Reiche erregen mögen – hatte den Trupp in die Senke und mitten in das dicke, dornige Unterholz geführt. Dieser letzte Tanzboden der Toten hatte die Krieger dazu gezwungen, von den Pferden zu steigen.

Die dunklen, bedrückenden Bäume drängen sich dicht um die taumelnden, keuchenden Männer, und mehr als einer der Kämpen denkt an umherstreifende Ungeheuer, welche unweigerlich näher schleichen mochten, angezogen vom Schlachtenlärm und fest entschlossen, sich so bald wie möglich den Bauch voll zu schlagen.

Abgesehen von den Kampfeslustigen wagt es keiner, mehr als einen flüchtigen Gedanken an solche Dinge zu verschwenden, sonst …

»Ravengar!«, keucht einer der Ritter. Sein Blick sucht den schwarzbärtigen Mann. Der Sterbende fleht vergeblich und stößt einen letzten verzweifelten Seufzer aus, als die Klinge, welche sein Leben beendet, dunkel und nass zwischen den gewölbten Platten seiner geriffelten, mit Stacheln besetzten Rüstung hervordringt und Herzblut versprüht.

Fürst Ravengar Silberbaum steckt mitten im Kampfgetümmel. Stiernackige, knurrende Riesen in schweren Rüstungen bedrängen ihn mit singenden, beidhändig ausgeführten Hieben ihrer wie Sicheln geschwungenen Schwerter.

Der Fürst hört seinen Namen, wirbelt herum und springt in die Höhe. Er zieht seine Klinge über den Stahl seines Feindes und stößt sie in das Gesicht des Angreifers, so dass die Schwertspitze tief in den Falkenschnabelhelm beißt.

Er achtet nicht weiter auf den Getöteten, sondern hält den Blick fest auf den sterbenden Sorvren gerichtet, welcher zeit seines Lebens ein wahrer Ritter und guter Freund gewesen ist. Die Augen des Fürsten funkeln vor verhaltenem Zorn.

Sorvrens brechender, sich trübender Blick haftet an diesem Feuer und versinkt dann in der Großen Dunkelheit, während seine Lippen schwach darum kämpfen, ein Lächeln zu formen – und Ravengar Silberbaum schaut in das grinsende Gesicht von Sorvrens Mörder, welcher hinter dem zusammenbrechenden Ritter sichtbar wird.

Der Fürst springt auf den Mann zu, um ihn zu stellen. Noch in der Luft schwingt er seine beiden Schwerter nach hinten, um die Hiebe seiner Feinde abzuwehren, aus deren Mitte er gerade gebrochen ist. Seine Brust und sein Gesicht sind ungeschützt.

Sorvrens Mörder vermag dieser Verlockung nicht zu widerstehen und lehnt sich vor, wobei er seine eigene Waffe in einem Halbkreis herumzieht und versucht, Ravengars Kehle aufzuschlitzen, bevor der Fürst ihn erreicht. Da er genauso wenig im Gleichgewicht ist wie der Fürst, welchen er zu töten trachtet, gelingt es dem Ritter nicht, auf den Füßen zu bleiben, als Sorvren gegen seine Oberschenkel und Knie sackt.

Der Mann stolpert hilflos nach vorn, so dass Ravengars in Beinschienen steckende Knie mit einem dumpfen Krachen in seinen Kopf und gegen seinen Hals krachen. Das Geräusch ist in dem Brüllen des Kampfes eher zu fühlen als zu hören.

Fürst Silberbaum kommt mit der ganzen Wucht seines Sprungs auf dem Boden auf und wirbelt auch schon herum, geschützt durch seine durch die Luft sausenden Klingen.

Er vollendet seine Drehung gerade rechtzeitig, um zu sehen, wie der Fürst Auroun – dieser keuchende, grunzende Eber von einem Mann, welcher es gewagt hat, sich im Angesicht des rechtmäßigen Königs Thamrain als »Herrscher von Aglirta« auszurufen – schwerfällig und mit einem bluttriefenden Schweinespieß in der Rechten vorwärts stapft.

Die beiden vorragenden, an Eberzähne erinnernden Spitzen von Aurouns Kinnbart glitzern vor Schweiß und Speichel, als der wütende Fürst die schützenden Schilde seiner Speichellecker beiseite stößt und vorwärts stürmt, um auf den ungeschützten Rücken seines Feindes einzustechen. Er erbebt, als er feststellt, dass Ravengar Silberbaum herumgewirbelt ist und ihn erwartet.

Ravengar grinst wild, als Auroun zögert und seinen Rittern zubellt, ihm zu Hilfe zu eilen. Und noch bevor er seine Worte beendet hat, hasten sie mit klappernden Schulterplatten an seine Seite. Sie sind eifrig darauf bedacht, den Mann niederzuhauen, welcher ihnen kurz zuvor entkommen ist – aber Ravengar wartet nicht auf sie.

Er springt ruckartig nach links, wobei ihm die Spitze von Aurouns Speer folgt, um sich sogleich umzudrehen und nach rechts wegzuducken.

Dies geschieht so schnell, dass sein rechter Ellenbogen gegen sein Knie prallt. Knurrend schleudert er sein linkes, von einem Toten geborgtes Schwert in das Gesicht des Fürsten.

Auroun schreit entsetzt auf. Er zieht den Kopf zurück und außer Reichweite, während er seinen Speer hochreißt, aber im Kielwasser der wirbelnden Waffe fährt Ravengars nun leere Linke auf den Speerschaft nieder, packt zu und zieht daran. Aus dem Gleichgewicht geraten und geblendet von dem Funken sprühenden Schlag des von Ravengar geschleuderten Schwertes stolpert Auroun hilflos nach vorn.

Ravengar reißt die Klinge in seiner Rechten hoch und bringt einen Hieb quer über die Kehle seines Gegners an, welcher Aurouns

Halspanzerung so heftig wegfetzt, dass die Riemen hochgeschleudert werden.

Dann dringt die Klinge in die Kehle des selbst ernannten Königs ein und lässt eine gurgelnde Blutfontäne hochschießen. Ravengar gebraucht weiterhin seine beiden Arme und zieht seinen sterbenden Feind an dessen Speer vor seinen eigenen Körper, um den Angriff von Aurouns Rittern zu blockieren.

Er tritt nach Aurouns Kniepanzer, um sein Schwert nach oben zu bekommen, so dass er dem vordersten Angreifer begegnen kann. Bei diesem handelt es sich um einen großen, stämmigen und helmlosen Riesen von einem Mann.

Der grinsende, von Schwertnarben gezeichnete alte Kämpe, welcher Blut und das Töten liebt, brüllt vor Häme und reißt sein langes, schweres und von vielen Scharten gezeichnetes Schwert hoch, um es Ravengar in die Eingeweide zu bohren.

Die schwarze Klinge prallt jedoch an Ravengars gepanzertem Knie ab, denn der Fürst Silberbaum dreht sich seitlich in Richtung des Angreifers, aber die Schwertspitze befindet sich bedrohlich dicht vor Ravengars Nase.

Der sterbende Auroun stolpert über Sorvrens Leichnam, stürzt und bringt den hinter ihm rennenden Ritter ebenfalls zu Fall. Die beiden Männer taumeln hilflos nach vorn und gehen inmitten der umherfliegenden Splitter des hochfahrenden Schweinespießes zu Boden.

Ravengar findet sein eigenes Schwert wieder, noch dazu den Arm, welcher die Waffe zum Hieb hochreißt – und dann saust die zuschlagende Klinge auch schon dicht an seinem Gesicht vorbei.

Der Fürst wirft sich auf den Angreifer und schlägt seinen Schwertarm auf den Unterarm des Feindes, kurz bevor seine Schulter in den Brustkorb des Mannes kracht.

Dem Feind wird die Luft aus den Lungen getrieben, und aus seiner Kehle dringt ein gequältes Keuchen sowie übel riechender Speichel. Der Feind krümmt sich zusammen oder setzt zumindest dazu an, und während er nach vorn sackt, landet Ravengar mit voller Wucht auf dem ausgestreckten Schwertarm.

Er hört Knochen brechen und wälzt sich dann über die zertrümmerte Gliedmaße, um seinen gepanzerten Ellbogen in den Mund des kreischenden Ritters zu dreschen.

Zahnsplitter fliegen, als der Mann zurück- und wegzuckt – und Ravengar rollt weiter hinter dem Ritter her, reißt sein Schwert hoch und schlägt zu. Die Klinge fährt mit einem nassen Geräusch durch den offenen, verwüsteten Mund des Angreifers.

Ravengar blickt an seinem Schwert entlang und starrt geradewegs in die goldenen Augen eines riesigen, nur halb sichtbaren Waldwolfes, welcher nicht mehr als sechs Schritt entfernt die Schlacht zwischen zwei knorrigen Baumstämmen hervor beobachtet.

Ravengar tritt aus, kommt auf die Füße und schüttelt sein Schwert, um den Wolf zu bedrohen – und schon sind die Augen verschwunden. Sie verschwinden so plötzlich, dass Ravengar sich fragt, ob sie je da gewesen sind.

Der Fürst von Silberbaum dreht sich um und holt in der jetzt plötzlich herrschenden Stille Luft. Überall um ihn herum liegen Leichname inmitten der blutbefleckten, zertrampelten Farne.

Ravengar blickt auf und sieht den breiten Körper von König Estlan Thamrain wie einen gepanzerten Berg über sich aufragen. Zwei zerzauste, mit Blut befleckte Ritter befinden sich an seiner Seite. Auf dem sonst so eisigen Gesicht des Herrschers erscheint in diesem Moment ein wahrhaft königliches Lächeln.

»Bei der Dreifaltigkeit, Ravengar, Ihr habt es geschafft!« Thamrain schüttelt halb bewundernd, halb ungläubig den Kopf, während sein Blick über die Senke mit den vielen dort ausgebreiteten Toten schweift.

»Auroun und Belwyvrar und Galorfeder – alle! Genau wie Ihr es versprochen habt!«

Ravengar stützt sich für einen Augenblick auf sein Schwert, um wieder zu Atem zu kommen, und lässt sich dann auf ein Knie sinken. So ganz gelingt es ihm nicht, ein Lächeln ganz eigener Art von seinem Gesicht zu bannen.

»Heute war das Glück auf unserer Seite, Majestät«, brummt er und ringt auch weiterhin nach Luft, damit seine Worte wohl bemessen und gerecht klingen, »und außerdem das Wohlwollen der Dreifaltigkeit.

Ihr seid vom Blute der Elroumrae und damit der *einzige* rechtmäßige König von Aglirta. Die Götter wissen dies und haben uns am heutigen Tage geholfen!«

Thamrain schüttelt den Kopf und schreitet vorwärts über die Leichen seiner Feinde, ohne sich um seine eigene Würde oder Ravengars Mangel an Respekt zu kümmern. »Ich sah in dieser Senke keine Götter kämpfen«, erklärt er mit belegter Stimme und blitzenden Augen.

»Ich sah meinen einzigen treu ergebenen Fürsten, den besten Krieger im ganzen Königreich, Ravengar Silberbaum, wie er mit Scharfsinn und furchtlosem Schwert den Tag für uns entschied. Ravengar, dieser Tag gehört Euch.«

»Mein König«, erwidert Ravengar und neigt den Kopf. »Ich bin Euch treu ergeben und werde das auch bleiben. Ein Sieg für Euch ist ein Sieg für uns alle – und ich bin stolz und glücklich, Aglirta einen Dienst erwiesen zu haben.«

»Bei der Dreifaltigkeit«, meint Thamrain und zieht den Fürsten mit einer wilden Umarmung auf die Füße, »allem Anschein nach sehe ich nicht nur einen unvergleichlichen Krieger, sondern auch einen wortgewandten Diplomaten vor mir!

Eure Ritter sollen die Titel dieser toten Verräter erhalten, und Euch ernenne ich zu meinem über alles geschätzten Hochfürsten.«

»Wenn es Euch erfreut, Euer Majestät, dann werde ich diesen Titel mit Stolz tragen.«

»Das ist der Fall«, lacht der König, und die beiden Männer grinsen sich Nase an Nase an. »Das erfreut mich sogar sehr.«

»Der Mann steigt auf wie ein Jagdfalke«, murmelte Raevrel. Er hatte die starken Arme vor der Brust gekreuzt und starrte aus dem hohen Fenster.

Der dunkle, gut aussehende Mann am Tisch, dessen linke Hand immer zu einer Klaue gekrümmt war, drehte jetzt den Kopf und sagte in kaltem Ton zu Raevrels großem, geradem Rücken: »Selbst

Falken können vom Himmel geholt werden, Bruder. Weder wir noch die Verwandten der toten Fürsten sind die einzigen Aglirtaner, welche ob Silberbaums Aufstieg empört sind.«

»Dieser Hund plündert Treibschaums Schatullen wie ein fremder Eroberer«, flüsterte Raevrel. »Er verschwendet *unser* Erbe.«

»Er macht eine ganze Menge Sachen, unser stolzer und siegreicher Hochfürst«, meinte Thansel Schneestern bitter, legte Landkarten und Pergamentrollen beiseite und erhob sich. »Und unser närrischer Verwandter Thamrain ist ihm über alle Maßen dankbar.«

»Die kleine Kröte Thamrain«, flüsterte Raevrel. Seine geballten Fäuste zitterten.

»Ich sollte jetzt der König von Aglirta sein, nicht er. Er war der Jüngste und Dümmste unter uns – und nur um Haaresbreite davon entfernt, auch noch der Faulste zu sein.«

»Ja, aber er war *ein gewöhnlicher Mensch*«, antwortete Thansel leise und hob zur Bekräftigung seiner Worte eine geschuppte Klaue. »Frei von allem Makel des Prinzen Koglaur.«

»*Makel!*« Raevrel spuckte das Wort nachgerade aus, und seine Augen glichen zwei goldenen Flammen, als er sich in einem Wirbel dunkler Gewänder und noch schwärzerer Haare von dem Fenster wegdrehte.

»Der Makel, um dessentwillen sie uns immer noch jagen! Was macht sie so unfehlbar und so überlegen? Vielleicht ihre Furcht vor Mächten, welche nur von der Dreifaltigkeit stammen können?«

»Ihre schiere Anzahl.« Thansel veränderte seine Gestalt – er wurde größer, sein Haar wuchs zu einem seidigen Vorhang heran, Brüste sprossen und Hüften wölbten sich.

Die klauenartige Hand hinter einem der anmutig geformten Beine verborgen, glitt die Schönheit, welche Raevrel jedes Mal den Atem raubte, näher heran und fügte gurrend hinzu: »Unsere Zeit wird kommen, Raevrel. Oh ja, unsere Zeit wird kommen.«

»Aber wann?«, knurrte Raevrel und umarmte die Schöne. Zwei Körper näherten sich einander sanft, bis Haut mit Haut zu verschmelzen schien.

»Bald«, flüsterte Thansel dem Gefährten mit einem in Blitzesschnelle wachsenden zweiten Mund ins Ohr, während die Lippen des ersten Raevrel küssten. »Sehr bald.«

»Silberbaums Burg wird zu einer großen Belastung«, bemerkte Irsrar Matchet und blickte von der Karte von Aglirta auf, welche auf dem schiefen Schreibtisch lag. Er schaute aus dem Fenster hinaus auf das Gewimmel im Hafen von Sirlptar. Das Haus stand auf der seewärts gelegenen Seite des Bergrückens, und viele hohe Herrenhäuser und Bauwerke mit zahlreichen Türmen versperrten die schöne Aussicht auf Aglirta.

»Wie sollen wir nur für all das zahlen?«

Feltorn kicherte und zog wie immer einen Finger unter seinem kurzen rötlichen Bart hervor, um ihn wie einen Zauberstab belehrend zu schütteln.

»Ach, die ewige Verwirrung der Kaufleute in dieser Stadt, wenn sie über jede Schatztruhe nachdenken mit Ausnahme ihrer eigenen.« Er trat nun zu Matchet ans Fenster.

»Ruft Euch ins Gedächtnis, dass Ravengar Fürst Silberbaum zum Hochfürsten ernannt wurde, und ein sowohl großer wie auch luxuriöser Palast ist durchaus angemessen. Seinerzeit, als er im Grunde nichts anderes war als ein verschlagener Löwe von einem Krieger und hinterwäldlerischer Jäger, hat er mit dem Bau begonnen, um auf ein Bollwerk zurückgreifen zu können.

Inzwischen ist die Burg nach den Maßstäben unserer von Bewohnern fast überquellenden Stadt Sirl zwar riesig, sicher, aber gewiss nicht das, was *wir* als wirklich prächtig bezeichnen würden. Verbannt alle Gedanken an große, leuchtend bunte Wandbehänge und Leuchtgemälde aus Sardastan aus Eurem Kopf.

Denkt an riesige, ebenso kalte wie dunkle steinerne Räume mit ein paar schweren hölzernen Stühlen und Tischen. Große zottige Hunde wandern ungehindert umher, um in kalten Nächten Silberbaum schnarchend die Füße zu wärmen. Stellt Euch rostende Rüstungen vor, welche man aufgehängt hat, weil sich hinterwäldlerische Aglirtaner keine andere Verschönerung ihrer Gemächer vorzustellen vermögen.

Dafür bezahlen? Matchet, habt Ihr bis jetzt ein Ende all der Wälder von Aglirta gesehen? Oder ein Ende all des Sirler Hungers nach Holz, aus dem man Dinge herstellen kann?

Müsst Ihr nicht essen – und kommt nicht die tägliche Verpflegung dieser ganzen stolzen Stadt um uns herum von den flussaufwärts gelegenen Bauernhöfen Aglirtas?«

Matchet seufzte erbittert. »Ihr Goldschmiede schaut eure langen Nasen entlang auf jedermann herab und seht alles um euch herum als eine Art vor euch ausgebreitetem Teppich.

Für Euresgleichen sind die Einwohner von Darsar nichts weiter als Ameisen, welche darauf herumhasten. Ihr seht nur den Fluss des Geldes und die Angelegenheiten von Ländern. Ich hingegen sehe ein kleines, sich abmühendes Königreich, welches eher von den großen wilden Tieren des Waldes regiert wird als von den Fürsten, die in ihren scheppernden Rüstungen im Silberflusstal herumziehen und einander mit ihren Schwertern bedrohen!

In Aglirta gibt es ein paar am Flussufer verstreute Bauernhöfe, endlosen Hader darüber, wer denn nun herrschen sollte, und zudem die so genannte ›königliche‹ Familie, welche die Hälfte ihrer Zeit damit zubringt, jene unter ihren Verwandten abzuschlachten, welche den Makel tragen … Ich frage Euch erneut: Wie wollen sie für all das bezahlen?«

»*Wen* bezahlen, mein lieber Matchet? Sie müssen nicht großzügige Summen für Sirler Handwerkskunst oder den Luxus aus den entferntesten Winkeln von Darsar aufbringen.

Der Schweiß, welchen sie beim Bauen vergießen, ist ihr eigener, und die Steine, das Essen und das Bauholz gehören auch ihnen – sie müssen sich all das nur nehmen.

Habt Ihr immer noch nicht gemerkt, dass wir sie brauchen, sie uns hingegen nicht? Wie, glaubt Ihr, ist Sirlptar so reich geworden?

An der Mündung welchen Flusses sitzen wir? Was kommt den Fluss herab, und weshalb kommen die Kaufleute lieber hierher als in die weit älteren Orte wie Carraglas, Ragalar, Urngallond oder Arlund?«

»Ja, ja, ich weiß, dass sie uns ernähren und über mehr gutes

Schiffsholz verfügen als sonst wer«, erwiderte Matchet kurz angebunden.

Er wedelte missbilligend mit der Hand, während er zu seiner Landkarte zurückkehrte. »Aber Ihr begeht wieder Euren alten Fehler, Feltorn: Es handelt sich mitnichten um eine zielstrebige, nur auf vorteilhafte Geschäftsabschlüsse bedachte Gruppe von Kaufleuten, welche mit Schulden, Geldanlagen und günstigen Gelegenheiten jonglieren wie die Geldverleiher von Urngallond.

Wir haben es mit einem sich streitenden Haufen hinterwäldlerischer Schreihälse zu tun, welchen mehr daran gelegen ist, einander statt Hirsche zu jagen! Sie scheren sich keinen Deut darum, wohin ihr Bauholz und ihre Rüben gelangen, solange sie sie schlicht den Fluss herunterschicken und im Gegenzug Hände voller Gold dafür bekommen können. Wie sollen sie sich dann mit unseren Gepflogenheiten auskennen und wie man in Sirlptar um die Macht kämpft, ganz zu schweigen von dem, was in der Welt weiter draußen vor sich geht?«

»Ach, mein guter Uhrenhändler«, erwiderte Feltorn leise, »Ihr vergesst den Makel. Sie vermögen unter uns zu wandeln, ohne dass wir dies bemerken.

Sie können mühelos Euer Gesicht annehmen oder auch meines. Einer von ihnen könnte gleich neben Euch stehen, ohne dass Ihr die geringste Ahnung hättet.

Und was das Unwissen über den Rest von Darsar anbetrifft … ist Euch entfallen, dass es ebenjenem hinterwäldlerischen Rüpel von Silberbaum irgendwie gelungen ist, eine Zauberin aus dem weit entfernten Sarinda zu ehelichen? Eine echte Schönheit noch dazu, welche über zweimal so viel Verstand verfügt wie viele der reichen und hochgeschätzten Kaufleute von Sirlptar.

Sie hätte sich so gut wie überall ihren Ehemann aussuchen können, gab aber dieser von wilden Tieren und Rüpeln heimgesuchten Ecke von Aglirta den Vorzug.

Habt Ihr vergessen, dass während der letzten zehn Jahre nicht weniger als sechs reiche Erbinnen aus Sirlptar Aglirtaner zum Manne wählten? Und unsere übervölkerten Straßen verließen, eine nach der anderen, um fürderhin im hinterwäldlerischen, gefährlichen, von Fürsten heimgesuchten Aglirta zu leben?«

Feltorn schüttelte den Kopf und trat leise näher an den Uhrenhändler heran. »Ihr solltet solche Angelegenheiten im Gedächtnis behalten, Matchet. Schlimmes stößt solchen Kaufleuten zu, welche zu häufig vergessen.«

Irsrar Matchet starrte seinen Gefährten an … und stellte fest, dass er angesichts Feltorns ruhigem, aber plötzlich bedrohlichem Ton zu zittern begann.

Unvermittelt erinnerte er sich seines noch nicht geleerten Kruges und wie sehr er nach dessen Inhalt lechzte. Dem guten süßen Likör, welcher einem so seidig durch die Kehle rann … Er langte nach dem Gefäß, als Feltorn auch schon lächelnd das seine erhob.

So entging dem Uhrenhändler, dass seines die Likörkaraffe streifte und zum Kippen brachte … und wie grotesk lang die Finger an des Goldschmieds freier Hand wurden, als Feltorn nach der Karaffe griff und sie rasch wieder hinstellte. Matchet nippte dankbar an seinem wärmenden, tröstenden Likör und schüttelte dann den Kopf. »Gestaltwandler? Hier in Sirlptar? Mit all unseren Magiern und ihren Alarm schreienden Zauberstäben? Nie im Leben.«

Feltorn lächelte schwach und senkte sein Glas. »Da habt Ihr Recht.«

»Unsere Abstammung von Königin Elroumrae ist ebenso unzweifelhaft und stark wie die von Thamrain, weil es sich um die gleiche handelt.

Hätte Prinz Koglaur den Hinterhalt der Fürsten überlebt, so hätte er als König geherrscht. Und man hätte sein Gestaltwandlertum als einen von bösen Zauberern über ihn gelegten Fluch betrachtet und nicht als den Makel, von welchem die Menschen jetzt sprechen. Diese Bezeichnung kam von Fürsten, die das Haus Schneestern beiseite drängen und selbst den Thron übernehmen wollten.«

»Aber diese Fürsten sind alle tot«, flüsterte Samraethe. Ihre großen Augen schimmerten dunkel. »Silberbaum hat sie alle getötet.«

»Er tötete die Söhne der Söhne derjenigen, welche als Erste die Geschichten über den Makel, den Fluch der Dreifaltigkeit und die Untauglichkeit zum Herrschen verbreiteten.

Sie benutzten *uns* als Entschuldigung für ihre Forderungen, den Thron zu besteigen, für all ihr Blutvergießen und dafür, dass sie die Wälder wuchern und die Ungeheuer ungehindert umherwandern ließen. Ravengar Silberbaum erwies uns immerhin den Dienst, ihre Familien auszulöschen. Es gibt niemanden, der den Thron für sich beansprucht und mit Thamrain, welcher immerhin eine königliche Abstammung für sich beanspruchen kann, darum kämpfen würde – wenn man von uns einmal absieht.

Das würde Ravengar und seine Ritter, welche nun die Fürstentümer übernommen haben, keinesfalls davon abhalten, sich selbst für besser geeignet zu halten, den Flussthron zu übernehmen, sollte Thamrain etwas zustoßen – wir sind in ihren Augen nur die mit dem Makel behafteten Gestaltwandler.«

»Männern, welche über Königreiche oder Städte herrschen, scheint öfter etwas zuzustoßen«, murmelte Samraethe.

»Ach, Ihr habt Eldreths Geschichten aufmerksam gelauscht. Gut. Das ist der Grund, warum unser Weg, welchen die ruheloseren unter euch Jüngeren närrischerweise als den Weg der Drückeberger zu bezeichnen belieben, der bessere ist. Lasst andere Könige und Hochfürsten einander hassen und fürchten, während wir Gesichtslosen uns ganz in der Nähe eines Throns, aber niemals darauf befinden und die Narren nach unserem Belieben steuern.«

»Raevrel und Thansel sprechen von Mord im Thronsaal und dass sie die Gestalten der älteren Höflinge und des Königs selbst annehmen wollen, um gegen Silberbaum in den Krieg zu ziehen.« Das riesige Gesicht mit den Tentakeln wandte sich für einen Augenblick Samraethe zu, dann blickte es wieder in die Dunkelheit, so dass die Züge nicht mehr zu erkennen waren.

»Raevrel und Thansel werden zudem allmählich unruhig und reden mehr, als ich gutheißen kann. Sie neigen dazu, unsere toten Angehörigen lediglich als Namen zu sehen, aber ich erinnere mich an ihre Gesichter, ihr Lachen und ihre Träume.

Samraethe, abgesehen von der Fähigkeit, unsere Gestalt zu wandeln, hat uns die Dreifaltigkeit auch ein langes Leben gewährt.

Vergesst das niemals, genauso wenig wie die Tatsache, dass diejenigen, welchen es an der Macht unseres Blutes gebricht, uns hassen und fürchten.

Und wie schnell und eifrig sie dabei geholfen haben, uns zu jagen, wenn uns unsere ›gewöhnlichen Verwandten‹ tot sehen wollten.

Versteckt Euch, verhaltet Euch still, rüstet Euch mit Geduld, und Ihr könnt die Jäger überleben.

Sollte der Zorn Euch dazu verleiten, aufzustehen, wie das viel zu viele unter uns getan haben, wobei sie auch noch andere dazu drängten, es ihnen nachzutun, dann seid Ihr gebrandmarkt und werdet beobachtet, denn Ihr steht auf der Liste derjenigen, welche demnächst ausgelöscht werden sollen.«

»Onkel Belmuragath, wie hat das alles angefangen?«

Der Kopf mit den Tentakeln drehte sich wiederum. »Ihr habt angefangen, einiges zu vergessen, meine Kleine? So schnell?«

»Nein, denn ich habe es mittlerweile oft genug gehört«, erwiderte Samraethe leise. »Aber ich möchte es gern von Euch hören.«

»Niemand weiß, wie Prinz Koglaur seine Kräfte gewann, aber er war der Erste, welcher die Gestalt zu wandeln vermochte.

Er konnte sein Gesicht verändern, dazu die Länge und die Form seiner Finger, außerdem die Größe und die Beschaffenheit seiner Füße.«

»Die Beschaffenheit?«

»Ja. Klebrig, um Wände hochlaufen zu können, und hart, damit er durch Feuer schreiten konnte … und selbstverständlich vermochte er ihre Größe zu ändern.

Ich sah ihn einst über einen Strom laufen auf Füßen, welche aussahen wie schildgroße Wasserlilienblätter. Als ihm die Kräfte zuwuchsen, überraschte ihn das, aber mir erschien es so, als seien sie ihm angeboren.

Sie brachen eher aus ihm heraus, statt durch einen Zauber auf ihn übertragen worden zu sein. Eine Laune der Götter? Das Aufblühen einer älteren Spielart in der königlichen Blutlinie?

Wir vermögen darüber nur abwegige und wenig wahrscheinliche Mutmaßungen anzustellen. Er hatte die Macht, alle wussten dies, und allmählich begann ganz Aglirta, uns zu beobachten. Man hegte die Hoffnung, uns dabei erwischen zu können.«

Belmuragath senkte den Kopf mit den vielen Tentakeln, seufzte leise und fügte hinzu: »Sie wollten unser aller Tod.

Diejenigen aus dem Hause Schneestern, welchen es an der Fähigkeit mangelt, mussten uns als ›andersartig‹ aussondern, sonst wären auch sie vom Thron gefegt und mit uns zusammen bis auf den letzten Mann umgebracht worden. Aglirta wäre in einen endlosen Krieg gezogen worden. In Räuberei und Grausamkeit. Sie nannten uns die ›Geister‹ und sich selbst die ›Reinen‹. Sie jagten uns, ihre Brüder und Schwestern, bis wir beinahe ausgerottet waren.

Und sie tun das noch immer, sofern sich ihnen die Gelegenheit bietet. Obwohl sie selbst dahingeschwunden sind bis auf Thamrain, Ostel, Farlmeir und deren Familien.«

»Wohingegen wir stark wurden«, flüsterte Samraethe. »Wir zählen mehr als zwanzig. Viele unter uns verfügen über besonders viel Macht, und einige beherrschen zusätzlich sogar die Kunst der Magie.«

Belmuragath knurrte: »Ja, und wir wurden kühner, als uns nach Ansicht der geringeren Zauberer zustünde. Klugheit bedeutet herzlich wenig für Thansel, Ammurak, Slaundshel und all jene, welche mit ihnen gemeinsam Zaubersprüche studieren.«

Samraethe öffnete den Mund, um zu antworten, schloss ihn dann aber wieder und schwieg.

Der Kopf mit den Tentakeln bewegte sich wieder.

»Ihr überlegt und lasst Worte ungesagt, aber derart unübersehbar, dass ich es bemerken muss, meine Kleine. Sprecht frei von der Leber weg, so wie das zwischen uns immer üblich gewesen ist.«

Samraethe saß lange Zeit still und stumm da, bevor sie leise zu sprechen begann.

»Onkel Belmuragath, ich lerne und übe Zauberbanne mit Ammurak. Von ihm habe ich auch Kühnheit gelernt.«

Wieder breitete sich Stille aus. Nach langer Zeit antwortete Belmuragath, aber dieses Mal drehte er sich nicht um. »Ich verstehe.«

»Nein, mein König«, drängte Ravengar, »sie werden nicht diesen Weg entlangkommen und geradewegs in die Reichweite unserer Bogenschützen reiten.

Sie werden die alte Brücke dort drüben wählen und sich im Bogen über Athalstance und von hinten über den Hügel von Falkenruh nähern. Von dort aus können sie *uns* beschießen und uns angreifen, falls wir den Hügel hinaufstürmen, um sie zu stellen.«

Thamrain studierte die Karte, auf welche der Hochfürst mit den Fingern wies, seufzte und lehnte sich in seinem Sessel zurück.

»Ihr habt sicherlich Recht«, erklärte er müde, »aber ich bin zu erschöpft, um zielgerichtet zu denken oder zu sprechen. Lasst uns morgen früh zusammenkommen und weiter darüber beraten.«

Silberbaum erhob sich geschmeidig. »Selbstverständlich. Soll ich Euch Euren Diener hereinschicken?«

Thamrain verzog den königlichen Mund zu einem Gähnen. »Nein, Ravengar. Ich steige aus meinen Stiefeln und geradewegs in Alyssens Arme … auf dass sie mir auszieht, was immer ihr beliebt.«

Silberbaum antwortete dem König mit einem müden Lächeln. »Dann also bis morgen früh.«

»Bis morgen früh«, echote der Herrscher und erhob sich mit einem leisen Stöhnen aus seinem Sessel. Er war sich immer noch nicht sicher, ob Ravengar seine Bettgenossin billigte, zumal das Lächeln auf dem verwitterten Gesicht des Hochfürsten jede Gefühlsregung verbarg.

Immerhin blitzten Ravengars Augen weder vor Empörung noch strahlten sie Eiseskälte aus, und er hatte sich niemals dahin gehend geäußert, dass eine Königin gefunden und Erben gezeugt werden müssten.

Ganz im Gegensatz zu seinem Seneschall und seinem Obersten Kammerherrn, welche das Thema zwar in aller Höflichkeit, aber an jedem von der Göttin verfluchten Tag zur Sprache brachten.

Er winkte Silberbaum von Krieger zu Krieger zu, als der Hochfürst das Zimmer verließ. Dann schlurfte Thamrain in sein Schlafgemach mit dem anheimelnd schwachen, warmen Lampenlicht.

»Alyss?«

»Hier bin ich, mein König«, antwortete ihre heisere, vor Eifer schnurrende Stimme aus dem Bett.

Während Thamrain sich umdrehte und sich schwer auf der Bettkante niederließ, erhaschte er einen Blick auf eine nackte Hüfte und einen entblößten Schenkel.

»Diese Nacht, mein Liebchen«, erklärte er und gähnte ein ums andere Mal, »wünscht Euer gieriger Herr nichts weiter als ... als zu schlafen, und zwar so schnell es die Dreifaltigkeit gestattet. Könntet Ihr mir ... mit den Stiefeln helfen?«

»Aber gewiss«, murmelte Alyss gleich hinter seinem Rücken. Ihre Stimme klang nur ein klein wenig seltsam. Tiefer als gewöhnlich ... vielleicht aus Ärger, ja, das mochte der Grund sein. Bei der Dreifaltigkeit, dabei sollte sie doch nur ...

»Mein König«, gurrte sie. Sanfte Finger streichelten sein Kinn und glitten zum Hals.

Thamrain schickte sich an, den Kopf zu schütteln, zuckte die Achseln und kicherte.

Nun, wenn sie ihre eigenen Mittel anwandte, sollte ihm das nur recht sein.

Wie geschmeidige Schlangen fanden ihre Fingerspitzen seine Ohren, seine Nasenlöcher, schlüpften liebkosend in seinen Mund.

»Schlaft, mein Thamrain«, gurrte Alyss. Ihre Stimme klang jetzt erheblich tiefer. Der König von Aglirta wurde schlagartig wach. Wie viele Finger ...

»Schlaft und sterbt, KLEINE KRÖTE!«

Und die Finger in seinem Mund schwollen in Windeseile zu dicken, erstickenden Würmern an, so dass der König weder zu atmen noch einen Schrei auszustoßen vermochte. Gleichzeitig verdickten sich die Tentakel in seinen Ohren und in der Nase, und weitere Tentakel schleuderten die leuchtend rote Bettdecke hoch, so dass sie sich um seinen Kopf wickelte.

Thamrains Schädel barst wie eine verschimmelte Melone. Das

Blut spritzte so heftig, dass die Decke binnen Augenblicken durchtränkt wurde und der zischende Gestaltwandler nicht umhin konnte, die Laken darunter hochzuzerren, um die Flüssigkeit aufzufangen.

Die letzte Erinnerung an Alyss verschwand, als die sich windenden Tentakel des Gestaltwandlers durch die Luft wirbelten und ein Mund sich in etwas ganz anderes verwandelte. Das absonderliche Wesen stieß leise zischend angewiderte Flüche aus.

»Raevrel«, erklang eine ruhige Stimme von der Tür her, »Ihr macht beinahe ebenso viel Lärm, als kämpftet Ihr Faust gegen Faust mit ihm.

Lasst zu, dass ich mich darum kümmere, und nehmt Thamrains Gestalt an. Ganz in der Nähe der Tür befinden sich Wachen.«

Das heftig atmende Tentakelwesen auf dem Bett antwortete mit einem wortlosen, zornigen Knurren.

Tentakel krümmten sich kurz und sanken dann in schmelzendes, sich verschiebendes Fleisch zurück, welches zu fließen und sich erschauernd aufzubäumen schien, bis dann …

»Genau so«, meinte Thansel prüfend. »Ja, ganz genau so. Bleibt so.«

Raevrel fletschte stumm die Zähne und erhob sich vom Bett. Seine inzwischen menschlich aussehenden Arme hoben und senkten sich vor Widerwillen.

Wortlos ließ der Koglaur an der Tür seine Tentakel quer durch den Raum wachsen und ergriff den schlaffen, in die Bettdecke gehüllten Leichnam.

»Wartet hier auf mich«, murmelte er. Er ließ eine solche Vielzahl von Tentakeln sprießen, dass deren schlangenähnliche Windungen den toten König wie eine Art Kokon umhüllten.

»Und wenn Euch jemand sieht?«

Als Thansel die Achseln zuckte, wirkte das aufgrund seines Dutzends Schultertentakel reichlich merkwürdig.

»Dann werde ich das Letzte sein, was derjenige im Leben zu Gesicht bekommt«, bemerkte er knapp und machte sich mit seinem Bündel auf den Weg.

Nachdenklich blickte Raevrel auf das seiner Decken und Laken beraubte Bett und rief sich die kurze Freude ins Gedächtnis, welche ihm die wirkliche Alyss bereitet hatte, bevor er ihr das Genick brach.

Sie hatte …

Mit einem Anflug von Zorn verbannte er diese Erinnerungen und ließ ein paar Tentakel in den benachbarten Raum kriechen, um ein Paar Ersatzstiefel zu suchen. Er hatte vergessen, Thamrain sein Paar auszuziehen, bevor Thansel den Raum verließ, und …

»Hier«, erklärte Thansels vertraute Stimme knapp. »Ich dachte mir schon, dass Ihr die Stiefel wollt.«

Die Worte kamen, so hatte es zumindest den Anschein, aus dem Mund eines schläfrigen, gereizten und in ein Nachtgewand gehüllten Obersten Kammerherrn Narthar.

»Und jetzt begeben wir uns gemeinsam zu Silberbaum?«, fragte Raevrel, fuhr mit den Füßen in die wunderbar gearbeiteten Stiefel und schaute sich nach einem Schwert um.

»Wir benutzen Eure Türwächter dazu, uns zu ihm zu bringen. Das erspart uns jede Menge Sucherei kreuz und quer durch den Palast, zudem kommen wir an allen Wachen vorbei, welche er aufgestellt haben mag.

Auf diese Weise halten wir Unannehmlichkeiten und Verzögerungen in Grenzen. Jetzt seht zu, dass Ihr so wirkt, als ginge es um eine möglichst geheime und dringliche Angelegenheit.«

»Und zwar?«

»Denkt Euch etwas aus«, erwiderte Thansel kurz und knapp; er wirkte, als er jetzt in das Vorzimmer eilte, jeden Zoll wie der hagere, zerzauste und treu ergebene Kammerherr gesetzten Alters. »Echte Könige tun das die ganze Zeit über.«

In den kühlen Stunden vor der Morgendämmerung flackerten an den Wänden vieler Korridore im Palast schwache Fackeln.

Aber überraschenderweise waren viele Höflinge noch nicht zu Bett gegangen, sondern standen mit dem Rücken zur Wand zu zweien oder zu dritt beieinander, wobei sie danach trachteten, sich in den möglichst weit vom Licht entfernten Bereichen der Halle aufzuhalten.

Sie sprachen leise und mit gedämpften Stimmen, und in dem dringlichen, zornigen Geflüster hörte man die Worte »Ravengars Aufstieg« so häufig, als sei von den Unbilden des Wetters die Rede.

Die gemurmelten Erörterungen verstummten, als sich streng blickende Wachen mit gezückten Schwertern näherten, gefolgt von dem Obersten Kammerherrn Narthar und dem König höchstpersönlich – Letzterer barhäuptig, verschlafen und grimmig, aber mit zornigen, zielgerichteten Schritten einherschreitend.

Das Geflüster der Höflinge lebte mit neu erwachter Kraft wieder auf, nachdem die Gruppe an ihnen vorbeigeschritten war.

Einige der wagemutigsten Höflinge folgten diskret der königlichen Prozession, aber die meisten Anwesenden beließen es bei Mutmaßungen über das Ziel.

Die meisten lagen mit ihren Vermutungen ganz richtig. Während der letzten Nächte hatte jedermann in Treibschaum versucht, den Hochfürsten einerseits zu beobachten, ihm andererseits aber nach Möglichkeit auszuweichen, um seiner Aufmerksamkeit und seinem strengen Urteil zu entgehen.

Der Hochfürst hatte sich gerade erschöpft seufzend seines schweißdurchtränkten Hemdes entledigt, den Gürtel abgeschnallt und auf das Bett geworfen.

Die Stiefel trug er noch an den Füßen, und eine Hand lag auf dem Knauf seines noch in der Scheide steckenden Schwertes.

Er wollte alle Sorgen und Kümmernisse hinter sich lassen, solange es der Dreifaltigkeit dieses Mal gefiel, bevor …

Er erwachte binnen einer Sekunde, zog alarmiert sein Schwert halb aus der Scheide und saß im Dunkeln aufrecht im Bett.

Das Geräusch ertönte wieder, dieses Mal lauter: Jemand zerrte heftig an der verrammelten Tür seines Zimmers, wodurch der hölzerne Querbalken gegen die Wand schlug und dann wieder in die Halterungen zurückfiel.

Mit einer einzigen geschmeidigen Bewegung schnallte Silberbaum seinen Gürtel zu und glitt vom Bett.

Er warf einen raschen Blick auf die Tür zum nächsten Raum und zum Wandteppich, welcher den Durchgang verdeckte.

Die Fensterläden des dahinter liegenden Raumes konnte er notfalls rasch entriegeln, aufreißen und so entkommen.

Aber hinter den Fenstern wartete ein langer, tödlicher Fall hinunter auf einen mit Bäumen bewachsenen Berghang, welcher steil bis zum Fluss abfiel. Dort unten zwischen der Basis der Burgmauer und den eisig dahinströmenden Wassern des Silberflusses gab es nichts als einen schmalen, an dieser Stelle unbeleuchteten und schlammigen Pfad für die Wachen.

Der Hochfürst Silberbaum zog sein Schwert, begab sich so leise wie möglich zu der verrammelten Tür und stellte sich seitlich des Rahmens hin. Er sagte kein Wort.

»Ich *muss* mit ihm sprechen!«, ertönte Thamrains laute Stimme auf der anderen Seite. »Öffnet augenblicklich die Tür!«

»Mein König«, hörte man den Obersten Kammerherrn missbilligend und in bebendem Ton von weiter weg sagen. »Ich bin mir sicher, dass wir den Palast nicht *zerstören* müssen!

Ohne jeden Zweifel ist Hochfürst Silberbaum aufs Äußerste erschöpft und schläft tief und fest – und sein Zustand rührt von seinem gewissenhaften und treu ergebenen Dienst her.

Vielleicht sollte ihn dieser Wächter hier in Eurem Namen freundlich zum Öffnen der Tür auffordern.«

Im Dunkel seines Zimmers grinste Ravengar. Der Oberste Kammerherr liebte ihn ganz gewiss nicht, legte aber den allergrößten Wert darauf, Dinge auf die richtige Weise zu erledigen.

Aber um welch wichtige Angelegenheit mochte es sich handeln? Offenkundig waren der Oberste Kammerherr und der König trotz vereinter Kräfte nicht in der Lage, damit umzugehen, und scheuchten deshalb den neu ernannten Hochfürsten aus dem Bett.

»Öffnet die Tür«, befahl auch schon einer der Wachposten. »Öffnet die Tür – im Namen des Königs!«

Silberbaum gab keinen Laut von sich. Dann kam ihm ein Gedanke, und er drehte sich lautlos auf dem Absatz um, schlich zu dem Wandbehang und stieß ihn mit der Schwertspitze beiseite.

Dahinter befand sich nichts als tiefe, schweigende, bewegungslose Dunkelheit.

»*Öffnen*, habe ich gesagt!«, rief der Wachposten mit jetzt lauterer Stimme und donnerte mit, wie es schien, zwei Fäusten oder der Schulter gegen die Tür. Das Holz krachte so laut, wie es harter Stein und uralte, massive Holzplanken erlaubten.

»Öffnet die Tür für König Thamrain!«

Silberbaum verhielt sich weiterhin still. Kein Mann öffnet die Tür, wenn dahinter höchstwahrscheinlich der Tod lauert.

»Silberbaum?«, bellte Thamrain. Seine Stimme klang so tief und laut, als sei er hellwach und nicht der torkelnde, gähnende Mann, welchen Ravengar vor nicht allzu langer Zeit verlassen hatte.

»Öffnet endlich die Tür, Mann! Ich muss mit Euch reden!«

Der König wartete und rief dann entschieden lauter und schärfer: »Ravengar?«

»Das reicht«, erklärte der Kammerherr zornig. »Zieht euch allesamt zurück und lasst uns allein. Na los, wir sind hier in vollkommener Sicherheit.

Kehrt auf eure Posten zurück. Sollten wir ihn nicht wecken können, dann rufen wir euch wieder herbei. Geht jetzt!«

Ravengar hörte das Trampeln vieler Stiefel, als sich die Wachen lautstark entfernten, wobei ihre Schwerter und Armschienen kurz an den steinernen Wänden entlangscharrten.

Dann herrschte Stille.

»Fürst Silberbaum?«, rief der Kammerherr, und seine Stimme klang schwächer als zuvor. Er musste sich von der Tür abgewandt und in Richtung der abziehenden Wachen gesprochen haben. Seltsam. Sehr seltsam.

Silberbaum schöpfte langsam und sorgsam jeden Laut vermeidend Luft, hob sein Schwert bis hinter die Schultern, um zum Zuschlagen bereit zu sein, und wartete.

Das schwache Licht einer nahen Wandfackel im Gang drang durch den schmalen Spalt des Türrahmens zu ihm herein, und das war alles, was er zu sehen bekam, während er auf den starken Querbalken starrte und wartete.

Plötzlich erblickte er eine zuckende Bewegung im Schimmer rings um die Tür, wo das Holz auf die Öffnung in der Mauer traf.

Etwas bewegte sich dort! Etwas Kleines, Dunkles, das sich wand wie ein suchender Wurm …

Oder wie eine Schlange. Silberbaum trat rasch einen Schritt zurück, um sich in eine bessere Position zum Zuschlagen zu bringen, und schaute auf den dunklen, wogenden Finger von … von was auch immer es sein mochte.

Das seltsame Ding langte weiter in das Zimmer herein, krümmte sich und veränderte seine Form. Ausbuchtungen erschienen, glitten aufeinander zu und trafen sich an der Spitze, schwollen an, während sie zusammenschmolzen, und erhoben sich langsam von der an ein Band erinnernden Basis.

Auf einem der Auswüchse blinzelte ein Augenlid!

Augen!

Augen blinzelten in der Dunkelheit und suchten nach ihm!

Von plötzlicher Furcht erfasst schlug Ravengar zu, und Blut spritzte auf die Innenseite der Tür, als er die Augäpfel von dem schlangenartigen Auswuchs hieb, auf welchem sie gewachsen waren.

Das Ding zuckte zusammen und drosch wild durch die Luft, wobei es Blut versprühte.

Auf der anderen Seite der Tür stieß jemand ein Zischen aus und schluchzte dann, offenkundig von entsetzlichen Schmerzen gequält.

Indem er sich so leise bewegte wie möglich, kehrte Ravengar Silberbaum zu seinem bisherigen Standort zurück und hielt das Schwert bereit.

Er achtete nicht auf das langsame Rinnen unsichtbaren Blutes, welches seine Knöchel entlanglief und zu Boden tropfte.

Er war sich nicht sicher, was all dies mit dem König zu tun haben mochte. Hatte Thamrain – oder, was ihm wahrscheinlicher erschien, der alte Narthar – plötzlich ein schlangenartiges Haustier, welches ihn auskundschaftete, oder …?

Aber halt, solche Überlegungen spielten im Grunde genommen keine Rolle. Zauber oder Schlange oder auch nicht, all das bedeutete nichts Gutes für Ravengar Silberbaum.

Vielleicht hatte der Erfolg des Hochfürsten den König alarmiert.

Vielleicht hatte Thamrain ihn nur deshalb ausdrücklich in den Palast eingeladen, um ihn umbringen und Ravengars Tod mit einem Hochverrat seitens des Hochfürsten erklären zu können.

Da es keine Fürsten mehr gab, war Thamrains Thron sicher.

Aber der König mochte sehr wohl zu der Ansicht gelangt sein, dass es noch sicherer war, den Mann zu töten, dessen Schwert ihm die Herrschaft gesichert hatte, statt Silberbaum als treuen und fähigen Wächter am Leben zu lassen.

Die uneingeschränkte Treue des Hochfürsten war von Herzen gekommen – bis zu dem Augenblick, als sich dieses Ding direkt vor seinen Augen unter der Tür hereingeschlängelt hatte.

Ja, da war es schon wieder! Und nicht nur eins, sondern mehrere – vielleicht sogar ein Dutzend – schlängelten sich jetzt unter der Tür hindurch ins Zimmer gleich einer Vielzahl bösartiger Finger.

Er schlug und hackte in kurz aufwallendem Zorn darauf ein.

Sogleich vernahm er einen heiseren Schrei, welcher dieses Mal gleich hinter der Tür ausgestoßen wurde – und dann schlang sich etwas um seinen Knöchel.

Er hieb mit wilder Schnelligkeit nach unten, wagte es aber nicht, sich nach unten zu beugen und sein ganzes Gewicht in die Schläge zu legen.

In diesem Augenblick erschienen weitere Tentakel unter der Tür. Seine Klinge schlug bei jedem Streich Funken auf dem Boden, aber der Dreifaltigkeit zum Dank gelang es Ravengar, den Tentakel, der sich um seinen Knöchel gewickelt hatte, zu durchtrennen.

Ohne einen weiteren Augenblick zu zögern rannte Silberbaum von dannen, duckte sich unter dem Türrahmen durch, ohne weiter auf die Wandbehänge zu achten, und stürzte durch das dahinter liegende Zimmer.

Er hantierte an den Fensterläden herum, um sie aufzustoßen, und zwar in aller Ruhe. Die Götter mochten alle Hast verdammen.

Die schwachen, blassgrauen Vorboten der Dämmerung zeigten ihm weder Bogenschützen noch Wachen weiter unten, ebenso wenig wie aus den benachbarten Fenstern schlängelnde Tentakel.

Ravengar Silberbaum biss die Zähne zusammen und schwang sich aufs Fensterbrett, denn in der Dunkelheit hinter sich hörte er den Querbalken der Tür zu Boden krachen.

Er schwang sein Schwert nach vorn in die Luft, um Schwung für seinen Sprung zu bekommen, und folgte seiner Klinge in die Leere der Nacht, fiel tiefer, fiel immer weiter …

Bis er mit einem die Knochen erschütternden, ihm den Atem aus den Lungen pressenden Krachen durch Äste und einen Thambarbusch rauschte und dann inmitten zurückfedernden Holzes auf dem harten Boden aufprallte.

Er sprang zitternd auf die Füße und rannte so schnell er konnte weiter hinunter in das unebene, von Reben und Strünken durchsetzte Dunkel.

Licht blühte über und hinter ihm auf und beleuchtete unvermittelt die Zweige und Baumstämme vor ihm. Der Hochfürst von Aglirta duckte sich zur Seite und setzte seine schmerzhafte, taumelnde Flucht zwischen nur halb sichtbaren Bäumen hindurch fort, rannte durch dorniges Unterholz und sprang über Wurzeln hinweg.

Er holte keuchend Luft und vergeudete keine Zeit mit einem Blick zurück. Einmal schlug Ravengar mit dem Schwert so heftig auf einen Zweig ein, dass seine Finger taub wurden.

Die Waffe verfing sich und wurde ihm beinahe aus der Hand gerissen.

Ganz gewiss, sagte er wild zu sich selbst, ganz gewiss verspüre ich nicht das geringste Verlangen, noch weitere Tentakel zu sehen. Weder jetzt noch in Zukunft.

Und dann lichteten sich plötzlich die dicht stehenden Bäume und machten blassgrauem Licht Platz – und schon stand er in Wasser.

Die Kälte fuhr ihm in die Glieder und biss ihm so heftig in den nackten Oberkörper, dass er erschauernd nach Luft rang und um ein Haar sein Schwert verloren hätte.

Aber dann ging das schreckliche Kältegefühl in Taubheit über.

Wenn er zu lange im Wasser blieb, würde er genauso sicher sterben wie durch einen würgenden Tentakel oder die Klinge eines Wächters.

Er stieß sich vom unsichtbaren Ufer ab und ließ sich von der Strömung an den Gestaden von Treibschaum entlangtragen. Er versuchte zu schwimmen, anstatt gegen den Fluss anzukämpfen, und hoffte, nicht von einem Pfeil getroffen zu werden.

Er riskierte einen Blick über die Schulter – und wünschte sich augenblicklich, es nicht getan zu haben. Zwischen den Bäumen hindurch ringelten sich lange, blasse und bänderartige Dinger, welche noch dazu zahlreiche Flügel besaßen, schwach glühten und aus den Fenstern seiner Gemächer kamen.

Das Licht vieler Fackeln erleuchtete die Fensteröffnungen, und an den Fensterbrettern drängten sich dicht an dicht behelmte Köpfe, um zu beobachten, wie die beiden monströsen Dinger, welche ihn verfolgten, Augenblicke, bevor sie das Wasser erreichten, lange, nadelartige Schnauzen und geschmeidige Schwimmflossen entwickelten.

Ravengar Silberbaum sandte einen bitteren Fluch an welche Götter auch immer in diesen kalten Minuten vor Sonnenaufgang zuhören mochten und schickte sich an, um sein Leben zu schwimmen.

Oder um die kurze Spanne, welche ihm noch vergönnt sein mochte. Die rasche Strömung des Flusses trug ihn viel schneller von Treibschaum weg als seine platschenden Versuche, das Südufer zu erreichen.

Aber die eisigen Fluten würden schon bald einen kalten Leichnam mit sich führen, wenn es ihm nicht bald gelang, aus dem Fluss zu kommen … oder sein Blut und ein paar zerfetzte Gliedmaßen, sofern es den gestaltwandlerischen Wesen gelang, seinen Vorsprung einzuholen.

Hinter ihm plätscherte etwas im Wasser und erzeugte regelmäßige Wellen. Das konnte nur eines bedeuten, zumal das Geräusch ganz in seiner Nähe erklang und immer näher kam.

Verflucht sei die Dreifaltigkeit – und ganz Aglirta dazu! Er würde hier sterben!

Binnen weniger Augenblicke würde er ganz einfach zerrissen, gebissen oder durchbohrt werden, allein und ohne seine Yuesembra!

»Yuesembra!«, keuchte er laut und kämpfte sich zu dem unsichtbaren Flussufer weiter. »Meine Geliebte, flieht aus diesem Land, bevor sie auch Euch erwischen! Oh, Yuesembra, mögen die Götter Euch verschonen, so wie sie mich verschmähten, und …«

In diesem Moment schlug etwas im Wasser gegen seinen Fuß, und als er sich verzweifelt davon wegbewegte, erstrahlte die Nacht um ihn herum in plötzlicher Helligkeit, deren sanfter Schimmer an blaues, blasses Mondlicht erinnerte.

Er sah, wie sich gleich hinter ihm zwei große bedrohliche Gestalten aus den wirbelnden Fluten erhoben. Und ganz dicht bei ihnen raste wie ein Meer aus kleinen Flammen der blaue Schimmer über das Wasser und auf ihn zu.

Der Schein kam vom Ufer, wo eine einsame, dunkle Gestalt aufgetaucht war, deren langes, ungebändigtes Haar über nackten, ausgebreiteten Gliedmaßen wirbelte und hin und her peitschte, als stünde die Erscheinung in einem stürmischen Wind – und ihre Augen leuchteten wie zwei Punkte aus blauem Feuer.

»Yuesembra!«, keuchte Ravengar und schwamm in neu erwachter Wut und voller Verzweiflung weiter, um seine Frau zu erreichen.

Ihre Hände woben mit verschlungenen Bewegungen einen Zauberbann in die Luft, und ihren Fingern folgten schwach glühende Funkenwirbel.

Rasch ausgestoßene Worte strömten von ihren Lippen, und sie begann zu tanzen – nicht etwa verführerisch, sondern in einer Folge sonderbarer, kurzzeitig wie eingefroren wirkender Posen.

Ab und zu formten sich feurige Bögen um sie herum, ohne dass die Frau ihre gemurmelten Beschwörungen unterbrochen hätte.

Etwas mit mehr Zähnen, als irgendein Wesen hätte haben dürfen, harkte über Silberbaums Rippen und Schenkel und sorgte dafür, dass ihn brennende Todesqualen erfassten. Er schlug um sich, verkrampfte sich, schluckte Wasser und versuchte zu schreien.

Irgendwie gelang es ihm, das Gesicht wieder über die Wasseroberfläche zu bekommen.

Als weitere Tentakel auftauchten, von welchen manche Augen und Mäuler mit gierigen Reißzähnen entwickelten und sich über und um ihn herum ringelten, schlug er blindlings und von Furcht getrieben mit dem Schwert auf sie ein.

Die Nacht flammte plötzlich in rubinfarbenem Feuer auf. Der Schein war so hell, dass er das Blut verbarg, welches zu roten Rauchfahnen verkochte, als die Tentakel zerbarsten, mitten in der Luft zerschmolzen und binnen Augenblicken weggefegt wurden.

Die den Tod enthaltenden Fluten wurden zurückgetrieben, und Ravengar Silberbaum fand sich auf Händen und Knien auf dem freigelegten Flussgrund wieder.

Als die Fluten gleich darauf wieder zurückströmten, schleuderten sie ihn an das Ufer, wo er durchnässt, keuchend und zitternd vor den Füßen seiner Frau liegen blieb.

»Yuesembra«, schluchzte er mühsam und in Todespein, während sich silbrige Fische in dem nassen Seetang um ihn herum krümmten und wanden.

Langfingrige Hände zogen ihn auf die Füße, und er wunderte sich kurz über die ihm bislang unbekannte Kraft seiner Frau.

Kaum einen Finger breit von seinem Gesicht entfernt blickten ihn vertraute Augen an.

»Ravengar, mein Ravengar«, flüsterte sie und küsste ihn wild.

Warme Heilkraft verbreitete sich in seinem Mund und schien durch ihn hindurchzusprudeln wie eine Flut tröstenden Feuers.

Während er sich hilflos in ihren Armen wand und hin und her warf, sagte die Frau, welche das Volk von Aglirta die Hexe von Sarinda nannte, in seine blutenden Ohren:

»Glaubt Ihr wirklich, ich ließe Euch in dem Palast dort drüben schlafen, umgeben von Dolche schwingenden Höflingen – und lüsternen, ehrgeizigen Dienerinnen –, ohne über Euch zu wachen?«

Ravengar blinzelte sie an und versuchte sich an einem benommenen Lächeln.

Sie schüttelte den Kopf, bedachte ihn ihrerseits mit einem schiefen, halbherzigen Lächeln und verpasste ihm einen derben Stoß, welcher dazu führte, dass er den Griff seines Schwertes fahren ließ und beinahe zu Boden gegangen wäre.

»Los jetzt«, befahl sie und zerrte den stolpernden, wankenden Hochfürsten von Aglirta die Uferböschung hoch, bevor dieser gegen sie fallen konnte, »lasst uns von hier verschwinden!«

Zwei

Die Hexe von Sarinda

Aber – aber – aber – wer sind denn all diese Leute? Das ist nicht richtig! Wir müssen …«

»Lernt, Eure Zunge im Zaum zu halten und das zu tun, was uns befohlen wurde, alter Mann«, sagte ein Wachposten kalt.

Ein unmöglich langer Arm glitt vorwärts, Finger packten die Kehle des Höflings mit zermalmender Kraft und brachen dem Mann ohne jede Anstrengung den Hals.

»Obwohl ich zugeben muss, dass mein Rat ein wenig zu spät für Euch kommt. *Solch* ein Pech aber auch!«

Jemand stieß ein kurzes Gelächter aus, ein weiterer schloss sich an; die Fröhlichkeit wirkte jedoch weder gutmütig noch angenehm.

Der Größte in der kleinen Gruppe, welche da in dem abgedunkelten Thronsaal stand, hob unvermittelt den Kopf und sagte zu einem der Wachposten: »Verrammelt sofort diese Tür.«

»Schon erledigt«, kam rasch die Antwort, und gleich darauf donnerte der schwere Querbalken an Ort und Stelle.

»Gut. Nun müssen wir …«

»Nicht ganz so schnell, Slaundshel, seid so gut. Raevrel befahl …«

»Den Thronsaal zu übernehmen, die Gestalt all jener Höflinge anzunehmen, deren Wichtigkeit uns bekannt ist, und dann auf seine Rückkehr zu warten.

Und Thansel sagte: ›Ihr seid alle klug genug, das zu tun, was nötig ist.‹

Aber meine Klugheit sagt mir, dass wir, indem wir hier bleiben und das bisschen Macht übernehmen, welches in Aglirta noch übrig ist, gar nicht anders können als regieren, falls wir in den nächsten paar Tagen einigermaßen vorsichtig vorgehen.

Thamrain ist tot, und Raevrel hat seine Gestalt angenommen, so wie Thansel nach außen hin wie der alte Narr von Oberstem Kammerherrn ausschaut. Unser Krieg wurde in einer Nacht begonnen und gewonnen.

Wenn wir die Gestalt der richtigen Leute annehmen, sind wir von jetzt an gewissermaßen Aglirta – so wie uns das zusteht.

Wir sind Aglirtas königliches Blut und die wahren Herrscher. Einige unter uns sind still davongegangen und haben sich seither viel zu lange Zeit in den Schatten verborgen, so dass sie sich inzwischen nur noch dort wohl fühlen.

Aber wisst dies: Ich werde diese Gelegenheit nicht verstreichen lassen, ohne zu kämpfen – und ich werde jeden von euch, Verwandtschaft hin oder her, bekriegen, wenn ihr diesen Sieg ruiniert.«

Slaundshel blitzte die versammelten Koglaur an wie ein zum Zuschlagen bereiter Löwe und schien jeden herausfordern zu wollen, der ihm trotzte.

Der größte und älteste unter den Gestaltwandlern rührte sich und ergriff das Wort. »Einst war ich so kühn wie Ihr, Slaundshel.

Da Ihr Euch in der Kunst übt, unverblümte Warnungen von Euch zu geben, so nehmt denn meine entgegen:

Behaltet – im Gegensatz zu mir in meinen jungen Jahren – immerdar im Gedächtnis, dass Eure bewundernswerte Kühnheit nichts weiter ist als Kühnheit – und weder Weisheit noch irgendeine Art von Rüstung.«

Slaundshel schnaubte: »Belmuragath, Euch wäre es lieber, wenn wir alle an Blumen schnupperten und uns der Betrachtung ihres Dahinwelkens im Spätsommer hingäben und gar nichts täten, während die Welt um uns herum sich verändert.«

»Die Warnung kommt aber zur rechten Zeit«, erklärte Ammurak fest. »Ich verfüge über Zauber, so wie Ihr über die Euren, Slaundshel, aber übermäßige Kühnheit hat schon in der Vergangenheit sowohl Magier wie auch Eure Verwandten das Leben gekostet.

Ich mache mir bereits Sorgen um Thansel und Raevrel. Sie brachen auf, um den Hochfürsten Silberbaum aufzusuchen, und meines Wissens hätten sie uns doch hier erwarten sollen.«

»Ja, das ist ein wirklich gefährlicher Mann«, meldete sich Samraethe leise zum ersten Mal zu Wort. Dauraunt und Vaesen, die weltlichsten unter all den Abkömmlingen der Koglaur, nickten in grimmigem Einverständnis.

»Können wir nicht mit Ravengar Silberbaum leben?«, fragte Belmuragath. »Wir sind unserer nicht genug, um in die Gestalt aller Höflinge zu schlüpfen, und wir könnten seine feurige Treue und seine Geschicklichkeit im Kampf für uns nutzen. Wenn er niemals erfährt, dass der König getötet wurde …«

»Thansel und Raevrel zogen nicht aus, um mit ihm über Nachtvögel zu debattieren«, erklärte Slaundshel in scharfem Ton, »sondern um ihn zu töten.«

»Und wenn er noch am Leben ist und nichts über uns weiß …«

»Nein«, unterbrach Ammurak eisig. »Diese Hexe von Sarinda sieht alles. Sie kennt unser Geheimnis, und wenn er noch am Leben ist, weiß auch er Bescheid. Sie müssen beide sterben.«

Der Makel. Auch ich hatte ihn, obwohl kein Tropfen Koglaurblut in meinen Adern rinnt. Ich denke, dass königliche Eitelkeit die Gesichtslosen von Aglirta dazu brachte, sich selbst für einzigartig und gepriesen zu halten.

Als ob keiner im ganzen großen Darsar die Macht mit ihnen teilen könne. Oder ihren Untergang.

»Wie konnte es geschehen, dass sie sich alle gegen mich wandten?«, fragte der zum Kampf bereite Hochfürst von Aglirta bitter den seufzenden Wind.

Ravengar Silberbaum stand auf den Zinnen von Burg Silberbaum und beobachtete, wie sich ein weiterer Trupp Söldner vorsichtig näherte, um die Mauern einzukreisen. »Welcher Wahnsinn …?«

Er fand keine Worte mehr, sondern fuhr nur noch missbilligend mit beiden Händen in der Luft herum. Dann drehte er sich auf dem Absatz um und starrte hinunter in den Innenhof seiner immer noch nicht fertig gestellten Burg.

Treu ergebene, aber erschöpfte Silberbaumkrieger hasteten dort unten einmal in diese, dann in eine andere Richtung, schöpften Wasser aus den Brunnen, schleppten Balken oder häuften Pflastersteine auf, um die Tore ein weiteres Mal zu verstärken.

»Männer gehorchen Befehlen, Fürst, ganz gleich, wie töricht die auch sein mögen«, erwiderte einer seiner Hauptleute grimmig.

»Der König erteilte sie. Also ist der König Euer Widersacher.« Der Blick des Mannes streifte kurz die dunkelhaarige Gestalt von Fürstin Silberbaum und schweifte dann ab.

Ein Gerücht besagte, dass König Thamrain die Hexe von Sarinda weder hasste noch fürchtete, wie so viele lange Zeit geglaubt hatten, sondern die Frau begehrte und nun seinen besten Fürsten bekriegte, um ihrer samt ihrer finsteren Magie habhaft zu werden.

Ravengar legte dem Hauptmann den Arm gleichermaßen zustimmend wie ermutigend um die Schulter und trat dann einen Schritt zurück. Der Mann antwortete mit einem angespannten Lächeln.

Ravengar machte sich auf in Richtung der östlichen Zinnen, um die anrückenden Söldner besser im Auge behalten zu können, welche sich auf dieser Seite des Gebäudes unten an der Mauer drängten.

Wenigstens waren die Wehrgänge endlich fertig gestellt und hielten der Wut so vieler unerwarteter Angreifer gehorsam stand.

»Mahandor sagt die Wahrheit«, murmelte er, »doch als der König und ich noch Schulter an Schulter standen, mit einer Stimme sprachen und den Fürsten ein klares Ziel nannten, brauchten sie viel, viel länger, um die Schwerter zu zücken und für uns in den Krieg zu reiten.«

»Diese Männer dort unten sind tot. Die Koglaur haben ihre Gestalt angenommen und drängen danach, uns umzubringen«, erklärte Yuesembra und ergriff eine seiner Hände.

»Euch wollen sie töten, weil Ihr der fähigste unter den Kriegsführern im Königreich seid und somit die größte Bedrohung für sie darstellt.

Ich verfüge über Zauberbanne, welche die meisten unter ihnen fürchten – und zudem weiß ich, wer sie in Wahrheit sind.

Ich könnte ganz Aglirta davon unterrichten, bis meine Zunge zum Schweigen gebracht würde. Diese Angriffe werden nicht enden, solange wir nicht tot sind.«

Ravengar schüttelte den Kopf. »Ein Dutzend inzwischen, wenn man den Ansturm des Pöbels dort unten nicht mitzählt. Unsere Essensvorräte schwinden, und keine frischen Schwertkämpfer wachsen nach, um unsere Gefallenen zu ersetzen.«

»Das entspricht nicht ganz der Wahrheit«, meinte seine Frau leise.

Fürst Silberbaums Kopf fuhr herum. »*Nein,* Yuesembra. Nein und abermals nein.

Ich will nicht, dass jene, welche noch am Leben sind und treu für mich kämpfen, sehen müssen, wie ihre toten Kameraden sich aus dem Schmutz erheben und sich in die Schlacht schleppen!

Ich möchte ihnen den Anblick verwesender, toter Kämpfer ersparen! Meine Leute würden mit jedem schlurfenden Schritt der Toten daran erinnert, dass dieses Schicksal auch sie binnen kurzem ereilen wird!«

»Die wieder erwachten Toten sind Furcht einflößender als die Gesichtslosen?«

»Die Gesichtslosen sind unsere Feinde und nur dann Angst einflößend, wenn sie die Gestalt verändern. Wandelnde Leichen und rasselnde Knochen wären Klingen der Angst in den Rücken unserer Leute – eine Gefahr, welche noch dazu von einem der ihren hervorgerufen sein würde.

Sie bezeichnen Euch als Hexe und misstrauen Euch schon jetzt. Die Frauen fürchten und hassen Euch wegen der Art und Weise, wie ihre Männer Euch anblicken. Vielleicht falle ich in diesem Kampf, und wenn Ihr in ihre Hände geratet, dann fürchte ich das Schlimmste für Euch!«

»Das solltet Ihr aber nicht«, meinte Yuesembra, und ihre Augen leuchteten blau. »Solltet Ihr fallen, so werde ich den Tod so schnell suchen, wie mir das möglich ist. Aber ich werde ihn nicht allein finden.

Eine verhasste und von vielen begehrte Hexe von Sarinda ist gut dreimal zwanzig Aglirtaner wert oder gar mehr. Wir werden sehen.«

Ravengar schluckte und streckte dann die Arme nach ihr aus. Yuesembra ließ sich gegen die gepanzerte Brust sinken wie gegen ein warmes, einladendes Kissen und sprach kein weiteres Wort mehr.

Schweigend beobachteten die beiden, wie ihre Feinde – Söldner, welche halb Darsar durchquert hatten und in Schiffen aus Sirlptar hierher gebracht worden waren – unter den flatternden Fahnen von Aglirta Schwerter und Bögen bereit machten.

Boten eilten in Richtung der gut gerüsteten Männer, welche unter diesen Fahnen standen, und hasteten dann wieder davon, den Hügel hinunter und zwischen den Bäumen hindurch zu den Senken in der Nähe des Flusses, wo der Pfad für die Wagen entlangführte.

Die Fürsten und Hofbeamten von Aglirta mussten sich dort hinten befinden, außer Sichtweite der silberbaumschen Bogenschützen und außer Reichweite von Yuesembras Zauberbannen.

»Ist denn jeder Fürst inzwischen ein Gesichtsloser?«, murmelte Ravengar nach einer Weile. »Ich hätte nie geglaubt, dass es so viele von ihnen gibt.«

»Wenn ihrer so wenige gewesen wären, wie Euch die Höflinge glauben machen wollten«, gab seine Frau zu bedenken, »hätte es Thamrain und jenen, welche vor ihm die Krone trugen, doch gelingen sollen, sie auszulöschen.«

Sie schüttelte den Kopf und zog ihn ein Stück hinter die Zinne zurück, welche die Treppe schützte. Im gleichen Augenblick erklangen Warnrufe, und die ersten von Katapulten abgeschossenen tödlichen Lanzen zischten durch die Luft und fuhren klappernd und bebend zwischen die Zinnen.

»«Hätte Prinz Koglaur seine Fähigkeit, so einfach die Gesichtszüge anderer anzunehmen, nicht dazu verwendet, in so viele Gestalten zu schlüpfen, und zudem weniger Frauen verführt«, erklärte Yuesembra scharf, »dann wären die Gesichtslosen heute nichts weiter als eine Schauergeschichte, welche man sich abends am Kaminfeuer erzählt, und kein offenes königliches Geheimnis.

Sogar in Sarinda wussten wir, dass der verhexte Zweig der königlichen Familie von Aglirta diejenigen von gewöhnlichem Blut an Zahl weit übertraf … und glaubt mir, mein Fürst, wir wussten wenig mehr über das von grünen Wäldern bedeckte Aglirta, als dass sich ein großer Fluss mitten durch sein Herz windet und es dort Hirsche und eine Vielzahl von Bauernhöfen gibt.«

»Und Männer, welche es lieben, in den Krieg zu ziehen«, fügte ihr Gemahl bedauernd hinzu. »Sie bringen einen Rammbock herbei für den ersten Angriff auf unsere Tore.«

Yuesembra blickte in die Richtung, welche Ravengar ihr wies, und sah tief unten die sich zielgerichtet bewegenden Helme. Dann stieß sie ihren Mann plötzlich zurück, fuhr mit einem ihrer langen, scharfen Fingernägel an seinem Kinn entlang und nahm gleichzeitig etwas aus einer Gürteltasche.

Ravengar unterdrückte einen Fluch und berührte den Schnitt, welchen sie ihm zugefügt hatte – aber nicht bevor ein längerer, sanfterer Finger das Blut weggewischt hatte, welches aus der Wunde quoll, und dieses auf ihre Hand gestrichen hatte.

Er konnte nicht erkennen, was sie außerdem zwischen beiden Handflächen verborgen hielt.

Sie murmelte rasch einen seltsamen Bann über ihre ineinander verflochtenen Finger und warf dann das, was sich zwischen ihren Handflächen befunden hatte, wild auf die Steine unter ihren Füßen.

Gleichzeitig wirbelte sie herum und hielt einen Arm vor Ravengars Augen.

Ihre Magie brachte den Nagel – denn um einen solchen handelte es sich, so viel hatte er erkennen können – und den ihn umgebenden Wirbel von Magie zum Bersten, und zwar mit einem solchen Donnergetöse, dass die Steine unter ihren Füßen bebten und sich eine Unzahl von Steinsplittern von den Schießscharten um sie herum löste.

Einen Augenblick später barst die mit Metall beschlagene Ramme, welche gegen die Tore des Hauses Silberbaum donnerte, entzwei und schleuderte die Arme und Beine der Männer, welche sie bedient hatten, in alle Richtungen davon.

»Die Dreifaltigkeit sei mein Zeuge!«, keuchte Ravengar und starrte auf das blutdurchtränkte, schreiende Massaker. Und dann stieß er einen weit derberen Fluch aus und drängte Yuesembra grob in das Treppenhaus – knapp einen Augenblick bevor ein zischender Regen tödlicher Speere auf die Zinnen niederging, zwischen denen sie eben noch gestanden hatten.

Allem Anschein nach hatten auch andere nach Feinden Ausschau gehalten.

»Weg von mir, Ravengar!«, zischte die Frau des Hochfürsten ungeduldig. Ihre verführerische dunkle Haut glitt dicht vor der Nase des Hochfürsten vorbei, als sie sich wieder auf die Füße kämpfte und vorwärts schoss.

»Yuesembra, *nein!* Diese Lanzen dort …«

»Wurden alle auf einmal abgefeuert, und sie müssen wie Wahnsinnige die Winden betätigen, bis sie zur nächsten Salve bereit sind.

Bis dahin habe ich meinen nächsten Bann gewirkt«, schnappte die Edle Silberbaum. »Sofern Ihr mich in Frieden lasst, auf dass ich meinen Zauberspruch anstimmen kann!«

Schweigend bedachte Ravengar seine Frau mit einem Kriegergruß. Sie lächelte, trat kühn vorwärts in eine Schießscharte und zeichnete mit beiden Händen eine schnelle, verschlungene Figur in die Luft.

Der Hochfürst von Aglirta blickte wild um sich und fand die Schilder in einer Ecke liegen statt ordentlich auf dem Gestell hängend, auf welchem sie sich hätten befinden sollen.

Er griff sich einen und eilte zu seiner Frau, um sie vor verirrten Pfeilen zu schützen. Das Hochwinden der Katapulte für die Lanzen mochte tatsächlich eine gewisse Zeit in Anspruch nehmen – er konnte das Rattern und Schwirren der Winden deutlich hören –, aber ein Bogen war binnen eines Augenblickes gespannt, und ein einziger erfolgreicher Schuss würde ausreichen …

Yuesembra lächelte verkniffen, nahm eine Haltung ein, die zu einer anderen Zeit und an einem anderen Ort verführerisch gewirkt hätte, und duckte sich an seiner Schulter, um ebenfalls des Schutzes seines Schilds teilhaftig zu werden.

Und schon pfiffen ein paar schlecht gezielte Pfeile über ihre Köpfe hinweg.

»Die lebenden Toten habt Ihr verboten, Fürst«, murmelte die dunkelhäutige Zauberin von Sarinda leise neben seinem Ohr, »aber Ihr habt nichts über ein paar abgetrennte Arme und Köpfe gesagt, welche herumfliegen und die Lebenden treffen mögen – außerhalb der Mauern natürlich, und nur unter Verwendung jener, welche die Klinge gegen uns erhoben haben. Und auch nur gegen die eigenen Kameraden.«

Kaum hatte sie diese Worte gesprochen, ertönten auch schon Schreie des Entsetzens und des Ekels.

Ravengar starrte seine Frau voller ehrfürchtiger Bewunderung an und *musste* dann einfach die Auswirkungen ihrer Arbeit in Augenschein nehmen.

Er kletterte mit dem vorgehaltenen Schild nach oben und starrte mit offenem Mund auf den Anblick, welcher sich ihm bot.

Ein einsamer Pfeil zersplitterte an einer Zinne ganz in der Nähe, und er fiel fast neben seine Frau, welche am obersten Treppenabsatz stand.

»Bei den Klauen des Dunklen!«, schwor er voller Entzücken. »Einige unter ihnen flüchten bereits! Herumsausende Köpfe klatschen in Gesichter, tanzende Arme schlagen mit Schwertern nach allem, was ihnen nahe kommt. *Ihr Götter!*

Wie lange vermögt Ihr dies alles hier aufrechtzuerhalten?«

»Nicht lange«, erwiderte Yuesembra. »Es zehrt bereits an meiner Kraft.«

Ravengar starrte sie aufgeschreckt und offenen Mundes an, aber seine Frau legte ihm tröstend eine Hand auf den Arm und murmelte: »Das tun alle machtvollen Zauberbanne. Aus diesem Grund wird Darsar noch nicht von Zauberern regiert.«

»Aber … aber …«, stammelte der Hochfürst verwirrt.« Warum ist mir dies nie zu Ohren gekommen?«

Yuesembra seufzte. »Weil in der Magie Wissen Macht bedeutet.

Würdet Ihr all Eure Waffen vor einem Feind strecken und ihm mit leeren Händen entgegentreten?

In ganz ähnlicher Manier schweigen wir, welche wir Zauberbanne wirken, uns über unsere Schwächen aus, statt sie in Gegenwart eines jeden schwertschwingenden Ritters laut herauszuposaunen. Oder auch Hochfürsten gegenüber, selbst wenn es um Leben oder Tod geht.«

»Wollt Ihr mir damit etwa sagen«, fragte Ravengar ruhigen Tones und tastete im Dunkel nach ihrem Arm, »dass Euch jeder Kampfzauber verwundet?«

Yuesembra lächelte ihn auf eine Weise an, welche seine Leidenschaft noch steigerte, und nickte.

»Und wenn wir Kampf auf Kampf austragen, verschwendet Ihr Eure Kraft, schwindet und welkt dahin und sterbt, selbst wenn Euch weder Kriegszauber noch irgendwelche Waffen berühren?«

»Das ist schon möglich«, bestätigte die Hexe von Sarinda. »Aber ich habe nicht die Absicht zu sterben, Ravengar – und ich verfüge immer noch über einige Geheimnisse. Machtvolle Geheimnisse.«

Der Fürst von Silberbaum schüttelte den Kopf, holte tief Luft und fragte gleichmütig: »Und ist es Sitte unter den Frauen in Sarinda, ihren Ehemännern jede Menge machtvoller Geheimnisse vorzuenthalten?«

Yuesembra lächelte wieder wie eine träge Katze, hob herausfordernd eine anmutige Augenbraue und antwortete einfach: »Selbstverständlich.«

Ah, die Maedra. Zwar eisig kalt, aber ebenso lebendig wie ich selbst.

Sie gleiten durch die Steine.

Augenlose Schlangen, aber mit menschlichen Armen, welche stärker sind als die eines groß gewachsenen Schmiedes.

Die Klauen an ihren Händen vermögen den Stein zu formen, welchen ihr Speichel aufgeweicht hat.

Ich könnte die Gestalt eines beliebigen Ungeheuers annehmen, aber niemals diese.

Ich fürchtete sie, als ich sie zum ersten Mal erblickte.
Und ich fürchte sie immer noch.

Ravengar keuchte vor Schmerz und bäumte sich unter ihren Fingern auf, aber Yuesembra behielt die Hände auf seinem Rücken und fuhr damit fort, ihn sanft abzuwischen.

Sie hatte einen Heilzauber für seine schlimmste Wunde gewirkt, einen tiefen Stich in seinem Bauch, wo eine Platte seiner Rüstung zur Seite gerutscht war.

Für die anderen Verletzungen ließ sie ihm ebendie raue Behandlung angedeihen, welche Ritter einander zuteil werden lassen.

Der Hochfürst Silberbaum weigerte sich lediglich, die Kräuter zu kauen, welche Schmerzen linderten. Er wagte es nicht, im Halbschlaf herumzulaufen, falls es dem Feind irgendwie gelingen sollte, die Mauern zu überwinden und unter Gebrüll, mit erhobenem blutigem Schwert und zum Töten bereit herbeizueilen.

Yuesembra hatte bereits die schlimmsten Schnitte mit Wasser ausgewaschen und fuhr jetzt mit einem um ihren Finger gewickelten Leintuch über die ausgefransten Wundränder.

Sie ging ein zweites Mal über das zerfetzte Fleisch, und der Essig, welchen sie jetzt benutzte, brannte wie die sprichwörtlichen Klauen des Dunklen.

Den ganzen Tag über hatte er auf Leitern eingehackt und eingestochen, Befehle gebrüllt und die ganze Mauer entlang Ermutigungen ausgesprochen. Den ganzen Tag und einen Teil der Nacht.

Inzwischen war es spät geworden. Die Nacht des neunten Tages nach dem ersten Auftauchen des Feindes vor der Silberbaumburg war angebrochen.

Schiffsladung auf Schiffsladung zusammengewürfelter Söldnertruppen ließ die Reihen unter dem königlichen Banner beständig anschwellen – so schnell, dass sie die Zahl der von den Silberbaumsoldaten Getöteten um ein Mehrfaches übertrafen.

Die beschädigten Mauern von Ravengars Burg standen immer noch, aber die Verteidiger auf ihren Zinnen waren mittlerweile so gut wie wehrlos, zumal sie ihre Pfeile längst verschossen hatten.

Jemand unter den flatternden königlichen Fahnen war schlau genug gewesen, dem Pfeilhagel und den von Katapulten abgeschossenen Lanzen Einhalt zu gebieten, so dass die zunehmend erschöpfteren Verteidiger keine Möglichkeit mehr hatten, die Waffen einzusammeln und zurückzuschießen.

Inzwischen katapultierte man nur noch die stinkenden, zerplatzenden, auf und ab hüpfenden Leichname in die Burg, um Angst, Schrecken und Krankheit zu verbreiten.

Die Pferde hassten diese unheimlichen Geschosse – aber um die Nahrungsvorräte aufzustocken, hatte Ravengar bereits angeordnet, die schwächsten unter den Tieren zu schlachten und zu braten.

Aber alles Fleisch, welches die hungrigen, treu ergebenen Kämpfer in sich hineinschlangen, konnte nicht verhindern, dass ihre Schwertarme müde waren, genauso wenig wie es die sich ständig ausdünnenden Reihen der Verteidiger aufzufüllen vermochte.

Tag für Tag und Nacht für Nacht erklommen die Söldner auf Dutzenden von wackeligen Leitern die Mauern. Oben angekommen, wurden sie mittels Schwertstreichen oder Stößen schreiend in den Tod in der Tiefe geschickt.

Den ganzen Tag über stapften die Angreifer vor, um ihre Rammböcke mit betäubendem Lärm gegen die Mauern donnern zu lassen, wobei sie die Tore mieden.

Dort flogen aufgrund der Zauberbanne der Hexe von Sarinda immer noch die entsetzlichen Leichenteile durch die Luft, und jeder neue Stoß eines Rammbockes bedeutete eine neue Ladung der schauerlichen Geschosse.

Die Verteidiger hatten jeden erdenklichen Vorteil – abgesehen von Schlaf und Erholung; außerdem nahm ihre Zahl ständig ab.

Dutzende von Söldnern starben, aber Hunderte nahmen ihre Plätze ein, bis alle Männer und Frauen von Silberbaum, welche überhaupt ein Schwert heben konnten, vor Müdigkeit taumelten und in einen schnellen, unruhigen Schlaf sanken, wann immer sie kurz die Gelegenheit erhielten.

Ihre tauben Schwertarme hoben sich langsamer und immer offenkundiger unter Schmerzen, und wann immer einer der treuen Verteidiger von Burg Silberbaum fiel, sahen die schwindenden Reihen der Überlebenden den eigenen Tod näher kommen.

In dieser Nacht hatten die Köche angeboten, sich an der Verteidigung der Mauern zu beteiligen, und einem graugesichtigen, taumelnden Ravengar hatte es an Kraft gefehlt, sie abzuweisen.

Zwar würde am nächsten Morgen ein jeder hungrig sein, aber die Ritter brauchten dringend eine Erholungspause, andernfalls würde es kein morgen geben.

Sie hielten nur noch die äußeren Festungsmauern der Anlage.

Die und auch die noch nicht fertig gestellten, inzwischen halb in Ruinen liegenden inneren Räume gehörten seit Tagen den über die Mauern geschleuderten Toten und lockten Geier und immer kühner werdende Ratten an.

Die eisigen Kammern in und unter den dicken Mauern bildeten inzwischen die Heimstatt der Verteidiger. Die Gemächer wurden zunehmend dunkler und kälter, da die Anzahl der Verteidiger von Silberbaum samt ihren Fackeln und dem Lampenöl immer mehr abnahm.

Yuesembra arbeitete beim Schein einer einzelnen Lampe, welche langsam zu erlöschen drohte.

Ravengar trug immer noch seine Kniehosen und seine Stiefel und fühlte sich zu steif, um aufzustehen und die Lampe nachzufüllen.

Aber schon am Anfang ihrer gemeinsamen Zeit hatte er gelernt, dass sie so wie alle in Sarinda, welche den Pfad der Zauberei gewählt hatten, eine Art Kinderzeitmagie für sich selbst gewirkt hatte, welche sie dazu befähigte, besser im Dunkeln zu sehen als eine Katze.

Mit ihrer dunklen Haut erinnerte sie jetzt tatsächlich an eine jagende Katze. Sie trug geschmeidige, hautenge Lederkniehosen, hohe, weiche Stiefel und eine bis zum Hals zugeschnürte, langärmelige Diebesjacke.

Sein eigenes, vor Schweiß und Blut steifes Lederwams lag zusammengeknüllt auf dem Boden, und die Stelle, wo seine Rüstung hart in das Leder getrieben worden war, zeichnete sich deutlich ab – genauso die Stelle, an welcher Yuesembra geschmeidig und dunkel und er muskulös und haarig war.

Ravengars Hand lag auf seinem gezückten Schwert, während sie sich um ihn kümmerte – und er blickte rasch auf und schloss die Hand um den Knauf, als sich ein schwach leuchtendes Licht näherte.

»Fürst und Fürstin?«, erklang Eirendras sanfte Stimme aus dem Gang, bevor er sie noch erkannte. Obwohl Blutflecke, welche er vorhin nicht bemerkt hatte, ihr schlichtes Gewand in Höhe der Hüften und der Schenkel bedeckten, wirkte Yuesembras Dienerin ebenso ruhig wie immer, als sie jetzt das Schlafgemach betrat.

Sie trug ein zugedecktes Tablett, und über ihrer Schulter hing ein Weinschlauch. Des Weiteren brachte sie eine Lampe mit, und eine doppelt gefaltete, dicke Decke lag über der anderen Schulter.

Dampf stieg von ihrer zugedeckten Last auf, und der scharfe Duft gut gewürzter Speisen erfüllte das Gemach.

Ravengar lächelte. Ja, auf Eirendra konnte man sich verlassen.

Sie erwiderte sein Lächeln – verkniffener und erschöpfter als sonst, aber das verwunderte ihn angesichts der Umstände keineswegs.

»Ich bringe das letzte Gericht, welches Aunra zubereitete, bevor sie auf die Mauern stieg«, murmelte Yuesembras Dienerin und verbeugte sich vor dem Paar. »Sie meinte, jemand solle es essen, bevor es anbrennt. Ich dachte mir, es sei nur recht, wenn ihr beide wenigstens einmal mehr zu essen bekommt als ein in aller Hast verschlungenes Stück Käse. Also …«

Sie hob den Deckel von dem Tablett.

Und warf die darunter verborgene glühende Kohle geradewegs in Yuesembras Gesicht. Einen Augenblick später traf der ebenfalls glühend heiße Deckel zischend Ravengars Wange.

Der Hochfürst zog den Kopf ein, sprang auf und auf die Dienerin zu, welche ihm im gleichen Moment das Tablett mit voller Kraft auf die Nase schlug.

Geblendet schrie er vor Schmerz und Wut auf und hackte mit

dem Schwert auf die Stelle ein, an welcher Eirendra sich befinden musste, aber die Klinge fuhr durch leere Luft.

Gleichzeitig hörte er, wie Yuesembras Keuchen in ein ersticktes, würgendes Gurgeln überging.

Einen Herzschlag später schlang sich ein Tentakel um seine Kehle, ein anderes umfasste das Handgelenk seines Schwertarms, und während er nach Atem rang, taumelte er zur Seite und über einen Stuhl gegen die Wand.

Die von der Dreifaltigkeit verfluchten Gestaltwandler hatten sich in sein Schlafgemach geschlichen!

Er bekam keine Luft, konnte nicht …

Ein leuchtend roter Nebel verbreitete sich in der Dunkelheit vor seinen Augen, und Ravengar Silberbaum säbelte verzweifelt mit seinem Schwert nach dem starken, immer dicker anschwellenden, schlangenartigen Fleisch gleich vor seinem Kinn, und versuchte … versuchte vergeblich …

Dann erfolgte ein Lichtblitz – ein smaragdgrüner Schein, welcher so heftig hinter seine Augen flutete, dass es ihn auf die Knie sinken ließ. Der erstickende Druck um seine Kehle und seinen Schwertarm ließ schlagartig nach und verschwand.

Der Edle lag würgend und keuchend auf dem kalten Steinboden.

Bei der Dreifaltigkeit, seine Kehle schmerzte. Als er endlich über mehr nachdenken konnte als darüber, dass er sich hilflos auf dem Boden wand, wurde Ravengar bewusst, dass das pfeifende Keuchen hastigen Atmens in seinem Ohr von ihm selbst stammte; ebenso wie das Blut, welches ihm aus dem Ohr schoss.

Und dann verwandelte sich das Licht, welches irgendwo hinter ihm langsam verblasste, von Grün zu einem kräftigen Blau.

»Yu … Yuesembra?«, krächzte er durch den heranbrandenden Schmerz. »Geliebte, seid Ihr …?«

Ein anschwellendes Brüllen war die einzige Antwort, welche er erhielt – ein Prasseln aufflammenden Feuers über einem Donner wie von einem weit entfernten Wasserfall, dessen schnell dahinströmende Kraft eher gefühlt als gehört werden kann.

Jetzt schien es sehr nahe zu sein, zu seiner Rechten, dort, wo sich das Bett befinden musste. Sogar die Luft pochte und bebte ... oder ließen ihn seine Wunden dies glauben?

Ravengar kämpfte gegen seine Zuckungen an und kam vor Schmerz stöhnend auf die Beine. Er musste sein Schwert finden und zu seiner Frau gelangen, was auch immer ihr zugestoßen sein mochte.

Sie brauchte ihn ...

Er machte zwei unsichere Schritte, verfing sich in der auf dem Boden zusammengeknüllten Decke und fiel hart auf die Knie zurück. Der neu entstehende Schmerz ließ ihn heulen und fluchen.

Er krümmte sich vor Qual zusammen, knurrte zornig, trat mit den Füßen aus und versuchte, auf die wackligen Beine zu kommen.

Er stieß mit einem Zeh gegen sein Schwert, welches daraufhin über den Boden schepperte. Der Hochfürst von Aglirta ließ sich entschlossen wieder auf die Knie sinken, ließ eine Hand über den Stein gleiten und tastete grimmig nach seiner Waffe.

Sobald er den Griff in der Hand spürte, packte er zu und wagte es zum ersten Mal, den Kopf umzudrehen und nach Yuesembra zu schauen.

Tränen strömten noch immer wie vom Sturm gepeitschter Regen über sein Gesicht, und er sah noch immer Lichtfunken vor sich, welche von dem betäubenden Schlag mit dem Tablett herrührten.

Aber er konnte dennoch ein helleres Licht erkennen: Aus einer Fackelhalterung, welche eigentlich nicht hätte da sein dürfen, schoss blendendes, beinahe weißblaues Feuer bis zur Decke hinauf.

»Yuesembra?«, fragte er heiser und kroch auf allen vieren vorwärts. »Yuesembra?«

Ein Geräusch kaum lauter als ein Schluchzen antwortete ihm, und die Fackelhalterung bewegte sich.

Hastig kämpfte er sich auf die Füße, wobei er sein Schwert als Stütze benutzte. Währenddessen versuchte er, die Tränen wegzublinzeln.

Unvermittelt loderten Flammen hinter ihm auf – die Laterne,

welche dank einer Laune der Götter nicht zerbrochen war, hatte die Decke entzündet, welche der Koglaur mitgebracht hatte.

Und in dem Schein vermochte er das Bett zu erkennen und die darüber zusammengekrümmte Yuesembra. Sie lag auf der Bettkante inmitten eines Wirrwarrs aus verbrannten, zusammengeschrumpften Tentakeln und hatte die Hände vors Gesicht geschlagen.

Das blauweiße Feuer raste zwischen ihren gespreizten Fingern hervor und heilte mit seiner Glut. Die Kohlen! Aber ... Feuer, um von Kohlen verursachte Brandwunden zu heilen?

»Yuesembra?«, wiederholte Ravengar und machte einen Schritt auf sie zu.

Sie zuckte von ihm weg, und der Hochfürst hielt mit erhobenem Schwert unsicher inne. Hatten die ...?

Nein. Sein Blick folgte den Tentakeln bis zu dem verkohlten Ding auf dem Boden.

Er erkannte ein langes Frauenbein, welches aus den Fetzen von Eirendras Gewand ragte, und die blutigen Reste eines Brustkorbs, dessen Rippen aus einer schwärzlichen Masse stachen.

Und dahinter sah er einen Kopf mit einer glatten Fläche anstelle eines Gesichts, und der Schlitz, welcher den Mund darstellte, war in einer Grimasse des Schmerzes erstarrt. Er stieß die Spitze seines Schwertes in den Mund, aber der Gesichtslose rührte sich nicht. Mausetot. Verbrannt von Yuesembras Zauberfeuer.

Die Flammen hinter ihm fielen rasch in sich zusammen, bis nur noch Rauchfäden durch den Raum trieben – wie alles andere innerhalb der dicken Mauern war auch die Decke feucht gewesen.

Ravengar Silberbaum durchquerte einigermaßen benommen den Raum und griff sich die Öllampe aus den versengten Falten, bevor der Raum ganz in Dunkelheit versank.

»Ravengar«, fragte seine Frau hinter seinem Rücken. Ihre Stimme klang leise und drängend. »Ravengar, vertraut Ihr mir?«

Der Fürst Silberbaum wirbelte, die Öllampe in der Hand, herum. »Warum fragt Ihr? Ja ...«

Yuesembras dunkles Lächeln wirkte alles andere als fröhlich. »Gerade eben genug, um mir den Rücken zu kehren.«

Ravengar senkte die Klinge seines Schwertes, stellte die Lampe auf einen Nachttisch und eilte zu ihr. »Yuesembra, seid Ihr unverletzt? Geht es Euch gut?«

»Ja. Vertraut Ihr mir?«

Der Hochfürst von Aglirta stand für einen langen Augenblick reglos da.

Er blickte seiner Frau fest in die Augen und sagte schließlich ernst: »Ja. Ja, das tue ich. Und wenn mein Leben auf dem Spiel stünde.«

»Dann hört mir zu und glaubt mir, ganz gleich, wie seltsam oder abstoßend Euch meine Taten in der Zeit, welche uns noch bleibt, auch erscheinen mögen:

All das tue ich nur für Euch – ich will Euch und unsere Kinder in Sicherheit halten, solange mir noch die Kraft bleibt, dies zu tun. Und um Euren Namen – und Eure Rache – auch noch darüber hinaus am Leben zu erhalten.«

Yuesembras Augen schimmerten dunkel und riesengroß, und ihr Gesicht befand sich nur wenige Zoll von seinem eigenen entfernt.

Ravengar stand zitternd da. Ihn verlangte es danach, sie zu küssen, da sie ihm nie zuvor so schön erschienen war … oder so gefährlich.

Irgendetwas in diesen Augen erweckte große Furcht, so wie er es nie zuvor erlebt hatte. Etwas, das ihn davon abhielt, sich ihr noch weiter zu nähern.

»Da ist etwas, was Ihr wissen solltet«, fügte sie hinzu und wies auf den verbrannten Körper mit den Tentakeln. »Das da ist nicht der erste Koglaur, welchen ich tötete. Und auch nicht der zehnte, seit wir hier eingeschlossen sind. Es ist der Zwölfte.«

»Der …?« Ravengar starrte seine Frau an.

»Die Gesichtslosen sind wiederholt hier hereingeschlüpft – irgendwie –, um die Plätze unserer vertrauenswürdigsten Diener und Ritter einzunehmen.

Sie kommen in der Regel, wenn man schläft, und töten dann, aber sie haben inzwischen zweimal versucht, die Zinnen zu erklimmen, um Euch umzubringen, während Ihr kämpftet.«

»Aber – aber wie gelangen sie herein? Und wie viele von ihnen *sind* bereits hier?«

Yuesembra schüttelte den Kopf. »Das weiß ich nicht. Ich brauche all meine Kraft, um Zauber zu wirken, welche uns gerade eben am Leben halten. Mir bleibt keine Kraft mehr übrig für Beobachtungs- oder Überwachungszauber … oder Vorhersagen.

Ich brauche keine Voraussagen, um zu wissen, dass noch mehr Koglaur kommen werden. Also, mein lieber Ehemann, traut niemandem.

Nicht einmal mir, es sei denn, Ihr seid Euch wirklich sicher, mich vor Euch zu sehen und keinen Koglaur, welcher meine Gestalt angenommen hat. Seid auf einen Kampf gefasst, sobald sich Euch ein Freund nähert.

Haltet die Waffe bereit, sorgt für genug Raum, sie auch anzuwenden, und ausreichend Entfernung, um zu verhindern, dass jemand auf Euch einsticht oder sich auch nur auf Euch stürzt.«

Sie wies auf die geschwärzten Tentakel am Boden. »Diese Tentakel …«

Ravengar nickte reumütig. Er spürte noch immer die empfindlichen Stellen an seiner Kehle, welche übel schmerzten, wenn er zu schlucken versuchte.

»Wissen jene, welche uns die Treue halten, über die …?« Er deutete auf den toten Gesichtslosen.

»Einige unter ihnen. Die meisten erfuhren es auf die harte Weise und dienen nun dort als Rattenfutter, wo die Koglaur ihre Körper liegen ließen.«

»Ich muss Taranth davon unterrichten. Er kann die Mauern nicht richtig verteidigen, während ich schlafe, wenn er nicht weiß, dass jeder Mann, welcher an seiner Seite kämpft, ein Gestaltwandler sein und nur auf den richtigen Augenblick zum Verrat warten könnte.

Und mehr als das: Er kann dieses Aas verbergen, auf dass Eure Dienerinnen es nicht sehen und ihre Zeit mit nützlicheren Dingen verbringen, als Schreie des Entsetzens auszustoßen.«

Yuesembra nickte. »Wenn wir jemanden zu ihm schicken, dann

können wir zusammenbleiben. Ravengar, ich möchte Euch in dieser Nacht nicht aus den Augen verlieren.«

Der Fürst Silberbaum nickte und streckte die Hand nach ihr aus. Vertraute lange, starke Finger verschränkten sich mit den seinen, und er versuchte, ein Zurückzucken zu unterdrücken.

Ihm schoss der Gedanke durch den Kopf, dass Yuesembras Finger sich in etwas Bestialisches verwandeln und ihm noch einmal Tentakel und weit aufgerissene Kiefer nach dem Leben trachten mochten.

Aber dann schüttelte er den Kopf. Entschlossen schob er solch dunkle Fantastereien von sich und eilte an der Seite seiner Frau den Gang hinunter.

Die alte Shanmra war zwar wegen ihrer Leibesfülle nicht allzu beweglich, aber sie konnte sich rühren, wenn sie die Notwendigkeit erkannte.

Und Taranth war nicht ohne Grund Ravengars vertrauenswürdigster Hauptmann. Glänzend vor Schweiß und fremdem Blut kam er eilends von den Mauern herunter und durchschritt mit hoch erhobener Streitaxt und neu erwachtem Feuer in den Augen den Gang.

»Fürst? Ihr bedürft meiner?«

»Taranth! Ich habe hier etwas, das Ihr sehen müsst«, begrüßte ihn Ravengar einigermaßen erleichtert und ließ den Hauptmann in das Schlafgemach treten. »Anscheinend sind nicht alle unsere Feinde …«

Taranth machte einen Schritt in Richtung des Bettes, auf welchem Yuesembra saß. Der verbrannte Gesichtslose mit dem klaffenden Mund lag, alle viere von sich gestreckt, vor ihr.

Der Hauptmann erstarrte – und schleuderte dann seine Streitaxt in Ravengars Gesicht und sprang gleichzeitig vorwärts, wobei sein Körper sich in einen Wald aus sich reckenden Tentakeln verwandelte.

Ravengar gelang es gerade noch rechtzeitig, sein Schwert hochzureißen; die Axt prallte mit einem ohrenbetäubenden Krachen gegen die Klinge, und ihr schweres Blatt schnitt ihm das rechte Ohr auf und biss dann im Fallen tief in seine Schulter. Knurrend sprang der Hochfürst vorwärts durch eine plötzlich entstandene Mauer aus rasenden Funken.

Viele der Tentakel dieses zweiten Koglaur zitterten und bebten dicht vor ihm.

Sie zuckten zurück und rollten sich zusammen, da Yuesembra mit ihrer Funken stiebenden Magie auf sie einschlug.

Aber der Rest erinnerte an die Schultern vieler Männer, welche ein Netz einholten – und das Netz, an welchem sie zogen, war Yuesembras Kehle. Sie zischte etwas durch zusammengebissene Zähne, und Ravengar konnte sie in dem Wirrwarr aus Funken und um sich schlagenden Tentakeln kaum erkennen.

Und dann erreichte der Hochfürst den Gestaltwandler und trieb sein Schwert tief in dessen Kopf.

Ravengar verschwendete keine Zeit damit, sich zu vergewissern, welchen Schaden er angerichtet hatte, sondern ließ die Klinge im Schädelknochen stecken, aber das mochte bei einem solchen Ungeheuer nicht viel bedeuten.

Der Fürst zog den Dolch aus dem Gürtel und stach wie wahnsinnig auf den Gesichtslosen ein. Er trieb den Stahl in den Körper, zog ihn heraus und stieß wieder so schnell zu, wie sein erschöpfter Arm dies vermochte.

Blut und etwas, bei dem es sich nicht um Blut handelte, durchtränkte ihn, und ein feuchtes, jämmerliches Geheul drang an Ravengars Ohr.

Ein Dutzend oder mehr Tentakel lösten sich von Yuesembras Kehle und schossen auf den Hochfürsten von Aglirta zu.

Ravengar sprang in einer verzweifelten Drehung von dem Gesichtslosen weg und landete hart auf zwei Tentakeln, welche verirrt über den Boden strichen. Eine seiner Hände fand die Streitaxt.

Er packte zu, rollte sich herum, kam auf die Füße, wirbelte herum, ließ seinen Dolch fallen und hackte, die Axt mit beiden Händen umklammernd, zu.

Er kämpfte sich durch die hin und her gleitende Masse des zornigen Tentakelwirbels auf den Griff seines Schwertes zu.

Vielleicht mochte es dem Gesichtslosen gelingen, die Waffe herauszuziehen, sich eine Hand wachsen zu lassen und die Klinge gegen ihn zu schwingen.

Vielleicht würde er aber auch als Erster bei seinem Schwert ankommen. Die Waffe stellte ein ebenso gutes Ziel wie jedes andere dar, wenn man versuchte, etwas zu verletzen, dessen lebenswichtige Organe überall sein mochten.

Das Schwert lockerte sich, als er immer noch um Armeslänge von der Waffe entfernt war, und schwang bluttriefend durch die Luft.

Das war also das Ende …

Ravengar biss die Zähne zusammen in Erwartung des Schmerzes, welcher ihn überwältigen würde, sobald das Schwert niedersauste – und erkannte dann durch das Chaos aus Blut, Tentakeln und Schweiß, dass kein Tentakel das Schwert berührte.

Die Klinge wirbelte von selbst durch das sich krümmende Netz aus Tentakeln, als würde sie von einem Geist gehalten und geführt!

Das Schwert sauste nach unten. Nicht in die Brust des schwitzenden, sich angestrengt reckenden Fürsten Silberbaum, sondern tief in den Körper des hin und her wabernden Koglaur, welcher vor der Klinge zurückschrumpfte und sich teilte.

Der Stahl drehte sich und blitzte auf, als er auf das zurückweichende Fleisch einhackte, und noch mehr Blut spritzte auf.

Dann ächzte Yuesembra hinter einem Wall aus umherdreschenden Tentakeln, und das Schwert hielt inne.

Aber in diesem Augenblick war Ravengar Silberbaum nur noch einen Schritt von dem sich windenden Körper des Gesichtslosen entfernt und somit am Ziel.

Er schwang mit solcher Wucht die Streitaxt, dass der Schwung des zischenden Blattes seine beiden Füße vom Boden riss.

Die Axt drang tief ein, und der Koglaur erbebte wie ein bis ins Mark getroffener Baum. Ravengar trat auf den weichen, schlaffen Körper ein und versuchte, die Axt freizubekommen – und versenkte sie rasend vor Zorn aufs Neue.

Tentakel kippten um, fielen zu Boden und krümmten sich dort, und Ravengar schlug wieder zu. Zwar stellte sich ihm nichts mehr in den Weg, aber er fürchtete, das Wesen könne sich vermeintlich zurückziehen, sich dann in Furcht einflößender Gestalt wieder erheben und trotz der Axthiebe mit Klauen und riesigen Kiefern auf ihn stürzen, sobald er in seinen Anstrengungen nachließ.

Sein Schwert blitzte vor seinen Augen vorbei und nagelte ein verzweifelt nach ihm tastendes Tentakel fest, welches von hinten nach seiner Kehle greifen wollte. Yuesembra lächelte ihn grimmig an, und der Hochfürst Silberbaum schüttelte seine Axt, um sie von der bebenden und zuckenden Masse von Blut und feuchtem Schleim zu befreien.

Er hackte noch einmal zu, und dieses Mal prallte die Axt klirrend von den Steinplatten des Bodens ab.

Tentakel ringelten sich schwächlich und brachen dann bebend in sich zusammen. Ravengar erwiderte Yuesembras Lächeln.

Die Frau riss sich die letzten Überbleibsel des Koglaur von Hals und Kehle – Tentakel, welche auf groteske Weise an menschliche Fingerstümpfe erinnerten –, und kam erschöpft und mit ausgestreckten Armen auf ihn zu.

Für einige kurze, misstrauische Augenblicke spähte er im Raum umher, da er sichergehen wollte, dass er Yuesembra vor sich sah und nicht den Gestaltwandler, während sie leblos vor dem Bett lag.

Ihr Lächeln verbreiterte sich, und sie nickte ihm anerkennend zu.

Dann hallte der Klang von auf den Zinnen geblasenen Kriegshörnern den Gang herunter.

Weder Taranth noch der Fürst Ravengar befanden sich an Ort und Stelle, um Befehle zu erteilen, aber wenigstens schien eine gewisse Köchin zu wissen, wie man ins Horn stieß und vor einem neuerlichen Angriff warnte.

Der Fürst und die Fürstin schauten sich müde an, immer noch zwei blutige Schritte weit voneinander entfernt.

»Ich sollte eigentlich …«, begann Ravengar und schaute nach seinem Schwert suchend auf all das Blut.

Dann hörte er im Gang hinter sich das Klappern von Rüstungen auf steinernen Bodenplatten und das Gepolter laufender, gestiefelter Füße.

Als er herumwirbelte, stürmten bereits zwei seiner Ritter herein. Auf einem Schild, welchen sie zwischen sich trugen, brachten sie seine Rüstung.

»Fürst«, schnappte einer der beiden Männer und griff sich mit der freien Hand den Helm des Hochfürsten, »Ihr müsst Euch beeilen!«

»Ja«, stimmte der zweite Ritter zu, und als der erste Ritter den Helm in Richtung von Ravengars Gesicht schleuderte, wuchsen dahinter Tentakel aus seiner Rüstung. Der Koglaur warf Teller und Kelche und Fußpanzerteile in alle Richtungen, und der zweite zog sein Schwert und warf es quer durch den Raum auf die Hexe von Sarinda.

Yuesembra beendete gerade einen rasch ausgestoßenen Zauber, und blaues Feuer erwachte rund um ihre gekreuzten, umeinander verschlungenen Handgelenke.

Während Ravengar zurücktaumelte und die Streitaxt hob, um seine Frau zu verteidigen, sprang das blaue Feuer über ihn hinweg wie ein von der Bogensehne schießender Pfeil.

Die Flamme teilte sich in zwei wirbelnde zuckende Blitze, welche über den beiden Gesichtslosen zusammenbrachen wie am Strand über Felsen zusammenstürzende Wellen ... und dann verebbte der Schein und erstarb.

Nur zwei zusammensackende Säulen vergehenden Rauches blieben übrig.

Das tödliche Schwert schepperte gegen die Wand hinter Yuesembra, prallte zurück und fiel klappernd zu Boden. Die Hexe von Sarinda ächzte, taumelte und stolperte zurück. Ravengar streckte eine Hand aus, um sie zu stützen, aber sie fiel von ihm weg und sackte gegen die nächste Wand.

Sie schmiegte sich an den kalten Stein, rutschte zitternd nach unten, und ihr Gesicht wirkte beinahe ebenso grau wie die dunklen Mauern.

Dann murmelte sie ein Wort, welches Ravengar nie zuvor vernommen hatte.

Das Wort hallte seltsam von den sie umgebenden Steinen wider, erklang immer wieder, als flüsterten die Steine selbst es sich einander unablässig zu. Der zischende Chor schien zunächst zu verklingen, schwoll dann aber bedrohlich an.

Ravengar wog seine Axt in den Händen und blickte sich unruhig um. Er erwartete, dass die Steine um ihn herum explodieren würden – aber sie blieben so dunkel und solide wie immer.

So *unbeteiligt* wie immer, dachte er wild, als Yuesembra Silberbaum ein Ächzen ausstieß und zu Boden sackte. Sie fiel auf die Brust und die Knie und stöhnte der Ohnmacht nahe vor sich hin.

Als er sie in die Arme nahm und leise ihren Namen flüsterte, schien sie ihn nicht zu hören. Ihre Augen schimmerten dunkel und trübe, und ihr Mund war schlaff geworden.

»Yuesembra!«, zischte er und schüttelte sie. »Yuesembra!«

Ihre Antwort kam leise und wie aus weiter Ferne, und nur ein Winkel ihres Mundes bewegte sich. »Ich … bin … noch … nicht tot, Geliebter.«

Und dann hörte er erneut das Geräusch vieler Stiefel, welches den Gang herunter näher kam. Ravengar Silberbaum ließ seine Frau sanft auf den klebrigen, nassen Boden gleiten und ergriff knurrend seine Axt.

Sechs Ritter mit stahlharten Augen brachen durch die Türöffnung, und einigen wuchsen noch im Laufen Tentakel.

Wieder anderen sprossen zusätzliche Arme mit Unmengen von Speeren, Äxten und scharfen Klingen, welche bedrohlich auf den Herrn des Hauses Silberbaum zielten.

Ravengar begrüßte sie mit einem trotzigen Knurren und schwang seine Axt hin und her, um sie dazu herauszufordern, sich in seine Reichweite zu wagen.

Als er versuchte, wenigstens ein paar dieser – dieser Dinger zu töten, bevor ihn der Rest unweigerlich umbrachte, begannen sich die Wände um ihn herum zu rühren.

Der Fürst Silberbaum zog sich hastig zurück und hob verzweifelt die Axt.

Wie war es ihnen gelungen, sich hinter ihn zu schleichen?

Wie gelang es ihnen nur, zu einem Teil der von der Dreifaltigkeit verfluchten Wand zu werden? Der Dunkle sollte sie alle holen!

Und noch während er vor Unglauben und Verzweiflung raste, wölbten sich die riesigen Steine der Mauer wie ein von sich im Inneren befindlichen Leibern aufgeblähtes Zelt vor, und der Fels bog und wand sich wie geschmeidiger Stoff.

Die Steine um Ravengar herum wogten nach vorn, Wellen stießen ihn in Richtung der Koglaur – Wellen, welche anschwollen zu ... dunklen, feuchten, weichen Kolossen, welche sich von der Wand befreiten und nachgerade ausgespien wurden wie neugeborene Fohlen. Zwei, drei, nein, fünf von ihnen.

Sie gemahnten an aufrecht stehende Schlangen oder Aale mit starken Muskelsträngen und Armen mit grausamen Krallen. Sie besaßen die Größe von Schlachtrössern und glitten so lautlos vorwärts wie eine Brise durch hohes Gras.

Ravengar starrte voller Unglauben ihre Rücken an. Die neuen Ungeheuer *flossen* geradezu nach vorn, um die Koglaur anzugreifen.

Als dann die Tentakel zuschlugen und entsetzliche nasse Schreie und sabbernde Geräusche erklangen, schaute er wild hinter sich. Diese Aalwesen mussten aus Yuesembras Magie geboren sein! War sie ...? Hatte sie ihr Leben geopfert, um einen Zauberbann zu wirken, welcher ihm das Leben retten sollte?

Die Hexe von Sarinda befand sich nicht dort, wo er sie verlassen hatte. Sie war in die hinterste, dunkelste Ecke des Schlafgemachs gekrochen und zog sich zitternd mit den Fingernägeln an den Steinen der Wand hoch.

Die Hexe wirkte so schwach und so entschlossen wie eine alte Frau, welche Ravengar einmal dabei beobachtet hatte, wie sie sich ihren Weg nach Hause durch einen Sturm erkämpfte.

Und eine ihrer Hände mit den langen Fingern hatte gerade eben irgendetwas mit einem der Steinblöcke angefangen, das ihn nach innen kippen ließ.

Eine Tür öffnete sich in der Wand neben Yuesembra, ein Weg in die Dunkelheit, welcher nicht in Ravengars Plänen verzeichnet und sowohl dem Hochfürsten wie auch allen anderen gänzlich unbekannt war.

»Y-Yuesembra?«, stammelte der Fürst aus dem Hause Silberbaum.

Er starrte seine Frau an, dann die Tür, und er war viel zu verblüfft, um noch weitere Worte zu finden.

Yuesembra Silberbaum stand jetzt aufrecht da. Ihre Haut wirkte blasser, als er sie je gesehen hatte. Während er sie noch anstarrte, drehte sie sich um, griff nach der Wand, um nicht zu fallen, und schenkte ihrem Mann ein schiefes Lächeln. »Seid willkommen bei einem weiteren meiner Geheimnisse.«

Und mit diesen Worten zog sie sich in die Türöffnung – und stürzte vorwärts in die unbekannte Dunkelheit.

»Yuesembra!«

Ohne weiter auf das laute Kampfgetümmel hinter ihm zu achten, wirbelte Ravengar mit aufgerissenen Augen herum und griff sich die flackernde Öllampe, welche der erste Gesichtslose mitgebracht hatte. Er wog die Axt in der anderen Hand, verbiss sich ein Gebet an die Dreifaltigkeit – denn wer sonst konnte ihm so viel Schmerz in einer Nacht geschickt haben? –, knirschte mit den Zähnen und rannte hinter Yuesembra her.

Drei

Das Erwachen der Maedra

Yuesembra? Yuesembra, was *ist* das für ein Ort?«

»Ravengar, vertraut mir. Ich werde Euch später alles erklären, was Ihr zu wissen verlangt. Später.«

Die Wände um sie herum wankten, und kleine Steine prasselten auf Ravengar Silberbaums Kopf herab.

»Was war das?«, knurrte er, als ihm der Schein seiner Lampe Schwaden wirbelnden Staubs und einen Steinregen enthüllte – und dann herrschte Dunkelheit, denn eine Gerölllawine hatte das Licht gelöscht.

Eine Hand mit langen Fingern tätschelte seinen Arm, während er wie blind um sich schaute, und weiche Lippen küssten seine Wange.

»Kümmert Euch nicht weiter um die Lampe«, flüsterte ihm seine Frau ins Ohr, »und legt Eure Hand in meine. Wir werden gemeinsam weitergehen.«

Ravengar warf die Lampe hinter sich, damit sie beide nicht mit Öl befleckt wurden, und streckte beide jetzt freien Hände aus.

Yuesembras Schulter presste sich gegen seine Brust, und er schloss die Arme, umfasste die vertrauten Kurven und zog seine Frau an sich.

»Hmm«, sagte er zu ihrem Nacken, »das ist besser, als auf Tentakel einzuhacken, welche alle meine Leute und meine Freunde umgebracht und ihre Gesichter genommen haben. *Viel* besser.«

»Das will ich doch hoffen. Seid jetzt vorsichtig. Ich gehe voraus, und wir müssen unsere Beine gleichzeitig bewegen, sonst fallen wir übereinander.«

Der Hochfürst von Aglirta gehorchte dem Befehl und verfiel nach ein paar unfreiwilligen Stößen und Fehltritten in Gleichschritt mit den langsamen, bedachten Schritten seiner Frau.

Sie schwang beim Gehen ein wenig die Hüften, ein Umstand, welchen er zu einem geeigneteren Zeitpunkt würdigen musste.

Falls ein solcher Zeitpunkt in der kurzen Spanne, welche ihnen noch zum Leben blieb, überhaupt kommen sollte.

»Und wenn die Gesichtslosen den Kampf gewinnen und uns verfolgen? Oder irgendwann später die Tür finden und uns suchen?«

»Das werden sie nicht. Es gibt keine Tür mehr.«

»Es …?« Ravengar packte seine Frau fester und zwang sie zum Anhalten.

»Geliebte Yuesembra, wollt Ihr mir endlich erzählen, was hier vor sich geht? Ich befahl, eine einfache, aber starke Burg zu bauen, eine ringförmige Festung mit untereinander verbundenen Türmen, und …«

»Und ich«, erwiderte die Zauberin von Sarinda ruhig, »sah, wie die Koglaur in aller Seelenruhe hier ein Genick brachen und dort eine Kehle aufschlitzten, während sie sich in das königliche Gefolge einschlichen.

Sie fürchteten Euch, Ravengar. Und sie fürchten Euch noch immer. Den allertreuesten und fähigsten Mann im Königreich, die wahre Macht, welche Thamrains Thron stützte.

Sie wussten auch, wer ich bin – und das wurde Euch zum Verhängnis. Da sie Euch nicht in die Irre führen können, sollt Ihr sterben.«

»Ja, ja, ich glaube Euch, obgleich all dies mehr den Liedern fahrender Sänger zu entspringen scheint als dem wirklichen Aglirta, welches ich kenne. Oder zu kennen glaubte.

Dieser Gang! Wir müssen inzwischen unter dem nächsten Turm hindurch sein oder gar unter den Mauern!«

»Das sind wir. Hinter den Mauern, jedenfalls hinter denen, welche Ihr verteidigt habt. Inzwischen gibt es ein paar neue, welche in dieser Nacht recht eilig und ziemlich nahe bei den alten errichtet wurden.

Ich hatte gehofft, dazwischen ein paar Dutzend Sirler Söldner zu zerquetschen, aber ich fürchte, ich habe die meisten von ihnen lediglich eingeschlossen. Sie sollten allerdings verhungern, bevor die neuen Mauern bröckelig genug geworden sind, dass sie sie erklettern und darübergelangen könnten.«

Ravengar lauschte den ruhigen, zuversichtlichen Worten mit wachsender Ehrfurcht.

Er hatte gewusst, dass er eine mächtige Zauberin geheiratet hatte, aber *so* etwas …

Yuesembra befreite sich mit plötzlich neu erwachter Kraft und schritt weiter, wobei sie den viel größeren und schwereren Mann hinter sich her zerrte.

Binnen weniger Schritte bewegte er sich wieder im Takt mit seiner Frau und nahm den für ihn rabenschwarzen Weg durch einen Gang aus feuchtem Stein wieder auf.

Wo bei der Dreifaltigkeit gingen sie hin? Den halben Weg bis Sirlptar durch Tunnel, von deren Vorhandensein er nichts gewusst hatte?

Vielleicht hatte sie ja heute Morgen ein oder zwei Zauber gewirkt und mit einer trägen Handbewegung Meilen um Meilen von Höhlen und niedrigen Gängen entstehen lassen?

Wenn jede stolze Edle aus Sarinda dazu in der Lage war, musste dieses Land von unterirdischen Gängen durchsetzt sein wie ein von Maden befallener Käse und unablässig hier oder dort in sich zusammenstürzen, so dass die unterminierten Türme und Hügel und geschäftigen Städte zerbröckelten …

Das mochte auch seinem Fürstentum widerfahren, so dass fruchtbare Felder und bewaldete Hügel ohne Vorwarnung samt und sonders zu staubigen Löchern voller Ruinen zerfielen …

Ravengar keuchte, weil er eine ganze Reihe von Flüchen unterdrückte, und sagte dann nur: »Ich wüsste es sehr zu schätzen, edle Dame, wenn ich wüsste, was hier vor sich geht.

Wenn ich verstünde, was Eure Worte bedeuten, würde ich mich für jetzt zufrieden geben. Wenn es Euch denn nicht zu viel Mühe bereitet.«

Ein melodisches Lachen belohnte seine leicht spöttischen Worte, und sie antwortete: »Wir befinden uns jetzt in einer riesigen Kammer. Zieht Euren Dolch.«

»Ich … werte Dame, den habe ich im Kampfgetümmel verloren.«

Die Hexe von Sarinda schnalzte wie eine tadelnde Mutter mit der Zunge und sagte dann mit einer Stimme, die auf ein Lächeln schließen ließ: »Dann müssen wir mit meinem auskommen.«

Sie entzog sich ihm mit einer solch flüssigen Leichtigkeit, dass er dachte, dass sie sich jederzeit von seinem Griff hätte befreien können und Ravengar mit der Axt in der Hand hilflos in der Dunkelheit gestanden hätte.

Etwas glomm schwach in der Schwärze vor ihm. Während er darauf starrte, wurde das Glühen stärker – jedenfalls ein kleines bisschen –, bis er erkennen konnte, dass der Schimmer von einer kleinen Messerklinge in Yuesembras Hand ausströmte.

Seine Frau hatte die Waffe offenkundig aus ihrer breiten, reich verzierten Gürtelschnalle gezogen, welche am unteren Rand eine Spitze bildete.

Mit den Fingern ihrer freien Hand, welche noch auf dem Gürtel lag, winkte Yuesembra ihm nun einen tröstenden Gruß zu.

»Hier«, meinte sie und reichte ihm die Waffe mit dem Griff voran. Ihre Hand bebte leicht, und Ravengar fragte sich erneut, wie schwer sie wohl verletzt sein mochte.

»Yuesembra«, fragte er ruhig und ergriff das kleine, wie eine Lampe leuchtende Messer, »wie fühlt Ihr Euch? Und seid ganz ehrlich.«

»Müde«, antwortete sie ihm. »Tatsächlich würde ich mich am liebsten hier mit Euch hinsetzen und mich einfach nur ausruhen.«

»Während die Gestaltwandler die letzten meiner – unserer Leute abschlachten? Und damit anfangen, diese Burg auseinander zu reißen, um uns zu finden?«

Die Zauberin seufzte. »Es gibt nichts, was wir für die Euch treu Ergebenen tun könnten«, erklärte sie verzagt. »Die wenigen, welche noch übrig sind. Die Koglaur sind zu zahlreich, und meine Zauber zu gering. Mir gelang es nur mit Mühe, *einen* Mann zu retten.«

»Mich.« Ravengar dachte über zu viele verwirrende Dinge auf einmal nach, als plötzlich hoch über ihnen der Fels unter Donnergetöse erbebte. »Und die Kinder?«

»Sie sind so sicher, wie meine Zauberbanne und die meiner Schwester Sameira das nur bewirken können. Weit von Aglirta entfernt und gut versteckt.

Sprecht nicht mehr von ihnen, sonst könntet Ihr sie den Koglaur wieder ins Gedächtnis rufen. Die Gestaltwandler könnten dann mittels Gedankenleserei versuchen, sie über mich aufzuspüren.

Einige unter den Gesichtslosen vermögen Zauber zu wirken.«

Ravengar Silberbaum schwieg für eine Weile und fragte dann grimmig: »Was waren das für Wesen, welche Eure Magie hervorbrachte? Diese Steinaale?«

»Maedra. Ich habe sie weder heraufbeschworen noch herbeigerufen. Ihr habt aus Zufall Steine verwendet, in welchen sie hausen, und zudem habt Ihr ihnen Futter besorgt.

Meine Zauber vermögen die Maedra lediglich zu lenken – so wie man ein Schiff in einem schweren Sturm lenkt, und das auch nur für kurze Zeit.«

Ravengar starrte Yuesembra an. Die Dunkelheit hüllte sie ein wie ein Umhang, aber in ihren Augen spiegelte sich, zwei blitzenden Sternen gleich, das Glühen des Messers. Er schüttelte den Kopf. Erneut hatte sie ihn überrascht.

»Ich brachte ihnen *Futter?*«

Seine Frau lächelte. »O ja. Es gibt kein Fleisch, welches die Maedra mehr lieben als das der Koglaur.«

Viel später blieb Ravengar stehen. Seine zitternde Hand umklammerte fest die Streitaxt, und er fragte mit kaum merklich bebender Stimme:

»Yuesembra, ist der Stein, welcher sich an mir vorbeibewegt, eine dieser Maedra? Ich spüre eine Berührung an meinem Bein … *was soll ich jetzt tun?*«

»Bleibt still stehen, benutzt keinesfalls die Axt, und beruhigt Euch, mein Fürst«, beschied ihm die Hexe von Sarinda mit fester Stimme.

Sie hatte innegehalten und stand jetzt im fast undurchdringlichen Dunkel des Ganges vor ihm. »Die Maedra verhält sich mitunter wie ein Hund und vergewissert sich auf diese Weise, mit was für einer Sorte Mann sie es zu tun hat.«

Der Hochfürst von Aglirta holte tief Luft, starrte im Licht des Messers, welches seine Frau ihm gegeben hatte, zu der glatten steinernen Decke über seinem Kopf hoch – weshalb war diese Decke so glatt?

Keine Hacke und keine Axt vermochte eine solch makellose Oberfläche zu hauen! Ravengar musste aufsteigende Furcht niederkämpfen.

Der bebende Stein zog sich zurück und glitt unter schwachem Zischen, welches an vom Wind verwehten Sand erinnerte, an ihm vorbei.

Die tiefe Stille, welche darauf folgte, kam Ravengar höchst gelegen.

»Ich schlage vor«, sagte er schließlich, als er seiner Stimme wieder trauen konnte, »Ihr erzählt mir ein wenig mehr über die Maedra. *Nachdem* Ihr mir erklärt habt, wo wir uns jetzt befinden.«

»Wo wir uns unser ganzes Leben lang befinden, Ravengar, nämlich genau hier«, scherzte Yuesembra.

Als er schwieg und sie mit einem langen Blick bedachte, fügte sie eilig hinzu: »Ein Stückchen westlich der Burg Silberbaum und so tief unter der Erde, wie Eure Mauern in den Himmel ragen.

Um uns herum ist fester Stein; die Feuchtigkeit rührt von dem Wasser her, welches immer nach unten sickert.«

»Und wie steht es mit dem Weg, welchen wir bis hierher genommen haben?«

»Die Maedra verändern ihn bereits. Wenn die Koglaur uns suchen kommen, dann finden sie Sackgassen vor – und Fallen.«

»Und wie werden wir je hinausgelangen?«

»Die Maedra erschaffen ohne Unterlass neue, geheime Gänge im Felsen, so wie auch gerade jetzt. Dieser Gang ist einer davon; er biegt weiter vorn wieder nach Osten ab und führt nach oben.«

»Und wenn sich die Maedra gegen uns wenden?«

»Dann sterben wir.«

»All das überrascht mich kaum«, knurrte Ravengar. Er musste

seine Furcht niederkämpfen. »Aber bevor ich auch nur einen Schritt weiter in die Dunkelheit mache, möchte ich doch wissen, was diese Maedra wirklich sind.

In ganz Aglirta ängstigen die Ammen ihre Schutzbefohlenen – und die Kinder einander noch viel mehr, indem sie das Gehörte untereinander weitergeben – mit Geschichten über die ›Räuberklauen‹, welche unter der Erde leben und böse Kinder holen … aber ich habe niemals von einer anderen Bedrohung gehört, welche unter der Erdoberfläche lauert, von Leichenwürmern einmal abgesehen. Was also sind die Maedra?«

»Wesen mit ebenso viel Verstand wie dem Euren oder meinem – Aale so groß wie Pferde, welche durch Erde und Fels strömen und dabei ihre Krallen benutzen. Ihr habt sie gesehen.«

»Und ihre Arme, welche an die von Ringkämpfern erinnern. Aber wie vermögen sie durch Fels zu ›strömen‹?«

»Ihr Speichel löst für eine gewisse Zeit Stein auf, so dass er geformt und geglättet werden kann, bevor er dann in der neu geschaffenen Form wieder erhärtet. Ich habe gesehen, wie sie das Maul so weit aufrissen, dass sie mit Leichtigkeit zwei Männer auf einmal hätten verschlingen können.«

»Ein Wald von Zähnen«, meinte Ravengar und erschauerte. »Also erzeugen sie neue Gänge hinter uns?«

»Und Räume. Zudem drücken sie Mauern innerhalb und außerhalb des Burghofes nach oben.

Jeder Söldner, welcher sich vor Zauberei fürchtet, wird kurz davor sein, Hals über Kopf die Flucht anzutreten, sobald er Burg Silberbaum vor seinen Augen wachsen sieht wie einen erwachenden Drachen.«

Das Oberhaupt des Hauses Silberbaum schüttelte den Kopf. »Aber nichts von alledem verhindert unseren Untergang.

Wenn Aglirta von schlauen Gestaltwandlern überrannt wird und sich gegen mich wendet, sind alle meine Ländereien verloren, und der Zutritt zu Aglirta ist mir verwehrt.

Dann werden sie mich einkreisen und früher oder später umbringen. Vielleicht erheblich früher als später.«

Yuesembra stemmte die Arme in die schmalen Hüften, erwiderte seinen zornigen Blick und nickte langsam.

Ravengar schlug mit der Breitseite seiner Axt gegen die nächste Wand, so dass es nur so schepperte, ohne dass jedoch der Kopf der Waffe zersprungen wäre.

»Aus welchem Grund bleibt Ihr dann hier? Edle Dame, Ihr könntet Euch mit einem magischen Fingerschnippen von hier fortbefördern, mich mit Euch nehmen, und wir beide könnten gemeinsam …«

Die Hexe von Sarinda schüttelte den Kopf. »Ihr hättet Euch geweigert, mit mir zu kommen«, erklärte sie ruhig, »und wenn ich Euch überlistet oder dazu gezwungen hätte, Euch von mir zu trennen, hätten sich die Dinge zwischen uns für alle Zeiten verändert.

Alles wäre zerstört gewesen.«

Der Hochfürst von Aglirta starrte seine Frau für lange Augenblicke nachdenklich an. »Das entspricht der Wahrheit«, gab er schließlich zu, »aber Ihr hättet immer noch Euch selbst in Sicherheit bringen können!

Zurück nach Sarinda, um dort unsere Kinder zu verbergen und zu beschützen!«

»Das hätte ich tun können«, stimmte Yuesembra Silberbaum zu, »aber das wäre nicht Liebe gewesen, Ravengar, zumal ich kein wehrloses Weibchen bin, welches eine Last für Euch wäre, sobald die Schwerter gezückt werden. Ich stehe an Eurer Seite.«

Sie seufzte, hob eine langfingrige Hand und fügte hinzu: »Jetzt ist es zu spät – die Zauber der Gestaltwandler kreisen uns ein.

Sie werden über jeden Eurer Schritte Bescheid wissen, sobald Ihr Euch außerhalb meines Schutzes befindet, und Euch unter jedem Stein und hinter jedem Baum in ganz Darsar aufspüren und verfolgen können. Warum also Aglirta verlassen? Lasst uns hier ein Versteck suchen und ihnen unser Leben so teuer wie möglich verkaufen.«

Ravengar Silberbaum musterte seine Frau lange Zeit und meinte dann rau: »Edle, ich liebe Euch.

Die Dreifaltigkeit in ihrer endlosen Aufmerksamkeit weiß, wie sehr ich Euch verehre und dass ich Euch für die beste Frau auf der Welt halte, viel verehrenswerter als alle anderen.

Inzwischen sehe ich Euer wahres Wesen klar und deutlich und füge hinzu: Ihr seid die größte Kriegerin, welche ich mir vorstellen kann, eher zum Herrschen geeignet als jeder König ... und ich fühle mich geehrt, an Eurer Seite kämpfen zu dürfen.

Von nun an und für den Rest der Zeit, welche uns bleibt, folge ich *Euch*.«

Ihre dunklen Augen glitzerten. »Ravengar, wo habt Ihr bloß gelernt, den allergrößten Unsinn so glattzüngig hervorzubringen wie der speichelleckerischste Höfling?« Yuesembra hob eine Hand, wurde auf der Stelle wieder ernst und fügte warnend hinzu:

»Ich bitte Euch nur darum, im Gedächtnis zu behalten, wie Ihr mich jetzt einschätzt. Solltet Ihr mich in einem anderen Licht sehen, dann erinnert Euch an das, was ich Euch schon zuvor sagte:

Ganz gleich, wie seltsam oder verräterisch meine Handlungen auch aussehen mögen, ich tue das alles nur für Euch, unsere Kinder und die Erinnerung an das, was Ravengar Silberbaum für Aglirta getan hat.

Falls Männer in den kommenden Jahrhunderten in Eurem Namen töten oder streiten, dann möchte ich, dass sie Standpunkte einnehmen, auf welche Ihr stolz wärt und mit denen Ihr Euch einverstanden erklären könntet.«

Ravengar nickte, packte seine Axt und knurrte: »Richtig. Genug der Worte. Lasst uns weitergehen.«

Yuesembra berührte die Messerklinge in der Hand ihres Mannes. Der Schimmer der Waffe verstärkte sich, bis diese so stark leuchtete wie der Schein der hellsten Laterne mit vielen Kerzen.

Für einen kurzen Moment sah Ravengar zahlreiche im Dunkel verschwindende Abzweigungen vom Gang, welche in unterschiedliche Richtungen führten. Dann drehte sich Yuesembra auch schon um und schritt in eine Abzweigungen hinein. Ravengar bemerkte, wie schmal seine Frau jetzt wirkte und wie erschöpft.

»Yuesembra«, fragte er, ohne die Frage zu wagen, wie es ihr denn nun ginge, »und wenn wir jetzt diesen Gang dort drüben wählten? Oder einen anderen?«

Yuesembra schüttelte den Kopf. »Nur wenn wir müssen«, antwortete sie. »Diesen da kenne ich; die Maedra mögen in den anderen einen Hinterhalt gelegt haben für den Fall, dass die Koglaur sich hereinstehlen.«

Ravengar Silberbaum schüttelte wieder den Kopf, murmelte ein paar unverständliche Worte und winkte seiner Frau zu, ihm auf dem richtigen Weg vorauszugehen. Allem Anschein nach hatte er eine Gruppe von Hirten mit einer anderen ersetzt.

Aber wenigstens trachtete ihm die neue nicht nach dem Leben.

Das hoffte er jedenfalls.

»Schaut nur – die große Südliche Halle«, kündigte Yuesembra aufgeregt an und wies auf die riesige Kammer vor ihnen.

Ein großer Teil der weiter entfernt liegenden Ecken und der ausgedehnte Wald von Säulen verloren sich in Dunkelheit.

Die beiden Wände am nächstgelegenen Ende der Halle wiesen, wie Ravengar entdeckte, eine Vielzahl von vorstehenden Galerien auf unterschiedlichen Höhen auf – vorragende steinerne Beobachtungsposten, welche geschwungen aus den Wänden sprossen und wie gigantische Blätter wirkten, als seien die Wände ein Teil eines riesigen Baums aus Stein.

»Ja«, meinte Ravengar spöttisch, »genau wie ich es geplant habe.«

Seine Frau warf ihm einen Blick zu und trat dann zurück, um ihm beruhigend eine Hand auf den Arm zu legen. »Ihr werdet der Zauberei immer mit Misstrauen begegnen, nicht wahr, Ravengar?«

»Ich … ja. Ja, das werde ich. Ein Zauber, welcher einem Pfeil gleicht, meinethalben sogar einem Flammenpfeil, ist eine Sache – vor meinen Augen heraufbeschworen, geschleudert und wieder vergangen.

Das ist in Ordnung, so lange ich nicht der Krieger bin, der davon versengt wird. Aber kriechende Magie, sowohl die Spähzauber wie jene, welche langsam das Gesicht eines Mannes verändern oder seinen Geist oder gar seine Kraft anzapfen ...«

Er streckte eine Hand aus und wies auf die sich vor ihnen erstreckende Halle. Dann fügte er bitter hinzu: »Ich plante meine Heimstatt. Eine anständige Burg, aber nichts Prächtiges. Das da ist ...«

Er schüttelte den Kopf, suchte nach Worten und meinte dann voller Grimm: »Großartiger, viel größer und ... ja, überwältigend. Riesiger als Treibschaum selbst.

Eine leere steinerne Stadt, in welcher ich mich verirren könnte. Ich hätte niemals so viel Geld und Arbeiter dazu verwendet, in solch großem Stil zu bauen, sondern beides lieber anderswo im Königreich eingesetzt, wo sie nützlicher gewesen wären.

Ich bin jetzt ein Ausgestoßener, und Aglirta wird nicht mehr durch meine Hand gelenkt. Die Maedra-Ungeheuer haben das da hervorgebracht, nicht mein Geld oder der Schweiß der Steinmetze des Tals.

All das erscheint mir wie ein Traum. Ein schlechter Traum. Es darf doch nicht angehen, dass ich mich in meinem eigenen Haus verirre!«

Die Hexe von Sarinda nickte. »Ihr fürchtet ein Haus, welches Euch überrascht.«

»Ja, da habt Ihr Recht! Und das nicht nur einmal, sondern wieder und immer wieder! Ich fühle mich, als sei ich mit Euch tagelang herumgewandert, ohne zu wissen, wie der Kampf weitergegangen ist oder ob in diesem Augenblick die Gesichtslosen in all den dunklen Hallen um uns herum lauern, oder ...«

»Ravengar«, sagte seine Frau sanft, »Ihr seid tatsächlich tagelang mit mir hier unten herumgewandert. Ich – die Maedra tun das alles, ohne dass ich etwas dazu beitrage. Diese Räume und all die Gänge stammen von ... ihnen.«

Ravengar blickte sie scharf an und wirkte jetzt jeden Zoll wie der Hochfürst von Aglirta. »Ihr könnt sie nicht aufhalten?«, schnappte er. Seine Stimme war ebenso streng wie sein Blick.

Yuesembra schüttelte den Kopf. »Ich weiß zwar wie«, flüsterte sie, »aber ich verfüge nicht länger über die Kraft.«

Am äußersten Ende der Halle regte sich etwas. Etwas, das über den Boden glitt.

Ravengar machte zwei rasche Schritte in die Halle hinein, starrte angestrengt in den Raum und hob seine Axt, konnte aber nicht sehen, was sich da bewegt hatte oder wohin es verschwunden war.

Aber eigentlich brauchte er das auch nicht. Was sonst hätte es schon sein können als eine Maedra?

In diesem Augenblick wölbte sich ganz in der Nähe eine tischgroße Steinplatte vom Boden hoch. Eine steinerne, schlangenartige Gestalt schoss in die Höhe und schien im Vorwärtswinden den Kopf zielgerichtet in Ravengars Richtung zu drehen.

Dann tauchte das Wesen wieder in den Boden ein, indem es sich mit großer Kraft und langsamer Würde in den Stein zurückbog.

Der Hochfürst Silberbaum starrte auf die glatten, scheinbar unberührten Steinplatten, aus welchen sich die Maedra erhoben hatte und in die sie auch wieder verschwunden war, und fragte leise:

»Euer Leben blutet aus Euch heraus, während sie an der Arbeit sind, nicht wahr? Ihr füttert sie mit Eurer ... Eurer Lebensessenz.«

Yuesembra nickte widerwillig, aber sie hielt dem zornigen Blick ihres Mannes stand, welcher jetzt zurückkam und mit gerunzelter Stirn über ihr aufragte.

Ravengar blickte auf sie nieder, als hätte er sie nie zuvor gesehen und wisse nicht, mit was für einer Sorte Feind er es hier zu tun hatte – nur dass er einen Widersacher vor sich sah.

Dann wandte er sich auf dem Absatz um und machte ein paar Schritte von ihr weg, wobei er die Axt in einem stählernen Wirbel durch die Luft schwang.

Er wandte sich ihr wieder zu, bevor er die gegenüberliegende Wand erreicht hatte, und fragte tonlos: »Gibt es einen Weg, Eure Kraft von ihnen zurückzugewinnen?«

Die Hexe von Sarinda schüttelte den Kopf.

»Eine andere Möglichkeit, Euch stärker zu machen?«

Jetzt nickte Yuesembra.

»*Und zwar?*«

Yuesembra schwieg auch weiterhin, und Ravengar stapfte verärgert auf sie zu.

»Yuesembra«, begann er wild, »behandelt mich nicht wie ein Kind, welches hierhin und dorthin geschickt wird, ohne auch nur ein Wort zu erfahren.

Behandelt mich wie Euren Hofnarren oder Boten, wenn Ihr darauf besteht, aber *sagt* mir, was vor uns liegt, was wahrscheinlich ist und was uns zustoßen könnte.

Wie können wir zusammenstehen als Fürst und Fürstin, wenn Ihr Eure Geheimnisse nicht mit mir teilt? Ich enthülle Euch doch die meinen!«

Yuesembra lächelte. »Ihr habt keine Geheimnisse.«

»Das ist wahr genug«, erwiderte Ravengar schroff und ging weiter. »Und das ist keine schlechte Sache. Ein Königreich voller geradeheraus sprechender Krieger wäre zwar eine lautstarke Angelegenheit, aber man würde weniger seiner kostbaren Zeit und seines wertvollen Blutes darauf verschwenden, Lügen und Intrigen und Verstecke aufzudecken.

Alle Aglirtaner wüssten, wo sie stehen und was die kommenden Tage aller Wahrscheinlichkeit nach bereithielten. Bei den Göttern, Yuesembra, sprecht endlich!«

»Ich kann Kraft erlangen«, erklärte seine Frau mit leiser, bebender Stimme und mit abgewandtem Kopf. Sie musterte die Große Südliche Halle.

»Ich müsste Euch ein wenig der Euren abnehmen. Dabei braucht Ihr die so dringend, ganz gleich, wie sehr ich sie mir wünsche!«

Ravengar war mit einem raschen Schritt bei ihr und packte sie an den Schultern. »So wirkt denn Euren Zauber, Geliebte!

Ich werde hier nicht stehen bleiben und zusehen, wie Ihr vor meinen Augen sterbt! Das Blut wird Euch bei jedem Schritt entzogen, bis Ihr schrumpft und fallt! Wirkt Euren Zauber!«

Yuesembra lächelte ihn schwach an. »Es gibt keinen Zauber.«

»Was meint Ihr damit, Weib! Drückt Euch klar und verständlich aus! Ich …«

Ravengar legte beide Hände auf die Arme seiner Frau und schüttelte sie zum ersten Mal in seinem Leben – und sie sackte augenblicklich in sich zusammen.

Mit einem wortlosen, entsetzten Schluchzer riss er sie auf die Füße und presste sie an seine Brust. Plötzlich bissen ihre Lippen in die seinen, und ihre Finger zerrten an der Verschnürung seiner Kniehose.

»Auf diese Weise«, stieß sie hervor und küsste ihn wieder hungrig.

Der Fürst Silberbaum kämpfte um sein Gleichgewicht, ließ die Axt fallen und dankte im Stillen der Dreifaltigkeit.

Trotz all seiner Verwirrung tat er jetzt etwas, das er allem anderen vorzog.

Er hätte nicht geglaubt, je wieder die Zeit zu haben oder einen sicheren Ort dafür zu finden – und von allem anderen abgesehen handelte es sich um etwas, auf das er sich bestens verstand.

Der Schimmer des Messers verging, als Yuesembra die Waffe an sich nahm. Aber zuvor beschien das Licht kurz ihr glückliches, tränenüberströmtes lächelndes Gesicht.

»Diese Mahlzeit habt Ihr nicht herbeigezaubert, oder?«, brummte Ravengar, leckte sich die Finger und ließ die letzten Knochen des gerösteten Vogels fallen, während er seine Frau gelassen anblickte.

Yuesembra schüttelte den Kopf. »Das Essen haben die Maedra besorgt«, erklärte sie. »Und ja, das, was Ihr nicht zu fragen wagtet, ist wahr: Essen, welches durch Magie entsteht, hält nicht lange vor, raubt aber dem Erzeuger die Lebenskraft. Ihr beraubt Euch selbst, um Euch zu bereichern.«

»Dann werde ich verzehren, was die Steinschlangen uns liefern, und mich glücklich schätzen«, meinte Ravengar und zog seine Panzerhandschuhe wieder an, »und wenn auch nur aus dem Grund, genug Kraft zu gewinnen, um …«

Er zwinkerte.

Sie schüttelte den Kopf. »So sehr es mir auch gefällt, die Freude mit Euch zu teilen, Geliebter, so nehmen doch die Gelegenheiten dazu rasch ab.

Dass wir heute Morgen an Eurem alten Schlafgemach vorbeikamen und Ihr Eure Rüstung mitnehmen konntet, war kein Zufall. Die Maedra haben uns dorthin gesteuert.«

Sie seufzte, wies auf die Gänge, welche von der Stelle, an der sie standen, in alle Richtungen abzweigten, und fügte hinzu:

»Die Koglaur sind uns inzwischen dicht auf den Fersen und durchstreifen die ganze Silberbaumburg. All unsere Diener und treuen Ritter sind schon lange tot, und im Königreich wurde bekannt gegeben, dass wir beide als Verräter getötet wurden.

Es wird nicht mehr lange dauern.«

Bis wir sterben, fügte Ravengar in Gedanken hinzu und ergänzte somit das, was seine Frau nicht hatte aussprechen wollen.

Er schüttelte den Kopf, legte eine Hand auf den Kriegshelm, welcher an seiner Hüfte baumelte, und die andere auf den Knauf seines in der Scheide steckenden Breitschwertes.

»Und Ihr wisst das woher?«

»Die Maedra«, antwortete seine Frau, die Zauberin, und wies auf die Wände rings um sie herum. »Sie sprechen durch die Steine mit mir. In Gedankenbildern.

Wie Ihr von den Kriegstrompeten her wisst, vermag man durch die Geschwindigkeit und die Aneinanderreihungen von einfachen, leicht verständlichen Signalen allerhand mitzuteilen.«

»Und wenn die Gesichtslosen uns stellen?«, fragte Fürst Silberbaum grimmig und wies auf einen der sechs Gänge, welche in der kleinen Kammer zusammentrafen, in der sie standen.

Von dem Teller, auf welchem entgegen aller Wahrscheinlichkeit der geröstete Vogel gelegen hatte, stieg noch immer ein wenig Dampf auf. »Wie soll ich dann wissen, ob Ihr die richtige Yuesembra seid – oder vielleicht ein Gestaltwandler?«

»Darüber habe ich auch schon nachgedacht«, erwiderte die Hexe von Sarinda, »und mir ist nichts Besseres eingefallen als ein Strick zwischen unseren Gürteln. Allerdings misstraue ich seiner Auswirkung auf unsere Schnelligkeit und unsere Geschicklichkeit im Kampf. Vielleicht ...«

Plötzlich erhoben sich in den düsteren Tiefen von fünf Gängen

Gestalten auf alle viere und stürzten sich von allen Seiten gleichzeitig auf den Fürsten und die Fürstin Silberbaum.

Sie nahmen, noch während sie näher kamen, rasch die Gesichter langjähriger Freunde und Diener Ravengars an.

Die Täuschung, welche sich vor den Augen der Silberbaums vollzog, erschien diesen zwar absurd, aber die geliebten, willkommenen Gesichter zum Töten bereit zu sehen, erschütterte die beiden.

Andere unübersehbare Täuschungen sollten dazu dienen, die Hand des Hochfürsten abzulenken. Ravengar bemerkte, dass etlichen der Gesichtslosen üppige weibliche Kurven wuchsen, welche im Laufen verführerisch hin und her schwangen.

Ein Lichtblitz zuckte blendend hell durch die Kammer, kurz bevor allem Anschein nach Dutzende von sprießenden, bereits schwertlangen Krallen den Fürsten Silberbaum erreichten.

In dem silbrig weißen Schein drehten sich einige der Gestaltwandler taumelnd auf dem Absatz herum, und wieder andere schrien.

Einer wurde gleich zweimal versengt, als Yuesembras Blitzgeschosse in sengendem Chaos von einem Koglaur abprallten, welcher außer Reichweite in einem Gang stehen geblieben war, die Gestalt eines großen, hochmütigen Mannes in langen Gewändern annahm und anschließend langsam und mit hämischer Vorsicht näher kam.

Einer der Zauberer unter den Koglaur, daran bestand kein Zweifel.

Er schwang zwei Schwerter in den Händen, und weitere Armpaare wirkten emsig Zauberbanne hinter dieser bedrohlichen Zurschaustellung von Waffen. Und das gut aussehende Gesicht des Mannes lächelte den Silberbaums höhnisch zu.

»Yuesembra?«, rief der Fürst scharf, nachdem der Blitzhagel, welcher ihn betäubt und in seiner metallenen Rüstung hilflos hatte zittern und beben lassen, ausreichend zurückgewichen war, dass er mehr als ein Grunzen herausbrachte. »Dieser da?« Er wies mit der Spitze seines Breitschwerts auf den Gesichtslosenmagier.

»Ja«, schnappte sie kurz zurück und rannte an ihm vorbei, um als Erste in den Gang zu gelangen.

»Wartet!«, schrie Ravengar und sprang hinter ihr her. Sie trug lediglich Lederkleidung, und sie verfügte nur über Dolche gegen zwei gezückte Schwerter.

Eigentlich war es an ihm, sich dem Gestaltwandlermagier zu stellen, zumal er inzwischen seine Rüstung trug, welche ihn zumindest so lange vor den erstickenden Tentakeln schützen würde, dass er einen gut gezielten Schwertstreich anbringen konnte.

Dünne rote Feuerlinien rasten in verschlungenen Mustern durch die Dunkelheit des engen Ganges auf ihn zu – gelenkt von den Fingern des Koglaur, welcher rasch einen Zauberbann wirkte.

Yuesembra, die offenkundig keinen eigenen Zauber mehr hervorbrachte, hielt wohl deswegen in ihrem überstürzten Lauf nicht inne.

Hinter sich vernahm Ravengar schmerzerfülltes Zischen und Stöhnen, dazu ein paar wenige halb gekeuchte, kaum hörbare Worte in einer ihm unbekannten Sprache.

Vermutlich handelte es sich um Verwünschungen. Dann vernahm er das glitschende Geräusch von sich hastig die Wände entlangtastenden Tentakeln. Die anderen vier Gesichtslosen hatten die Jagd eröffnet.

Vor ihm, hinter der laufenden Yuesembra, bündelten sich die roten Feuerlinien und flammten heller auf. Der Koglaur lachte kalt – und ganz Darsar explodierte.

Der Lichtblitz brachte Ravengars Augen zum Tränen, und der Donner machte ihn taub, so dass er in plötzlicher, unheimlicher Stille zurückblieb.

Er wurde wie eine Puppe durch den Gang zurückgeschleudert und taumelte gegen die anderen Gesichtslosen, und …

Irgendetwas prallte feucht gegen seine Rüstung und brach in sich zusammen, und er erhaschte einen kurzen, undeutlichen Blick auf ein Gesicht mit entschieden zu vielen starrenden Augen und einem Mund mit zwei Reißzähnen, welcher vor Schmerz und Angst weit aufklaffte …

Und dann war das Wesen auch schon an ihm vorbeigelaufen und prallte hart gegen eine Wand, in welcher sich die Öffnungen zweier Gänge auftaten. Davor lag der vollkommen zertrümmerte Teller, von welchem er vor kurzem noch gespeist hatte.

Etwas klatschte gegen eine Wand zu seiner Rechten, wo ebenfalls zwei Gänge von der kleinen Kammer abgingen, in welche er gerade unfreiwillig zurückgekehrt war.

Der Fürst Silberbaum unterdrückte das plötzliche Bedürfnis, seinen Mageninhalt von sich zu geben, als ein Koglaur, welcher zur Hälfte einer betörend schönen Frau glich, ansonsten aber einen Wald von Tentakeln, glotzende Augen und Krabbenscheren aufwies, blutüberströmt zu Boden glitt.

Seine freigelegten Gedärme fielen in sich zusammen, und die wohlgestalteten menschlichen Gliedmaßen sackten nach unten und verwandelten sich in etwas ... ganz anderes.

Ravengar ließ sich ebenfalls in Richtung Boden gleiten. Er vermochte immer noch nicht richtig zu hören und rang krampfhaft nach Luft. Er wusste nicht, ob er ernstliche Verletzungen davongetragen hatte, da er nicht viel spüren konnte.

Zwei Koglaur schlichen auf ihn zu. Ihre Gliedmaßen zuckten wild hin und her und nahmen willkürlich die abartigsten Formen an, welche ihre Besitzer dazu brachten, scharf nach vorn einzuknicken, ins Taumeln zu geraten oder gar zu fallen.

Am Boden angelangt entdeckte Ravengar, dass er immer noch sein Schwert umklammert hielt. Er rollte sich herum, um wieder auf die Füße zu kommen, was sich aber als schmerzvoller Fehler erwies. Als sich die eingedellte Rüstung in gebrochene Rippen bohrte, ächzte der Fürst gequält auf.

Er zuckte bebend zusammen und versuchte, sich in eine weniger Pein verursachende Stellung zu rollen.

Während er sich auf die Knie kämpfte, wagte der keuchende und zitternde Fürst Silberbaum einen kurzen Blick zurück in den Gang, aus welchem er gekommen war.

Der Gang hatte sich inzwischen zu einem Raum ausgedehnt, welchen es vorher nicht gegeben hatte. Ravengar erkannte einen hell leuchtenden Raum, dessen Wände sich windende Maedrakörper bildeten. Wirbelnde Funken erfüllten die Luft.

Mitten in dem blendenden Schein standen sich Yuesembra und der Koglaurmagier gegenüber – und zwar mitten in der Luft.

Ravengar konnte keinen Boden ausmachen, auf welchem sie gestanden hätten. Yuesembra schien die Explosion unbeschadet überstanden zu haben. Vermutlich hatte sie eine Art magischen Schild gegen das Zauberfeuer des Koglaur benutzt.

Das Gesicht des Gestaltwandlers nahm fortwährend befremdliche Züge an, und sein rechter Arm fuhr lahm durch die Luft, als er versuchte, die Bewegungen zu vollführen, welche einen Zauberbann hervorbringen sollten. Die Hexe von Sarinda war damit beschäftigt, ihre eigene Magie heraufzubeschwören, und …

Ein Tentakel, welchem mit unheimlicher Schnelligkeit zahlreiche zuschnappende Kiefer wuchsen, stieß mit seltsamem, knochigem Klappern nach Ravengar Silberbaums Kehle, und der Fürst kämpfte um sein Leben.

Mit seinen blau verfärbten, tauben Armen vermochte er kaum seine schwere Waffe zu schwingen, und zweimal durchbrachen Koglaurtentakel seine Verteidigung und bissen in seine Rüstung.

Ravengar wurde in die Mündung des Ganges zurückgetrieben, ohne dass er sich dagegen hätte wehren können. Die Axt, welcher er sich entledigt hatte, wäre noch nutzloser gewesen, aber er wagte es nicht, sein Schwert wegzuwerfen und mit seinen Dolchen zu kämpfen.

Einige der Tentakel waren dicker als seine Schenkel, und keiner davon enthielt lebenswichtige Organe, welche eine kleine Klinge hätte erreichen können. Er musste eine Möglichkeit finden, die Tentakel abzuhacken oder zur Seite zu schlagen, oder …

Die Decke über ihm bebte und schlug Wellen, und aus ihrer Mitte brach plötzlich ein riesiger Schlund. Das Maul fuhr herunter und biss sich durch die wie wild ausschlagenden Tentakel und den Koglaurkörper, aus welchem sie sprossen.

Der Gesichtslose schrie und brach inmitten einer Blutfontäne zusammen.

Die Maedra senkte sich weiter in das Gemach herunter und bog den Hals wie ein Fischadler nach hinten, um das zuckende Fleisch zu verschlucken, welches sie bereits herausgerissen hatte.

Aus einer der Wände erschien eine zweite Maedra, und die Koglaur fingen an zu heulen und suchten ihr Heil in der Flucht.

Rasch hieb Ravengar auf den Nächststehenden ein und schlug ein Büschel Augen weg, welche ihn beobachtet hatten. Als er spürte, wie sich unter seinen in Panzerhandschuhen steckenden Händen Schuppen bildeten und der Koglaurkörper anschwoll, sich aufblähte und einen löwenartigen Kopf bildete, welcher sich in seine Richtung wandte, stieß der Fürst des Hauses Silberbaum dem sich eben bildenden Maul das Schwert in den Rachen.

Keuchend und hin und her schwankend ließ er sich auf den neu entstandenen Hals fallen, packte fest sein Schwert und versenkte es bis zum Griff.

Augenblicklich schoss heißes, dunkles und nach Eisen riechendes Blut in die Höhe und bedeckte ihn von Kopf bis Fuß.

Ravengar wischte sich über die Augen und zerrte an seinem Schwert, wobei er auf die bebende, sich zusammenkrampfende Masse aus halb ausgeformten Tentakeln eintrat, um den Gesichtslosen am Boden zu halten.

Dann flammte ein weiterer Lichtblitz auf, und ein donnerndes Krachen rollte durch die unterirdischen Gänge. Offenkundig vermochte er wieder zu hören, wenn auch nur unzulänglich.

Yuesembra kämpfte noch immer, und dieses Mal kam die Hexe von Sarinda den Gang heruntergeflogen. Sie umklammerte eine bluttriefende, zerrissene Masse, bei der es sich um einen Arm und den größten Teil des Körpers einer Maedra handeln mochte.

Ravengar ließ sein Schwert fallen und versuchte, seine Frau zu erreichen und in die Arme zu schließen, aber eines der Koglaurtentakel reckte sich in die gleiche Richtung.

Ravengar fand sich in einem rasch wachsenden Verhau aus Fleisch wieder.

»Yuesembra?«, keuchte er. Dann sah er inmitten des Chaos ihr Haar und griff danach.

Sie hatte sich zu einem Ball zusammengerollt und die Arme an den Körper gezogen, so dass er ihre Hände nicht sehen konnte.

Sie war über und über von schwarzem Blut bedeckt, so dass er nicht zu erkennen vermochte, ob sie selbst verletzt war.

»Yuesembra?«, fragte er noch einmal und versuchte, sich durch all das Tentakelfleisch zu ihr zu kämpfen und sie zu berühren.

Für einen schrecklichen Moment glaubte er, dass die Gestalt vor ihm nicht seine Yuesembra war, sondern der Gesichtslosenmagier in Gestalt seiner Frau.

Aber dann reckte sie sich, stieß einen Triumphschrei aus und schleuderte einen rasend schnellen purpurnen Blitz, welcher blendend hell in blauen Flammen aufloderte, als sie Arme und Beine spreizte, und den Fürsten Silberbaum gegen eine Wand – oder handelte es sich um die Decke? – schleuderte. Seine Rüstung knirschte, und binnen Augenblicken schmolz das Gewirr aus Koglaurfleisch.

Ein fließender, sich auf verwirrende Weise verändernder Körper wand sich an Ravengar vorbei, um zu fliehen, aber der Fürst ließ sich halb auf ihn fallen und rang ihn nieder.

Seine Panzerhandschuhe bohrten sich in eine blutende Weichheit, als handele es sich um etwas Verwesendes, und schon ringelte sich eine zuckende Maedra aus der am nächsten gelegenen Wand und sog das in sich hinein, was in Ravengars Händen noch von dem Koglaur übrig war. Der Fürst stand gleich darauf mit leeren Händen da.

Die Maedra glitt beinahe spielerisch an ihm vorbei und verschwand in einer anderen Wand.

Sie hinterließ eine plötzliche Stille und einen bluttriefenden, zerstörten Raum, welcher die zusammengebrochenen, zerfetzten Maedrakörper enthielt und einen Mann und eine Frau, welche sich keuchend und zerzaust anstarrten.

»Meine Geliebte!«, ächzte Ravengar und spuckte dabei Blut, »wie geht es Euch?«

»Besser als Euch, mein Ravengar«, antwortete sie lächelnd, hob sein Breitschwert auf und überreichte es ihm, als wöge es nicht mehr als eine Feder.

Ravengar starrte seine Frau verwundert an, während er die schwere, vertraute Waffe in den Händen wog. Er selbst schaffte es nicht, sie mit einer solchen Leichtigkeit zu führen.

Wie stark mochte Yuesembra wirklich sein? Und welche weiteren Geheimnisse mochte diese wunderschöne Zauberin noch bereithalten, von deren Vorhandensein er nicht einmal etwas ahnte?

Yuesembra lächelte ihn schief an, glitt heran, um ihm das Kinn zu küssen – und schickte einen weiteren Strahl heilender Magie in seinen Körper.

Er spürte, wie seine Rippen juckten und sich an ihren alten Platz schoben, zudem ließ der Schmerz nach. Die Hexe von Sarinda sagte:

»Der Zauberer der Gesichtslosen ist tot, und es wird einige Zeit verstreichen, bis ihr einziger mächtiger zweiter Zauberer hier eintrifft. Ihre Überwachung ist durchbrochen, und dadurch gewinnen wir beide ein wenig Zeit.

Ihr könnt in diesem Gang dort drüben nach einer Laterne oder Kerzen und Feuerstein suchen – Ihr habt einen langen Weg vor Euch, fürchte ich, durch vier Kammern hindurch –, und ich werde mich um eine Sache kümmern, welche notwendig ist.

Versucht, zu diesem Ort zurückzukehren, und wendet Euch dann nach Osten, und zwar *jenen* Gang entlang. Falls Euch weitere Koglaur jagen sollten, dann kümmert Euch nicht weiter um die Richtung.

Hauptsache, Ihr bleibt in Bewegung. Wenn Ihr anhaltet, hätten sie die Gelegenheit, gemeinsam gegen Euch vorzugehen.«

»Das alles gefällt mir nicht!«, zischte Ravengar und versuchte, einen Arm um sie zu legen, um sie festzuhalten. Aber sie duckte sich rechtzeitig und entwand sich ihm geschickt. »Wo seid Ihr?«

Yuesembra erstickte seine Frage mit einem weiteren, leidenschaftlicheren Kuss, entzog sich ihm erneut, als er aus anderen Gründen als Kampfesfieber zitterte, und flüsterte dringlich:

»Vergesst nicht, Ihr sollt mir trauen.« Dann biss sie zärtlich in sein Ohr, und als er sich umwandte, um sie an sich zu ziehen – verschwand sie.

»Haltet ein!«, brüllte er verzweifelt, starrte auf die leere Stelle, an welcher sie eben noch gestanden hatte, und dann in der blutbefleckten Kammer herum, in der es keine Spur mehr gab von irgendwelchen Zauberinnen aus Sarinda. »Verdammt – *verdammt* – VERDAMMT!«

Aber alle Flüche halfen nichts, sondern weckten lediglich merkwürdige Echos in der fernen Dunkelheit. Der Schmerz in seinen Ohren schwoll an, und seine eben erst geheilten Ohren klingelten wieder. Währenddessen verblassten die langsam zu Boden sinkenden Funken von Yuesembras Kriegszauber.

Der Herr von Burg Silberbaum – dieser Titel erschien ihm als Hohn und Spott angesichts der Labyrinthe von unbekannten Räumen und Hallen, welche er nicht hatte bauen lassen und durch welche Wesen streiften, die weitaus tödlicher waren als er selbst – erkannte blitzartig, dass für den Fall, dass er hier noch länger wütend herumstand, das letzte Licht verlöschen und ihn rabenschwarze Dunkelheit umgeben würde.

Er wäre dann allen hungrigen Wesen ausgeliefert, die des Weges kommen mochten.

Er tastete nach der kleinen Klinge, welche Yuesembra ihm gegeben hatte, und zog sie hervor.

Mit dem schwachen, tröstlichen Schimmer in der Hand betrat er den Gang, welchen sie ihm gewiesen hatte. Wenn die Hexe von Sarinda sagte, dass dies der beste Weg sei, dann würde er nicht zögern.

Wenn man es recht bedachte, dann blieb ihm nichts weiter als ihre Anweisungen.

Vor den Fenstern von Erard Bogendrachens hohem Turm in Arlund war eine unruhige Nacht heraufgezogen. Stürme fegten über andere, weiter entfernte Länder, aber der Himmel über Arlund schimmerte in sternendurchsetztem tiefem Blau, durchzogen von dunkleren Wolkenfetzen, welche wie Staubwolken über das Firmament eilten.

Erard liebte es, allein in seinem Sessel mit dem bogenförmigen

Rücken zu sitzen, Nächte wie diese zu beobachten und dabei die Gedanken in alle Richtungen schweifen zu lassen.

Warum auch nicht? Außer ihm wohnte hier niemand, und keine Menschenseele in Arlund oder sonst wo würde es wagen, einem so mächtigen Zauberer wie ihm zu sagen, wann er ins Bett zu gehen oder was er zu tun und zu lassen hatte.

Und verschwindend wenige der Magier verfügten über ausreichend Macht, um seine Tore zu überwinden, den Garten zu durchqueren und zu dem Turm zu gelangen – und die wenigen mit genug Zauberkraft waren selten dumm genug, sich ohne einen triftigen Grund an ein solch kühnes Unterfangen zu wagen.

Deshalb erwartete Erard Bogendrachen auch keinen Besucher.

Vergilbende Schädel über dreien seiner Tore kündeten der Welt vom Schicksal der letzten nicht geladenen Gäste. Wieder andere durchstreiften jetzt die Wüsten von Asmarand in einer Gestalt, welche nicht ihre eigene war, und zwar auf seinen Befehl hin, obwohl er im Grunde genommen kein grausamer Mann war.

Die Gesetze von Königen und der Gerechtigkeit galten nicht für Zauberer.

Erard rieb die Fingerspitzen aneinander und dachte darüber nach, ob es möglich oder wünschenswert wäre, ein großes Netz aus Zauberbannen zu errichten, welches alle Magier dazu zwingen würde, gewisse Regeln einzuhalten oder besser gesagt gutes Benehmen an den Tag zu legen. Für alle Zauberer außer ihm selbst natürlich. Solch ein …

In dem vom Mondlicht nur schwach erhellten Dunkel etwa vier Bodenplatten zur Rechten von seinem Sessel entfernt flammte plötzlich ein sturmblauer Schein auf.

Erard erstarrte vor Überraschung, zischte ein Wort und hob die rechte Hand.

Ein Zauberstab wirbelte aus dem Dunkel zwischen seine Finger, und zwei der Ringe an der Hand glommen plötzlich erwacht auf.

Das in der Luft schwebende blaue Feuer drehte sich langsam um die eigene Achse und schwoll an – gewann an Höhe und dehnte sich in Richtung Decke und Boden aus.

Erard Bogendrachen murmelte rasch einen Zauberspruch und wies mit dem Zauberstab auf den Boden.

Winzige Zungen purpurroten Feuers erschienen von einem Augenblick auf den anderen und bildeten einen Ring unter dem unwillkommenen blauen Schein, welcher jedoch nichts versengte, lautlos loderte und keinerlei Hitze ausstrahlte.

Der größte Magier von Arlund stieß das untere Ende seines Zauberstabs gegen den Arm seines Sessels, welcher sich eilends umformte und eine Hand ausbildete, um den Zauberstab zu packen und aufrecht festzuhalten.

Dann schlug Erard gegen die Vorderseite der Armlehne, welche er für gewöhnlich zu umklammern pflegte, und ein kurzes Aufblitzen kündigte das Erscheinen eines größeren, dickeren Zauberstabes an:

Eines Stabes aus dunklem, schimmerndem Holz, welcher vor seinen Fingern quer in der Luft trieb. Erard Bogendrachen langte nach oben, nahm den Zauberstab in die Hand und stand gleichzeitig auf, um näher an den anschwellenden Eindringling heranzutreten.

Kleine Lichtfunken purpurnen Lichts schossen von seinem Feuerring kreuz und quer nach oben und formten eine undurchdringliche, weitgehend unsichtbare Wand um die blauen Flammen.

Letztere mochten die Ankunft eines ihm zugesendeten Gegenstandes, eines Abbildes oder einer Existenz anzeigen. Um was auch immer es sich handelte, es konnte nur das Werk eines Wesens sein, welches über beachtliche magische Kraft verfügte.

Nur mächtige Magie vermochte seine Wächterzauber zu durchdringen und angesichts des sich verstärkenden Schildes, welchen er nun errichtete, bestehen bleiben.

Neugierde und nicht etwa Furcht ließ Erard seine Schritte beschleunigen. Er umkreiste die blauen Flammen und schaute sie aus zusammengekniffenen Augen an. Die Schönheit der sturmdurchtosten Nacht vor seinem Fenster hatte er vollkommen vergessen.

Selbst wenn einer der erdichteten uralten Zaubermeister auf irgendeine Weise aus den alten Geschichten und dem Grab gekommen war, um ihn zu bedrohen, so befand sich doch unter jeder Bodenplatte eine Rune, welche alle die Burg bedrohende Magie in sich aufzusaugen vermochte ... und eine kaum sichtbare Rune an der Decke konnte eine Lähmung hervorrufen, welche das größte Schlachtross, welches Erard aufzutreiben imstande gewesen war, aus vollem Galopp zum Stillstand gebracht hatte.

Das Tier hatte länger als einen Monat so verharrt, bis Erard den Staub auf den weit aufgerissenen Augen des Pferdes nicht länger sehen wollte.

Die blauen Flammen nahmen eine menschenähnliche Form von Erards Größe an, deren Füße den Boden berührten. Erard Bogendrachen lächelte. Wen auch immer er da vor sich sah, befand sich jetzt in seiner Gewalt.

Die Flammen schwanden von unten nach oben, so wie das nach der Anwendung von Zauberstäben immer der Fall ist, und enthüllten dunkle Stiefel. Diese umschlossen schmale Knöchel und Beine, welche zu schlank waren, um einem Mann zu gehören.

Erard erkannte lederne Kniehosen und seitlich an die Beine gelegte schmale Hände mit langen Fingernägeln und dunkler Haut.

Er entdeckte keine Ringe an den Fingern, welche zwar gespreizt waren, aber keine Zauber woben. Stammte der Eindringling aus Sarinda? Handelte es sich um eine Frau? Ja, ohne jeden Zweifel, obwohl die jetzt sichtbar werdende Brust nicht üppig genug schien, um seine Vermutung zu bestätigen.

»Erard Bogendrachen«, erklang eine leise Stimme, bevor noch die Flammen sich von dem Gesicht zurückgezogen hatten, »ich entschuldige mich für mein Eindringen. Ich komme nur deshalb, weil ich verzweifelt bin.«

Der Magier richtete seinen tödlichen Zauberstab auf die wohlgeformte Kehle der Erscheinung und schwieg ansonsten.

Erst als sich die blauen Flammen endgültig verzogen und er festgestellt hatte, dass er in die dunklen Augen einer schlanken, dunkelhaarigen Frau in Lederhosen starrte, welche zwar so aussah, als habe sie erst vor kurzem an einem Kampf teilgenommen, aber trotzdem vollkommen ruhig wirkte, ergriff er das Wort.

»Und wer«, fragte er höflich über seinen Zauberstab hinweg,

welcher vor Magie strotzend warnend aufblinkte, sich hob und direkt auf das Gesicht der Besucherin zielte, »seid Ihr?«

»Ich heiße Yuesembra Silberbaum und komme aus Aglirta. Vielleicht kennt Ihr mich unter meinem anderen Namen: Viele Leute bezeichnen mich auch als die Hexe von Sarinda.«

»Auch ich habe einen weiteren Namen«, meinte Erard. »Der Unsichtbare von Arlund. Man gab ihn mir, weil ich die Zurückgezogenheit schätze.

Ich mag keine Besucher, ganz egal, wie zerknirscht oder schön sie auch sein mögen – und ich zerstöre alles, was mir nicht gefällt.«

»Ihr mögt mich zerstören«, antwortete die Zauberin beiläufig, als sei vom Wetter die Rede. »Ich werde nicht antasten, was Ihr hier errichtet habt, indem ich die Hungrige Rune unter mir oder die Rune der Ruhe über meinem Kopf zerschlage.

Genauso wenig habe ich vor, irgendwelche zerstörerische Magie in diesem Raum umherzuschleudern. Wenn Ihr es vorzieht, mich zu töten, dann würde ich vor meinem Tod gern einen kurzen Blick auf Eure Gärten werfen. Ich habe viel über ihre Schönheit gehört.«

Sie vermochte, eine Hungrige Rune durch mit vielen Zaubern belegten Stein zu erkennen?

»Ja, eine Überraschung jagt wahrlich die nächste.«

Wie viele allein lebende Männer hatte Erard nicht bemerkt, dass er laut gedacht hatte, bis Yuesembra lächelte und sagte:

»Das habe ich im Lauf meines Lebens ebenfalls oft gedacht. Die Dreifaltigkeit, so glaube ich, muss Freude daran haben, uns zu überraschen.«

Erard Bogendrachen öffnete den Mund zu einer scharfen Antwort über den Verzicht auf eitles Geschwätz – und sagte dann stattdessen: »Ihr spracht von Verzweiflung. Sagt mir klipp und klar, warum Ihr hierher gekommen seid.«

»Ich möchte Euch … ein Geschäft anbieten«, antwortete die Zauberin. »Einen verbindlichen Blutpakt, sofern ich Euch zu überzeugen vermag.«

Erard Bogendrachen hob eine Augenbraue. »Ihr sprecht von einem sarindanischen Zauberbann? Mein Blut wird sich in tödliches Feuer verwandeln, wenn ich den Pakt breche?«

»Selbstverständlich.«

»Und was soll ich Eurer Ansicht nach tun?«

»Sagt der Einsamkeit Lebewohl und zieht meine vier Kinder auf, als seien es Eure eigenen – und enthüllt ihnen erst dann ihre richtigen Namen und ihren wahren Rang, wenn die richtige Zeit gekommen ist und die Notwendigkeit besteht.«

Erard Bogendrachen zog auch die andere Braue hoch. »Eure vier Kinder, werte Dame? Und wie steht es mit dem Mann, welcher sie gezeugt hat und bei dem es sich um den Silberbaum handeln muss, der Kriegsherr in Aglirta ist?

Wie lange würde es für den Fall, dass ich Eurem Wunsch entspreche, dauern, bis er zähnefletschend und mit einer ganzen Armee vor meinen Mauern auftaucht?«

»Er wird bald tot sein, genau wie ich. Ich stelle meine Bitte deshalb, weil ich will, dass selbst dann, wenn mein Mann qualvoll sterben muss, irgendwann in der Zukunft Abkömmlinge des Hauses Silberbaum mit seinen Mördern abrechnen.«

»Und um wen handelt es sich bei den Mördern?«

»Um die Blutlinie der Koglaur, jene Gestaltwandler, welche jetzt Aglirta regieren. Es gibt Zauberer unter ihnen, und sie betrachten das ganze Darsar als ihre Jagdgründe.«

Erard hatte alle ihm zur Verfügung stehenden Brauen hochgezogen und verlegte sich jetzt aufs Stirnrunzeln. »Wie soll ich vier Kinder erziehen? Zu Zauberern?«

»Wie Ihr das für richtig haltet, Zauberei hin oder her. Zieht sie als Bogendrachen auf und als Euer eigenes Fleisch und Blut.

Drei Söhne und eine jüngere Tochter.

Stellt der Öffentlichkeit nur den Ältesten vor – und wenn er darauf besteht, auch den zweiten und so weiter –, auf dass er die Ländereien und den Titel der Silberbaums beansprucht.«

»Und ich handele mir dafür Krieg mit den Gestaltwandlern ein?«

»Nein. Ich brauche Euch nur als Zuflucht. Ihr könnt erklären, dass Ihr nichts damit zu tun habt, wie wir starben und wie die Kinder zu Euch kamen, falls Ihr das möchtet.«

»Manch einer würde behaupten, dass mein Anteil an dem ›Geschäft‹ darin besteht, dass ich mich auf ein Leben in Sklaverei einlasse, werte Zauberin.

Und worin besteht mein Gewinn, wenn ich ein Leben aufgebe, welches dem Studium und der Zauberkunst gewidmet ist?

Wenn ich zu einer Mischung aus Wächter und Kindermädchen werde?«

»Ihr bekommt alles, was ich besitze und in Sarinda versteckt habe.

Meine gesamten magischen Kenntnisse und alles, was ich über Land, Leute und Geheimnisse weiß.

Meinen Geist, welchen Ihr nach Belieben plündern könnt, auf dass Ihr erkennt, dass ich einen ehrlichen Handel abschließen will.

Meinen Körper, um Euch daran zu erfreuen.«

Der Zauberer wandte sich abrupt ab und wanderte durch sein Allerheiligstes, aber Yuesembra hatte das Blitzen in seinen Augen sehen können.

Er blieb vor einem Tisch stehen, auf welchem ein Paar exquisit geschnitzter Figuren stand, und starrte auf sie nieder.

Die Hexe von Sarinda beobachtete, wie er mit zitternden Händen erst die eine, dann die andere Figur hochhob und durchdringend anblickte.

Er betrachtete die Abbilder von Toten. Erinnerungsstücke.

Yuesembra war es nicht in den Sinn gekommen, dass Erard Bogendrachen einst eigene Kinder gehabt haben mochte.

Zum jetzigen Zeitpunkt wagte sie nicht zu fragen, was aus ihnen geworden war.

Der Unsichtbare von Arlund hob den Kopf und sagte, ohne sich umzudrehen:

»Zeigt mir Eure Kinder. Ihre Abbilder natürlich. Bringt sie nicht hierher.«

Das purpurne Feuer um ihre Füße erlosch, und gleichzeitig schien die Luft in sich zusammenzufallen und zu entspannen.

Yuesembra holte tief Luft und wirkte langsam und sorgfältig einen Zauber, welcher die Abbilder ihrer Kinder heraufbeschwor, wie sie sie in Erinnerung hatte.

Sie konnte es nicht wagen, einen Spähzauber nach den wirklichen Personen auszuschicken, da dieser womöglich die Aufmerksamkeit jener, welche ihre Kinder beobachteten, auf diesen Turm und damit auf Erard Bogendrachen herabziehen mochte.

Lautlos entfaltete sich in der Luft das Abbild von vier Kindern, welche lachend in einem sarindanischen Garten standen.

Bogendrachen drehte sich mit ernster Miene herum. Yuesembra breitete die Arme aus, lächelte ein wenig unsicher und sagte:

»Prägt Euch die Namen ein: Faerlun, Marask, Tesmer … und Belsaryl.«

Erard Bogendrachen machte einen Schritt auf sie zu, und die Zauberin sah, dass er ein winziges Messer mit silberner Klinge in der Hand hielt und damit auf die Fläche der anderen zielte.

»Edle Dame«, sagte er rau, »Belsaryl ist genauso schön wie Ihr.«

Yuesembras Herz machte einen Sprung. »Haben wir«, fragte sie, und ihr Mund fühlte sich plötzlich trocken an, »einen Vertrag miteinander?«

»Den haben wir.«

Yuesembra langte nach den Schnüren ihrer ledernen Hose, aber Erard schüttelte den Kopf, streckte die Hand aus und stach mit dem Messer zu.

»Zuerst der Blutpakt«, meinte der Magier. »Das ist nur recht so. Und es dürfte Euch auch sicher nicht schwer fallen, Euch darauf einzulassen. Denn Ihr seid von edlem Geblüt und wisst, wie man unter Ehrenmännern einen Handel abschließt.«

Vier

Ein Fest für Schwerter

Ravengar«, flüsterte die schlanke Frau und tastete in der Dunkelheit nach ihm. »Mein Ravengar …«

Mit weit aufgerissenen Augen taumelte der erschöpfte Mann zurück und schlug mit seinem eingekerbten und verbogenen Breitschwert auf die Luft zwischen ihm und der Frau ein.

»Bleibt, wo Ihr seid!«, schnappte er. »Ihr vom Blute der Koglaur – weicht von mir! Ich weiß nicht, was Ihr Yuesembra angetan oder warum Ihr mich überhaupt angegriffen habt, da wir doch die Gelegenheit hatten, Aglirta endlich zu einem großen Land zu machen!

Hättet Ihr dem Reich zwei Jahre des Friedens gegönnt, zwei ungestörte Jahre für die Bauern, um ungehindert arbeiten zu können, dann hätte das Königreich …«

»Euer sein können, Hochfürst«, zischte die weibliche Gestalt, wurde größer und beugte sich vor, während Finger sich zu Tentakeln formten. »Ihr hättet den Thron an Euch gerissen, wenn wir Euch das gestattet hätten!«

»Niemals!«, stieß der verschwitzte Mann mit dem wirren Haar hervor und hackte auf den sich windenden Wald von Tentakeln ein, welche nach ihm griffen.

»Ich war Thamrain ebenso treu ergeben wie auch dem Reich! Ich töte nicht des Nachts und nehme auch nicht die Gestalt eines anderen an!«

»Nein, weil Ihr das nicht könnt!«, zischte der Gesichtslose und zog sich von der immer noch scharfen Klinge zurück.

Gleichzeitig verwandelte er sich in etwas Langes, Spinnenartiges, das die Wände hinaufzulaufen und von dort oben auf einen einsamen, müden Krieger zu stürzen vermochte. »Einzig und allein aus dem Grund, weil Ihr es nicht könnt, Silberbaum. Ihr seid ein ebenso gieriger und grausamer Söldner wie der Rest!«

»Euer Verstand ist ebenso verdreht wie Euer Körper, Koglaur«, erklärte Ravengar müde, trat in den Gang und den nächstgelegenen Raum und sprang dann sofort wieder nach vorn, um das erste Tentakel in Stücke zu hacken, welches ihm folgte, »falls Ihr glaubt, dass es nur eine Sorte von gierigen, grausamen Söldnern gibt.

Wir verfolgen viele Ziele, ganz zu schweigen von noch unterschiedlicheren Regeln. Und *jetzt verschwindet aus meiner Burg!*«

Der Gestaltwandler heulte auf, als das abgetrennte Tentakel zu Boden fiel und einen Nebel seltsam glitzernden Blutes versprühte.

Silberbaum sprang über die sich windenden Überreste und hielt dabei sein Schwert wie einen Speer über den Kopf in Richtung Decke gereckt.

Die Klinge biss tief in nachgiebiges, nicht schnell genug zurückweichendes Fleisch. Noch mehr Blut spritzte, und ein großes, schweres und formloses Etwas fiel an seiner Schulter vorbei und klatschte feucht auf den Boden.

Ravengar wirbelte herum und hackte darauf ein, bevor es Zeit fand, sich aufzurichten, und schlug weiter nach Tentakeln, welche sich verzweifelt durch die Tür ringelten und versuchten, den blutenden Körper aus dem Raum zu ziehen.

»Ihr … hättet … euch … bei … uns … einschleichen … und an einem starken, gedeihenden Aglirta teilhaben können!«, keuchte Ravengar, während er hieb und schlug und hackte und sich bemühte, auf den Füßen zu bleiben.

Die immer schwächer werdenden Tentakel versuchten, sich um seine Knöchel zu winden und ihn zu Fall zu bringen, so dass das Wesen ihn ersticken konnte.

»Ihr … hättet … euch … in der Gestalt aller … möglichen … Aglirtaner … unerkannt … unter uns mischen können … und wir hätten das *niemals* erfahren!«

»Wir waren dessen müde«, gurgelte der Gestaltwandler unter ihm aus etlichen unsichtbaren Mündern. Seine Stimme klang wie ein seltsam summender, ersterbender Chor. »So müde …«

Der Fürst Silberbaum stolperte von der bebenden, immer flacher werdenden Masse weg.

»Da seid Ihr nicht der Einzige«, murmelte er und achtete auf seine Schritte, um dem letzten, sich schwach windenden Tentakel auszuweichen. Er erreichte eine Wand, lehnte sich dankbar dagegen und stützte sich nach Atem ringend auf sein Schwert.

Dieses war der sechste Gesichtslose, welchen er seit Yuesembras Verschwinden getötet hatte, und der zweite, nachdem ihm das Essen ausgegangen war. Es hatte keine weiteren dampfenden Teller gegeben – die Maedra schätzten anscheinend seine Frau und nicht ihn –, und er hatte auch keine weiteren Steinaale gesehen seit … Tagen, wie es ihm schien.

Er hatte sich mit Lampen und Kerzen beladen nach Westen gewandt, so wie sie es verlangt hatte.

Die Koglaur jedoch hatten sich allem Anschein nach einen Spaß daraus gemacht, Laternen zu zerstören und Öl zu verschütten.

Ravengar verfügte mittlerweile über nicht mehr als vielleicht zwanzig zerbrochene Kerzen und vermochte nicht mehr zu sagen, wo er sich befand.

Er versuchte, unter keinen Umständen zurückzugehen, und hoffte, sich so weit im Westen zu befinden, wie das in diesem neuen, unbekannten und anscheinend endlosen Labyrinth aus dunklen, leeren Räumen, schwarzen und von den Gesichtslosen heimgesuchten Gängen und kurzen, vermutlich sinnlos nach oben oder unten führenden Treppenfluchten möglich war.

Er hatte gelernt, nach oben zu schauen, um die kleinen, von Ecken und Winkeln verborgenen Öffnungen zu finden, welche zu hochgelegenen Simsen führten, auf welchen er schlafen konnte.

Bis jetzt hatte ihn kein Koglaur im Schlaf überrascht … vielleicht wachten die Maedra doch über ihn.

Durst litt er keinen. Wasser sickerte an den Wänden herab und sammelte sich hier und da in kleinen Pfützen, deren klarer, eiskalter Inhalt nach Stein schmeckte. Er nahm an, dass er sich tief unter der Erdoberfläche befand, aber kühle Luft wehte schwach von irgendwo weiter unten durch die Gänge.

Diese Meilen von Gängen.

Ravengar schüttelte ungläubig den Kopf. Die Maedra beabsichtigten offenkundig, ein Königreich von Räumen und Türöffnungen und Gängen in Menschengröße aus dem Fels zu nagen.

Ein reichlich großer Palast, um die Gebeine der Koglaur aufzunehmen, welche sie verschlangen … und bald genug auch die des Fürsten Silberbaum.

Es musste ihrer Hunderte geben, um in derartiger Geschwindigkeit so viel zu gestalten – oder waren sie schon seit Jahren damit beschäftigt, und er hatte aus purem Zufall seine Burg über ihnen errichtet?

Aber er hatte nie mehr als vier Maedra auf einmal gesehen, und das auch nur, wenn es Gesichtslose gab, welche sie fressen konnten.

Die Gesichtslosen. Von denen musste es hier Dutzende geben. Die Maedra töteten mehr von den Koglaur als seine armselige Klinge, und er hatte ihrer … nun, vielleicht ein Dutzend erschlagen? Nein, mehr.

Es spielte keine Rolle. Er tötete und tötete, und es kamen immer mehr und krochen hinter ihm aus der Dunkelheit hervor.

Er wünschte nur, sie nähmen nicht Yuesembras Gestalt an und gurrten ihn auch nicht an.

Etwas bewegte sich im Dunkel im Türrahmen, knapp außer Reichweite des weichen Lichts, welches das kleine, glühende Messer ausstrahlte. Er hatte die Waffe unter seinen Halskragen geschoben, so dass sie unter seinem Kinn leuchtete und er in der endlosen Dunkelheit zu sehen vermochte.

»Kommt heraus«, sagte er müde, »auf dass ich euch töten kann und die Sache erledigt ist.«

Mehrere gelbe Augen beobachteten ihn ohne zu zwinkern, aber es erfolgte keine Antwort. Ravengar hob sein zerbeultes Breitschwert und wartete.

Die Augen gehörten etlichen Schlangen – nein, einer einzigen Schlange, welche mit einem kaum wahrnehmbaren Geräusch durch die Gänge glitt. Ihr Körper besaß den Umfang eines seiner Schenkel.

Sechs Hälse sprossen aus dem Leib, und darauf schwangen sechs Köpfe hin und her, von welchen ein jeder ein wenig größer war als eine Männerfaust.

»Nun denn, Gesichtsloser, wenigstens gebt *Ihr* nicht vor, meine Frau zu sein«, meinte Ravengar und bewegte sich vorsichtig nach vorn in Richtung der Schlange, wobei er die Spitze seines Schwertes nach vorn und wieder zurück schwang.

»Und dafür danke ich Euch!«

Er sprang plötzlich nach vorn und stach zu. Drei der Köpfe stießen mit überraschender Geschwindigkeit nach dem Schwert, aber die Waffe war gerade eben lang genug, dass seine Hände außer Reichweite der klaffenden Mäuler blieben. Die Schlange hatte einen Kopf weniger, als Ravengar von dem herangleitenden Körper weg und in einen Seitengang tänzelte.

Warnend schwang er sein Schwert für den Fall, dass ein weiterer Koglaur in der Dunkelheit hinter ihm auftauchte. Die Hallen schienen jedoch dunkel und leer zu sein … und einen Hauch kälter, seit er den letzten Koglaur erschlagen hatte.

Die Schlange glitt geduldig hinter ihm her, und Silberbaum duckte sich auf eine Seite des Ganges und schlug auf den ersten Kopf ein, welcher in Sicht kam.

Sofort schossen zwei weitere Köpfe um die Ecke des Durchgangs, dieses Mal ein wenig höher, aber damit hatte Ravengar gerechnet. Er schlug sie mit der panzerbehandschuhten Hand nach unten in Richtung seines Schwertes und drückte sie mit der Klinge gegen die steinerne Wand.

Funken flogen, als Stahl auf Stein traf, und als der Fürst wieder zurücksprang, baumelten drei blutende Köpfe leblos und mit gebrochenen Augen nach unten.

Die beiden übrig gebliebenen Köpfe schwangen zischend zurück, als die Schlange erbebte und sich zur Flucht wandte, aber irgendetwas ließ sie innehalten. Sie zitterte heftiger und wandte sich schwankend nach ihm um. Es sah ganz so aus, als werde sie von einer unsichtbaren festen Hand geführt.

»Bei der Dreifaltigkeit, das ist … das ist eine richtige Schlange!«, keuchte Ravengar und schlug die letzten beiden zuckenden Köpfe ab.

Die blutüberströmte Schlange brach sich vor Schmerz wild windend zusammen. »Und ein Zauberbann hat sie gegen mich ausgeschickt!«

Er blieb nicht in dem Gang, um nachzusehen, welcher Zauberer die Schlange ausgeschickt hatte – kein Koglaur, daran bestand kein Zweifel –, sondern wählte den westlichsten Gang und rannte los.

Gestaltwandler waren schon schlimm genug, aber ohne Yuesembra verfügte er über keinen Schild gegen Zauberei.

Nicht dass er noch einen richtigen Schild gehabt hätte, ganz zu schweigen von einem Helm. Beides hatte er schon vor einer ganzen Weile bei einem Kampf eingebüßt, und zwar in dem Raum, in welchem sich die vier Treppen trafen, weiter hinten bei …

»Und so endet es schließlich, Hochfürst von Aglirta«, erklang eine trockene, hämische Stimme aus der Dunkelheit über Ravengar, »mit einem letzten Dienst, welchen Ihr Eurem geliebten Königreich erweisen könnt:

Indem Ihr nämlich die hungrigen Leichenwürmer füttert. Ihr habt uns eine beachtliche Jagd geliefert, aber …«

»Versucht nicht, ihn zu Tode zu reden, Slaundshel. *Bringt ihn endlich um!*«

Ravengar verschwendete keine Zeit damit, herauszufinden, welche Todesart Slaundshel für ihn vorgesehen haben mochte, gar nicht zu reden von dem Besitzer der vorwurfsvollen Stimme.

Er warf sich zur Seite, prallte gegen kalten, harten Stein, wirbelte herum und rannte los.

Seine von Stahl umschlossenen Fingerspitzen erzeugten ein leises, scharrendes Geräusch, als er das Schwert umdrehte, so dass er es bis in Brusthöhe heben und das kleine glühende Messer verbergen konnte.

Plötzliches Feuer erblühte in der Dunkelheit hinter ihm und raste mit hungrigem Brüllen hinter ihm her.

Wieder wirbelte Ravengar herum. In welche Richtung sollte er sich wenden, um dem tödlichen Feuer zu entgehen?

Ein Ball wirbelnder, roter Flammen schoss geradewegs auf die Stelle zu, an welcher er eben noch gestanden hatte.

Als er zwei Schritte zurückwich, wechselte es nicht die Richtung, um ihm zu folgen, sondern schoss an ihm vorbei, um sogleich unter gewaltigem Aufblitzen und brüllendem Getöse die Wand zu treffen.

Der kalt lächelnde Magier, welcher den Feuerball geschleudert hatte, hielt bereits die nächste Flammenkugel in Händen, welche beängstigend schnell von einem winzigen Flämmchen zu einer lodernden Feuersbrunst anschwoll.

Der Magier stand in der Mitte eines riesigen Raumes, an dessen Wänden sich die Mündungen von Gängen sowie Galerien nachgerade drängten.

Von den Schultern des Zauberers strömte auf seltsame Weise immer heller leuchtendes Licht, so dass Ravengar die Einzelheiten in dem Raum erkennen konnte. Auf der gegenüberliegenden Seite stand ein weiterer Mann – vermutlich jener, welcher in solch scharfem Ton den Zauberer dazu aufgefordert hatte, den Fürsten Silberbaum zu töten.

Er hielt einen Speer in Händen und blickte Ravengar vor Zorn sprühend an.

Der Fürst rannte den Weg zurück, welchen er gekommen war, da er hoffte, dass der Zauberer das Feuer nur über eine bestimmte Entfernung zu schleudern vermochte.

Im Laufen wich er zweimal seitlich aus und drehte sich dann mit warnend erhobenem Schwert um, weil er sehen wollte, ob ein Speer oder ein Feuerball nach ihm suchten.

Der Speer befand sich bereits in der Luft, und Ravengar blieb gerade noch genug Zeit, sich auf die Steinplatten des Bodens zu werfen.

Der zweite Feuerball sauste dicht über seinen Kopf hinweg und versprühte Funken den ganzen Gang hinunter, bis er schließlich über den Boden schlitternd am anderen Ende des Ganges verschwand.

»Gorth«, bemerkte der Zauberer, »Euer Ziel wird nicht besser.

Es ist ein Jammer, dass Euer Hirn nicht stark genug ist, die Zauberbanne zu beherrschen.«

Gorth antwortete mit einem wortlosen, zornigen Grunzen, als Slaundshel auch schon seinen zweiten Feuerspeer schleuderte.

Der Fürst von Silberbaum war bereits auf den Füßen und rannte davon, aber wie er befürchtet hatte, hüpfte das Feuer ein ganzes Stück über den Boden, nachdem der Feuerball auf den Boden traf und explodierte.

Hinter Ravengar erhellten zornige Flammen den Gang, und ein scharfer Schmerz schoss an seinem Bein hoch. Slaundshel stieß ein bellendes, wenig erfreuliches Gelächter aus – und Ravengar stolperte, ruderte hilflos mit den Armen in der Luft und stürzte auf den Steinboden.

Von Funken umgeben rutschte er ein kurzes, schmerzvolles Stück vorwärts, bevor er mit dem Kinn voran zum Halten kam. Er starrte den eine Armeslänge entfernten Speer an und roch den Gestank seines eigenen verbrannten Fleisches.

Bei den Göttern – diese Schmerzen!

»Ich musste nicht einmal die Gestalt verändern«, stellte der Koglaurmagier amüsiert fest. »Ich frage mich, was für Trottel Glasmur und Narthe waren, dass sie ihr Leben an diesen Tölpel verloren.

Schaut ihn Euch an: Ein Wurf, und er liegt am Boden. Er kann sich nicht mal auf die Knie hieven, um sich gegen uns zu verteidigen!«

»Oh?«, bemerkte Gorth, als sich der Fürst Silberbaum herum und auf die Füße rollte. Ravengar fiel fast um, als ein verbrannter Fuß unter ihm nachgab, und zog sich an seinem Breitschwert wie an einer Krücke hoch.

Er stöhnte und fluchte vor Schmerz, gewann aber das Gleichgewicht wieder und floh dann heftig hinkend den Gang hinunter.

»Verbraucht Ihr nicht eine ganze Menge Salz, noch bevor der Hirsch sich am Spieß dreht, Slaundshel?«

Das Schnauben des Magiers klang ebenso laut wie das Geräusch, welches Gorth gerade von sich gegeben hatte.

Ravengar Silberbaum war viel zu beschäftigt, um grinsen zu können – und viel zu verzweifelt.

Er stöhnte durch zusammengebissene Zähne vor Schmerz, während er in östliche Richtung hastete, so gut er es eben vermochte auf der Suche nach irgendeinem Ort, an welchem er sich verstecken konnte.

Er würde hier sterben. Ihm stand keine Verteidigung gegen Zauberbanne zur Verfügung, noch vermochte er ausreichend sicher auf den Füßen zu bleiben, um sich auch nur mit dem ungeschicktesten aller unrasierten Söldner einen Schwertkampf zu liefern.

Er war …

»Dem Untergang geweiht«, bemerkte Slaundshel mit einem wölfischen Grinsen. Der Magier erschien direkt vor dem humpelnden Fürsten, wobei der Schein des Zauberbannes, welcher ihn hierher befördert hatte, um ihn herum flackerte.

»Zwischen uns gefangen. Auf dass wir ihn endlich beseitigen können.«

Er trat vor. »Ich werde großes Vergnügen dabei empfinden, Eure Gestalt anzunehmen und all die Narren hinters Licht zu führen, mit welchen Ihr das Tal hinauf und herab Freundschaft geschlossen habt.

Oh ja, man wird sich Ravengar Silberbaums als eines rechten Ungeheuers erinnern, wenn ich erst einmal mit Eurem Gesicht fertig bin – er wird sogar als einer der tödlichen Gestaltwandler aus den Erzählungen enttarnt werden.

Frauen fallen zwar leicht in Ohnmacht, aber wenn sie mit ihren Männern im Bett liegen und das Gesicht über ihnen sich in etwas Nichtmenschliches verwandeln, erinnern sie sich recht gut daran!«

»Euch macht all diese Häme Freude, nicht wahr, Slaundshel?«, fragte Gorth angewidert, während er mit seinem vom Boden aufgehobenen Speer den Gang hinter Ravengar entlangschlich.

Erschöpft wandte sich der Fürst um, um sich dem Gestaltwandler zu stellen. »Gebt dem Mann einfach nur den Rest, so dass wir von hier verschwinden können. Ich möchte nach Treibschaum zurückkehren, bevor Ammurak etwas Dummes anstellt!«

»Dann durchbohrt ihn mit Eurem Speer«, schnappte der Koglaurmagier. »Ich ... passt auf!«

Während Gorth losrannte und im letzten Augenblick, bevor er seine Waffe wütend in Ravengars Gesicht bohren konnte, ins Schlingern geriet, machte der Fürst einen Schritt zurück und stemmte den unverletzten Fuß fest auf den Boden.

Die Speerspitze zielte auf seine Kehle, so wie er das erwartet hatte – und seine Hand schloss sich um die Waffe. Er brauchte sein eigenes Schwert nicht mehr, um das Gleichgewicht zu bewahren, als Gorth versuchte, ihm den Speer zu entreißen und dabei den Fürsten an sich heranzuzerren.

Ravengar warf sich in ebendiese Richtung, hangelte sich am Speerschaft entlang und versetzte ihm gleichzeitig einen festen Stoß, um Gorths Ziehen und Winden zu unterstützen.

Wie zwei miteinander verbundene Tänzer wirbelten sie umeinander, und Ravengar setzte seinen heilen Fuß wieder fest auf, beugte sich vor und warf den Speerschaft von sich.

Die Waffe immer noch umklammernd krachte Gorth hilflos in Slaundshel.

Die beiden Koglaur taumelten gegen die nächstgelegene Wand, wobei sich der Magier keuchend anschickte, die Gestalt zu wechseln. Gorth ließ den Speer fahren und fluchte.

Und dann verschluckte die Wand Slaundshel. Gleich darauf wallte sie auf, wurde zu einem Rachen und schnappte nach Gorth.

Der Mann schrie auf und wirbelte wie wahnsinnig herum, um die Flucht zu ergreifen.

Ravengars Schwert schlitzte dem Koglaur die Kehle auf, bevor der Mann auch nur einen einzigen Schritt zustande gebracht hatte.

Der Gestaltwandler fiel zu Boden. Er wand sich, und seine Finger wuchsen zu Tentakeln heran, welche sich vor Schmerz in den Boden zu krallen versuchten, während alles vor glitzerndem Blut troff.

Die Maedra, welche Slaundshels Oberkörper verschlungen hatte, glitt zu Gorth hinüber, riss das Maul auf und stieß zu.

Der Steinaal rammte den Gesichtslosen in den Boden, ohne sich auch nur im Geringsten aufhalten zu lassen, und glitt in die Steinplatten hinein, als handele es sich um feuchten Schlamm.

Während die Maedra der Länge nach in den Stein eintauchte, saugte sie den Koglaur mit sich. Nur Blut und zwei zuckende Tentakel blieben zurück.

Zitternd schaute Ravengar auf die Überreste nieder und dann auf die beiden fast formlosen Beine, welche noch kurz zuvor dem Gesichtslosenmagier gehört hatten. In diesen dunklen Hallen starb es sich schnell.

Ich frage mich, ob ich lange genug am Leben bleibe, um mich an den Schmerz zu gewöhnen.

Der Fürst von Silberbaum holte tief Luft, stützte sich auf sein Breitschwert und schaute grimmig in alle Richtungen. Er wollte sehen, wer ihm als Nächster nach dem Leben trachtete.

Der Gang blieb dunkel und leer.

Der Fürst stand da und lauschte für eine Weile. Sein Atem rasselte laut in der Stille. Dann hinkte er langsam nach Osten zurück zu der Stelle, an welcher sich die drei Gänge trafen. Dieses Mal würde er einen anderen Weg wählen, und …

Er wusste nicht mehr genau, wann er gestürzt war, sondern spürte irgendwann kalten Fels an seiner Wange. In der Dunkelheit um ihn herum hörte er ganz in der Nähe ein schwaches Geräusch.

Und da erklang es schon wieder: ein schweres Gewicht, welches mit unendlicher Geduld über Stein glitt, als recke eine große Katze vorsichtig eine Pfote …

Dann hörte er es schon wieder. Genau dort drüben. Hielt er immer noch sein Schwert in Händen?

Nein, aber er spürte die Kälte des Griffes seitlich an einer Hand. Falls es sich um einen Koglaur handelte, würde der mit seinen Tentakeln nach ihm langen, statt sich freiwillig in seine Reichweite zu begeben … es sei denn, es handelte sich um einen vollkommenen Trottel von einem Gestaltwandler.

Dann vernahm er ganz in der Nähe ein kaum wahrnehmbares,

flüssiges Rascheln – und Ravengar packte sein Schwert, warf sich zur Seite, rollte …

Zwei Tentakel stießen nach seinem Gesicht, wobei einer davon schmerzhaft über seine Kehle schlug. Ravengar gelang es gerade noch, sein Schwert hochzureißen und den Tentakel zu durchtrennen, bevor sich dieser um seinen Hals wand und ihn erstickte.

Blaues Feuer loderte hinter dem Koglaur auf und umrahmte eine albtraumhafte Gestalt.

Ein schönes menschliches Gesicht schaute ihn mit mörderischer Schadenfreude an, während es an einer sich erhebenden, schwarzen Masse hinunterglitt, welche ebenso schlüpfrig aussah wie ein sich in einem Korb windender Aal in Sirlptar.

Dann brachen schwarze Tentakel hervor, welche ihn mit Sicherheit würgen und ersticken würden und denen er nicht entkommen konnte.

Das blaue Feuer loderte jetzt kastanienfarben auf und dann rubinrot und erhob sich unter brüllendem Lärm in die Höhe.

Die schwarzen Tentakel droschen vor Furcht oder Aufregung durch die Luft und bogen sich um das Feuer herum, statt nach Ravengar zu greifen.

Und dann schloss sich das Feuer hungrig über den Tentakeln, worauf der Koglaur aufschrie und mit Dutzenden von plötzlich entstandenen Armen verzweifelt versuchte, sich in die Luft zu krallen. Aber er fand kein Ziel, sondern brach auf den Steinplatten zusammen, wo er ein ersterbendes Stöhnen ausstieß und endgültig in Flammen aufging.

Der rote Schein erstarb rasch, aber vorher bemerkte Ravengar Silberbaum mehrere merkwürdige Gestalten, welche von dem Koglaur wegtaumelten und in unterschiedlichen Gängen verschwanden.

Dann trat eine einsame Gestalt mit wehendem schwarzem Haar aus dem Herzen der Dunkelheit.

Yuesembra!

Beinahe schrie er ihren Namen, während er auf sie zustolperte – aber nein! Bei der Gestalt mochte es sich um einen weiteren Gesichtslosen handeln, welcher mit den anderen darum kämpfte, ihn als Erster umbringen zu dürfen.

»Bleibt, wo Ihr seid«, keuchte er und hob sein Schwert.

Und schon stürmte ein Wust aus Tentakeln, mit Krallen versehenen Gliedmaßen und Köpfen mit zuschnappenden Zähnen auf die Hexe von Sarinda ein, und einhundert Mäuler brüllten vor Blutgier.

»Yuesembra!«, schrie Ravengar und warf sich verzweifelt mitten in den Wirbel mordlustigen Fleisches.

Seine Frau beugte sich vor, schrie einen hastig ausgestoßenen Zauberbann, und Darsar explodierte.

Zauberei.

Sie hüllt diesen Ort so dick ein, dass beizeiten Wellen durch die Meilen von Felsgestein und staubiger, dunkler Luft waschen und Echos auslösen, welche Phantome aufwecken, kurz längst erloschene Glut ins Leben zurückrufen und mir mehr Macht verschaffen.

Bewusst und lebendig, bis die nächste, rastlose Woge folgt.

Wartend in diesem großen Grab, verhüllt in dessen Eiseskälte.

Die Dreieinigkeit möge mich aus der ewigen Kälte befreien.

Die Arme, welche ihn umfingen, fühlten sich warm und sanft an – aber sie zitterten. »Yuesembra«, keuchte Ravengar. Er erkannte ihren Geruch.

»J-ja«, antwortete die tränenerstickte Stimme seiner Frau. »O mein Fürst, ich liebe Euch so sehr. Ich werde nie wieder von Eurer Seite weichen, das verspreche ich Euch!«

»Das … das wäre gut«, gelang es dem Fürsten Silberbaum zu flüstern. Seine Kehle fühlte sich plötzlich wie zugeschnürt an. Sie war wirklich, sie war hier, sie fühlte sich weich an … und seine Hand fand ihre Brust. Als er dessen gewahr wurde, wanderte seine Hand weiter nach oben zu ihrem Kinn. Er zog Yuesembra zu sich herab und küsste ihren Mund.

»Warum sind wir?«, fragte er eine ganze Weile später.

»Ohne Kleidung?«, ergänzte sie neckisch. »Nun, ich musste Euch heilen und mich selbst ebenfalls, und – *was* habt Ihr mit Eurem Schwert gemacht, während ich ... weg gewesen bin?«

»Ein paar Dutzend Koglaur getötet«, knurrte er, »es als Krücke benutzt, und ...«

Sie brach in ein lautloses Gelächter aus und nickte schließlich. Er versetzte ihr einen spielerischen Klaps auf die Wange. Sie ergriff seine Hand und küsste sie, und erst in diesem Moment sah er die Tränen in ihren Augen.

»Geliebte«, fragte er rasch, »fühlt Ihr Euch wohl?«

Sie beugte den Kopf, schluckte und nickte dann. »So wohl, wie ein Sterbender sich nur fühlen kann«, erklärte sie, »da ich mit Euch zusammen sterbe.«

Ravengar runzelte die Stirn, erhob sich aus der Rückenlage und bemerkte, dass der Schmerz, welchen seine Verbrennungen verursacht hatten, nahezu verschwunden war. »Sterben? Ihr meint, dass immer noch Gesichtslose übrig sind, welche uns töten wollen?«

»Oh ja. Und nachdem ich uns beide geheilt habe, die Maedra davon überzeugte, uns zu schützen und uns Essen zu bringen, bleibt mir nicht mehr genug Zauberkraft übrig, um auch nur einen von uns beiden von hier wegzubringen.

Wenigstens zwei der Koglaur, welche uns verfolgen, sind Magier, welche über große Macht verfügen – größere Macht, als mir zu Gebote steht. Sie haben diese Tunnel mit Warnzaubern ausgestattet; wir können ihnen nicht entkommen.«

Der Hochfürst von Aglirta lächelte freudlos. »Ich habe mich inzwischen daran gewöhnt, so zu fühlen. Wenigstens werde ich nicht einsam sterben.«

Er ließ den Blick wandern und schüttelte den Kopf angesichts des Zustands seiner zerkratzten, zerbeulten Rüstung, welche als unordentlicher Haufen dicht vor ihm lag.

Sie lagen zusammen auf einem Mantel, welchen Ravengar nie zuvor gesehen hatte, inmitten eines schwachen Schimmerns.

Rings um sie herum erstreckte sich eine weitere unbekannte,

riesige, dunkle und leere Kammer, dieses Mal ohne Galerien. Aber der Fürst erblickte verschiedene dicke, glatte Säulen, welche in einem anscheinend unregelmäßigen Muster aus dem Boden wuchsen. In den Wänden klafften hier und da die Mäuler dunkler Gänge. Wieder schüttelte er den Kopf.

»Die Halle von Hlauntra«, erklärte Yuesembra leise. Ravengar schaute seine Frau an.

»Der Name stammt nicht von mir«, fuhr sie lächelnd fort. »Die Maedra. Hlauntra ist offenkundig eine ihrer Ältesten, welche diese Halle erschaffen hat.«

»Nun«, meinte Ravengar feierlich, »das ist gut zu wissen. Als der Herr des Hauses Silberbaum sollte ich wenigstens mit ein paar der Namen der hier enthaltenen Kammern und Hallen vertraut sein.

Und es wäre noch netter, wenn ich sechs oder sieben von ihnen benennen könnte, um meinen Weg zurück zu finden.«

»Folgt der Spur toter Koglaur«, schlug seine Frau leise vor, nahm seine Hand, küsste sie und drückte sie an ihre Wange. »Ich bin so … so traurig, weil Ihr sie allein bekämpfen musstet.«

»Das, Geliebte«, antwortete Ravengar und sah sich nach seinem Schwert um, »geht mir nicht anders.«

»Warum also«, fragte Fürst Silberbaum seine Frau und stöhnte, da sie ihm die zerbeulte und verbogene Rüstung anschnallte und sich die Eisenteile schmerzhaft in sein Fleisch bohrten, »habt Ihr mir gesagt, ich solle immer nach Westen gehen?«

»Um so weit wie möglich von der Stelle wegzukommen, wo die Koglaur am leichtesten in diese unterirdischen Gänge eindringen können«, antwortete Yuesembra, »und in die neuesten der von den Maedra gegrabenen Passagen zu gelangen.

Dort bestand für Euch am ehesten die Hoffnung, zur Verteidigung geeignete Engpässe zu finden, wo ein einzelner Mann sich gegen eine Front und nicht gegen einen von allen Seiten gleichzeitig anrückenden Feind wehren kann.«

»Aber damit befand ich mich am weitesten weg von Essen und jeder Hoffnung auf ein Entkommen.«

Die Hexe von Sarinda seufzte. »Mit den Warnzaubern der Gesichtslosen gibt es keine Hoffnung auf Entrinnen«, meinte sie, »und was das Essen anbetrifft – nun, ich glaube nicht, dass einer von uns beiden lange genug am Leben bleibt, um welches zu brauchen.«

»Ich vermute, die Gesichtslosen sehen das genauso«, erwiderte Ravengar, schaute sein schlimm mitgenommenes Breitschwert an und beschloss, dass es keinen Sinn hätte, es geradezubiegen, da es bestimmt direkt über dem Griff abbrechen würde.

»Ich frage mich, ob wir sie inzwischen allmählich an Zahl übertreffen.«

Yuesembra lächelte dünn. »Nein, aber seit Ihr von Treibschaum zu mir herübergeschwommen seid, sind wir diesem Ziel sehr viel näher gerückt.«

Der Hochfürst von Aglirta seufzte bei der Erinnerung, und sein Mund wurde schmal. In dieser Nacht waren all seine Träume für das Tal so schrecklich schief gegangen, und er war in einen Alptraum geworfen worden, wie er ihn nur aus Schauergeschichten kannte, welche man Kindern am abendlichen Herdfeuer erzählt.

Er holte tief Luft und klopfte auf seine rutschenden Beinpanzer – die Lederbänder waren zerrissen, und sie hatten nichts, sie zu flicken. Dann verkündete er lebhaft: »Das ist richtig. Ich bin bereit, mit dem Sterben zu beginnen!«

»*Gut*«, flüsterte ihm eine trockene Stimme ins Ohr. Ravengar wirbelte herum, und sein Schwert zuckte nach vorn – aber da war niemand.

Er warf einen scharfen Blick auf Yuesembra, welche das Gesicht verzog.

»Ich kann keine Magie darauf verschwenden, ihre Spähzauber von uns fern zu halten«, erklärte sie und drehte sich mit in die Hüften gestemmten, in Leder gehüllten Händen um und schaute in die Dunkelheit.

Dann zuckte sie die Achseln, nahm ihn bei der Hand und wies auf einen nahe gelegenen Eingang. »Lasst uns diesen da nehmen, und …«

»Nach Westen gehen«, fiel der Fürst Silberbaum ein. Yuesembra schenkte ihm ein augenzwinkerndes Lächeln und schritt davon. Er musste sich eilen, zu ihr aufzuschließen.

»Meine Geliebte«, flüsterte er, als er sie erreicht hatte, »wenn es Euch nichts ausmacht, würde ich lieber Eure Hand halten, so dass ich sicher sein kann, dass Ihr es seid, welche ich an meiner Seite habe, und nicht etwa so ein verfluchter Gestaltwandler, wenn …«

Die Dunkelheit explodierte in blendend helles Licht, kaltes Gelächter und unmöglich lange Gliedmaßen.

Fluchend griff Ravengar nach Yuesembras Hand, fand sie aber nicht, und wurde dann abrupt von ihrer Seite gerissen, als Tentakel ihn an drei Stellen gleichzeitig trafen. Er hackte mit all seiner Kraft auf etwas ein, das er nicht ganz deutlich zu sehen vermochte.

Neue Ausbrüche des Lichtes erblühten vor seinen Augen. Als es ihm gerade gelingen wollte, Gestalten zu erkennen, schrie jemand ganz in der Nähe.

Eine Frau? Yuesembra? Die Stimme klang hoch und schrill!

Dann hörte er einen feuchten, gurgelnden Laut wie von einem Tier, welches sich vor Schmerzen wälzt, und hier und da ein Knurren.

Die ganze Zeit über biss sein schartiges Breitschwert tief und feucht in Fleisch.

»Yuesembra!«, keuchte er und schlug noch fester zu, obwohl er nichts sehen konnte. Er hielt sein Schwert möglichst hoch und ließ es kreisen, um seine Kehle zu schützen. »Zu mir!«

Auf seine Worte hin erklang ein schrilles Gelächter, welches allem Anschein nach von allen Seiten gleichzeitig kam. Knochige Klauen trafen ihn an einem Dutzend Stellen auf der Suche nach Lücken in seiner Rüstung.

Mehr als eine der Panzerplatten fiel scheppernd zu Boden und prallte auf jene, welche bereits unten lagen, nachdem Riemen nachgegeben hatten … und während er vor Schmerz ins Taumeln geriet, sah Ravengar undeutlich, wie sich beinerne, von seinem eigenen Blut befleckte Krallen zurückzogen und dann wieder ausschlugen – in Richtung seines Gesichts.

Verzweifelt schwang er sein Schwert in ihre Richtung und drehte sich gleichzeitig weg, um sich außer Reichweite all dessen zu bringen, was sich hinter seinem Rücken zusammenringeln und auf ihn niederstoßen mochte. Nie im Leben hätte er glauben mögen, des Kämpfens überdrüssig zu werden, aber …

Ein Tentakel traf Ravengars Kopf so fest, dass er wegen des Schmerzes in seinem Hals beinahe laut aufgeschrien hätte. Etwas zerbarst feucht, als sein Schwert hindurchschnitt.

Ein Mund, welcher sich in Höhe von Ravengars Knöchel befand, kreischte vor Qual, und er stach nach unten. Undeutlich erkannte er wenigstens ein Dutzend Koglaur in mehr oder weniger menschlicher Gestalt, welche wie Spinnen von ihm weghuschten.

Aus ihren Rücken sprossen Tentakel und Schlangenköpfe und richteten sich bedrohlich auf sein Schwert und seinen Oberkörper.

Sogleich sprang Ravengar mit den Füßen voraus nach vorn und landete auf einem der Gesichtslosen. Unbarmherzig stach der Fürst zu und schwang dann sein Schwert nach links und nach rechts, um den unvermeidlichen Wust von Tentakeln beiseite zu schlagen, welche sich über ihm schließen wollten.

Dann flammte ein rubinrotes Licht auf, und ein lautes Zischen erklang – und von irgendwo über dem Kopf des Hochfürsten tropfte ein heißer, rauchiger Regen herunter. Ravengar rollte sich weg und wischte sich über Brauen und Stirn. Er bemerkte, dass kochendes Koglaurblut Rauch um seinen Panzerhandschuh wabern ließ.

Die verbrannten, geschwärzten Tentakel krachten in einem Knäuel zu Boden, und eine Gestalt trieb auf Ravengar zu. Ihr Gesicht war blasser, als Ravengar es je zuvor gesehen hatte.

Die Hexe von Sarinda würgte und griff taumelnd nach ihm.

»Geliebte? Yuesembra?«, keuchte er ängstlich. Er hatte sie nie derart schweißüberströmt und mit solch blitzenden Augen erlebt.

»Ich … kann nicht mehr viele solcher Zauber wirken«, murmelte sie. »Sie nehmen mir … zu viel …«

Überall rutschten und rannten jetzt Koglaur durch den dahintreibenden Rauch ihrer toten Artgenossen, und Ravengar legte den

Arm um seine Frau und zog sie mit sich, quer durch das Zimmer zu … er wusste nicht wohin, nur weg von hier.

Auf halbem Wege zogen ihnen Tentakel die Füße unter dem Körper weg, peitschten und schlugen auf die über den Boden rollenden Menschen ein, rissen sie auseinander, und …

Wieder loderten rubinrote Flammen auf, während der Fürst Silberbaum sich ringelnde Tentakel beiseite schlug und noch mehr Koglaur schrien.

Herzhaft fluchend zerschnitt Ravengar Silberbaum die letzten sich nach ihm ausstreckenden Tentakel, stampfte fest auf einen Schlangenkopf, welcher ihn beißen wollte, und rannte los, um Yuesembra aufzulesen – und kam taumelnd zum Halten und starrte hilflos auf den sich ihm bietenden Anblick.

Ein halbes Dutzend Yuesembras streckte ihm flehentlich und auf den Knien liegend die Hände entgegen, und alle schauten ihn blass, schweißüberströmt und mit weit aufgerissenen Augen an.

»Helft mir, Ravengar!«, stöhnte eine unter ihnen, und die nächste schluchzte: »Hört nicht auf die Koglaur! Ich bin Euer Eheweib!«

»Nein!«, weinte eine dritte, »Geliebter, ich bin die Eure, nur ich allein!«

»Im Namen unserer Kinder, Ravengar, hört nicht auf diese …«

Der Fürst von Silberbaum erblickte einen Tentakel, welcher dicht bei der Kehle einer der Yuesembras glitzerte, und sprang mitten unter die flehenden Zauberinnen, um ihn wegzuschlagen.

Ein Brüllen erhob sich, und mit Klauen bewehrte Tentakel flogen in einer schwarzen Wolke des Todes auf ihn zu. Aber wenigstens gelang es ihm, seine Klinge in den Tentakel zu stoßen, auf welchen er gezielt hatte. Ein dankbarer Blick belohnte ihn, als die Hexe von Sarinda einen hastigen Zauberspruch anstimmte.

Tat sie das wirklich? Alle anderen Yuesembras taten es ihr nach, während die Tentakel um Ravengar schwärmten, nach seinem Gesicht stießen, an seiner Kehle und seinem Schwert zerrten und versuchten, ihn nach hinten und zu Boden zu ziehen.

Etwas Großes, Hungriges fiel aus der Decke über ihren Köpfen, und ein Dutzend oder mehr schmerzhaft stechende Tentakel wurden von Ravengar gerissen. Die Maedra fuhr donnernd neben ihm nieder wie ein Baumstamm aus dahinrasendem Fleisch und war auch schon an ihm vorbei. Sie erhob sich anmutig und glitt durch die Kammer, während Koglaur schreiend in alle Richtungen flüchteten.

Andere Steinaale, herbeigerufen von Yuesembras wildem Ruf, fuhren hinter Ravengar herunter und bissen zu. Tentakel schmolzen weg, während ihre Besitzer um ihr Leben rannten und durch Gänge und Schatten flohen, aber die Maedra erhoben sich gar schrecklich unter ihnen, bissen zu, glitten weiter, bissen wieder zu …

»Ravengar!«, keuchte Yuesembra. Sie wich mit aufgerissenen Augen einem Gewirr aus verletzten, niederfallenden Tentakeln aus, in dem Versuch, zu ihm zu gelangen.

»Lasst uns von hier verschwinden! Ich vermag nicht mehr viele solcher Rufe auszusprechen!«

Sie ergriff seine Hand – diejenige, welche kein Schwert trug –, und lehnte sich kurz an ihn für einen hastigen Kuss.

Ravengar nahm sie fest in den Arm und schickte sich an, den Kuss entgegenzunehmen … und sah im letzten Augenblick, dass in ihrem triumphierend lächelnden Mund Reißzähne glitzerten.

Er packte sie, so fest er konnte, und als ihr Kopf nach vorn schoss wie der einer zustoßenden Schlange, welche zum Biss bereit ist, und ihre Arme sich in Tentakel verwandelten, drehte er sie von sich weg – und stieß sein Breitschwert in den Körper, aus welchem Dutzende mit Reißzähnen bewehrte Mäuler und Krallen wuchsen, welche aufs Neue an seiner zerbeulten Rüstung zerrten.

Rüstungsteile lösten sich und klapperten hin und her, als der tobende Fürst Silberbaum wieder und immer wieder mit dem Schwert zustieß.

Er drehte die Waffe und bohrte sie wieder in die gleiche Wunde, statt die Klinge herauszuziehen.

Er fürchtete, der Gesichtslose könne sonst ausreichend Zeit gewinnen, die Tentakel ernsthaft einzusetzen, welche Ravengar jetzt ins Gesicht und in den Nacken schlugen in dem Versuch, ihn zu erwürgen oder seinen Kopf abzureißen.

Frauenmünder schluchzten und spuckten glitzerndes Blut, als seine Klinge immer wieder zustieß und zurückwich, und Tentakel erzitterten und sanken nach unten. Ravengar blieb in Bewegung und schwang den Koglaur um sich herum, da er verhindern wollte, dass ihn möglicherweise weitere Gesichtslose von hinten angriffen.

Und dann traf ein Lichtblitz seine halb geschlossenen Augen, worauf sich ein eher fischiger denn menschlicher Gestank ausbreitete, während um ihn herum kriechende Gestalten brutzelten.

Die tote Last des Koglaur mit den vielen Mäulern wich von ihm, und das Gewicht seiner Tentakel zog den Fürsten zu Boden.

Ravengar nahm alle seine Kräfte zusammen und zerhackte die Tentakel, schlitzte und sägte wie besessen, um sich zu befreien, bevor …

»Mein Geliebter, wir müssen von hier verschwinden!«, keuchte Yuesembra dicht neben seinem Ellbogen.

Ravengar hieb in Richtung der Stimme und zischte: »Weicht von mir, Gestaltwandler!«

Die Antwort war teils ein Keuchen, teils ein Schluchzen.

Sobald Ravengar sich von dem toten Gesichtslosen befreit hatte und auf die Füße gekommen war, erkannte er eine dunkelhäutige Zauberin, welche zusammengekauert neben seinen Füßen hockte und stöhnend Brust und Schulter umklammerte.

Silberbaum packte sie an den Haaren, riss ihren Kopf nach hinten, so dass er ihr Gesicht sehen konnte, und hielt ihr sein Schwert an die Kehle.

Dunkle Augen starrten schmerzerfüllt in die seinen. »R-Ravengar, bitte …«, flüsterte sie, wobei ihr Blutstropfen auf die Lippen traten.

Mit wachsendem Entsetzen starrte der Fürst Silberbaum auf sie nieder und suchte nach einem Anzeichen für Tentakel oder Schlangenmäuler oder …

Aber da gab es keine. Zu seinen Füßen sah er nichts als den geschmeidigen, zusammengesunkenen Körper seiner Frau mit blutüberströmter Brust und dunkelrot glänzender Lederkleidung.

»Oh, bei den Göttern – Yuesembra«, flüsterte er, während die letzten Koglaurschreie erstarben und die Maedra sich anschickten, zurück in die Wände zu gleiten. »Ihr Götter, es tut mir so Leid.«

»Das … das ist schon in Ordnung«, keuchte sie mit schwächer werdender Stimme.

Dann erbebte sie. Ravengar warf einen wilden Blick in alle Richtungen und sank dann inmitten der Leichen auf die Knie und nahm sie in die Arme.

»Yuesembra«, murmelte er und drückte sie an sich. Bei der Dreifaltigkeit, ihre Haut fühlte sich kalt an! Yuesembra schloss die Augen, erbebte wieder und flüsterte dann: »Haltet mich so ruhig wie möglich. Ich … ich versuche …«

Zitternde Hände hoben sich, um eine einzige, schlichte Figur in die Luft zu malen, und fielen dann wie Steine zurück.

Lippen formten eine lautlose Beschwörung, und dunkle Haut begann sehr schwach zu glühen. Hilflos starrte der Fürst Silberbaum auf das zuckende Gesicht seiner Frau in seinen Armen.

Dann glättete sich ihre Miene, und das Rinnen des Blutes hörte auf.

Nun holte sie tief Atem, hob eine Hand und untersuchte vorsichtig die blutige Masse, in welche seine Klinge ihre Brust verwandelt hatte.

Mit vorsichtig tastenden Fingern machte sie sich ans Werk, und als sie fertig war, öffnete sie die dunklen Augen und lächelte Ravengar schwach an.

Stammelnd wollte er sie hochheben, aber sie murmelte: »Stillhalten. Bitte.« Und ihre Hand suchte sein Gesicht.

Ihre Berührung erweckte ein sanftes Kribbeln, und Ravengar wusste, dass wieder Magie in ihn floss und wie schon zuvor heilte.

»Ich – mein Mädchen, rettet Euch selbst!«, rief er. »Hört auf …«

»Gemeinsam, Geliebter«, flüsterte sie wild. »Wir stehen zusammen, erinnert Ihr Euch nicht?«

Sie wurde wieder blass, und noch während der Fürst Silberbaum hinschaute, überzog Schweiß ihr Gesicht, rann in Bächen nach unten und tropfte ihr vom bebenden Kinn.

»Ihr bringt Euch um«, knurrte Ravengar und hielt sie in seinen Armen fest.

»Ja«, wisperte sie. »Das tut es. Ich kann nicht mehr viele Zauberbanne wirken, ohne zu sterben. Helft mir auf die Füße.«

Fürst Silberbaum gehorchte seiner Frau und zog sie so vorsichtig nach oben, als bestünde sie aus brüchigen Federn.

Die Hexe von Sarinda klammerte sich an ihn, lächelte schwach und lehnte sich dann gegen seine Brust.

»Meine ... Worte werden zuerst schwinden, und dann werde ich nicht mehr stark genug zum Stehen sein – aber solange mich kein Zauberbann trifft, bleibt mein Geist klar. Verlasst mich nicht, ich bitte Euch darum.«

»Meine Geliebte, Ihr müsst mich niemals um etwas bitten«, grollte Ravengar. »Ich bleibe an Eurer Seite – *das schwöre ich.*«

Wieder lächelte sie. Dann küsste sie ihn und löste sich aus seinen Armen, um allein einen Schritt zu machen. Und dann noch einen.

Sie ging nach Westen auf einen Gang zu, welcher sich plötzlich mit grinsenden Koglaur füllte!

Ravengar rannte ihr fluchend nach, aber Yuesembra wirbelte auch schon herum und suchte nach einem anderen Weg.

»Flieht!«, keuchte sie, während sie unter seinem Arm durchtauchte und auf einen anderen Gang zueilte. Der Fürst warf einen raschen Blick in die Richtung, in welche sie lief, da er halb erwartete, auch diesen Gang von blutrünstigen Koglaur versperrt zu sehen.

Dann schloss er sich ihr an und schwenkte drohend sein Schwert.

Die Koglaur antworteten mit Hohngelächter und folgten ihm. Dieses Mal blieben sie zusammen und näherten sich ihm geduldig.

Also hatten sie endlich gelernt, wie man kämpft. Ja, er und Yuesembra waren dem Untergang geweiht.

Die Wand des südlichen Ganges beulte sich kurz aus, während sie vorbeiliefen, und die Gesichtslosen hielten inne und erstarrten ... und rührten sich nicht, bis alle Anzeichen für eine Maedra verschwunden waren.

Kein hungriger Steinaal brach aus den Mauern hervor, um das Verderben über die Gestaltwandler hereinbrechen zu lassen.

Nachdem die Koglaur sich vorsichtig an der Stelle vorbeigedrückt hatten, nahm ihr Mut wieder zu, und sie eilten sich, ihre Opfer zu erreichen.

Aber da hatten der Fürst Silberbaum und seine Frau bereits eine weitere Kammer durchquert und einen anderen nach Westen führenden Gang entdeckt. Sie eilten jetzt einen feuchten, merklich kühleren und nach unten führenden Tunnel entlang.

An zwei Stellen unterbrachen aus unerfindlichen Gründen kurze, nach oben führende Treppen den Verlauf des Ganges, welcher schließlich in einen großen Raum mit niedriger Decke und zahlreichen seltsam verstümmelten Säulen mündete. Wieder folgten diese Säulen keinem Muster.

Verzweifelt schaute sich Ravengar nach abzweigenden Gängen um. Als er einen entdeckte, kamen auch schon Koglaur herausgequollen … genau wie aus dem Gang, durch welchen sie gekommen waren.

Er blickte Yuesembra an, und die Hexe von Sarinda flüsterte: »Ich kann nicht weiterrennen.«

»Dann werde ich Euch tragen«, stieß er hervor, streckte einen Arm aus – aber die Zauberin duckte sich weg. Dann richtete sie sich wieder auf und schüttelte den Kopf.

»Nein«, keuchte sie, »sie würden Euch im Handumdrehen umzingeln und in Stücke reißen! Hier stehen wir – hier! –, und hier werden wir fallen. Gemeinsam.«

»Genau hier?«, bellte er und wies auf die Bodenplatten rings um sie herum. Sie standen in der Mitte der Kammer, und die Koglaur – inzwischen mehr als zwanzig – fluteten herein und begannen, sie von allen Seiten einzukreisen. Allerdings hüteten sich die Gesichtslosen, den Silberbaums zu nahe zu kommen.

»Mitten im Raum, wo sie von allen Seiten zugleich auf uns eindringen können?«

»Vertraut mir«, hauchte sie und kam in seine Arme, um ihn zu küssen.

Ihre Lippen schmeckten süß, und weder der Fürst noch die Zauberin wollten, dass diese Zärtlichkeit endete – aber als die Koglaur wie ein Mann vorwärts drangen, löste sich Ravengar von seiner Frau, hob das Schwert und knurrte warnend: »Sie kommen uns *holen*, mein Mädchen!«

Yuesembra flüsterte: »Behindert mich nicht!«, dann trat sie mit einem schnellen Schritt hinter ihn, um die sich dort befindlichen Koglaur im Auge zu behalten, richtete sich auf und wirkte einen raschen Zauber.

Die Gesichtslosen schlitterten, trabten und schlichen auf sie zu, wobei sich ihre Gestalten in schreckliche, sich immer wieder verändernde Alpträume aus glotzenden Augen, glitzernden Zähnen, Tentakeln und hungrigen Klauen verwandelten.

Yuesembra begab sich rasch in die Hocke, wies auf den größten Angreifer – und plötzlich flammte ein blendender, in den Augen brennender Blitz auf.

Dann stieg öliger Rauch auf ... und ein Koglaur weniger befand sich in der Kammer.

Sogleich ertönte ein Wut- und Schreckensgebrüll, und eine einzelne Stimme bellte: »Auf sie! Lasst sie nicht ...!«

Yuesembras nächster tödlicher Schlag brachte die Stimme für immer zum Schweigen, und sie wirbelte, immer noch am Boden, herum und fällte einen Gesichtslosen, welcher vor Ravengar aufragte und den Fürsten mit sechs Paar ausgestreckter Arme bedrohte.

Ein Koglaur mit einem Drachenkopf wurde ihr nächstes Opfer und taumelte und kippte eher um, als dass er verschwand.

Fürst Silberbaum warf einen raschen Blick über die Schulter und musterte seine Frau.

Sie hatte sich vor Schmerz zusammengekrümmt und lag aus dem Mund blutend und alle viere von sich streckend da. Ihr Gesicht wirkte leichenblass.

»Yuesembra!«, keuchte Ravengar, rannte zu seiner Frau und baute sich über ihr auf.

Sie langte mit bebenden Händen nach seinen Beinen und versuchte, sich hochzuziehen, fiel aber stöhnend zurück. Silberbaum zog sie mit einem Arm hoch, und sie keuchte vor Schmerz und klammerte sich an seine Rüstung.

»Mädchen!«, schrie er, während sich der Ring zischender und knurrender Koglaur um sie beide schloss, »versucht nicht …«

Yuesembra biss knurrend die Zähne zusammen, riss eine niederbaumelnde Panzerplatte los und ächzte: »Auf den Boden! *Sofort!*«

Ravengar ließ sich fallen, wobei er das Schwert hoch und von sich gestreckt hielt und darauf achtete, unter seiner Frau zu liegen zu kommen. Sie prallten gemeinsam auf die Steinplatten.

Die Hexe von Sarinda zuckte zusammen, aber hielt gleich darauf das Metallstück mit zitternder Hand hoch und zischte etwas in Ravengars Brust, was mit dem ruhigen Befehl endete: »Lasst uns ein Fest der Schwerter feiern.«

In einem Funkenregen verschwand die Rüstungsplatte aus ihren bebenden Fingern.

Die Kammer füllte sich urplötzlich mit Schwertern – hellen Klingen, welche hierhin und dorthin rasten wie Dutzende von Pfeilen, welche jemand im Zorn abgeschossen hat.

Sie durchbohrten einen grunzenden, taumelnden Koglaur nach dem anderen.

Ravengar barg seine Frau an seiner gepanzerten Brust und sah zu, wie der Tod dicht über ihre Köpfe hinwegraste. Tentakel droschen vergeblich durch die Luft, Gesichtslose schrien und klagten, und das Netz aus rasendem Stahl hielt an.

Es verlangsamte sich auch nicht; noch während der Fürst Silberbaum zuschaute, verschwanden die blitzschnellen Klingen einfach.

Stille breitete sich aus.

Als er es schließlich wagte, sich auf einen Ellbogen zu stützen, erblickte er eine Kammer, in welcher es aussah, als hätte man hier Wildschweine geschlachtet.

Überall lagen zerfetzte Körper am Boden, und in großen, glitzernden Blutpfützen entdeckte er Tentakel, Schlangenköpfe mit weit aufgerissenen Mäulern und die Häupter von Ungeheuern. Irgendwo zwischen den Säulen bewegten sich schwach ein paar Körper.

»Yuesembra«, sagte der Fürst von Silberbaum verwundert, »Ihr habt es geschafft! Ihr habt sie alle getötet!«

Die Hexe von Sarinda gab einen schluchzenden Laut von sich. Ravengar drehte sie behutsam um und schob sie sanft von seiner Brust, so dass er sich aufsetzen konnte.

Sie schüttelte den Kopf, um seiner letzten Bemerkung zu widersprechen, hob eine schwache Hand und deutete auf den sie umgebenden Raum. Speichel rann aus ihrem Mund.

»Yuesembra?«, flüsterte er rau. »Yuesembra?«

Wieder schüttelte sie den Kopf und schloss entmutigt die Augen. Dann öffnete sie sie wieder und blickte Ravengar wütend an.

»Ihr könnt nicht sprechen?«

Sie nickte, und Ravengar schluckte, biss die Zähne zusammen und erklärte langsam: »Nun, mein Schwert muss uns von jetzt an weiterhelfen.«

»Macht Euch keine Sorgen«, sprach ihn von der anderen Seite der Schlächterei her eine kalte, zornige Stimme an, »Euer ›von jetzt an‹ wird nicht lange währen.«

Ravengar Silberbaum sprang auf die Füße, packte sein Schwert mit festem Griff und starrte den Gesichtslosen an, welcher gesprochen hatte.

Der breite Körper des Koglaur glänzte vor Blut, aber er ragte hoch zwischen den Säulen auf, während sich etliche kleinere Gestaltwandler um ihn scharten.

»Für den Tod, welchen Ihr über uns gebracht habt«, fügte der Koglaur hinzu und nahm die Gestalt eines Mannes an, um über das Tentakelgewirr langsam auf Ravengar zuzuschreiten, »müsst Ihr sterben. Ich werde die ehrenvolle Aufgabe übernehmen, euch beide zu töten. Endlich.«

»Und wer seid Ihr, Abkömmling vom Blute der Koglaur, hinter Euren Masken?«, fragte der Fürst Silberbaum bitter. »Vor einem Tag Thamrain, Fürst Darse an diesem Morgen, ich selbst morgen früh?«

»Man nennt mich Ammurak. *Prinz* Ammurak von Aglirta, um Euch meinen rechtmäßigen Titel zu nennen. König Ammurak, sobald ich auf den Thron von Treibschaum zurückgekehrt bin – denn Ihr habt alle meine Angehörigen umgebracht, welche mir den Thron hätten streitig machen können. Dafür danke ich Euch.«

»Ich brauche Euren Dank nicht«, knurrte Ravengar und trat nach vorn, um den Koglaur zu stellen.

»Das ist wahr genug, Ihr Kläffer von einem Mann – denn *Ihr* braucht *gar nichts* mehr«, erwiderte Ammurak selbstgefällig und hob eine Hand.

Kleine, aber dafür nicht weniger hungrige Blitze prasselten aus dunklen Klauen, deren Schläge auf Ravengar einstachen, als er sich nach vorn warf und verzweifelt angriff.

Verzweifelt – und dem Untergang geweiht. Fürst Silberbaum schwankte, als Lichtblitze Funken schlagend über seine Rüstung und seine vergeblich geschwungene Klinge rasten … und fiel, Rauchwolken hinter sich herziehend, lautlos in die wartenden Arme der unbedeutenderen Gesichtslosen, welche auf der Stelle damit begannen, ihn in Stücke zu reißen.

Die weinende Yuesembra blieb allein auf den Knien liegend in einem sich langsam zusammenziehenden Kreis aus Gestaltwandlern zurück.

»So heldenhaft, Euer Fürst«, spottete Ammurak. »So männlich – und so dumm. Ohne Euch wäre er ein Niemand gewesen.«

Die Hexe von Sarinda verbarg das Gesicht in den Händen und schluchzte ein paar unverständliche Worte. Der Koglaurprinz kicherte hämisch, hob eine Hand und ließ einen Blitz auf die Zauberin niederfahren.

Lange dauerte es nicht. Rauchschwaden erhoben sich von der zusammengekauerten, dunklen Gestalt von Yuesembra, Fürstin Silberbaum, und ihr Körper kippte langsam zur Seite.

Langsam und beinahe widerstrebend näherte sich Ammurak vom Blute der Koglaur dem Körper und blieb neben Yuesembra stehen.

In einer Hand hielt er die ersterbenden Blitze. Er starrte lange

Zeit schweigend auf die Frau nieder, und die anderen Gestaltwandler waren klug genug, ihn nicht zu stören.

Sie stimmten einen Chor von Entsetzensschreien an, als die Wände sich vorwölbten und plötzlich Maedra herausbrachen – aber die großen Nagewürmer wandten sich ab, als Ammurak auf sie zuschritt, und tauchten in die Mauern ein, ohne einen einzigen Gestaltwandler verschlungen zu haben.

Die Schreie der Koglaur verwandelten sich in ein Triumphgeheul, als Ammurak um den erst vor kurzer Zeit abgerissenen und dann über den Boden gerollten Kopf von Ravengar Silberbaum schritt und ohne einen Blick zurück die Kammer verließ.

Eine wie es schien quälende Ewigkeit lang hatte der letzte, wartende Zauber sich in Yuesembra Silberbaum gewunden, seit ihr Fest der Schwerter erstorben und es ihr gelungen war, in ihrem Geist einen anderen Zauberbann zu formen.

Nun war alles getan, abgesehen von dem letzten geflüsterten Wort – welches sie jetzt zwischen Haaren und Fingern hindurch stammelte, während Ammurak vom Blute der Koglaur sich hämisch freute –, auf diese Weise würden ihre Empfindungen an die seinen gebunden.

Erledigt.

Erledigt und nicht mehr ungeschehen zu machen.

Sie hätte ihre Schadenfreude laut herausgeschrien, aber die sengenden Blitze verhinderten das. Also gab sie sich damit zufrieden, die Blitze dazu zu nutzen, sich mittels ihrer hinaufzuschwingen, wobei sie sich im Geist an Ravengars Namen festklammerte, und auf ihrem Zauberfluss hoch- und in den Koglaur hineinzureiten.

Sie brach in Ammuraks überrumpelten Geist ein wie ein durch Glas geschleuderter Stein. Sengend und verheerend – *für Ravengar!* – tauchte sie tief in seine Erinnerungen ein.

Ihre drängenden, Speeren gleiche Gedanken bohrten sich in ihn und überfluteten die Tiefen mit ihrem Licht, während sie, langsamer werdend, niedersank … und dabei seine Erinnerungen wie einen schützenden Mantel hinter sich herzog, so dass sie sich hinter seinen Augen verbergen und auf den richtigen Zeitpunkt warten konnte.

Nur um sich ihrer Herrschaft zu vergewissern, zwang sie den Koglaur dazu, zu ihrem verbrannten Körper zurückzukehren und auf ihn niederzustarren.

Ammurak leistete Widerstand, und sie spürte seine schneidende Tücke, aber sie gewann die Schlacht mit Leichtigkeit. Sie ließ ihn heulend und absterbend zurück, und als er in eine Ecke floh, mauerte sie ihn dort ein, um ihn später mit Muße untersuchen zu können.

Im Augenblick war es an der Zeit, diesen Ort zu verlassen und sich zum König krönen zu lassen.

Baut am Südufer des Silberflusses gegenüber der königlichen Insel von Treibschaum einen steinernen Palast. Ein gut zu verteidigendes Bauwerk.

Eine Festung.

Ein Trockengraben soll sie umgeben mit zurechtgestutzten Bäumen, auf dass keine Wurzel die äußeren Mauern sprenge.

Baut sie Stein für Stein auf den entblößten Fels der Erde, damit kein Feind wie eine Schlange oder ein Wurm bei der Nacht hereinzuschlüpfen vermag und einen Weg durch die Mauern findet oder eine Möglichkeit, sie einstürzen zu lassen.

Lasst die Mauern überall so hoch sein wie zwölf Männer. Nur im obersten Stockwerk auf der Außenseite mit den behauenen Steinen soll es Schießscharten geben. Im Erdgeschoss und in Richtung des Innenhofes darf es keine Fenster geben.

Zinnen sollen die Wände krönen, und alle hundert Schritt soll ein Turm errichtet werden, welcher durch metallbeschlagene, mittels Balken zu verrammelnde Türen von der restlichen Festung abgeschlossen werden kann und somit zu einem selbständigen Bergfried wird.

All diese Türme sollen einhundert Fuß in die Luft ragen, auf dass man über die Bäume hinweg zum Fluss schauen kann, und in den Wänden der oberen beiden Stockwerke sollen sich Schießscharten öffnen.

Ein Ring von Tunneln soll die Türme untereinander verbinden, außerdem muss unter einem jeden ein Brunnen gegraben werden. Jeder Turm soll eine Tür zum inneren Hof aufweisen, aber keine nach außen.

Der Ring von Tunneln soll zu einem einzigen Gang führen, welcher bis in den Wald führt und in einer verteidigten und mit Erde bedeckten Kammer mündet. Nur so wenige Männer wie irgend möglich sollen wissen, wo unter den Bäumen deren Tür liegt.

Auf der zum Fluss weisenden Seite der Burg, genau gegenüber von Treibschaum, baut mir ein großes Tor mit einem Fallgitter, zudem Ausfalltüren und einen steinernen, sich verengenden Weg, flankiert von zwei Türmen, welcher in einen eigenen Vorhof mit eigenen Mauern und geringeren Toren führt, welche sich wiederum in den inneren Hof öffnen, wo sich auch die Stallungen befinden sollen.

All dies soll eilends und zur größeren Ehre des Königs geschehen.

RAVENGAR SILBERBAUM
Hochfürst von Aglirta

BUCH ZWEI

Sembril Silberbaum

Geboren im Jahr 530 nach Sirler Zeitrechnung,
gestorben im Jahr 568 nach Sirler Zeitrechnung

Prinzessin von Silberbaum

Von der schrecklichen Plage, welche sie befiel

Eins

Die Stimme eines toten Zauberers

Alle Bediensteten waren aus dem Kerzenturm ausgesperrt. Die Edle hatte alle Türen geschlossen, nachdem die letzten Knechte und Mägde sich zurückgezogen hatten.

Sechsmal kurz hintereinander waren die schweren Türen ins Schloss gefallen. Danach hatte sie deutlich leiser die beiden Geheimpforten verriegelt.

Und dennoch, nachdem die Fürstin Silberbaum alle Zugänge versperrt hatte, konnte sie sich immer noch nicht des unangenehmen Gefühls erwehren, beobachtet zu werden.

Ihr stärkster Aufdeckungszauber verriet ihr indessen gar nichts.

Und bislang hatte es der Herrin auch wenig eingebracht, einfach einmal unvermittelt stehen zu bleiben und zu lauschen … oder sich vor einen Spiegel zu stellen, so zu tun, als würde sie sich bewundern, und dann blitzschnell herumzufahren.

Nicht einmal die behutsam in Durchgängen gespannten Fäden hatten ihr bislang einen Eindringling gemeldet.

Als Sembril sich dann tatsächlich im Spiegel betrachtete – und die humorlose Miene, die wachsamen smaragdgrünen Augen, die dunklen Brauen und das von dunkelroten Locken umrahmte blasse Gesicht beschaute –, wurde das unangenehme Gefühl in ihr noch stärker, von jemandem beäugt zu werden.

Bald schien sie es körperlich wahrnehmen zu können, so wie den an Eisen gemahnenden Geschmack von Blut am Gaumen, oder wie einen anhaltenden Ton in der Luft …

Wenn die Edle sich im Kerzenturm einschloss, hatte sie stets ein schlechtes Gewissen und spürte gleichzeitig Erregung in sich, als tue sie etwas Gefährliches und vielleicht nicht unbedingt Verbotenes, so doch etwas, das ihr Ärger einbringen konnte.

Von Anfang an hatte sie ihre Dienerschaft davon in Kenntnis gesetzt, dass sie ihre Ruhe zum Malen brauche.

Dass sie nämlich die türhohen und reich verzierten Holztafeln an den Wänden wild und ungezügelt mit Farbe bestrich. Und dies von dem Moment an, in welchem sie die letzte Tür hinter sich geschlossen hatte.

Nachdem sie sich an den Wänden ausgetobt habe, sähe sie den Farben beim Hinabrinnen zu und beschäftigte sich für den Rest ihrer Stunden in freiwilliger Einsamkeit damit, dem fallenden Staub zuzuschauen.

Um nicht gestört zu werden, unterstützte Sembril auch mit einigen wie zufällig fallen gelassenen Bemerkungen die aufkommenden Gerüchte, die Herrin risse sich bei ihren Farbschmierereien die Kleider vom Leib und tanze beim Malen wie eine gemeingefährliche Verrückte.

Sie wagte es jedoch nicht, den Turm mit mehr als einigen Schließzaubern und den schweren Riegelschlössern zu sichern. Letztere hatten sich im Keller gefunden.

Diese Vorsicht erschien ihr seit dem Tag geboten, an welchem ein neuer Zauber die von ihr vorgelegten Ketten zerschmettert hatte.

Die Herrin hatte nie herausgefunden, was damals eigentlich schief gelaufen war.

Sie wusste nur noch, dass sie dem herumfliegenden Tod um Haaresbreite entronnen war. Mehrere Kettenteile hatten sie dennoch getroffen, sie bewusstlos geschlagen und ihr ein Bein gebrochen.

Doch der Dreifaltigkeit sei Dank, ihre Arme waren heil geblieben. So hatte Sembril sich in einem mühevollen Ablauf mehrerer kräftezehrender Banne selbst heilen können.

Die Edle konnte sich noch gut daran erinnern, wie sie unter größten Schmerzen durch die Kammer zu ihren Zauberbüchern gekrochen war. Oder an die Stunden auf dem kalten Boden, in welchen sie versucht hatte, genügend Kräfte für den nächsten Heilzauber zu sammeln. Und den nächsten … und wieder den nächsten.

Erbärmliche Banne, welche nie dazu gedacht gewesen waren,

Knochen zusammenzuflicken. Die Edle hatte sich damals geschworen, sich nie wieder freiwillig auf einen Boden zu legen.

Eine andere Erinnerung kam ihr in den Sinn, diesmal eine aufregendere:

Blaue Funken waren auf sie zu- und an ihr vorbeigerast, so als blicke sie ins Herz eines Sterns. Und dies, während Sembril vermittels ihrer Zauberkräfte große Ringe an die Innenseite einer Tür schmiedete.

Diese formten sich so rasch unter ihren Bannsprüchen, dass sie es kaum für möglich halten wollte. Zum ersten Mal gab das Haus nach, um sich ihrem Willen zu fügen.

Gar nicht erst zu reden vom Tanz. Wenn sie barfuß und gewiss manchmal auch unbedeckt durch die Räumlichkeiten gewirbelt war. Zunächst hatte sie sich nur darin geübt, um festzustellen, wie sehr sie ihr Bein wieder belasten konnte …

Und später aus schierer Freude darüber, endlich einmal etwas ohne die allgegenwärtigen und so oft missbilligenden Blicke ihrer Bediensteten unternehmen zu können …

Endlich tanzte sie aus Verzückung darüber, dass ihre Zauber wirkten …

Natürlich wusste Sembril, dass die Magie Gefahren barg, und sie hatte auf diesem Gebiet bereits genug Erfahrung gesammelt, um eine ziemlich genaue Ahnung davon zu haben, welche Tücken selbst ihren bescheidenen Versuchen innewohnten. Und um wie viel gefährlicher all das war, was sie noch nicht wusste.

Nicht umsonst kamen großmächtige Magier nur selten vor und wurden weithin gefürchtet.

Viele von diesen wenigen hatten über ihrer Beschäftigung mit der Zauberkunde den Verstand, andere zudem jedes Maß verloren.

Sie benahmen sich unverschämt und verhielten sich launisch. Doch aufgrund der Macht, über welche sie geboten, sah man ihnen lieber alles nach.

Auch wuchs ihnen nur wenig Ersatz nach. Kaum ein Jahr ging vorüber, ohne dass sich ein überehrgeiziger Zauberlehrling selbst in Brand steckte, sich ohne Hoffnung auf Wiederkehr in ein Tier verwandelte oder sich bleibende Verformungen, Missbildungen oder andere Schäden zufügte.

Natürlich hätte ein freundlich gesonnener anderer Zauberer diese Schäden aufheben können, aber wer hatte je von einem solchen gehört? Jeder Zauberkundige würde sich davor hüten, einem anderen solche Hilfestellung zu leisten.

Daran erinnerte Sembril sich ebenfalls: zwei Stiefel, welche noch zitterten, während der zu ihnen gehörende Körper sich in fetten schwarzen Rauch auflöste. Die Männer starrten ungläubig hin, und die Frauen kreischten.

Sembril würde dieses schaurige Bild bis ans Ende ihrer Tage im Gedächtnis behalten.

Und ebenso lange würde sie sich fragen, ob man den jungen Magier dazu verleitet hatte, sich vor den Augen des Hofes an einem solchen Bann zu versuchen, um der Edlen Silberbaum eine Lehre zu erteilen, welche sie sich hinter die Ohren schreiben konnte.

Doch trotz all dieser lauernden Gefahren erschien der jungen Fürstin die Zauberei als einzige Waffe, welche ihr, wenn überhaupt, noch blieb.

Schließlich lebte Sembril in einem Aglirta, in welchem jeder aus dem Hause Silberbaum bestenfalls mit grimmigem Argwohn angesehen wurde.

König Amthrael lud nur selten jemanden aus diesem Geschlecht an seinen Hof ein, und kein lebender Silberbaum war jemals vom Herrscher zum Baron oder Fürsten bestellt worden.

Aber die Wappen und Ahnenbilder, welche so prachtvoll an den Wänden des Löwensaals prangten, waren Sembril geblieben, genauso wie die kunstvoll geschmiedeten Wappen am Flusstor oder diejenigen, welche sich auf den unzähligen Bannern befanden, die man überall im Silberbaumhaus antraf.

Diese brauchten sich vor keinem Baron oder Fürsten zu verstecken, und das Geschlecht derer zu Silberbaum konnte auf einen längeren Stammbaum zurückblicken, als ihn die vornehmsten Familien des Reichs wie die Adeln, die Phellinndar, die Tarlagar oder selbst die Brostos vorweisen konnten.

Die junge Fürstin sagte sich, dass sie auch dann kein älteres Geschlecht zu finden vermöchte, wenn sie die Mühe auf sich nähme, alle Stammrollen zu studieren, welche auf Treibschaum aufbewahrt wurden.

Ebenso wenig war es Sembril gelungen, auf irgendeine Urkunde über einen schändlichen Verrat zu stoßen, welchen ein Silberbaum irgendwann einmal begangen haben könnte. Ja, kein Mitglied ihres Hauses hatte je dem König zu heftig widersprochen.

Eine Silberbaum hatte sogar einmal für eine gewisse Frist den Titel einer Hochfürstin von Aglirta innegehabt … bevor sie unseligerweise mitsamt ihrem ganzen Haushalt einem unvorhergesehenen Ausbruch einer Seuche zum Opfer gefallen war.

Derselben Krankheit, welche schon einmal dieses Haus heimgesucht hatte, als dieses gerade erst errichtet worden und noch viel kleiner gewesen war.

Die junge Frau war es also gewöhnt, wachsam zu sein und ständig unter Anspannung zu stehen; dazu bedurfte es gar nicht erst des Wunders, dass ein Zauber gelang und sich vor ihren Augen entfaltete.

Sie war es ebenso gewöhnt, ihre Zeit hier im Kerzenturm allein zu verbringen … aber dieses Gefühl, beobachtet zu werden, wog jetzt viel schwerer und kam ihr in dieser Stärke ganz unbekannt vor.

Natürlich hatte sich jeder Bewohner des Silberbaumhauses wohl oder übel längst daran gewöhnt, dass hier hinter jeder Ecke etwas lauern konnte.

Die riesigen Wahnwürmer zum Beispiel, welche in den Mauern hausten, konnten sich jeden Moment zusammenrotten und herausbrechen – um einen zu verschlingen oder die Wände der Kammer zu verändern, in welcher man sich gerade aufhielt – oder einen nicht weiter beachten, quer durch den Raum kriechen und wieder in der gegenüberliegenden Wand verschwinden.

Oder nach links abzubiegen. Oder nach rechts. Ganz wie es ihnen beliebte. Wie flüssiges Bratfett versanken sie dann in dieser oder jener festen Steinwand. Danach fühlte diese sich genauso an wie vorher. Niemand vermochte zu erklären, wie es den Würmern gelang, so widerstands- und vor allem spurlos in das Mauerwerk einzudringen.

Ebendiese Wahnwürmer hatten Sembrils Brüder immer öfter in die Trunksucht getrieben, bis sie nicht mehr vom roten Wein lassen konnten … und ihn mittlerweile aus Kelchen tranken, welche ihre Schwester als Helm hätte aufsetzen können.

Doch Relvaert, Taraunt und Desmer nahmen gar nicht so viel zu sich, denn das meiste verschütteten sie, vor allem dann, wenn es ums Singen und Prahlen ging.

Mochten die drei Brüder auch behaart und wild wie Raubtiere sein, mit ihrem Jähzorn und ihrer flinken Klinge hielten sie sich die Gesandtschaften aus Maerlin und Phellinndar vom Leib.

Diese tauchten in regelmäßigen Abständen auf, um für den einen oder anderen Jüngling aus ihrem Hause den Brautwerber zu spielen.

Dabei glaubte die Schwester ganz genau zu wissen, dass diesen vornehmen Häusern wenig an ihr selbst lag, dafür umso mehr an ihrem Stand, strebten sie es doch an, ihre Länder mit denen der Silberbaums zu vereinen.

Manchmal, und das kam gar nicht so selten vor, wünschte sich Sembril von ganzem Herzen, sie könnte eine von den ebenso hochnäsigen wie hohlköpfigen Edlen sein.

Und ihre Tage damit verbringen, durch die Gemächer zu rauschen, den Bestand ihrer Kleidertruhen unablässig zu vergrößern und ansonsten das Gesinde herumzuscheuchen.

Dabei mussten diese Damen sich auch noch mit kleineren Palästen als diesem hier begnügen; denn Haus Silberbaum wurde in seiner Größe nur noch vom Königssitz Treibschaum übertroffen.

Aber aus diesem Sehnen erwachte die junge Silberbaum stets rasch wieder. Nein, nie und nimmer wollte sie eines von diesen Püppchen werden.

Wenn die Dreifaltigkeit tatsächlich ein solches Schicksal für sie vorgesehen haben sollte, würde Sembril bestimmt rasch vor Langeweile sterben.

Was wäre das für ein großartiger Tag, wenn einer ihrer Brüder auch nur ein Zehntel des Rückgrats und der Ausstrahlung aufbrächte, welche ihrem Vater Throrn zu Eigen gewesen war.

Bei Throrn Silberbaum hatte es sich um eine Sorte Mensch gehandelt, welche man noch seltener antraf als einen großmächtigen Magier. Nämlich um einen stillen, dafür aber sehr belesenen Gelehrten … und gleichzeitig um einen erfahrenen Krieger.

Auf beiden Gebieten hatte man seinen Namen mit Hochachtung genannt. Zu seinen Lebzeiten hatte er kaum etwas von dem groben Wesen an den Tag gelegt, welches seine Söhne mittlerweile so offen zeigten.

Ihre Mutter, Suelyndra Tarlagar, war schon so lange tot, dass die Jungen ihre leitende Hand niemals gespürt hatten. Sie kannten nur den Muttersatz der nachsichtigen Ammen und die gemeingefährlich spitze Zunge ihrer Schwester.

Wie Sembril so dastand, fragte sie sich bitter, wer sich wohl der Verdammnis inzwischen am Nächsten gebracht hatte.

Wenn man den Worten der Wanderprediger glauben durfte, erlag man beim Streben nach der Macht der Zauberei »der Versuchung des Dunklen, welche diese am ehesten denjenigen unter uns angedeihen lässt, welche die Schwächsten im Herzen sind«.

So wurden die heiligen Männer nicht müde, es in ihren Predigten wieder und wieder in den grässlichsten Farben auszumalen.

Mit den »Schwächsten« hatten die Priester, auch wenn sie es nicht wussten, gar nicht einmal so Unrecht. Wenn das ehrgeizige Phellinndar oder das kriegslüsterne Kardassa jemals herausfinden sollte, wie gering die Macht Silberbaums in Wahrheit war, würden sie kaum einen halben Tag lang überlegen.

Und dann mit ihren Kriegsmannen durch das Tal geritten oder auf Booten herbeigefahren kommen. Ein paar Dutzend Bewaffnete sollten ausreichen, um sich das grüne Land und die sonstigen Besitzungen derer von Silberbaum unter den Nagel zu reißen und den Namen dieses Rivalen auf immer zu tilgen.

Wenn dieses Erobererheer allerdings den Fehler begehen sollte, sich vor dem endgültigen Sieg in einer der Schänken des Landes stärken zu wollen, wäre seine Niederlage wohl nicht mehr abzuwenden.

Denn vor allem im Saufenden Drachen am Hafen und im Röhrenden Hirschen am Rand von Westbach konnte man leicht Desmer und Relvaert antreffen.

Und schon würde es zur schönsten Wirtshausschlägerei kommen.

Sollten die Eroberer aber beabsichtigen, vor dem endgültigen Sieg zu einer der Schönen des Landes ins Bett zu kriechen, könnte es ihnen leicht widerfahren, dort schon Taraunt anzutreffen, den Dritten im Bunde. Und der verstand darin keinen Spaß.

Die Hand voll Ritter, welche das Haus Silberbaum in Sold nehmen konnte, ohne sich vollkommen zu verschulden, begleitete das Fürchterliche Trio auf allen seinen Wegen, um mit ihnen zu saufen, zu huren oder zu raufen.

Im Palast blieben nur noch die in Ehren ergrauten alten Krieger übrig, welche sich in den Ställen ein Zubrot verdienten. Niemand sonst im Hause vermochte eine Waffe zu führen und die Prinzessin Silberbaum zu schützen.

Aus diesem Grund hatte die Prinzessin den kühnen Plan ersonnen, nach außen hin als ein wenig verdreht zu erscheinen.

Auf diese Weise gelang es ihr prächtig, sich Besucher vom Leib zu halten und das vor allen Blicken zu verbergen, was selbst dem dümmsten Gesandten eines anderen Hofes sofort ins Auge springen musste.

Dass nämlich das Haus Silberbaum trotz seiner beachtlichen Größe nicht mehr als hundert Bedienstete beschäftigte. Man hätte meinen können, jeder von ihnen habe sein eigenes Zimmer. Und dann blieben immer noch etliche Kammern leer, von den endlosen Kellergewölben gar nicht erst zu reden.

Ganz zu schweigen davon, dass sich das gesamte Bauwerk – angefangen vom Steinlöwenturm bis nach Westen zum Falkheronturm und im Süden zur Turmanlage – dank der Wahnwürmer beständig veränderte.

Ja, die rätselhaften Wahnwürmer …

Eigentlich hießen sie ja Maedra, und es handelte sich bei ihnen um aalartige Wesen mit erschreckend menschenähnlichen Armen. Sie lebten im Gemäuer und gruben endlos Tunnel.

Sembrils Brüder hatten es einmal gewagt, diesen Geschöpfen mit Schwert und Axt nachzusetzen, und sich damit gebrüstet, die Würmer abends am Spieß zu braten.

Einige Stunden später waren sie schlotternd vor Angst und halb verdurstet zurückgekehrt.

Im Reich kannte man Geschichten über die Wahnwürmer, dachte sich aber nicht viel dabei. Wahrscheinlich handelte es sich hierbei ja doch wieder um eine verrückte Geschichte der noch viel verrückteren Silberbaums.

Die sollten ja ein so altes Geschlecht sein, dass bei ihnen kaum noch einer richtig im Kopf sei. Und dazu einer wie der andere spindeldürr und nur vom eigenen Stolz aufrecht gehalten.

Mit anderen Worten, man sorgte sich im restlichen Aglirta wenig um irgendwelche Würmer, welche die Größe einer Kutsche erreichten und sich wie Gespenster durch Mauern und festen Stein bewegen konnten.

Das waren doch nur solche Schauergestalten wie die Gesichtslosen, von denen die fahrenden Sänger und gelegentlich sogar die Honoratioren einer Stadt flüsterten.

Die Gesichtslosen waren doch so ähnlich wie die Würmer, oder? Sie lauerten in irgendwelchen Ecken, bewegten sich durch Mauern und Wände, und …

Aber am helllichten Tag hatte man noch nie einen Gesichtslosen zu sehen bekommen. Erst recht nicht an Markttagen auf den großen Plätzen oder auf den belebteren Landstraßen.

Sembril war es so ganz zufrieden. Besser erschien es ihr schon, man hielte sie landauf, landab für versponnen, statt zu argwöhnen, die Silberbaums hätten einem ganzen Schwarm von grässlichen Bestien Unterschlupf gewährt.

Womöglich käme dann über kurz oder lang der eine oder andere Nachbar auf den Einfall, sich mit anderen zusammenzutun und bei Nacht und Nebel alles Leben in Haus Silberbaum auszulöschen.

Damit man nicht mehr in ständiger Furcht vor dieser merkwürdigen Familie leben müsste.

Sembril wusste ziemlich gut, wie man ihre Familie im Rest des Reiches sah: als hochmütiges, altes, verarmtes und auch sonst mittelloses Geschlecht, welches von der scharfzüngigen, groß gewachsenen, wenig ansehnlichen und daher verständlicherweise unverheirateten älteren Schwester angeführt wurde.

Die passe mehr schlecht als recht auf ihre drei jüngeren Brüder auf.

Vielleicht würde sie ja eines Tages wirklich alle Türen aufreißen und nackt vor ihrer Ahnengalerie auf und ab tanzen.

Schließlich hatte die Dienerschaft ja auch ein wenig Spaß verdient. Dafür, dass sie immer noch brav zur Familie hielt. Und bislang nichts über die Maedra ausgeplaudert hatte.

»Vielleicht handelt es sich bei den Dienern und Mägden aber auch samt und sonders um Agenten, Spitzel und andere in fremden Diensten stehende Männer und Frauen, welche jeden unserer Schritte weitermelden und darüber hinaus dafür sorgen, uns Silberbaums schwach, unbedeutend und unwissend zu halten, oder?«

Sembril stellte diese Frage laut, als verstünde ihre Zuflucht sie ganz genau. Allerdings erhielt sie nie eine Antwort.

Nur das Gefühl, beobachtet zu werden, wuchs noch ein Stück an. Und das konnte man ja auch als Antwort werten, nicht wahr?

Steckte womöglich einer ihrer Diener dahinter? Spionierte er sie am Ende mit Hilfe der Magie aus? Oder lag eine dritte Seite auf der Lauer?

Sembril argwöhnte schon lange, dass sich jemand unter ihre Dienerschaft geschlichen hatte, der ganz anderes im Schilde führte, als ihre Wünsche zu erfüllen.

Gut möglich, dass es sich bei diesem nicht einmal um einen Menschen handelte.

Und wenn sie bei ihren Überlegungen erst einmal an diesem Punkt angelangt war, stellte sie sich bang die Frage, wie sie diesem Feind anders als mit einer vollkommenen Beherrschung der Zauberkünste begegnen könnte.

Wenn es kein Mensch war, was denn dann? Nun, die Gesichtslosen gab es wirklich, und sie hatten wenig Anlass, dem Hause Silberbaum mit Freundlichkeit zu begegnen. So viel hatte die Prinzessin bereits aus ihren Geschichtsbüchern gelernt.

Ihre Bücher, ihr größter Schatz. Sie bewahrte die ebenso kostbaren wie brüchigen Bände in einer Urne unter einem Topf mit einer in die Jahre gekommenen Sternenblume auf.

Nicht weit von dem Sessel und dem Tisch, an welchem sie sich angeblich – zumindest vermuteten das die Knechte und Mägde – der Trunksucht hingab und Flasche um Flasche Ithqual oder Drachentraum leerte.

Andere schworen Stein und Bein, dass die Edle sich dort mit einem ihrer Brüder oder einem Stallburschen einließ, um es mit ihm auf das Ausschweifendste zu treiben …

Der Blumentopf ließ sich mit geringer Mühe aus der Urne herausheben, und darunter lagen Sembrils wenige Bücher.

Sie wusste, dass sie dort ganz gewiss noch keinen wahren Hort des Wissens zusammengetragen hatte. Aber wie sollte man sich eine Bibliothek aufbauen, wenn die Beschaffung eines jedes einzelnen Bandes den größten Aufwand erforderlich machte?

Sembril musste in aller Heimlichkeit wagemutige Abenteurer dazu bewegen, Bücher aus den Beständen lebender Magier zu stehlen oder in die Grabkammern bereits verstorbener Zauberer einzusteigen und sie dort, allen Gefahren und Fallen zum Trotz, zu bergen.

Die junge Frau konnte nur inständig hoffen, bereits genügend Wissen zusammengerafft zu haben, um in Zukunft bestehen zu können.

Magische Energie verbraucht sich niemals vollständig, auch nach einem Zauberspruch nicht.

Man kann sie sich daher wie Schimmel vorstellen, dessen Sporen sich unsichtbar fürs Auge bald hier und bald dort ansammeln.

Meist in der Nähe des bewirkten Banns.

Hier lauert die Magie in Ritzen und Ecken und wartet …

Mitunter wartet sie jahrhundertelang, denn das macht ihr gar nichts aus.

Sie lauert auf die Berührung anderer Magie, um darunter erneut zu erwachen … wenn auch zu nicht mehr als einem trüben Leuchten oder dem matten Widerhall von etwas, an das sich niemand mehr erinnert.

Für mich, da ich nun eingehüllt in beißende Kälte daliege, reichen diese winzigen Mengen vollkommen aus, bin ich doch selbst kaum mehr als der matte Widerhall von etwas längst Vergessenem.

Das Gras wächst längst üppig über meinen Gebeinen, während ich über die Welt wandere.

Als Schatten, als Nebelschwaden, als unsichtbarer Geist.

Viele Gehetzte und Getriebene mögen mich darum beneiden, bis sie feststellen, wie es darunter aussieht.

Magie klebt an nahezu jedem Stein dieses riesigen Palastes, an manchen Stellen bis zu acht Banne tief.

Wenn ich mich nähere, regen sich die Reste, und es entsteht ein leises Glühen.

Ich könnte jeden Einzelnen schmecken, wenn ich denn die Mühe auf mich nähme, mich in diese Ansammlungen zu versenken.

Jetzt sehe ich hinter dieser Mauer hier eine hoch gewachsene junge Frau, welche allein an einem Tisch steht …

Auf diesem liegen mehrere aufgeschlagene Bücher. Magische Zeichen funkeln und blitzen auf fleckigen und vergilbten Seiten.

Die junge Frau bleibt nie lange stehen, sondern bewegt sich von einem Band zum anderen, liest darin, blättert hin und her und ist tief in Nachdenken versunken.

Die Gute will sich zur Zauberin ausbilden …

»Wenn ich doch nur mehr Geld hätte … und mir das Fehlende ohne Umwege kaufen könnte!«, zischte die Prinzessin in ohnmächtiger Enttäuschung.

Sie klopfte aufgebracht mit den Fingern auf das Holz neben ihrer jüngsten Neuerwerbung.

Immer wenn sie mit der Hand über das Buchschloss fuhr, stieg ein kleines grünes Zeichen aus dem Schlüsselloch. Dies schwebte verlockend über dem Werk, bis Sembril ihre Hand wieder wegzog, um dann zu verschwinden.

Das grüne Zeichen wollte ihr bestimmt etwas sagen oder sie auf irgendetwas hinweisen, das im Zusammenhang mit dem Schloss stand, aber was? Wenn sie sich doch nur etwas mehr auf die Zauberkunde verstünde.

Aber die Edle besaß auf diesem Gebiet eben nur recht dürftige Kenntnisse.

Mit der magischen Energie zu arbeiten fiel ihr ganz gewiss nicht schwer, das war ihr so selbstverständlich geworden wie das Gehen. Aber sie wusste zu wenig darüber, wie man diese Energie gebrauchte.

Oft genug kam sie sich dabei wie ein kleines Kind vor, das hilflos vor Puzzleteilen steht, welche zusammengesetzt ein Bild ergaben, das ihr nichts sagte.

Die Prinzessin wusste die einfachsten Dinge nicht. Welche Bestandteile gingen mit anderen zusammen, wann taten sie das, warum taten sie das und vor allem, was sollten sie gemeinsam bewirken?

Und am allerwichtigsten: Wie brachte man sie dazu, etwas gemeinsam zu bewirken?

Ach, wenn sie doch wenigstens jemanden in Aglirta befragen könnte. Allein, das getraute sich die junge Schöne nicht.

In der Hofbücherei auf Treibschaum hatte sie ein paar Sprüche entdeckt, welche ihr ein wenig weiterhalfen.

Doch in die Freude darüber mischte sich die Ahnung, dass jemand über den Gebrauch der dort aufbewahrten Bände wachte. Wahrscheinlich war längst aktenkundig geworden, dass die Herrin von Silberbaum sich für Magie interessierte …

Die einzigen Magier, welche Sembril kannte, waren entweder Vogelfreie oder hatten sich bei dem einen oder anderen Fürsten verdingt.

Mit anderen Worten, keiner von ihnen würde auch nur einen

Finger rühren, um einer Silberbaum zu helfen. Da müsste für sie schon ein erkleckliches Sümmchen herausspringen.

Dabei stand zu befürchten, dass die Magier aus Sembrils Fragen die richtigen Rückschlüsse zögen und damit auf dumme Gedanken kämen. Wie zum Beispiel das halbe Fürstentum Silberbaum an sich zu reißen, weil es ja doch viel zu schwach war, sich zu verteidigen.

Halb schnaubend und halb seufzend starrte die Edle erneut auf das weiterhin verschlossene Buch. Fast hätte man meinen können, der Band starre zurück und schneide ihr Grimassen.

Dabei durfte Sembril es nicht einmal wagen, sich der Dienste eines der nichtsnutzigen Feld-, Wald- und Wiesenmagier aus den Hinterhöfen Sirlptars zu bedienen.

Selbst dann nicht, wenn sie die Mühe auf sich genommen hätte, sich zu einem solchen zu begeben.

Nicht auszudenken, wenn sie dabei von jemandem gesehen worden wäre!

Eine Hand voll Banne beherrschte die Prinzessin bereits aus den Büchern, welche sie schon früher an sich gebracht hatte.

Wie zum Beispiel die Herstellung von Leuchtkugeln, die Fähigkeit, Sachen durch die Luft heranzuholen, und die dünnen Schilde, welche so schwach waren, dass man sie kaum als solche bezeichnen konnte.

Aber immerhin erfüllten sie ihren Zweck und schirmten den Kerzenturm immer dann ab, wenn Sembril Ruhe für das Studium ihrer Bücher brauchte.

Darüber hinaus hatte sie auch schon den Zauber gelernt, mit dessen Hilfe sie erfuhr, wenn jemand anderer in ihrer Nähe magische Kräfte bewegte, und sie kannte ebenso den Spruch, mit dessen Hilfe sich Holz oder Papier anzünden ließ.

Und das war es leider auch schon …

Dabei bedurfte die Edle doch noch ganz anderer Zauber, und vor allem stärkerer! Banne, mit welchen sich die Maedra zähmen ließen, mit denen sie das Silberbaumhaus gänzlich zu ihrem machte und mit denen sie die Wände dazu brachte, an Ort und Stelle zu bleiben.

Dann würden ihre Brüder endlich die schreckliche Angst ablegen, der Trunksucht abschwören und mit ihrem Leben etwas Vernünftiges anfangen können.

Natürlich wären auch Zauber willkommen, welche man den Gestaltwandlern entgegenschleudern könnte, um sie zu zermalmen.

Oder solche, mit welchen sich das Silberbaumland bestens verteidigen ließe, damit nicht einmal der mächtigste oder der verrückteste Nachbar es wagen dürfte, ein Heer gegen Sembrils Burg auszusenden.

Außerdem ein Bann, mit welchem sich den Gesandten dieser liebenswerten Nachbarn das Maul stopfen ließe. In letzter Zeit tuschelten die Damen und Herren Botschafter nämlich immer offener und abfälliger darüber, wie schwach das Land der Prinzessin doch sei und dass sie in ihrem unverheirateten Stand auf keines Mannes Hilfe hoffen durfte.

Fast hätte man meinen können, diese Herrschaften würden sich gegenseitig darin übertrumpfen wollen, wer gegenüber der Prinzessin ein unverschämteres Benehmen an den Tag legte.

Und nun diese Panne. Sembril hatte es das wertvollste Stück aus der Schmuckschatulle ihrer Mutter gekostet, um an diesen Band zu gelangen, und dann stellte sich heraus, dass das Buch durch einen Zauber gesichert war.

Die aus dem Schloss zuckende Flamme verhieß nämlich jedem einen grässlichen Tod, der sich unbefugt an dem Verschluss zu schaffen machte. Oder aber eine schreckliche Verstümmelung.

Oder aber, dass das Buch bei unsachgemäßer Handhabung in Flammen aufginge.

Sembril ballte die Fäuste so fest zusammen, dass die Fingernägel in die Handteller schnitten. Nur mit Mühe konnte sie sich davor bewahren, vor Wut zu kreischen. Dann drehte sie sich um, lief auf und ab und versuchte nachzudenken.

Das Buch lag auf dem Tisch und stellte eine unwiderstehliche Herausforderung für sie dar. Als der Abenteurer es ihr angeboten hatte, war die magische Ausstrahlung so stark gewesen, dass Sembril nur mit Mühe die Gier aus ihrer Miene fern halten konnte.

Es gelang ihr nicht ganz, und sie konnte ihrem Gegenüber ansehen, dass ihm das nicht entgangen war. Nur zögernd nahm der Mann das Schmuckstück entgegen, so als ringe er mit sich, ob er nicht noch mehr verlangen sollte.

Sie müsste …

Verdammt! Mit wirbelnden Röcken stampfte die Prinzessin zum Tisch zurück, nahm ihre gesamten Schätze, verstaute sie in der Urne und verbarg sie wieder unter dem Blumentopf.

Dann trat sie an die Neuerwerbung, nahm diese mit beiden Händen und stürmte damit in den angrenzenden Raum. Wenn es zum Ausbruch von Flammen, einer Explosion oder sonst etwas Fürchterlichem käme, sollten die anderen Bücher geschützt sein.

Ihre Füße trugen sie zur Kerzentreppe, einer langen Wendeltreppe, welche ihr Versteck mit den unteren Stockwerken des Turms verband. Dort angekommen, musste sie feststellen, dass das Gefühl, beobachtet zu werden, sie bis hierher begleitet hatte.

Sembril blieb auf dem Treppenabsatz stehen, legte das Buch auf den steinernen Handlauf und strich fast zärtlich über den Deckel.

Man hatte diesen mit schuppigem Leder von irgendeinem ihr fremden Untier überzogen. Dessen Braun war von der Zeit dunkler, fast schwarz gefärbt worden.

Weder Buchstaben noch Symbole verunzierten den Band. Schutzklappen lagen auf den Seiten, um sie vor Beschädigungen zu schützen.

Schließen verschlossen die Klappen, und zwei Bänder aus einem ihr unbekannten Metall liefen um das Buch herum. An den Deckelecken befanden sich stählerne Dreiecke, und die hatte man mit einem Schutzzauber belegt, um sie vor Rost zu sichern.

Ja, so sah er aus, Sembrils neuester Schatz, den sie zwar festhalten, aber nicht öffnen konnte.

Die Prinzessin betrachtete das Buch in aller Ruhe. Nein, mit Zetern und Wüten kam sie hier nicht weiter. Entweder öffnete sie das Schloss mit Gewalt und stellte sich dem, was als Abwehr auf sie niederprasseln würde …

Oder sie dachte nach. Und zwar gründlich.

Nach einem Moment legte sie eine Hand auf den Band und sprach: »Wenn ich eine mächtige Silberbaumzauberin wäre, wie würde ich dich aufbekommen?«

Und im selben Moment stieg ein Glühen von dem Buch auf.

Sembril riss die Hand so rasch zurück, dass sie dabei beinahe den Band vom Treppengeländer geschleudert hätte. Der Deckel prickelte, und leuchtende grüne Blitze zuckten über die Metallbänder und vereinten sich auf dem Schloss.

Letzteres öffnete sich nun von allein, und die Bänder fuhren zurück; denn eine leise, aber unverkennbar männliche Stimme wiederholte eines ihrer Worte: »Silberbaum.«

Das war also der Schlüssel? Aber warum ausgerechnet ihr Name?

Hielten sich hier Gestaltwandler oder andere unsichtbare Wesen auf, um ihr übles Spiel mit der Prinzessin zu treiben? Handelte es sich am Ende bei diesem Buch um eine gefährliche Falle oder um etwas, das ihren Verstand verwirren sollte?

Das Buch lag aber ganz unschuldig da, als könne es kein Wässerchen trüben.

Die Edle hatte es jetzt doch mit der Angst zu tun bekommen und zögerte eine ganze Weile, ehe sie es noch einmal wagte, den Band zu berühren.

Als ihre Fingerspitze dann ganz behutsam den Deckel berührte, brach weder die Hölle aus noch erschienen Ungeheuer auf der Treppe, um sie zu fressen.

Im Gegenteil, das Werk fühlte sich kühl, fest und irgendwie ganz gewöhnlich an. Sembril schlug es auf und erblickte altes Pergament, welches aber noch nicht brüchig geworden war.

Die Gerüche, welche jedem alten Buch eigen zu sein schienen, drangen Sembril in die Nase, und die erste Seite war leer.

Auf der zweiten Seite prangte ein Zeichen, das der Edlen irgendwie bekannt vorkam. Sie hatte es bestimmt schon früher einmal gesehen, aber wann und wo, wollte ihr in der Kürze der Zeit nicht einfallen.

Auf jeden Fall vor langer Zeit … als ihr Vater noch gelebt hatte … bei einem ihrer Besuche auf Treibschaum?

Nein, mehr gab ihr Gedächtnis nicht her. Schon begann Sembril sich zu fragen, ob ihr das Zeichen überhaupt schon einmal untergekommen war.

Vermutlich handelte es sich bei ihm um das Zeichen des Mannes, welcher dieses Buch geschrieben hatte. Oder um das seines Gönners und Geldgebers.

Vorsichtig fuhr die Prinzessin mit der Handfläche über die Linien hinweg. Wieder tat sich nichts. Doch bevor sie die Seite umblätterte, berührte sie aus einer inneren Regung heraus das Zeichen mit der Fingerspitze.

Wieder das Prickeln, aber viel schwächer, so wie ein Funke, welcher erlischt, ehe er richtig aufleuchtet. Eine Stimme verkündete: »Erard Bogendrachen von Arlund.«

Eindeutig dieselbe Stimme, welche vorhin schon gesprochen hatte.

Die Edle wartete, und vor Aufregung kribbelte alles in ihr, aber weiter tat sich nichts.

Nachdem sie die lange angehaltene Luft wieder ausgestoßen hatte, berührte sie noch einmal mit der Fingerspitze das Zeichen.

Erneut vernahm sie den Namen.

Erard Bogendrachen. Vor einiger Zeit war er das Oberhaupt seiner Familie gewesen. Und wie alle in seiner Sippe ein mächtiger Zauberer. Sembril meinte zu wissen, dass er schon seit vielen Jahren tot war.

Mehr wusste sie auch nicht darüber. Das bedeutete vermutlich nicht mehr und nicht weniger, als dass Erard ohne größere Umstände gestorben war und seitdem ein anderer seinen Platz als Familienoberhaupt eingenommen hatte.

Die Edle schlug die nächste Seite auf.

Diese war von oben bis unten mit Schriftzeichen versehen, welche sie nicht entziffern konnte. Sembril hatte noch nicht einmal eine Vorstellung davon, um welche Schrift es sich handeln mochte, denn solche Lettern erblickte sie heute zum ersten Mal. Dünne Wellenlinien, dazwischen kühn geschwungene Bögen und an gewissen Stellen so etwas wie Verzierungen.

Die Prinzessin berührte nun einen dieser Buchstaben, und ein winziger Blitz fuhr ihr in die Fingerkuppe. Sie verspürte kurz einen leichten Schmerz, so als habe ein Kätzchen sie gebissen.

Im nächsten Moment prickelte es unter ihren Ohren, und dann vernahm sie zum dritten Mal die Männerstimme: »Abkömmling des Silberbaumgeschlechts, zu Euch spricht Erard Bogendrachen. Ihr haltet den dritten Band mit dem Bericht meiner Abenteuer und Leistungen in Händen.

Meine Geschichte ist damit noch nicht zu Ende erzählt, doch seid jetzt schon versichert, dass Ihr in diesem Werk keine Zaubersprüche findet.

Dennoch seid ermuntert, in diesem Buch zu lesen, denn jeder Silberbaum sollte die Wahrheit über meine Verbindung mit seiner Familie kennen.«

Sembril wagte es nicht, den Finger von der Seite zu nehmen, weil sie befürchtete, dass die Stimme dann schweigen und womöglich nie mehr zu ihr sprechen würde. Die meisten Zauber wirkten nämlich nur einmal.

»Ich habe meinen Teil des Abkommens eingehalten«, fuhr die Stimme des verstorbenen Zauberers fort.

»Das habe ich mit Yuesembra Silberbaum getroffen, und ich bin mit ihren Kindern – den drei Söhnen Faerlun, Marask und Tesmer und der Tochter Belsaryl so verfahren, wie sie es gewünscht hat.

Die beiden jüngsten habe ich wie eigene Kinder großgezogen, und alle Bogendrachen, welche heute in Arlund leben, stammen mehr oder weniger von ihnen ab.

Das älteste von Yuesembras Kindern habe ich in Treibschaum als Erben der Silberbaums vorgestellt.

Mit meinem Blut hatte ich seiner Mutter versprochen, ihn bei Hof einzuführen, sobald er die nötige Reife erreicht hätte. Doch wusste ich vorher schon, dass ich ihn damit seinem Untergang preisgeben würde. Und so ist es dann ja auch leider gekommen …

Ich glaube, Faerlun wusste bereits, welches Schicksal ihn erwartete. Aber er fand nicht ein Wort des Tadels für mich, und dafür werde ich ihn stets in ehrendem Angedenken behalten.«

Die Edle stand wie erstarrt da und zitterte. Also bedeutete es in den Tagen von Erard Bogendrachen für einen Silberbaum den Tod, nach Treibschaum zu gehen!

»Yuesembras zweitältester Sohn, Marask, war aus einem wesentlich weicheren Holz geschnitzt, und darüber haben sich am meisten die Koglaur gefreut. Vom König angefangen bis zum letzten Höfling hinab lächelten sie mir freundlich zu und äußerten keine der Drohungen, welche meinen ersten Besuch begleitet hatten.

Wichtiger für Euch, unbekannter Abkömmling der Silberbaums, dürfte der Umstand sein, dass man Marask bei Hof nicht nach dem Leben trachtete, denn andernfalls würde es Euch nie geben …«

Sembril glaubte, aus dem Augenwinkel eine Bewegung wahrzunehmen. Drüben an der Wand des Treppenhauses. Rasch fuhr sie herum, ohne jedoch den Finger von der Seite zu nehmen.

Doch da war nichts. Sie hielt sich immer noch allein hier auf.

Dennoch blieb ihr das Gefühl erhalten, beobachtet zu werden. Es kam ihr so vor, als befände sie sich auf einer Bühne und stünde mit dem Rücken zum Publikum.

Nach einem vorsichtigen Seitenblick in die andere Richtung, welcher ebenfalls nichts Ungewöhnliches offenbarte, lauschte sie wieder den Worten des alten Bogendrachen.

»Marask wurde von den Koglaur aufgenommen und unterstützt. Aber nicht aus Liebe zu ihm, sondern um so Aglirta Festigkeit, Einheit und neue Stärke zu geben.

Bei den vornehmen Familien – den Phellinndar, den Tarlagar, den Brostos, den Kardassa, den Hellbanner, den Adeln, den Glarond und den Loushoond – wuchs der Ehrgeiz ebenso rasch wie der Reichtum an Geld. Ihre Lande erblühten ebenso wie ihre Aufsässigkeit.

Hinter jeder Fürstenfamilie stand ein Koglaur und schmiedete Ränke und Verschwörungen gegen die anderen Geschlechter.

Während ich dies niederschreibe, hat sich nichts daran geändert, und ich wage zu behaupten, wenn es zu Eurer Zeit, Abkömmling der Silberbaums, noch einen Thron von Aglirta geben sollte, wird es sich auch immer noch so verhalten.

Der Gesichtslose, welcher sich das Aussehen des Königs von Aglirta verliehen hatte, und diejenigen älteren Koglaur, welche als seine wichtigsten Berater auftraten, suchten nach einer edlen Familie, welche sich von ihrer Hand so sicher wie ein gutes Schwert führen ließ.

Das Reich musste dringend erkennen, dass Recht, Ordnung und Sitte zum Durchbruch verholfen wurde. Indem die Koglaur den lange abwesenden Erben der Silberbaums anerkannten und mit besonderer Zuvorkommenheit behandelten, bewiesen sie ganz Aglirta, wie ernst es ihnen mit ihrem Vorhaben war.

Wenn sie irgendwann vorgehabt haben sollten, mich oder einen der mächtigen Magier oder auch nur den einfachen Mann auf der Straße mit reinem Herzen zu täuschen, so mussten sie bald erkennen, dass sie damit nicht durchkämen.

Auf der anderen Seite befürchte ich, dass das Reich über einen genauso bescheidenen Vorrat an Männern von der Straße mit reinem Herzen verfügt wie jeder andere Landstrich in Darsar. Wie überall sind auch bei uns die meisten nicht in der Lage, weiter als bis zu ihrer Nasenspitze zu schauen.«

Nach diesen Worten schwieg die Stimme des Erard, und Sembril Silberbaum entfernte unsicher die Hand von dem Buch. Das Schweigen hielt an, und die Prinzessin sah nach allen Seiten und nach oben und unten, um einen Blick auf den unheimlichen Beobachter zu erhaschen. Aber da war schon wieder nichts.

Aus einer Laune heraus trug sie dann das immer noch aufgeschlagene Buch in den namenlosen Raum zwischen ihrem Allerheiligsten und der Treppe des Kerzenturms. Sie legte das Werk auf den dort befindlichen alten Tisch mit der zerkratzten Oberfläche. Der stand gleich neben dem Eingang zu ihrer Zuflucht.

Nachdem Sembril tief eingeatmet hatte, blätterte sie weiter.

Zunächst tat sich überhaupt nichts. Wieder erschien die unlesbare Schrift.

Soweit es die Edle betraf, konnte hier das Gleiche stehen wie auf der vorangegangenen Seite, denn sie konnte keinen Unterschied erkennen.

Erst als Sembril die Schrift wieder mit der Fingerspitze berührte, tat sich etwas. Erneut durchströmte sie zauberische Energie, und die Stimme des alten Bogendrachen ließ sich wieder vernehmen.

»Ich kann natürlich nicht wissen, ob zum gegenwärtigen Zeitpunkt in der Zukunft überhaupt noch etwas vom Haus Silberbaum übrig geblieben ist oder ob Ihr, die Ihr mich nun vernehmt, schon einmal von diesem Geschlecht gehört habt.

So lasst Euch denn dies gesagt sein. Beim Haus Silberbaum handelt es sich um einen verwunschenen oder verfluchten Ort, von dem man sich erzählt, die Wände selbst würden in ihm leben und Wahnwürmer bewegten sich durch den festen Stein.«

Die Edle warf scheue Seitenblicke nach links und nach rechts. Aber wie immer entdeckte sie niemanden. Dennoch konnte sie sich des Gefühls nicht erwehren, von Unzähligen beobachtet zu werden. Auch dieser Eindruck beschlich sie nicht zum ersten Mal.

»Natürlich leben die Wände nicht«, fuhr der alte Magier fort. »Aber sie werden von den Maedra verändert, und das manchmal mit beängstigender Geschwindigkeit. Bei diesen handelt es sich um die Wesen, welche die Menschen Wahnwürmer nennen.

Yuesembra verbrauchte ihren gesamten Vorrat an Lebensenergie, um ihnen zu befehlen. Bis sie nach ihrem Wunsch durch den Stein tauchten, ihn aushöhlten, abtrugen und neu aufrichteten.

Auch wenn die Maedra nun nicht mehr nach Lust und Laune ihr Wesen treiben konnten, gefiel es ihnen, nach Yuesembras Anweisungen vorzugehen.

Es scheint ihnen das größte Glück zu sein, das Silberbaumhaus umzuformen und zu erweitern. Doch selbst den klügsten Zauberern bleibt es nach wie vor ein Rätsel, warum die Wahnwürmer manche Kammern und Gänge halbfertig stehen lassen und dem Verfall anheimgeben.«

Sembril seufzte. Also würde dieses Werk auch keine Hilfe darin sein, den Maedra Einhalt zu gebieten.

»Die Wahnwürmer bewegen sich durch Stein wie Aale durch

flache Küstengewässer. Zwischen ihren Zähnen wird Stein dünn wie Suppe.

Bis auf die ältesten Befestigungen und einige der Wallanlagen verdankt das ganze Haus seine Entstehung und seine Form ihnen.

Seit Yuesembra und ihr Ravengar den Koglaur unterlegen sind, hat niemand mehr den Maedra befehlen können. Das Silberbaumhaus ist nun ganz das ihre, und sie verändern und vergrößern es täglich.«

Sembril sah sich hastig um, als könnten jeden Moment die Wände ringsherum verschwinden und sie den Blicken der Vögel und den Winden draußen preisgeben ... und als würde ein Wahnwurm, groß wie ein Kutschzug, die Prinzessin mit einiger Belustigung betrachten, während unter seinen Händen eine neue Wand rasch wie Rauch entstünde ...

»Ich habe Silberbaums gesehen, wie sie unter dem Griff der Furcht vergingen«, fuhr Erard Bogendrachen mit grabestiefer Stimme fort. »Die eigene Angst saugte das Leben aus ihnen ...

Dabei fügt einem diese Art von Furcht keinen wirklichen Schaden zu. Doch in dem Maße, wie der Palast sich rings um sie herum veränderte, wuchs auch das innere Unbehagen bei den Silberbaums ...

Doch nun sollt Ihr, Hörer in der Zukunft, erfahren, wie es weitergegangen ist:

Die Koglaur haben Ravengar und Yuesembra erschlagen, um an deren Stelle zu treten und das Haus Silberbaum vollständig in ihre Gewalt zu bekommen.

Die Gesichtslosen wollten auch alle anderen Silberbaums töten, mussten dann aber feststellen, dass die Maedra sich gegen sie zur Wehr setzten.

Die Würmer schmolzen in den Stein, um den Angriffen der Koglaur zu entgehen.

Daraufhin versuchten die Gesichtslosen, die Maedra mit Hilfe von Zaubern zu unterwerfen. Doch stattdessen fühlten sie sich plötzlich unablässig verfolgt und wie von Gespenstern geplagt ...«

... da so viele Säle, Hallen, Kammern und Treppen einfach verschwanden, sich zu neuen Formen zusammenfügten und neue Gebilde schufen – so ging es Sembril durch den Sinn, und sie erinnerte sich an ihre eigenen Befürchtungen und Ängste, welche ihr die Eingeweide durchstießen und sich dort wie Schlangen zusammenzogen und vorschnellten.

Die Edle dachte daran, wie sehr sich das Silberbaumhaus nicht nur im Lauf von Jahren oder Monaten, sondern sogar von Tagen wandelte. Und währenddessen fuhr der Magier mit seinem Bericht fort.

Sembril hörte nur mit halbem Ohr hin.

»Heimgesucht und endlich besiegt, mit einem aus tausend Wunden blutenden Verstand und immer tiefer in der Irrsal versinkend, blieb es nicht aus, dass die Koglaur sich schließlich gegenseitig abschlachteten.

Und nicht nur sie selbst fügten sich gegenseitig Pein und Tod zu.

Auch die anderen Gesichtslosen im Reich machten Jagd auf sie, hielten jene diese doch für Abkömmlinge des Hauses Silberbaum.

Ihr, mein zukünftiger Freund, werdet vielleicht längst selbst erfahren oder herausgefunden haben, dass man zwar einen einzelnen Mann vernichten kann, nicht aber ein Haus von so riesigen Ausmaßen.

Nicht mit all seinen hohen Türmen und seinen viele Meilen langen Kellergängen und Gewölben.

Ich habe sie selbst gesehen, die Silberbaums, welche sich immer wieder an einer Hand voll Räumen festhielten und voller Verzweiflung feststellen mussten, dass es unmöglich war, ihre Heimstatt in der ursprünglichen Form wieder aufzubauen.

Und ganze Gruppen entfesselter Wahnwürmer versperrten ihnen die Wege nach draußen.

Seit dieser Zeit fällt es kaum einem im Reich jemals ein, den Fuß in dieses Gebäude zu setzen, welches man seit neuestem auch das ›Schweigende Haus‹ nennt.

Ja, man wird nicht einmal einen Handwerker finden, welcher sich bereit erklärt, in diesem Bau eine neue Tür anzubringen, ein Fenster einzusetzen oder eine Wand zu streichen.

Draußen im Lande hält sich nämlich das Gerücht, die Wahnwürmer würden jeden erbarmungslos angreifen, welcher im Haus irgendetwas verändern will.

Dieses Gerücht entbehrt übrigens nicht einer gewissen Grundlage. Die Maedra greifen tatsächlich alle an, welche ins Haus kommen, aber nicht, weil sie Handwerker verfolgen, sondern weil sie Spitzel der Koglaur gar nicht erst ins Haus lassen wollen.

Wenn Fremde sich dem Schweigenden Haus nähern, kann man drauf wetten, dass sich zwischen ihnen einige Koglaur verbergen …«

Sembril nickte bedauernd. Tatsächlich kamen schon seit längerem keine Handwerker mehr, mochten die Arbeitsvermittler in den großen Städten auch noch so viel Lohn bieten. Sembril kannte auch ohne Bogendrachens Erläuterungen den Grund dafür.

Über ein Dutzend Handwerker hatten bereits im Schweigenden Haus den Tod gefunden, und sämtliche ausgeführten Arbeiten waren in Grund und Boden gestampft worden.

Jedes Mal hatten die Wahnwürmer die Leitern, Gerüste und Werkzeuge der Arbeiter zu Kleinholz verarbeitet.

Diese Geschichten machten in den Schänken die Runde, und von Wirtshaus zu Wirtshaus fiel das Grauen schrecklicher aus, bis die Berge selbst davon hörten … und diese Geschichten nicht mehr vergessen konnten.

Der uralte Magier war wieder einmal verstummt. Die Prinzessin beugte sich über das Buch und fühlte sich plötzlich hundemüde.

Alle innere Angespanntheit fiel wie eine schwere Last von ihr ab.

Sie beschloss, sich Erards Geschichte bis zu Ende anzuhören.

Irgendetwas in ihr drängte sie dazu, jedes einzelne Wort des Magiers zu vernehmen.

Doch das, was sie am meisten brauchte, erhielt sie von diesem seitenlangen Bericht nicht.

Viel mehr wäre ihr nämlich mit einem Schutzmantel voller mächtiger Zauber gedient gewesen, mit einem Zauberstab oder einem Zepter, gar mit einem der sagenhaften Weltensteine …

Ganz gleich was, wenn sie damit nur dem stetigen Umbau ihres Heims Einhalt gebieten könnte.

Doch nicht einmal die mächtigen Magier vermochten das Wesen der Maedra zu begreifen.

Wenn der alte Bogendrachen nicht aufschnitt, hatte die Zauberkunst wohl nie eine ähnliche Waffe hervorgebracht.

Und da Sembril nicht selbst ein Wahnwurm war, würde sie diese Wesen wohl auch nie begreifen können und hatte nichts in der Hand, mit dem sie ihnen entgegentreten durfte.

Sie brauchte sich nicht einmal Hoffnung darauf zu machen, dass sich dieser Zustand jemals ändern würde.

Deswegen blieb ihr nur die Erfüllung des Wunsches, Bogendrachen möge sich letztendlich geirrt haben.

Und dass ein anderer, noch mächtigerer Zauberer insgeheim einen Weg gefunden hatte, den Wahnwürmern Einhalt zu gebieten.

Immerhin war das doch Yuesembra Silberbaum gelungen, oder etwa nicht?

Ihre Vorfahrin war wie sie selbst keine Kriegsfürstin mit prall gefüllten Schatzkammern und Heerscharen von Soldaten und Rittern zur Verfügung gewesen.

Deswegen blieb der Prinzessin nichts anderes übrig, als den eingeschlagenen Weg weiterzugehen, nämlich ein Zauberbuch aufzutreiben, entweder durch eigenes Glück oder das eines bezahlten Abenteurers, das von einem weitaus mächtigeren Magier geschrieben worden war, als es Erard jemals gewesen war.

Sembril klappte das Buch des Bogendrachen vorsichtig zu, und wie sie es schon halb erwartet hatte, schlossen sich Schnallen und Schloss selbstständig.

Das grüne Feuer legte sich wieder um das Schloss, während es darin klackte und klickte.

Die Edle atmete tief ein und betrachtete dabei das vor ihr liegende Buch ganz genau.

Dann knurrte sie Erards Vermächtnis an, brüllte und schrie wortlos ihre ganze Wut und Enttäuschung hinaus, bis sie erschöpft und atemlos dastand und ihr Ausbruch von den Wänden widerhallte.

Dann nahm sie das Buch behutsam auf und kehrte zur Urne mit den Sternenblumen zurück.

Sembril hatte jedes Wort in all den anderen Werken gelesen, welche sie darin aufbewahrte.

Vermutlich würde ihr nun nichts anderes übrig bleiben, als sie alle noch einmal zu studieren – in der Hoffnung, dieses Mal auf eine Stelle zu stoßen, welche sie vorher überlesen oder schlicht falsch verstanden hatte … um darin nun des Rätsels Lösung zu finden.

Die einzige andere Möglichkeit, welche ihr blieb, bestand darin, so verrückt wie ein Wahnwurm zu werden.

Wenn sie das nicht schon längst war …

Zwei

Entfesselte Dunkelheit

Schluss jetzt!«, gebot Thelmest Bogendrachen grimmig und wandte sich ab. Alle Farbe war aus seiner Miene gewichen, und seine Brauen klebten vor Schweiß.

Sein Bruder Presmur nickte und fuhr mit der Hand über das Zauberleuchten auf dem Tisch … und damit auch über das bleiche, leicht zitternde Gesicht der Sembril Silberbaum, welche sich in irgendeinem hoch gelegenen Raum im Schweigenden Haus der Raserei hingab.

Nach dieser Handbewegung verging das alles zu Finsternis, und diese wiederum löste sich in Rauch auf. Die vier Brüder fuhren vom Tisch zurück, als seien die Fesseln, mit welchen man sie an denselben gebunden hatte, mit einem Mal durchschnitten worden.

»Bei der Dreifaltigkeit!«, rief Haljaster in das allgemeine erleichterte Seufzen hinein und schüttelte das von Locken gezierte Haupt. »Davon kriegt man ja vielleicht Kopfschmerzen! Was verwendet sie bloß für Abwehrzauber?«

»Gar keine«, antwortete Presmur leicht ungehalten. »Unsere Schmerzen rühren daher, dass wir unsere eigenen Zauberschilde zu fest gehalten haben. Um damit die Maedra abzuwehren. Gestattet mir noch die Bemerkung, dass uns das wesentlich leichter gefallen wäre, wenn Ihr nicht wie ein Trunkenbold herumgezappelt hättet, solange wir vier durch unseren Zauber miteinander verbunden gewesen sind. Bei allem, was recht ist, Ihr habt Euch angestellt wie ein Jüngling vor seinem ersten Stelldichein!«

»Aber, aber, Presmur«, mischte sich Farnlorn rasch ein, »wir alle wissen doch, dass Haljaster wirklich ein Trunkenbold ist, und das den lieben langen Tag. Und wenn es sich anders verhielte, würdet Ihr nie auch nur eine Mahlzeit genießen können, weil Ihr ja doch die eine Hälfte des Tages ein Riesengewese um Eure Zauberkunst macht und in der anderen Hälfte Euren ach so tief schürfenden Gedanken nachhängt.

Haljaster kümmert sich wenigstens darum, dass die Dienerschaft das Arbeiten nicht vergisst.

Und für den Fall, dass es Euch entfallen sein sollte, er sorgt auch dafür, dass wir etwas zu essen und zu trinken vorgesetzt bekommen und dass die Tore bewacht werden, damit wir in Ruhe unseren Beschäftigungen nachgehen können!«

»Das habe ich natürlich nicht vergessen«, erwiderte der dürrste und belesenste unter den Brüdern kurz angebunden. »Aber nichts von alledem entschuldigt schludrige Zauberarbeit.

Solche bedeutet nämlich zwangsläufig den Untergang, so wie bei einem Ritter, der vor der Schlacht vergisst, sein Schwert zu gürten.

Und ich sage Euch, wir anderen werden, wenn sich das nicht ändert, trotz unserer eigenen Vorsichtsmaßnahmen eines Tages noch den Untergang erfahren!«

Haljaster durchschritt den Raum, hob eine Karaffe aus einem ganzen Wald von ähnlichen Weinbehältern und erklärte, ohne sich zu dem Tadelnden umzudrehen:

»Presmur, Euer Leben wird vollständig davon bestimmt, Pläne zu schmieden und Euch über alles Mögliche Sorgen zu machen.

Da ziehe ich es vor, mein Lebensziel darin zu sehen, ständig neue Erfahrungen zu machen und Genüsse zu erforschen. Vielleicht solltet Ihr es auch einmal damit versuchen, irgendwann.

Neue Erfahrungen mit unserer Festtänzerin Shalass sollten den Frost in Eurem Innern zum Schmelzen bringen. Da stellen sich die Genüsse von ganz allein ein!«

Der Angesprochene verfärbte sich und verzog das Gesicht. Doch ehe er etwas entgegnen konnte, ergriff Farnlorn rasch das Wort:

»Nein, Presmur, verkneift Euch jetzt die soundsovielte Bemerkung aus Eurer ständig wachsenden Liste von Vorwürfen gegen den Rest von uns. Haljaster hat nämlich Recht: Höchste Zeit für Euch, das Leben ein wenig genießen zu lernen!«

»Genug damit«, gebot Thelmest, woraufhin seine drei Brüder sich etwas beruhigten und einen weiteren Schritt vom Tisch zurück und voneinander fort traten.

»Ausnahmsweise stimme ich Farnlorn in dieser Frage zu. Dennoch sollten wir unsere Zeit nutzbringender zubringen, indem wir nämlich über das beratschlagen, was wir gerade in Erfahrung gebracht haben. Presmur, zügelt Euch bitte, und werft einen Thaenorn-Zauber.«

»Einen ganzen? Aber sicher gäbe es doch …«

Thelmest fuhr mit raschelnden Gewändern zu seinem Bruder herum und starrte diesen so streng an, dass Presmur den Blick senkte.

»Gibt es für unser zukünftiges Leben irgendetwas von größerer Wichtigkeit, als uns über das ein Urteil zu bilden, was wir gerade gehört und gesehen haben? Und die jetzt für uns notwendigen Schritte festzulegen?«

Presmur hielt immer noch den Kopf gesenkt, runzelte die Stirn und warf einen scheelen Seitenblick auf Farnlorn und Haljaster, um festzustellen, ob die beiden feixten oder ihm Grimassen schnitten.

Aber die beiden nickten ernst und gestanden so ihrem ältesten Bruder das Recht zu, in Familienangelegenheiten Anordnungen zu treffen und das letzte Wort zu haben. Erst als der zimperliche und so leicht berechenbare Presmur seinen verärgerten Blick von den beiden abwandte, fingen diese wieder an zu grinsen.

»Wir alle werden Eurem Thaenorn-Zauber etwas von unserer Zauberenergie abgeben«, gebot Thelmest ernst und trat einen Schritt auf Presmur zu. Er stellte sich so hin, dass dieser nichts von der Schadenfreude der beiden anderen Brüder mitbekommen konnte.

»Brüder, ich brauche den stärksten Schutzzauber, welchen wir jemals um uns gewoben haben«, erklärte Thelmest nun. »Über kurz oder lang wird einer der Diener nicht mehr der Verlockung widerstehen können und nachschauen wollen, was wir eigentlich so treiben, nachdem wir alle aus unserem Turm hinausgeschickt haben.

Auch darf ich daran erinnern, dass gewisse Zauberer aus Arlund und was weiß ich, von wo sonst noch, neugierig alles verfolgen, was sich bei den Bogendrachen tut.«

Presmur nickte, schluckte, breitete die Arme aus, drehte die einzelnen Finger und schuf dann den Thaenorn-Bann.

Bei diesem handelte es sich um den langwierigsten und schwierigsten Zauber, den die Gebrüder kannten. Nach einem nicht einfachen Muster mussten Beschwörungen abwechselnd gesungen und gesprochen werden.

So bildete sich Schicht auf Schicht, und Presmur fehlte nicht einmal, denn er war ein umsichtiger und gründlicher Magier. Dessen ungeachtet oder gerade deswegen brauchte er ziemlich lange.

Die drei anderen Brüder traten nacheinander mit einem leuchtenden Zauberglühen auf der Hand vor, um dieses im rechten Moment dem Zauberspruch hinzuzufügen.

Die Zauberglut floss eine nach der anderen unsichtbar in den Bann ein, welchen ihr Bruder gerade schuf, und schließlich entstand rings um seinen Kopf und seine Schultern ein schimmerndes, summendes Netz.

Der ernsteste und schweigsamste unter den Brüdern zitterte leicht, als die pulsierende Energie ihn durchströmte. Erst jetzt hob er den Kopf wieder, atmete tief durch und verkündete:

»Es ist vollbracht. Wir sind allein und ausreichend abgeschirmt, so dass niemand uns zu hören oder zu sehen vermag.

Nicht einmal die Schlange könnte unseren Thaenorn durchbrechen, und selbst der Drache in seinem wütendsten Zorn vermöchte es nicht.«

»Ihr müsst es ja wissen«, murmelte Farnlorn, »habt Ihr doch weder die eine noch den anderen jemals zu Gesicht bekommen.« Das brachte ihm einen gestrengen Blick von Thelmest ein.

»Brüder«, begann der Älteste dann sehr ernst, »ich weiß nicht, wo sich dieses Buch befunden hat, und genauso wenig, wie Sembril Silberbaum daran geraten ist.

Doch ich sehe keinen Grund, an seiner Echtheit zu zweifeln. Was die Prinzessin zu hören bekam, hat sie sichtlich aufgeregt.

Ich halte sie für keine so gute Schauspielerin, dass sie uns nur etwas vormachen wollte.«

»Dem stimme ich zu«, ließ Haljaster sich vernehmen. »Wenn sie damit gerechnet hätte, von uns beobachtet zu werden – oder von den Wahnwürmern, wie Sembril ja eher vermutet –, hätte sie bestimmt so getan, als sei der Inhalt des Werks vollkommen unwichtig für sie. Oder aber sie hätte sich mit einem Zauber umgeben, welcher uns in die Irre geleitet hätte.

Stattdessen aber hat die Edle sich mehrfach misstrauisch umgesehen, so als argwöhne sie, jemand würde sie heimlich beobachten.«

Farnlorn nickte. »Ich kann mich Euch nur anschließen. Auch ich glaube, dass Sembril uns nichts vorgemacht hat. Und Ihr, Presmur?«

»Ich kenne mich mit der Art der Frauen längst nicht so gut aus wie Ihr, meine Brüder«, entgegnete der gelehrteste unter den Bogendrachen, »und dies umso mehr, als Haljaster ja nicht müde wird, mich daran zu erinnern.

Doch um auf Eure Frage zurückzukommen, jawohl, alles, was ich zu sehen und zu hören bekommen habe, bestärkt mich in meiner Überzeugung, dass die Prinzessin uns ehrlich Überraschung, Enttäuschung und Verbitterung gezeigt hat.

Weiters bin ich davon überzeugt, wirklich Erard Bogendrachens Stimme vernommen zu haben. Ob er allerdings Unfug erzählt oder die Wahrheit nach bestem Wissen verbreitet hat, vermag ich natürlich nach so vielen Jahren nicht zu entscheiden.

Doch frage ich andererseits, welchen Grund sollten wir haben, unserem Urahn nicht zu glauben? Ihm sollte doch daran gelegen sein, die Nachwelt an seinem Wissen teilhaben zu lassen.

Es würde seinen Gebeinen ja auch nichts nützen, seine Nachfahren zu täuschen und zu veralbern.

Deswegen, meine Brüder, komme ich zu dem Schluss, dass man uns in ein großes Geheimnis eingeweiht hat: nämlich dass wir alle Silberbaums sind.«

»Nein«, widersprach da Thelmest heftig, »wir sind Bogendrachen. Nur wir und Sembril Silberbaum kennen die ganze Wahrheit.

Und meiner Meinung nach hat eine Edle, deren Aussichten auf ein langes Leben schlecht stehen, kaum Möglichkeiten, noch jemanden zu finden, welchen unsere gemeinsame Abstammung schert. Viel eher wird sie auf jemanden treffen, der ihr schlicht und einfach gesagt nicht glauben wird.

Für uns erhebt sich nun vielmehr die Frage, ob wir dieses Geheimnis für uns behalten oder es an unsere Nachkommen, falls die sich einmal einstellen, weitergeben sollen.«

»Ich bin dagegen«, widersprach Haljaster gleich heftig, »denn ich sehe keinen Sinn darin, uns in die Unruhen zu verstricken, welche zurzeit das Schicksal des Reiches verfinstern.

Dafür deucht mir der Arm der Schlangenanbeter und auch der Koglaur einfach zu lang.«

»Ganz genau«, stimmte Farnlorn gleich zu. »Was würde es uns schon einbringen, auf unsere gemeinsame Herkunft zu verweisen? Wir würden bestenfalls, wenn überhaupt, eine Burg gewinnen, in welcher Wahnwürmer ihr Unwesen treiben. Davon abgesehen würde uns kaum jemand im Reich unseren Anspruch auf den Besitz der Silberbaums abkaufen.

Und warum sollte ich mich an eine Tafel setzen, an welcher nur Mord und Ränke aufgetischt werden. Niemals, meine Brüder, so lange ich noch einen klaren Gedanken fassen kann!«

Presmur runzelte die Stirn: »Vergebt mir, meine Freunde, aber ich kenne mich mit den Verhältnissen im Reich weniger gut aus als ihr.

Das Forschen nach neuen Zaubern ist mein ganzes Streben. Irgendwelche Gerüchte über irgendwelche Verhältnisse in fremden Landen scheren mich dagegen überhaupt nicht.«

»Nun, das sollte es aber«, widersprach Haljaster. »Dann könntet Ihr Euch nämlich mit eigenen Augen davon überzeugen, dass die meisten Nahrungsmittel, welche in Arlund und den anderen Küstenstädten auf den Tisch kommen, aus dem Reich stammen.

Wann immer nicht anderswo Krieg geführt wird, bildet das Silberflusstal das Ersatzschlachtfeld für ganz Asmarand.

Wenn wir also ein Auge darauf halten, was sich dort tut, erfahren wir wie durch ein Vergrößerungsglas, wie die Verhältnisse im Rest von Darsar aussehen.«

»Schon wieder kann ich nicht umhin, Euch zuzustimmen, Bruder«, erklärte Thelmest. »Doch sollten wir Presmur zugute halten, dass seine Kenntnisse in der Magie die unseren haushoch übertreffen, und das aus gutem Grund.

Mehr als sonst einer von uns strebt er mit all seinen Geistesgaben nach der Beherrschung der Magie. So wisset denn, Presmur, dass Aglirta sowohl die Kornkammer der Welt wie auch der Sitz ihrer stärksten und nicht der reichsten Macht ist.

Auch verhält es sich mit dem Reich nicht so, wie die Spießbürger in Arlund, Sirlptar oder dem fernen Carraglas sich gerne einreden. Immerhin wurden die Dwaerindim dort erschaffen, auch wenn sie schon wieder einmal verschwunden sind.«

»Davon habe sogar ich schon gehört«, bemerkte Presmur und meinte das nicht im Mindesten ironisch. »Aber allem Anschein nach befinden die Weltensteine sich schon gar nicht mehr im Reich. Sie könnten mittlerweile überall hingelangt sein.«

»Das lässt sich nicht bestreiten«, stimmte Farnlorn zu. »Ganz offensichtlich hat jemand sie in seine Gewalt gebracht und wartet auf den rechten Moment, um in Erscheinung zu treten und die Macht der Dwaerindim zu nutzen. Um etwas zu erobern ...

Aber was? Welches Land, welches Fürstentum, welches Reich? Wohl kaum Aglirta selbst, oder? Diesen Waldstreifen entlang des Stroms mit seinen paar abgelegenen Höfen ... der Heimstatt der Koglaur, dem Tummelplatz der Maedra und dem Wirkungsfeld der zischenden Schlangenpriester. Und irgendwo nicht weit vom Reich schläft die Schlange selbst. Wenn sie erwacht ...«

»Falls sie überhaupt erwacht«, wandte Haljaster ein.

Danach fuhr Farnlorn fort: »Meinetwegen, falls sie erwacht, wird der Drache sich ebenfalls erheben, um mit der Schlange um die Herrschaft zu ringen.

Und dann kämpfen sie um das Reich und nicht etwa um Arlund, Sirlptar oder eine andere der ach so stolzen Städte an der Küste.«

»Ganz richtig, und dieser Krieg erhebt bereits sein garstiges

Haupt!«, warf Haljaster ein und griff nach dem Schwert, welches er nicht an seiner Seite trug.

Verblüfft betrachtete er kurz die leere Hand. Dann fuhr er fort: »Meiner Meinung nach werden wir noch zu unseren Lebzeiten die wiedererwachte Schlange sehen!«

Das löste bei Presmur heftiges Kopfschütteln aus. »Ihr drei bedient euch alter Ammenmärchen, um angebliche große Neuigkeiten zu verkünden! Da traut man ja seinen Ohren nicht, solchen Unfug aus dem Munde der eigenen Brüder vernehmen zu müssen!«

»Eure Ohren haben Euch nicht getäuscht«, entgegnete Thelmest mit einer Stimme wie ferner Donner, »und Ihr habt es jetzt dreimal gehört. Wir sind keine kleinen Kinder mehr, die noch an Märchen glauben, mein lieber Presmur, und wir sind auch keine Dorftrottel, denen man jeden Unsinn erzählen kann. Vielmehr verstehen wir den Wind zu lesen, welcher Wandel und Veränderungen mit sich bringt, und wir sind bereit, uns den Wetterumschwüngen und Verwerfungen zu stellen.«

Der Gelehrte schüttelte den Kopf und meinte dann müde: »Also gut, dann habe ich wohl nicht genügend Erkenntnisse gesammelt, und es wäre tatsächlich am klügsten, Aglirta fest im Blick zu behalten.

Doch wenn ich euch alle recht verstanden habe, dürfte es wohl das Beste sein, die Verbindung des Hauses Bogendrachen zum Reich nicht zu offensichtlich werden zu lassen.«

Die drei anderen nickten feierlich, und Presmur breitete die Hände aus und fasste zusammen: »Also bleiben wir Bogendrachen Bogendrachen und vergessen, dass Yuesembra Silberbaum unsere Vorfahren geboren hat.

Gut, ich habe nichts dagegen einzuwenden. Wenn ich es recht überblicke, dürfte dieser Punkt damit abgeschlossen sein.

Aber, verehrte Brüder, ist euch überhaupt schon Folgendes in den Sinn gekommen: Wenn Aglirta für die Welt so unglaublich wichtig ist und sich so viel zwielichtiges Volk dort herumtreibt, wäre es doch durchaus im Bereich des Möglichen, dass jemand alles daran setzt, Sembril Silberbaum zu töten.

Schließlich ist sie das Oberhaupt des mächtigen Geschlechts derer von Silberbaum und außerdem eine Zauberkundige.

Ein Mörder könnte es also durchaus auf ihr Leben abgesehen haben, um alle Banne und Formeln aus ihrem Gehirn zu stehlen. Außerdem wird er sicher zu Recht annehmen, dass sie einen großen Schatz an Zauberbüchern und Ähnlichem im Schweigenden Haus aufbewahrt …

Wir müssen also jeden Tag gewärtig sein, dass irgendein Feind im Palast der Silberbaums herumstöbert, um Zauber und magische Waffen zu finden, welche sich gegen uns richten lassen.

Da wir wohl kaum rechtzeitig davon erfahren dürften, wäre es da nicht klüger, selbst die Prinzessin zu töten? Und zwar so rasch wie möglich?«

»Damit sie nicht die Gelegenheit erhält, unser gemeinsames Geheimnis auszuplaudern?«, rief Farnlorn. »Bruder, Eure Ruchlosigkeit verblüfft mich ungemein.«

»Eure Klugheit sucht wirklich ihresgleichen«, meinte Haljaster, »doch hat die Sache für uns keinen Vorrang. Wenn wir offen in Aglirta eindringen, um solche Arbeit zu erledigen, setzen wir uns der Gefahr aus, erkannt zu werden. Und niemandem wäre damit gedient, wenn alle Welt erführe, dass die Bogendrachen sich offen in Angelegenheiten des Reichs einmischen.«

»Ja, niemandem wäre damit gedient«, ertönte es aus Thelmests Mund wie ein Widerhall.

Presmur sah seine Brüder nachdenklich an und schüttelte schließlich den Kopf: »Gehe ich recht in der Annahme, dass ihr die Gefahr, von welcher ich gesprochen habe, durchaus erkennt, aber dagegen seid, etwas gegen sie zu unternehmen? Und was soll ich darunter verstehen, dass die Sache für uns keinen Vorrang habe?«

»Die Sache hat für uns deswegen keinen Vorrang«, antwortete Thelmest, »weil Sembril Silberbaum schon bald ableben wird, und das nicht einmal durch die Hand eines gedungenen Mörders.«

Haljaster nickte aufgeregt. »Noch bevor das Jahr sein Ende erreicht hat, wird sie von uns gegangen sein. Sobald nämlich die Dunkelheit, welche in ihrem Haus ausgebrochen ist, sie erreicht.«

Die Prinzessin erstarrte, und ihre Hand lag unbeweglich auf der Klinke ihrer äußersten Geheimtür. Unter ihren eigenen leisen Schritten hatte sie ein gedämpftes Dröhnen vernommen, wie ein ferner Donner, doch nicht am Himmel, sondern im Gebäude.

Gerade war ihr aufgegangen, dass sie das Geräusch bewusst zum zweiten Mal hörte. Wer mochte wissen, wie oft es bereits ertönt war?

Jetzt kam es der Edlen so vor, als würde draußen jemand Türen aufbrechen.

Die Wahnwürmer!

Nein, nein, warum sollten die sich solche Mühe machen? Die Maedra konnten doch an jeder beliebigen Stelle durch die Wände stoßen, ohne dass ihnen das die geringste Anstrengung bescherte.

Aber wer wütete dann dort draußen?

Sollte Sembril sich hier verstecken und einfach die Entwicklung abwarten? Nein, unmöglich. Die Diener wussten, wo sie sich aufhielt, und selbst wenn die Eindringlinge auf sich gestellt blieben, würde ihnen der Turm an der Flussseite des Hauses Silberbaum nicht verborgen geblieben sein.

Gut, den Geheimgang könnten sie noch übersehen, aber es gab andere Wege in den Kerzenturm. Zum Beispiel durch den Keller, wenn man sich in dem weit genug in südlicher Richtung vorarbeitete und dann die Rabenschädeltreppe hinaufstieg …

Am besten würde die Edle durch die Tür vor ihr von hier verschwinden, dann bestünde berechtigte Hoffnung, ihre Schätze noch einige Tage verborgen halten zu können. Sembril kannte einige Zaubersprüche, und im nächsten Raum hing ein Schwert an der Wand, gleich neben Quaycels großem Spiegel …

Die Prinzessin eilte wieselflink durch die Tür und spähte in die matt beleuchtete Halle. Hier waren die Türen noch nicht aufgebrochen oder eingetreten. Der Dreifaltigkeit sei Dank!

Wenn die Eindringlinge aber nun mit Bögen kämen? Am besten begab die Prinzessin sich hinauf auf die Galerie. Dort könnte Sembril hinter der steinernen Brüstung Schutz vor den Pfeilen finden. Doch zuerst noch flugs das Schwert besorgt!

Bei dem handelte es sich um eine kräftige und einfache alte Kriegsklinge, welcher man hier gleich neben dem reich verzierten Spiegel einen Ehrenplatz gegeben hatte. Irgendein Gefolgsmann hatte in der letzten, der vorletzten oder einer noch früheren Fehde wohl den Stahl geschwungen, um einem aus dem Hause Silberbaum das Leben zu retten.

Ja, mein Geschlecht hat immer schon gern Händel geführt, und das hat sich bis auf den heutigen Tag nicht geändert, sagte sich Sembril mit einem bitteren Lächeln und nahm die Waffe von der Wand.

Die Klinge war schwer, lag aber gut in der Hand und wirkte immer noch stark und brauchbar. Als sie das Schwert schwang, sah sie sich im Spiegel: ein alter kurzer Rock, ein offenes Gewand ohne Gürtel über dem Lederhemd, darunter eine Hose und die Soldatenstiefel. Dazu langes, offenes Haar von der Farbe alten polierten Kupfers, grüne Augen und ein helles Gesicht, welches das Lachen nie gelernt zu haben schien.

Das Spiegelbild täuschte nicht: Sie war sehr groß und hager. Kein Mann im Reich schätzte an ihr mehr als ihren Titel und ihre Besitzungen.

Die Edle eilte die Stufen hinauf und fragte sich, wer sie so dringend sprechen oder erschlagen wollte, dass er dafür die Folgen der blauen Flammen ihrer Abwehrzauber in Kauf nahm.

Jede Tür, durch welche man gewaltsam vordrang, badete einen in blauem Feuer. Keine tödlichen Flammen, aber doch ausreichend, um einen normalen Mann dazu zu bringen, für die Dauer eines Tages stöhnend auf dem Boden liegen zu bleiben, weil die Betäubung aus den Gliedern nicht eher verschwinden wollte.

Verblüfft bemerkte Sembril, dass das unangenehme Gefühl, beobachtet zu werden, mit einem Mal verschwunden war.

Vielleicht hatte der Späher ja für heute genug gesehen, oder Erard Bogendrachens Bericht hatte ihm alles gesagt, was er wissen wollte. Damit könnte er ja auch gleich herkommen und die Prinzessin umbringen.

Wer mochte sich hinter dem geheimnisvollen Unsichtbaren verborgen haben? Trotz aller Todesangst platzte die Edle beinahe vor Neugierde.

Dann krachte es, Holz splitterte, und ein Knall ertönte, offenbar aus dem Nachbarraum. Man hätte meinen können, die Eindringlinge hätten die Tür aus den Angeln gesprengt. Die Tür krachte mit lautem Knall auf den Boden, und schon hörte man schwere Schritte, welche in den Nachbarraum vordrangen. Die Edle wagte sich nicht vorzustellen, wie es demjenigen ergangen sein musste, der gerade nichts ahnend an dieser Tür gestanden hatte.

Doch schon im nächsten Moment zuckte sie die Achseln und befreite sich in derselben Bewegung von ihrem Umhang, um mehr Bewegungsfreiheit für die Arme zu bekommen.

Wenn es hart auf hart käme, würde sie sich mit dem Schwert wehren. Gleichzeitig wünschte sie sich, sie hätte sich öfter im Gebrauch dieser Waffe geübt. Natürlich hatte sie die gleiche gute Kampfausbildung wie ihre Brüder erhalten, aber Sembril hatte nie geglaubt, jemals darauf zurückgreifen zu müssen.

Und irgendwie fühlte die Klinge sich jetzt nicht sonderlich gut in ihrer Hand an.

»Das ist die Letzte, Männer!«, rief jemand, und der schien sich unmittelbar hinter der betreffenden Tür zu befinden.

Die Prinzessin erkannte ihn an der Stimme. Es handelte sich um Emeruld, den Seneschall des Schweigenden Hauses. Bis eben noch hätte sie diesem Mann bedenkenlos ihr Leben anvertraut. Schon ihr Vater hatte sich stets vollkommen auf diesen Seneschall verlassen.

»Zurückbleiben!«, brüllte Emeruld jetzt. Dann trat er noch näher an die Tür und rief freundlicher: »Edle Herrin? Euer Hoheit?«

Die Prinzessin hatte sich mit dem Schwert in der Hand auf die Galerie zurückgezogen und hielt es für geboten zu schweigen. Sie wartete einfach ab, was sich als Nächstes tun würde. Darin war Sembril schon immer gut gewesen. *Ihr seid am Zug, Emeruld. Entscheidet Ihr, wie es weitergehen soll!*

»Edle Herrin!«, rief der Erste Hofbeamte lauter.

Jetzt bloß nichts falsch machen. Wenn sie nichts sagte und nichts tat, würde die letzte Tür das gleiche Schicksal wie ihre Schwestern erleiden.

»Ach, Ihr seid es, Emeruld!«, entgegnete die Edle schließlich und trat ein paar Schritte zur Seite. Sie hatte schon von Zauberstäben gehört, mit denen sich Tötungsbanne durch Schlüssellöcher jagen ließen.

Wenn die Männer draußen anhand ihrer Stimme feststellen könnten, wo sie stand, ließe sich solche Magie gegen Sembril einsetzen.

»Da seid Ihr ja, Euer Hoheit!« Der Seneschall klang erleichtert, zwar nicht übermäßig, aber immerhin. »Ich bringe schlimme Kunde.«

»Was gibt es denn?« Nach diesen Worten setzte sich Sembril in Bewegung und schritt so leise wie möglich die Treppe hinunter.

»Äh, Herrin, Ihr solltet das zuerst vertraulich hören. Gewisse Nachrichten sind nicht …«

»Ich habe vor niemandem Geheimnisse, Emeruld«, schnitt die Edle ihm das Wort ab. »Das ganze Haus Silberbaum weiß stets, was ich gerade tue. Deswegen sehe ich auch keinen Grund, warum die anderen nicht die Neuigkeit gleichzeitig mit mir vernehmen sollen.

Die Männer in Eurer Begleitung wissen es doch bestimmt auch schon, oder etwa nicht?«

Nun war es am Ersten Beamten zu schweigen. Die Edle nutzte die Zeit, um die Stufen hinter sich zu bringen und sich dem Ausgang zu nähern, sich dabei aber seitlich von der Tür zu halten.

»Ja, Herrin, das tun sie«, erklärte Emeruld schließlich. »Wir alle hier sind in Kenntnis gesetzt. Dennoch würde ich es vorziehen, es Euch vertraulich …«

»Durch die geschlossene Tür zuzubrüllen«, unterbrach die Edle ihn höhnisch. »Oder wollt Ihr sie ebenso aufbrechen wie die anderen, wenn ich nicht öffne? Und werdet Ihr mich dann ergreifen?«

»Nein, Herrin, warum sollte ich brüllen? Wir verständigen uns doch auch so sehr gut. Und überhaupt, Sembril, wir sind doch nicht gekommen, Euch ein Leid anzutun. Auch wollen wir Euch nicht gewaltsam von hier fortschaffen.

Wenn die Angelegenheit nicht so dringlich wäre, würden wir gar nicht hier stehen ...«

»So dringlich, dass sie nicht bis zum gemeinsamen Abendmahl warten konnte? Dann scheine ich mich ja nicht dagegen sperren zu dürfen. Und dennoch weiß ich immer noch nicht so recht, ob ich die Tür wirklich öffnen soll.«

»Ich beschwöre Euch, Euer Hoheit!«, drängte der Seneschall.

Sembril löschte die magischen Feuer der Schutzschilde, löste die Banne von Bolzen und Riegel und sperrte endlich die Tür auf.

Jenseits der Schwelle stand ein Ring von Schwerbewaffneten mit besorgter Miene. Allesamt Männer aus ihrem Haushalt, und ein jeder von ihnen zur Schlacht gerüstet.

Die Prinzessin zeigte mit ihrem Schwert auf den Ersten Hofbeamten und erklärte: »Hier bin ich, also sprecht.«

»Euer Hoheit, Fürst Desmer ist vor einigen Tagen zur Fehde mit Maerlin ausgeritten«, begann der Seneschall. »Als Grund führte er die Wortwahl in dem Schreiben an, welches der junge Fürst Imdraeth Maerlin Euch gesandt hat. Ich ... er ... ich fürchte, ich muss Euch mitteilen, dass Seine Hoheit, Fürst Desmer, diesen Brief vor Euch, äh, zu Gesicht bekommen hat ...«

»Alle Schreiben, welche an mich gerichtet sind, werden vorab von meinen Brüdern gelesen, sei es von dem einen oder dem anderen«, erwiderte die Edle ohne Hast. »Das ist mir durchaus bewusst, Emeruld.

Allerdings entzog es sich meiner Kenntnis, dass Desmer aufgebrochen ist, um ... nun ja, um das zu tun, was er glaubt, tun zu müssen. Ich darf doch wohl annehmen, dass er sich von einer Schar Söldner begleiten ließ, oder?

Oder hat er etwa Soldaten und Ritter aus unserer schwachen Garnison mitgenommen, obwohl wir doch auf keinen von ihnen verzichten können? Ich fürchte jetzt schon, dass wir diese Verluste so bald nicht wieder ersetzen können.«

»Nur Söldner, Herrin«, antwortete der Erste Beamte düster, »und der Großteil von ihnen verloren. Eben erreichte uns ein reitender Bote und meldete, dass Fürst Desmer noch lebe.

Aber seine Streitmacht sei zerschlagen, und die wenigen Überlebenden flöhen, jeder für sich, hierher ... dicht verfolgt von Maerlins Truppen.«

»Und Maerlin bedarf keiner Söldner, muss nicht einmal seinen ganzen Heerbann zusammenrufen, und ist uns dennoch an Soldaten um ein Dutzendfaches überlegen.« Sembril hatte recht leise gesprochen, denn sie spürte schon, wie das Schicksal sie in den Würgegriff nahm. So weit dazu. Imdraeth Maerlin würde also nicht mehr den Umweg einer Heirat mit ihr machen müssen, um an den Besitz der Silberbaums zu gelangen.

Sembril atmete tief durch, warf den Kopf in den Nacken und befahl: »Stellt nur leichte Wachen auf. Alle anderen sollen Vorräte und Wasser, ja, viel Wasser, in die innersten Wohnräume des Hauses schaffen. Also in die Schildhalle und den Signalhörnersaal.

Wenn Maerlins Soldaten kommen, können wir uns zur Drachenfeuertür und zur Eingestürzten Treppe zurückziehen ... damit die Maedra auch einmal etwas für uns tun und in den Kampf eingreifen.«

»Oh, äh, Herrin«, begann der Seneschall, wand sich sichtlich und rang nach Worten. »Das ist so eine Sache mit diesen Wesen. Die Wahnwür- äh, die Maedra ergreifen nämlich die Flucht!«

Aber dieses Mal unterbrach die Prinzessin ihn nicht. Sie zog nur eine Augenbraue hoch, und der Erste Beamte fuhr unsicher fort: »Irgendetwas scheint von unten zu kommen und die Würmer zu verscheuchen ... Den ganzen Morgen schon schieben sie sich aus Wällen und Mauern und fliehen, so rasch es eben geht. Zu Dutzenden verlassen sie uns.«

Sembril fühlte sich wie betäubt, und gleichzeitig fror sie. Vermutlich war ihr alle Farbe aus dem Gesicht gewichen. Jeder im Silberbaumhaus fürchtete nichts so sehr wie die Wahnwürmer.

Wer oder was mochte in der Lage sein, sie in die Flucht zu schlagen?

Hatte irgendein mächtiger Magier endlich einen Zauber gefunden, um die Würmer unter seinen Willen zu zwingen? Und hatte er sich mit diesem Bann Maerlin zur Verfügung gestellt?

Oder ging es diesem Zauberer nur darum, das Schweigende Haus all seiner Verteidigung zu berauben, um dann ungehindert eintreten und alle hier vorhandenen Schätze beanspruchen zu können?

Konnte ihn nicht einmal die heranrückende Streitmacht Maerlins davon abbringen?

Trotz aller Gesänge der Barden über angebliche märchenhafte Schätze im Palast der Silberbaums wusste Sembril nicht, wo sich hier Truhen voller taubeneigroßer Perlen oder Kammern voller Gold befinden sollten.

Doch das musste nicht viel heißen, denn es war nicht auszuschließen, dass ihre Vorfahren genügend Reichtümer versteckt hatten, um damit einen ganzen Saal zu füllen. Nicht auszuschließen auch, dass die Maedra diese Schätze längst woandershin befördert, vielleicht sogar an einem geheimen Ort verborgen hatten.

Und nun ziehen sie fort, ohne uns ein Sterbenswörtchen davon zu verraten. Aber wenn ich Söhne wie Relvaert, Taraunt und Desmer hätte, würde ich ihnen dann guten Gewissens von solchen Reichtümern berichten? Ich müsste ja befürchten, dass jeder den anderen erschlagen würde, um ja als Erster an die Schätze zu gelangen …

»Wie viele unserer Getreuen sind bei dem Bemühen, zu mir vorzudringen, verletzt worden?«, erkundigte sich die Prinzessin.

Zum einen wollte sie das wirklich wissen, zum anderen wusste sie nicht, was sie sonst sagen sollte.

»Sieben, Euer Gnaden.«

»Acht«, widersprach einer der Männer, und sein frecher Einwurf zeigte deutlich an, unter welcher Anspannung die Soldaten standen.

»Dann tragt sie herein«, befahl Sembril, »und legt sie vorsichtig ab. Ich kenne einen Zauber, die Schmerzen zu lindern.« Die Edle legte ihre Waffe auf den Tisch.

»Und wie geht es dann weiter, Herrin?«, wollte der Seneschall wissen.

»Dann, mein lieber Emeruld, versammelt Ihr alle im Geistwind-

Turm, zusammen mit den Vorräten und dem Wasser, wie ich es eben bereits angeordnet habe. Dort werden wir uns zur Wehr setzen.«

»Und wie wollt Ihr das beginnen, Euer Hochwohlgeboren?« Er betrachtete die Herrin des Schweigenden Hauses ganz genau.

Die Edle seufzte. »Ich kenne da einen Bann, den ich noch nie ausprobiert habe. Am besten stecke ich noch einmal die Nase ins Zauberbuch.«

»Mit dem Ihr feindliche Heerscharen in alle Winde zerstreuen wollt?«, fragte der Seneschall eher bitter als hoffnungsvoll.

»Mit dem ich eine Verbindung zum Geist der Tiere herstellen will«, entgegnete die Edle ungerührt.

»Wie, wollt Ihr mit Pferden reden, oder was? Wie sollte uns denn so etwas am Leben erhalten?

Wenn Ihr die Pferde der Ritter von Maerlin verwirrt, steigen die Gepanzerten eben ab und marschieren zu Fuß weiter. Ihnen bleibt auch ohne Eure Magie nicht viel anderes übrig, wenn sie zu uns in den Geistwind-Turm wollen.«

»Ich kann nicht feststellen, was die Maedra in die Flucht getrieben hat, wenn ich nicht mit den Würmern rede. Oder wenigstens in ihre Gedanken eindringe. Oder habt Ihr einen besseren Vorschlag?«

Jusper Emeruld starrte die Edle an, als habe sie sich in König Amthrael mit drei Köpfen verwandelt, auf denen je eine Krone saß. »Mädchen, Euer Gnaden, danach werdet Ihr im wahrsten Sinn des Wortes ausgebrannt sein!«

»Dann wird es mir auch sicher nichts mehr ausmachen, Imdraeth Maerlin zu heiraten. Ihr steckt mich einfach in ein tief ausgeschnittenes Gewand und schickt mich hinaus in sein Feldlager.

Während seine Ritter sich darin überbieten, mich zu unterhalten und mir zu Gefallen zu sein, schleicht Ihr Euch mit allen aus dem Geistwind-Turm und bringt euch in Sicherheit. Um mich braucht Ihr Euch keine Sorgen zu machen, ich bekomme ja von alledem nichts mehr mit.«

Jetzt starrten sie alle Soldaten der Burg an. Der eine oder andere bewegte rasch die Finger zu einem Abwehrzauber, entweder gegen Irrsal oder gegen den Fluch der Dreifaltigkeit.

Aber zwei oder drei betrachteten die Herrin voller Bewunderung, und in den Augen von einigen anderen zeigte sich erster Hoffnungsschimmer.

»Aber wie könnte uns das weiterhelfen«, wollte der Erste Hofbeamte wissen, »zu erfahren, was die Würmer in Angst und Schrecken versetzt?«

Sembril sah ihn an, nickte kurz und nahm dann das Schwert vom Tisch. »Auf den Umgang mit der Klinge verstehe ich mich. Nicht so gut wie Ihr oder Eure Männer, und gegen einen guten Fechter oder eine feindliche Übermacht würde ich keine Minute überleben.

Wer aus der Dienerschaft vermöchte mehr – abgesehen von unseren Soldaten natürlich?

Emeruld, wir werden den feindlichen Angriff nicht überleben. Maerlins Kriegsknechte werden uns zerhacken, bis nichts mehr von uns übrig geblieben ist. Und das wird ihnen nicht einmal große Mühe abverlangen.

Ich weiß das, mein lieber Seneschall, und Ihr wisst das ebenso gut wie Eure Männer. Zu deutlich steht es in ihren Gesichtern geschrieben.«

Sembril legte die Klinge auf den Tisch zurück, und zwar so langsam, dass alle sehen konnten, wie sehr ihre Hand zitterte.

»Also, meine Herren, mit welcher Waffe sollen wir uns gegen die Feinde wehren? Was immer den Maedra einen solchen Schrecken eingejagt hat, könnte auch uns zur Wunderklinge gereichen, wenn wir sie denn zu schwingen verstehen.«

»Und wenn nicht, Herrin?«, entgegnete Emeruld.

»Dann sterbe ich in dem Bewusstsein, wenigstens nicht die Hände in den Schoss gelegt zu haben«, gab die Edle ungerührt zurück.

»Jedenfalls mehr, als nur Saufen, Huren oder sich sonst wie Ärger einhandeln. Weiß jemand, wo sich meine beiden anderen Brüder, Relvaert und Taraunt, zurzeit aufhalten?«

Einer der älteren Soldaten lächelte. »Bei der Dreifaltigkeit, Ihr habt Euch gerade wie Euer Vater angehört. Wie der gnädige Herr, wenn er wütend war. Ich habe ihn zweimal in diesem Zustand erlebt.« Ein anderer alter Kämpe nickte zur Bestätigung.

Sembril sah die beiden an und fühlte, wie sich ihre Kehle zusammenzog. »Bringt jetzt endlich die Verwundeten her … bitte, bevor ich noch in Tränen ausbreche.«

»Sofort, Herrin«, verbeugte sich der Seneschall vor ihr und erteilte dann seinen Männern entsprechende Befehle.

Sembril sackte hinter ihm gegen den Türrahmen und verfolgte, wie die Soldaten losliefen, um ihrem Wunsch zu entsprechen. Bis gestern noch hätten sie ihr höchstens freundlich zugelächelt, sich ansonsten aber kaum um ihre Anordnungen geschert.

»Desmer«, murmelte die Edle vor sich hin. »Welchem Gesichtslosen habt Ihr mit Eurem Handeln den Grund dafür geliefert, gegen uns vorzugehen? Hinter jedem Fürstenthron steht mittlerweile eines von diesen Wesen …

Und jetzt, da die Maedra auf und davon sind, hindert die Gesichtslosen nichts mehr daran, sich in einen meiner Brüder, in Emeruld oder bloß in einen Hilfskoch zu verwandeln.

Gut möglich, dass das Reich niemals von unserem Untergang erfährt, uns steht er gleichwohl unabwendbar bevor.«

Sembril schüttelte den Kopf, wandte sich von dem Treiben vor der Tür ab und betrachtete gedankenverloren das kalte und von Staub durchzogene Halbdunkel dieses fast leeren und hohen Raumes. Eine von so vielen Kammern, welche die Wahnwürmer geschaffen hatten. Bausteine eines riesigen Irrgartens, welcher manchen so groß wie eine eigene Stadt erscheinen wollte.

Und dennoch so leer wie eine vergessene Ansammlung von Ruinen.

Dieses Haus war Sembrils Zuhause, mehr noch, ein Teil von ihr. Dabei hatte sie kaum ein Zehntel seiner Einrichtung, seiner Hallen und seiner dunklen Kellergewölbe erkundet.

Wenn sie selbst in den Stein einschmelzen und sich von Stein ernähren könnte, würde sie hier weiterleben, ohne sich um Koglaur und ihre Fürsten scheren zu müssen. Mochten sich noch so viele von ihnen im Schweigenden Haus einfinden, sie könnten der Edlen nichts anhaben.

Aber natürlich war es unmöglich, dass sie sich in einen Wahnwurm verwandelte, und deswegen würde dieses dunkle Heim bald schon auch ihre Grabstätte sein.

Scharren, Keuchen und Stöhnen verrieten ihr, dass die Verwundeten hereingebracht wurden. Sie drehte sich zu Emeruld um, und …

Ein anderes Stöhnen, vermischt mit Schreien, ließ sie unruhig werden. Hier stimmte doch etwas nicht. Dann hörte sie auch das Klirren von Stahl, so als hätten die Soldaten ihre Schwerter gezückt.

Und endlich nur noch Stille.

Alle starrten nach links, wie die Prinzessin nach einem Moment feststellen konnte.

Und dort gewahrte sie die riesigste Maedra, welche ihr je untergekommen war. Der Wurm schob sich erstaunlich flink durch die Halle und richtete sich auf wie eine Schlange, die zuschlagen will.

Das Untier war so lang, dass sein Schwanz erst jetzt aus der Wand trat.

Der Wurm steuerte unmittelbar auf sie zu und senkte sein augenloses Haupt wie ein Widder.

Sembril erstarrte und wusste nicht, was sie jetzt tun sollte. Wenn die Maedra es wirklich auf sie abgesehen hatte, brauchte sie sich gar nicht erst der Mühe einer Flucht zu unterziehen.

Außerdem hatte die Edle im Moment auch noch viel zu viel damit zu tun, gegen die Schreie anzukämpfen, welche unbedingt aus ihrer Brust wollten. Bislang behielt sie noch die Oberhand.

Und sie konnte den Blick auch nicht von dem Wesen wenden. Unterhalb des Kopfes zeigten sich kräftige Schultern, und menschenartige Arme wuchsen daraus hervor, so als wolle der Wurm damit seine Beute packen. Die Krallen waren ausgefahren und schienen nach der Prinzessin schlagen zu wollen.

Das Schwert, welches sie auf den Tisch zurückgelegt hatte, befand sich außerhalb ihrer Reichweite, und die Klingen in den Händen der Soldaten zitterten und wackelten. Kurzum, niemand stürzte sich auf den Wahnwurm, während die Maedra ihr immer näher kam.

Und dann legte sich eine kalte und vollkommen glatte Hand auf Sembrils Wange … blieb dort einen langen Moment … und glitt dann weiter.

Der Wurm war fast schon in der gegenüberliegenden Wand verschwunden, als Sembril sich wieder so weit gefasst hatte, dass sie hinterherschauen konnte.

Doch da lag ein gelber Nebel vor ihren Augen, so dass sie nichts sehen konnte. Dabei hatte Sembril doch so viele Fragen zu stellen, wollte sie doch noch so viel wissen und das Wesen an ihrem Mitgefühl teilhaben lassen.

Aber schon war die Maedra fort. Die Wand verschluckte als Letztes ihre Schwanzspitze, und das so vollkommen, als wäre sie nie hier gewesen.

Die Knie wurden Sembril Silberbaum weich, und sie hätte beinahe das Gleichgewicht verloren. So viel war während der kurzen Begegnung auf sie eingestürmt. Ein ganzer Sturzbach von Bildern.

Langsam löste sich der Nebel auf, und Sembril erkannte, dass er sich zu ihrem Schutz gebildet hatte. Denn sie hätte Bilder und Umgebung nicht gemeinsam ertragen können.

Schon ordneten sich die Eindrücke, welche der Wurm ihr mitgeteilt hatte: Die Reste der Maedra flohen zum Strom und verließen das Schweigende Haus in wilder Flucht. Sie flohen vor einem schwarzen Ungeheuer mit Tentakeln. Diese gingen von einem Schlangenkörper aus, welcher die sechsfache Länge der größten Wahnwürmer besaß.

»Arau« nannten die Maedra diesen Feind, den sie nur aus Sagen kannten. Er hauste im Innern der Erde, grub sich dort seine Wege und fraß alles, was ihm in die Quere kam.

Ohne zu ahnen, was sie damit auslösten, hatten sich einige Wahnwürmer unter dem Schweigenden Haus bis hinab zu der Arau gegraben. Das Ungeheuer stieß nach oben vor und richtete unter den Maedra ein Blutbad an. Die Würmer griffen den Gegner von allen Seiten an.

Doch der erschlug sie reihenweise. Seine Tentakel würgten, stachen, peitschten und zerrissen, und wie ein blutiger Regen erfüllten sich alle Gänge mit zerfetzten Maedrateilen.

»Herrin? Prinzessin!«

Stöhnend schüttelte Sembril den Kopf und versuchte, die Alptraumbilder aus dem Kopf zu bekommen ... und wusste doch, dass die sie nie mehr verlassen würden. Galle stieg in ihr hoch, sie zitterte am ganzen Körper, und jedes einzelne ihrer Haare stellte sich auf.

»Mädchen!« Emeruld nahm die Prinzessin in die Arme und schüttelte sie. Dann brüllte er ihr ins Ohr, als müsse er Brandung übertönen: »Sembril, was hat der Wahnwurm Euch angetan?«

Die Edle schüttelte sich und konnte den Seneschall endlich durch einen Tränenschleier erkennen. Dann verkündete sie in grimmigem Ernst:

»Ihr Männer von Silberbaum, ich bin zu der Überzeugung gelangt, dass das Ungeheuer, vor welchem die Maedra fliehen, bevor sie alle von ihm zerrissen werden, nicht das Schwert sein kann, mit welchem wir unsere Feinde vertreiben.

Es sei denn, dieses Wesen ist immer noch hungrig, nachdem es uns alle gefressen hat, und macht sich dann über die anstürmenden Armeen Maerlins her. Dann gnade ihnen aber Gott.«

»Und was sollen wir jetzt tun?«, fragte einer mit vor Furcht bebender Stimme.

Sembril drehte sich zu ihm um, und ihre Augen brannten wie schwarze Flammen, als sie erklärte: »Wir verteidigen unser Heim bis zum letzten Blutstropfen. Soweit ich weiß, handelt es sich dabei um gottgefälliges Tun!«

Drei

Sembrils größter Zauber

Möge Euch der Fluch der Dreifaltigkeit treffen! Habt Ihr etwa vergessen, wie man einen Bogen spannt?«

»Uns sind die Pfeile ausgegangen, Herr!«, meldete Emeruld gefasst.

Relvaert Silberbaum stutzte einen Moment und setzte dann sein »Was schert's mich«-Grinsen auf. Er breitete die gepanzerten Arme aus, und die Platten der Rüstung funkelten im Widerschein des Lichts.

»Ich wollte immer schon mit der Waffe in der Hand sterben!«, verkündete er dem Seneschall.

Er riss den Schild eines gefallenen eigenen Soldaten an sich und stürmte durch die Tür in die Fuchsherzhalle, in welcher man bereits durch Blut watete.

Sein langes schwarzes Haar wehte ihm wie ein Banner um die Schultern, und sein kantiges, schönes Gesicht leuchtete von innen.

In dem sonst wenig genutzten Saal herrschte heute ungewohntes Treiben. Leichen türmten sich hier zu Bergen. Zumeist floss das Blut des Hauses Silberbaum. Schreiend und röchelnd waren die Diener, Mägde und Soldaten im Pfeilregen der Streitmacht von Maerlin untergegangen.

Eine nicht enden wollende Wolke von fliegenden Geschossen hatte die Verteidiger reihenweise niedergestreckt. Jetzt sausten nur noch vereinzelt Pfeile in die Halle. Offenbar hatten sich die Köcher der Feinde zu stark geleert.

Die Hauptleute der Gegner hatten befohlen, das Feuer einzustellen.

Wozu noch Pfeile vergeuden, da doch die Soldaten Silberbaums kaum noch größeren Widerstand leisten konnten. Knapp zwei Dutzend schlachterprobter Kämpen waren übrig geblieben, deckten sich gegenseitig mit ihren Schilden und scharten sich um den Seneschall Emeruld.

Schon bohrte sich ein Pfeil in Relvaerts Schild, und dem folgte flugs ein zweiter. Ein dritter sauste haarscharf an Emeruld vorbei und zerbrach an der dahinter stehenden Wand. Der Seneschall zuckte nicht mit der Wimper.

Der Erste Hofbeamte machte sich darauf gefasst, hier gleich Zeuge von Relvaerts Ende zu werden.

Der Bruder der Prinzessin mochte ein Saufaus, ein Schürzenjäger und ein Tunichtgut sein und sich auch nie um die Führung des Hauses gekümmert haben, aber er ging tapfer und ungebeugt in den Tod, und deswegen verdiente er alle Achtung.

Emeruld rechnete nicht damit, dass es lange mit dem Fürsten dauern würde. Die Panzerplatten seiner Rüstung konnten durchaus den einen oder anderen Pfeil aufhalten. Aber ein geübter Schütze zielte auf die Ritzen zwischen den Platten oder die Lücken unter den Armen.

Relvaert duckte sich, als zwei Pfeile aus verschiedenen Richtungen gleichzeitig bei ihm eintrafen. Dann hielt er seinen Schild hoch, so dass die Augen gerade noch über den Rand schauen konnten, und stürmte los. Er versuchte, den Bogengang zu erreichen, in welchem die feindlichen Schützen standen.

Die schwer bewaffneten Ritter und Kriegsknechte standen daneben und dahinter. Sie hatten für ihre Bogenschützen eine Gasse gebildet.

Die Soldaten von Maerlin wussten, dass ihnen nur noch eine Hand voll abgekämpfter Bewaffneter gegenüberstand.

Das verschaffte ihnen allerdings noch kein größeres Selbstvertrauen, denn sie fürchteten sich vor dem Wirrwarr der dunklen und endlosen Steingänge mit ihren Fallen. Überall sollten sich dort Sammelpunkte für einen Hinterhalt befinden, gar nicht erst zu reden von den Ungeheuern, welche hier hausen sollten.

Auf der anderen Seite hatten die Angreifer keine Eile. Wer würde schon zu diesem verwunschenen Ort herangeritten kommen, um ausgerechnet das Leben derer von Silberbaum zu retten?

Jetzt konnte es nicht mehr lange dauern. Die Schützen mit den Langbogen traten vor. Der erste Pfeil durchbohrte den Schild des Fürsten.

Das Geschoss traf dumpf wie ein Hammerschlag auf das Holz, durchbohrte es und drang in die Armschiene des Recken. Verwirrt fuhr der Schrecken aller Maiden im Stromtal herum.

Der Seneschall entdeckte, dass der Mann auch jetzt sein grimmiges Grinsen noch nicht verloren hatte. Das schwarze Haar klebte ihm schweißnass an der Stirn, als er sich wieder seinen Feinden zuwandte.

Die ersten Ritter von Maerlin stürmten ihm entgegen. Relvaert streckte den Arm mit dem Schild aus, um sie von sich fern zu halten.

Er nutzte ihn wie einen Wall, um sie vor sich her zu schieben. Sein langes Kriegsschwert konnte sie immer noch erreichen, ihre kürzeren Klingen ihn aber nicht.

Vielleicht wäre sein Plan ja aufgegangen, wenn er es nur mit zwei oder drei Feinden zu tun gehabt hätte. Aber die Kriegsknechte von Maerlin wussten sehr wohl, wie viel davon abhing, diesen Löwen von Silberbaum daran zu hindern, zum Bogengang vorzudringen.

Dort, im schmalen Durchgang, würde er die Angreifer ganz allein für eine längere Weile aufhalten können. Bis sie ihn dort endlich überwunden hätten, würde viel eigenes Blut geflossen sein.

Deswegen rannten sie jetzt in Scharen heran und hieben wie ein stählernes Gewitter auf ihn ein, bis Relvaert den Schwertarm nicht mehr hochhalten konnte. In seiner Not sprang der älteste Sohn des verstorbenen Fürsten einen Schritt zurück und zog vor sich mit der langen Klinge einen Kreis. Einem zu vorwitzigen Ritter riss die Schneide die ganze Seite auf. Blut, Eingeweide und Leben sprudelten aus ihm heraus.

Relvaert setzte das Schwert wie eine Keule ein und trieb so einige Kriegsknechte gegen die Klingen der nachdrängenden Kameraden.

Jusper Emeruld zog zwei gefallenen eigenen Männern den

Dolch aus dem Gürtel, wohl wissend, dass sie weder etwas dagegen einwenden noch jemals wieder Verwendung für ihren Stahl finden konnten. Die schleuderte er den vordersten Soldaten Maerlins entgegen.

Der erste Dolch ritzte einem Mann lediglich leicht die Wange auf. Der zweite fuhr einem anderen durch den offenen Mund in den Hals.

Röchelnd und Blut spuckend drehte sich dieser um die eigene Achse und brach zusammen.

Der Silberbaumsohn schenkte dem Seneschall zum Dank ein breites Grinsen.

Einen Gegner brachte er noch zur Strecke, dann verschwand er unter einem Wald von niedersausenden Klingen und auf und ab tauchenden Helmen.

Ein Ritter des Hauses wollte losstürmen, dem Fürstensohn zu Hilfe kommen und mit seinem Schwert zwischen die Angreifer fahren. Doch ein Blick und ein Kopfschütteln Emerulds ließ ihn innehalten.

Relvaerts Tod war von ihm selbst gewollt, noch einen Ritter dazu zu verlieren, wäre die pure Verschwendung gewesen. Und die Verteidiger waren ohnehin schon viel zu schwach.

Nur derjenige, der mit dem Leben schon abgeschlossen hat, kann sich alles erlauben.

So hurtig wirbelten die Klingen hin und her, dass man kaum mit bloßem Auge verfolgen konnte, wie die Dinge vor dem Bogengang gerade standen.

Doch Emeruld sollte Recht behalten.

Relvaert brüllte: »Für Silberbaum!«, führte einen fürchterlichen Hieb aus und stieß einen Moment später einen zweiten Schrei aus, der zwar keine Worte enthielt, dafür aber von Schmerz und Pein kündete.

Drei oder vier weitere feindliche Klingen versenkten sich in den ältesten Fürstensohn. Das lange Kriegsschwert sank kraftlos herab, und die letzten Verteidiger verfolgten ohnmächtig, wie die Schar der Feinde Relvaert buchstäblich in Stücke schlug.

Als kein Funke Leben mehr in Sembrils Bruder steckte, rissen die Angreifer mit Triumphgeheul ihre Waffen hoch und rannten durch die Fuchsherzhalle, um ihr blutiges Handwerk zu Ende zu führen.

»Weicht nicht zurück! Steht zusammen!«, befahl der Seneschall. Feuer loderte in seinen braunen Augen, als er seinen schweren Helm richtete. »Keiner aus Maerlin soll lebend einen Fuß über diese Schwelle hier setzen!«

Und im nächsten Moment blieb keine Zeit mehr für Befehle und aufmunternde Worte. Schwerter, Äxte und Dolche hieben, stießen oder stachen.

Oben spritzten Funken und Blutstropfen, unten stampften und tanzten Stiefel.

Knochen brachen, Männer krachten gegeneinander. Flüche und Stöhnen erfüllte die Luft. Dann wichen die Männer von Maerlin, denn ihrer waren zu viele gefallen.

Niemand jubelte. Die Verteidiger konnten nur keuchen. Blutüberströmt lehnten sie sich an Säulen und Wände und wussten, dass ihnen kaum genug Zeit bleiben würde, sich für den nächsten Waffengang zu erholen. Und der nächste Angriff würde für viele von ihnen den Tod bedeuten, wenn nicht gar für alle.

Der Erste Hofbeamte lehnte sich gegen den Torbogen, welchen er so hartnäckig verteidigt hatte. Er machte sich gar nicht erst die Mühe, einen Blick auf die heftig blutende Unterarmwunde zu werfen.

Mit bitterer Miene betrachtete er den kalten Stein, welcher ihn ringsherum umgab.

Seit Desmer in höchster Not durchs Tor geritten gekommen war, hatte die Schlacht begonnen und angehalten. Dicht waren ihm Reiter aus Maerlin auf den Fersen gewesen, und die Schützen von Silberbaum hatten so manchen von ihnen aus dem Sattel geschossen.

Durch viele Gänge und Ebenen hatte die Schlacht gewogt, doch nicht einmal hatte sich ein Wahnwurm blicken lassen.

Keine einzige Kralle war aus einer Mauer gekommen, um jemanden aufzureißen.

Diese Wesen hätten den Verteidigern den entscheidenden Vorteil verschafft und die sich überlegen wähnenden Angreifer Mann für Mann vernichtet.

»Seneschall!«

Der erstickte Schrei kam von einem jungen Silberbaumkrieger, welcher jetzt mit vor Schmerz verzerrter Miene ins Licht trat. Emeruld überlegte, woher er ihn kannte. Ja, der Jüngling stammte aus Desmers Gefolge und hieß Nal-, nein, Nulthen.

»Herr, Fürst Desmer weilt nicht mehr unter den Lebenden! Erschlagen von den Schergen Maerlins liegt er in der Langen Halle! Die Feinde rücken nun auch von Süden an, durch Galards Halle und über die Bannergalerie. Noch schleichen sie näher, weil sie eine Falle befürchten. Doch wenn sie erst einmal spitzgekriegt haben, wie wenige wir sind …«

Der Erste Hofbeamte drehte den Kopf in Richtung Süden und starrte die dortige Wand an, als vermöchten seine Blicke sie zu durchdringen. »Wie viele von Fürst Desmers Kämpen bringt Ihr mit?«

»Keinen, denn fast alle sind tot. Die wenigen Überlebenden verschwanden flink in den Tiefen des Hauses. Nur ich allein bin in diese Richtung gerannt …«

Der junge Ritter zuckte hilflos mit den Achseln, und Emeruld schenkte ihm ein grimmiges Lächeln. »Ihr habt richtig gehandelt. Bei uns erwartet Euch ein Tod in Gesellschaft und kein einsames Zugrundegehen in den Tiefen des Palastes, wo man nur noch darauf warten kann, dass die Klingen der Feinde einen finden … wenn nicht etwas noch Schlimmeres.«

Dann ging ein Ruck durch die Gestalt des Ersten Hofbeamten, und er rief mit fester Stimme: »Da die Fürsten Relvaert und Desmer gefallen sind und Fürst Taraunt zurzeit nicht bei uns weilt, übernehme ich den Befehl im Hause Silberbaum.

Hört mich an, ihr Getreuen! Wir ziehen uns zurück in die Östliche Vorhalle. Induth, Ihr führt den Marsch an. Nessur und Beldred, ihr bleibt bei mir. Wir bilden die Nachhut. Wenn ich fallen sollte, gehorcht ihr den Befehlen Phaerns.«

Die Soldaten starrten ihn aus erschöpften Augen an, aus denen wenig Hoffnung drang. Daraufhin reckte Emeruld sein schartiges Schwert und rief: »Bewegt euch, ihr Hundsfotte, auf dass nicht die Peitsche der Dreifaltigkeit zwischen euch fahre!«

Jetzt hoben sie ihre Füße und trotteten wie Vieh von dannen. Dafür näherten sich die Soldaten Maerlins. Deren erste Reihe schwang die längsten Schwerter, welche man mit sich führte.

Sogar eine Hellebarde hatte man aufgetrieben, vermutlich hatte sie vorher in einem der vielen Säle des Hauses als Wandschmuck gedient.

Beldred und Nessur spreizten die tauben Finger, spuckten aus und schritten an die Seiten des Seneschalls, um mit ihm den Durchgang zu versperren.

Der Erste Hofbeamte winkte seinen abziehenden Mannen zu und sah ihnen einen Moment lang hinterher. Dann richtete er sich mit seinen letzten Getreuen zur Verteidigung ein. Er wusste, dass er sterben würde … und diese beiden mit ihm. Wenn es der Dreifaltigkeit nicht in letzter Sekunde gefiel, ein mittleres Wunder zu bewirken.

Denn sonst stand ihnen nichts zur Verfügung. Weder Wahnwürmer noch die Fürstensöhne des Hauses Silberbaum, mochten sie auch noch solche Hitzköpfe, Trunkenbolde und Weiberhelden sein.

Nicht einmal die Prinzessin hatte sich eingefunden. Ihre Banne hätten den Verteidigern ihre Sache einfacher machen können.

Aber nach ihren anfeuernden Worten hatte das feine Fräulein es ja vorgezogen, sich in ihre geheimnisvollen Kammern und Gänge zurückzuziehen. Für die Verteidigung ihres Zuhauses hatte Sembril bislang keinen Finger gerührt.

Ganz so, wie es in dem am meisten verbreiteten Sprichwort des Stromtals hieß:

Drei Dingen darf ein Mann niemals trauen – der Zauberei, seinem Glück und den Frauen.

Jusper Emeruld lächelte bitter, hob sein Schwert und trat vor, um nun auch noch die letzte Dummheit zu begehen, nämlich seinem Glück zu vertrauen. »Dank Euch für Eure Fürsorge, Prinzessin«, murmelte der Erste Hofbeamte wie zum Abschied und stellte sich auf die Steinplatte, von welcher er nicht weichen wollte und auf der er sterben würde.

Weit fort vom Kampfgeschehen schlug Sembril Silberbaum mit der Faust auf den Tisch und brach in Tränen aus, weil sie sich missverstanden fühlte.

Das verbitterte Gesicht des Seneschalls schwamm in den Tiefen ihrer Kristallkugel.

Relvaert und Desmer waren nicht mehr, ebenso wie viele Krieger und Getreue des Hauses. Sie alle bildeten jetzt Fressen für die Ratten; angesichts der vielen Pfeile in ihren Leibern Menschenfleisch am Spieß.

Und was die Ratten übrig ließen, darüber würden sich die Fliegen hermachen.

Der Edlen stand jetzt nur noch Ruala zur Verfügung, die beste Zofe, welche sich eine Herrin wünschen konnte. Zwischen den beiden Frauen hatte sich sogar so etwas wie eine Freundschaft entwickelt.

Wie ein unhörbarer Schatten näherte sich die Zofe der Prinzessin von hinten und legte ihr eine tröstende Hand auf die Schulter. Sembril legte ihre Hand über die Rualas und fand doch keinen Seelenfrieden.

Bald würde die Edle ganz allein im Schweigenden Haus zurückgeblieben sein, auf der einen Seite bedroht von der Arau und auf der anderen von den Scharen Maerlins.

»Nein, nein und nochmals nein!«, flüsterte die Herrin und streckte die Hand nach der Kristallkugel aus, so als könne sie Emeruld herausziehen und in Sicherheit bringen. Aber auf halbem Wege hielten ihre Finger inne.

Sie konnte ja doch nichts tun.

Bloß zusehen, wie die Scharen des Hauses Maerlin auf den kräftigen Ersten Hofbeamten eindrangen und mit allem, was ihnen zur Verfügung stand, nach ihm stachen und hackten.

Emeruld knurrte, umringt von den Feinden, duckte sich unter

den gefährlicheren Hieben und blieb seinerseits den Gegnern nichts schuldig. Schon fiel der erste zurück und kippte nach hinten.

Sogleich stieß er mit kühnem Stich die Schwertspitze in den Hals des Mannes, der den Platz des Gefallenen einnehmen wollte. Das aber nutzte ein dritter, unterlief mit seinem Schwert die Klinge des Seneschalls und bohrte es ihm in die Achselhöhle. Drückte und bohrte, bis der Stahl sehr tief eingedrungen war.

Jusper sprang zurück und drehte sich um sich selbst. Aber sein Feind folgte mit einem gehässigen Grinsen jeder seiner Bewegungen. Dabei drehte er die Klinge in der Wunde und presste sie noch tiefer in den Leib des Todgeweihten.

Der Seneschall spuckte Blut, stöhnte, und Blasen traten vor seinen Mund. Sein letztes Knurren ermattete in dem Maße, wie seine Knie nachgaben und er zu Boden sank.

Emeruld krachte schwer mit seiner Rüstung auf, und das Blut pochte in Sembrils Schläfen, als sie mit ungläubigen Augen und durch den Tränenschleier das Ende des Ersten Hofbeamten verfolgte.

Der Maerlinkrieger zog sein Schwert aus der Wunde und schwang es weit, um es dem Seneschall in den Hals zu stechen. Um ihn mit seinem eigenen Blut zu besudeln.

Und als Jusper den tödlichen Stich kommen sah, keuchte er: »Verwünscht sollt Ihr sein, Sembril, und dreimal verflucht! Ich weiß, dass Ihr zuseht! Warum konntet Ihr nicht etwas unternehmen? Irgendetwas, das …«

Stahl von Maerlin raubte ihm die letzten Worte, und unter einem Springbrunnen aus Blut erlosch das Feuer in den Augen des Seneschalls, um gebrochen an die Decke zu starren.

Nun endlich kamen der Prinzessin die Tränen. Sie hatte den Kopf auf den Tisch gelegt, und aus ihren Augen strömte eine wahre Sturzflut, und sie wurde so heftig vom Schluchzen geschüttelt, dass ihre Sinne nichts mehr wahrzunehmen vermochten.

Als Ruala hinter sie trat, sie an den Schultern hielt und mit beruhigenden Worten ohne Hoffnung und Sinn auf sie einredete, da kehrten Sembrils Erinnerungen zurück.

Sie schluckte und versuchte, wieder zu Atem zu kommen.

»Er hat es nicht so gemeint, Herrin. Die Verzweiflung sprach aus ihm. Der Seneschall war nicht mehr ganz bei sich, nicht mehr Herr seines Verstands …«

Ja, genau wie sie vor Verzweiflung von Sinnen gewesen war, schon die ganzen letzten Tage. Ein Zauberversuch nach dem anderen war gescheitert. Sembril fühlte sich nur noch mutlos und müde. Das alles senkte sich wie ein Mantel über sie. Und mit jedem Misserfolg legte sich eine neue Schicht darüber.

Und währenddessen starben ringsherum die Menschen, verging ihr Volk.

»Herrin, beruhigt Euch doch!«, bat die Zofe. »O Ihr Götter, schaut herab auf uns, und erbarmt Euch ihrer, da ich es doch nicht mehr kann.«

Gegen ihren Willen musste die Edle über den einfältigen Glauben ihrer Dienerin lächeln. Doch das bereitete ihr Husten und Würgen.

Ja, die Dreifaltigkeit … Doch hatte sie nicht einen ganz anderen Beistand? Der sich auch schon im Haus befand? Die Arau?

Das finstere Ungeheuer, welches schwärzer als die Nacht die Tiefen unter dem Palast unsicher machte.

So viele Bedienstete aus dem Hause Silberbaum hatte das Ungeheuer bereits zerrissen und gefressen, dass Sembril alle ihre magischen Bemühungen gegen diese Bedrohung gerichtet und darüber die Krieger von Maerlin vollkommen vernachlässigt hatte.

Aber kein Bann hatte wirken wollen. So hatte die Edle ihre Zaubersprüche lieber darauf verwendet, mehr über den Maedrafresser in Erfahrung zu bringen.

Da die Arau gern aus dem Hinterhalt zuschlug und mit atemberaubender Geschwindigkeit einen nach dem anderen umbrachte, sah die Prinzessin in ihr eine weitaus größere Gefahr als in den Soldaten eines benachbarten Fürsten.

Selbst dann, wenn sich alle Großen des Reiches zusammengetan hätten und mit ihren Heerscharen gegen Silberbaum marschiert wären, hätte Sembril in dem schwarzen Untier die weitaus schlimmere Bedrohung gesehen.

Deswegen versuchte sie mit aller Kraft, mehr über das Wesen herauszufinden. Denn ohne Kenntnis seiner Schwachstellen brauchte sie gar nicht erst zu versuchen, gegen es anzutreten.

Der Fürstentochter gelang es allmählich, sich wieder in den Griff zu bekommen, sie schluckte einige Male, um die Tränen zurückzudrängen, und erhob sich langsam, trotz Rualas Händen auf ihren Schultern. Dennoch hätte sie beinahe noch Emerulds totes Gesicht zurückgehalten.

Sembril biss die Zähne zusammen, wandte sich ab, schritt durch den halbdunklen Raum und schüttelte die Hände ihrer Zofe ab.

Wenn der Stahl Maerlins blutige Gassen in ihr Zuhause schlug und die sterbenden letzten Getreuen der Silberbaums sie aus tiefstem Herzen dafür verfluchten, die Verteidiger im Stich gelassen zu haben, konnte sie das jetzt auch nicht mehr ändern. »Eine gewaltigere Aufgabe harret meiner!«, sagte sie so laut, dass Ruala darauf aufmerksam wurde.

»Wie meinen, edle Dame?«

Doch die Prinzessin gab ihr keine Antwort, denn ihre Gedanken waren nur mit einer Frage beschäftigt: Wo bekam sie eine Waffe oder einen Kampfzauber her, mit welchem sich die Arau vernichten ließe? Wenn ihr nicht bald etwas einfiel, würde nicht nur das Haus Silberbaum ausgelöscht werden, sondern das Reich selbst vor dem Untergang stehen.

»Aber wie und womit kann ich es vollbringen?«, fragte sie wieder, und die Wände der Kammer hatten das schon zwölf Male anhören müssen; vielleicht sogar noch etwas öfter.

Wie auch schon zuvor verweigerten die Wände ihr eine Antwort, und sie hörte nur die Gegenfrage ihrer Zofe: »Wie meinen, edle Dame?«

»Ruala!«, sagte die Prinzessin streng, und ihr Tonfall allein gebot schon der Dienerin zu schweigen. Mehr noch, sie faltete die Hände vor sich im Schoß und richtete den Blick darauf.

Ihre Kampfzauber waren lächerlich dürftig: ein paar Feuerkugeln, die vor allem gegen solche Feinde Wirkung zeigten, welche man vorher betäubt und dazu in leicht entflammbare Kleidung gesteckt hatte; einen Bann, der Blut zum Kochen brachte; ein Giftzauber, bei dem man aber wie bei einer Blutsbrüderschaft mit dem Opfer das Blut tauschen und diesen Vorgang während der gesamten Beschwörung aufrechterhalten musste – kaum vorstellbar, dass einer der schwer bewaffneten Feinde draußen so lange still halten würde.

Und ein Geistesschwert, um den Verstand seines Gegenübers zu beeinflussen, doch dazu musste dieser sich mit einem auf ein längeres Gespräch einlassen – angesichts der Horden draußen ebenfalls ein Ding der Unmöglichkeit.

Weiters hatte die Prinzessin es schon gelernt, aus einiger Entfernung die Gedanken eines anderen auszukundschaften. Am besten klappte das aber bei Nichtmenschen. Und Sembril vermochte sich ein anderes Aussehen zu verleihen; aber nur für kurze Zeit, und ihr Vorrat an Möglichkeiten hielt sich noch deutlich in Grenzen.

Die Edle dachte nach und kam zu dem Schluss, dass keine dieser Magien ausreichen würde, der Arau den Garaus zu machen oder ihr wenigstens die Tentakel zu verknoten.

Wenn man den Gerüchten glauben durfte, war es einigen überaus mächtigen Zauberern möglich, mit einem Bann eine ganze Burg in Schutt und Asche zu verwandeln.

Leider hätte Sembril Silberbaum noch einen sehr langen und überaus steinigen Weg vor sich, wenn sie es irgendwann zu einem wirklich mächtigen Zauberer bringen wollte.

Die Prinzessin beschloss, es mit der Fernkundschafterei zu versuchen. Es konnte bestimmt nicht schaden, mehr über die Art und die Pläne der Arau in Erfahrung zu bringen. Aber vielleicht erhielt das Ungeheuer ja gerade dadurch die Möglichkeit, ebenso viel über die Art und die Pläne von Prinzessin Sembril in Erfahrung zu bringen.

Die Edle stellte sich vor die Kristallkugel und schüttelte sich. Das Glas war zwar fast völlig verdunkelt, aber immer noch ließen sich darin Emerulds Augen erkennen. Er schien sie so anzustarren wie vorhin.

Sembril erkannte in diesem Moment, dass sie schon so gut wie tot war. Sie unterschied sich kaum mehr von ihrem toten Freund, dem Seneschall. Genau wie sie war jedes andere Lebewesen im Schweigenden Palast unmittelbar vom Tode bedroht.

Solange die Arau noch lebte und solange sie noch hungrig war, gab es aus dem Stammhaus der Silberbaums kein Entrinnen, ja, war das Reich selbst aufs Höchste gefährdet.

»Die Dreifaltigkeit versteht es wahrlich, ihre Liebsten zu beschützen«, murmelte die Edle verbittert. »Desmer, Relvaert, unsere Ritter und all unsere Dienerschaft erschlagen, zerrissen, abgeschlachtet ...«

Niemand antwortete ihr, und so senkte sich Schweigen über die Kammer. Sembril starrte die Steinwände wütend an, so als trügen sie die Schuld an all dem Unheil. Doch wie üblich ließ der Raum sich davon nicht im Mindesten beeindrucken.

Ruala stand zitternd da, aber bereit, sofort ihrer Herrin zur Seite zu stehen, wenn diese ihr einen Wink gab.

Aber Sembril gab nichts von sich. Sie atmete tief durch, ballte die Fäuste, bedachte die Kristallkugel mit einem mürrischen Blick und machte sich an die Arbeit.

Sie zündete ganze Reihen von Kerzen an, legte ihr kostbarstes Zauberbuch zurecht und beschwerte die aufgeschlagenen Seiten mit Steinen, damit sie nicht mitten in der Beschwörung umschlugen.

Ruala schritt zögernd zu ihr, doch Sembril winkte sie unwirsch zurück. Die Zofe blieb stehen, als wäre sie gegen eine Wand geprallt, bibberte vor Furcht und senkte den Blick der großen, runden Augen.

Die Prinzessin stellte alles zurecht, was für den Zauberspruch erforderlich war, schlenkerte mit den Armen, um sie beweglicher zu machen, und schloss zur inneren Besinnung die Augen.

Als sie die Lider wieder aufschlug, atmete sie ruhig und gleichmäßig. In dem Raum hatte sich allem Anschein nach nicht das Geringste verändert.

Sembril atmete langsamer und tiefer ein und aus, faltete die Arme und verspürte eine innere Befriedigung, als sei sie mit sich und der Welt höchst zufrieden. Dieses Selbstvertrauen war für den Zauber unerlässlich.

Sie hüllte sich darin wie in einen schweren Mantel ein und trat an den Tisch, so wie ihr Vater früher bei Erntedankfesten an den Altar getreten war. Dort bewirkte sie mit aller gebotenen Umsicht den Gedankenspähbann.

Sofort schien der Raum sich deutlich zu verdunkeln, und Tentakel entrollten sich in den Ecken – gerade außerhalb ihres Sichtfeldes. Rastlos bewegten sich die Fangarme, schienen genau zu wissen, wo Sembril steckte, und näherten sich ihr in keinesfalls freundlicher Absicht.

Das Ungeheuer schien sie sich einverleiben zu wollen, so als habe es sie schon ungeduldig erwartet. Die Arau musste ganz in der Nähe sein, vermutlich gleich hinter der rechts von ihr stehenden Wand.

Und sie lechzte nach Magie.

Die Edle zuckte zusammen. Das Wesen glaubte, sich magische Energie verschaffen zu können, indem es Zauberer fraß. Deshalb verspürte die Arau seit einiger Zeit einen Heißhunger auf ganz bestimmtes Menschenfleisch.

Und Sembril hatte sich ihr mit ihrem letzten Bannspruch verraten.

Ein furchtsames Mädchen, ganz allein, frohlockte das Ungeheuer. Das dumme Ding hatte alle Türen und Zugänge versperrt, und nun konnte ihr niemand mehr zu Hilfe eilen.

Voller Vorfreude und Erregung glitt die Arau durch den Stein und hinaus ins Kerzenlicht, um ihre neue Beute zu fressen.

Ruala kreischte.

Die Prinzessin verwandelte sie mit einem rasch gezischten Zauber in eine lebende Statue und wandte sich, äußerlich ganz ruhig, wieder ihrem Buch auf dem Tisch zu, so als habe sie ihr ganzes Leben nichts anderes getan und gehe die Beschwörung auch heute Schritt für Schritt durch.

Sembril füllte die oberste Schicht ihrer Gedanken mit Rualas vor Furcht erstarrtem Gesicht und ihrer eigenen Verärgerung über die Zofe. Doch darunter begann sie ein Geistesschwert zu weben. Ein kurzer Bann, der wenig Kraft kostete.

Die Edle sprach ihn so langsam, dass man ihr nichts davon anmerken konnte; denn schon drang die Arau in ihre Gedanken ein, und sie durfte ja keinen Verdacht schöpfen.

Das Gedankenschwert stellte ihre letzte Rettung dar. Wenn diese Waffe scheiterte, konnte nichts und niemand sie mehr retten. Wenn die Zauberklinge das Ungeheuer nur verwundete und nicht auf der Stelle tötete, war Sembrils Leben ebenfalls keinen Pfifferling mehr wert. Und wenn sie zu fliehen versuchte, liefe sie ebenfalls geradewegs in ihr Verderben.

Die Dreifaltigkeit hatte alle Schicksalsfäden der Prinzessin verknüpft, so dass sie in ein und dieselbe Richtung verliefen.

Äußerlich immer noch ganz gelassen beendete sie die Beschwörung, schloss ihr Zauberbuch und erklärte ihm wie einer alten Freundin: »Das Schweigende Haus hat heute mehr als das übliche gerüttelt Maß an Unglück zu ertragen.«

Damit kehrte sie dem Tisch den Rücken zu und marschierte tapfer auf die Dunkelheit zu, ehe der Mut sie verlassen konnte und Panik sie zu einer Unüberlegtheit trieb.

Die Finsternis kam auf sie zu und umhüllte sie.

Sehet, welch große Kühnheit! Sie wärmt mich, wann immer ich sie erlebe. Diese Wärme gewährt mir Schutz auf dem Weg in den Schrecken, welcher mich im Dunkel erwartet. Doch ehe ich mich versehe, verlässt mich die Kühnheit wieder, stößt mich in gewohnte Kälte, welche nicht mehr von mir weichen will.

»Man erzählt sich doch, dieser Palast werde heimgesucht, oder?«, fragte Dlanazar, und man konnte ihm anhören, dass ihn auch jetzt nicht die geringste Angst plagte.

Nur seinem Gegenüber Horl fiel auf, dass Dlanazar sich etwas ruhiger verhielt als vorhin, als sie durch den sonnendurchfluteten Wald marschiert waren.

Horl verkniff sich ein Lächeln und entgegnete in seiner gewohnt brummigen Art: »Die Leute erzählen sich viel, wenn der Tag lang ist. Ich weiß nur, dass ich schon Dutzende von Malen in diesem Palast gewesen bin und jedes Mal wieder heil hinausgefunden habe. Wie Ihr seht, lebe ich immer noch und bin so munter wie eh und je.«

Dlanazar warf einen nachdenklichen Blick zurück auf das winzige Rechteck aus Sonnenlicht und betrachtete dann den alten Mann länger. »Nur damit es später keine Unstimmigkeiten gibt, Freund Weißhaar, auf welche Bedingungen haben wir uns noch einmal genau geeinigt?« Er setzte die Laterne ab.

Der alte Horl konnte sich nur humpelnd fortbewegen, weil er ein verkrüppeltes Bein hatte. Man sah ihm auch sonst sein Alter an.

Die breiten Schultern hingen herab, die schwieligen Hände zitterten ohne Unterlass, weiße Narben bedeckten seine Züge und seine Arme wie ein Muster, und sein Gesicht sah aus wie ein verwittertes Brett.

Außer wenn Horl starke Gefühle wie Wut, Belustigung oder Abscheu zeigte, vermochte Dlanazar nicht in seiner Miene zu lesen. Und das war etwas, was Dlanazar Duncastle auf den Tod nicht ausstehen konnte.

Auf der anderen Seite, was konnte der alte Mann ihm schon anhaben? Horl war weder so stark noch so beweglich wie Duncastle, und offensichtlich war er bei dieser Schatzjagd auf Hilfe angewiesen. Denn wenn im Schweigenden Haus tatsächlich keine Gefahren lauerten, hätte man es doch schon vor Jahrzehnten leer geräumt ... und in keiner Schänke würde der Name mehr fallen.

Der Alte musste sich an eine Wand lehnen. Seine Bewegungen kamen Dlanazar ohnehin langsam und bemüht vor. »Sobald wir uns im Innern dieses Gemäuers aufhalten, gehorcht Ihr strikt meinen Befehlen.

Denn dort stößt man an allen möglichen und unmöglichen Stellen auf Fallen. Und es gibt dort Orte, an welchen nichts so ist, wie es scheint. Ich kenne ein Gutteil dieser Gefahren, im Gegensatz zu Euch.

Deswegen handelt es sich nicht um eine Marotte von mir, wenn ich Euren unbedingten Gehorsam verlange, sondern um eine Maßnahme, Euer Überleben zu sichern. Verlasst Euch nicht zu sehr auf die Liebe der Götter, hat die sich doch bei viel zu vielen Gelegenheiten als zu wankelmütig erwiesen.«

Der jüngere Beschaffer warf ihm einen scharfen Blick zu. Die Dreifaltigkeit sang nicht in seinem Kopf oder schenkte ihm nächtens Sichtbilder, wie die Priester das von sich behaupteten.

Dennoch schien Dlanazar bei allen seinen Unternehmungen das Glück gepachtet zu haben. Noch nie war etwas schief gegangen, mochte er auch ein noch so großes Wagnis eingehen.

Das Leben erschien dem jungen Beschaffer wie ein einziges Abenteuer, und sein Weg zu Ruhm und Reichtum war offensichtlich schon deutlich vorgezeichnet. Andere mussten sich so viele Jahre anstrengen, ehe sie Erfolg hatten, dass ihnen danach keine Zeit mehr blieb, den zu genießen.

Mochte der alte Mann jetzt auch noch so sauertöpfisch Warnungen ausstoßen, die Götter würden ihren Liebling Dlanazar Duncastle nicht ausgerechnet heute fallen lassen. Wenn überhaupt jemals.

Aber er widersprach Horl nicht. Was hatte es für einen Wert, mit ihm herumzuzanken? Den Alten bei Laune zu halten erschien ihm als geringer Preis für all die Schätze, welche ihnen hier in die Hände fallen sollten … wenn Horl nicht übertrieben hatte.

»Zum Lohn für solch eigentlich selbstverständlichen Gehorsam und zum Dank für Eure zu erwartende Hilfeleistung dürft Ihr alle Schätze an Euch bringen, welche Euer Herz begehrt. Ich verlange für mich selbst nicht mehr als ein paar Geldstücke und die Kupferhand, von der ich gesprochen habe.«

»Weswegen legt Ihr gerade auf die solchen Wert?«

»Weil ihre Zauberkraft meine Hand zu heilen vermag«, antwortete Horl und hielt die Linke hoch. Die wirkte auf den ersten Blick ganz normal, aber dem Beschaffer war schon einige Male aufgefallen, dass der Alte nie die Finger der Linken zu bewegen schien.

»Glaubt mir, junger Freund, mit ihr kann ich weder eine Krücke noch ein Schwert halten, und sie ist mir auch sonst zu wenig nütze.«

»Also bekommt Ihr die Magie, und was bleibt mir?«

»Ach, mein junger Freund, wir finden in dem Haus mehr Magie, als wir beide forttragen können. Verzauberte Klingen, Leuchtsteine, haufenweise zauberische Flaschen und noch vieles mehr. Das alles besitzt so viel magische Kraft, dass die von mir gesuchte heilende Hand wie ein Kinderspielzeug wirkt.

Ihr braucht Euch wirklich keine Sorgen zu machen. Wenn Ihr all den Kram, den Ihr dort einsteckt, später verkauft, seid Ihr für den Rest Eures Lebens damit beschäftigt, Eure Goldstücke zu zählen. Und was Euch wert und mächtig erscheint, behaltet Ihr eben. Bedenkt auch, dass einige der Gegenstände über eine viel größere Heilkraft verfügen als meine Kupferhand.

Jetzt fragt Ihr Euch sicher, warum ich denn keinen dieser Gegenstände haben will? Ganz einfach, mein Sohn, weil ich mich nicht auf den Umgang mit ihnen verstehe. Wenn Ihr Euch aber auf den Weg zu einem Weisen macht und ihm als Bestechung etwas von dem magischen Schnickschnack zukommen lasst, verlasst Ihr ihn hernach als einer der gebildetsten Zauberer weit und breit.«

Der Beschaffer legte den Kopf schief. »Lasst Euch ja nicht einfallen, alter Mann, mich übers Ohr zu hauen. Ich lasse Euch nicht mehr aus den Augen.«

Horl seufzte, kratzte sich am Kinnbart und streckte sich, dass der Lederpanzer krachte. Der hatte eben auch schon einige Jährchen auf dem Buckel und war an mehreren Stellen fast durchgewetzt.

»Ich beobachte Euch auch schon die ganze Zeit, mein Junge. Deswegen versprecht Ihr mir ebenfalls, mich nicht zu betrügen, ja?«

»Ich schwöre es beim Hafenhorn«, erklärte Dlanazar. »Dann wäre das ja erledigt. Auf denn, stürzen wir uns ins Abenteuer.«

Der Alte nickte. »Wohl gesprochen, ich werde schließlich nicht jünger.« Der Beschaffer nahm die Sturmlaterne in die Hand, und Horl stieß sich von der Wand ab.

Einen Moment später spannte Dlanazar alle Muskeln an, weil der Alte sein Schwert zog. Doch dann schnaubte der Beschaffer: Horl benutzte die Klinge als Krückstock.

»Zurückfallen!«, befahl Taraunt Silberbaum mit donnernder Stimme, holte knurrend aus und spaltete mit einem Schwerthieb einem Gegner den Helm. Dieser hallte wie eine Glocke wider.

Die blau gefärbte Rüstung des Fürstensohns funkelte, als er den anderen Arm hob und nach hinten zeigte. »Zurück in die Nördliche Vorhalle, dort sammelt euch um mich!«

»Silberbaum!«, brüllten die letzten Getreuen des Hauses, und der alte, weißhaarige Ulburt wiederholte den Befehl: »Zurück in die Nördliche Vorhalle, dort scharen wir uns um den Edlen Taraunt!«

Bald schrien alle in der Halle durcheinander, denn die Kriegsmannen aus Maerlin versuchten, durch eigenes Geschrei die Gegner zu verwirren oder es ihnen unmöglich zu machen, die Befehle zu hören.

Inmitten von all dem bemühten sich die letzten Gefolgsmänner der Silberbaums darum, den Fuhrleuten, Gärtnern und Kammerknaben Mut zu machen, welche mehr schlecht als recht versuchten, ihren Beitrag zur Verteidigung des Schweigenden Hauses zu leisten.

Diesen Helfern musste der Eindruck vermittelt werden, dass ein Rückzug in eine andere Halle etwas ganz Alltägliches sei. Die bewaffneten Diener hatten ohnehin schon die Hosen voll. Wenn man ihnen jetzt nicht den Rücken stärkte, würden sie in Panik ausbrechen und davonlaufen.

Leider war ihnen nur der jüngste und kleinste der Fürstensöhne geblieben, welcher bislang mehr durch sein hübsches Gesicht als durch mutige Taten aufgefallen war. Doch bei der Dreifaltigkeit, eben hatte er eindrucksvoll bewiesen, dass er zu fechten verstand!

Taraunt erledigte seinen für heute fünfundzwanzigsten Gegner, indem er ihm den gerade erschlagenen Kriegsknecht gegen die Beine stieß.

Der Ritter aus Maerlin verlor das Gleichgewicht, und der Fürstensohn nutzte die Gelegenheit, ihm die Gurgel durchzuschneiden. Er glaubte, damit das Viertelhundert voll gemacht zu haben. In Wahrheit hatte er schon vier Kammern zuvor den Überblick verloren.

Den Göttern sei Dank, dass die Männer aus Maerlin hier keine Bogenschützen einsetzten. Hier konnte sich ein Mann noch im Zweikampf bewähren und musste nicht ständig befürchten, hinterrücks erschossen zu werden. Und wenn einen ein solcher Pfeil von einem geübten Schützen traf, blieb einem in der Regel kaum noch die Zeit für einen Todesschrei.

Die lange Reihe der festen und verzierten Säulen hatte den Soldaten Silberbaums die ganze Schlacht über als Deckung und Schild gedient. Die Berge von erschlagenen Feinden sprachen eine deutliche Sprache.

Aber auch eigene Männer waren gefallen, und die Überlebenden zählten mittlerweile zu wenige, um weiter alle Lücken füllen zu können. Deswegen wurde es Zeit, sich wieder einmal zurückzuziehen.

Nach unten, wo die Räume schmaler wurden und die Flure enger. Tiefer hinab in das Halbdunkel im Irrgarten der unteren Ebenen.

Taraunt schlug einem seiner Ritter auf die Schulter und zeigte in Richtung der Halle. Der hünenhafte Narbuth nickte und übernahm die Führung. Die Überlebenden schlossen sich ihm wie verängstigte Hasen auf der Flucht vor der Hundemeute an.

Narbuth scharte Lammarth und ein paar andere Ritter um sich, und gemeinsam bildeten sie einen Abwehrriegel. Hinter ihnen liefen die bewaffneten Diener in die Halle, und sie selbst deckten den Fürstensohn, damit er sich vom Feind absetzen konnte.

Vier Krieger aus Maerlin stürmten allzu vorwitzig hinterdrein und bezahlten das mit ihrem Leben. Bevor andere ihnen folgen konnten, brüllten die Offiziere der Angreifer strenge Befehle.

Die Verteidiger erhielten eine Atempause, in welcher sie sich zurückziehen konnten.

»Ich weiß, dass mein Bruder Desmer gefallen ist, und ich habe gehört, dass Relvaerts Truppe zerschlagen ist«, knurrte der letzte Fürstensohn, als er neben Ulburt den Gang hinuntereilte. »Aber wo steckt meine Schwester, die Edle Sembril?«

»Von der wissen wir nichts, Herr. Nicht der Hauch einer Nachricht erreichte uns von ihr. Einige behaupten gar, sie sei geflohen. Wieder andere meinen, sie habe sich in ihre Geheimräume tief im Innersten des Palastes zurückgezogen, um sich dort entweder vor den Feinden zu verbergen … oder aber, um einen übermächtigen Zauber zu bewirken, mit welchem sich der Angreifer Schar zermalmen lässt … Allerdings …«

Ulburt ließ den Rest seines Satzes und damit seine eigene Meinung unausgesprochen. Doch dann zuckte er die Achseln, so als wollte er sagen, dass er sich jetzt nicht den Kopf darüber zerbrechen wolle, welche Pläne die Prinzessin verfolgte.

Für einen alten Recken wie ihn war es vernünftiger, sich mit der Frage auseinander zu setzen, wie er möglichst viele Feinde niedermachen könnte, ohne selbst erschlagen zu werden. Außerdem wusste man ja schließlich nicht, was das adlige Fräulein vorhatte.

Und wenn sie wirklich einen Bann zu schmieden vermochte, so war ja noch lange nicht gesagt, dass er sich nur gegen Feinde richtete. Gut möglich, dass er auch über die eigenen Leute herfiel, sofern er denn überhaupt wirkte.

»Ja, ganz recht«, bestätigte Taraunt mit einem schiefen Grinsen und stellte sich mit dem Schwert einem Maerlinkrieger, welcher den Befehlen seiner Hauptleute offenbar nicht gut genug zugehört hatte. Kurz darauf sackte der Mann wie ein nasser Sack zusammen.

»Wie so oft sagen die einen so und die anderen so«, nahm der Fürstensohn danach das Gespräch wieder auf.

»Ja, und so lange kämpfen wir anderen gehorsam bis zum letzten Blutstropfen«, brummte Ulburt und lief ein paar Meter zurück, weil sein Herr ein paar neue Gegner entdeckt hatte, welche ihnen zu dicht auf den Fersen waren.

»Wenigstens bleibt uns der Trost, dass wir die Dreifaltigkeit mehr erheitern als die anderen«, meinte der alte Getreue noch. »Die fahrenden Sänger mögen sich immer neue Anfänge für ihre Geschichten ausdenken, sie enden doch stets im Blut. Ich fürchte, mir bleibt nichts anderes übrig, als meinen Beitrag zu leisten.«

Taraunt lachte schallend, und die beiden eilten nach getaner Arbeit den anderen Getreuen hinterher, welche schon ein gutes Stück weitergekommen waren.

»Herrin! Jetzt! Liebe Herrin, säumet nicht länger!«

Sembril spürte kalten und feuchten Schleim auf ihrem Körper. Tentakel glitten über ihre Glieder und ihren Hals. Sie schienen die Edle abzutasten und untersuchten begierig jede Öffnung in ihren Gewändern.

Doch das empfand die Prinzessin als nicht so schlimm, und auch nicht das möglicherweise noch Schrecklichere: Wenn die Tentakel ihre scharfkantigen Seiten einsetzten oder zurückschnellten, um ihr Opfer mit tödlichen Spitzen zu durchbohren.

Die Edle musste sich über wichtigere Dinge den Kopf zerbrechen: Sie befand sich anscheinend an zwei Orten gleichzeitig. Zum einen umgab sie das vertraute kühle Halbdunkel, zum anderen trieb sie in einem uralten Bewusstsein, in dem Gier und Hunger nach Zauberei vorherrschten.

Und dieses Wesen war neugierig zu erfahren, was der Geist dieser Menschenfrau enthielt.

Andere hätten vermutlich längst einen Schreikrampf erlitten, erst recht jetzt, als Sembril fühlte, wie ihr die Kleider vom Leib gerissen wurden und Tentakel jede Stelle ihrer bloßen Haut berührten. Feucht und warm bohrten sich die Spitzen in jede Körperöffnung Sembrils, als wollten sie ihren Leib auseinander rollen.

Ein Greifarm schob sich die Kehle der Prinzessin hinunter, und sie befürchtete schon, ersticken zu müssen.

Doch das alles kam ihr weit weg vor, selbst als die Tentakel ihr brutal die Schenkel öffneten. Neue Tentakel drangen in sie ein, schnellten vor, rollten sich wieder ein und hatten dankenswerterweise die Knochenspitzen eingefahren. Sembril spürte von all dem nur Weiche, welche sich durch ihre innersten Stellen bewegte.

Rualas Geschrei hörte von einem Moment auf den anderen auf, verging in einem in seiner Endgültigkeit erschreckenden nassen Geräusch.

Die Prinzessin bekam nichts vom Untergang ihrer Zofe mit. Das fremde Bewusstsein in ihr schob sich weiter vor, zog sich von anderen Stellen zurück und öffnete tausend Türen in ihrem Geist. Wie Sturzbäche ergossen sich daraus die unterschiedlichsten Erinnerungen.

Jeder andere hätte darunter den Verstand verloren, doch Sembril hielt sich mit allerletzter Kraft und dem Mut der Verzweiflung an ihrem Gedankenschwert fest. Endlich verschmolz sie mit ihm.

Die Arau fand derweil die Stelle in Sembrils Gehirn, an der man die Gliedmaßen dazu bringen konnte, wie aus eigenem Antrieb zu zappeln. Die Edle konnte sie nicht davon abhalten.

Die Tentakel lösten sich von ihren Hand- und Fußgelenken, weil die in diesem Zustand nicht mehr gebraucht wurden. Die Prinzessin schien die Tentakel jetzt in sich aufzusaugen, zog und zerrte an ihnen, obwohl doch die Gefahr drohte, von der zusätzlichen Masse gesprengt zu werden.

Das Ungeheuer bewegte mittlerweile Sembrils Gliedmaßen und bewirkte so, dass die Prinzessin sich selbst auseinander riss, ja, ihr Innerstes nach außen kehrte.

Tiefer und tiefer versank die Edle in dem kalten Geist, bis sie ihren eigenen Körper erblickte. Und das gleich mehrfach in verschiedenen Bildern. Diese überlappten sich an den Rändern. Dann begriff Sembril, dass sie durch die unzähligen Augen an den Tentakeln der Arau gleichzeitig blickte.

Anfangs verwirrt verfolgte die Prinzessin, wie ihr Leib zwischen den schleimigen Tentakeln hin und her geschoben wurde. Ein ganzer feucht glitzernder Wald hielt sie und durchbohrte sie, bis der Bauch aufplatzte und eine klebrige Masse versprühte.

Rippen stellten sich aufrecht, Organe flogen durch die Luft, und diesen folgte eine einzelne Brust. Und ringsherum wanden sich wie Schlangen die Greifarme.

Sembrils körperliche Schmerzen wirkten auf die Arau nur wie ein nicht unangenehmes Prickeln, und die Edle selbst empfand es nicht anders.

Sie rauschte auf den Wellen der Pein durch die Tentakel und das Netz dunkler Knoten im Körper des Ungeheuers. Die Prinzessin tauchte überall gleichzeitig auf und entzündete allerorts Flammen der Wut, des Ärgers, der Verbitterung, des Leids und der Furcht. Helligkeit loderte im Bewusstsein des uralten Wesens auf, Funken flogen darin herum, vereinten sich, sausten auseinander und entzündeten überall neue Brände.

Die Arau mochte noch so alt sein, sie hatte sich immer ganz furchtbar einsam gefühlt. Von ihrer Art hatte es stets nur ein paar wenige gegeben.

Diese bescheidene Anzahl war durch Magie weiter gelichtet worden – teils hatte ein Bann sie getötet, teils waren sie in eine Art zauberische Sklaverei geraten. Die Reste waren geflohen und hatten sich über die ganze Welt verteilt.

Deswegen fürchtete diese Arau die Magie ebenso sehr, wie sie sie zu besitzen trachtete. Sie erstrebte sie als wahre Macht, denn von allen Wesen, welchen sie in den Tiefen der Welt begegnet war und die allesamt keine Bedrohung für sie dargestellt hatten, vermochte es keines mit der Zauberenergie aufzunehmen.

Sembril suchte Nervenknoten um Nervenknoten auf. Jeder öffnete sich ihrer Leuchtkraft, und ihre Flammen versengten und spalteten ihn. Die Edle durchraste den Körper des Ungeheuers bald ebenso rasch, wie dieses sie mit seinen Tentakeln durchbohrt hatte.

Schließlich stieß sie auf eine Stelle, welche sich gegen sie wehrte. Dunkel erhob diese sich vor Sembril und flüsterte zum Schutz die Geheimnisse vor sich hin, welche sie doch in Wahrheit verborgen halten wollte.

Der Punkt drehte sich beständig von der Prinzessin weg, und die Geheimnisse flatterten wie Fetzen hinter ihr her. Ein murmelndes Etwas, das immer mehr verging, bis es so ähnlich wie das Gerippe eines alten Herbstblattes aussah. Und vor Sembrils Licht zerfledderte es, als würde man dieses Herbstblatt zwischen den Händen zerreiben.

Sembril durchflutete diese Stelle, und schon im nächsten Moment unterwarf diese sich ihr. Gleichzeitig bot die Edle sich selbst dar, und ihr Geistesschwert übernahm beide, damit sie sich unter seiner Herrschaft miteinander vereinigten.

Jetzt war Sembril die Arau, und das Ungeheuer war die Prinzessin. Die stolze und machtlose Tochter des Geschlechts derer von Silberbaum verschmolz mit einem alten, einsamen Ungeheuer mit Tentakeln und dem Leib eines Wahnwurms.

Liebevoll offenbarte die Arau ihr den Kopf und die Schultern ihres Leibs, denn den Rest hatte das Untier bereits aufgefressen. Es hatte auch alle Blutstropfen und Fleischfetzen vom Boden aufgeleckt, so dass buchstäblich nichts übrig geblieben war.

Nun vergingen auch die Schultern unter dem Biss vieler kleiner Mäuler, welche sich an den rastlosen Tentakeln öffneten. Die Sehnen des Halses standen kantig wie Schwertklingen hervor, als das Tentakel, welches durch den Mund eingedrungen war, hinuntergeschluckt wurde. Dieses schwoll so dick an, dass es den Unterkiefer ausrenkte.

Die Augen glotzten aus den Höhlen, waren aber keineswegs abgestorben. Sembril musste nur an sie denken, um wieder durch sie sehen zu können. Was sie an Bildern empfingen, zeigte sich in dem dunklen See ihres neuen Bewusstseins.

Sembril blickte immer noch durch ihre alten Augen, als diese von einem Tentakel aufgesaugt wurden. Nun versuchte sie, sich in dem neuen Geist zurechtzufinden. Sie brachte vier Greifarme dazu, gleichzeitig gegen eine Wand zu schlagen. Befriedigt verfolgte sie ihren Erfolg.

Ihr Spielzug war aufgegangen, ihr Opfer hatte sich gelohnt.

Entzückt von Sembrils Zauberenergie und begeistert darüber, den Körper der Menschenfrau so leicht erobern zu können, hatte die Arau nichts Böses ahnend den Geist der Prinzessin in sich eingelassen – und jetzt beherrschte sie ihren Geist.

Sembril wartete ab, bis ihr Kopf ebenfalls verschlungen war, und währenddessen formte sie ein Tentakel in ihre Züge um.

Solange sie sich noch an ihr Aussehen erinnern konnte, wollte sie es für spätere Gelegenheit aufbewahren.

Denn von nun an war die Arau mit all ihrer Gewalt, ihrem Schlangenkörper, ihren Tentakeln, ihren Begierden und ihrer Art der Körper der Sembril Prinzessin von Silberbaum.

Die Edle lachte laut auf und hörte selbst dann nicht damit auf, als die Steinmauern unter ihrer neu gewonnenen Stimmgewalt erbebten.

Die Gänge hallten immer noch von diesem Getöse wider, als Sembril den neuen Körper in Bewegung setzte und auf einem Wirrwarr von Tentakeln durch die kalte, feuchte und erstickend wirkende Dunkelheit raste.

Die vielen Beine flitzten zu einer kleinen, namenlosen Kammer unweit der Halle des Sonnenaufgangs, wo der alte Ulburt gerade sein letztes Stöhnen von sich gab. Eben hatte er sich mannhaft vor den Fürstensohn Taraunt Silberbaum geworfen und war von zwei gegnerischen Klingen durchbohrt worden. Als er zu Boden sank, glitt ihm das schartig gewordene Schwert aus den kraftlosen Händen.

Schwärzeste Macht stieg wie eine herangleitende Schlange in Sembril auf und erweckte in ihr die Begierde zu töten. Die Prinzessin senkte ihren neuen Schädel und knurrte tief.

Die schwarze Macht, welche es vermochte, Steine zu schmelzen und wieder zusammenzufügen, schwoll wie eine gewaltige Flutwelle an.

Die Edle schleuderte diese Macht hinaus in die Halle, und so wie Pferdehufe im Galopp Grasbüschel hochwerfen, flogen hinter der Energie Bodenfliesen in die Luft. Ein schwarzer Sturzbach warf sich gegen die Soldaten Maerlins und fegte sie hierhin und dorthin davon, nur fort vom letzten noch lebenden Bruder der Prinzessin.

Taraunt konnte sich kaum noch aufrecht halten und stöhnte ob der verwundeten Schulter. Er konnte kaum scharf einatmen, als Sembril flugs Wände um ihn errichtete, welche ihn vor den Nachstellungen der Feinde schützen sollten.

Draußen knallten die Klingen der Feinde dagegen und schlugen Funken. Wutentbrannt traten sie gegen die Wände, welche vor einem Moment noch nicht hier gewesen waren und ihnen nun den sicher gewähnten Sieg streitig machen wollten.

Und drei Herzschläge später sackten die Bodenplatten, auf denen sie standen, weg, um dann wie von der Sehne geschnellt wieder hochzufahren und die Kriegsmänner gegen Säulen, Mauern und Bogengänge zu schleudern, an welchen sie sich alle Knochen zerschmetterten.

Die Prinzessin ließ zusätzlich Steine auf sie hinabregnen, verrührte alles in einem titanischen Wirbelsturm und ließ am tiefen Grund Felsspitzen entstehen, auf denen die Reste der Unglücklichen aufgespießt wurden und hängen blieben.

Als nichts, aber auch gar nichts von diesen Eindringlingen übrig geblieben war, machte die Arau sich auf die Suche nach den nächsten Maerlintruppen.

Ein paar Pfeile entboten ihr einen eher schüchternen Gruß, und der stachelte Sembrils Mordgier endgültig an. Mit allem, was ihr in diesem Palast an Macht zur Verfügung stand, schlug sie auf die Angreifer ein und zermalmte jeden einzelnen von ihnen.

Die zweite Maerlinabteilung ging hoffnungslos unter, die dritte wurde vollkommen zerschmettert, und von der vierten blieb ebenfalls niemand am Leben. Die fünfte aber befand sich noch nahe genug am Eingang, um sofort die Flucht zu ergreifen und laut schreiend über das offene Land zu rennen.

Die Tentakel der Prinzessin rissen die Zinnen von den Außenwällen und schlugen damit auf die Fliehenden ein. Sie klopfte sie so platt, dass man hernach Leib und Rüstung nicht mehr auseinander halten konnte.

Die Schreie der Sterbenden rührten sie nicht im Mindesten. Im Gegenteil – die Edle verdoppelte ihre Anstrengungen und ließ die Tentakel von allen Seiten auf die Flüchtigen eindringen, um sie zu zerreißen, zu erschlagen, zu zerquetschen und in den Boden zu rammen.

Erst dann senkte sich Stille über das Schweigende Haus, wenn man vom Stöhnen und Fluchen der Hand voll Getreuer der Silberbaums absah, welche das Gemetzel überstanden hatten. Die Prinzessin kümmerte sich nicht um sie, sondern eilte durch die finsteren Gänge, welche nur sie kannte, zu der Stelle, an welcher sie ihren letzten Bruder lebendig eingemauert hatte.

Menschen und Ratten kauerten sich gleichermaßen in Ecken und Nischen, wenn die Arau vorbeiraste.

Die Steine, welche ihn lebendig eingemauert hatten, fielen plötzlich von ihm fort, und das Halbdunkel des Schweigenden Hauses blendete ihn, der die letzten Stunden in völliger Finsternis verbracht hatte, wie hellster Sonnenschein.

Taraunt Silberbaum erhob sich, und in seine Verzweiflung mischte sich erste Hoffnung. Mit dem Schwert in der Hand starrte er erwartungsvoll auf das sich vergrößernde Loch – und ließ es beinahe wieder fallen.

»Bei der Dreifaltigkeit!«

Schlanke Fleischsäulen wuchsen vor ihm hoch, und davor wimmelten Tentakel und schienen die Wand abzutragen. Dutzende Augen starrten den Fürstensohn von Stielen so dick wie Oberschenkel an. Einige davon ragten aus weit aufgerissenen Mäulern mit gefährlichen Zahnreihen.

Solch ein Ungeheuer durfte, konnte es doch gar nicht geben! Kein Alptraum konnte so furchtbar sein!

Taraunt ...

Sanft, fast zärtlich berührte die Gedankenstimme sein Bewusstsein, und ihr Klang erinnerte ihn an die seltenen Gelegenheiten, bei denen seine Schwester die Brüder mütterlich liebevoll in die Arme genommen hatte.

Mit einem Schrei, in dem ebenso viel Wut wie Furcht steckten, riss der Fürstensohn sich aus seiner Erstarrung und sprang über den ständig wachsenden Berg von herausgerissenen Steinen.

Wer durfte je erwarten, einer solchen Bestie lebend entkommen zu können? Taraunt packte sein Schwert mit beiden Händen und holte so weit aus, wie er nur konnte.

Die Tentakel wichen vor ihm zurück wie Kornhalme, in welche ein Windstoß fährt. Der Zorn trieb den Jüngling voran, er hieb wie von Sinnen um sich, und doch traf der Stahl nie mehr als bloße Luft.

Von seiner eigenen Wucht vorangetragen, stolperte der Kriegsmann über einen Mauerbrocken und schlug der Länge nach hin.

Hilflos blieb er liegen, denn nun konnte ihn nichts und niemand mehr retten. *Gefallen ohne Schwertstreich,* so nannten es die alten Kämpen, wenn jemand von einem Untier zerrissen wurde und sich nicht hatte wehren können.

Und diese Bestie hier würde ihm den Kopf von den Schultern drehen und ihm alle Gliedmaßen einzeln ausreißen.

Tentakelspitzen wogten an seinem Gesicht vorbei. Wie Pfeile, welche selbstständig ihr Ziel suchten. Sie bogen sich hierhin und dorthin, sie rollten sich ein Stück zusammen, sie schnellten vor. Dann wurde ihm das Schwert aus der Hand gezogen.

Vergeblich griff der Fürstensohn danach. Ein Tentakel legte sich wie ein Würgeeisen um seinen Hals, und ein ganzer Wald von Saugarmen hielt seine Hand fest.

Taraunt, kennt Ihr denn nichts anderes als Gewalt? Vermögt Ihr mir keinen anderen Gruß zu entbieten als den Hieb eines Schwertes?

Die Stimme klang unüberhörbar in seinen Gedanken, nicht etwa in seinen Ohren. Und jetzt erkannte er sie auch ohne letzten Zweifel.

»S-Sembril?«

Wie konnte das sein?

Dieses Monstrum, schwarz, schleimig und voller Tentakel, so groß wie ein Haus … Nein, niemals war das seine Schwester. Die Prinzessin musste in einem Versteck sitzen und dieses Untier steuern. Und mit einem zweiten Bann sprach sie zu ihm.

Nein, ausgeschlossen! Bei allen Göttern, dieses Wesen war nicht seine Schwester … Dennoch, eine gewisse leise Ähnlichkeit.

Doch, mein Bruder, ich bin es. Relvaert und Desmer sind gefallen, und aus mir wurde … dies hier.

»Sembril, bei der Dreifaltigkeit, das kann doch nicht wahr sein!«

Ich habe die Arau überwunden, und sie hat mich verschlungen. Seine Schwester tadelte ihn jetzt nicht mehr, sondern berichtete halb belustigt, was vorgefallen war.

Und daher seid Ihr jetzt der letzte Silberbaum, der einzige Überlebende. Die letzte Hoffnung unseres Vaters.

Der Fürstensohn hockte sich an den Rest der Wand und lehnte sich schwer dagegen. Alle Kraft und aller Atem waren von ihm gewichen. Er fühlte sich nur noch leer und verlassen.

Der Name eines vergessenen Edlen von gestern, so wie man ihn noch aus den Ruinen der zerfallenen Burgen am großen Strom zu vernehmen glaubte. Er war wie ein Maraunt, ein Tornsar oder ein Varthallow. Ein Name, der nicht mehr Gehalt besaß als ein Wispern.

»Ihr werdet mich mit einem Fluch belegen, nicht wahr?«, murmelte der neue Prinz, ohne dass es ihn noch sonderlich erregt hätte. »Irgendeinen Auftrag muss ich für das Haus Silberbaum erledigen, ob mir das nun gefällt oder nicht.«

Etwas blitzte im Halbdunkel auf, und sein Schwert flog so leicht heran, als handele es sich dabei um eine Vogelfeder. Und das Tentakel, welches ihm die Klinge reichte, vollbrachte das so geschickt, als habe es nie etwas anderes getan.

Ja, ich habe eine Aufgabe für Euch, und sie birgt ihre Gefahren. Aber keine Bange, es gibt Schlimmeres. Sie klang jetzt wieder so wie damals, wenn sie dem kleinen Jungen die Tränen weggetupft hatte.

Taraunt starrte zu ihr hinauf und wusste nicht, worüber er sich am meisten ärgern sollte. Aber als er den Schlangenleib und den Wald von Tentakeln sah, lähmte ihn dieser Anblick. Der Ärger erstarrte in ihm zu Eis. Ja, tatsächlich, es gab Schlimmeres …

»Ach, Schwesterherz«, schluchzte er und weinte um sie. »Ach, Sembril.«

Taraunt, hört bitte damit auf, ich flehe Euch an. Nun nehmt Euer Schwert, und sputet Euch. Schleicht Euch davon wie ein Dieb in der Nacht. Ich führe Euch zu einer Tür, welche so weitab liegt, dass noch nicht einmal die Angreifer sie kannten. Von da aus gelangt Ihr auf raschem Weg nach Sirlptar.

Und dort verstecket und vermehret Euch!

»Ich soll Nachwuchs zeugen?«

Jawohl. Nehmt einen neuen Namen an. Legt Stolz und Fürstenart ab. Arbeitet für Euren Unterhalt. Sucht Euch eine Frau, heira-

tet sie und bekommt mit ihr Kinder. Die Banner von Silberbaum dürft Ihr höchstens noch in Eurem Herzen bewahren.

Erst wenn Euer Nachwuchs dazu bereit ist, schickt Ihr sie zurück, auf dass sie ihr Geburtsrecht und Erbe einfordern können. Sendet aber niemals mehr als eines Eurer Kinder aus. Die Gesichtslosen hassen uns, und sie beherrschen heute das Tal, indem sie sich das Gesicht vom König und von den Fürsten verliehen haben.

Der Prinz schloss die Augen, spannte die Miene an und schüttelte heftig den Kopf, so als wolle er seiner Schwester trotzen und die ganze Welt verleugnen.

»Ich werde es tun und den Namen Silberbaum in mir verbergen«, erklärte er dann und schüttelte nochmals den Kopf, als würde er seinen Entschluss bereits bereuen. »Die Dirnen im Stromtal sind mir sowieso schon über geworden.«

Nachdem Ihr sie alle oder doch zumindest ein gutes Tausend von ihnen hattet, überrascht mich das keineswegs.

Taraunt grinste und legte den Kopf schief, wie er es in jungenhafter Verlegenheit seit seinem sechsten Lebensjahr tat, und erklärte: »Sembril, Schwester … Ihr wart uns immer Mutter und Schwester zugleich … und die einzige wirkliche Dame, welche wir jemals kennen gelernt haben. Was wird nun aus Euch?«

Ich werde hier hausen bleiben, Koglaur fressen und der Fluch des Hauses Silberbaum werden. Ich muss mich eben mit dem abfinden, was aus mir geworden ist, denn ändern kann ich es ohnehin nicht mehr.

»Möge die Dreifaltigkeit Euch beschützen, Sembril«, flüsterte der Prinz und schaute zu ihr hinauf.

Tentakel wanden sich durch das Dunkel. *Was hätte noch alles aus mir werden können …*

Ihre Gedankenstimme übersandte ihm ihre Bitternis. *So vieles, wenn nicht ihr Männer, ihr alle mir mein Leben abgenommen hättet … Von nun an soll dies meine Heimstatt sein. Hier werde ich schalten und walten und mich nach einem gut aussehenden Jüngling von meiner neuen Art sehnen. Doch nun eilt Euch, Ta-*

raunt, und brecht auf, sonst bricht die wahre Natur der Arau aus, und ich muss Euch fressen. Dann könnte nie mehr ein Silberbaum hierher zurückkehren.

Der Jüngling rappelte sich auf, nahm sein Schwert und entfernte sich in die Richtung, welche drei lange Tentakel ihm wiesen.

Tretet durch jenen Bogengang dort, und haltet nach meinem Schwanzende Ausschau, welchem Ihr in einiger Entfernung begegnen werdet. Dieses schreitet Ihr ab, bis Ihr den Ausgang seht. Und um der Liebe der Götter willen, beeilt Euch, Taraunt!

Der jüngste Bruder lief los, doch jenseits des Bogengangs drehte er sich noch einmal um und schickte ihr einen Blick zu, der tausend Herzen zum Schmelzen bringen konnte.

»Sembril, werden … werden wir uns jemals wiedersehen?«

Ob wir uns wiedersehen? Nein, niemals! Doch eins will ich Euch versichern: Wenn Eure Träume ruhen, werde ich Euch vielleicht etwas zuflüstern. Aber nur ein- oder zweimal in Eurem ganzen Leben.

Bei den Maedra handelt es sich wahrlich um eigenartige Wesen. Kein Zauberer noch Weiser kann guten Gewissens behaupten, ihr Wesen wirklich zu verstehen.

Die Wahnwürmer bewegen sich durch Stein, und das so mühelos und geschwind, wie ein Mann Nebel durchschreitet. Doch dient der Stein ihnen auch. Sie vermögen ihn zu formen wie Kinder am Flussufer Lehm und Schlamm und auch ebenso damit zu bauen.

Doch anders als der Schlamm, welcher rasch in sich zusammensackt, sobald die Knaben nicht mehr mit ihm spielen, bleiben die Gebilde der Maedra stehen und erhalten, als seien sie immer schon in dieser Form vorhanden gewesen.

Auch sagt man den Wahnwürmern nach, sie besäßen einen Verstand von ähnlicher Tiefe und Schärfe wie der eines Menschen.

Die Maedra vermögen glatte und gerade Wände zu errichten, sie können auf mehreren Ebenen bauen und Wendeltreppen dazwischen aufrichten. Wenn sie einen Bogengang hinsetzen, ist der oft so kunstvoll verziert, wie das nur die besten Steinmetze hinbekommen.

Die Würmer mögen uns oftmals launisch und voller Grillen erscheinen, dennoch ist nachgewiesen, dass sie Versprechen, Gesichter und Taten der Menschen in einer Art Gedächtnis speichern können (hier sind vor allem aus jüngster Zeit die Werke von Marethko und Dunstable zu nennen, aber auch die älteren Untersuchungen von Ingamaerus und Urun Thoul).

Auch kennt man von ihnen, dass sie Freundschaften mit Menschen schließen und andere nicht leiden können, ganz so wie wir Menschen es auch halten.

Wenn es ihnen so gefällt, verhalten sie sich völlig geräuschlos, selbst dann, wenn sie Stein durchströmen. Ihre schlangengleichen Leiber und menschenartigen Arme sollen auch gehärteten Kriegsstahl zerbrechen können. Ihre Klauen vermögen Fleisch zu zerreißen und Knochen zu zersplittern.

Im Schweigenden Haus und seiner Umgebung kommen sie recht häufig vor, ebenso im nördlichen Ausläufer des Gebirges von Talaglatlat, welchen die Menschen Kriegszahn nennen. In anderen Landstrichen trifft man sie hingegen nur selten oder gar nicht an.

Andere vornehme Häuser des Reiches schwören, bei diesen Würmern handele es sich um Wesen aus Sagen oder Märchen. Dennoch erzählt man sich bis in die entlegensten Dörfer von ihnen, desgleichen in den stinkenden Straßen von Sirlptar und sogar den Köhlermeilern in den tiefsten Wäldern.

Die Maedra können Menschen durchaus ihren Willen aufzwingen, wenn es ihnen gefällt. Allerdings soll man ihnen mit Zauberkraft beikommen können. Ob die Würmer selbst sich ihrer bedienen oder überhaupt nur mit ihr auskennen, ist vollkommen unbekannt. Meistenteils bleiben sie aber in der Tiefe, denn die Steinschichten ziehen sie offensichtlich allem anderen vor.

Viele Aussagen liegen vor, nach denen Wahnwürmer blitzartig aus Stein hervorschnellen und ihr Opfer umschlingen, um es zu erwürgen. Das müssen nicht unbedingt kleinere Tiere sein, bei den

Opfern mag es sich auch um Menschen oder gar Geschöpfe handeln, welche die Maedra an Größe überragen.

Haben die Würmer ihr Opfer erst umgebracht, wird es auf der Stelle verschlungen.

Ob die Maedra noch weitere Wege kennen, Beute zu machen, oder auch andere Nahrung zu sich nehmen, entzieht sich meiner Kenntnis. Ich bin aber fest davon überzeugt, dass sie ihren Speichel einsetzen, wenn sie Stein auflösen oder Mauern neu zusammensetzen.

Anscheinend enthält der Speichel Substanzen, welche Stein weit genug aufweichen, um ihn neu zu formen und zu glätten. Kaum ist dieser Speichel getrocknet, erhärtet sich die bearbeitete Steinmasse.

Ich halte die Aussagen einiger Gelehrter für durchaus stimmig, dass das meiste, was wir über diese Wesen zu wissen glauben, unserer Einbildungskraft und der Leichtgläubigkeit so vieler Mitmenschen entspringt – und nicht so sehr der genauen Beobachtung.

Wahnwürmer scheinen uns an Witz und Geist ebenbürtig zu sein, aber wir vermögen nicht einmal zu erahnen, welche Ziele sie verfolgen oder was sonst für sie wichtig sein könnte.

Alles in allem bin ich der Überzeugung, dass eine weise Verteidigung unbedingt eine strenge Überwachung dieser Geschöpfe beinhalten muss.

Meine Forschungen auf dem Gebiet der Zauberkunst verfolgen vor allem das Ziel, uns in absehbarer Zeit einen Einblick in ihre Gedankenwelt zu ermöglichen. Und in ganz ferner Zukunft mag es uns sogar möglich sein, ihre Gedanken zu beeinflussen.

Auch kann ich nur Vermutungen darüber äußern – und die mögen auch völlig aus der Luft gegriffen sein –, warum den Maedra so viel daran gelegen ist, das Schweigende Haus immerzu zu verändern … oder wohin das noch führen soll.

Bislang sind über siebentausend größere Veränderungen festgestellt worden, und nach meiner bescheidenen Hochrechnung handelt es sich dabei lediglich um ein Viertel aller »Umbauten«. Weiters sind diese Veränderungen nur im oberirdischen Teil der Anlage beobachtet worden.

Im Saensommer haben die Wahnwürmer den Ornturm, den Wyvundsflügel, den Durchgang, welchen wir heute als Ottros Tor kennen, und den Südschlangenwall errichtet. Ein tüchtiges Stück Arbeit im Süden der Anlage, in der auch ein Brunnen enthalten ist, und der dürfte ja wohl nur für uns Menschen von Nutzen sein; denn wir gehen ja davon aus, dass die Maedra Flüssigkeit aus Gestein beziehen können. Und wenn die ihnen nicht reichen sollte, stehen ihnen ja alle unterirdischen Wasserläufe zur Verfügung.

Im Draethsommer folgten die Hochdrachenhalle und der kuppelüberwölbte Raethcra, welcher den Ornturm mit der Emmerhalle verbindet. Darüber hinaus haben die Würmer den Wyvundsflügel um einen neuen Turm erweitert. Er ist unser westlichster und weist Kegelform auf. Im Winter hatten die Menschen ihn bereits in Unterzahn umgetauft. Dieser Zusatz vergrößerte die Ausmaße des Hauses um das Doppelte. Von nun an konnte allein schon der Wyvundsflügel den gesamten Haushalt aufnehmen.

Im Draethwinter kamen der Turm, welchen wir mittlerweile die Naethnadel nennen, am Nordende der Hochdrachenhalle dazu, außerdem eine neue Halle auf dem Sommerhof, welche noch größer ausfiel als die Hochdrachenhalle. Wir nannten die neue Halle Skeldaert, nach dem Oberförster Iruth Skeldaert, welcher in der kältesten Zeit des Jahres verstarb.

Tzoondsommer: Heuer erbauten die Würmer den Schwertarmflügel im Osten und Süden und niedrige, aber zinnenbewehrte Mauern, um die fünf Höfe zwischen dem Schwertarm und dem Wyvund zu umschließen. Diese Mauern besitzen keine Ecktürme und verlaufen in höchst eigenartigen Winkeln, auf welche sich niemand einen Reim machen kann.

Im Tzoondwinter erlebten wir den Abbruch der Malandarhalle im ältesten Teil der Anlage. Sie verschwand sozusagen über Nacht, war eines Morgens einfach nicht mehr da. Dabei kamen die beiden Ritter Rorin Yandarth und Ursandro Thaelen ums Leben. Anstelle der Halle entstand dort das Gebilde, welches wir heute Mondturm nennen.

Im Brindynsommer öffneten die Maedra den Boden der

Schwarzlindwurmhalle und schufen so ein Loch, welches sieben Kellerstockwerke tief reichte. Den Abstieg erleichterten sie uns durch Treppen, welche vom neuen Grund der Halle bis in die obersten Kellerebenen reichten.

Neben dem Unterzahn entstand ein kleiner und anscheinend uneinnehmbarer Turm.

Im Lalaethsommer entstanden die Verbindungen zwischen dem vierten Stock des Baldimursturmes mit der fünften Ebene des Frauenturms in Gestalt einer eigenen Halle.

Im Boden wurden zwei Falltüren eingelassen, welche sofort den Namen »Todeslöcher« erhielten. Dieser Bezeichnung wurde wenig später der junge Herr Relvaert gerecht, als er sich daselbst eines Hundes entledigte, welcher ihn gebissen hatte.

Lalaethwinter: Hier verzeichneten wir die Entstehung einer neuen Verbindung zwischen dem Wyvundflügel und der Dunkelhalle. Gemäß meinen Unterlagen handelte es sich dabei um den ersten Anbau der Maedra an die Festung, welche Fürst Ravengar Silberbaum erbaut hatte. Der Unterzahn wuchs um zwei weitere Stockwerke.

In diesem Sommer haben die Wahnwürmer bislang Folgendes gebaut: den neuen Turm neben der Zanderspitze und den Durchbruch im Boden der Südlichen Vorhalle, um einen neuen Brunnen anzulegen. Aus diesem schießt das Wasser mit solcher Wucht, dass man es durch Rohre bis zur Halle der Sternentreppe weiterleiten kann.

Die Maedra haben übrigens unsere Rohre abgerissen und durch feste Kanäle mit glatten Innenwänden ersetzt.

Der Strom verhindert eine größere Ausdehnung nach Norden, aber in allen anderen Richtungen sind An- und Ausbauten möglich (gemeint ist für die Wahnwürmer). Dennoch scheinen sie aus unerfindlichen Gründen die Süd- und die Südwestseite zu bevorzugen.

Der Kriegszahn liegt in dieser Richtung, ein gutes Stück entfernt, das durch Wildnis und Ödland führt.

Ob sie wirklich dorthin wollen oder nicht, vermag niemand zu sagen. Ich kann nur noch einmal mit allem Nachdruck betonen, dass jegliche Vermutung über die Ziele und Absichten der Maedra aus dem Reich der Fabel stammen muss.

Kein noch so weiser Mensch kann auch nur ansatzweise ergründen, worum es den Wahnwürmern geht. Und jeder, welcher solches schriftlich oder mündlich behauptet, muss als Scharlatan bezeichnet werden.

AVULANXYUS HAVADDUN
Hausmagier des Fürsten Thr질rn Silberbaum

BUCH DREI

Taerith Silberbaum

Geboren im Jahr 906 nach Sirler Zeitrechnung,
gestorben im Jahr 948 nach Sirler Zeitrechnung

Fürst Schwarzgult

Über die größte Überraschung seines Lebens

Eins

Fang in der Nacht

Horl blieb vor dem leeren Bogengang stehen und hob langsam die Hand, um Dlanazar anzuzeigen, dass er die Laterne weiterhin geschlossen halten solle. »Haben wir uns schon verlaufen?«

»Wieso? Was soll das heißen?«, fragte der Jüngere ungehalten.

»Ihr wisst doch noch, wie wir hier wieder rauskommen, mein junger Freund, oder?«, raunte der Alte beinahe heiter. »Nur für den Fall, dass mir etwas zustößt ... oder mir sonst eine Gefahr drohen will.«

»Ich ... ich glaube, ja.«

Horl grinste. Dlanazar log gern und häufig. Na ja, vielleicht kam er damit bei anderen durch, bei seinem alterfahrenen Begleiter hingegen nicht.

Er bedeutete dem Jüngling, eine Tür der Laterne aufzuklappen und den Lichtstrahl nach vorn zu richten. Das speerförmige Leuchten raste durch den Bogengang und stach bald hierhin und bald dorthin ... je nachdem, wie Horls Hand, welche die von Dlanazar umschlossen hielt, die Laterne drehte.

Vor den beiden breitete sich eine leere Kammer aus. Und von Ungeheuern war immer noch nichts zu sehen. Nur die gewohnten Ansammlungen von Schutt, Trümmern und Staub.

Dlanazar seufzte unmerklich, denn er begann schon zu befürchten, dass andere schneller gewesen waren und diese sagenhafte Festung vor ihnen ausgeplündert hatten. Wenn das so weiterging, würden sie noch gar nichts finden!

»Diese Räumlichkeit nennt man Fürst Taeriths' Halle«, murmelte Horl, so als erzähle er es sich selbst. Dann schien ihm eine lustige Begebenheit wieder einzufallen, welche er seit vielen Jahren vergessen hatte. »Obwohl er nicht einmal in ihr gewesen ist!«

»Woher wollt Ihr das denn wissen? Und wer soll dieser komische Fürst denn gewesen sein?«

»Na gut, mein Junge. Lasst uns etwas rasten, dort drüben vielleicht, und ich erzähle Euch Taeriths' Geschichte. Ja, jetzt, wo ich über ihn rede, kommt mir wieder ins Gedächtnis, dass er ebenfalls ein Dieb aus Sirl war. Er verfügte über einige Begabung und hatte es schon in frühen Jahren zu einigem Ruhm auf seinem Gebiet gebracht … Er nannte sich übrigens ›Klingen-Taeriths‹.«

Der Alte schaute den Jungen an und meinte: »Ihr verzieht das Gesicht, als hätte ich Euch bereits stundenlang alte Geschichten erzählt. Doch lasst Euch eines gesagt sein: Binnen kurzem werden wir genug Schätze finden, dass Euch das Herz aufgeht.«

»Euer Wort in der Götter Ohr«, murmelte Dlanazar. Aber dann setzte er doch die Laterne ab, hockte sich hinter ihr an die Wand und legte sein Schwert auf die Knie.

Der Alte lächelte in sich hinein. Dieser junge Narr würde ihm noch die allerbesten Dienste leisten.

Dem Sturm schien es zu langweilig geworden zu sein, Blitzspeere um die Türme von Sirlptar zu schleudern. Er zog weiter zur Küste und machte sich in der Stadt nur noch durch ein gelegentliches Donnergrollen bemerkbar. Dazu gab es natürlich noch das Platschen und Rauschen der Sturzbäche und das Zischen der Tropfen, welche von tausend Stellen auf das Straßenpflaster fielen.

Der Dunst, welcher vom Meer herangezogen gekommen war, erwies sich als so feucht wie Regen und verdichtete sich so sehr wie Nebel. Genau die Art von Nacht, in welcher sich Taeriths bei seiner Arbeit am wohlsten fühlte.

Die immerwährenden Stürme bildeten eine solche Geräuschkulisse, dass die braven Bürger von Sirlptar sich in ihre Häuser verkrochen und andere Geräusche kaum noch wahrnahmen. Vor allem solche, die eigentlich nicht hätten entstehen dürfen. Die viel zu feuchte Luft verwandelte Rauch in etwas Klebriges, das sich auf alle Lichtquellen legte. So leuchteten die Lampen und Feuer nur recht schwach.

Alles in allem die vorzüglichsten Arbeitsbedingungen für einen gut aussehenden jungen Mann, welcher sich mit Diebstählen und als Entführer sein Auskommen sichern musste.

Klingen-Taeriths sah nicht nur gut aus, er hatte auch einiges auf dem Kasten und wusste, wann man besser aufpasste. »Immer ein Ohr am Wind«, so redete man in der Stadt über ihn und meinte damit, dass er pfiffig genug war, noch nicht erwischt worden zu sein.

Taeriths war das auch durchaus recht so. Denn bei einem auf frischer Tat ertappten Dieb oder einem Entführer, welchen man gerade noch an der Ausübung seiner Tat hatte hindern können, musste der zuständige Richter nicht lange überlegen, welches Urteil es zu sprechen galt. Der Übeltäter wurde gleich einen Kopf kürzer gemacht, und der Stadtrat sparte die Kosten für ein aufwändiges Gerichtsverfahren, bei dem man nach einigem Hin und Her ja doch zu demselben Ergebnis gelangt wäre.

Als ordentlicher Dieb und Entführer kannte Taeriths natürlich die Gefahren und Fährnisse seines Berufsstandes. Außerdem war er nicht mehr in dem jugendlich-schwärmerischen Alter, in welchem man sich für unbesiegbar oder den uneingeschränkten Liebling der Götter hält.

Aber er verstand sein Handwerk, und er hatte sich in wenigen Jahren einige Menschenkenntnis erworben. Der junge Mann musste nur ein paar Sätze mit jemandem wechseln und konnte ihn schon einordnen.

Bislang (und lang war hier durchaus wörtlich zu verstehen, denn er arbeitete bereits sechs Jahre in seinem Beruf, während die meisten anderen der »Besten« es auf kaum mehr als vier gebracht hatten) hatte Taeriths es stets verstanden, seinen Lebensunterhalt zusammenzubekommen.

Als Dieb und Entführer konnte man mit einigem Geschick in einer Stadt wie Sirlptar durchaus sein Auskommen finden.

Doch von allem anderen abgesehen gefiel ihm seine Arbeit. So sehr, dass er jetzt lächeln konnte. Das bestimmte Lächeln, mit dem er jede Schöne zum Dahinschmelzen bringen konnte. Kein breites Lächeln, sondern eher ein leichtes Kräuseln der Lippen.

Dabei zeigte er nicht blitzende Zähne, aber dennoch saß dieses Lächeln wie eigens für ihn gemacht in dem feinknochigen Gesicht mit den dunklen Brauen, den lustigen blauen Augen und den schwarzen Locken.

Groß und schlank bewegte er sich geschmeidig wie eine Raubkatze. In der einen Hand hielt er den Umhang mit Kapuze, unter welchem sein Entführungsopfer verschwinden sollte.

Fast hätte Taeriths vor Vorfreude gesummt, während er zu der edlen Dame schlich, welche zu fangen er bereits Vorkasse erhalten hatte.

Bei der Dame, eigentlich einem Fräulein, weil sie noch keinen Ehebund eingegangen war, handelte es sich um Kaedyth Mramsurr, und sie gehörte zu den Mramsurrs von Teln. Groß und von einer schwermütigen Schönheit besaß sie auch noch eine rasche Auffassungsgabe, ein bezauberndes Lächeln und langes nachtschwarzes Haar.

Ihr Tagesablauf bestand eigentlich aus nicht mehr, als mit Feuereifer ein Buch nach dem anderen zu lesen. Dazu genehmigte sie sich gern ein Glas mit einem fremdländischen Getränk. Hin und wieder tanzte sie auch, jedoch stets allein und von nicht mehr als ihrem eigenen Gesang begleitet.

Taeriths beobachtete das Fräulein nämlich schon seit Tagen, und er musste zugeben, dass sein Auftraggeber (mochte der auch noch so dick und gierig sein, zu viele Ringe an den plumpen, kleinen Fingern tragen und seinen Spitzbart mit zu viel Öl einreiben) wenigstens in einer Frage einen ausgezeichneten Geschmack aufwies.

Dafür hatte Aunjoszmur Hamoraunth, der mit Goldketten und ausgesuchten Edelsteinen handelte, auch ein hübsches Sümmchen bieten müssen, um nicht nur die Aufmerksamkeit, sondern auch den Arbeitseinsatz von Klingen-Taeriths zu gewinnen.

Wenn er die Edle Kaedyth bei ihm ablieferte, würde der Jüngling noch einmal den gleichen Betrag erhalten. Es sei denn, Hamoraunth erwiese sich als noch blöder, als man ihm nachsagte, und versuchte einen Betrug.

Wie in jeder anderen Großstadt begegnete man auch in Sirlptar

Dieben und Entführern mit gemischten Gefühlen. Aber Schwindlern und Betrügern begegnete man mit überhaupt keinem Verständnis. Unter gemischten Gefühlen wie auch keinem Verständnis sind hier Peitschenhiebe, Schläge mit dem Stachelstock, Brandeisen und Salz zu verstehen, das danach auf die offenen Wunden gestreut wird. Bei Ersterem gab es viel davon, bei Letzterem sehr viel.

Doch genug jetzt der lüsternen Blicke des Goldhändlers. Ein Beschaffer wie Taeriths, der auf sich hielt, sollte seine Gedanken allein auf das ausrichten, was von ihm verlangt wurde, nämlich die Entführung des Fräuleins Kaedyth.

Gemäß seines Ausbaldowerns müsste die Edle sich jetzt in dem Halbdunkel voraus befinden. Genauer gesagt in ihrer Schlafkammer am Ende des Ganges. Zwei Stockwerke tiefer standen Wachen Posten, und im Stockwerk gleich unter diesem schliefen zwei Mägde.

Doch ansonsten dürfte sich zur Stunde eigentlich niemand in diesem Teil des Gebäudes aufhalten. Das hatte das Fräulein selbst so angeordnet. Und einer Mramsurr von Teln gehorchte man besser.

Ja, der Jüngling freute sich schon darauf, es mit einem solchen Edelfräulein aufnehmen zu müssen. Er kannte ihre Sorte ziemlich gut. Natürlich wäre die Tür zur Kammer mit einer Falle versehen. Und dahinter gleich die nächste, vermutlich eine scheinbar achtlos abgelegte kostbare Halskette oder anderer Schmuck. Aber natürlich hätte sie die Tür zur Hintertreppe nicht verriegelt. Die Stiege, über welche die Mägde herbeieilen würden, sobald die Edle sie rief. Und über diese Treppe wollte er in die Kammer des Fräuleins gelangen.

Klingen-Taeriths stieg über eine Seitentreppe in die darunter befindliche Halle. Hier öffnete er die Tür zur Kammer der fetteren Magd, welche auf den Namen Sharalta hörte.

Selbige liebte ihre Herrin mehr als ihr Leben und las ihr jeden Wunsch von den Augen ab. Doch Sharalta nahm vor dem Schlafengehen gern noch ein Tellerchen Skoavies und ein Glas Kalamanta zu sich.

Es hatte für Taeriths nur eines sorgfältig abgewarteten Moments bedurft, um eine Prise Aumurt in die Weinkaraffe zu kippen, welche die Herrin ihrer Magd zur Nacht überließ.

So konnte es den Jüngling auch nicht überraschen, beim Betreten der Gesindekammer von einem Schnarchen empfangen zu werden. Und im Schein der herabgedrehten Lampe auf dem Steintisch erkannte er gleich daneben die einfache Tür, nach welcher er suchte.

Im dahinter befindlichen Stiegenhaus herrschte schwärzeste Finsternis. Taeriths zog eine Steinscheibe aus seinem Gürtel und hielt diese vor die Lampe, bis Erstere deren Licht auffing und ins Treppenhaus ablenkte. Der Beschaffer drehte die Scheibe, bis er alles nach Stolperschnüren und unregelmäßig hohen Stufen abgesucht hatte. Nichts dergleichen hatte man hier angebracht.

Taeriths steckte den Stein wieder ein. Dann schlich er die Stiege hinauf. Seine Hand bewegte sich unter dem Umhang, um festzustellen, ob der Stoff sich nirgends verdreht oder zusammengeballt hatte. Das hätte seine Arbeit doch ein wenig behindert.

Er öffnete die Tür zum Gemach der Edlen einen winzigen Spalt weit und hörte leises, gleichmäßiges Atmen.

Der Jüngling öffnete kühn die Tür ganz und verharrte auf der Stelle, damit seine Augen sich an die Dunkelheit gewöhnen konnten. Draußen zuckten Blitze durch die Nacht, und Regentropfen klopften aufs Dach. Der Beschaffer wartete.

Nichts tat sich.

Der Jüngling trat nun ein und tat gleich einen Schritt nach rechts, wusste er doch dank seiner Beobachtungen, dass dort Felle auf dem Boden lagen. Das hatte er schon längst ausgekundschaftet, sogar zweimal, weil doppelt genäht besser hält.

Noch immer regte sich nichts und flammte kein Licht auf. Die Vorhänge des Himmelbetts hingen unbewegt und eine Handbreit auseinander herab. Genauso wie vorhin, als er zum ersten Mal einen prüfenden Blick in diesen Raum geworfen hatte.

Taeriths bewegte sich ebenso geräuschlos wie geschmeidig durch den Raum. Er trat aufs Kopfende des Betts zu und hielt sich sorgfältig von der Lücke in den Vorhängen fern.

Wer beim Schlafen eine solche offen zu lassen pflegte, tat dies für gewöhnlich darum, um einen Blick auf die Schönheit der Nacht und das Licht des Morgens werfen zu können. Und um das zu erlangen, wendeten sie der Lücke nie den Rücken zu.

Ein Entführer nun zog es vor, sich seinem Opfer von hinten zu nähern und ihm schon den Umhang überzuwerfen, ehe dieses tief genug einatmen kann, um laut zu schreien. Oder eine Hand befreien kann, um den Umhang herunterzureißen. Oder gar einen Dolch unter dem Kissen oder einem Ort noch näher am Körper herauszuziehen.

Dieses Bett hier besaß ein hohes Kopf- und Fußende, beide aus festem Holz angefertigt. Den Himmel trugen vier schlanke gedrechselte Holzpfosten. Am Tag wurden die Vorhänge gerafft und mit Kordeln an die Pfosten gebunden, und in der Nacht löste man sie aus der Bindung.

Ein geübter Entführer brauchte höchstens einen Moment, um den Stoff beiseite zu ziehen, sich in das Himmelbett hineinzubeugen und den Umhang gewandt über das ruhig schlafende Gesicht zu werfen.

Der junge Mann schritt zur Tat und stützte sich zusätzlich mit dem freien Arm auf die Luftröhre des Fräuleins, um ihr den Atem abzudrücken.

Eigentlich hätte jetzt ein Seufzer von dem Opfer kommen müssen.

Tat er aber nicht …

Dafür legten sich zwei Arme, dick und stark wie Schiffstaue, von hinten um Taeriths' Hals und hielten ihn so unverrückbar fest, als bestünden sie aus Stein.

Der Dieb und Entführer konnte sich überhaupt nicht mehr rühren. Das Gesicht war starr nach vorn gewandt, die Arme klebten fast an den Seiten. Der Entführungsumhang fiel ihm aus den Fingern, und er bekam kaum noch Luft …

Da tauchte ein hübsches Frauengesicht, eingerahmt von schwarzen Locken, auf, lehnte sich von hinten über seine Schulter, lächelte ihn an und kam seinen Zügen so nahe, dass er ihren würzigen Atem auf seiner Wange spürte.

Der Kopf des Fräuleins thronte auf dem Ende eines überlangen, sehr wendigen Halses.

»Du liebe Güte!«, entfuhr es der Edlen in gespielter Sorge, »was haben wir uns denn da beschafft? Einen Beschaffer. Einen schönen Abend wünsche ich Euch, Klingen-Taeriths.«

»Arrgh … Järrgh …«, würgte der Jüngling, und die Angst hielt ihn in noch eisernerem Griff als die Arme der Kaedyth Mramsurr.

Etwas wie ein unglaublich langer Wurm oder eine dünne Schlange schwebte aus der Dunkelheit heran und zog das Nachttuch vom Glühstein auf einem Tisch, und sofort wurde das Innere des Betts in goldgelbes Licht getaucht.

Taeriths erhielt ausreichend Gelegenheit, einen Blick auf die junge Frau zu werfen, welche er doch eigentlich entführen sollte. Ihr Körper wurde von einem Seidennachthemd verhüllt. Ein zierlicher Fuß zum Verlieben ragte unter dem Saum hervor, doch der andere lief in einem langen Schlauch aus Fleisch aus, einem Wurm, einer Schlange oder einem Tentakel.

Dieser verließ das Bett, stieg jenseits davon wieder auf und lief in einer Art Geäst aus. Aus diesem ragte ein Ast oder Tentakel heraus und näherte sich Taeriths' Gesicht.

Zwei weitere Greifarme hatten sich um den Körper des Diebs gewunden und wuchsen aus dem *zweiten* Körper der Edlen. Dieser glitt nun auf ihn zu, verkürzte dabei den Hals und stand endlich unter dem Gesicht, welches den Eindringling schon die ganze Zeit anlachte.

»Wie Ihr leicht feststellen könnt«, erklärte das Fräulein, »habt Ihr die Falsche erwischt.« Langsam veränderte sich ihr Gesicht: Die Augen wurden größer und dunkler, die Wangenknochen verschoben sich ein Stück nach oben. Die Fremde sah immer noch schön aus, wirkte jetzt aber viel reifer und so weise wie eine Gelehrte. »Ihr habt einen Koglaur vor Euch. Ihr mögt jetzt staunen, aber es gibt uns wirklich. Mein richtiger Name lautet übrigens Maretta.«

»Aber …! Ist …?«

»Ihr wollt wissen, ob Aunjoszmur Hamoraunth sich darüber im Klaren ist, wen Ihr ihm bringen sollt? Aber selbstverständlich.«

Der dritte Tentakel schwebte jetzt unmittelbar vor seinem Gesicht. Taeriths schreckte davor zurück.

Der Koglaur schüttelte den Kopf. »Ihr braucht meine Greif- und Saugarme nicht zu fürchten, junger Entführer. Außer Ihr stellt Euch außerordentlich närrisch an und schreit um Hilfe oder versucht, Magie gegen mich zum Einsatz zu bringen.«

Der Jüngling schluckte. »W-was würde denn dann geschehen?« Er bemühte sich tapfer, nicht mit den Zähnen zu klappern.

»Dann würde ich Eurem Mund das hier als, sagen wir, Lutscher geben.« Ein weiterer Tentakel erschien hinter dem Dieb, schob sich über der Schulter vor, erreichte den Tisch und nahm dort einen Gegenstand auf, der neben dem Glühstein lag. »Wenn es eins gibt, das ich hasse, dann Lärm und Tumult.«

Was immer der lange Arm dort auch aufgenommen haben mochte, glühte einmal kurz auf wie ein funkelnder Gegenstand, den man vergeblich abzudecken versucht. Währenddessen sprach die falsche Edle: »Euer Auftraggeber dürfte sich uns jeden Moment anschließen. Bitte, überschüttet ihn nicht mit Vorwürfen. Er mag Gelärme genauso wenig wie ich. Und auch Euch dürfte ja mittlerweile daran gelegen sein, Euch möglichst still zu verhalten. Wollen wir uns alle gemeinsam der Ruhe befleißigen, was meint Ihr?«

»W-was wollt Ihr von mir?«, fragte Taeriths und wusste, dass er mit einer solchen Frage nicht gerade den Eindruck eines überaus gescheiten Menschen hinterließ. Er ahnte mit ziemlicher Deutlichkeit, dass er hier in diesem Raum sein Leben lassen würde. Fragte sich nur, ob die Tentakel ihn zerrissen oder ob dieses grässliche Ungeheuer ihn bei lebendigem Leibe verschlänge.

Und da sollte er nicht schreien oder um Hilfe rufen? Aber wenn dann die Wache hereingestürmt käme und einen Jüngling im Bett ihrer Herrin entdeckte … hätte er ziemlich schlechte Karten auf der Hand. Und wahrscheinlich würde ja doch niemand erscheinen, weil die Tentakel ihm längst den Kopf abgerissen hätten, bevor auch nur die zweite Silbe hinausgeschrieen wäre …

»Das Richtige«, antwortete der Gestaltwandler treuherzig, während sich sein Körper wieder einmal veränderte. Unter Marettas

Gesicht streckte sich nun der aufregendste weibliche Körper aus, welchen Taeriths jemals gesehen hatte.

Sie bedachte ihn mit Blicken, an denen nichts zu deuteln war, und öffnete sich ihm ganz und gar.

Aber der Jüngling hatte immer noch die Tentakel und all das andere vor Augen, und deswegen wirkte diese Frau eher abstoßend als erregend auf ihn. Taeriths schluckte, schüttelte sich, kniff die Lider ganz fest zu und spürte, wie ihm speiübel wurde. »Aufhören … aufhören …«, würgte er.

»Gern.« Ein Tentakel rollte sich um seine Brust, ein zweiter um seine Knie, und zusammen hoben sie den Jüngling leicht wie eine Feder auf und legten ihn aufs Bett. Das schien leer zu sein, und keine Frau lag darauf, weder eine echte noch eine falsche.

Als Taeriths die Augen öffnete, lächelte ihn auch der Koglaur Maretta nicht mehr an. Die Tentakel blieben ihm jedoch erhalten und umschlossen weiterhin seine Brust und seine Knie.

Auch die beiden ersten, welche um seinen Hals und um seinen Bauch lagen. Und ja, auch das Tentakel schwebte neben ihm, welches ihm den Garaus machen sollte, würde er so töricht sein, um Hilfe zu rufen. Hilflos erwartete der Jüngling sein Ende und versuchte, nicht zu zittern.

Er fand sich auf dem Himmelbett wieder, in welchem für gewöhnlich das Fräulein Mramsurr nächtigte. Irgendwer, vermutlich die Tentakel, hatten inzwischen sämtliche Bettvorhänge zurückgezogen, damit er die Kammer in ihrer ganzen nächtlich finsteren Pracht sehen konnte. Hin und wieder zuckte ein Blitz am schwarzen Himmel, und der Leuchtstein auf dem Tisch hatte seine Arbeit wieder aufgenommen.

Die Lampe verbreitete zunächst mäßigen Schimmer, so wie Licht, welches durch eine Türritze hereinfällt. Doch das Leuchten gewann rasch an Kraft und erzeugte auf dem Boden einen Kreis wie von einer Laterne.

Ein verliebtes Pärchen hätte hineingepasst oder ein Beschaffer, der einen in den Umhang eingewickelten Entführten davonträgt.

Das Leuchten ähnelte weniger einem Licht als einem lodernden

Feuer, auch wenn kein Rauch aufstieg. Zu einer anderen Zeit und an einem anderen Ort hätte Taeriths sich das bestimmt aufmerksam angesehen, aber zurzeit beschäftigten ihn andere Dinge doch deutlich mehr.

Wie zum Beispiel der Umstand, dass der Leuchtkreis etwas mit der Ankunft des Edelsteinhändlers Aunjoszmur Hamoraunth an diesem Ort zu tun hatte. Gleich ob der Auftraggeber des Beschaffers freiwillig oder gezwungenermaßen hier erschien, er würde Taeriths' Untergang auf jeden Fall deutlich beschleunigen.

Das Zauberleuchten breitete sich auf dem Boden aus, und mit einem Mal zeigte sich darin ein Mensch. Ein dicker Mann, dessen Züge dem jungen Dieb nur allzu bekannt waren.

Aunjoszmur näherte sich gleich dem Himmelbett und rieb sich die Wurstfinger. Kaum hatte er den Lichtkreis verlassen, erlosch das Licht.

Der Händler schnippte mit den Fingern in Richtung des Glühsteins, und der loderte derart auf, dass es in dem Raum taghell wurde.

»Er sieht ja recht unbeschädigt aus«, bemerkte Aunjoszmur zufrieden, und das mit einer so tiefen und klaren Stimme, wie der Jüngling sie noch nie bei ihm gehört hatte.

»Der Ärmste hat lediglich einen tüchtigen Schrecken bekommen«, entgegnete der Koglaur. »Ich habe darauf geachtet, ihm keinen Knochen zu brechen.«

Der Geschmeidehändler nickte langsam und verwandelte sich dabei: Er wurde größer und gleichzeitig schmaler. Eine hohe Stirn wölbte sich über dunklen Augen, der Bart nahm eine weiße Farbe an, und die Ringe verschwanden von den Fingern.

Mit seiner neuen Stimme fragte er den Gefangenen: »Wisst Ihr, wer ich bin, Beschaffer?«

Taeriths konnte ihn nur anstarren und den Kopf schütteln.

»Man ruft mich Garlen Schwarzgult.«

Der Jüngling fing an zu zittern. So hieß der mächtigste Zauberer in ganz Sirlptar. »D-dann d-darf ich wohl annehmen, dass d-der echte Aunjoszmur Hamoraunth t-tot ist?«

»Nein, er macht lediglich eine Abmagerungskur. Gleich unter unseren Füßen, im tiefsten Keller des Hauses. Maretta und ich bringen niemanden grundlos um.«

»Erfüllt mein Ende denn einen Grund?«, fragte der Beschaffer vorsichtig.

»Das bleibt abzuwarten«, antwortete Schwarzgult, »und hängt ganz davon ab, wie Ihr Euch entscheidet.«

»Entweder so oder so«, ergänzte Maretta. »Die richtige Wahl oder die falsche.«

»Was ist denn aus dem Fräulein Mramsurr geworden?«, wollte Taeriths wissen. »Der echten natürlich.«

Der Koglaur lächelte ihn an. »Je mehr Geheimnisse ein Mensch kennt, desto mehr Dolche richten sich auf sein Herz. Wisse wenig, und lebe lang.«

Der Meisterzauberer nickte schwermütig. »Ihr wisst bereits mehr, als gut für Euch ist. Mich deucht, das ist Euch noch nicht so ganz klar.«

»Im Gegenteil, ich versuche, mir viele Möglichkeiten offen zu halten, am Leben zu bleiben«, erwiderte Taeriths. »Zum Beispiel könnte ich Euch Eure Anzahlung zurückerstatten.«

Schwarzgult lächelte wieder. »Nur wenn Ihr Euch für das Falsche entscheidet.«

Der Jüngling atmete tief durch. Diese beiden hier betrieben ein Spiel mit ihm. Bei der Dreifaltigkeit, er musste mehr erfahren, um seine Karten geschickt ausspielen zu können.

»Gehe ich recht in der Annahme, dass Ihr mich gekauft habt, um ein Edelfräulein zu entführen, von welcher Ihr genau wusstet, wie es um sie bestellt ist? Doch in Wahrheit wolltet ihr zwei mich nur hierher locken, um mich vor eine Entscheidung zu stellen? Und wenn ich die falsche treffe, bedeutet dies meinen Tod?«

»Taeriths, wer waren Eure Eltern?

Der Beschaffer breitete hilflos die Arme aus. »Keine Ahnung, sie sind schon so lange tot, dass ich mich nicht im Mindesten an sie erinnern kann. Ich vermute, sie waren Schmiede, denn nach ihrem Tod haben mich Schmiede bei sich aufgenommen. Vielleicht haben meine Eltern aber auch einem Schmied Geld geschuldet, und er hat mich als Bezahlung genommen.«

Schwarzgult schüttelte den Kopf, und Maretta fragte: »Wie hieß Euer Vater?« Taeriths wollte sich nach ihr umdrehen, aber die Tentakel hielten ihn in eisernem Griff. »Ich kenne ihn nicht. Man hat mir den Namen nie gesagt.«

»Kennt Ihr Euren Zunamen? Oder einen Eurer Verwandten?«

»Weder noch«, antwortete der Beschaffer wahrheitsgemäß.

»Dann will ich Euch aufklären«, verkündete Schwarzgult und trat bis an den Bettrand. »Ihr heißt Silberbaum.«

Taeriths fragte lieber noch nach: »Silberbaum wie die berühmte Familie? Wie die erste Familie des Reiches, die schreckliche Heimsuchungen hat hinnehmen müssen?«

»Wie die sagenhaft reichen Silberbaums und wie die Silberbaums mit dem verwunschenen Palast«, lächelte der alte Zauberer.

Der Jüngling starrte ihn an und wehrte sich dann mit aller Kraft gegen die Tentakelfesseln, um Maretta anzusehen. Verblüffenderweise gestattete der Koglaur ihm diese Bewegung.

»Erzählt uns alles, was Ihr über dieses Geschlecht wisst«, forderte das falsche Edelfräulein ihn auf.

»Also … nun ja … ich habe … Die Silberbaums waren mal die erste Familie im Reich, sie besitzen große Ländereien am Strom, unterhalb der Königsinsel, und auf ihrem Land steht eine unbewohnte Ruine …

Die Leute dort erzählen sich, dass Geister dieses Haus ständig umbauen und niemand mehr alle Gänge und Räume darin kenne … Man raunt sich auch zu, dass in dem Haus sagenhafte Schätze lägen, und die würden von Zaubern und Bannen geschützt.

Schon mancher Abenteurer soll in das Haus eingebrochen sein, um die Schätze herauszuholen, aber nur wenige von ihnen sollen das Tageslicht wieder gesehen haben. Aber ein gewisser Rarauthin und ein Laercel sollen ihr Glück gemacht haben und richtig reich geworden sein.«

Taeriths schwieg und lächelte unsicher. Was er da von sich gegeben hatte, hörte sich nach einer Geschichte für Leichtgläubige an.

Aber Schwarzgult forderte ihn mit einer knappen und herrischen Handbewegung zum Weiterreden auf.

»Die Silberbaums müssen etwas Dummes angestellt oder Verrat betrieben haben. Oder aus einem anderen Grund ist ein Fluch über sie gekommen. Na ja, man hört die unterschiedlichsten Geschichten darüber. Der große Zauberer Harabrentar hat vor seinem Tod getönt, er habe einen Bann über das Schweigende Haus gelegt, nach dem alle Silberbaums darin unweigerlich der Irrsal anheim fielen.

Der Magier Gorstal von den Inseln behauptet, dass dereinst ein Silberbaum in einem Meer von Blut und Feuer die Krone von Aglirta gewönne, doch dann abdanke. Und solche Geschichten gibt es im Dutzend.

Was jedoch die Silberbaums selbst angeht, so halten die sich verborgen. Alle paar Jahre taucht mal der eine oder andere von ihnen irgendwo auf, um Besitz und Titel für sich zu fordern.

Es gibt wohl einen königlichen Erlass, nach dem ein Silberbaum nicht getötet oder von einem Fürsten in den Kerker geworfen werden dürfe. Deswegen fangen die hohen Herren die Silberbaums ein und schleppen sie vor Seine Majestät.

Der König schickt sie unter schwerer Bewachung ins Schweigende Haus, und dort überleben die Silberbaums meist schon die erste Nacht nicht. Andere verfallen in Irrsinn und verrotten langsam. Einige wandern endlos durch die Säle und Gänge, andere legen Hand an sich selbst.

Im Reich sagt man, dies sei der Fluch, der auf diesem Geschlecht läge, aber man findet keine zwei gleichen Meinungen über Art und Ursprung dieses Fluchs.«

»Ihr meint sicher, Ihr erzähltet uns hier Lügen, Märchen und Gerüchte«, warf Maretta freundlich ein, »doch steckt ein Körnchen Wahrheit und mehr in Euren Worten. Bei denjenigen Silberbaums, welche die erste Nacht nicht überleben, handelt es sich um Täuscher. Nur die Silberbaums sind echt, welche den Verstand verlieren. Auch lassen sich Zauber und Reichtümer im Schweigenden Haus finden. Dennoch haben bislang weniger als eine Hand voll

Abenteurer dort ihr Glück machen können. Die meisten sind elendiglich zu Grunde gegangen.«

»Keine Bange, Taeriths Silberbaum«, ergriff nun der berühmte Magier das Wort, »noch ist der Moment nicht gekommen, da Ihr Euch entscheiden müsst. Zuerst wollen wir Euch nämlich noch berichten, warum ständig sowohl falsche wie auch echte Silberbaums aus den Schatten auftauchen. Und wir wollen Euch darüber erhellen, warum die Könige von Aglirta noch nicht längst alle Besitzungen dieser Familie an sich gerissen und das Schweigende Haus eingerissen haben.«

Der Jüngling ahnte, was ihm blühte. »Ihr verlangt sicher von mir, mich in diesen verwunschenen Palast zu begeben.«

Schwarzgult hob eine Hand, um den Beschaffer zur Ruhe zu bringen, und der Koglaur entgegnete: »Alles zu seiner Zeit, mein Lieber. Denn erst, wenn wir Euch alles erzählt haben, wisst Ihr genug, um eine selbstständige Entscheidung fällen zu können.«

Das Tentakelwesen lächelte Taeriths an. »Die Menschen führen Krieg oder disputieren miteinander. So halten wir Koglaur es auch. Wir führen Krieg um die Macht im Reich.«

»Wie soll ich das verstehen?«, fragte der Jüngling zögernd nach. »Bekämpfen die Gesichtslosen sich etwa auch untereinander?«

Schwarzgult nickte bekümmert. »Dieser heimliche Krieg währt nun schon etliche Jahrhunderte. Immer wieder versuchen Koglaur, an die geheimen Zauber, Schätze und Waffen der Silberbaums zu kommen, um sich damit zum Herren über alle Gesichtslosen aufzuschwingen.«

»Aber wenn ihr Krieg gegeneinander führt«, entfuhr es Taeriths, »wo sind dann eure Armeen, eure Kriegsmaschinen? Von so etwas hat man im ganzen Stromtal noch nie gehört!«

»Wir Koglaur vermeiden es«, erwiderte Maretta, »das zu zerstören, um dessen Besitz wir miteinander ringen.«

»Mein lieber Freund«, meldete sich Schwarzgult wieder zu Wort, »hört uns erst zu Ende an. Ob Ihr uns glauben wollt, mögt Ihr später entscheiden, jetzt lauscht uns bitte stille, denn uns läuft ein wenig die Zeit davon.«

»Mehrere Silberbaumzweige sind dem Stammbaum entsprungen«, begann Maretta. »Etliche Mitglieder dieser Familien wissen so wie Ihr nichts mehr von ihrer besonderen Abstammung. Das muss ihnen erst von jemandem mitgeteilt werden. Und bei diesem Jemand handelt es sich stets um einen Koglaur.

Verschiedene von meiner Art haben immer wieder einen von Eurem Geschlecht dazu verführt, seine Ländereien und Titel zurückzufordern. Aber alle echten Silberbaums sind durch die Bank verrückt geworden, sobald sie sich in ihrem Stammsitz niederlassen wollten. Die Koglaur haben daraufhin falsche Silberbaums aufgestellt, doch auch mit denen keinen Erfolg gehabt. Wir wollen herausfinden, was sich im Schweigenden Haus verbirgt und alle unsere Bewerber tötet oder um den Verstand bringt.«

»Ganz recht«, wandte sich nun Schwarzgult an den Jüngling. »Und deshalb ist unsere Wahl schließlich auf Euch gefallen.«

Der Beschaffer schwieg, doch weniger aus Gehorsam, sondern eher deswegen, weil es ihm die Sprache verschlagen hatte.

Maretta lächelte, als gefalle es ihr, den Jüngling stumm zu erleben. »Klingen-Taeriths stehen nun drei Möglichkeiten offen.

Die erste ist der Tod, denn Ihr wisst zu viel, als dass wir Euch länger frei in der Welt herumlaufen lassen können. Ich sage das nicht, um Euch zu drohen, sondern damit Eure Entscheidung nicht von Zweifeln beeinflusst wird.«

»Eure zweite Möglichkeit besteht darin«, erklärte der berühmte Zauberer, »uns Zustimmung zu unseren Vorschlägen vorzuheucheln, um uns später in den Rücken zu fallen oder Euch ganz aus dem Staub zu machen.

Die Folge davon wäre, dass Euer Geist sich vollkommen unserem Willen unterwerfen müsste und Ihr wie eine hirnlose Gliederpuppe zum Schweigenden Haus gelangtet, einzig von unseren Befehlen gesteuert. Wir würden dann aus der Ferne zusehen, wie Ihr über kurz oder lang das Schicksal Eurer Vorgänger erlittet.«

»Eure letzte Möglichkeit verlangt, dass Ihr willig mit uns zusammenarbeitet, das Schweigende Haus im Vollbesitz Eurer geistigen Kräfte, aber im Schutz unseres Zauberschirms betretet.

Wir würden Euch alles an Hilfe zur Verfügung stellen, was uns zu Gebote steht, denn uns ist natürlich ebenso wie Euch daran gelegen, den Fluch zu enträtseln, welcher auf dem Palast liegt.«

»Trotz dieser Vielfalt von Wahlmöglichkeiten entscheide ich mich, ohne nachzudenken, für die dritte«, erklärte der Silberbaumnachfahre. »Ich gehe wohl zu Recht davon aus, dass Ihr genau damit gerechnet habt.«

»Fein«, lächelte Maretta, und Schwarzgult nickte. »Wir hätten Euch vielleicht vorher noch mitteilen sollen, dass wir ungern Zeit verlieren. Wir würden sofort beginnen.«

»Worauf wartet ihr dann noch?«, knurrte der Jüngling.

Der alte Magier hob die Arme, und in seinem Lächeln steckte nicht nur Zufriedenheit, sondern auch so etwas wie Stolz.

»Und so haben sie ihn an der Nase herumgeführt? So wie Ihr das mit mir tut?«

»Ganz ruhig, mein junger Freund. Schon bald schenken uns die Götter ihr Lächeln und lassen Gold und Geschmeide in Euren Händen funkeln.«

Dlanazar betrachtete ihn abschätzig. »Das sagt Ihr schon die ganze Zeit.«

»Wir wollen jetzt aber nicht kleinlich werden«, wehrte der alte Horl ab. »Wer hat Euch denn in Sirlptar vor diesen übel wollenden Männern bewahrt, welche hinter Euch her waren, um Euch das Fell über die Ohren zu ziehen, dann die Finger einzeln zu brechen und schließlich die Gurgel durchzuschneiden?«

»Schon gut, das wart Ihr«, knurrte der junge Beschaffer. »Aber ich hätte es auch schon noch allein geschafft.«

»Aber gewiss doch. In jungen Jahren habe ich genauso gedacht. Seht Ihr die Narben hier und dort? Nun, sie künden heute noch davon, wie oft ich damals falsch gelegen habe. Anscheinend gab es genau in dem Augenblick, als ich die Dreifaltigkeit gebraucht hätte, genug andere junge und übermäßig von sich selbst überzeugte Narren, welche ihre Aufmerksamkeit beanspruchten. Doch kommen wir wieder auf Taeriths Silberbaum zu sprechen ...

»Alles ist so grün«, murmelte der Jüngling, während er sich umsah.

›Das gehört zum Zauberschirm, welchen wir um Euch gelegt haben‹, antwortete Schwarzgult in seinen Gedanken.

›Weicht nicht vom Weg ab!‹, mahnte Maretta. ›Im Schweigenden Haus gibt es mehr Fallen, als Ihr zählen könnt. Und bildet Euch nicht einen Moment lang ein, Ihr wärt allein, bloß weil niemand zu sehen ist.‹

»Was rege ich mich überhaupt auf«, sprach Taeriths zu sich selbst und hatte kurz darauf das Gefühl, jemand streichele ihm über den Geist. Das fühlte sich wunderbar an, so sehr, dass er sich gegen eine Wand lehnen musste.

›Ihr befindet Euch auf der Nordsüdachse, welche das Orblarum und Murcresters Halle miteinander verbindet. Tretet auf keine Bodenplatte mit gezackten Rändern. Die Maedra können Stein nach Belieben verformen, deswegen brauchen sie keine glatten Wege mit abgerundeten Kanten.‹

»Und in welche Richtung soll ich jetzt losmarschieren?«, wollte der Beschaffer wissen.

›Immer der Nase nach.‹

»Zum Orblarum? Wieso?«

›Durch Euch vermögen wir Magie aufzuspüren!‹ Maretta klang aufgeregt. ›Sie scheint sich im Orblarum zu befinden. Einige Eurer Vorgänger haben schon davon berichtet.‹

Taeriths zog sein leichtes Schwert und suchte die Decke nach losen Steinblöcken, spitzen Haken und lauernden Bestien ab. Aber dort befand sich nur Halbdunkel.

Zögernd setzte der junge Silberbaum sich in Bewegung und schaute vorsichtig nach jeder Bodenplatte, ehe er den Fuß darauf setzte.

In dem kühlen und trockenen Haus herrschten Stille und Dunkelheit. Hier fehlten auch völlig Staub oder Spinnweben. Und Taeriths' Schritte riefen überhaupt keinen Widerhall hervor.

Sein Weg führte ihn durch einen langen Gang, an dessen Seiten sich in regelmäßigen Abständen einfache Steintüren befanden. Er bemerkte an ihnen keine Klinke und hatte auch nicht die geringste Vorstellung, was sich dahinter befinden mochte. Doch er wollte es auch gar nicht so genau herausfinden. Schwarzgults Magie ließ ihm zwar einen gewissen Spielraum, würde ihn aber sofort vollständig übernehmen, wenn er vom rechten Weg abwich.

Plötzlich huschte ein gutes Stück voraus etwas über den Gang. Taeriths erstarrte, aber das schlangengleiche Wesen schien ihn nicht bemerkt zu haben. »War das einer von den Wahnwürmern?«, fragte der Jüngling, nachdem die Erscheinung entschwunden war.

›Wahrscheinlich. Aber das tut jetzt nichts zur Sache. Setzt lieber Euren Weg fort.‹

Der junge Silberbaum dachte daran, eine rüde Aufforderung zur Antwort zu geben, unterließ es dann aber. Dafür spürte er Schwarzgults Belustigung in seinen Gedanken. Maretta seufzte nur.

Taeriths kam nicht dazu, sich neue Beleidigungen auszudenken, denn vor ihm tat sich der Boden auf, und er konnte gerade noch zurückspringen. Die Seitenstücke fielen mit ohrenbetäubendem Krachen herab, und der Jüngling verlor endgültig das Gleichgewicht.

Beim Aufkommen glaubte er, eine Menschenhand erkannt zu haben. Deren Besitzer musste mit dem Steinregen in die Tiefe gestürzt sein und war vermutlich bereits von den Brocken erschlagen worden.

»Bei den Klauen des Dunklen!«, rief Taeriths. »Wer macht denn so etwas?«

»Das wart Ihr«, erklang eine fremde Stimme. »Ihr habt Flarult umgebracht!«

Taeriths rollte sich blitzschnell zur Wand ab, schob sich an ihr nach oben und stellte beruhigt fest, dass er immer noch sein Schwert in der Hand hielt. Eine Tür zur Linken hatte sich geöffnet, und im Eingang zeigten sich drei grimmig dreinschauende Burschen.

Sie schienen in der Dunkelheit genauso schlecht sehen zu können wie er. Denn sie hielten zwar nach ihm Ausschau, hatten ihn aber offenbar noch nicht gefunden.

Der zur Linken und der zur Rechten trugen Rüstung und Waffen. Doch der in der Mitte hatte zum Schutz nur ein Lederwams, besaß anscheinend keine Waffe und bewegte die Finger durch die Luft.

Er wob einen Zauber, um den Eindringling zu vernichten!

Zwei

Männer mit Hörnern

Bleibt ganz ruhig stehen und beachtet die Zauberversuche gar nicht.‹

Schwarzgult klang ruhig und unbesorgt, aber er befand sich ja auch in Sicherheit und hatte leicht reden.

Der Jüngling schluckte und bemühte sich, ruhig zu bleiben. Wohin sollte er auch fliehen? Überall im Gang fanden sich die Platten mit den gezackten Kanten – wie die, auf welche Flarult gerade getreten und dafür vom Boden verschluckt worden war.

Was für eine Nacht! Binnen Stunden hatte sich sein ganzes Leben verändert!

Mit einer Explosion entstand vor ihm mitten in der Luft rotes Feuer. Weiße Flammenzungen schnellten daraus hervor und leckten nach dem Jüngling. Trotz Schwarzgults Ermahnungen zuckte der Jüngling zusammen. Das Zauberfeuer aber strich harmlos an ihm vorüber und verlor sich in den Schatten.

Die drei in der Tür sahen sich mit großen Augen an, und der Zauberer in dem Wams wirkte von allen am verblüfftesten. Sein gerötetes Gesicht wurde von schweißnassem Haar eingerahmt, als er krächzend fragte: »Wer seid Ihr?«

›Stellt Euch ihnen vor, Taeriths Silberbaum.‹

Das tat er auch, und die drei Männer wichen offenkundig noch mehr verwundert vor ihm zurück. »Seid Ihr ein … Geist?«

›Dazu schweigt Ihr.‹ Der Jüngling setzte ein Lächeln auf und entgegnete in Gedanken: ›Nein, bloß eine Marionette, die an den Fäden von zwei Verrückten hängt. Damit stehe ich eine Stufe über einem Geist.‹

Etwas zwickte sein Bewusstsein, und damit wusste Taeriths immerhin, wie Schwarzgult Verärgerung zum Ausdruck brachte.

Der eine Ritter versuchte, Taeriths' Aufmerksamkeit auf sich zu lenken, während der andere zur Seite auswich. Offenbar wollten sie den Fremden in die Zange nehmen und ihn von zwei Seiten angreifen. Doch dann zog der erste etwas aus seinem Gürtelbeutel und warf das auf den Jüngling.

Ein Silbertaler kam herangeflogen. Der junge Silberbaum wollte sich nicht von ihm am Körper treffen lassen und fing ihn aus der Luft auf. Das Geldstück explodierte nicht. Taeriths öffnete die Hand und betrachtete stirnrunzelnd die merkwürdige Form der Silbermünze.

Sie war wie der Kopf einer doppelseitigen Axt geformt.

»Freund, ich fürchte, wenn Ihr mich bezahlen wollt, müsst Ihr schon etwas mehr springen lassen«, teilte der Jüngling dem Ritter mit. »Aber wenigstens dürfte Euch jetzt klar geworden sein, dass ich kein Gespenst bin. Und mit dem Tod Eures Kameraden habe ich auch nichts zu tun.«

›Fragt sie, was sie hier zu schaffen haben.‹

»Seid ihr von hier?«

Die beiden Ritter setzten sich wieder in Bewegung, um ihn zu umzingeln.

›Sagt ihnen, dass Ihr ein Recht darauf hättet, von ihnen ein paar Antworten zu hören.‹

Taeriths erklärte den dreien das, und sie tauschten Blicke aus. Dann meinte der ältere der beiden Ritter: »Einverstanden. Wir sind hierher gelockt worden … von den Träumen.«

»Was meint Ihr damit?«

»Na, Träume eben. Vermutlich hat die Dreifaltigkeit sie uns geschickt, aber woher sollen wir wissen, welcher von ihnen es war?«

»Die Träume haben uns nicht mehr schlafen lassen«, fügte der Zauberer hinzu, »bis wir uns auf den Weg hierher gemacht haben. Wir sollen die gehörnten Männer bekämpfen.«

»Wen?«, fragte Taeriths verwundert.

»Wie?«, entfuhr es dem jüngeren Ritter. »Habt Ihr die denn nicht gesehen?«

›Steckt Euer Schwert wieder ein und hebt beide Hände.‹

Der Jüngling tat genau das, und schon entstand blaues Feuer zwischen seinen Fingern. »Ich sehe hier Maedra und andere Wesen, aber keine gehörnten Männer.«

Die drei waren noch einen Schritt zurückgewichen. »Ja, die Wahnwürmer hausen hier«, bestätigte der Zauberer. »Sie haben auch schon mit uns gegen die Männer mit dem Geweih auf dem Kopf gekämpft. Aber wenn keine Feinde in Sicht sind, beachten die Maedra uns überhaupt nicht.«

»Wer ist denn sonst noch da?«, fragte der junge Silberbaum, ehe Schwarzgult ihn dazu auffordern konnte.

»Wir sind hier auf einige Abenteurer gestoßen, die plündern wollten. Dazu kamen noch ein paar Feld-, Wald- und Wiesenzauberer, die den falschen Spruch aufgesagt haben. Sie alle sind von den Träumen hierher geschickt worden. Irgendwer will, dass wir alle die Gehörnten bekämpfen.«

»Und wenn ihr auf ein paar Schätze stoßt und mit denen verschwinden wollt?«

»Dann fängt das Gewisper an. Im eigenen Kopf bittet und droht eine Frauenstimme. Man darf ihr aber nicht zuhören, denn sie führt einen todsicher in die Irre. Wie es auch kommt, man landet immer wieder hier.« Der Ritter nickte den Gang hinunter, dorthin, wohin der Beschaffer bis eben unterwegs gewesen war.

»Woher wisst Ihr, dass eine Frau zu Euch spricht?«, wollte der Jüngling von dem Sprecher wissen.

»Na, weil sie sich weiblich anhört. Seid Ihr Euch gewiss, sie nicht auch zu vernehmen?« Der Zauberer nahm eine Kette vom Hals, trat ein paar Schritte vor, hielt das Schmuckstück pendelnd vor Taeriths Gesicht und sagte: »Eure Zeit ist um, jetzt seid Ihr wieder dran, Antworten zu geben.

Also, Ihr behauptet, zum Geschlecht derer von Silberbaum zu gehören. Ich frage Euch deshalb noch einmal: Seid Ihr hier zu Hause?«

Leider blieb Schwarzgult diesmal die Antwort schuldig, und so erklärte der Dieb aufs Geratewohl: »Noch nicht, aber ich hoffe, hier bald einziehen zu können, genauer gesagt, dann …«

»Wenn Ihr vor den König getreten seid und von ihm die Herausgabe Eurer Ländereien und Titel verlangt habt«, unterbrach ihn der Magier gelangweilt. »Bürschlein, damit wärt Ihr in diesem Jahr schon mindestens der Siebente.«

»Nein, der Achte«, verbesserte ihn einer der Ritter. »Ihr scheint diesen Narren vergessen zu haben, welcher vor ein paar Tagen durch das Haupttor hereingeritten kam.«

»Ach, Ihr meint den, welcher mitsamt seinem Ross zum Wehrgang hinaufgeritten und dort abgestürzt ist, weil er schon zu blödsinnig geworden war, um aus dem Sattel zu steigen.

Er fiel geradewegs in den Brunnen, und seitdem ist dessen Wasser für uns ungenießbar. Dieser vermaledeite Obertrottel! Aber der zählt nicht, weil der es nicht einmal bis zum König geschafft hat, geschweige denn vor ihn hingetreten ist!«

»Nun verratet mir doch endlich, wer die gehörnten Männer sind? Doch nicht etwa Abkömmlinge der Silberbaums, oder ...«

»Nein, Fremde«, antwortete der Magier, als müsse er das, was er zu sagen hatte, rasch hinter sich bringen. »Bei ihnen handelt es sich um Zauberer aus einem fernen Land namens Omnthur, welche bei uns eingefallen sind. Keiner von uns kennt dieses ferne Land, und wir haben es auch nie auf irgendeiner Karte verzeichnet gesehen.

Nach allem, was wir von ihnen erfahren haben, bedienen sie sich eines Tores, welches sich hinter dem Orblarum erhebt, und gelangen dadurch an diesen Ort. Wie unsere einheimischen Abenteurer handelt es sich bei den Gehörnten um Plünderer.«

›Habt Ihr das Flackern in seinem Blick bemerkt? Er ist gerade zu dem Schluss gekommen, Euch bereits zu viel gesagt zu haben und Euch deswegen töten zu müssen. Tretet an die Wand links, rasch!‹

Taeriths kam der Aufforderung nach und schlenderte mit nachdenklicher Miene zur linken Wand. Der Magier gab derweil seinen beiden Spießgesellen ein Zeichen und forderte sie zum Vorrücken gegen den jungen Beschaffer auf. Zögernd gehorchten sie.

›Einen Schritt zurück. Seht Ihr den keilförmigen Block in der Wand? Berührt ihn mit den Fingern und sprecht dabei den Namen *Silberbaum*.‹

Daraufhin öffnete sich vor dem Jüngling die Wand, und ein schmaler Gang führte in finstere Dunkelheit.

›Geht hinein!‹

Das musste man dem jungen Mann nicht zweimal sagen, denn die beiden Ritter zückten ihre Schwerter und stürmten vor.

›Nach links, und dann nehmt die Beine in die Hand!‹

Als er sich durch die enge Öffnung zur Linken schob, flammte vor ihm helles Licht auf. Darin ließen sich zwei Gänge erkennen.

›Verbergt Euch in der dunklen Nische dort, und gebt keinen Ton von Euch.‹

Taeriths lief zu der angegebenen Stelle und wagte dann nicht zu atmen. Die beiden Ritter erschienen nun, gewahrten die beiden Gänge und fluchten. In Ermangelung einer besseren Idee teilten sie sich auf. Nach einer Weile stieß der eine einen Todesschrei aus, und der andere schrie ebenfalls, jedoch aus Furcht.

›Stillhalten!‹

Der Jüngling hatte auch gewiss nicht vor, hier zu tanzen. Jetzt zeigte sich auch der Zauberer im Eingang und sah sich aufmerksam um. Da er niemanden erblickte, weder den fremden Silberbaum noch seine beiden Ritter, rief er die Namen der beiden Letzteren. Doch er erhielt keine Antwort. Daraufhin brüllte er nach ihnen, und jetzt vernahm er nichts weiter als den Widerhall seiner Stimme.

Unter grässlichen Verwünschungen zog der Zauberer sich nach draußen auf den Gang zurück.

›Bewegt Euch tiefer in die Nische hinein und streckt eine Hand aus. Sobald Ihr auf Widerstand stoßt, wendet Euch nach rechts. Dort findet Ihr einen Türknauf, und den dreht Ihr.‹

»Ihr scheint Euch hier ja bestens auszukennen«, bemerkte der Beschaffer.

›Ja, tue ich. Toll, was?‹

Taeriths drang tiefer in die Nische ein und geriet in schwärzeste Dunkelheit, wo er nicht einmal mehr die Hand vor Augen sehen konnte. Schließlich fand er den Türknauf und drehte ihn. Eine Öffnung entstand, so als habe sich die Wand ein Stück weit zur Seite geschoben, und eine frische Brise strich dem Jüngling über das Gesicht.

›Nicht weiterlaufen! Aber hebt eine Hand und winkt.‹

Das Winken brachte eine Lichtquelle zum Leuchten, und er erblickte einen quadratischen Raum mit hoher Decke. Von allen Wänden gingen Bogengänge ab, und auf dem Boden stand ein Sockel. Auf diesem lagen die Reste von etwas Rundem wie einem Topf oder einem Helm. Selbiger zeigte noch keinen Rost, wirkte aber verfärbt wie nach einem Brand.

»Was hat es mit diesem Stück auf sich?«

›Keine Ahnung. Die Geheimnisse solcher Kammern bleiben am besten sich selbst überlassen. Doch nun zu dem Taler, welchen der Zauberer Euch zugeworfen hat. Mittels dieses Geldstücks vermag er Euch überall aufzuspüren. Werft ihn also fort. Am besten in diesen Raum hier.‹

Taeriths beeilte sich, den Taler loszuwerden. Die Münze landete mit einem hellen Klirren und rollte in eine Ecke.

›Ihr könnt die Kammer durchqueren, von ihr droht Euch keine Gefahr. Geht durch den Bodengang, welcher Euch gegenüberliegt, fasst unterwegs aber nichts an.‹

Durch die Öffnung gelangte der Jüngling in einen Gang, der sich nach einigen Metern zum nächsten Raum öffnete. Von weit voraus ertönte dumpf das Klirren von Schwertern.

Sich wie eine Marionette durch das Schweigende Haus führen zu lassen, ja, dieses Gefühl kenne ich nur zu gut.

Wenigstens ist Taeriths dabei nicht so allein und unglücklich wie ich.

Bei der Dreifaltigkeit und den Göttern, die vor ihnen waren, mir ist so furchtbar kalt.

Feuer loderte eine Kammer weiter, und aus dem Flackern ertönten Schreie und Stöhnen und das Krachen von Metall auf Stein.

Gepanzerte Männer wurden dort gegen Wände geschleudert, vermutete der Jüngling, um sich kurz darauf zu berichtigen: Nein, eher Teile von gepanzerten Männern. Taeriths runzelte die Stirn und bewegte sich fortan nach Art der Diebe vorsichtig weiter.

Dann blieb er ruckartig stehen. Ein kurz aufblitzendes magisches Licht zeigte ihm die Umrisse eines großen Schlangenwesens. Aus dessen Seite wuchsen jedoch Menschenarme.

Als das Zauberlicht erlosch, sackte das Ungeheuer zusammen und kroch davon. Dabei ließ es eine Spur von Flammenpfützen zurück. Nachdem es einige Meter weit vorangekommen war, blieb das Wesen liegen, zuckte am ganzen Leib zusammen und regte sich nicht mehr.

»Und was mache ich jetzt?«, fragte Taeriths leise.

›Bleibt dicht an der Wand und versucht, nicht gesehen zu werden. Was immer den Wahnwurm getötet hat, hält sich vielleicht noch in dem Raum auf.‹

Dem war so. Taeriths ging in die Hocke und gewahrte eine große und dunkle Gestalt, aus deren Kopf ein Geweih wuchs. Das Wesen wirkte prachtvoll wie ein Hirsch. Die gelbroten Augen des fremden Zauberers funkelten auf, als er in Richtung des Jünglings blickte. Taeriths drückte sich noch fester an die Wand.

Während er dort wartete und seinem rasenden Herzschlag lauschte, vernahm er plötzlich am Rande seines Bewusstseins leises Gemurmel. Worte waren nicht zu verstehen, aber etwas schien ihn zu drängen.

›Was ist das?‹, fragte er in Gedanken, weil er nicht zu sprechen wagte.

›Der Wispergeist vom Schweigenden Haus. Die Verlockung, welche so viele Krieger und Abenteurer hierher zog, um gegen die Männer von Omnthur Krieg zu führen. Vielleicht handelt es sich dabei aber auch um den Fluch, welcher auf diesem Haus liegt.‹

›Und wie geht es jetzt weiter?‹, fragte der junge Silberbaum verzweifelt.

›Krabbelt noch ein Stück weiter. Hält sich der Gehörnte immer noch in der Kammer vor Euch auf?‹

Der Jüngling spähte in die Kammer und entdeckte nur die tote Maedra. Erleichtert atmete er aus und antwortete: »Nein.«

›Gut, dann weiter. Bis zum nächsten Ausgang. Schaut Euch sorgfältig um. Der Gang dahinter führt Euch fast bis zum Orblarum.‹

Taeriths kroch aus dem Raum und sah voraus zwei Würmer, welche aus der rechten Wand kamen und in die gegenüberliegende einzudringen strebten.

Doch bevor sie sich in Sicherheit bringen konnten, traf sie das blaue Zauberfeuer der Gehörnten. Schwarz verbrannt blieben sie halb innerhalb des Steins und halb außerhalb liegen.

Der Jüngling wartete und lief erst weiter, als sich kein Zauberer aus Omnthur blicken ließ. Ein gutes Stück weiter stieß er auf ein Schlachtfeld. Etliche Gestalten in langen Gewändern lagen hier herum. Einigen fehlten Kopf oder andere Gliedmaßen, so als seien sie angefressen worden.

Dann machte Taeriths den Gehörnten von vorhin aus. Er schritt vor ihm den Gang hinunter, vorbei an einem Mann, der tot an der Wand lehnte und mit leblosen Augen auf seine Hände zu starren schien, zwischen denen endlos Blitze hin und her zuckten.

»Ich scheine hier mitten in eine Schlacht zu geraten«, sprach der Beschaffer leise. »Eine weitere Geheimtür käme mir jetzt sehr gelegen.«

›Meine Magie zeigt mir leider keine an. Ihr müsst Euch wohl auf Eure Diebesfähigkeiten verlassen. Schleicht einfach weiter.‹

Taeriths erreichte jetzt die Toten in den langen Gewändern und vermutete, dass es sich bei ihnen um Eindringlinge aus Omnthur handelte.

Sie wurden noch weiter angefressen, denn Schlangen bohrten sich durch ihr Fleisch. Der Gehörnte voraus verschwand in einem größeren Raum am Ende des Ganges. Der Jüngling beachtete die Leichen nicht, denn das Wispern in seinem Kopf war stärker geworden, und jetzt vermeinte er schon, seinen eigenen Namen heraushören zu können.

Offenbar hatte der Fluch, wenn es sich denn um diesen handelte, ihn als einen aus dem Geschlecht der Silberbaums wieder erkannt. Der Fluch schien sich darüber zu freuen, denn er plapperte aufgeregt auf Taeriths ein und bestürmte ihn, sich zum Orblarum zu begeben.

Genauer gesagt in den dahinter befindlichen Raum, in welchem das Tor stand, durch welches die Gehörnten hierher gelangten.

Taeriths brauchte nur daran zu denken, und das Gewisper in seinem Kopf geriet in Raserei, so dass er darüber die Anweisungen und Bemerkungen von Schwarzgult und Maretta kaum noch verstehen konnte. Dann zeigte der Fluch ihm ein Bild, und der Jüngling vermochte sich nicht mehr zu rühren, sondern konnte nur noch darauf starren.

Er bekam einen kleinen Raum mit hoher Decke zu sehen wie den von vorhin mit dem Sockel in der Mitte. Nur besaß dieser hier keine Basis, sondern einen Halbkreis aus gleißendem weißem Feuer.

Vier Männer mit Geweih standen mit dem Rücken zum Feuer an den vier Ecken und schienen Wache zu halten. Sie bewegten sich nicht und hatten die Hände erhoben. Braunrote und smaragdgrüne Funken stoben von ihren Fingern, liefen ihre Körper hinauf und hinab, strebten von einem zum anderen und verschwanden schließlich im hellen Feuer.

Aus dem grünen Schimmer im Bogen marschierte ein Omnthur nach dem anderen. Sie tauchten aus dem Nichts auf und traten in die Kammer.

Einige unterschieden sich dadurch, dass sie Lederpanzer trugen und merkwürdige Schwerter in der Hand hielten.

Die Klingen ähnelten Sägeblättern, und die Spitzen liefen jeweils in mehreren Dornen aus, welche nach allen Richtungen abstanden.

Wieder andere unter den Omnthur unterschieden sich in ihrer Größe von den anderen und trugen lange Gewänder. Bei diesen handelte es sich um die vier Zauberer, welche an den Eckpunkten des Tores standen.

Diese erteilten den anderen Befehle und sagten den Neuankömmlingen, durch welchen Bogengang sie gehen sollten …

Damit verging das Bild, und Taeriths verspürte den unwiderstehlichen Drang, den Raum mit dem Tor zu erreichen, die vier Zauberer zu erschlagen, das Tor zu zerstören, alle zu vernichten, welche bereits hindurchgekommen waren, und dann dort zu warten, um die Nächsten zu töten, welche das Tor wieder aufzubauen trachteten.

Ohne dass er wusste, wie ihm geschah, rannte der junge Silberbaum schon einen Moment später los und missachtete die Mahnungen Schwarzgults und die Zaubersprüche Marettas. Doch dann griff die Zauberkraft der beiden Koglaur wieder nach ihm, und buchstäblich auf der Schwelle des Raums am Ende des Ganges blieb der Jüngling wieder stehen. In seinem Kopf rangen das Gewisper und die Stimmen der Gesichtslosen miteinander.

Vielleicht ließe sich der Silberbaum ja noch retten. Doch schon marschierten die Omnthur mit den Lederrüstungen und den Sägenschwertern über unzählige Erschlagene auf den Jüngling zu.

›Zurück, Ihr Narr!‹, brüllte Schwarzgult in seinen Gedanken, während der Wispergeist ihn weiterhin verleiten wollte. Taeriths ging in die Hocke und presste die Hände an die Schläfen. Er hatte sich noch immer nicht von der Stelle bewegt, als Hände aus der Wand griffen und die gehörnten Krieger packten, welche den Jüngling schon beinahe erreicht hatten.

Die Hände rissen den Eindringlingen die Gurgel aus dem Hals und drückten ihnen die Augen ein, noch ehe sie die Gelegenheit fanden, ihre Sägenschwerter zum Einsatz zu bringen. Schreie und Getöse erfüllten den Gang, und dazwischen ertönten Befehle in der sonderbaren Sprache der Omnthur.

Immer mehr Wahnwürmer wimmelten aus den Wänden und fielen über die Krieger her, welche sich bald kaum noch gegen diese Übermacht wehren konnten. Doch jetzt erschienen auch die Zauberer aus der Kammer.

Eine grüne Feuerwand raste heran und verschlang Krieger und Maedra gleichermaßen. Schwarz verkohlte Klumpen blieben auf dem Boden zurück.

Taeriths war längst aus seiner Erstarrung erwacht und rannte den Flur so schnell hinunter, wie er nur konnte. Tränen rannen ihm über die Wangen, weil in seinem Kopf noch immer keine Ruhe eingetreten war.

Er bekam nichts von dem Pfeil mit, welchen ein gehörnter Zauberer ihm hinterhersandte. Dann explodierte die Welt in Feuer.

Geblendet stolperte der junge Silberbaum weiter voran. Der Widerstreit der Stimmen hatte aufgehört, weil Schwarzgult ihn rasch in einen Abwehrzauber gehüllt hatte. Taeriths taumelte in den Raum mit der ersten getöteten Maedra und stolperte prompt über das Wesen.

Er fiel vornüber, und so verfehlte ihn der zweite Pfeil und explodierte an der Wand gegenüber. Steinsplitter spritzten nach allen Seiten.

Als Nächstes erreichte ihn kein dritter Pfeil, sondern ein Zauberauge, welches in seinen Geist schaute. Es kühlte sein Bewusstsein wie eine Meeresbrise und führte einen neuen Geist in seinen Kopf ein. Ein kalter und streng logisch denkender Verstand von solcher Schärfe, dass er wie mit Messern in ihn einschnitt.

So erhielt Taeriths zum ersten Mal Einblick in die Gedankenwelt der Omnthur. Diese beschäftigten sich fast ausschließlich damit, wie man neue Tore einrichten konnte, um den Brückenkopf im Schweigenden Haus nicht nur zu halten, sondern auch auszubauen. Daneben fanden sich auch Überlegungen, wie man erkennen konnte, welche Verbündeten die verhassten Maedra ins Feld führten.

›Aha, was haben wir denn hier?‹, dachte der Omnthur. ›Ein Menschlein, welches aus der Ferne von zwei Zauberern gesteuert wird.‹

Der Gehörnte überlegte. Wenn er diese beiden unter seine Geistesfuchtel bekäme, könnten sie ihm außerhalb des Schweigenden Hauses als Augen dienen, ja das ganze dahinter liegende Königreich für ihn ausspähen. Schließlich wollten die Omnthur ja wissen, ob irgendwo da draußen Armeen gegen sie zusammengezogen würden.

Der Eindringling tauchte mit der Gewalt eines Bohrwurms in Taeriths' Geist ein. Er suchte nach der Gedankenverbindung zwischen dem Menschlein und den beiden Koglaur. Auf dieser wollte er dann entlanggreisen und Schwarzgult und Maretta übernehmen.

Der Silberbaum spürte zuerst die Verblüffung und dann die

Furcht seiner beiden Verbündeten, und endlich auch die Vorfreude des Omnthur. Aber da richtete sich der Wispergeist in seinem Bewusstsein zur vollen Größe auf und stürzte sich mit der Wucht einer Flutwelle auf den Mann mit den Hörnern.

Der gehörnte Zauberer brüllte vor Schmerzen, und Taeriths sah für einen Moment, wie etliche der Eindringlinge kreischten und sich die Hände an den Kopf pressten. Die Augen flogen ihnen aus dem Kopf, und Rauch stieg ihnen aus Ohren und Mund.

Doch jetzt vereinten sich die übrig gebliebenen Omnthur und holten zum Gegenschlag aus. Das Gewisper knurrte und versenkte sich dann tief in Taeriths Gedächtnis. Geistdolche folgten ihm und stachen nach links und rechts. Lichter flammten unangenehm grell auf, und jetzt war es an dem jungen Silberbaum, sich den Kopf zu halten und Unverständliches zu schreien.

›Jeden Moment explodiert sein Bewusstsein‹, bemerkte Schwarzgult zwar erregt, aber wie aus weiter Ferne, und Maretta ergänzte: ›Und dann gelangen sie durch ihn zu uns! Führt uns zu ihm, solange ihm noch ein Rest Verstand verblieben ist!‹

Maretta löste sich in eine blutig schleimige Masse auf, und Schwarzgult sprach eine vertrackte Zauberformel, an deren Ende er die Finger in dem Blutmatsch seiner Gefährtin drehte. Blauweißes Feuer flammte auf und schien die beiden zu verzehren.

Der Beschaffer fühlte sich unendlich allein, aber schon meldete sich das Gewisper wieder zu Wort. Gleichzeitig spürte er auch erneut das suchende Stechen der Omnthur. Sie durchstöberten ohne die geringste Rücksicht seine Erinnerungen und überwältigten Taeriths mit einer Flut unzusammenhängender, aufs Geratewohl herausgerissener Bilder, welche ihm erst nach einer Weile als seine eigenen bewusst wurden.

Nach einer Weile schienen sie ihren Feind gefunden zu haben, denn er stellte sich ihnen. Unter diesem Schlagabtausch ging der Jüngling in die Knie und lehnte schwer an einer Wand.

Er bekam nur am Rande mit, dass der Wispergeist die Gehörnten langsam zurücktrieb.

Dann fand Taeriths sich in Marettas Armen wieder. Die beiden

Koglaur hatten ihn in die hinteren Räume des Schweigenden Hauses zurückgeholt. Gewisper und Omnthur waren von ihm gewichen.

Das falsche Edelfräulein betrachtete ihn mit mütterlicher Sorge und untersuchte ihn auf größere Verletzungen. Man hätte sich auf der Stelle in ihre unbeschreibliche Schönheit verlieben können, wäre da nicht ihr strenger Mundgeruch gewesen.

»Sie kommen, Schwarzgult!«, mahnte Maretta. »Webt sofort den stärksten Schild, welcher Euch bekannt ist.«

Giftgrüne Flammenspeere zuckten heran, gefolgt von silbernen Energiestrahlen. In einem davon verlor der Silberbaum zwei Finger. Sie verschwanden einfach von einem Moment auf den anderen. Erst als er sie nicht mehr sehen konnte, fing er an zu schreien, aber da rollte er längst zusammen mit dem falschen Edelfräulein über den Boden.

Ein milchig weißer Vorhang erhob sich um sie, und alles Zischen und Geschrei verschwand wie abgeschnitten. Maretta blieb keuchend liegen, und Taeriths erhob sich, um sich Schwarzgult gegenüberzusehen.

Der weltberühmte Zauberer stand noch mit ausgestreckten Armen da, so wie er gerade den Abwehrbann bewirkt hatte. Er schaute besorgt auf seine Gefährtin, deren Gesicht sich grün wie junger Käse verfärbt hatte.

»Mein Held, mein Retter«, murmelte Maretta jedoch schon einen Moment später. »Fürwahr, Ihr seid unter den großen Zauberern der Größte.«

Taeriths streckte unwillkürlich die Hand aus, an welcher zwei Finger fehlten, um vom zerschundenen Mund der Koglaur das blaue Blut abzuwischen. Doch bevor er ihn erreichte, schoss Schwarzgults Arm vor und hielt den Jüngling zurück.

Mehr Blut quoll hervor, und die Koglaur schien sich verändern zu wollen. Dann sprach sie mit veränderter Stimme: »Garlen, webt den Bann der Blitze, löst ihn aber noch nicht aus. Als Nächstes lasst Ihr den Abwehrschild ein Stück weit sinken und sprecht dabei die Worte *Sembril avaunta marezma.*

Das wird der Wispergeist hören, und der Blitzbann fährt in sein Bewusstsein ein. Dann zeige ich ihm das Tor und wie er die Blitze dorthin schaffen kann. Der Geist soll sie nämlich nicht schleudern, denn die Omnthur haben sich vor Feuer und anderen Angriffen geschützt. Stattdessen soll die Energie dazu eingesetzt werden, das Tor so riesig zu vergrößern, dass es sich selbst nicht mehr stützen kann und zusammenbricht.«

»Herrin, Euer Wunsch ist mir Befehl.« Der Mann aus Sirl erhob sich und wob den Bann der Blitze. Als dies erledigt war, ließ er den Schutzschild sinken, und der fiel herab, als habe jemand mit einem Schlag die Halteschnüre durchtrennt. Schon ertönte vom Wispergeist ein schrilles Triumphgeheul.

Noch ehe Taeriths und die beiden Koglaur etwas unternehmen konnten, wurden sie schon von dem Sog der Energie mitgerissen, welche sich in das Tor der Omnthur ergoss.

Die blendend helle Öffnung sackte in einem Funkenregen zusammen. Die Gehörnten ringsherum wurden durch die Luft geschleudert, und die Maedra sausten aus den Wänden, stimmten ihren Gesang an und fielen wie eine Hundemeute über die Krieger und Zauberer aus Omnthur her. Die Eindringlinge wurden samt und sonders gepackt und binnen weniger Augenblicke zerrissen.

Der weltbekannte Magier löste für sich und die seinen die Verbindung mit dem Wispergeist und kehrte in den Raum zurück, in welchem seine Gefährtin dem Anschein nach mehr tot als lebendig lag. »Wir müssen Euch helfen!«

Aber Maretta hob matt den Kopf und entgegnete: »Ich bin zu … entkräftet.« Sie träufelte aus ihren Fingerspitzen weiße Flammentropfen auf ihren sich auflösenden Körper. »Nicht einmal all Eure Zaubermacht würde ausreichen, mir zu helfen.

Ich habe zu viel meiner Energie auf unseren Silberbaum hier übertragen, um seinen Geist vor Schaden zu bewahren, als der Wispergeist und die Omnthur in seinem Kopf miteinander gerungen haben.«

»Nein, nein …«, konnte Schwarzgult nur sagen.

»Hört mich an, ihr beide«, zischte die Koglaur, »denn jemand muss es erfahren.« Sie starrte Taeriths so eindringlich an, als wollte sie in ihn eindringen. »Wenn ich sterbe, verlässt etwas viel Wertvolleres als Maretta diese Welt.

Ich lebe schon seit undenklichen Zeiten. Yuesembra Silberbaum ist daran nicht ganz unbeteiligt, denn ihr Geist reitet den meinen, und sie hat in mir eine neue Heimstatt gefunden, in welcher sie weiterzuleben vermag.

Die Wesen meiner Art sehen Menschen immer noch als Vieh an. Unser Geburtsrecht, unsere Macht und so weiter sichern uns die Herrschaft über alle anderen Arten. Deswegen …«

Blut quoll aus ihrem Mund, und vor ihren Lippen bildete sich roter Schaum. Sie erzitterte, und ihr Leib zerfiel zusehends. Aber noch leuchteten ihre Augen. Ein Hautlappen wickelte sich um Taeriths verletzte Hand. Schwarzgult eilte heran, um sie an den Schultern zu halten.

Von nun an vernahmen die beiden Marettas Stimme in ihrem Kopf:

›Yuesembra hat mich stark beeinflusst, so wie alle Koglaur, welche durch mich das Licht der Welt erblickten oder mit welchen sie irgendwann zu tun hatte. So sehen wir seitdem Aglirta als etwas Schönes an, das beschützt und bewahrt werden muss. Yuesembra hat mich sogar dazu gebracht, auf etwas stolz zu sein, was mir früher im Traum nie eingefallen wäre, nämlich die Meinigen davon abzubringen, im Reich jeden umzubringen oder zu ersetzen, welcher einen gewissen Rang einnimmt, um dann an seiner statt eine Tyrannei zu errichten.

Dank des Einflusses der Silberbaums versuche ich, andere Koglaur davon zu überzeugen, sich dieser Ansicht anzuschließen. Viele beharren auf ihrer Meinung und verachten oder hassen mich. Doch eine ganze Reihe meiner Artgenossen haben umgedacht.

Wenn ich gleich sterbe, geht Yuesembra mit mir unter. Aber ihr beiden werdet weiterleben und müsst dieses Geheimnis mit den weisen Menschen teilen. Dass es sich nämlich nicht bei allen Koglaur um Ungeheuer handelt. Versprecht es mir, ich bitte euch!‹

Nach dem Ende der Omnthur war tiefes Schweigen über den Palast gekommen. Die Wahnwürmer hatten sich in die Wände zurückgezogen, und der Wispergeist verhielt sich still – vermutlich weil er Maretta lauschte.

Schwarzgult hob die Gefährtin an, bis sie halbwegs aufrecht saß. Dann blickte er ihr eindringlich in die Augen und sprach mit seiner Gedankenstimme:

›Maretta, Ihr wisst, dass ich Euch in all den Jahren geliebt habe. Als ich erfuhr, um was für ein Wesen es sich bei Euch in Wahrheit handelt, habe ich Euch uneingeschränkt weitergeliebt. Und mehr noch: Im Angesicht Eurer Größe verneige ich mich in tiefer Demut vor Euch.‹

Taeriths wurde immer noch von dem Hautlappen festgehalten und beobachtete traurig, wie die schönen Züge des Edelfräuleins Stück für Stück zerfielen.

Derweil fuhr der Zauberer fort: ›Edle Dame, die Größe Eurer Zukunftssicht für die Welt und Euer Verständnis für sie lassen mich innerlich erbeben. Denn ich bin nicht mehr als jemand, der fremde Energie ergreift und sie nach eigenem Gutdünken und, im Angesicht Eurer Taten, für nichtige Dinge verschwendet. Auf Grund meiner Kleinheit und Bedeutungslosigkeit brauche ich Euch mehr denn je. Und das Reich bedarf Eurer, ebenso wie die ganze Welt. So lebt weiter, ich bitte Euch!‹

›Garlen, Liebster, ich kann nicht. Meine inneren Verletzungen sind zu schwer.‹

›Dann wechselt zu mir über. Teilt meinen Körper mit mir! Lebt in mir weiter!‹

Trauer erfüllte die sterbenden Augen der Schönen. ›Das kann und darf ich nicht. Yuesembra ist in mir, und unserem gemeinsamen Ansturm wäre Euer Geist niemals gewachsen. Danach würde es keinen Schwarzgult mehr geben!‹

›Dieses Wagnis will ich mit Freuden eingehen. Sogar mit großen Freuden. Und mit Stolz, um des Schicksals des Reiches und der Welt willen!‹

›Ach, mein Lieber, mein Liebster … wenn mir doch nur mehr Zeit bliebe … aber ich darf nicht …‹

»Doch, tut es!«, brüllte der Silberbaumjüngling. »Fahrt in ihn ein!«

›Ja, bitte …‹, keuchte Schwarzgult. Er drückte seine Lippen auf ihren schlaffen Mund, so als wollte er sie küssen. Lichtpunkte bewegten sich zwischen den beiden hin und her, und mit einem Mal prallte der Zauberer zurück und drehte sich um die eigene Achse, während die Koglaur endgültig in sich zusammenfiel.

Als der Jüngling dazu kam, wieder nach dem Koglaur zu sehen, kniete der zitternd auf dem Boden. Von Maretta war nicht mehr übrig geblieben als eine dicke Fleischsuppe.

›Ja!‹, vernahm Taeriths in Gedanken, dann streckte Schwarzgult eine Hand aus, um sich an ihm festzuhalten und hochzuziehen. Kaum war der Zauberer wieder auf den Beinen, da schritt er auch schon los.

Der Beschaffer war von all dem, dessen Zeuge er eben geworden war, noch viel zu betäubt, um Schwarzgult folgen zu können.

An der Tür blieb Schwarzgult stehen und legte die Hände auf die Hüften. Letztere rundeten sich unter einer sich neu entwickelnden Taille, während Erstere schmaler und weiblicher wurden. In dem Maße, wie dem Zauberer Brüste wuchsen, verkleinerte sich seine Gestalt. Nach wenigen Momenten sah Taeriths sich einer vornehmen Dame gegenüber, die nur etwas schlecht gekleidet war.

»So habe ich denn mein Leben gewonnen und meine Liebe verloren. Ach, Garlen, warum habt Ihr das nur zugelassen?«

Damit kehrte die Edle zu dem Jüngling zurück und gebot ihm, ihr zu folgen: »Wir müssen fort von diesem garstigen Ort und uns paaren. Wir werden unser eigenes Geschlecht gründen, Taeriths *Schwarzgult*, und uns am Strom niederlassen, bis wir oder unsere Nachkommen ergründet haben, welches Wesen hier im Palast lauert, damit die Silberbaums ihren Besitz zurückverlangen können.«

Taeriths war so verblüfft, dass er das Erste entgegnete, das ihm in den Sinn kam: »Aber die Lande am Strom gehören doch den Fürsten Mramaun und Thelver!«

»Deswegen wird aus Euch ja auch der größte und getreueste Krieger werden, dessen sich Naegrath Schneestern je rühmen konnte. Meine magischen Fähigkeiten werden ihre Koglaurkniffe behindern, während Ihr sie als Verräter entlarvt. Nun folgt mir, junger Taeriths, denn in den nächsten Jahren werdet Ihr alle Hände voll zu tun haben, ganz zu schweigen von ein paar anderen Stellen.«

Meister Vahubaum bekam als Erster den unbewohnten Palast zu sehen, während er durch seine Kristallkugel den Erdteil Asmarand nach Zauberbüchern und Zaubergegenständen absuchte, welche unserer Familie von Nutzen sein könnten. Denn zu jener Zeit wussten wir noch nichts von Aglirta, von seinen Adelsgeschlechtern noch von den Koglaur, welche hier hinter den Kulissen die Herrschaft ausübten.

Der Ersterbe und der Zweiterbe führten Plünderzüge gegen die Hafenstadt Sirlptar durch. Dort gaben sie sich als Menschen aus, welchen ein übel wollender Zauberer ein solches Äußeres verpasst hatte. Damit suchten sie, ihr Geweih zu erklären.

Sie erfuhren dort so einiges über das Silberbaumhaus, welches man im Hafen auch unter dem Namen Schweigendes Haus kannte. Vieles davon war unglaublich übertrieben oder aufgebauscht, doch die Unseren hörten heraus, dass reichlich Magie die Rolle des Hauses bestimmt hatte.

Der Rat unserer Ersten Familien kam rasch zu dem Schluss, dass dieser Palast einer eingehenden Erkundung wert sei, vor allem, um die darin vorhandenen Schätze zu bergen.

Zu jenem Zeitpunkt wussten wir von den Koglaur nicht mehr als ein paar Gerüchte über so genannte »Gesichtslose«. Einige der Meister vertraten die Ansicht, wir sollten Aglirta heimlich erobern und uns ein Fürstentum nach dem anderen vornehmen.

Das Land war grün, voller Wälder und Berge mit Bodenschätzen und Wild. Hier könnten wir mehr essen, als unser Hunger je von uns verlangen würde.

So kam man überein, dass die fähigsten Schüler von Meister Vahubaum unter seiner Fernüberwachung und der von Schlachtmeister Arhandros den Erkundungszug zum Schweigenden Haus unternehmen sollten.

Sie fanden das Bauwerk unbewohnt vor, und daran war ein Volk von mit Verstand ausgestatteten Würmern schuld, welches in den Mauern des Palastes hauste und den Stein nach Belieben verändern konnte, um sich ungehindert durch ihn zu bewegen.

Diese Würmer fraßen wahllos Menschen und die Angehörigen unseres Volkes. Im Grunde war es ihnen gleich, wen sie erwischten. Ansonsten beschäftigten sich die Maedra damit, den Palast aus- und weiterzubauen, am ehesten fort vom Strom, um vor Überschwemmungen sicher zu sein. Seit Jahrhunderten wohnte dort niemand mehr, und so ließen sich auch kaum noch magische Gegenstände finden.

Dennoch behielt Meister Vahubaum mit seiner Überzeugung Recht. Die immer wieder umgewandelten Steine gewannen selbst Zauberenergie, und von Zeit zu Zeit kam es in dem Haus zu rasenden magischen Stürmen, welche nach einem Weg suchten, auf dem sie sich entladen konnten.

Und auch die Zauberbücher und magischen Gegenstände waren noch vorhanden, nur hatten die Wahnwürmer sie gefunden und versteckt; denn sie fühlten sich von allem angezogen, was mit Zauberei zu tun hatte. Und mindestens einer der früheren Bewohner des Hauses lebte in ihm fort. Von ihm gab es aber nur eine Wisperstimme, jedoch unseres Wissens keinen dazugehörigen Körper. Schlachtmeister Arhandros vertritt heute die Ansicht, dass dieses Wesen, welches auch als Wispergeist oder Fluch der Silberbaums bekannt ist, den Einsatz aller steuert, welche sich uns entgegenstellen. Seien es Abenteurer auf Schatzsuche oder kleine Magier, welche auf den großen Fund hoffen, der ihnen den Durchbruch beschert.

Doch die Schüler, welche dort schon recht lange arbeiten, glauben, dass die Maedra aus Selbsterhaltungstrieb hinter den Angriffen stecken. Trotz aller Verluste und Gefahren schließe ich mich der Empfehlung des Rates der Meister unserer Familie an, mit der Erforschung des Silberbaumhauses unbedingt fortzufahren.

Oder um es mit den Worten des großen Phrestal auszudrücken: »Wer einer günstigen Gelegenheit den Rücken zukehrt, beweint später, wie wenig einem das Leben sonst noch zu bieten hat.«

Wir haben in einer der Kammern ein Tor errichtet, welches sich neben einem Saal befindet, den die Silberbaums Orblarum getauft haben. Dort werden magische Gegenstände ausgestellt, welche von Zauberlehrlingen der Silberbaums zusammengetragen wurden. Diese fleißigen Burschen nannte man wohl »Orblar«. Einige von ihnen wurden von ihren Kameraden geopfert, um einige dauerhafte magische Einrichtungen zu schaffen.

Es dürfte ratsam sein, diese erst genauer zu erkunden, wenn wir den gegen uns gerichteten Widerstand gebrochen und niedergerungen haben. Aus diesem Grunde zapft unser Tor auch nicht die Energie des Orblarums an.

Zurzeit richten sich unsere Anstrengungen auf das Bemühen, die Gänge und Kammern rings um das Orblarum von Gegnern zu säubern.

Wir schicken auch Zauberwogen in die Wände, welche dazu angelegt sind, die Maedra zu vernichten.

Meine Hauptarbeit besteht darin, diese Zauberwogen zu verbessern, doch ich komme im Moment nur schlecht voran. Darüber hinaus ist es unabdingbar, Wahnwürmer gefangen zu nehmen und genauer zu studieren. Doch ist uns bislang noch nicht eines dieser Wesen in die Falle gegangen.

Dennoch bin ich guten Mutes, dass uns das über kurz oder lang gelingen wird. Was die Abenteurer angeht, welche gegen uns die Waffe erheben, so können die nicht einmal im Traum daran denken, uns jemals zu besiegen. So ist uns der Sieg gewiss.

Lang lebe Thorlaunt!

MALYVUR THORLAUN
Bannmeister des Hauses Thorlaunt
Erste Wendung, Warnesommer
im Siebenten Jahr der Lindwurmherrschaft.

BUCH VIER

Helbara Silberbaum

Geboren im Jahr 1029 nach Sirler Zeitrechnung,
gestorben im Jahr 1048 nach Sirler Zeitrechnung

Zauberin aus Sirlptar

Von der Zeit, in welcher sie im ganzen Reich gejagt wurde

Eins

Liebe und Blitze

So verratet mir doch, alter Mann, warum die Silberbaums diesen Palast nicht mit Söldnern und den Rittern ihres Gefolges gehalten haben.«

Dlanazar Duncastle deutete in Richtung der Halle, in welcher drei Gänge zusammenliefen, um sie dann in verschiedenen Richtungen wieder zu verlassen. Schon nach wenigen Metern sah man in ihnen nicht mehr als Spinnweben und Dunkelheit. Staub wirbelte unter den Schritten der Männer auf, die Anlage wirkte verlassen, und noch immer waren sie auf keine Schätze gestoßen.

»Habt Ihr etwa noch nichts von dem Fluch gehört, junger Freund?«

»Von wegen, selbst in Coelortar kannten wir den! Irgendetwas Großes und Gespenstisches, das sich den Silberbaums aufs Gemüt gelegt und sie alle in den Wahnsinn getrieben hat.«

»Ihr hört Euch nicht so an, als würdet Ihr diesen Fluch für bare Münze nehmen.«

»Na ja, ich kann mir schon vorstellen, dass die Silberbaums von einem Zauber oder einer Krankheit getroffen wurden. Aber ich verstehe nicht, warum sich nicht längst jemand anderer dieses Bauwerks bemächtigt hat.«

Ach, diese jungen Leute, dachte Horl: stark, voller Gier und der festen Überzeugung, die ganze Welt liege ihnen zu Füßen.

»Na ja, es hat hier ja einige gegeben. Die Maedra, Vogelfreie, Untiere wie zum Beispiel die Langzähne und natürlich den einen oder anderen Zauberer.«

»Zauberer? Die sitzen doch den ganzen Tag nur in ihren Palästen und lassen sich einen dicken Bauch wachsen. Warum sollte einer von denen die Mühe auf sich nehmen, hierher zu reisen?«

»Also, dazu gäbe es einiges zu sagen«, entgegnete der Alte und setzte sich schlurfend in Bewegung.

»Helbara?«

Im ersten Moment glaubte er, eine Statue vor sich zu haben, weil die junge und schöne Zauberin aus Sirlptar so reglos dasaß.

Imlur Pherember war ein mutiger Mann, und er bewegte sich so lässig, dass man kaum glauben mochte, er habe etwas vor, was die beiden mächtigsten Zauberer der Stadt erzürnen würde.

»Was gibt's?«, fragte die Magierin.

Bei den Göttern, war dieses Weib schön! Das Flackern ihrer Lider verriet, dass sie nicht ganz so ruhig war, wie sie sich nach außen hin gab. »Findet Ihr es nicht merkwürdig, Imlur, sich an einem solchen Ort des Todes zu treffen?«

Der Jüngling lächelte und beugte sich vor, bis seine Nasenspitze beinahe die der Schönen berührte. »Doch, Helbara. Aber die Abwehrzauber an diesen Grabgewölben bieten für uns den besten Schutz gegen … na, eben gegen unsere Herren. Wenn die nämlich wüssten …«

Die junge Zauberin nickte. Weder der Name seines Herrn – Gorold der Mächtige – noch der des ihren – Lormondal von den Blitzen – sollte in dieser Umgebung laut ausgesprochen werden.

Bei den beiden handelte es sich nämlich um die mächtigsten Bannmeister von ganz Sirlptar, und das sicher nicht ohne Grund. Außerdem waren die beiden sich spinnefeind. Jeder verfolgte schon beinahe krankhaft das Treiben des anderen.

Auf diese Weise hatten sich Imlur und Helbara überhaupt kennen gelernt. Ihre Herren hatten sie nämlich mehr als einmal ausgesandt, um beim Rivalen zu spionieren.

Bei einer dieser Begegnungen hatten sie sich auch ein Herz gefasst und für heute an diesem Ort verabredet. Nun sahen die beiden sich voller Liebe und Leidenschaft an.

Der Jüngling hatte einen kleinen Zauberstab mitgebracht, den er einmal durch das Rund schwenkte. Ein verräterisches Schimmern zeigte den jungen Leuten an, dass die Abwehrzauber bereit waren.

Jeder andere hätte hier nichts anderes als alten Stein, Moos und Spinnweben gesehen. Vor Imlur und Helbara breitete sich ein luftiger Raum aus, durch den eine leichte Seebrise wehte.

»Ihr seid Euch des Wagnisses bewusst, das wir eingehen?«, fragte er.

»Ja, natürlich«, entgegnete sie und öffnete die Schulterspange ihres Gewands. »Und Ihr seid immer noch gewillt dazu?«

»Ja«, antwortete er und löste seinen Gürtel. »Ihr habt Euch geschützt?«

»Selbstverständlich«, flüsterte sie und ließ das Gewand zu Boden sinken. Seine Augen leuchteten auf, als er entdeckte, dass sie darunter nur Stiefel trug.

Sie streckte die Hände nach ihm aus. »Lasst mich das tun.«

»Oh ja, gern.«

Warmes Feuer strömte durch die Schöne. So etwas wie jetzt hatte sie noch nie getan. Als der Bannmeister Lormondal sie aus einem Dutzend Silberbaummaiden erwählt hatte, hatte er ihr erklärt, dass ihr Körper jetzt ihm und nur ihm allein gehöre.

Bislang hatte er allerdings nichts getan, um diesen Anspruch in die Tat umzusetzen, sondern sie höchstens geschlagen, wenn sie seinen Unwillen erregt hatte.

Aber Helbara hatte längst entdeckt, wie andere Männer sie ansahen, wenn sie sich auf den Straßen der Stadt zeigte, um für ihren Meister einen Auftrag zu erledigen.

Doch nie zuvor war ihr ein so hübscher Jüngling wie Imlur begegnet. Glück oder Zufall wollten es, dass er ebenfalls von seinem Meister zu einer Besorgung ausgesandt wurde.

Wenn Helbara Imlur ganz nahe war, erschien er ihr sogar noch schöner. Sein Körper übertraf an Ebenmaß jede Statue, und fast hätte man meinen können, so wunderbare Gesichtszüge könnten nur durch Zauberei entstehen.

Aber solche Gedanken gingen der jungen Frau jetzt natürlich nicht durch den Kopf, denn ihr Körper loderte in sengendem Feuer. Imlurs heiße Blicke verrieten ihr, dass es ihm kaum besser ging. Sein Körper war ihr so nahe und kam ihr noch näher.

Sie fielen einander in die Arme, ihre Lippen fanden sich, und schon rieben sie sich aneinander. Helbara stöhnte vor Verlangen und presste sich an ihn.

Die junge Frau bot sich ihm in der schamlosesten Weise dar, so wie die Silberbaummaiden unten in Unterberg, welche mit allerlei Tricks Männer anzulocken suchten.

Als er in sie eindrang und ihre Lust sich immer mehr steigerte, berührte ihr Fuß unabsichtlich seinen Zauberstab.

Im nächsten Moment fuhr etwas wie ein eisiger Winterregen über die junge Frau und durchdrang auch ihr Inneres.

All ihre Körperpartien lagen wie unter Frost, nur der Unterleib brannte weiter wie vorhin. Verzweifelt versuchte Helbara, sich von seinen Armen, seiner Brust und seinen Lippen zu lösen, aber das Eis hatte die junge Frau schon fest im Griff.

Schließlich riss Imlur sich von ihr los, packte sie am Hals und schob sie von sich, während er sie höhnisch angrinste.

»Fürwahr, Helbara Silberbaum, Ihr seid als Frucht so süß, wie man es mir berichtet hat. Von nun an bis in alle Ewigkeit sollt Ihr meinem Willen und meinem Willen allein unterworfen sein!«

Die junge Frau wollte schreien oder einen raschen Schutzzauber sprechen, doch aus ihrem Mund löste sich nur ein würgender Laut.

Er lächelte sie an und wirkte in seiner Kälte schöner, als Worte es zu beschreiben vermögen. »Nein, seht mich nicht so an, ich bin nicht Gorold der Mächtige in der Verkleidung dieses Jünglings hier …

Ich fürchte, der hochnäsige Gorold hat seinen Zweck erfüllt. Wenn er sich irgendwann einmal aus der kleinen Falle befreit hat, in welche ich ihn heute Morgen locken konnte, wird sein Verstand zu nichts mehr zu gebrauchen sein. Denn ich habe ihn in einen Geistesirrgarten geschickt … Und selbst wenn er noch eines klaren Gedankens fähig sein sollte, sind wir beiden Hübschen zu diesem Zeitpunkt längst über alle Berge.«

Seine Arme hielten sie wieder, und sein Glied war die ganze Zeit über in ihr geblieben. Während er sie weiter ritt, küsste er sie auf den Hals und murmelte: »Welch ein Ausbund an Schönheit …«

Der verkleidete Magier ließ seine Zunge über ihre Schultern wandern und meinte dabei: »Wisst Ihr, meine Hübsche, Ihr werdet mein Schlüssel zu den Reichtümern des Silberbaumhauses sein.«

Er küsste ihre andere Schulter. »Frohlocket, denn Euch erwartet ein Leben in Reichtum und Müßiggang in einer der schönsten Burgen des Reiches.«

Der falsche Imlur zog den Kopf zurück. »Doch nur für eine kurze Weile. So lange, bis die Maedra Euch erwischen oder einer meiner Feinde Euch dort aufspürt.«

Helbara suchte nach einer Möglichkeit, sich von den Eisfesseln zu lösen oder ihren Peiniger zu beschimpfen. Doch mehr als ein Röcheln kam ihr nicht über die Lippen.

»Tut Euch nicht selbst weh, meine Liebe. Lasst mich Euch helfen und Euch die Frage beantworten, welche Ihr nicht zu stellen in der Lage seid.«

Er setzte sein breitestes Grinsen auf. »Ich bin tatsächlich Imlur Pherember – wenn mir der Sinn danach steht. Aber ich kann mich auch in eine Reihe anderer Personen verwandeln, denn wisset, ich bin ein Koglaur.«

Der Koglaur lächelte selbstgefällig. »Ich bin einer der Gesichtslosen, vor denen Mütter aller Stände, sogar die ungewaschenen Silberbaumfrauen, ihre Kinder warnen.«

Imlur sah sie an wie ein Gelehrter ein aufgespießtes Insekt. »Und was Eure nächsten Fragen angeht, ja, ich habe schon Menschenfleisch gegessen, und ja, ich kann mich in jeden verwandeln, der ich sein will.«

Helbara verfolgte entsetzt, wie dieses Scheusal ihre Züge annahm. Und Helbara ritt Helbara, Helbara küsste Helbara, und der Falsche zwinkerte der Echten zu.

»Wehrt Euch nicht gegen mich, ich kann Euch in der Liebe jeden Dienst erweisen, welchen Ihr Euch erträumt.«

Sein Glied wuchs in ihr, bis sie keuchte. Dann zog er sich gänzlich von und aus ihr zurück. »Doch genug jetzt des Spiels. Wir müssen es auf einen späteren Zeitpunkt verschieben. Die Pflicht ruft.«

»Sterbt, elender Koglaur!«, donnerte eine Stimme, und ein roter Strahl durchbohrte Imlur und brachte das Grabgewölbe zum Erbeben.

Den Gesichtslosen schleuderte es in eine Ecke, aber mehr vermochte der Strahl ihm nicht anzuhaben, denn Imlur hatte seinen Körper mit Abwehrschilden umgeben.

Die abgelenkten Flammen trafen Helbara, und sie stellte fest, dass sie wieder schreien konnte.

»Seid still, dumme Trine!«, gebot ihr Meister ungehalten, ohne auch nur einen Blick in ihre Richtung zu werfen. »Ihr bekommt schon noch Eure wohlverdiente Strafe. Denn zuerst muss ich diesem Ungeheuer hier den Garaus machen!«

Aus den Fingerspitzen des Herrn der Blitze spritzten blendende Lichtspeere. Eine ganze Salve ging auf den Koglaur nieder.

Dieser verlor alle Menschengestalt und zeigte sich als Ungeheuer mit Tentakeln und Flügeln, mit welchen er aus der Schusslinie zu entkommen trachtete.

»Wie? Ihr lebt immer noch?«, entfuhr es dem Fürsten Lormondal. So verblüfft hatte Helbara ihn noch nie vernommen. »Dann wollen wir doch mal sehen, ob wir Euch nicht gegrillt bekommen.«

In diesem Moment schnellte ein Tentakel vor, packte den kleinen Zauberstab, welcher noch am Boden lag, und wurde wieder eingefahren.

»Ihr habt hier keinen Eurer tölpelhaften Zauberlehrlinge vor Euch!«, schleuderte Imlur seinem Widersacher entgegen. »Ich habe bereits Blitze geschleudert, als Euer Vater noch ein Leuchten im Auge Eures Großvaters war.«

»Aber Ihr scheint langsamer zu lernen als mein dümmster Lehrling!«, gab Lormondal zurück und schickte dem Gesichtslosen eine Woge grünen Leuchtens entgegen.

Der Koglaur tanzte darunter, als stünde er mit nackten Füßen auf einer heißen Herdplatte.

Der alte Meister versorgte ihn mit noch einer Ladung, und Imlur hüpfte wie ein Floh. »Ich beobachte Euer törichtes Treiben mit dieser verräterischen Dirne jetzt lange genug. Trefft Euch mit ihr in einem Grabgewölbe. Bei der Dreifaltigkeit, seid Ihr euch denn für keinen Kitsch zu schade?«

Dem roten und grünen Strahlen folgte gelbes, und darunter zerplatzte Imlurs Zauberstäblein. Der Gestaltwandler brauchte eine Weile, bis er seinen verknoteten Körper wieder entwirrt hatte.

»Und Ihr, alter Mann, seid viel zu verliebt in Eure Selbstbeweihräucherung, um Euch wirklich auf einen Kampf mit einem Gegner einlassen zu können.«

Als Antwort auf das Strahlen flogen silberne Kugeln durch die Luft, die leicht wie Seifenblasen wirkten und doch mit fürchterlicher Wucht explodierten.

Helbara machte sich auf dem Boden ganz klein und trommelte mit den Fäusten auf die Platten, um den letzten Rest eisiger Taubheit aus ihnen zu zwingen.

Unter dem Ansturm der Kugeln flog eine Hälfte des Gewölbes in die Luft, und die Trümmer begruben den Magier unter sich.

Der Koglaur jubelte und sandte seinem Feind die gesamte Decke hinterher. Helbara starrte mit vor Schreck geweiteten Augen auf ein scharfkantiges Trümmerstück, welches genau auf sie zugesaust kam.

Doch Lormondal war noch längst nicht am Ende. Sein nächster Bann hieb wie eine Faust auf Imlur ein. Man hörte das Krachen von Knochen, als der Gestaltwandler gegen eine Wand prallte.

In dieser entstanden wie in einer Glasscheibe Sprünge, und sie kippte dann nach vorn auf die sich vor Schmerzen windenden Tentakel und Flügel des Gesichtslosen.

Helbara gelang es im letzten Moment, sich mit ihren noch betäubten Gliedern zur Seite zu rollen. Das Trümmerstück raste an ihr vorbei. In einem ihrer Stiefel befand sich ein Heilstein. Wenn sie den mit ihren lahmen Händen nur erreichen könnte …

Nun war Imlur wieder an der Reihe. Er knurrte etwas Unverständliches, und wenig später füllte sich die Ruine des Grabgewölbes mit einem roten Nebel an.

Doch Lormondal wehte ihn wie eine lästige Fliege beiseite und schüttelte den Kopf. »Ich vermag nicht zu erkennen, wie jemand von Eurer Unwürdigkeit einen Bannmeister wie Gorold ausschalten konnte.«

Er streckte die Arme aus und richtete die Finger auf den Gesichtslosen. »Da müsst Ihr Euch schon etwas Besseres einfallen lassen!«

Imlur bildete neue Menschenarme, um mit ihnen mehrere Zauber gleichzeitig weben zu können. Dieses Mal rauschte eine Wolke blauer Funken heran. Aber diese prallten von einem unsichtbaren Schutzschild ab und verloschen wirkungslos.

»Soll ich Euch einmal einen guten Rat geben, alter Mann?«, höhnte der Koglaur. »Helbara wäre Euch niemals untreu geworden, wenn Ihr ihr die körperliche Liebe gezeigt hättet. Bevor Ihr Euch ihrer, sobald sie alt und grau geworden ist, entledigt habt, möchte sie einmal die Liebe eines Mannes spüren. Aber das vermögt Ihr wohl nicht!«

Dem folgte eine Salve roter Blitze, und Lormondal verschwand wieder unter Staub und Trümmern. Mehr noch, er wurde aus diesem Gewölbe ins nächste geschleudert.

»Da seht Ihr's, alter Mann!«, höhnte Imlur. »So etwas nenne ich Blitze. Nicht aber diese lächerlichen Knallfrösche, welche Ihr auf den Weg bringt!«

Der Herr der Blitze ließ als Nächstes ein Haus explodieren, welches hinter dem Gesichtslosen auf einem Hang stand. Doch der breitete nur lachend seine Schwingen aus und flog beiseite.

Helbara kroch zwischen die Trümmer und hustete, weil es hier überall verbrannt roch. Nun zerplatzte auch über ihrem Meister ein Haus, und die Brocken rüttelten ihn ganz schön durch.

Die Schöne konnte sich immer besser bewegen. Sie kroch auf eine Gruppe von Zuschauern zu, welche sich am Rand des Friedhofs sammelte. Anscheinend hatte es jeden Zauberer der Stadt hierher gezogen.

Und die Blicke, welche man der jungen Frau zuwarf, kündeten nicht von Anteilnahme oder Hilfsbereitschaft.

Ein Scharren ertönte leise aus einem Seitengang. »Was war das?«, flüsterte Dlanazar und hob sein Schwert.

Der Alte lauschte für einen Moment und antwortete dann: »Etwas von unserer Größe und mit Krallen. Wir brauchen es nicht weiter zu beachten.«

»Wie bitte? Warum stellen wir uns ihm nicht?«

»Mein lieber junger Freund, soweit ich mich entsinne, seid Ihr von Coelortar in die weite Welt gezogen, um nicht im Steinbruch zu enden wie Euer Vater. Ihr erhofft Euch immer noch Reichtümer, schöne Frauen und Macht. Die erreicht Ihr aber nicht, wenn Ihr den ganzen Tag mit der Waffe in der Hand herumrennt.«

»Stellt mich nicht als Narren hin, alter Mann!«

»Natürlich seid Ihr kein Narr, Ihr spielt nur gern einen.«

»Beide sind tot? Kein Zweifel?«, fragte Halarondar ergrimmt.

»Hochmagier Halarondar, wir haben sie beide genau untersucht. Von dem einen ist so wenig übrig geblieben, dass man in ihm kaum noch einen Koglaur wiedererkennen kann.«

»Aha, dann kann man nur noch dem Mädchen die ganze Schuld geben.«

»Ausgezeichnet, Euer Prächtigkeit!«

»Feiraun, Ihr scheint vergessen zu haben, aus welchem Grund der alte Alamaunt diese Zunft überhaupt gegründet hat. Wir durften nicht länger zulassen, dass sich zwei Zauberer auf offener Straße bekämpfen oder dass ein Magier straflos öffentliches Eigentum zerstörte.

Denn andernfalls würden die einfachen Menschen sich gegen uns und alles erheben, was nach Bannschmiede röche. Wir wollen auf unsere alten Tage doch nicht ins Exil, nicht wahr?«

Feirauns Gesichtszüge veränderten sich, bis er dem verstorbenen Koglaur ähnlich sah, welcher sie beide gezeugt hatte. »Wenn zwei als Störenfriede bekannte Zauberer sich gegenseitig das Lebenslicht ausblasen, sollte das für Euch doch eine befriedigende Lösung sein.«

»Bedenkt, mein Freund, dass sechs Bürger dabei ihr Leben lassen mussten und vier Gebäude zerstört worden sind. Gar nicht erst zu reden von den zertrampelten Gräbern und den vor Wut kochenden Hinterbliebenen.

Wir müssen in aller Öffentlichkeit einen Schuldigen finden und ihn mit aller Härte bestrafen. Ein Zauberlehrling kommt mir da gerade recht. Dieser Maid können wir unterstellen, ihren Meister und einen Jüngling gegeneinander aufgehetzt zu haben.

Immerhin wollte sie sich deren Besitz und Zaubermittel unter den Nagel reißen, um ihre eigene Tyrannei zu errichten, nicht wahr? Dass es sich bei ihr in Wahrheit um ein unbedarftes Kind handelt, kann man doch als Tarnung zur Täuschung der Öffentlichkeit entlarven.«

»Ein kluger Plan«, entgegnete Feiraun, »der nur einen kleinen Schönheitsfehler hat. Das Mädchen ist verschwunden. Vier Zauberer haben wir zu ihrer Bewachung abgestellt, und dennoch konnte sie ihnen entkommen. Vermutlich, weil diese Magier nicht unserer Familie angehören.«

»Bei dem Dunklen!« Halarondar hieb mit der Faust auf den Tisch. »Muss ich denn hier alles selbst machen?« Wütend sprang er auf und lief auf und ab.

Aber dann beruhigte er sich mit einem Mal wieder. »Vielleicht ist das gar nicht so schlecht ... Wir werden überall verkünden, über welch grässliche schwarze Magie diese junge Frau gebietet.

Wir rufen eine allgemeine Jagd nach ihr aus. Sie muss getötet werden, ehe jemand dahinter kommt, welcher Patzer uns hier unterlaufen ist!«

»Aber sie hat einen halben Tag Vorsprung und sich wohl der Zauberkünste Lormondals bemächtigt!«, wandte Feiraun ein.

»Aber die Maid ist auch eine Silberbaum. Und wie alle aus diesem Geschlecht wird sie sich auf dem Weg zum Schweigenden Haus befinden.«

Die Menschen standen in Trauben vor dem Friedhof, doch handelte es sich bei diesem nicht um jenen, auf welchem sich die Zauberer ihren tödlichen Zweikampf geliefert hatten.

Die Menschen standen vielmehr unvermittelt fern ihrer Heimatstadt Sirlptar vor dem größten Palast, welchen sie je gesehen hatten.

Das gewaltige Bauwerk wirkte verlassen, verstörend und dennoch irgendwie vertraut.

Keiner regte sich, und alle starrten nur sprachlos darauf.

Eben noch hatten die Menschen sich, angelockt vom Getöse zwischen den Grabgewölben, von ihrer Arbeit aufgemacht, um sich dieses Schauspiel nicht entgehen zu lassen.

Und jetzt befanden sie sich unvermittelt hier.

Sehr mächtige Magie musste hier die Hand im Spiel haben.

Da schoss ein Blitz aus dem Gräberfeld, und eine gebeugte Frau in zerschlissenen Gewändern tauchte auf einem Hügel auf.

Ihre Stimme sprach in den Köpfen der Menschen: *Seid willkommen, Volk von Silberbaum.*

Was heute auf dem Friedhof von Sirlptar geschehen ist, wird in der kommenden Zeit furchtbare Folgen haben.

Gerade und vor allem für all diejenigen, in deren Adern das Blut der Silberbaums fließt.

Ich weiß dies alles, weil ich dem Volk angehöre, welches euch erschlagen und versklaven will.

Man nennt mich Druthaea, und ich gehöre zu den Gesichtslosen.

Um diesem Schicksal zu entgehen, müsst ihr euch nur von diesem Gebäude hier – jawohl, dem Sitz eurer Vorfahren – entfernen und das Schiff besteigen, welches euch am Flussufer erwartet.

Das Schiff bringt euch zu fernen Orten, wo ich dafür sorgen werde, dass ihr einen neuen Anfang finden werdet. Ihr müsst euch trennen, eine Gruppe kommt hierhin, die andere dorthin …

»Und was geschieht, wenn wir Euch Folge leisten?«, rief einer der Mutigsten.

Ich komme euch besuchen und unterrichte euch über die Koglaur, die Gifte, die Kräuter und die Arrada.

Man wird euch in zukünftiger Zeit als die Weisen kennen.

Doch müsst ihr dazu dafür sorgen, dass eure Abstammung von den Silberbaums geheim bleibt. Sonst wird man euch nämlich weiter jagen und vom Angesicht der Welt tilgen wollen!

Damit verschwand die Frau, und der Friedhof lag wieder genauso verlassen da wie vorher.

Die Menschen aber sahen sich an und fingen an, Fragen zu stellen.

Warum waren nicht alle hierher gelangt, welche sich zu den Silberbaums zählten?

Und nachdem alle Fragen gestellt waren, hielten sie ein letztes Mal vergeblich auf dem Grabhügel nach Druthaea Ausschau.

Daraufhin setzten sich alle wie nach einem verborgenen Zeichen in Bewegung.

Niemand sprach ein Wort, und ihre Mienen waren leer.

Wie Vieh strömten sie zu dem Schiff, und kein Einziger blieb zurück.

Zwei

Das Böse wartet schon

Helbara fuhr aus ihrem Schlaf, als ein Blitz in den Baum fuhr, auf dem sie gerade ruhte.

»Wir haben sie!«, rief von unten ein Mann, und ringsherum im Unterholz ertönte Krachen und Stampfen.

»Hoffentlich finden wir noch genug von ihr, um sie wieder auf die Beine zu bringen!«, schrie ein anderer. »Der Hochmagier will sie lebendig!«

Als die beiden jungen Magier auf der kleinen Lichtung auftauchten, welche sich unter dem Baum erstreckte, tötete die junge Silberbaum sie mit ihren Bannkräften.

Helbara setzte dazu Lormondals Schmelzzauber ein. Ihre Gesichter zerliefen, und das Gehirn rutschte nach unten, weil es nicht mehr gehalten wurde. Dann brachen die beiden zusammen.

Die junge Frau floh tiefer in den Wald und weiter flussaufwärts. Vermutlich wimmelte es im Forst bereits von Zauberlehrlingen.

Helbara hatte mehrfach den Zauber ihres Meisters gewirkt, mit dem man sich von einem Ort zum anderen befördern konnte. Doch das hatte sie mittlerweile eingestellt.

Jedes Mal, wenn die junge Frau auf einem Hügel oder einer Lichtung gelandet war, war sie dort bereits erwartet worden. Aus mehr oder minder großer Nähe hatte es Blitze auf sie geregnet.

So blieb ihr nichts anderes übrig, als wie ein Wild zu enteilen, gejagt von allen Lehrlingen und Jungzauberern der Zunft, welche sich mit ihrer Gefangennahme Lob und Vergünstigungen verschaffen wollten.

Die junge Silberbaum gelangte in ein sonderbares Land. Das Grün wirkte angenehm auf Augen und Seele, aber in ihrem Bewusstsein sprachen Stimmen zu ihr, so als rede diese Gegend.

So nahe war Helbara dem Reich Aglirta noch nie gewesen. Endlos wogten Hügel und Wälder dahin, und die junge Frau bekam allmählich Hunger. Sie fühlte sich müde, und sie ängstigte sich.

Nicht nur vor den Verfolgern, sondern auch vor den Geschöpfen, welche des Nachts in diesen Wäldern auf die Jagd gingen.

Ihr Heilstein hatte fast alle Energie aufgebraucht und wirkte beinahe so stumpf und glanzlos wie ein gewöhnlicher Flusskiesel.

Wenn nicht im Haus ihres Meisters urplötzlich haufenweise Zauberlehrlinge und andere aufgetaucht wären, hätte sie sich gründlich auf diese Flucht vorbereiten und viel mehr Nützliches einpacken können.

Als dann noch andere Zauberkundige erschienen waren, um sich Lormondals Hinterlassenschaft anzueignen und gegen die Zunftmagier zu kämpfen, hatte Helbara die Gelegenheit genutzt, sich aus dem Staub zu machen. Dennoch hatte sie mindestens ein Dutzend Mal den Statuenzauber einsetzen müssen, um von dem Gelände zu gelangen.

Wenigstens kreuzten etliche Wasserläufe ihren Weg, sodass die junge Silberbaum keinen Durst leiden musste.

Doch der bohrende Hunger blieb, und sie durfte auch keinen Moment rasten, um sich die Zauberschriften anzusehen und neue Abwehrwaffen zu entwickeln. Über kurz oder lang wäre sie mit ihren Künsten am Ende und könnte sich nicht mehr verteidigen.

Wenn sie doch nur eine Höhle fände … Helbara stolperte in einen Bach, zog sich am anderen Ufer hoch und verkroch sich sofort in der Böschung.

Was war das gewesen?

Doch das, was sie zu sehen bekam, spielte sich nicht vor ihren Augen, sondern in ihrem Bewusstsein ab.

Drei Zauberer der Zunft, von denen sie einen flüchtig kannte, standen auf einem Berg und zeigten in den Wald hinein. Danach auf einen Fluss.

Ihre Handbewegungen ließen keinen Zweifel daran, dass die drei hier eine Art Sperre errichteten, welche es ihnen sofort melden sollte, wenn die Gesuchte darangelangte.

Von einem Moment auf den anderen verging das Bild, und nur das Wispern blieb im Kopf zurück. Helbara versuchte, einen Sinn darin zu erkennen, ohne jedoch auch nur ein Wort zu verstehen.

Das Wispern schien ihr Bemühen zu erkennen und zeigte ihr neue Bilder … von einer Festung so gewaltig, dass ganz Sirlptar hineingepasst hätte.

Halb betäubt von diesen Gesichten taumelte Helbara weiter.

Das nächste Bild: Der Zunftmeister stand mit einem anderen Hochmagier vor einer Karte und zeigte mit einer Unzahl von Armen auf einzelne Stellen.

Die Arme erinnerten sie an Tentakel.

Wie bei Koglaur.

Ein drittes Bild, das nur eine Warnung ausdrückte: Ein Magier verwandelte sich in einen Wolf, um die Beute zu erschnüffeln. Helbara erkannte, dass er diesen Zauber noch nicht oft gebraucht haben konnte, denn er bewegte sich steif und linkisch mit dem ungewohnten Körper. Und …

Er tauchte jetzt nur wenige Meter vor ihr auf und erkannte sie. Schon setzte er sich in Bewegung. Helbara formte einen Luftspeer, erwartete ihren Feind und tat so, als würde sie sich einen Moment ausruhen.

Der Wolf trabte heran und sprang, um auf ihrem Rücken zu landen und sie so festzuhalten. Doch stattdessen spießte er sich auf dem Luftspeer auf und übergoss die junge Silberbaum mit einem Schwall von Blut.

Helbara nahm ihm alles ab, was ihr brauchbar erschien, darunter einen neuen Heilstein, und lief zum nächsten Wasser, um sich zu waschen.

Doch kaum kniete sie an dem Nass, zeigte ihr das Wispern einen Magier in Gestalt eines Falken. Der kreiste über diesem Waldstück und spähte nach unten.

Seufzend zog sich die junge Frau die verdreckten Kleider aus, berührte ihre Wunden mit dem Heilstein und wirkte dann den stärksten Zauber, welchen sie kannte.

Als die Verfolger heran waren, entdeckten sie einen aufgespießten Zauberer, blutverschmierte Kleidung und einen Bach, der wie unter einem Nebel zu liegen schien und ihren Blicken nichts preisgab.

So zogen sie weiter durch den endlosen Wald und hielten nach ihrem Wild Ausschau.

Der Nebel aber setzte sich ebenso in Bewegung und strebte dem großen Strom zu. Und dort angekommen wartete er ab, um die Reise erst nach Einbruch der Dunkelheit fortzusetzen.

»Aha, dann ist sie also den Bluthunden aus Sirlptar entkommen«, warf Dlanazar ungeduldig ein. »Mich beschleicht schon die ganze Zeit über das Gefühl, Großmeister des weißen Haupthaars, dass Ihr mir mit dieser erbaulichen Geschichte eine Lehre erteilen wollt. Nur flugs heraus damit, soll ich mich ähnlich dieser Dame im Schweigenden Haus verbergen?«

»Nein«, knurrte der Alte. »Passt trotzdem auf, wohin Ihr tretet. Ungefähr sechzig Schritte von hier könnt Ihr selbst sehen, was aus einem geworden ist, der auch keine Geduld aufbringen wollte!«

Der Jüngere bewegte sich mit übertriebener Vorsicht über die Steinplatten des Bodens, ging brav hinter dem alten Mann her und murmelte: »Endlich ein Abenteuer, es wurde ja schon arg fade hier.«

»Schaut dort!«, forderte ihn Horl auf.

Ein Steinblock von beachtlichen Ausmaßen hatte sich aus der Decke gelöst und war mit einer Spitze aufgeschlagen. Menschliche Knochen ragten rings um die Stelle aus dem Boden.

Dlanazar schaute sich die Bescherung schweigend an. Arme und Beine reckten sich vergeblich für alle Ewigkeit, und die Knochen eines Arms sahen eindeutig angenagt aus. Der junge Beschaffer starrte Horl an. »Gibt es an dieser Stelle noch andre Fallen?«

»Nein«, erwiderte der alte Mann, dessen Augen im Licht der Laterne glitzerten. »Die eine da hat ja wohl gereicht.«

»Sie haben die Maid noch immer nicht gefunden, nicht wahr?«, fragte Halarondar.

»Nein«, antwortete Feiraun gleichmütig. »Man will sie jedoch an verschiedenen Stellen gesichtet haben. Dies deutet darauf hin, dass die Silberbaum tatsächlich in Richtung des Schweigenden Hauses unterwegs ist.

Bis jetzt mag sie ja noch Glück gehabt haben. Doch als Zauberlehrling kann sie niemals die zwölf erfahrenen Magier überwinden, die wir dort aufgestellt haben.«

»Warten wir's ab«, entgegnete der Zunftobere und goss sich Wein nach. Seine Karaffe war nur noch zu einem Drittel gefüllt.

Das einfache Treiben fiel ihr zunehmend schwerer. Das Wispern zerrte und zog an ihr, lockte sie immer weiter in Richtung des Schweigenden Hauses.

Ständig tauchten neue Bilder in ihrem Kopf auf. Meist von Menschen in hell beleuchteten Kammern in ebenjenem Palast. Doch diese Bilder flößten Helbara eher Angst als Zuversicht ein.

Schon tauchte das Bauwerk vor ihr auf. Und da standen auch die Wächtermagier, umgeben von leuchtenden Abwehrschilden.

Höchste Zeit, unter die Erde zu kriechen. Anscheinend war sie dazu verdammt, zwischen Grabgewölben Schlachtzauber zu schleudern. In Gestalt des Nebels schlich sich die junge Silberbaum näher heran.

Das Schweigende Haus war noch größer, als sie es sich vorgestellt hatte, wenn auch in erheblichem Umfang zerfallen oder beschädigt.

Wie eine Schlange glitt Helbara zwischen schlafenden Männern hindurch – und mit einem Mal hatte sie den Wachring durchstoßen.

Sie trieb ganz langsam, um nicht noch im letzten Moment Verdacht zu erregen, auf den nächsten Eingang zu. Früher musste es hier einmal ein Tor gegeben haben, aber nun wuchsen hohe Bäume aus der Schwelle.

Dann riss sie etwas aus ihrer Nebelverkleidung. Flüssiges Feuer schien durch ihre Adern zu strömen, und sie bekam keine Luft mehr. Hilflos hing sie in der Luft, gehalten und gebunden von Flammenschnüren.

»Drace, wir haben sie! Endlich ist uns die Hexe in die Falle gegangen!«

Von überall ertönten Geschrei und Gelächter. Dann zischte auch noch ein Armbrustbolzen haarscharf an ihr vorbei. Vor Schreck verschluckte sie beide Heilsteine, und ihre Glieder fuhren ungehindert durch die Fesseln. Sie sprang ins Haus.

»Corbar, aufhören! Was habt Ihr bloß angerichtet? Jetzt können wir hinein und sie suchen!«

»Halarondar will sie doch lebend! Was regt Ihr Euch eigentlich auf?«

»Ich weiß, was mich wieder beruhigt! Ihr dürft nämlich als Erster hinein und sie suchen!«

Helbara taumelte längst über den Ersten von Trümmern und Rankengewächsen übersäten Burghof, während die beiden Heilsteine in ihrem Innern ihre Wirkung taten.

Dann entdeckte sie einen Eingang, hinter dem sich vollkommene Düsternis auszubreiten schien. Wenn der nach unten führte, würde sie dort vielleicht Schutz finden.

Doch da sah die junge Silberbaum vor ihrem geistigen Auge ein tiefes Loch, auf dessen Grund etliche Spitzen angebracht waren.

Auch vor dem nächsten Eingang erhielt sie eine Warnung, und als sie auf den dritten zustrebte, erreichten die Magier den Burghof. Blitzspeere, Energienetze und Feuerkugeln rasten heran.

Helbara lief geduckt zwischen den Trümmerbrocken hindurch, erreichte eine neue Öffnung, wob im Lauf einen Schutzzauber, verlor darüber das Gleichgewicht, schlug der Länge nach hin und rutschte in den Eingang vor ihr.

Eine Energieexplosion verpuffte wirkungslos an der Wand über ihr, gefolgt von Wutgeschrei. Einen Moment später landete die junge Silberbaum auf den Füßen.

Genauer gesagt kam ihr der Boden entgegen, und das mit der Absicht, ein Dutzend feindliche Magier zu Fall zu bringen. Statuen kippten um, Platten fielen aus Wänden und Decke und begruben die Zwölfe unter sich.

Helbara glaubte für einen Moment, das Schweigende Haus

selbst käme ihr zu Hilfe. Und erstaunlicher noch, aus dem Bauwerk wuchs ein steinerner Wolfskopf, und dieser fraß einen völlig überraschten Zunftzauberer.

Die junge Frau hatte das Gefühl, ihr Magen würde sich umdrehen, als jetzt auch noch weitere Statuen von ihren Sockeln stiegen und mit steinernen Gliedmaßen auf die Feinde einhieben.

Die Überlebenden flohen in höchster Not.

Vollkommene Stille setzte ein, und Helbara glaubte, jetzt endlich ganz allein zu sein.

Doch weit gefehlt. Draußen stieg ein Kreis von Magiern in die Luft und rückte gegen das Haus vor, indem er die Außenmauer überstieg.

Steine sprangen die Angreifer an, ganze Türme stürzten sich auf sie. Doch dank ihres Schutzzaubers konnten sie alle Geschosse zu Staub zerblasen.

Danach sichteten die Zauberer ihre Feindin und warfen magische Fangleinen nach ihr aus. Sie banden Helbara, bis diese sich nicht mehr rühren konnte.

Bäuchlings lag die Silberbaum da, während Erschöpfung und Verzweiflung ihre Gedanken beherrschten. Bevor die Magier sich ihr näherten, zerstörten sie jeden Stein in ihrer Umgebung.

Helbara ergab sich ganz den Gedankenbildern des Gewispers und ließ sich von dessen Erinnerungen davontragen. Irgendwann trafen sie feurige Blitze und rissen sie in die Wirklichkeit zurück.

»Bei der Dreifaltigkeit, warum arbeitet ihr Schutzschild denn immer noch?«, rief einer der Zauberer. »Nicht einmal die großen Meister wären dazu in der Lage!«

»Nein, Bolgar«, meldete sich Drace zu Wort, »jemand kommt ihr mit seinen Kräften zu Hilfe. Feuert weiter! Versucht es unten rechts!«

Die ganze Burg schien unter der neuerlichen Salve einstürzen zu wollen. Die nachfolgende Detonation brachte Festungstürme zum Einsturz.

Danach – Stille. Unterbrochen vom Aufklatschen menschlicher Körper, welche offensichtlich aus einiger Höhe abstürzten.

»Mir hat es immer schon gefallen«, bemerkte eine angenehme männliche Stimme im Plauderton, »wenn Gegner sich selbst umbringen, weil ihre eigenen Banne auf sie zurückgeschleudert werden. So etwas darf man mit Fug und Recht göttliche Gerechtigkeit nennen.«

Helbara drehte sich um und öffnete die Augen. Vor ihr stand ein Mann mit schwarzem Bart und leichter Rüstung. Eine mächtige Kriegsaxt hing von seinem Gürtel.

In formvollendeter Ritterlichkeit reichte der schöne Fremde ihr eine Hand, um ihr beim Aufstehen behilflich zu sein. Auch sah er ihr nur ins Gesicht und vermied es, den stark entblößten Rest ihres Leibes zu betrachten.

»Ich will Euch kein Haar krümmen, edle Dame«, sprach der Ritter und stellte sich vor: »Man nennt mich Fürst Ezrym Schwarzgult, und ich stehe Euch zu Diensten.«

Er nickte in Richtung Strom. »Meine Ländereien liegen auf der anderen Seite des Flusses, unweit der königlichen Insel Treibschaum, wo sich vermutlich gerade der König in den hintersten Winkel verkriecht.«

Ein Lächeln umspielte seine Züge. »Euren Namen kenne ich zwar nicht, aber nachdem das Haus Euch so stark verteidigt hat, würde ich meinen, bei Euch handelt es sich um eine Silberbaum von reinstem Geblüt.«

Er streckte die Hand noch weiter nach ihr aus. »Darf ich Euch mit Fürstin Silberbaum anreden, meine Dame? So begleitet mich doch zu meinen Gemächern, wo man Euch baden und heilen wird. Ich verspreche Euch, dass Ihr dort alle Sicherheit findet, zu welcher meine Zauberkräfte in der Lage sind.«

Das Gewisper zeigte ihr jedoch in rascher und sich wiederholender Folge vier Bilder, die sich alle um das Schweigende Haus drehten: Ziel – Sicherheit – Geborgenheit – Ruhe. Ziel – Sicherheit – Geborgenheit – Ruhe.

»Ich bitte um Vergebung, mein Herr«, entgegnete Helbara, »Euer Angebot ist sehr großmütig, doch zwingt mich etwas dazu, dieses Haus hier als das meine zu betreten.«

»Ich weiß. Doch will ich Euch warnen, als gebürtige Silberbaum erwarten Euch darin große Gefahren. Eine furchtbare Gewalt, welche in Euren Geist eindringen und diesen verheeren wird, bis Ihr vollständig der Irrsal anheim gefallen seid.

Deswegen noch einmal: Geht nicht hinein, sondern begebt Euch in den Schutz und die Sicherheit meines Hauses.« Er zog sie jetzt hoch und hielt sie fest.

Die Schöne aber sprach: »Lasst mich los, ich bitte Euch. Lasst mich gehen, sonst seid Ihr für mich keinen Deut besser als diejenigen, welche hier erschlagen liegen.«

Schwarzgult aber sah sie traurig an, ließ sie seufzend los und trat einen Schritt zurück. Doch nicht, um ihr Platz zu machen, sondern um mit den Fingern einen Zauber zu bewirken.

Rasch erschuf die junge Silberbaum ein Luftschwert und hieb mit ihren erlahmenden Kräften auf ihn ein. Er aber wich ihr mit Leichtigkeit aus, zog sich unter mehreren Verbeugungen zurück und ließ sie keinen Moment aus den Augen.

Helbara rannte, so schnell sie konnte, in den nächsten Eingang. Nie mehr würde sie jemandem vertrauen, welcher sich auf Zauberei verstand.

Das Wispern empfing sie wie mit einer Umarmung.

Die Luft in der Halle von Burg Schwarzgult flimmerte und spuckte den Burgherrn aus. Er marschierte sofort hinaus auf den Balkon und starrte auf den Strom.

Wie von selbst wanderte sein Blick hinüber zur Festung der Familie Silberbaum, und er rief den Bann auf, welchen er über das edle Fräulein gelegt hatte.

Er sah immer noch ihre trotzige Miene vor sich und wusste, dass er die bis an sein Lebensende nicht mehr vergessen würde. Wenn der Fürst daran dachte, was er gleich zu sehen bekommen würde, tat Helbara ihm fast schon richtig Leid.

Die Halbnackte lief durch staubige und düstere Gänge und wich immer wieder rechtzeitig Fallen im Boden aus. Was nicht verwundern konnte, wurde sie doch von einer unsichtbaren Macht gelenkt.

Die Edle hatte sieben Räume erkundet, als sie plötzlich ohne ersichtlichen Anlass kicherte und dann Tierlaute von sich gab.

Schwarzgult fing an zu schwitzen. Wenn er die Verbindung nicht bald unterbrach, würde er Helbara in den Wahnsinn folgen müssen.

»Ich bin Helbara. Ich bin Helbara Silberbaum.« Nach dieser Verkündung steckte sie sich die Hände in den Mund und kaute darauf herum.

Blut lief ihr über Lippen und Kinn, und sie schob die Unterarme immer weiter hinein, und der Fürst warf sich gegen einen schweren Stuhl, um den Bann zu brechen.

Splitter stachen in seine Hände, und er schrie, bis ein Diener herbeigelaufen kam. »Herr!«, kreischte der Knecht am Rande einer Panik. Aber da richtete sich der Fürst schon wieder auf, winkte den Mann fort und machte sich auf den Weg in sein Arbeitszimmer.

Denn er wusste jetzt, welche Schriftrolle weiterhelfen konnte.

Sie hatten sich gerade zu einem Nachtimbiss niedergelassen, als ein Mann in Rüstung und mit blutenden Händen hereinspaziert kam – obwohl doch die Tür versperrt war.

Dann ergriff er ein Mädchen, hob sie hoch, bis ihr Gesicht sich gegenüber dem seinen befand, achtete nicht auf das Geschrei ihrer Eltern und erklärte: »Ihr werdet zu gegebener Zeit meine Braut, Laurea Silberbaum.«

Damit drehte er sich um und verschwand mit dem Mädchen, noch ehe der Rest der Familie sich von ihrem Schock erholt hatte.

Ich fürchte, dieser prächtige Palast meiner Vorfahren wird bald zu meinem Grab werden. Er besitzt mittlerweile die Ausmaße von Groß-Sirlptar und ist an manchen Stellen neun Stockwerke hoch. Vier weitere befinden sich unter der Erde.

Die Höfe, Parks und Türme vermag ich nicht mehr zu zählen. Wochen sind vergangen, seit ich zum letzten Mal die Wälle gesehen habe, und ich glaube, dass sie mittlerweile schon wieder umgebaut sind und ein ganz neues Aussehen gewonnen haben.

Das Silberbaumhaus schläft nämlich nie.

Im Reich nennt man es das Schweigende Haus, aber hier geht es ganz und gar nicht still zu.

Da ist zum einen das täglich neu zu vernehmende Geschrei und Verröcheln von Untieren und Abenteurern, welche sich am liebsten gegenseitig umbringen.

Dann haben wir natürlich das beständige Umbauen durch die Maedra. Und schließlich und endlich das furchtbarste Geräusch von allen: das Wispern des Fluchs.

Niemand, der heute lebt, vermag mir zu sagen, woher dieser Fluch stammt oder wer ihn über das Haus gebracht hat.

Früher hat der Fluch meine Vorfahren in die Irrsal getrieben, kaum dass sie diesen Ort erreicht hatten. Aber seit einiger Zeit scheint er es damit nicht mehr so eilig zu haben.

Meinem Onkel Tharlyn zum Beispiel waren hier einige Jahre beschieden, ehe auch seinen Geist die Zerrüttung befiel. Er gelangte zu der Ansicht, dass der Fluch sich allein fühle und langweile; und dass er aus unseren Erinnerungen alles erfahren wolle, was sich in den letzten Jahren getan habe.

Ich höre natürlich auch das Wispern, und manchmal glaube ich, es stammt von einer Frau. Aber so ganz sicher bin ich mir da nicht. Ohne Zweifel besitzt es Verstand.

Tharlyn und sein Vorgänger Maertel glaubten, das Wispern fräße den Geist der Silberbaums, damit deren Persönlichkeit in ihm fortleben könnte.

Aber da bin ich mir nicht so sicher.

Einiges von dem, was meine Vorfahren niedergeschrieben und sonst wie festgehalten haben, kann ich aber voll und ganz bestätigen.

So fühlt sich ein jeder Silberbaum sofort wie zu Hause, kaum dass er den Fuß auf die Schwelle dieses Bauwerks gesetzt hat. Auch verändert das Wispern uns, aber nur uns, die wir vom Blut der Silberbaum sind.

Das drückt sich zuallererst darin aus, dass wir Gefahren vorab spüren können. Tharlyn hat es »riechen« genannt. Ähnlich ergeht es uns, wenn andere Wesen, gleich ob Mensch oder Tier, sich in unserer Nähe aufhalten.

Als Nächstes entwickeln wir einen unstillbaren Hunger, alles über das Schweigende Haus herauszufinden. Damit verbunden ist eine Art seelischer Drang, hier wohnen zu bleiben.

Manchmal glaube ich, Letzteres muss uns auch befallen; denn wie sonst sollten wir es an einem Ort aushalten, der sich ständig durch die Maedra verändert und an dem man sich nie darauf verlassen kann, eine bestimmte Stelle wiederzufinden?

In der nächsten Stufe pressen wir uns gegen die Steine des Hauses, um das Wispern deutlicher zu hören. Sind wir dort angelangt, ist uns bald alles andere gleich.

Ich laufe mittlerweile rastlos durch die Flure und Gänge, erforsche alle Fallen und Geheimgänge und spüre vor ihnen eine seltsame Vertrautheit. Die Geheimnisse des Schweigenden Hauses erscheinen mir als der größte Schatz von allen.

Sie zu enträtseln ist mein einziger Daseinszweck.

Die Bilder, welche früher gelegentlich in meine Gedanken zu dringen pflegten, zeigen sich mir heute in endloser Folge.

Das Haus führt mich zu reich gedeckten Tischen, so dass ich bei meinen Forschungen nicht verhungern muss. So denke ich nie an das Draußen, und Aglirta ist für mich nur noch eine ferne Erinnerung.

Immer öfter höre ich aus dem Wispern ein Wort heraus: Sembril. Handelt es sich dabei um eine Bezeichnung, einen Fluch oder einen Namen?

Genau wie das seltener zu vernehmende Wort »Arau«.

Ich weiß jetzt, dass mein Geist sich auf sein Ende zubewegt. So wie alle meine Ahnen verfalle auch ich in Wahnsinn.

Das Wispern kommt mir immer näher und scheint mich zu liebkosen. Doch gleich wie, ich kann ihm nicht mehr entrinnen.

Möge die Dreifaltigkeit mir beistehen, ich komme hier nie mehr hinaus. Ihr, welche ihr diese Zeilen dereinst lesen werdet, betet für mich und sorgt dafür, dass der Name des Unterzeichnenden niemals ganz in Vergessenheit gerät:

ARGAUNT SILBERBAUM
Fürst von Silberbaum im Hochsommer des
neunten Regierungsjahres des Ammarandar

BUCH FÜNF

Phelmar Silberbaum

Geboren im Jahr 1157 nach Sirler Zeitrechnung,
gestorben im Jahr 1188 nach Sirler Zeitrechnung

Fürst der Wartalons

Wie die Schlangenanhänger versuchten,
ihn zu entthronen

Eins

Im Dienst der Schlange

Als sie die sechzigste oder siebzigste Kammer verließen, wirkte Dlanazar doch ein wenig erschöpft. »Wo sind wir denn jetzt?«

Auch der alte Mann bewegte sich langsamer. Gerade leuchtete er wieder mit der Laterne an die Decke, um festzustellen, ob sich da oben ein loser Geselle anschickte, seinen Steinbrüdern auf den Boden zu folgen.

»Hier pflegte Fürst Phelmar sich aufzuhalten«, teilte er dann seinem Begleiter mit. »Bis einige Schlangen hier eindrangen und ihn zusammenhieben.«

Nachdem der Jüngere sich ebenfalls umgesehen und einen Schluck Wasser getrunken hatte, meinte er unlustig: »Also schön, warum erzählt Ihr mir nicht auch noch seine Geschichte?«

»Herr, der Kellermeister wartet draußen. Mit dem neuen Wein.«

Fürst Halgryn von Kardassa starrte seinen Burgverwalter an. »Herein mit ihm, nur herein mit ihm!«

Während der getreue Diener nach draußen verschwand, beugte sich der fähigste Fürst des Reiches wieder über seine Karte. Seine Flotte, welche ihn eigentlich mit kostbaren Gütern ausstatten sollte, die man hier zu Lande für teures Geld verkaufen konnte, war noch immer unterwegs.

Aber wenn wenigstens der neue Ithqual ein guter Jahrgang zu werden versprach, war Kardassa wieder der Segen der Dreifaltigkeit gewiss. Dann erhielt Halgryn doch noch seine Gelegenheit, steinreich zu werden.

Kellermeister Ormond näherte sich und setzte ein silbernes Tablett vor ihm ab. Darauf befanden sich eine Karaffe und einige Flaschen.

Der Fürst lehnte sich zurück und sah zu, wie ihm ein Kelch gefüllt wurde. Ja, wahrlich, dieser Ithqual war schwarz wie die Nacht.

Halgryn sog das Aroma ein und lächelte selig. »Seid bedankt«, sagte er und genoss den ersten Schluck. Danach legte er nach Art des Genießers den Kopf in den Nacken, um den Vorgang zu genießen, wie Tropfen um Tropfen durch seine Kehle rann.

Da trat der Burgverwalter von hinten an ihn heran, hob sein Hakenmesser und schlitzte seinem Herrn die Gurgel auf. Der Fürst riss verständnislos die Augen auf, bis sich das Gift an der Klinge mit dem im Wein vermischte.

Der Burgverwalter und der Kellermeister warteten ab, bis ihr Herr sich nicht mehr regte. Und sie rührten sich auch dann noch nicht, als der Körper Halgryns zusammensackte und zu einer formlosen Masse zerlief.

»Gut gemacht, Schlangenbruder«, sprach Ormond. »So ist ein weiterer Koglaur von uns gegangen. Bald haben wir das ganze Reich von ihnen gereinigt.«

Aber der Burgverwalter schüttelte unzufrieden den Kopf. »Nein, wir erwischen nur die Dümmsten und Faulsten unter ihnen. Und die, welche an zu hervorragender Stelle stehen, um einfach untertauchen zu können. Aber die gerisseneren Koglaur treiben wir mit diesen Hinrichtungen nur in ein Versteck.

Oder glaubt Ihr etwa, alle Koglaur haben die Stellung eines Tersepten oder Fürsten inne?«

Der Kellermeister zuckte die Achseln. »Mir doch gleich, wohin sie sich verkriechen. Hauptsache, wir beherrschen die Fürstentümer und bald auch den Königsthron.«

»Ja, aber wann? Ammarandar Schneestern scheint unsere Glaubensbrüder riechen zu können. Seit dem Frühling sind ein Dutzend oder mehr durch das Schwert hingerichtet worden.«

»Der Mann hat eben seine Zauberer. Aber schließlich sind wir ja auch nicht ohne. Das Gold fließt reichlicher bei uns, und so wird sich die Waagschale immer mehr unserer Sache zuneigen.«

»Ja, aber wann?«

»Das, mein lieber Dremenaus, hängt auch von uns ab. Wir müssen es vollbringen, nicht nur hier einen uns genehmen Fürsten einzusetzen, sondern auch in Silberbaum und Schwarzgult.«

Der Fürst der Wartalons drehte sich um und brachte den Sklavenmeister mit einer barschen Handbewegung zum Schweigen. »Es schert mich nicht, wie herzergreifend sie fleht. Die Maid hat das Fäulnisfieber und lässt sich daher kaum in einen Harem verkaufen. Wenn wir sie am Leben lassen, müssen wir sie durchfüttern. Das versteht doch der Dümmste, oder etwa nicht?«

Der Sklavenmeister, fast so breit wie hoch, ließ den Kopf hängen.

Phelmar erhob sich und trat an die Rückwand des Zelts. Dorthin, wo das Hinterteil der Maid gegen den Stoff drückte. Ohne zu zögern durchbohrte er die Sklavin mit dem Schwert.

Dann wischte der Söldnerführer die Klinge ab und befahl Ungmar: »Verbrennt alles. Mich drängt es nicht danach, mich auch am Fäulnisfieber anzustecken.«

»Herr!«, meldete sich Marriel, der jüngste Krieger in der Söldnerschar, zu Wort, und ungeduldig fuhr Phelmar herum.

Er sah sich nicht nur dem Kämpfer, sondern auch zwei weiteren Männern gegenüber, welche einen kalten und abgebrühten Eindruck machten. Beide trugen ein Schmuckstück am Hals, das eine zusammengerollte Schlange zeigte.

»Phelmar Silberbaum«, begann der eine von ihnen, »wir haben etwas Dringendes mit Euch zu bereden. Unter sechs Augen.«

Der Söldnerführer betrachtete die beiden. Sie trugen keine sichtbaren Waffen, aber bei solchen Burschen konnte man nie wissen. Er zeigte auf eine Felsgruppe. »Reicht euch das?«

Phelmar marschierte los, ohne die Antwort abzuwarten. Unterwegs gab er zweien seiner Armbrustschützen ein Zeichen, sich in eine günstige Schussposition zu bringen.

Aus der Ferne ertönte ein lang gezogenes Heulen und hallte von den Wänden und der hohen Decke des Saals wider. »Was war das?«, zischte Dlanazar.

»Wahrscheinlich hat draußen die Dämmerung eingesetzt, und

jetzt machen sich die Nachtjäger auf den Weg. Seien wir also auf der Hut.«

»Wir haben noch immer keine Schätze entdeckt, alter Mann!«

»Das liegt vermutlich daran, dass Ihr keine Augen am Hinterkopf habt«, entgegnete Horl.

»Was soll das denn heißen?«, brauste der junge Mann auf.

»Steht auf und sagt mir, ob eine der Steinplatten, auf welchen Ihr gesessen habt, ein Zeichen trägt.«

Stirnrunzelnd folgte der Beschaffer der Anweisung, entdeckte etwas und griff mit der Hand danach.

»Halt!«, rief der Alte. »Nur Kinder sehen mit den Fingern, wir Erwachsenen schauen mit den Augen. Beschreibt mir, was Ihr entdeckt habt.«

»Danke für die Warnung. Nun, hier sind zwei Linien zu erkennen, welche nebeneinanderher verlaufen. Eine dritte windet sich um die beiden herum … und auf der gegenüberliegenden Seite befindet sich eine runde Vertiefung.«

»Gut. Nun stecht Eure Schwertspitze in die Ritze zwischen diesem Stein und dem an der Vertiefung anschließenden.

Dann zieht die Klinge durch die Ritze, bis Ihr ein Klicken vernehmt. Ein Doppelklick wäre am besten, denn dort müssen zwei Verschlüsse angebracht sein.«

Der junge Beschaffer gehorchte und meldete nach einem Moment: »Da war er, der Doppelklick. Wenn Ihr nichts gesagt hättet, hätte ich ihn für einen gehalten.«

»Gut. Jetzt nehmt mein Schwert, stellt es auf die Steinplatte und verhakt dessen Griff mit dem Euren. Dann zieht Ihr daran, und der Stein müsste um eine Hand breit nach unten sinken.«

Als auch das geschehen war, erklärte der Alte: »Jetzt wollen wir uns wieder erheben.«

Die Steinplatte richtete sich auf und hing nun eine Handbreit über den anderen. Darunter ließen sich Vertiefungen erkennen.

Der junge Beschaffer legte beide Hände auf die Platte, zog sie los und wuchtete sie zur Seite. Wunderbarerweise schnellten keine Waffen vor und wurde auch kein Abwehrzauber ausgelöst.

Danach leuchtete Dlanazar mit der Laterne in die Öffnung. Der alte Mann hatte es sich inzwischen auf einer Steinbank bequem gemacht und unternahm keinerlei Anstrengung, seinem Reisekameraden zu helfen.

»Eine steinerne Truhe steht da unten«, meldete der Beschaffer. »Mit Pech versiegelt.«

»Schiebt sie mit Eurem Schwert beiseite«, zählte Horl auf. »Fasst sie ja nicht mit den Händen an. Stellt die Laterne sicher ab. Achtet auf das, was sich unter der Truhe befindet. Haltet Euch bereit, sofort aus dem Loch verschwinden zu können, wenn Gefahr dräut.«

»Ich habe schon einige Male gestohlen«, rief ihm der Beschaffer unwirsch ins Gedächtnis.

»Und wenn die Götter ein Einsehen haben und Euch endlich der Reife teilhaftig werden lassen, lebt Ihr auch noch lange genug, um ein weiteres Mal etwas stehlen zu dürfen.«

Der Steinkoffer ächzte, als der junge Mann ihn beiseite schob, und darunter zeigte sich eine Senke. Der Beschaffer berichtete dem Alten davon und schloss mit der Frage: »Auf welche Gefahren muss ich mich hier gefasst machen?«

»Giftgas, Grabspinnen, Zauber ...«

Er hielt mitten im Satz inne und bedeutete Dlanazar dringend, zurückzuweichen. Der junge Mann hob Schwert und Laterne. Schon einen Moment später entdeckte er, wovor der Alte ihn gewarnt hatte.

Aus dem Loch unter der Truhe stieg etwas Dunkles wie Nebel oder Rauch auf. Das Licht der Laterne vermochte diese Finsternis nicht zu durchdringen.

»Was ist das?«, flüsterte Dlanazar.

»Wenn wir Glück haben, ein harmloses Gespenst.«

»Und wenn wir kein Glück haben?« Der Rauch nahm Form und Gestalt an, und ein Gesicht ohne Augen starrte Dlanazar an.

»Dann hat hier und jetzt unser letztes Stündlein geschlagen«, antwortete Horl. »Immer noch besser, hier als Held unterzugehen, statt in einer Seitengasse von Sirlptar überfallen zu werden und elendig zu verrecken.«

Der Alte war die ganze Zeit über ruhig auf seiner Bank sitzen geblieben. Er rührte sich auch nicht, als der Nebel seinen jungen Begleiter einhüllte.

Der Beschaffer hingegen schrie und schlug mit Schwert und Laterne nach dem Wesen. Dieses ließ sich jedoch zunächst nicht davon beeindrucken.

Erst nach einer Weile verzog sich der Rauch, und Dlanazar starrte zitternd in die Leere. »Wo ist es hin?«

»Durch den Bogengang entfleucht. Um einem höheren Wesen Eure Ankunft zu melden.«

»Wie lange wolltet Ihr eigentlich dort sitzen bleiben und Euch an meinem Ungemach ergötzen?«, knurrte der junge Mann.

»Ach, mein junger Freund, wie sollte ich Euch denn mit meinen schwachen Kräften helfen? Wenn ich nicht einen starken Jüngling an meiner Seite bräuchte, hätte ich mich allein in dieses verwunschene Haus begeben.«

Er lächelte den Beschaffer an. »Und noch ein Lob: Ihr habt Euch bislang geschickter angestellt als die meisten anderen. Deswegen dürft Ihr jetzt auch die Steintruhe herausheben und Euch davon überzeugen, wie reich Ihr geworden seid.«

»Ich traue diesen Schlangenanbetern nicht über den Weg«, murmelte einer der Zauberer.

»Das passt zu Euch«, bemerkte ein anderer.

»Warum nehmen wir überhaupt ihr Gold und dienen ihnen?«

»Weil wir andernfalls schon tot wären. Habt Ihr auf dem Weg hierher den Leichnam gesehen? Mit seinem aufgedunsenen und verfärbten Körper? Das war einer von uns.«

Nichts ist so tödlich wie ein Magier mit Humor.
Außer einem völlig humorlosen Magier.

Der Wind heulte wie ein Geist über die Felsgruppe. Phelmar stellte sich breitbeinig hin, wartete und sprach kein Wort.

Der größere der beiden Männer lächelte verbindlich. »Ich heiße

Larayel, und das hier ist Tharsarn. Wir möchten Euch ein Angebot unterbreiten.«

Der Söldnerführer forderte sie mit einer Handbewegung auf, das zu tun. »Sorgt aber dafür, dass es mir gefällt. Schlangenanbeter genießen nirgendwo im Reich einen guten Ruf.«

»Ganz recht, wir beseitigen diejenigen, welche sich uns in den Weg stellen oder uns sonst wie erzürnen«, stimmte Tharsarn zu. »Aber das tut Ihr auch.

Und diejenigen, welche uns zufrieden stellen, werden reich belohnt. So halten es Handelsleute immer schon, und für dunkle Gerüchte, welche im Umlauf sein mögen, können wir nichts.«

»Warum betet ihr überhaupt Schlangen an? Wieso genügt euch die Dreifaltigkeit nicht mehr?«

»Wir beten nicht irgendwelche Schlangen, sondern *die* Schlange an. Den gewaltigsten Zauberer, welchen Darsar jemals gesehen hat.«

»Der zur Göttlichkeit aufstieg«, fügte Larayel hinzu, »nachdem er die Dwaerindim erschaffen hatte. Wenn Ihr uns also aus Glaubensgründen ablehnt, bedenkt, dass er der einzige Mensch ist, welcher es durch eigenes Vermögen zur Göttlichkeit gebracht hat.«

»Darüber hinaus strebt die Kirche der Schlange die vollkommene Beherrschung der Magie an«, fügte Tharsarn hinzu.

»Mit anderen Worten, wir könnten Eure gesamte Söldnerschar mit einem einzigen Bannspruch auslöschen. Wenn Ihr eine kleine Kostprobe wünscht, so lassen wir jetzt die beiden Tölpel zerplatzen, welche ihre Armbrust auf uns richten.«

Der Anführer verschränkte die mit Muskeln bepackten Arme vor der Brust und grollte: »Ich wünsche keine Kostprobe, sondern möchte endlich euer Angebot hören.«

»Nun, sagen wir, wir stellen Euch vor die Wahl«, begann Larayel. »Da der Silberbaum mehr über uns weiß, als gut für ihn sein dürfte, bleiben ihm nur zwei Möglichkeiten.«

»Entweder er stirbt auf der Stelle qualvoll«, übernahm Tharsarn, »oder er wird zu einem unserer treuesten Verbündeten. Hier im Reich sind alle unsere Freunde Fürsten, deswegen möchten wir

Euch auch in diesen Stand erheben, als rechtmäßigen Fürsten von Silberbaum.«

»Und welchen Preis muss ich dafür entrichten?«, wollte Silberbaum wissen.

»Ihr tut das, womit wir Euch beordern. Aber nicht als Sklave, sondern sagen wir, als Handelspartner. Wir geben Euch einen sehr genauen Auftrag, und den erfüllt Ihr.«

»Aha, Tod oder Dienstbarkeit.« Der Söldnerführer betrachtete die beiden für einen Moment und sprach dann: »Ich wähle Letzteres, aber nur unter einer Bedingung:

Ihr erklärt mir genau, wieso ich einen rechtmäßigen Anspruch auf den Rang eines Reichsfürsten habe.«

»Wenn es weiter nichts ist«, lächelte Larayel.

Stärker als die Macht selbst ist der Wunsch zu erfahren, wo man steht, woher man kommt und wohin die Reise geht.

Die Klugheit gebietet aber auch, solches nicht nur über sich selbst, sondern auch über die eigene Familie zu erfahren. Denn auf der großen Welt mag es immer den einen oder anderen Stiefbruder geben, der eines Tages irgendwo auftritt und den eigenen Thron für sich selbst fordert. Der einem alle Schätze, alle Ländereien und womöglich sogar den Harem abnehmen will.

Ja, einen Harem wünschte ich mir auch, oder wenigstens ein paar Maiden daraus. Wenn sie mich nur wärmen könnten auf meiner endlosen Reise durch diese Kälte.

Erregtes Gemurmel begleitete den Einmarsch der Söldner, denn ihnen gegenüber saßen Männer in langen Gewändern, welche unschwer als Magier zu erkennen waren.

»Zauberer!«, rief einer, und alle zogen ihre Waffen. »Nur die Ruhe«, gebot Phelmar, und Tharsarn sprach: »Diese Männer am Tisch stehen unter unserem Befehl, so wie ihr unter dem eures Hauptmanns.«

Phelmar nickte dazu, aber seine Soldaten bedachten ihn mit finsteren Blicken. »Klärt uns nun auf, warum wir uns hier versammelt haben«, forderte Silberbaum die Schlangenanbeter auf, ehe es zu Feindseligkeiten kommen konnte.

»Damit Ihr auf dem Weg, welcher vor Euch liegt, auch nur den Hauch einer Chance habt«, begann Tharsarn, »ist es unabdingbar, dass die Wartalons in unverbrüchlicher Treue zu Euch halten.«

Die Söldner murmelten erbost, und der Schlangenverehrer fuhr mit lauterer Stimme fort: »Wir kennen keinen Bann, mit welchem ein Mann zum Gehorsam gezwungen werden kann, ohne dass seine Kämpferfähigkeiten darunter leiden.«

»Und weiter?«, drängte Phelmar, während die Söldner hinter ihm wilde Verrenkungen ausführten, bevor sie wieder ihren normalen Gesichtsausdruck aufsetzten.

Einer der Magier am Tisch wandte sich an seine Kollegen.

»Es ist vollbracht, o Korcelyn«, meldete ihm einer. »Nur zwei haben sich gegen die Geistbindung gewehrt. Diese dort.«

Alle, auch die Wartalons, wandten sich um: Telblud und Nantyre drehten sich mit weißen Gesichtern um sich selbst. Rauch stieg aus ihren Augen, Ohren und sonstigen Körperöffnungen.

Dann sackten beide wie nasse Säcke zusammen und rührten sich nicht mehr.

»Bitte sehr, das war doch gar nicht schwer«, bemerkte Larayel.

Phelmar atmete vernehmlich ein und aus. »Und welche ebenso wenig schwere Aufgabe erwartet uns jetzt?«

»Euer Stammhaus wird von Scharen grässlicher Ungeheuer heimgesucht«, sprach Tharsarn, »und überhaupt befindet sich das Schweigende Haus in einem bemitleidenswerten Zustand. Um als Fürst Silberbaum anerkannt zu werden, müsst Ihr es von allem frechen Gewürm befreien und wieder herrichten.«

Die Zauberer am Tisch stimmten nun einen Beschwörungsgesang an. Den Söldnern hingegen brach der Schweiß aus, auch deswegen, weil die Magier kein Ende zu finden schienen.

Als die Zauberer endlich fertig waren, traten zwei Feuersäulen aus dem Boden, deren Spitzen sich einander zuneigten und dann vereinten, bis ein Bogen entstanden war.

Durch dieses brennende Tor erkannte man ein mit Gräsern,

Ranken und Bäumen überwachsenes Steinfeld, in welchem sich Gewölbe und Gräber entdecken ließen.

»Ein Friedhof«, murmelte einer der Söldner, »endlich einmal ein gutes Zeichen!«

»Ein Tor«, verkündete Larayel, »durch welches man auf die Grablege derer von Silberbaum gelangt, welche dem Stammsitz vorgelagert ist.«

Der Schlangenanbeter hob die Hände, so als wolle er einen weiteren Bann auf die Söldner legen. Da sie aber keine Folgen spürten, starrten sie ihn noch argwöhnischer an.

»Ein jeder von euch besitzt nun zeitweise die Fähigkeit«, lächelte Tharsarn, »im Dunkeln sehen zu können. Fürst Phelmar, tretet mit den Euren hindurch, und verschafft Euch, was Euer ist!«

Silberbaum hob sein Schwert, stieß den Schlachtruf aus und rannte mit den Wartalons durch das Feuertor. Die Männer spürten nicht mehr als ein Ziehen in den Eingeweiden und wie ihnen für einen Moment der Boden unter den Füßen weggezogen wurde.

Dann landeten sie unter einer strahlenden Sonne im Gras und inmitten eingefallener Gräber.

»Mich deucht«, sprach Phelmar, »dass wir Untiere und Fallen weit weniger fürchten müssen als Zauberer oder Schlangenanbeter.«

»Und das ist weise von Euch«, entgegnete Tharsarn. Alle drehten sich um, aber keiner von den anderen in der Kammer war mit den Söldnern hierher gekommen.

»Ich fühle mich krank. Nicht einfach nur schlecht.« Nalgryn klang jämmerlicher, als die anderen ihn je erlebt hatten.

»Die Ruine verfügt über starke Zauberenergien. Wenn Ihr mit aller Macht an Silberbaum und das denkt, was ihm gerade durch den Kopf wandert, vergeht Euch das schlechte Gefühl bald.«

»Und damit scheitern wir dann an unserer eigentlichen Aufgabe«, wandte der alte Harakthar säuerlich ein, »nämlich uns damit vertraut zu machen, wie es im Innern des Schweigenden Hauses aussieht.«

»Wohl gesprochen«, lobte Larayel.

Nach einer Weile bemerkte Korcelyn: »Kann einer von euch irgendeinen Sinn in diesem Dauergewisper erkennen? Ich verstehe kein einziges Wort davon!«

»Versucht das gar nicht erst«, mahnte Tharsarn. »Richtet Eure Gedanken und Sinne auf etwas anderes, sonst erwartet Euch noch vor Sonnenuntergang die Irrsal.«

»Raldro, kommt da sofort wieder raus!«, donnerte Phelmar, aber aus der Kammer, in welcher der Leutnant des Anführers verschwunden war, ertönte jetzt Schwertgeklirr.

»Dort hinein!«, befahl der Hauptmann einem Dutzend oder mehr seiner Söldner.

Doch da kam der Krieger schon wieder heraus und schwang seine blutige Klinge. »Nur ein paar Schurken. Sie haben alle ihr Leben lassen müssen.«

»Und was ist mit der Großen Schlange?«, fragte Gaunter im Spaß.

»Genug mit solchen Schelmereien!«, schimpfte Phelmar, der die ganze Zeit glaubte, die beiden Schlangenanbeter in seinem Nacken zu spüren.

»Bis jetzt hätten wir also ein halbes Dutzend Schurken, ein Rudel Hunde und eine Spinne so groß wie mein Kopf«, zählte Gaunter auf.

Da schoss etwas aus einer Ecke heran und flitzte zwischen den Männern hindurch. Erschrocken schlugen die danach, trafen aber meistens daneben.

Dann endlich Geräusche wie von einem Beinhauer, der mit seinem Beil ein Rind zerlegt. Die getroffene Spinne brach zusammen und wurde zusätzlich von drei Klingen durchbohrt.

»Was ist mit Euch?«, fragte Gaunter, als er sah, wie der Anführer wie benommen das Haupt schüttelte.

»Mir war, als hätte eine Stimme in meinem Kopf gesprochen«, antwortete der Anführer. »Habt ihr das auch gehört? So ein Wispern.«

Schweigen senkte sich über den Gang, und die Söldner sahen einander eigenartig an. Dann bemerkte Raldro: »Ja, wir alle hören das.«

Und nun brauste die Geisterstimme mit Macht auf, so als sprächen ein Dutzend Personen gleichzeitig. Doch so sehr die Männer sich auch anstrengten, mehr zu verstehen, sie konnten nur ein Wort heraushören: *Silberbaum … Silberbaum …*

So hatte die dreiköpfige Schlange Gelegenheit, sich unbemerkt an die Söldner heranzuschleichen, bevor Gaunter sie entdeckte.

Die Männer stürzten sich auf den neuen Gegner, als seien sie froh, endlich wieder etwas Handfestes statt einem Wispern im Kopf vor sich zu haben.

Phelmar aber beteiligte sich nicht an der Schlacht. Dafür hatte er viel zu viel Mühe, sein Gleichgewicht zu wahren. Denn in seinem Kopf schwoll das Gewisper in ungehinderter Wildheit an.

Dann ertönte aus ihm Wut, rotes Zuschlagen, gefolgt von einem Röcheln der Verzweiflung.

»Was war das?«

»Euer Freund Kaerest, mein lieber Korcelyn. Ich habe Euch gewarnt. Dieses Wispern vermag, durch eine Geistverbindung zuzuschlagen.«

Die letzte Stimme hatte Tharlarn gehört. Phelmar presste sich beide Hände an den Kopf und ging in die Knie.

Zwei

Eine Überraschung für die Schlange

»Abbrechen!«, schrie Nalgryn, da die Köpfe der Zauberer mit einem Mal in Flammen standen. Er schlug mit der flachen Hand auf ihre Häupter und Gesichter ein.

Die meisten erwachten wie aus einem Traum, und dann verging der Feuerkranz. Einer aber erstarrte, streckte die Arme wie ein Ertrinkender aus und fiel der Länge nach hin.

»Korcelyn, ruft Eure Männer zusammen!«, brüllte Larayel. »Die Sache wird uns langsam zu heikel!«

Doch der Anführer der Magier ließ eine Feuerwand entstehen, welche die Zauberer zusammenrücken ließ und die beiden Schlangenanbeter aussperrte.

Dann entschwanden die Flammen, und die Bannschmiede mit ihnen. Nur die Toten blieben rauchend zurück. Tharsarn und Larayel sahen sich mit großen Augen an und riefen dann ihre Männer herbei.

Drei glatzköpfige Schlangenpriester stürmten herein, und der erste rief: »Die Magier sind geflohen! Haben wir es nicht von Anfang an gewusst?«

Tharsarn zeigte in den Flammenbogen, der wunderbarerweise erhalten geblieben war, und befahl: »Ihnen hinterher. Ihr müsst den fangen, den sie Phelmar Silberbaum nennen, und ihn lebend zurückbringen.«

Die Soldaten, welche den Priestern gefolgt waren, stürmten als Erste auf den Friedhof des Schweigenden Hauses und schwangen ihre mit Schlangengift bestrichenen Waffen.

Die drei Priester aber drängten sich um Larayel und Tharsarn, weil Ersterer gerade aus der Luft eine Kristallkugel erschuf.

Darin zeigten sich die Schlangenkrieger, wie sie über den Hang mit den Gräbern wimmelten, wie sie ihre Schwerter schwangen, wie sie durch die Lücken und Löcher im Wall sprangen und wie sie dahinter starben.

Denn dort standen die Söldner, bereit, jedem vorwitzigen Angreifer sofort den Garaus zu machen.

»Beim nächsten Mal werden sie von einem Schlangenpriester angeführt«, murmelte einer der Zuschauer. Die Priester verfolgten ungerührt, wie ihre Soldaten abgeschlachtet wurden.

»Man könnte meinen, Silberbaum und seine Schar seien auf unsere Soldaten vorbereitet gewesen«, bemerkte Ghaelen.

»Vergesst nicht, dass die Geistverbindung noch weiter besteht«, meinte Larayel.

»Dann löst sie sofort!«, befahl Ghaelen wütend.

Eben fiel der letzte Schlangensoldat, und Phelmar reckte triumphierend seine bluttriefende Klinge, so als wolle er sie den zuschauenden Priestern zeigen.

Damit drehte der Silberbaum sich um und schritt mit seinen Söldnern ins Schweigende Haus. Die Schlangenanbeter starrten ihnen hinterher, bis der Letzte von ihnen im Finstern des Palastinnern verschwunden war.

»Die Wartalons haben drei Männer verloren, wir alle«, rechnete Ghaelen vor. »Wenn wir sie im Haus der Silberbaums angreifen, kostet uns das vermutlich einen noch viel höheren Blutzoll.«

»Das spielt keine Rolle, denn unsere Gegner dürfen nicht ungestraft davonkommen«, erklärte Brenthur, und sein Tonfall duldete keinen Widerspruch.

»Jeder Einzelne von ihnen muss gehetzt und erschlagen werden, ehe ihm Gelegenheit bleibt, die Ruinen wieder zu verlassen.«

»Wohl und wahr gesprochen«, erwiderte Ghaelen. »Nur meint Ihr nicht, dass wir hier ein paar zu wenig wären, um den Söldnern einen Nasenstüber zu versetzen? Und weiteres Leben der Gläubigen zu verschwenden wäre doch eine Sünde gegen unseren Geschuppten Herrn!«

»Aber wenn Ihr Eure Zauberkräfte einsetztet, wären wir doch

unüberwindlich«, entgegnete Brenthur. »Die Große Schlange könnte einen neuen großen Sieg auf ihr Panier schreiben!«

»Wie gern würde ich das tun«, erklärte der Priester, »doch verbietet mir dies die Pflicht. Nur ich, und ich allein, darf der Großen Schlange Rechenschaft darüber ablegen, was sich hier ereignet hat.«

»Eine Pflicht, welche sich nun von selbst erledigt hat«, erklang eine Stimme, und alle fuhren fahrig herum.

Der Magier mit dem Titel der Großen Schlange war nicht heranmarschiert gekommen, sondern einfach so mitten in der Kammer aufgetaucht.

Wie üblich hatte er seinen giftgrünen Schlangenleib in einen schwarzen Umhang gehüllt. Sein haarloser Kopf wirkte wie eine Kreuzung aus Schlange und Mensch, aber er besaß noch die Arme und Hände eines Zweibeiners.

Zwanzig Meter hoch ragte er über den Männern an der Kristallkugel auf. Er sandte einen Nebel aus, welcher seinen Anhängern vom den Füßen bis zu den Waden reichte.

Die Priester und Zauberer gaben sich alle Mühe, sich keine Furcht anmerken zu lassen.

»Ihr alle werdet ins Schweigende Haus gehen«, verkündete die Schlange mit einer kaum verhüllten Drohung in der Stimme.

»Durch den Thrael werde ich mit euch in Verbindung stehen und euch leiten und lenken. Fürchtet euch nicht, denn das Gewisper wird euch unter meinem Schutz nichts anhaben können.«

Er sah seine Anhänger der Reihe nach an. »Stellt also die Verbindung zu Phelmar Silberbaum wieder her, stellt fest, wie es ihm inzwischen ergangen ist, und schaut euch mit seinen Augen nach allem um, was euch gefährlich werden könnte.«

Die Große Schlange erhob die Arme wie zum Segen. »Außerdem spüre ich, dass ich einem der verschwundenen Dwaerindim ganz nahe gekommen bin. Also muss er sich irgendwo im Schweigenden Haus befinden.

Lasst euch ja nicht einfallen, ohne den Weltenstein zurückzukehren!«

»Eine Hand voll alter Münzen voller Grünspan. Ich kenne nicht eine davon«, meldete Dlanazar. »Und zwei Kieselsteine.«

»Berührt die beiden, einen nach dem anderen, mit einem Finger«, gebot Horl.

Der Beschaffer fuhr erschrocken zurück, als die Steine danach anfingen zu glühen.

»Besser als Laternen, was?«, lachte der Alte. »Gebt mir einen.«

»Laut unserer Vereinbarung gehören alle magischen Gegenstände mir«, widersprach Dlanazar. »Bis auf eine bestimmte Kupferhand.«

»Gewiss, gewiss, mein junger Freund. Aber denkt doch einmal nach: Wäre es nicht viel sinnvoller, wenn wir beide je einen Stein hochhielten? Zu zweit würden wir mehr sehen als einer allein, und Ihr hättet Eure Schwerthand frei.«

Er nahm den einen Stein rasch an sich. »Für den Fall, dass wir uns verstecken müssen, wünscht Euch einfach Dunkelheit, und der Stein hört auf zu leuchten. Jetzt stellt die Truhe wieder in das Loch und schiebt die Platte darüber. Ihr werdet sehen, dass die Falle dann gleich wieder gespannt ist.«

An der dritten Kammer prallten drei Wartalons von einer Türschwelle zurück, denn sie waren gegen einen Abwehrschild der Schlangenpriester gestoßen.

Die Gegner sorgten dafür, dass sich die Schwerter in ihren Händen wie glühendes Eisen anfühlten. Doch auch das nützte den Schlangenanbetern nichts. Die Söldner hieben ihnen den Kopf vom Hals.

Aber dennoch hatten die anderen Priester genügend Zeit gefunden, grässliche Zauber zu bewirken. Die drei Wartalons wurden von unsichtbaren Händen zerrissen.

Vier Priester hatte dieser Kampf das Leben gekostet, und die Wut der Großen Schlange darüber lastete schwer auf dem Geist der überlebenden Getreuen.

Die Schlange beruhigte sich auch nicht, als wenig später der Boden nachgab und einen kreischenden Brenthur verschlang.

In der siebenten Kammer stürmte der riesige Ungmar ihnen mit Gebrüll entgegen. Die Priester bezwangen und töteten ihn, doch um den Preis vieler Kampfbanne.

Das nutzten drei Söldner aus, sich von hinten an die Feinde heranzumachen und drei von ihnen zu erschlagen, ehe sie selbst überwunden wurden.

Danach traten nur noch sieben Schlangengläubige auf den Flur hinaus. Ein endloser und nicht eben breiter Gang erwartete sie, in welchem das Gewisper besonders aufdringlich klang.

Dann rumpelte etwas voraus, und ein großer Steinkopf rollte auf das Septett zu. Je näher er kam, desto mehr Fahrt gewann er.

Die Priester zersprengten den Stein und mit ihm die drei Söldner, welche ihn geschoben hatten. Doch zu früh gefreut. Die nächsten fünf Söldner hatten sich mit herangeschlichen und fielen über die Schlangen her, welche sich in der Enge des Raums kaum wirksam zur Wehr setzen konnten.

Endlich hatte man sich der Angreifer entledigt, und mit ihnen lagen alle vier Priester in ihrem Blut.

Nur Larayel, Tharsarn und Ghaelen waren übrig geblieben. Schwer atmend versuchten die drei zu ergründen, wie viele Wartalons noch am Leben sein mochten.

»Viele können es nicht mehr sein«, meinte Tharsarn, ehe die drei der Geistespeitschenhieb der Großen Schlange traf und sie unbarmherzig weiter durch den Gang jagte.

Horl sprang aus dem Stand über eine Bodenplatte hinweg, und Dlanazar brauchte keine zusätzliche Ermahnung, es ihm gleichzutun.

»Wünscht Dunkelheit«, befahl der Alte auch. Völlige Finsternis setzte ein, bis Horl seinen Stein unvermittelt wieder leuchten ließ.

Drei Ausgänge ließen sich erkennen, und dahinter schlich eine Mischung aus Echse und Raubkatze. Plötzlich sauste das Untier durch eine der Öffnungen herein und griff die beiden Männer sofort an.

Horl schleuderte alle Dolche auf das Wesen, welche er bei sich trug. Der fünfte fuhr ihm ins Auge, der sechste ins Maul. Jaulend brach das Ungeheuer kurz vor ihnen zusammen.

»Begebt Euch in den Gang, aus welchem dieses Ungeheuer gekommen ist, und haltet nach weiteren Gefahren Ausschau. Wenn Ihr auf irgendetwas trefft, egal wie klein, das sich bewegt, kehrt sofort zu mir zurück.«

Dlanazar hatte bereits vier Schritte gemacht, ehe er plötzlich zögerte, die Stirn runzelte und zurückblickte. Ja, er war den Anweisungen des Älteren wie selbstverständlich gefolgt … wann hatte er es sich nur angewöhnt, Horls Befehlen zu gehorchen, ohne auch nur einen Gedanken darauf zu verschwenden?

Hatte ihn der alte Mann etwa mit einem Zauber belegt?

In einer fernen Burg lebte ein Zauberer, dessen Namen niemand kannte, weil er sich so selten auf der Welt zeigte. Doch in diesem Moment ließ er beinahe sein Zauberbuch fallen.

So stark hatte er den Thrael noch nie gespürt. Der Magier überprüfte die Abwehrschilde, welche alle dem Zweck dienten, ihn vor den Blicken der Großen Schlange zu verbergen.

Der Aufruhr des Thrael konnte nur bedeuten, dass jemand die Große Schlange gerade bekämpfte und in arge Bedrängnis brachte. Oder dass die Schlange einen übermächtigen Bann zusammenbraute.

Im ersten Fall sollte der namenlose Zauberer versuchen, dem unbekannten Helden beizustehen, im zweiten sollte er sich darauf gefasst machen, dass die Große Schlange ihn nun mit aller Gewalt aufspüren wollte.

Wie dem auch sei, höchste Zeit, den Drachen fliegen zu lassen.

Den nächsten Söldner erledigten sie sozusagen im Handumdrehen. Er tanzte nackt in einem Raum, doch man konnte kein Wort seines Liedes verstehen.

Larayel setzte eine verächtliche Miene auf und fällte ihn.

Die drei Schlangenanbeter standen beisammen. Das Gewisper in ihren Köpfen drohte, sie in die Irrsal zu treiben. Und schlimmer noch, den Thrael aus ihren Köpfen zu zwingen.

Und ohne den wären sie hier blind gewesen.

Da tauchte ein Söldner taumelnd aus einer Öffnung auf, den sie gleich als einen der Wartalons wiedererkannten. Ghaelen erledigte den fast Wehrlosen mit einem Feuerstoß.

Dann führte er Larayel und Tharlarn hinaus auf einen Gang, welcher geradewegs in einen großen und hohen Saal führte.

Dieser war bis auf zwei Dinge vollkommen leer: ein zusammengebrochener Tisch und ein Mann in einer Rüstung, der unentwegt vor sich hin kicherte.

Phelmar Silberbaum stolperte mit Schaum vor dem Mund durch den Saal, und man konnte nicht einmal erahnen, wohin ihn seine Schritte lenkten.

Seinem Gesichtsausdruck nach zu schließen, bekam der Söldnerführer überhaupt nichts mehr mit.

Die drei Schlangen machten sich bereit, Phelmar den Rest zu geben, und die Große Schlange drängte sie ungeduldig dazu.

Doch da öffnete sich vor ihnen ein Schlund, welcher die Welt selbst verschlingen wollte. Dem folgte eine Woge von Finsternis, und der Thrael selbst wich davor zurück.

Das Summen des Thrael klang dem Drachen schrill in den Ohren. Eine Narretei, so dicht bei dem größten Magier der Welt einen Zauber bewirken zu wollen. Aber andernfalls wäre er gegen die Kuppeldecke geschleudert und zerschmettert worden.

Als Erstes stellte er eine Verbindung zu der Kristallkugel her, welche sich in der großen Halle unter der Kuppel befand. Wenn er sich mit seinem Bewusstsein langsam bis an den Rand der Kugel vorarbeiten konnte …

Drei Schlangenpriester standen unten an der Hallenwand, aber sein großer Schlangenfeind befand sich allein in der Mitte des Saals. Die Große Schlange hatte nur Augen für einen Mann, dem man den Geist geraubt zu haben schien.

Sein Feind versuchte zu ergründen, wer dem Silberbaum das angetan hatte.

Mit ausgestreckten Klauen und Krallen sauste der Drache auf die Große Schlange hinab, um sie zu zerfetzen. Die Zauber, welche ihm entgegengesandt wurden, konnten ihn kaum aufhalten.

Seine Krallen zerrissen das Fleisch des Schlangenmenschen zu einer blutigen Masse, und sein großes Gewicht zerquetschte die Schlange endgültig.

Gemeinsam brachen sie durch den Boden. Während der Drache versuchte, wieder nach oben zu kommen, rannten die Priester geistlos und wie aufgescheuchte Hühner durch den Saal.

Selbst diejenigen, welche gerade geschlafen hatten, wurden hochgerissen, weil sie den Thrael nicht mehr spüren konnten.

Voller Verwirrung rannten sie durch die Gänge und schauten in allen Kammern nach, weil sie hofften, irgendwo jemanden zu finden, der ihnen Antwort geben konnte.

Doch stattdessen trafen sie auf ihre ehemaligen Diener, welche sich vor ihren Augen in Koglaur verwandelten und sprachen: »Wir dulden das Getue der Großen Schlange und von jedem anderen nicht länger, welcher das Reich unterdrücken will.

Deswegen soll es uns jetzt ein Vergnügen sein, euch mit Stumpf und Stiel auszurotten!«

Der Schlangenpriester Ilmarr Maertryn zitterte im fernen Sirlptar so stark, dass ihm ein Glas voller kostbarem Drachentraum aus der Hand fiel und zersplitterte.

»Der Thrael … das kann nur bedeuten, dass …«

Ein gehässiges Kichern ertönte hinter ihm, und verwundert drehte er sich um.

Dort stand seine Weinkellnerin, so spärlich wie immer bekleidet, und streckte eine Hand nach ihm aus.

Frechheit!, dachte der Priester, doch der Arm wuchs immer weiter und teilte sich in mehrere Tentakel, welche sich um seinen Hals legten.

»Was für eine Niederlage für die Kirche der Schlange«, säuselte die Weinkellnerin, »aber was für ein schöner Tag für die Welt!«

Schlangenfürst Alphaer Chontul warf einen verächtlichen Blick auf die Schafe draußen auf der Weide und wandte sich wieder der auf dem Tisch gefesselten Schönen zu, welche er für seinen Zauber vorbereitete.

Da erhielt er so etwas wie einen Schlag gegen den Kopf, jedoch im Innern seines Schädels. Er brach langsam zusammen, und seine letzten Worte lauteten: »Die Große Schlange ... ist tot!«

»Ja dann«, lachte die Schöne auf dem Tisch, erhob sich und stieß ihrem Peiniger mit einem halben Dutzend Hände einen Speer in die Brust.

In den Tiefen des Schweigenden Hauses nahm Phelmar Silberbaum, der nur noch ein Schatten seiner selbst war, das Schwert auf und erwartete die nächsten Eindringlinge.

Das Silberbaumhaus steckt voller Fallen und Gefahren. Weiters durchstreifen Ungeheuer aller Art seine Gänge.

Wäre jedoch das Gewisper nicht, könnte man das Schweigende Haus als übergroße Schatzkammer bezeichnen, welche jeder mittelmäßige Abenteurer mit einem scharfen Schwert an sich bringen könnte.

Nun gut, eine weitere Schwierigkeit kommt hinzu: Der Palast der Silberbaums scheint von selbst zu wachsen. Wenn man heute eine Karte zeichnet, ist diese morgen schon überholt.

Man findet hier ausgeplünderte Räume zuhauf, aber dahinter regelmäßig auch Gebeine.

Und man rät sicher nicht falsch, wenn man vermutet, dass die Räuber ihren Hals einfach nicht voll bekommen konnten.

Die Flügel im Südwesten sehen recht neu aus, und ich glaube nicht, dass dort viele Schätze zu finden sein können.

Deswegen habe ich beschlossen, zu einer tieferen Ebene hinabzusteigen.

Die Treppe hinunter war mit Leichen übersät, alle offenbar erstickt.

Bei meinem nächsten Vordringen dorthin ließ sich jedoch nichts mehr von ihnen sehen.

Wer mag wissen, welche unsichtbaren Hände hier aufgeräumt haben?

Ich weiß nicht, welches Schicksal die Dreifaltigkeit mir zugedacht hat, aber ich gehe davon aus, dass das Schweigende Haus mein Grab wird.

Zu viele Banden schleichen hier immer noch herum, und da nimmt es einen schon Wunder, dass wir noch nicht aufeinander geprallt und uns wegen irgendwelcher vermuteter Schätze in die Haare geraten sind.

DER PLÜNDERER DER GRABGEWÖLBE
Im Tiefwinter des vierzehnten
Regierungsjahres des Kelgrael

BUCH SECHS

Joszgar Silberbaum

Geboren im Jahr 1212 nach Sirler Zeitrechnung,
gestorben im Jahr 1241 nach Sirler Zeitrechnung

Fürst Silberbaum

Von den Träumen seiner Herrin und wie die
Talasornzauberer Gespenster gesehen haben

Eins

Ein Traum von zwei Fürstentümern

Sein Auftrag war sehr eindeutig: Die Fürstin Narembra Schwarzgult sollte noch in dieser Nacht sterben und das Land so von einem großen Übel befreit werden.

Der schlanke, kleine Mann mit dem auffällig guten Aussehen starrte über das dunkle Wasser des Burggrabens. In dieser Stadt gab es eine Menge Männer, welche mit Meuchelmorden ihren Lebensunterhalt verdienten, aber er durfte sich der Beste nennen.

Joszgar Silberbaum stammte aus Sirl und arbeitete schon über anderthalb Jahrzehnte als Sklavenhändler. Er gab nie viel auf die schönen Worte seiner Kunden, und auf die der Schlangenpriester schon dreimal nicht.

Aber die Herren hatten gutes Geld bezahlt und auch Vorkasse geleistet. Joszgar war sich allerdings im Klaren darüber, dass er die zweite Hälfte der Zahlung niemals zu sehen bekäme.

Nach getaner Arbeit würden die Schlangenpriester ihn eher beseitigen, statt ihn auszubezahlen.

Es war ein offenes Geheimnis, dass die Schlangen die Herrschaft im Reich übernehmen wollten. War dies erst erreicht, würden sie mit ihren in Gift getränkten Dolchen und Schlangenspeeren über das reiche Sirlptar herfallen.

Man redete auch darüber, dass der Großen Schlange vor Jahren ein furchtbares Missgeschick widerfahren sein musste, welches ihre ganzen Pläne in Unordnung gebracht hatte.

Im Verlauf dieses Unheils waren überall auf der Welt Schlangenpriester ermordet worden oder hatten merkwürdige Unfälle erlitten.

Doch inzwischen war die Gemeinschaft der Schlangengläubigen wieder erstarkt und rüstete erneut zur Machtübernahme.

Vor allem im Reich, wo die Fürsten und Barone sich unablässig wie Straßenköter balgten. In anderen Ländern hatte man aus den eigenen Fehlern gelernt und die Schlangenkirche verboten. Ließ sich das Verbot nicht durchsetzen, wurden die Gemeinden unterdrückt.

Deswegen würde Joszgar Silberbaum eines der »anderen Länder« aufsuchen müssen, sobald er seinen Auftrag erledigt hatte.

Wenn er nur einen vertrauenswürdigen Zauberer finden könnte, welcher ihm dabei half, sich das Äußere eines Schlangenpriesters zu geben.

Dann könnte er seinen eigenen Tod vortäuschen und unbehelligt von den Schlangen in Ruhe sein Auskommen finden. Der Plan hatte allerdings einen kleinen Schönheitsfehler: Auf der ganzen Welt war nirgends ein »vertrauenswürdiger« Magier bekannt.

Die Burg Schwarzgult war alt und wirkte sehr beeindruckend mit ihren schlanken Zier- und wuchtigen Wehrtürmen.

Vor vielen hundert Jahren hatte man die Steinmauern mit Flussschlamm bestreichen und diesen von Magiern feuerglasieren lassen. So fand kein Angreifer bis auf sechs Mannshöhen Halt an diesen Wällen.

Hinzu kam der davor liegende Burggraben, in welchen die Burgherren fleischfressende sarindanische Aale ausgesetzt hatten.

Hier half nur ein Schwebezauber weiter. Joszgar hatte zusätzlich eine schwere Armbrust mitgebracht. Diese feuerte er nun aufs Geratewohl in Richtung offenes Land ab, und der Rückstoß schickte ihn über den Burggraben.

Er landete hoch genug am Wall. Oberhalb der Glasur erwiesen sich die Steine als alt und bröckelig, und hier fand man leicht Halt.

In dem Eckturm, welcher vom Wall aufragte, sollten sich die Gemächer der Fürstin Schwarzgult befinden. Silberbaum konnte damit rechnen, sie allein anzutreffen; denn die Edle stand im Ruf, die Gesellschaft von Büchern der von Männern vorzuziehen.

Er entdeckte auch keine Schutz- oder Abwehrzauber an den Außenfenstern. Sollte ihm die Arbeit wirklich so leicht gemacht werden?

König Kelgrael Schneestern hatte für eine Weile auf dem Flussthron gesessen, war aber seit einiger Zeit verschwunden. Während das Volk fürchtete, er sei tot, reimten die Sänger, er schlafe an einem geheimen Ort.

Irgendwie sollte das mit dem Missgeschick der Großen Schlange zusammen hängen.

Die Fürsten und Barone hatten sich nicht lange bitten lassen. Kurz nach dem Verschwinden Seiner Majestät überzogen sie einander schon mit Krieg.

Ein Jammer für das Reich, aber ein Glücksfall für zwielichtiges Gesindel wie Joszgar Silberbaum. Aber er wusste auch, dass er sein Glück schon zu lange versucht hatte.

Am besten verabschiedete er sich nach diesem Auftrag aus Aglirta …

Er stieg unter den Turm, dessen Abtrittsklappe gerade geschlossen war. Langsam zog der Eindringling sich an der Brüstung des Balkons hoch. Die Fenster dahinter wiesen weder Gitterstangen noch schwere Läden auf.

Er hielt einen Moment in einer Nische inne und überprüfte den Sitz seiner Dolche und Messer. Wenn es erst losgegangen war, blieb ihm wohl kaum noch die Zeit, in seinen Taschen nach den Klingen zu suchen.

Liebe Dreifaltigkeit, lächelt mir weiter zu!

Wie ein schwarzer Wind schwang Joszgar sich über die Brüstung, landete auf den Knien und presste sich sofort gegen die Balustrade, um nicht gegen eine Glasscheibe zu prallen und die Bewohner zu wecken.

Die Nacht schwieg, und nur einmal ließ sich der Schrei eines Nachtraubvogels vernehmen. Joszgar sprach das zweite Zauberwort, welches ihm alle hiesigen Schutzzauber anzeigen sollte.

Aber nirgendwo erfolgte das verräterische Aufglühen. Nur jenseits der Glastür leuchteten zwei kleine Gegenstände, vermutlich Glücksbringer.

Der Eindringling stieß vorsichtig mit den Fingerspitzen gegen die Tür, und die gab nach und tat sich ganz auf.

Entweder war die Herrin sträflich unvorsichtig, oder im Innern erwartete Joszgar eine saftige Überraschung. Er fand einen kleinen Beistelltisch und schob den durch die Öffnung.

Nichts tat sich. Keine Eisenspitzen sausten von der Decke, kein Abgrund tat sich vor ihm auf.

Also stellte der Dieb den Tisch wieder ab und trat mutig ein. Er wartete einen Moment, und als sich noch immer nichts getan hatte, zog er die Tür hinter sich ins Schloss.

Während seine Augen sich langsam an die Dunkelheit gewöhnten, gewahrte er vor sich den größten weißen telnanischen Teppich, welcher ihm je untergekommen war.

Gleich vor ihm befand sich eine geschlossene Tür, welche wohl ins Burginnere führte. Zu seiner Linken stand ein prächtiges Bett.

Und auf dem saß eine Frau in einem sehr dünnen Nachthemd und hielt ein aufgeschlagenes Buch in der Hand. Langes Haar wallte ihr bis über die Schultern hinab.

»Oh, hallo«, grüßte ihn die Herrin. »Mögt Ihr ein Glas Wein?«

Die Edle rührte keinen Finger, aber schon sauste blaues Feuer über sämtliche Waffen des Eindringlings. Sogar über diejenigen, welche er verborgen am Leib trug.

Joszgar blieben nur zwei Möglichkeiten: Entweder er zog seine Dolche, oder er floh durch die Glastür und sah dann draußen zu, wie er von hier fortkäme.

Er entschied sich für Letzteres, was ihm jedoch nicht viel einbrachte; denn irgendetwas hielt ihn an Ort und Stelle fest.

Dann flog die Schnalle aus seinem Hosengürtel. Schon rutschte sein Beinkleid. Joszgar wusste, dass er dieser Frau hilflos ausgeliefert war.

»Aber sehr gern, edle Herrin. Ich glaube, ein Glas Wein wäre jetzt genau das Richtige.«

»Seht Ihr den Stuhl dort? Er ist recht bequem. Bringt ihn hierher an meine Seite. Wir beide müssen uns nämlich unterhalten.«

Zu dumm, dass die Schlangen mit keinem Wort die Zauberkünste der Herrin Schwarzgult erwähnt hatten. Vielleicht ging es ihnen ja auch gar nicht in erster Linie um die Edle. Womöglich hatten sie vor allem ihn beseitigen wollen!

Er schob den Stuhl heran, zog seine Hose hoch und ließ sich nieder.

»Vergebung, wenn ich Euch Unannehmlichkeiten bereitet haben sollte«, begann sie, und ein Pokal mit rotem Wein schwebte zu dem Eindringling.

»Herrin, wird dieser Trunk mich umbringen?«

»Höchstens, wenn Ihr feinen Kalamanta nicht vertragen solltet. Ich weiß, wer Ihr seid und warum Ihr gekommen seid. Allein aus diesem Grund seid Ihr noch am Leben.«

Sie trank einen Schluck aus ihrem Becher und forderte ihn mit einer Geste auf, es ihr gleichzutun. »Mir ist allerdings unbekannt, warum Ihr den Auftrag angenommen habt, mich zu töten: Hasst Ihr mich vielleicht, oder hegt Ihr am Ende einen Groll gegen mich?«

»Weder noch, Herrin, ich finde Euch sogar bezaubernd.« Er spürte ein Prickeln.

»Fürchtet Euch nicht«, sprach die Edle. »Bei dem, was Ihr da spürt, handelt es sich um meinen Wahrheitsbann. Ihr dürft mich Narembra nennen und sollt mir noch eine Frage beantworten:

Könntet Ihr Euch dazu entschließen, mich zu heiraten und mit mir zusammenzuleben?«

Joszgar verschluckte sich fast, und nachdem er ein paar Mal gehustet hatte, entgegnete er heiser: »Herrin, ich empfinde Eure Scherze als grausam.«

»Ich scherze nicht, sondern erwarte eine ehrliche Antwort, und ich heiße Narembra, nicht Herrin.«

Sie richtete sich auf die Knie auf und beugte sich zu ihm vor. »Werter Herr, es gehört nicht zu meinen Steckenpferden, nachts Einbrecher zu empfangen und mit ihnen lustige Frage- und Antwortspiele zu betreiben.

Wisst Ihr, wie viel Zeit und Mühe es mich gekostet hat, in den Geist der Schlangenpriester einzudringen, um sie dazu zu bewegen, Euch den Auftrag zu erteilen, zu mir vorzudringen?«

»Äh … nein«, antwortete Joszgar wahrheitsgemäß.

»Ihr seid nämlich der einzige Silberbaumerbe im heiratsfähigen

Alter und seht dazu auch noch ganz gefällig aus. Deswegen stelle ich meine Frage von vorhin noch einmal.«

Joszgar leckte sich die Lippen, leerte seinen Pokal auf einen Zug und sprach dann: »Was ich von Euch sehe, erscheint mir auch recht gefällig. Welche Bedingungen wollt Ihr denn für unsere Verehelichung stellen? Vermutlich, dass ich Euch nicht anrühren darf.«

»Mitnichten. Ich habe nur eine Bedingung: Ihr müsst mich mit allen Kräften dabei unterstützen, Eure Ländereien und Titel zurückzuerlangen.«

Das brachte den Dieb zum Lachen. »Jetzt verstehe ich! Ihr scheint mich für jemanden aus der Fürstenfamilie Silberbaum zu halten. Da muss ich Euch leider enttäuschen.

Ich bin nämlich in Sirlptar aufgewachsen. Und von uns gibt es dort eine ganze Menge.«

»Da muss ich Euch widersprechen: Ihr gehört wirklich der berühmten Fürstenfamilie an. Glaubt mir, ich habe lange genug Ahnenforschung betrieben und Stammbäume studiert. Joszgar, Ihr stammt in direkter Linie von Taeriths Silberbaum ab.

Ich übrigens auch, aber wir beide gehören verschiedenen Linien an, so dass einer ehelichen Verbindung nichts im Wege stehen dürfte.

Glaubt mir, die alten Geschichten entsprechen der Wahrheit: Wenn Ihr Euch im Schweigenden Haus aufhalten könnt, ohne wahnsinnig zu werden, könnt Ihr nur der wahre Fürst von Silberbaum sein.«

Der Einbrecher schüttelte den Kopf. »Herrin, Narembra, Ihr versteht nicht. Wenn ich meine Auftraggeber hintergehe, bringen sie mich um. Und wenn Ihr wirklich wisst, wer sie sind, erkennt Ihr auch, dass sie dazu durchaus im Stande sind.«

Die Edle lächelte und schnippte mit den Fingern. Im nächsten Moment hingen acht Männer mit leeren Augen wie aufgeknüpft in der Luft. Blut tropfte von ihren Körpern auf den weißen Teppich.

»Jetzt vermag sich niemand mehr von Euch hintergangen fühlen. Ich habe noch ein paar mehr Zauber bewirkt. Ihre Oberpriester glauben jetzt, diese hier hätten sich gegenseitig umgebracht.

Und wenn es Euch reut, die zweite Hälfte der Zahlung nicht mehr erhalten zu haben, ich besitze in meinen Schatztruhen mehr als genug.«

Sie winkte lässig, und die acht unschönen Toten verschwanden wieder. Ebenso wie die roten Flecke auf dem Teppich.

»Und nun zum dritten Mal«, sprach die Edle dann leise, »seid Ihr gewillt, mich zu freien und mit mir zusammenzuleben?«

Er berührte ihre Hand, als wisse er nicht so genau, ob er sich im Traumland oder in der Wirklichkeit befände. Narembra aber fühlte sich ausreichend fest an, und so antwortete er: »Ja.«

»Wir nähern uns der Langen Halle«, erklärte Horl, »nicht weit von der Stelle, wo weiland Joszgar Silberbaum … aber davon später mehr. Schaut zunächst einmal nach, welche Schätze sich unter der Statue dort befinden.«

Dlanazar starrte ihn verständnislos an.

»Mein junger Freund, unter fast jeder Statue in diesem Palast finden sich ein Schatz und eine Falle.«

»Wisst Ihr das alles, weil Ihr schon so furchtbar alt und weise seid?«, erwiderte der Jüngling spöttisch.

»Ich würde Euch ja gern berichten, wer ich bin, aber alles, was länger als drei Sätze dauert, langweilt Euch zu Tode.

Deswegen nur so viel: Ich war Krieger und Hirte, Stauer, Handelsgehilfe und noch ein Dutzend Berufe mehr. Ich lebe fast so lange wie der Schlafende König, und ich besitze eine große Gabe:

Ich muss mich nicht in den Vordergrund spielen und bin oft durchaus damit zufrieden, von den anderen nicht bemerkt zu werden. Vielleicht versucht Ihr es auch einmal damit.«

»Und was würde ich dadurch gewinnen?«

»Eine Menge Narben, unterhaltsame Geschichten, um sie abends in Gasthäusern zu erzählen, und Verstand genug, einen jungen Beschaffer dazu zu bringen, unangenehme Aufgaben zu übernehmen und notfalls sogar zu töten, wenn Ihr nicht länger selbst dazu in der Lage seid.«

Dlanazar sah den alten Mann mit ausdrucksloser Miene an.

»Und vielleicht ein wenig Magie, um den besagten Beschaffer nach Eurem Willen zu lenken?«

Der alte Horl bedachte seinen jüngeren Begleiter mit einem angewiderten Blick. »Stünde mir ein wenig Magie zur Verfügung, Junge, wozu bräuchte ich Euch dann? Und warum hätte ich dann nicht den Verstand eines junges Mädchens umgarnt?«

Die Decke von Narembras Himmelbett bildete ein magisches Fenster. Darin sah man einen tiefen Wald mit einer Burgruine. Eben spazierte ein Hirsch heraus auf die Lichtung.

»Muss ja wirklich toll sein, zaubern zu können«, bemerkte Joszgar.

»Na ja, man kommt ganz gut damit zurecht. Ihr befürchtet wohl, das alles sei ein Traum.«

Als er nickte, fuhr sie fort: »Nun, Ihr gehört jetzt zu meinem Traum. Vermutlich sterben wir beide bei dem Versuch, diesen Traum Wirklichkeit werden zu lassen. Und erst recht überleben wir es nicht, wenn wir damit scheitern. Aber komme, was da wolle, wir werden es versuchen.«

»Und ich wüsste niemanden, mit dem ich dieses Abenteuer lieber bestehen würde!«

Ein Armbrustbolzen sauste so knapp an Joszgar vorbei, dass er aus dem Sattel kippte. Die Zauberin linderte seinen Sturz, so dass er auf den Füßen landete.

Das Heer des Fürsten von Kardassa marschierte aus dem Wald. Sie würden sich beeilen müssen, wenn sie ihnen entkommen wollten.

»So hat auch er uns verraten«, sprach Silberbaum. »Sie haben uns von allen Seiten eingeschlossen und werden uns nun niederhauen.«

Da richtete sich die Herrin Schwarzgult im Sattel auf und rief ihren Rittern und Soldaten zu: »Wir wenden uns dem Fluss zu und ziehen uns ins Schweigende Haus zurück.«

Doch bevor es losging, raste eine Wolke von Pfeilen von den

Scharen des Fürsten Wolfhammer heran. Etliche Männer gingen getroffen zu Boden, und die Edle rief: »Reitet! Gebt den Pferden die Sporen!«

Die Reste der Heere von Schwarzgult und Silberbaum strebten dem rettenden Strom zu. Sie ritten auf die Soldaten von Tarlagar zu, und die freuten sich schon auf die Schlacht.

Denn von hinten folgten schon die Scharen Kardassas. Die Schützen von Wolfhammer feuerten eine neue Salve ab, und die riesige Streitmacht von Maerlin beeilte sich, auch noch an dem Gemetzel teilnehmen zu können.

Seit Monaten schon mussten sich die Armeen der Liebenden, wie Joszgar und Narembra im ganzen Stromtal genannt wurden, gegen die Truppen der Fürsten wehren. Stück für Stück hatten die Feinde aus den Ländereien der beiden herausgebrochen.

Jetzt gehörte ihnen kaum mehr als das Stück Land, auf welchem sie gerade standen. Und hier würden sie gleich auch ihr Leben aushauchen.

Von allen Seiten rückten die Recken heran, um die verbliebenen Getreuen der Liebenden niederzumachen. Niemand bemerkte, wie sich unter den Visieren die Gesichter veränderten, wie unter den Stahlplatten Tentakel wuchsen.

Dies ist unser Land, verrückte Zauberin. Hier herrschen die Koglaur. Mag es auch so aussehen, als lägen wir untereinander ständig in Fehde, wenn ein äußerer Feind erscheint, stehen wir alle Seite an Seite.

Aber da richtete die Edle sich kerzengerade im Sattel auf, breitete die Arme aus und schrie etwas, das im Hufgedonner unterging.

Darauf erhob sich ein Sturmwind und schlug wie mit Hämmern auf die Reihen von Tarlagar ein. Männer und Panzer lagen hernach gleichermaßen platt geklopft am Boden.

Eine Hand voll Krieger mit dem Wappen von Schwarzgult oder Silberbaum erreichte das Schweigende Haus. Hinter ihnen hieb der Wind immer noch auf die von Tarlagar ein, während die Truppen der anderen Fürsten innegehalten hatten und hilflos zusahen.

Joszgar Silberbaum stützte seine Liebste im Sattel, während ihre Rösser als Letzte hinter den eigenen Getreuen her jagten. Verzweifelt rief er ihren Namen.

»Ich lebe noch!«, antwortete sie und hielt seine Hand. Sie ritten zu den Ruinen des alten Stammsitzes, um hier bis zum letzten Atemzug standzuhalten.

Würde Joszgar dort den Verstand verlieren … oder vorher durch Pfeil oder Schwertstreich sein Leben lassen?

Pfeile und Bolzen schwirrten um sie herum, und vor ihnen kippten Männer getroffen aus dem Sattel. Dennoch galoppierten sie die Uferstraße entlang, ohne sich auch nur einmal umzuschauen.

Die drei anderen Heere hatten sich wieder gefasst und die Verfolgung erneut aufgenommen.

Da tauchten schon die Türme des verwunschenen Hauses am Horizont auf. Immer noch starben die Soldaten der Liebenden. Ein Sattel nach dem anderen blieb leer.

Nur noch wenige Reiter trieben ihre Rösser den Hang hinauf. Endlich langten auch die beiden Liebenden dort an.

Alles sprang zu Boden und verschwand sofort in den finsteren Gängen. »Hier entlang!«, rief die Edle. »In die Lange Halle.«

Um sie herum hörte sie nur das Getrampel weniger Stiefel. Dafür dröhnten in ihrem Rücken die Scharen der Verfolger, welche nun über den Hang wimmelten.

Dutzende drangen in jeden einzelnen Gang ein, entzündeten Fackeln und legten neue Pfeile auf.

Einmal drehte Joszgar sich um und erblickte wurmartige Wesen mit Menschenarmen, welche aus den Wänden hervorstießen und die Eindringlinge packten.

Sie zerrissen die Soldaten und Ritter und fraßen sie auf.

So hörten sie hinter sich bald nur noch Todesschreie, aber keine verfolgenden Schritte mehr.

Joszgar fing an, laut zu lachen, weil hier schon wieder eine der Geschichten wahr geworden war, die man ihm in seiner Kindheit erzählt hatte.

Zwei

Geister in der Burg

Den Göttern sei Dank«, freute sich der mächtigste Magier von Sirlptar und erhob sich von seiner Kristallkugel. »Diese närrische Zauberin mit ihren törichten Träumen.

Sie hat ihr Blatt überreizt, und so fällt das reiche Aglirta endlich mir zu, der ich ein Anrecht darauf habe!«

Osprur Talasorn gehörte einem alten Geschlecht von Zauberern an, und seit längerem hatten die Talasorns es hier in Sirlptar zu Reichtum und Einfluss gebracht.

Osprur war nun das Haupt seiner Sippe. Er verließ seine Privaträumlichkeiten und begab sich in den Marmorsaal, wo seine Stellvertreter den Familiennachwuchs in den Zauberkünsten unterwiesen.

»Achtung!«, rief der Alte und freute sich daran, dass sofort Ruhe eintrat. Ja, so war es recht.

»Gemäß meinen Befehlen habt ihr Kriegszauber geschmiedet. Bereitet euch nun darauf vor, sie einzusetzen.«

Er blickte an die Decke und ließ den magischen Bergkristall herabschweben. »Seht dieses Tor. Auf seiner anderen Seite erhebt sich die Feste Silberbaum im Reich Aglirta, welche noch nie erobert worden ist.

Wenn ihr dort eindringt, werdet ihr viele Krieger antreffen, welche sich zum Teil auch untereinander bekämpfen. Bringt alle um, die nicht gleich die Waffen vor euch senken.

Nur zwei sollt Ihr am Leben lassen und lebendig vor mich führen: die Herrin Schwarzgult und den Fürsten Silberbaum.

Was ihr dort an magischen Gegenständen findet, mögt ihr als Beute einstecken.«

Der Bergkristall leuchtete auf und öffnete sich. Eifrig stürmten die Lehrer und Schüler der Talasorn hindurch. Nach einer kleinen Weile war der Marmorsaal leer.

Lächelnd kehrte Osprur zu seiner Kristallkugel zurück. »Ja, greift nur hübsch an, meine Teuren, und erwerbt euch etwas Kampferfahrung.

Wenn ihr mir das Fürstenpaar ausgeliefert habt, verfüge ich über zwei willige Puppen, welche mir zur Reichskrone verhelfen werden.

Zusätzlich werden sie den Rest des Stromtals für mich erobern. Denn so ist es recht.«

»Bei der Dreifaltigkeit, hier liegen mehr Geldstücke, als wir tragen können!«, rief Dlanazar.

»Ich muss Euch gestehen, dass ich erleichtert bin«, gestand der Alte, »hatte ich doch schon gefürchtet, die meisten Verstecke seien inzwischen ausgeplündert worden.«

»Ich habe Durst.«

»Wartet nur, bis wir die Lange Halle erreichen. Dort finden wir einen Brunnen.«

»Wird sein Wasser auch trinkbar sein?«

»Warten wir's einfach ab. Wenn nicht, bleibt uns ja immer noch der Strom. Der liegt dreißig Kammern nach rechts.«

»Und jede einzelne mit einer Falle versehen, möchte ich wetten.«

»Ihr seid ja ein wahrer Hellseher. Aber auf jetzt, wir werden beide nicht jünger.«

Ein Feuerball explodierte in der Dunkelheit, und zwei kreischende Magier der Talasorn wurden gegen eine Wand geschleudert.

Damit hatten sie noch Glück, denn drei ihrer Kameraden gingen in Flammen auf und verbrannten im Nu zu Asche.

»Wer wagt es …«, donnerte der Anführer der Zauberer und Lehrlinge, ohne zu wissen, dass er Ospruns Worte aussprach, welcher sich über seine Kristallkugel beugte.

»Mit Verlaub, ich wage es«, ließ sich ein Mann mit dunklen Augen und langem Umhang vernehmen, der gerade hinter einer Säule hervortrat.

»Man nennt mich Harlvur Bogendrachen, und ich stamme aus Arlund.« Er bohrte dem Anführer eine Steinlanze in die Brust. »Euer Meister hat diesen Namen lange missachtet. Zu lange und sträflicherweise.«

»Ha!«, rief ein dicker Zauberer, welcher an seinem Gewand das goldene Zeichen der Magierzunft von Sirlptar trug. »Sterbt, Frechling!«

Er schleuderte dunkles Feuer auf Harlvur Bogendrachen, der daraufhin Feuer fing und schreiend durch den Saal rannte.

»Eins müsst Ihr dringend lernen«, fuhr der Dicke fort. »Man verhöhnt nicht einen besiegten Gegner, solange sich noch andere von der Sorte an Ort und Stelle befinden.«

Da sausten drei Schlangen durch die Luft, trafen den Dicken und bissen ihn ins Gesicht, bis er kreischend in die Knie ging.

»Ein weit verbreiteter Fehler, wie mir deucht«, warf der Schlangenpriester ein, von welchem die lebenden Geschosse stammten.

Doch auch ihn ereilte sein Schicksal, als sich einen Moment später ein Schwert durch seinen Rücken bohrte und an der Brust wieder hervortrat.

»Langsam wird es aber etwas voll hier herinnen«, brummte der Ritter Tarlorth und schüttelte den Priester von seiner Klinge. »Wen bekommen wir als Nächsten?«

Wie auf ein geheimes Zeichen hin zeigte sich ein hausgroßes blaues Leuchten, und aus diesem neu entstandenen Tor sprang eine buntscheckige Bande in die Lange Halle.

»Sieh mal einer an«, murmelte Narembra Schwarzgult, »dieser Saal scheint Tore von außerhalb anzuziehen.«

Ein neuer Leuchtvorhang erschien neben dem ersten, drei Männer stürmten in den Saal, verschleuderten Feuerkugeln und brüllten: »Für Bogendrachen! Für Bogendrachen!«

Ein weiterer tückischer Magier löste sich aus seinem Versteck und streckte einen der Bogendrachen mit einer Zauberlanze nieder.

Aber auch er konnte sich seines Triumphes nicht lange erfreuen, denn drei Schlangenpriester ließen seinen Kopf explodieren.

»Bei den Krallen der faulenden Herrin!«, fluchte Tarlorth. Doch dann kamen die beiden überlebenden Bogendrachen schon auf ihn zugerannt.

Genauer gesagt auf die Herrin, welche schützend vor dem Fürsten Silberbaum stand, der nur noch sabbernd die idiotischsten Verrenkungen durchführte.

Jetzt setzten sich auch die Abenteurer in Bewegung, bis überall in der Halle der Boden explodierte und Maedra auftauchten.

Mit ihren Krallen brachten sie alle Gegner zu Fall und zogen sie zu sich heran, mochten diese sich auch noch so sehr wehren.

»So etwas habe ich ja noch nicht gesehen!«, Tarlorth schüttelte den Kopf und stemmte die Fäuste in die Seiten. Da sackte eine Säule ein Stück weit zusammen und knallte mit ohrenbetäubendem Krachen auf den Boden.

»Tarlorth und Brammar! Helft mir mit Joszgar!«, schrie die Edle Schwarzgult. »Rasch, wir müssen zur Hintertür hinaus!«

»Helden von Talasorn! Sammelt euch!«, brüllte eine Stimme von überall und nirgendwo zugleich. »Schwarzgult und Silberbaum wollen entwischen! Lasst sie nicht entkommen! Wendet euch nach …«

Osprur Talasar taumelte von seiner Kristallkugel zurück. Bei der Dreifaltigkeit, irgendetwas hatte versucht, in seinen Geist einzudringen! Etwas Uraltes … keiner der Magier, die er kannte.

Immer noch flogen Feuerkugeln und andere Banne durch die Halle, und so konnte es nicht verwundern, dass sich immer mehr Staub, Putz und Brocken von der Decke lösten.

Unten tobte unvermindert die Schlacht zwischen Menschen und Wahnwürmern, als die Ersten durch Trümmerstücke ums Leben kamen. Dem einen Zunftzauberer bohrte sich ein spitzer Stein in die Brust, während eine ganze Reihe von Deckenkassetten herunterkam und drei Schlangenpriester unter sich begrub.

Die anwesenden Magier wussten, was die Stunde geschlagen hatte, und brachten sich mit eigenen Zaubern in Sicherheit, vor allem aber weit weg von hier.

Die Übriggebliebenen aber hatten einen doppelt so schweren Stand gegen die Maedra.

Langsam verging der Kampfeslärm unter dem Keuchen der vier Fliehenden. Die Herrin Schwarzgult führte ihre kleine Gruppe immer tiefer ins Schweigende Haus hinunter.

Ein mattes Leuchten erstrahlte an den bloßen Beinen der Edlen, und so wussten Brammar und Tarlorth, welche den nicht mehr ansprechbaren Silberbaum zwischen sich mitschleppten, wohin sie ihre Schritte zu lenken hatten.

Doch da tauchte auch voraus ein Licht auf, und auf ebendieses steuerte Narembra nun zu. Sie erreichten eine sechseckige Kammer mit hoher Decke, vielen Fenstern und Galerien an den Innenwänden.

»Dieser Raum heißt Sonnenspeer«, erklärte die Herrin. »Ich bin im Lauf der Jahre oft hier gewesen, wenn ich mich ins Schweigende Haus gezaubert habe. Doch ehe ihr fragt, ich habe hier nie irgendwelche Schätze gefunden.«

Sie sah die beiden Ritter an. »Hier endet unsere Reise, getreue Herren. Ich will eure Leben nicht auch noch verschwenden. Auch werdet ihr noch im Reich gebraucht.«

»Aber, Herrin …«

Mehr bekam Tarlorth nicht heraus, da hatte die Edle schon ihn und Brammar fortgezaubert. Sie schickte die beiden in die Burg Schwarzgult.

Gern hätte sie sich auch dorthin zurückgezogen, aber das Schweigende Haus hatte bereits seine Fesseln um Joszgar gelegt.

In diesem Moment stellte Silberbaum sein Sabbern ein und sah sie an. Narembra wurde wider besseres Wissen von Hoffnung erfüllt. Doch dann erkannte sie das blaue Leuchten hinter Silberbaums Augen.

Der Fluch, das Wispern oder was sonst auch immer hier spukte, war in ihn eingefahren.

Joszgar schritt an ihr vorbei und zeigte auf einen Bogengang. Ein Stück aus seiner Rüstung fiel zu Boden. Die Herrin hatte selbst gesehen, wie man ihm den Panzer angelegt und ihn festgezurrt hatte.

Doch jetzt alterte er vor ihren Augen, schrumpfte regelrecht zusammen.

Aber er führte sie ohne Zögern in ein Schlafgemach, in welchem ein Bett stand, das dem ihren auf Burg Schwarzgult sehr ähnlich sah. Sogar zum Verwechseln ähnlich ...

Da drehte er sich zu ihr um und war wieder Joszgar. »Diesmal haben die Götter uns aber ganz schön drangekriegt. Wenn Eure Liebe nicht gewesen wäre ... sie allein gab mir Licht in meiner Dunkelheit.«

Sie küssten sich, und dann führte er sie zum Bett und befreite sich rasch von den verbliebenen Rüstungsteilen. Lachend und weinend half die Edle ihm dabei.

Narembra wunderte sich kurz, dass kein fingerdicker Staub auf dem Bett lag. Bestimmt war es doch jahrzehntelang nicht mehr benutzt worden.

Aber dann ließ Joszgar nicht mehr von ihr ab. Erstaunlich, wie jung und vital er wieder wirkte, und wie schwach im wahrsten Sinn des Wortes sie sich fühlte.

Natürlich! Er saugte ihre Lebenskraft aus und stärkte sich daran. Nein, nicht er, Silberbaum, sondern der Geist des Hauses, welcher sich selbst Arau nannte.

Willig gab sie sich hin und begegnete diesem Angriff nicht mit Widerstand, sondern mit Neugier. Jetzt erkannte sie auch, dass der Geist auch den Namen Sembril trug.

Er steckte in jedem noch so kleinen Zauber des Palastes und steuerte sogar die Maedra. Unablässig darum bemüht, das Haus und sich selbst stärker und sicherer zu machen, brauchte er ständig neue Energie.

Und wenn er die nicht bekam, schlief er eben.

An Tagen wie diesem, wenn seine ganze Kraft gebraucht wurde, nährte der Geist sich an der Lebensenergie aller anwesenden Silberbaums.

Und darüber verfingen die Silberbaums sich in der Irrsal.

Joszgar hatte bereits den Verstand verloren. Der Fluch steuerte ihn jetzt. Und sie musste erkennen, dass ihr Liebster unrettbar verloren war.

Sie löste sich von ihm, doch da grollten und bebten die Wände.

Narembra rollte sich von dem Bett und sprach einen raschen Reisezauber, während schon Hände aus den Mauern ragten, um sie zu packen.

Sie gelangte auf eine Burg, welche sie erst einmal besucht hatte. Harriburth der Weise blickte verwirrt auf, als sie, die noch nicht einmal die Zeit gefunden hatte, sich wieder anzukleiden, vor ihm schwebte.

Das Sprechen fiel ihr schwer, dabei wollte sie ihn doch warnen. In ihrem Ringen vergaß sie ihren Zauber und landete auf dem Boden.

Sie kroch zum Schreibtisch. »Aufschreiben!«, krächzte sie und spürte jetzt erst recht, wie viel Energie der Geist aus ihr herausgesaugt hatte.

Der Weise griff zur Feder, tauchte sie in Tinte und wartete ergeben.

»Der Geist des Hauses Silberbaum ist …« Ihre Kräfte verließen sie endgültig, und als Letztes in ihrem Leben hauchte sie: »Joszgar!«

Mir kommen die Tränen, wenn ich es nur sehe. So viel Mut und Beharrlichkeit, am Leben zu bleiben, um noch eine Warnung an die zu senden, welche ihr nachfolgen werden.

Doch wann hat man solchen Warnungen je ausreichend Gehör geschenkt?

Ich kenne niemanden, der das je tat.

Und Ihr werdet es gewiss auch nicht tun.

Der Zauberlehrling aus dem Hause Talasorn sah den abgehackten Schwanz und die ausgerissene Klaue. Er hoffte, sie würden nicht wieder zusammenwachsen und von neuem als Steinungeheuer angreifen.

Der Zauberer neben ihm lächelte. »Das dürfte der Letzte gewesen sein. Wohl an die hundert Maedra habe ich getötet. Ganz zu schweigen von den Söldnern und Soldaten, welche jetzt in ihrem Blut schwimmen.

Dann wollen wir jetzt mal feststellen, was es hier zu plündern gibt.«

»Herr, sollten wir nicht lieber zusehen, von hier zu verschwinden?«

»Wie, nach all der Mühe bekommen wir keine Belohnung?«, gab Rarlynd Talasorn zurück. »Das würde nicht einmal der Regierer verstehen!«

Mit »Regierer« bezeichneten die anderen Talasorn ihr Oberhaupt Osprur, allerdings nur, wenn der außer Hörweite war.

Doch bevor die beiden sich auf Beutesuche machen konnten, erschien ein graues Etwas aus einer Seitentür: der Kopf und die Schultern eines Menschen. Sie schwebten in der Luft und bewegten sich erstaunlich behände.

Rarlynd wich einen Schritt vor dieser Erscheinung zurück. Aber nicht mehr, weil er sich schließlich nicht vor den anderen Talasorn beschämen lassen wollte.

Das graue Geistwesen drang in ihn ein. Kälte durchfuhr ihn, bei der es ihm den Atem verschlug, und dann bewegte sich etwas in seinem Geist.

Blindlings rannte er davon, und die anderen aus seinem Haus beobachteten fassungslos, wie er gegen eine Wand lief, zurückprallte und es ein Stück weiter noch einmal versuchte – wo sich zu seinem Glück eine Tür befand.

Dort kam Rarlynd drei Schritte weit. Dann krachte ein Fallgatter von der Decke und spießte ihn auf. Im nächsten Moment schwebten zwei dieser Geistwesen in den Saal und schienen sich den nächsten Talasorn auszusuchen.

Die Talasorn wichen vor ihnen zurück, die zwei Wesen folgten ihnen, und bald gesellten sich ein drittes und ein viertes dazu.

Einige Zauberer schleuderten ihnen einen Bann entgegen, welcher die Geister jedoch nicht im Mindesten aufhalten konnte. Beharrlich drängten sie die Menschen weiter zurück.

Dann ein Knall und ein Schrei. Eine Bodenplatte hatte nachgegeben, und ein Talasorn war in die Tiefe gestürzt.

Mehr Geister tauchten auf, und ein zweiter Schrei wurde laut. Doch diesmal ein Warnruf, ausgestoßen vom sonst eher bedächtigen Naeron.

Er starrte zur hinteren Tür und zeigte darauf. Denn dort war eben Fürst Joszgar Silberbaum erschienen und kam auf sie zugeschritten. Seine Augen glitzerten eigenartig.

Das brach den letzten Mut der Talasorn. Sie liefen in alle Richtungen auseinander.

Da erklang Osprurs Stimme: »Haltet ein! Die Geister sind Abgesandte des Hauses und wollen eure Lebensenergie aussaugen! Wenn ihr kopflos vor ihnen flieht, haben sie umso leichteres Spiel mit euch.

Zieht euch geordnet auf dem Weg zurück, welchen ihr gekommen seid. Hoffentlich können sich wenigstens ein paar von euch an den erinnern!

Ich selbst werde mich um den Fürsten Silberbaum kümmern. Von ihm können wir so viel erfahren.«

Schon im nächsten Moment zischte es in der Luft, und der »Regierer« zeigte sich höchstselbst. Er zog mit einem Zauberstab einen Kreis und versuchte mit der anderen Hand, Joszgar zu fassen zu bekommen.

Der sabbernde Fürst schien nichts davon zu bemerken und setzte sich folglich auch nicht zur Wehr. Doch als Osprur ihn in Richtung seines Tores zog, tauchte plötzlich ein Dutzend Schlangenpriester vor ihm auf.

Osprur schlug dem ersten Feind seinen Zauberstab ins Gesicht, und dessen Abwehrschild flammte auf, verfärbte sich rasch schwarz und brach dann ganz zusammen.

Die Schlange zerschmolz und riss ihre Kameraden zur Linken und zur Rechten mit sich in den Untergang. Dann zerplatzte das Talasorntor und tötete weitere Schlangenanbeter.

Drei von ihnen blieben übrig und bewarfen den Familienpatriarchen mit vorbereiteten Bannen. Osprurs Schild würde diesem Beschuss nicht mehr lange standhalten.

Nun fing Silberbaum an seiner Seite an, ein graues Geistwesen nach dem anderen auszuspucken, und in seiner Not stieß Osprur alle Kraft, welche seinem Stab noch innewohnte, gegen die Schlangen aus.

Licht, heller als die Sonne, breitete sich aus, und Naeron konnte nichts mehr sehen. Vor ihm explodierte die Halle, und er wurde von den Füßen gerissen.

Säulen flogen durch die Luft, die Welt schien untergehen zu wollen, und Naeron kam irgendwo schwer auf.

Im nächsten Moment landete einer der Schlangenpriester auf ihm.

Und im übernächsten Moment fiel etwas Schweres auf sie beide, und ihnen wurde endgültig schwarz vor Augen.

»Wie ein vollkommen verängstigtes Kind kam er herausgelaufen! Mit vollen Hosen und heulendem Geschrei! Ich habe noch nie einen Magier so rennen gesehen!

Insgesamt verließen drei von ihnen das Haus und redeten wirres Zeug!«

Der alte Schäfer erreichte die Hügelkuppe, von der aus man die Ruinen des Schweigenden Hauses sehen konnte, und schwieg.

Der jüngere Schäfer trat neben ihn und drängte: »Wann gehen wir denn mal hin? Und schauen, ob sich dort nichts findet, was sich versilbern lässt?«

»Nur, wenn Ihr vollkommen den Verstand verloren habt.«

Aber der junge Branad war schon losgezogen.

»He, wo wollt Ihr denn hin?«, rief der Alte ihm hinterher, und der Jüngere blieb tatsächlich stehen.

»Wir erzählen uns immer nur Geschichten, erleben aber nie etwas. Das soll sich von heute an ändern!«

Der alte Lorgul öffnete den Mund zu einer scharfen Entgegnung, behielt die dann aber für sich und eilte dem Jungen nach.

»Nur nichts überhasten, mein Junge!«, warnte Lorgul, aber Branad zeigte nach vorn zwischen zwei Grabhügel. Dort lag eine Gestalt in grünem Gewand.

Die Aasgeier hatten sich bereits versammelt, fielen aber noch nicht über die sichere Beute her, sondern warteten.

Da erhob sich der vermeintlich Tote, richtete sich auf und schwebte auf den Jungen zu.

Der hielt sofort an, machte kehrt und rannte, was seine Beine hergaben. Das Geistwesen folgte ihm.

»Wo lauft Ihr denn hin?«, rief Lorgul seinem Kameraden hinterher. »Ihr wolltet doch endlich einmal etwas erleben!«

Dann hatte das Geistwesen den Alten erreicht. Diesen befiel große Kälte, und seine Erinnerungen fingen an zu strömen.

Da er aber ein langes Leben hinter sich hatte, besaß er ein großes Gedächtnis und lebte immer noch, als Branad vorsichtig zu ihm zurückkehrte.

»Müssen wir uns also fortan Gedanken um mindestens ein Geistwesen, wenn nicht mehr, machen, das über die Welt gleitet und überall Lebensenergie abzapft?«

Der Koglaur, welcher diese Frage gestellt hatte, war genauso jung wie Branad, wusste aber um seine Unreife und wartete deswegen geduldig auf die Antwort seines Meisters.

Der ältere Gesichtslose schaute von der Kristallkugel auf und schüttelte den Kopf. »Nein, denn je weiter das Wesen sich von der Festung entfernt, desto mehr Energie benötigt es, und die kann der Fluch auf Dauer nicht entbehren.«

»Aber bei der Schlacht hatte der Geist doch Gelegenheit, ziemlich viel Energie aufzusaugen.«

»Gewiss, die von Silberbaum, Osprur, der Streitmacht der Talasorns und natürlich der Schlangenpriester.«

Der Ältere wedelte einmal mit der Hand über die Kristallkugel, und die wurde trübe. »Bei dem Fluch handelt es sich um eine Art Wächter, welcher entweder schon seit Urzeiten mit dem Schweigenden Haus verbunden ist oder dies aus irgendwelchen Gründen nicht verlassen kann.

Der Fluch hat auch eine Verbindung mit dem Geschlecht derer von Silberbaum. Die saugt er aus, sobald er ihrer habhaft wird, und sie vergehen wie Joszgar.

Er kann sie nach ihrem Ende aber wieder herumlaufen lassen oder nur eine Erscheinung von ihnen aussenden. Diese locken dann Eindringlinge zu ihm.«

Der Jüngere sah ihn fragend an. »Kennen wir eine Möglichkeit, diese Erscheinungen oder den Fluch selbst zu vernichten?«

»Nein, noch nicht. Damit hat es aber auch keine Eile, solange wir uns damit behelfen können, diesen Ort zu meiden. Der Palast wird vermutlich dazu verdammt sein, auf immer eine verwunschene Ruine zu bleiben.«

»Genau wie Aglirta«, bemerkte der Jüngere.

Der Ältere lächelte: »Bravo, Ihr werdet ja langsam erwachsen.«

Meine Antwort an Euch:

Seit Ihr uns angeheuert habt, Herr, habe ich Euch gewarnt, dass es eine ebenso langwierige wie gefahrenträchtige Unternehmung werden dürfte, das Schweigende Haus zu plündern.

Gewiss, dieses Bauwerk hat den einzigartigen Ruf, voller Schätze zu sein. Aber meiner Meinung nach gelangt man eher an die Zauberbücher eines Bannmeisters als an die Reichtümer dieses Hauses.

Selbst eine einfache Erkundung des Bauwerks ist nicht ohne Risiko. Denn täglich verändert es sein Aussehen, wodurch man sich in seinem Innern noch bedrohter und unheimlicher fühlt.

Nicht wenige meiner Kameraden schwören Stein und Bein, dass es in dem Haus spuke, ja, dass es selbst lebe.

An Fallen haben wir bislang dreiundvierzig aufgespürt. Ich unterlasse es aber, Euch aufzuzählen, wie viele meiner Männer dafür ihr Leben lassen oder eine Verstümmelung erleiden mussten.

Dreimal zehn meiner Soldaten sind bereits geflohen, auch wenn sie damit aller Ansprüche auf eine Belohnung verlustig gegangen sind. Sei's drum und fort mit Schaden!

An Schätzen haben wir bislang wie folgt gefunden: sechzehn Schwerter, meist verrostet; gut drei Dutzend Messer in beklagenswertem Zustand; eine Hand voll Münzen von geringem Wert, einen Schlüssel und etliche Gürtelschnallen.

Dennoch bin ich immer noch der festen Überzeugung, dass hier größere Reichtümer aufzuspüren sein müssen. Wir haben vier Gräber gefunden, welche wir geöffnet haben.

Aber anscheinend beerdigen die Silberbaums ihre Toten nackt und ohne die geringste Beigabe.

Die wahren Schätze müssen sich also in anderen Ecken befinden. Ich überlasse es daher Eurer Weisheit, zu entscheiden, Herr, wie lange wir diese Suche noch fortsetzen sollen.

Euer ergebener
ANNAR FENDELMER
aus: Fendelmers Fahrten und Schatzsuchen
Warnesommer im fünfhundertundsiebenten Jahr
der Herrschaft des Kelgrael

BUCH SIEBEN

Thaulon Talasorn Silberbaum

Geboren im Jahr 1689 nach Sirler Zeitrechnung,
gestorben im Jahr 1736 nach Sirler Zeitrechnung

Bannmeister vom Schwarzburgturm
und Fürst von Silberbaum

Wie er einen Titel nach dem anderen errang

Eins

Die Zauberfalle

Ich weiß, dass zahllose Männer hier gestorben sind, Zauberer, und ich weiß, dass dieser Ort vor Magie geradezu strotzt und von einer Vielzahl von Ungeheuern durchstreift wird! Ich habe all die Geschichten gehört, während ich hier aufwuchs!«

Der Fürst setzte den schweren Krug mit dem weiten Hals fester auf dem Tisch ab als notwendig und grollte: »Und ich weiß auch, dass ich Euch ernähre, Euch ein Dach über dem Kopf biete und Euch bezahle, Magier – und zwar Jahr für Jahr eine erkleckliche Summe guten Geldes!

Sicherlich, die Aufgabe ist langwierig, aber jegliche Ungeschicklichkeit würde bedeuten, Unglück heraufzubeschwören. Das ist mir ebenfalls bekannt.

Ich erwarte von Euch nicht, dass Ihr morgen oder übermorgen die Tore des Schweigendes Hauses weit für mich aufreißt.«

Ohne auch nur daran zu denken, den Krug wieder aufzufüllen, griff der große Bär von einem Mann nach der Karaffe und nahm einen kräftigen Schluck des darin enthaltenen Saalweins.

»Ich erwarte allerdings von Euch, dass Ihr mir von Zeit zu Zeit erzählt, wie Eure Arbeit voranschreitet und ob Ihr etwas entdeckt habt, das ich wissen müsste. Immerhin bin ich der Fürst Silberbaum, und sowohl Euer Zaubergemach als auch Euer Palast befinden sich innerhalb der Ländereien der Silberbaums.

Das war jedenfalls so, als ich vor dem Festmahl heute Abend das letzte Mal nachgeschaut habe.«

Barangar Silberbaum, ein großer, vor Gesundheit strotzender Bulle von einem Mann, hatte einen Brustkorb so breit wie eine Tür und Hände so groß wie Thaulons Kopf.

Er nannte eine eindrucksvolle Sammlung von Kriegsnarben sein

Eigen, und genau wie ein Krieger gab er sich nicht mit Feinheiten oder auch nur dem Hauch von Ausflüchten ab.

Wie er Thaulon alles andere als wohlwollend ins Gedächtnis gerufen hatte, sorgte er für das Auskommen des Magiers, und ihre jeweiligen Fähigkeiten banden die beiden Männer aneinander.

Barangars auffallend hübsche Tochter saß an der Seite ihres Vaters. Ihr mitternachtsschwarzes Haar hob sich von seinen struppigen, hellbraunen Strähnen ab, und ihre weiche Haut schimmerte blass wie der Mond, während er braun und haarig war. Sie hatte die Augen wie gewöhnlich in Thaulons Anwesenheit niedergeschlagen, da sie den Zauberer verabscheute.

Bei der Dreifaltigkeit, wie war sie schön! Thaulon hatte guten Grund zu dieser Ansicht. Da es außer ihm keinen einzigen anderen Magier in diesem Haus gab, stellten seine Banne die einzige Abwehr gegen Spähzauber dar – und jeder einzelne dieser Abwehrzauber verfügte über unsichtbare Fenster, welche sich nur ihm allein öffneten.

Bis zum heutigen Tag hatte er einen guten Monat damit vergeudet, die schöne Asmura des Abends beim Entkleiden zu beobachten. Ihre Schultern – und diese langen, endlosen Beine …

Thaulon schluckte, um diese Gedanken zu bezwingen und seine Gereiztheit zu unterdrücken, und erwiderte einigermaßen freundlich: »Langsam, werter Fürst. Sehr langsam, aber ich nähere mich Schritt für Schritt der ersten wichtigen Tür, welche sich zu größeren Dingen öffnet.«

Er hob eine Hand, um Barangar daran zu hindern, etwas über überschlaue Worte und die Bedeutung derselben zu knurren, glitt näher an den Fürsten heran und fuhr mit gesenkter Stimme fort: »Genauer gesagt – während ich das Schweigende Haus mittels meiner Spähzauber ausforschte, entdeckte ich ein feindlich gesonnenes Bewusstsein in seinen Tiefen, welches meinen prüfenden Blick bemerkt hat.

Ich vermag noch nichts über seine wahre Natur zu sagen, weiß aber, dass es über große Macht verfügt. Aber das Wesen weiß bislang nicht, wer ich bin oder von wo aus ich spähe, sondern lediglich, dass meine Zauber von Zeit zu Zeit seinen Unterschlupf erblicken.

Ich arbeite an Zauberbannen, welche meine Person und meine Absichten vollkommen verhüllen ... denn ich wage es nicht, Eure Sicherheit aufs Spiel zu setzen, ganz zu schweigen von Eurer Tochter und den anderen Damen Eures Hofes.«

Asmura blickte nicht auf, presste aber die Lippen vor Widerwillen zusammen.

»Ich möchte dieser Wesenheit, deren Macht ich bislang nicht abschätzen kann, keinen Feind anbieten, nach welchem sie greifen kann.

Aber wie dem auch sei – ich bin ganz nahe daran, die Zauberhülle zu wirken, welche ich brauche. In dem Augenblick, in welchem die Arbeit vollendet ist, werde ich Euch unterrichten und damit beginnen, den Palast genauestens zu untersuchen, bis ich all seine Räume und versteckten Gänge kenne und das, was darinnen lauern mag.«

Er trat einen Schritt zurück, verbeugte sich vor Barangars Tochter – welche angeekelt den Kopf abwandte –, und sah, dass der Fürst lächelte.

»Wohl gesprochen, Magier, und eine kluge Vorgehensweise noch dazu. Ich bin erfreut. Nehmt meinen Dank entgegen.«

Barangar entließ Thaulon mit einer Bewegung seiner Hand, und der Magier verneigte sich tief vor dem Fürsten. Wie schnell und vollständig dieser doch seine Tage als rauer Krieger und den Zauberer vergessen hatte, welcher ihm dabei geholfen hatte, den Fürstentitel an sich zu reißen!

Thaulon drehte sich in einem Wirbel dunkler Gewänder um und schritt würdevoll und ohne Hast aus dem fürstlichen Gemach.

Er stürmte jedoch so wütend wie ein Wirbelsturm die Treppe zu seinen eigenen Gemächern hinunter, so rasch ihn seine Füße in den weichen Hausschuhen tragen wollten.

Hätte irgendeiner der Diener vom Schwarzburgturm zu lauschen gewagt, dann hätte er Thaulon gemurmelte Flüche und Wortfetzen ausstoßen gehört.

In seinem Geist entstand das Bild eines gezüchtigten, vor ihm knienden Barangar Silberbaum, welchem er bissig ein paar gegenwärtige samt etlicher geschichtlicher Tatsachen um die Ohren schlug:

Unter anderem, dass König Kelgrael Schneestern nun schon seit Jahrhunderten verschwunden war und »schlief«; dass Fürsten und Barone kreuz und quer in Aglirta so oft stritten, wie die Jahreszeiten wechselten.

All die Zwistigkeiten hatten sie so sehr geschwächt, dass ein einziger fähiger Söldnerführer aus der Fremde, welcher sich nicht länger von irgendeinem hirnlosen Dummkopf mit einem Titel herumkommandieren lassen wollte, in der Lage gewesen war, den größten Teil des flussaufwärts gelegenen Teils von Aglirta zu erobern.

Dieser Mann mit Namen Heldahar hatte einen Zauberer gebraucht, um sich und seine Kämpfer vom den Flammenden Schwertern gegen jene zu schützen, welche sein neues Fürstentum angriffen.

Er hatte einen reichen Magier aus Sirl in seine Dienste genommen, und dieser als Thorongal bekannte Mann hatte prompt den Söldnerführer betrogen und ihn getötet.

Diese Angelegenheit hatte dazu geführt, dass Heldahars stellvertretender Kommandant, ein gewisser Barangar Silberbaum, sich angestrengt hatte, einem kurzen, unerfreulichen Leben zu entkommen.

Barangar Silberbaum hatte Thaulon Talasorn angeheuert – nicht der bösartigste aller Magier aus Sirlptar, aber auch ganz gewiss nicht der gutartigste –, welcher den Zauberer Thorongal so sehr hasste, dass er beinahe alles getan hätte.

Mit einer Mischung aus Glück, Ränke und etlichen verzweifelten Zauberbannen war es ihm gelungen, Thorongal zu töten.

Barangar eignete sich daraufhin Thorongals Reichtum an und riss den Oberbefehl über die Flammenden Schwerter an sich.

Anschließend ernannte er sich selbst zum Fürsten Silberbaum und eroberte ein paar weitere Baronien, bis er ganz Aglirta östlich des Adelnsees beherrschte.

Thaulon hielt er sich weiter als überarbeiteten Hauszauberer – und ebendieser knurrte immer noch in sich hinein, als er die magisch bewachten Vorhänge zu seinem Zaubererallerheiligsten mit den Schultern beiseite stieß, um sich wieder an die ihm zugewiesene Arbeit zu machen: Er sollte das Schweigende Haus bezwingen und dafür sorgen, dass Barangar Silberbaum dort einziehen konnte.

»Wenn ich mich nicht täusche«, hauchte Thaulon – aus Furcht, sich vielleicht getäuscht zu haben oder etwas dazu zu veranlassen, in Funken und dann ins Nichts zu zerstieben, sprach er mit leiser Stimme –, »dann ist das Werk jetzt vollbracht. Ich habe eine magische Falle errichtet.«

Er trat so vorsichtig zurück wie nur irgendein Fliesenleger, welcher in einem Palast den Boden ausschmückt, und musterte das summende Gewirke aus Zauberbannen.

Der Fangzauber hier, die Verbindung zu dem spähenden Auge draußen, das Lebenskraft entziehende Aumglora dort, und der Pfeifstern genau hier.

Erblicke den Magier, greife den Magier und halte ihn fest, sauge das Leben aus ihm heraus, und sammele seine Lebensenergie in dem Pfeifstern. Halte alle Gegenstände, welche die Energie in sich aufnehmen sollen, mit den kräftigen Klammern dort fest, so dass sie in das offene Herz des sich drehenden Pfeifsterns gestoßen werden können.

Dank des einfachen Zaubers, welcher schon niedergeschrieben und bereit ist, werden die Energien dazu gebracht, in den Gegenstand einzudringen und ihn aufzuladen. Entferne den Gegenstand, wirke den Zauber, welcher den Gegenstand aktiviert, und … begrabe einen Zauberer.

Oder nein – eine Feuersbrunst im Herd, der Rauch muss den Kamin hinaufsteigen und die Asche mit hochwirbeln. Nachdem sich der Gestank nach verbranntem Eber verzogen hat, muss ich nur noch einen Sack voller verbrannter Knochen zur Abfallgrube schleifen.

Thaulon Talasorn lächelte ein von Grund auf böses Lächeln, untersuchte noch einmal die Bolzen und Riegel der Tür und ging zu seinem Spähenden Auge. Der Zeitpunkt war bestens geeignet, sich ein Opfer zu suchen.

Einen Zauberer mit geringer magischer Kraft, so dass Thaulons Plan keine wahre Herausforderung darstellte. Einen dieser Feld-, Wald- und Wiesenzauberer aus dem Landesinnern, wie er sie im letzten Jahr im Fürstentum vorgefunden hatte, während er Barangars wertvolles Besitztum für den Fürsten gesichert hatte.

Der Fette mit diesem Witz von einem Bart, damals in Lehnsbaum. Arhallow? Arhallow, so hatte sein Name gelautet. Omdur Arhallow!

Das Auge blinzelte unter seinen Händen. Immer noch lächelnd beugte sich Thaulon vor, blickte in das Glühen und sagte hämisch: »Omdur! Omdur Arhallow!«

Und die goldenen, flammenden orangefarbenen Wirbel in dem Auge verschwammen, bis ein voll gestopftes Bauernhaus mit nur einem Zimmer sichtbar wurde, in welchem ein stämmiger Mann auf einem Stuhl neben dem Kamin überrascht aufblickte.

Auf einem Feuerhaken, welchen er in der Hand hielt, brutzelte etwas Kleines.

»Wer …?«

»Fürst Barangar Silberbaum verlangt nach seinem Freund Omdur Arhallow und sendet diesen Gruß …«

Das war das Schöne an seinem Fangzauber. Ein lockendes, schimmerndes Tor gleich vor der Nase der Beute, und dazu ein unsichtbares zweites, welches er nach Belieben verschieben konnte.

Wenn er Letzteres hinter Omdur öffnete, während der fette alte Mann vor dem Schimmern zurückwich, würde er direkt in das unsichtbare Tor hineinstolpern, so dass Thaulon ihn an einen beliebigen Ort bringen konnte.

Aber das schien nicht nötig zu sein, denn der alte Mann bewegte sich nach vorn in den Schimmer, und auf seinem runzligen Gesicht machte Erstaunen dem Stolz Platz. Ach, Omdur, die Welt ist ein grausamer Ort.

In Thaulons Magierallerheiligstem flammte ein goldener Schein auf, und ein alter Mann hing mit erstaunt blinzelnden Augen in summenden Ketten aus Zauberglut.

Er erkannte Thaulons Gesicht und runzelte die Stirn. »Der allergnädigste Fürst braucht mich? Wie …?«

»Hört zu und lernt, alter Mann. Hört zu und lernt«, erklärte Thaulon fröhlich und machte die Handbewegung, welche die Aumglora zum Flackern brachte.

»Dies hier«, fuhr er selbstgefällig fort, »ist eine Zauberfalle – die allererste Zauberfalle, welche je in Darsar errichtet wurde. Ihr habt die Ehre, ihre erste Beute zu sein. Sie dient dazu, arglose Zauberer in meine Reichweite zu bringen und sie festzuhalten, während ihnen die Lebenskraft ausgesogen wird. Diese wiederum vermag ich in die unterschiedlichsten Gegenstände zu übertragen, um sie zu verzaubern.«

»Eure Falle saugt … das Leben aus mir heraus?«

»Genau das tut sie«, bestätigte Thaulon erfreut, als jetzt die Aumglora zu pulsieren begann und der Pfeifstern sich um die eigene Achse drehte … zunächst sehr langsam, dann aber immer schneller und schneller.

Omdur Arhallow wehrte sich, und als die Aumglora richtig zupackte, krallte er in die Luft und winselte wie eine Ratte, deren Schwanz in einer Falle eingeklemmt ist. Thaulon bezweifelte, dass seinem Opfer irgendwelche nützlichen Zaubersprüche zur Verfügung standen, selbst wenn das Aussaugen der Lebensenergie dem alten Mann nicht den betagten Verstand vernebelte und ihn daran hinderte, einen Bann zu wirken.

Aber letzten Endes tat der alte Omdur nichts. Gar nichts.

Er war viel kranker und schwächer gewesen, als es den Anschein gehabt hatte, und als der alte Zauberer seinen letzten Atemzug getan hatte, drehte sich der Pfeifstern beständig und ohne Hast.

Ob es ausreichen würde, auch nur einen Glühstein zu erschaffen? Thaulon schaute mit verzerrten Lippen zu, sprach das eine Wort, welches die eingefangene Magie befreite, und rollte die Hülle von Omdur Arhallow auf den Boden und dann hinüber zum Kamin.

Nein, »Hülle« war nicht das richtige Wort. Der Körper besaß ein überraschendes Gewicht, die Haut sah verrunzelter aus als zuvor, ja, und die Augen waren in dunkle Höhlen gesunken, aber Omdur glich keinesfalls einem Sack voller Knochen. Noch nicht.

Im Kamin ertönte ein leises Klagen, was bedeutete, dass Wind von den Höhen des Wildfangs herüber zum Silberfluss blies. Der Gestank des gerösteten Omdur würde das zugewucherte, verlassene Treibschaum und vielleicht auch das weiter entfernte Schweigende Haus erreichen, bevor er flussabwärts durch die Straßen von Telbonter strich.

Falls dort überhaupt jemand den leichten Geruch bemerkte, würde derjenige höchstens glauben, der Fürst erfreue sich in dieser Nacht an einem gebratenen Eber. Der Gestank würde jedenfalls nicht durch den Rest von der Burg ziehen.

Der Dreifaltigkeit sei Dank, dass dieser Teil des Turms – einst der Wachturm der Schwarzburg – über gut ziehende hohe Kamine verfügte.

Nachdem Thaulon den Feuerrost beiseite getreten und die Leiche in die Mitte der Feuerstelle gelegt und die aufgewirbelte Asche des letzten Feuers sich wieder gesenkt hatte, schob der Magier die Ärmel zurück und weckte grinsend die Feuersbrunst.

»Was ist das?«, fragte Dlanazar und blieb unvermittelt stehen. Eine Spinne von der Größe seines Kopfes hastete durch den Staub davon, aber weder er noch Horl beachteten sie.

Der junge Mann deutete auf ein Zeichen an der Wand. Bevor das Licht der Glühsteine auf das Zeichen gefallen war, hatte man es nicht sehen können, aber jetzt leuchtete es hell:

Ein kleines Bündel gebogener, sich überkreuzender Linien, welche keinem der Schriftzeichen glichen, welche Dlanazar je gelesen oder auf einem Wappen gesehen hatte.

»Das, mein Junge«, brummte Horl, »ist das Zeichen von Thaulon, welcher als Talasorn begann, aber als Silberbaum endete. Er versteckte den größten Teil der Magie, welche die Leute heute noch finden, an diesem Ort – so wie zum Beispiel diese Glühsteine, welche wir in Händen halten. Er war kein … freundlicher Mann.«

»Und ist dieses Zeichen … harmlos? Oder ist es als Warnung zu sehen?«

»An dieser Stelle endet meine Weisheit, Junge, und für uns beide fängt das Lernen an. Wenn Ihr es hintan stellen könnt, dass wir von einem Feuer oder vielleicht einem Blitz zerrissen oder in Pfützenkröten verwandelt werden, dann können wir uns auf die Bank im letzten Raum setzen, und ich erzähle Euch ein wenig über Thaulons Taten.«

»Aber auf der Bank saß eins dieser Geisterwesen!«

Der alte Horl zuckte mit den Schultern. »Wenn wir beide unsere Glühsteine glimmen lassen, können wir einander durch das Wesen hindurch sehen. Es hat sich nicht bewegt, und vielleicht möchte es ja auch gern die Geschichten hören.«

Dlanazar Duncastle schaute den weißhaarigen alten Mann von dem verwitterten Gesicht bis zu den knotigen, von weißen Narben kreuz und quer überzogenen Armen und wieder zurück an – und erschauerte.

»Ich mag ihn nicht, Daer. Er macht mir Angst.«

»Ruhig, Liebste. Hört auf zu zittern. Er ist ein Zauberer und genauso verdreht wie die alle. Die Zauberei weicht ihnen das Gehirn auf, versteht Ihr. Die Frauen unter ihnen werden zu mächtigen Sturmköniginnen, und die Männer zu begehrlichen Windbeuteln.

Thaulon wüsste genauso wenig, was er mit Euch anfangen sollte, wenn er Euch so nackt und schön vor sich sähe wie ich jetzt, wie er den Thaerillyon zu tanzen versteht, welchen der fahrende Sänger Eurem Vater letzte Nacht zeigte.«

Die Edle Asmura kicherte bei der Erinnerung an das rote Gesicht ihres Vaters und daran, dass er beinahe über die eigenen Füße gestolpert wäre. Und dann schwieg sie und keuchte ein wenig, als der am besten aussehende Wachposten unter den Flammenden Schwertern ebenfalls verstummte und seine Zunge anderweitig und mit bewundernswerter Geschicklichkeit einsetzte. Sie erbebte vor Entzücken und vergaß Thaulon Talasorns glitzernde Augen. Jedenfalls vorläufig.

»Talasorn, dafür werde ich Euch das Herz aus dem Leib reißen! Ich verfluche Euch, auf dass das Verderben der Dreifaltigkeit über Euch kommen möge! Ich werde …«

»Ihr werdet sterben, Indeszar«, flötete Thaulon. »Und Eure Drohungen werden mit Euch dahinschwinden!« Er kicherte hämisch, während die Aumglora wieder pulsierte und Morith Indeszars Wüten mit einem Ächzen endete. Ja, ein ermutigender Erfolg nach dem anderen.

Der Pfeifstern machte seinem Namen alle Ehre, indem er sich kreischend so schnell drehte, dass er nur noch undeutlich zu erkennen war und beinahe einer Pfeife glich – und die Zauberfalle hielt mit Leichtigkeit jemanden fest, welcher tatsächlich gegen sie ankämpfen konnte.

Zauber auf Zauber hatte Indeszar ausgestoßen und dabei nur die magischen Kräfte gestärkt, welche ihn festhielten, und inzwischen ermüdete er sichtlich.

Seine wirksamen Kampfzauber hatte er verbraucht, und er schrie nur noch vergeblich, während der Tod unausweichlich immer näher kam.

Also vermochte die Zauberfalle auch hoch begabte Sirler Zauberer zu brechen. Und dass Morith Indeszar zufällig zu Thaulons meistgehassten Feinden zählte, setzte der Sache gewissermaßen die Krone auf.

Indeszar fluchte hörbar schwächer und stieß schließlich etwas aus, das einem Ächzen glich. Thaulon musste wieder kichern. Als Nächstes würde ihn sein Opfer anflehen.

Indeszar von den Vier Gelöbnissen enttäuschte ihn jedoch. Statt um sein Leben zu flehen, richtete er seine schwarzen, stechenden Augen auf Thaulon, und von seinen Lippen strömten lange und ausführliche Flüche.

Flüche, welche dafür sorgten, dass Thaulon Talasorn sich alles andere als behaglich fühlte – nicht etwa wegen den Drohungen, welche sie enthielten, sondern wegen all der enthaltenen Begriffe, welche er nie zuvor gehört hatte und nicht kannte.

Stammten manche darunter aus der Sprache der Lindwürmer

oder einer anderen Sprache aus den alten Geschichten? Beschworen sie etwa ein zukünftiges Unheil auf ihn herab?

Nun, alle von uns streben dem Untergang zu, manch einer früher, andere wiederum später. Thaulon tröstete sich damit, Indeszars Lebenskraft in einen Zauberstab zu bannen, in welchem seines Wissens kaum noch magische Kraft enthalten war, in einen Glühstein und in einen Zaubergürtel.

Die Banne des Gürtels musste er ausprobieren, um festzustellen, was er da eigentlich vollbracht hatte, aber der Zauberstab summte vor Magie.

Thaulon stopfte sich den Stab in den Gürtel und schickte sich an, Indeszars Leiche in Richtung Kamin zu schaffen. Er war froh, dass ihn die Augen seines Feindes nicht mehr anklagend anstarren konnten.

Er war auch froh, die Abfallgrube nahe zu wissen. Ausgesaugte Zauberer bedeuteten harte Arbeit, und die Morgendämmerung würde nicht mehr lange auf sich warten lassen.

Thaulon legte die Hand auf einen bestimmten Stein und flüsterte das Wort, welches diesen kleinen Teil des Turms aufschwingen und ihn einlassen würde.

Das Zepter, welches er trug, prasselte immer noch von der Macht der Versuche, welche der Magier gerade angestellt hatte – Aufsehen erregend erfolgreiche Verwandlungen, jede Einzelne von ihnen.

Er grinste angesichts der letzten, schwach glühenden Rauchfäden, welche sich von dem Zepter nach oben kräuselten, während er den geheimen Gang betrat. Wenn es ihm gelang, eine ausreichende Anzahl von Gegenständen herzustellen – und zudem auch noch mögliche Rivalen zu entfernen –, bevor einer der Magier außerhalb des Zugriffs seiner Zauberfalle auch nur das Leiseste bemerkte, so mochte er sehr wohl zum mächtigsten …

Ein Ring an seinem Finger erwachte im Dämmerlicht des Ganges plötzlich zum Leben, und Thaulon erstarrte.

Jemand beobachtete ihn aus weiter Ferne. Er befand sich in einem alten, lange nicht mehr benutzten geheimen Gang, und nachdem er ihn seinerzeit entdeckt hatte, hatte er von hinten bis vorn die ihm anhaftenden Zauber untersucht, auf dass sie nicht jemanden deswegen alarmierten, weil er die Geheimtür benutzte.

Niemand suchte nach Thaulon Talasorn, und niemand beobachtete ihn in seinem Zauberallerheiligsten oder wenigstens sonst wo innerhalb der Mauern von Schwarzburgturm.

Sofern es sich nicht um puren Zufall handelte, wurde er nun beobachtet, weil irgendwer auf welche Weise auch immer bemerkt hatte, dass nach seinen Versuchen Magie von seinem Zepter ausströmte.

Und er führte jetzt diesen Jemand geradewegs hierher zu seinem größten Geheimnis.

Er beschleunigte seinen Schritt und legte schon eine Hand auf das Paneel, welches sich in Richtung seiner Zauberkammer öffnete, zögerte dann aber. Er streckte die Hand aus, berührte die Wandvertäfelung und weckte so den Zauber, welche sie zur Seite gleiten ließ.

Kleinere Zauber auf dem dahinter befindlichen Gobelin würden alle Laute, welche er verursachte, vor möglichen Eindringlingen verhüllen und zudem verhindern, dass der Wandteppich sich bewegte. Und sein Wächterzauber um die Zauberfalle würde deren Besonderheit, wenn auch nicht ihre Anwesenheit, vor dem Spion verbergen.

Genau besehen gab es durchaus die Gelegenheit, seinen mysteriösen Beobachter einzufangen und diese plötzliche und erschreckende Bedrohung zur Ader zu lassen.

Thaulon trat von dem magisch eingefrorenen Wandteppich weg und zu der Stelle, wo die Stickerei bei einem üppig geschnitzten Pfeiler endete. Dann starrte er durch eines der in den Schnitzereien verborgenen Gucklöcher.

Der schwache blaue Schimmer seiner Wächterzauber zeigte ihm einigermaßen deutlich seine Gemächer. Die Eingangstür war geschlossen, er sah keine Lampen oder Fackeln, welche sich nicht dort hätten befinden dürfen, und …

Ein Mann stand reglos bei der Tür zu seinem magischen Wandschrank. Auffallend reglos und Thaulon durchaus bekannt, denn es handelte sich um Dru, einen der Diener des Turms. Alaunter Dru. Viel zu neugierig, als dass es ihm gut getan hätte.

Thaulon dankte der Gestalt im Stillen. Dru hatte ihm einen Köder verschafft – nämlich Dru höchstpersönlich –, mittels dessen er den Spion anlocken konnte.

Er trat um den Pfeiler herum, staubte sich befriedigt die Hände ab und verkündete: »Ihr habt zu lange Staub gesammelt, Alaunter. Es ist an der Zeit, unser gemeinsames Tänzchen zu machen, so wie ich es Euch versprach.«

Thaulon schritt durch die Wächterzauber hindurch zu seiner Zauberfalle, ohne deren Schutzring zu zerstören. Er war selbstverständlich der Einzige, welcher dies vermochte. Rasch wirkte er innerhalb des ersten einen zweiten Ring von Wächterzaubern.

Er ließ nur eine schmale Lücke in Richtung des Dieners offen, und zwischen den beiden Ringen gab es nur eben so viel Platz, dass Thaulon seinen Dolch dort ablegen konnte, sobald er diesen benutzt hatte. Das tat er denn auch, nachdem er mittels des Stahls eine lose steinerne Bodenplatte innerhalb der Ringe hochgehebelt hatte. Er benutzte sein Zepter, um die Platte in eine Tür zu verwandeln und diese in die Lücke zwischen den Wächterzauberringen zu bannen. Er verfügte jetzt über eine steinerne Tür in seinem inneren Ring und, nachdem er beim behutsamen Durchschreiten seiner beiden Ringe den Dolch zwischen ihnen ablegte, auch eine Waffe dazwischen. Viele Magier hielten es so und verzauberten den Dolch, auf dass er wie eine zornige Wespe mit nach vorn gereckter Spitze zwischen zwei Wächterringen dahinflog.

Auf diese Weise konnte jemand, welcher den ersten Ring überwand, gestellt und dank eines weiteren Zaubers in der Dolchklinge verletzt werden, bevor er den zweiten Ring zerstören konnte. Er hoffte, sein Spion würde diese durchaus übliche Verteidigung erkennen.

Thaulon vermied es bewusst, Dru zu berühren, stattdessen verband er sich im Geist mit dem magischen Lähmungszauber, welcher immer noch den übermäßig neugierigen, bewegungsunfähigen Diener umfangen hielt, und schob dann den Mann dorthin, wo ihn der Zauberer haben wollte.

Der immer noch reglose Dru glitt an Thaulon vorbei zu den Zauberringen, und Thaulon ließ den äußersten zusammenbrechen. Eine Hand über den Ringen an den Fingern der anderen gekrümmt, um deren verräterisches Aufblitzen zu verbergen, ließ er den Dolch in Sicht sausen – und abrupt anhalten und zu Boden fallen, als er eine Hand nach oben warf.

»Begebt Euch zu meinem größten Geheimnis, Alaunter Dru«, sagte Thaulon freundlich und öffnete die Steintür vor dem erstarrten Mann.

Thaulons Blick traf den des Dieners, und er bemerkte, dass der Mann die Augen vor Entsetzen weit aufgerissen hatte. Wie scharfsinnig und klug!

Thaulon ließ die Tür hinter sich und seinem Diener zufallen und spann eine rasche Verbindung zwischen der Tür und dem Fangzauber seiner Zauberfalle. Dann schob er Dru beiseite, lehnte sich an den Mann und wartete.

Sein Spion zeichnete sich eher durch Kühnheit denn durch Geduld aus. Das erste Aufblitzen eines Tastzaubers kam binnen eines oder zweier Atemzüge. Er erlosch, kam aber gleich darauf erstarkt zurück, dieses Mal begleitet von dem hohen Singen eines *sehr* mächtigen Wächterzauberschlüssels.

Thaulon hatte seinen Wächterzauber mit nicht weniger als sechs seiner neu erschaffenen Gegenstände verankert. Es würde schon der vereinten Kräfte aller Mitglieder der Magierzunft von Sirlptar bedürfen, um den Zauberring ernsthaft zu beschädigen. Und einer der Gegenstände suchte nach dem Ursprung des Tastzaubers.

Mit ein wenig Glück würde Thaulon seine Fähigkeiten nicht brauchen. Mit ein wenig Glück würde der Spion, übermäßig von sich selbst überzeugt, höchstpersönlich hier auftauchen und die Tür berühren. Für jeden Magier, welcher einen Kriegszauber zu wirken vermochte, stellte die Tür eine leicht zu bewältigende Aufgabe dar.

Und durch das direkte Berühren der Tür konnte man auch einen mächtigen Spähzauber hervorrufen, welcher alles enthüllen konnte, was innerhalb des zweiten Rings vor sich ging, selbst wenn der Spion sich auf der Stelle zurück an einen weit entfernten Ort versetzte.

Aber es bedurfte eines wirklich übermäßig vermessenen Eindringlings, sich in Thaulons Gemächer zu wagen. Ein bedächtigerer Beobachter würde einfach abwarten, bis Thaulon wieder auftauchte, oder seine Ausspäherei abbrechen und die Beobachtung zu einem späteren Zeitpunkt wieder aufnehmen.

Aber der Köder war ausgelegt. Thaulon hatte von seinem »größten Geheimnis« gesprochen, und der Ring sowie die geschlossene Tür würden den Spion noch zusätzlich narren. Ganz gleich, wie lange er spähte, er würde niemals hinein in …

Vorsichtig berührte jemand die Tür.

Und Thaulon verzog in stummer Häme das Gesicht und rief die Verbindung ins Leben, auf dass sie ihr Werk verrichte.

Die Steinplatte flog nach innen, die Fangzauber schnappten zu und fegten den Eindringling in die Zauberfalle wie einen dahinflitzenden Pfeil.

Der Mann rang noch immer nach Atem, als die Aumglora schon zu pulsieren begann … Thaulon schloss den Spalt in dem Ring und kam hinter dem hilflosen Dru hervor, um sein Opfer zu beäugen: einen Schlangenpriester.

»Nun, nun«, murmelte der Zauberer und hielt sein Zepter bereit. »Keine Schlangen im Ärmel, Klarsyn?«

Er wusste ganz genau, dass der Priester Klarsyn schon seit dem letzten Winter nicht mehr unter den Lebenden weilte, aber vielleicht würde der scheinbare Irrtum den Mann narren.

»Ich heiße Ghelcont, und Schlangenpriester laufen nicht mit Schlangen in den Unterkleidern herum, außer vielleicht in den weinseligen Kneipengeschichten«, erwiderte der Mann kalt. »Lasst mich los und beendet diesen Zauber, oder die Glaubensgemeinschaft der Schlange …«

»Wird nicht die geringste Ahnung haben, was das Schicksal des Bruders Ghelcont anbetrifft, so wie keiner unter ihnen weiß, was Klarsyn widerfuhr.«

Thaulon schritt an seinem Gefangenen vorbei und sagte über die Schulter hinweg: »Ihr Schlangenanbeter seid alle so übermäßig von euch selbst überzeugt und zudem so sehr in eure eigenen Zwistigkeiten verstrickt, dass ihr keinen Gedanken an die Stärke eurer so genannten Kirche verschwendet.

Ihr seid nichts als ein schlecht geführter Haufen minderer Zauberer, welche hinsichtlich ihrer gemeinsamen Fähigkeiten und ihrer Wichtigkeit einer gewaltigen Täuschung unterliegen. Ihr vermögt nicht einmal, anständig zu spotten. So schaut denn zu, wie man das richtig anfängt.«

Thaulon unterbrach seine Häme lange genug, um den Schlangenpriester mit einem Ausdruck hochmütiger Verachtung zu beehren.

Ghelcont spie den Zauberer von Schwarzburgturm wütend an und holte mehrfach Atem, um die rechten Worte auszuspucken … und mitten in diesem Kampf um Selbstbeherrschung erblasste sein Gesicht, und seine Augen weiteten sich vor Furcht.

»Wir werden schwächer, was? Das ist aber bedauerlich«, murmelte Thaulon. Er untersuchte ein weiteres Mal seinen Zauberring, um sicherzugehen, dass nicht ein weiterer entschlossener Schlangenpriester Ghelcont folgte oder ob sie unwillkommene Ungeheuer oder Männer mit Schwertern ausschickten, um den Frieden in Thaulons Gemächern zu stören.

Der Wächterzauber hielt stark und sicher, und der Zauberer von Schwarzburgturm ließ ihn unangetastet, bis Ghelcont von den Schlangen von seinem Weinen und Flehen abgelassen hatte und ziemlich tot war. Dann erweiterte Thaulon die Ringe vorsichtig ein wenig, so dass er den Leichnam aus der Zauberfalle zerren und an dessen Stelle den Diener hineinstoßen konnte.

Drus armselige Lebenskraft folgte der des Priesters in den rasenden Pfeifstern, und Thaulon ließ die Zauberringe zusammenfallen, um die beiden Leichen im Kamin zu verbrennen. Anschließend klemmte er in aller Seelenruhe vier Fingerringe einen hinter dem anderen fest, da er sie aufladen wollte.

Weil er die Knochen auskühlen lassen musste, entfernte er sich und gönnte sich zur Feier seines Erfolgs eine Erfrischung – zuerst Kalamanta, dann ein kleines Glas Drachentraum. Erst dann legte er sein Zepter in den Zauberschrank.

Nichts von dessem Inhalt fehlte. Thaulon nippte an seinem Wein, während er das blasse Glühen im Innern des Wandschranks beobachtete. Reihen von Zauberstäben, ein Panzerhandschuh mit Zauberringen an jedem Fingerglied, drei böse funkelnde Dolche, welche nicht nur verletzten, sondern erheblich üblere Dinge zufügten und … alle möglichen Sorten von nett anzuschauendem Tand.

Üppig verzierte Lampen, welche auf Befehl sanfter aufflammten als die üblichen geldbeutelgroßen Glühsteine; Stiefel, in welchen der Träger lautlos einherzuschreiten vermochte … und Berge von weniger nützlichen Dingen. Das da dort drüben mochte die schöne Asmura beeindrucken, wenn er sie anlässlich des nächsten großen Festes damit überraschte.

Sein Pokal war leer. Aber ein größeres Glas voller Drachentraum wartete auf ihn. Er verfügte über eine Rüstkammer, welche alles übertreffen musste, was selbst die mächtigen Bannmeister zum jetzigen Zeitpunkt zustande bringen konnten.

Nun, welchen seiner Widersacher sollte er als Nächsten auslöschen?

Larmatlur von den Sieben Flüchen? Oder den misstrauischen alten Melgurt von der ach so mächtigen Magierzunft, welcher ihn einst in den Straßen von Sirlptar verspottet hatte … oder Ondrevvo von Teln?

Melgurt. Ja, ganz Darsar würde Beifall spenden: Für Ansiah Melgurt war die Zeit zum Sterben gekommen.

Falls Thaulon Talasorn mittlerweile verschlagen und selbstzufrieden geworden war, so nahm er an, gute Gründe dafür zu haben. Allein sechs Zauberstäbe, welche auf seinen Befehl hin ausbrechen würden, befanden sich in Futteralen an einem Gürtel, welcher seinerseits machtvolle Schutz- und Fluchtzauber enthielt. Und diesen Gürtel trug er um den Leib.

Ein reich geschmückter kurzer Umhang wehte von seinen Schultern und lieferte einen beständigen magischen Schild, auf den er besonders stolz war. Er hatte eine solch elegante Verwendung für Melgurts Lebenskraft gefunden.

Mindestens drei außerordentlich mächtige Zauberer hatten seiner Zauberfalle inzwischen die Ehre gegeben – Ondrevvo aus Teln, Hoel aus Ragalar und Niiyreszm aus Carraglas. Weitere würden ihnen bestimmt folgen.

Und durch Übung wurde er immer geschickter, um sie anzulocken. Er durchschritt die Wächterzauber, welche jetzt seine Gemächer von dem Rest des Burgturms abschirmten, drehte einen Ring an seinem Finger, und ein Spähendes Auge entstand direkt vor ihm.

Wie erwartet badete Asmura auch heute Nacht in duftenden Ölen, und es gab viel zufriedenes Stöhnen, träges Strecken von Gliedmaßen und reichlich Gekicher seitens der Dienerin, welche sich um Asmura kümmerte. Erfreut schaute Thaulon eine ganze Weile zu.

Zufrieden mit der Welt ließ er das Auge schließlich verschwinden, zog einen uralten Kriegshelm aus einem Versteck in seinem reich geschnitzten, hochlehnigen Sessel und setzte ihn auf seinen Kopf.

Die Zauberfalle – oder genauer gesagt die Lebenskraft des Magiers Hoel – hatte die schwindenden Zauberkräfte dieses Fundes aus einem Schwarzgultgrab verstärkt. Der Helm vermochte Gedanken zu lesen – nicht unbedingt in klaren Worten, welche man hätte verfolgen können, was ab und an nötig gewesen wäre.

Er zeigte eher leuchtende Zusammenballungen von Willenskraft und ob ein Geist stärker war als ein anderer. Ihn zu benutzen ermüdete den Träger in wirklich hohem Maße, aber er war zugleich fesselnd und manchmal ausgesprochen nützlich.

Er suchte den breiten Silberfluss und Treibschaum ab, fand aber keinen Hinweis auf eine Anwesenheit auf der überwucherten, verlassenen Insel. Aber er spürte einige ziemlich schwache Gedanken genau dort, wo er sie haben wollte, nämlich gleich auf der anderen Seite des Flusses westlich des Silberbaumhauses.

Thaulon ließ sich näher treiben und erfuhr, dass ein einfacher Schafhirte, ein gewisser Elgrest Thamsheir, sich so richtig über den alten Harstag ärgerte, weil dieser sich derartig betrunken hatte, dass er gefallen war und sich den Fuß gebrochen hatte.

Elgrest musste sich jetzt mit Harstags Hunden herumschlagen, welche nicht daran dachten, seinen Befehlen zu gehorchen. Und dabei wusste doch jeder Trottel, dass alle möglichen Ungeheuer mit Zähnen und Klauen oder mit Keulen und Messern den Schafen ans Leben wollten und sowieso wie die Schmeißfliegen um das von Gespenstern heimgesuchte Schweigende Haus schwärmten.

Thaulon lächelte kalt, stellte etwas mit zweien seiner Ringe an … und schlüpfte wie eine dunkle Wolke in Elgrest Thamsheirs Geist.

Elgrests überraschtes Grunzen erschreckte ein paar Schafe … und dann überraschte der Hirte die Hunde noch viel mehr, indem er stolpernd einen großen Kreis beschrieb, mit den Fingern in die Luft krallte und feucht sabbernd ein paar gestammelte Worte ausstieß. Dann richtete er sich entschlossen auf und schritt ohne einen Blick zurück zielsicher auf die große steinerne Masse des Schweigenden Hauses zu.

Der Schafhirte hatte sein ganzes Leben in den Hügeln zugebracht und sich um nichts Schlimmeres Sorgen machen müssen als einen gelegentlich auftauchenden verzweifelten Gesetzlosen – und die große, gut bewaffnete und verzweifelte Sorte von Gesetzlosen, welche unter dem Banner eines Fürsten einherreiten und auf alles einhacken, was ihnen vor die Augen kommt, statt sich wie die erste Sorte verstohlen wegzuschleichen.

Beiden Übeln ging man am besten aus dem Weg. Oder man führte eine wilde Jagd über Stock und Stein an durch Sümpfe und Pfützen und halsbrecherische Gräben, bis sie zu verwirrt, müde oder verletzt waren und die Jagd abbrachen. Während seines ganzen Lebens hatte Elgrest Thamsheir jedoch niemals solche Verzweiflung verspürt oder war so närrisch gewesen, in einen der dunklen, klaffenden Torbögen des Schweigenden Hauses vorzudringen.

Andererseits hatte er auch niemals zuvor das schwere Gewicht eines Geistes tragen müssen, welcher seinen eigenen an Schärfe und Stärke weit übertraf und der sich in ihm eingenistet hatte, um ihn zu beherrschen wie ein Reiter sein Ross. Obwohl er sich innerlich sträubte, musste der Schafhirte in das Schweigende Haus.

Wie jeder Hirte trug Elgrest einen alten, aus vielen Flicken zusammengesetzten Wollumhang, darunter etliche selten gewaschene wärmende Westen, und dazu einen Arbeitskittel und Kniehosen.

In den vielen Taschen der Westen befanden sich einige mitgenommene Flaschen, deren wie Feuer brennender Inhalt einen gegen die Kälte wappnete. Elgrest hätte im Traum nicht daran gedacht, in der eisigen Morgendämmerung seinen Umhang abzulegen, ihn mit dem Inhalt etlicher Flaschen zu tränken und das Ganze dann mittels seines Feuersteins anzuzünden.

Aber der Geist in seinem Kopf verlangte genau das, und wie ein in dem Traum eines anderen Gefangener machte er sich steif ans Werk und gehorchte.

Das Feuer flackerte schwach, als er es mit einem Ast hochhob, aber die steinerne Decke wölbte sich hoch über ihm, so dass er seine behelfsmäßige Fackel über den Kopf heben und an ihr vorbeispähen konnte.

Halb erwartete er, brüllende Ungeheuer zu sehen, welche sich auf ihn stürzen würden, sobald er die ersten Schritte gemacht hatte.

Stattdessen sah er Staub und Feuchtigkeit, ein paar niedergefallene Steinblöcke hier und da, und immer dann, wenn er sich nicht bewegte, herrschte Totenstille. Es gab nichts als leere, verlassene Dunkelheit, Raum hinter Raum, lange gerade Gänge, Türöffnungen ohne Türen, und von all dem mehr, als Elgrest mangels Kenntnis zu zählen vermochte. Er sah mehr Türöffnungen vor sich als Schafe in jeder Herde, welche er je gehütet hatte, und das bedeutete eine Riesenmenge Türöffnungen. Alle dunkel und leer wie so viele Löcher – so viele Augen des Dunklen, welche ihn kalt beobachteten.

Und dann bewegte sich etwas so plötzlich, dass er schrie und beinahe seine Fackel fallengelassen hätte.

Etwas glitt oder flog durch die Dunkelheit wie eine Eule, welche ihren Flug über einem Feld verlangsamt, bevor sie zuschlägt. Als er ängstlich seine Fackel hob, um das Etwas genauer sehen zu können, war dort nichts.

Als er sein brennendes Bündel senkte, konnte er es allerdings wieder sehen. Ein stiller Schatten in der Dunkelheit. Der Umriss eines Kopfes. Eines Kopfes ohne Gesicht und Schultern, welcher sich in seine Richtung drehte!

Elgrest entfuhr ein rauer, hilfloser Schrei. Er erstarrte, als das Wesen auf ihn niederschwebte, und seine sich verkrampfenden, zuckenden Beine schienen wie festgenagelt zu sein, als er gegen den Geist ankämpfte, welcher sich in seinen eingenistet hatte.

Er kämpfte vergebens, und er spürte seinen Herzschlag wie ein donnerndes Ding in seiner Kehle ...

Eiseskälte schwebte über ihn hinweg und in ihn hinein, durchstieß ihn wie weiche Krallen, und ein neuer Geist kam mit ihnen. Alt, grausam und weise, und er wisperte ihm Dinge zu, welche Elgrest nicht verstehen konnte, obwohl er sich so danach sehnte – aber er fürchtete sich vor sich selbst, weil er es so dringend wollte.

Der Geist, welcher sich zuerst in seinem Kopf festgesetzt hatte, entfuhr ihm, verschwand hastig und verließ ihn mit einem letzten aufgeregten Aufblitzen.

Der brennende Umhang fiel zu Boden und erlosch allmählich, und Elgrest blieb allein in den Klauen des älteren, kälteren Geistes zurück.

Er gestattete Elgrest, Arme und Beine zu bewegen, ein Geheul auszustoßen, wegzurennen und so oft gegen unsichtbare Steinmauern zu prallen, wie es ihm gefiel – oder wie er es zustande brachte –, aber er grub sich immer tiefer in den Schafhirten hinein und flüsterte, flüsterte ...

Flüsterte ...

Thaulon Talasorn riss sich heftig keuchend den Helm vom Kopf. Selbst wenn ihn der Wispergeist gespürt hatte, so hatte der Magier doch die Verbindung abgebrochen und war so schnell aus dem Geist des Schafhirten verschwunden, als hätte ein niedersausendes Messer die Verbindung zwischen ihnen zerschnitten.

Das zerstörerische Wesen im Schweigenden Haus hatte seine Anwesenheit im letzten, flackernden Augenblick bemerkt – aber das konnte nicht ausgereicht haben, um aufzudecken, wer er war oder wo er sich befand.

Er hingegen hatte dank der Verstärkung all dieser von ihm selbst geschaffenen Magie einiges über den Fluch gelernt.

Verrückt, vollkommen verrückt. Ein Wahnsinn, welcher auf Jahre – Jahrhunderte der Einsamkeit zurückzuführen war. Bei dem Wesen handelte es sich um eine Frau und gleichzeitig ein Ungeheuer, und es hatte sich vor langer Zeit selbst bekriegt.

Auch jetzt kämpfte es gegen sich selbst, aber auf eine andere Weise, denn kriechender, nagender Wahnsinn hatte seine Vernunft in Stücke gerissen.

Dieses Geisterwesen stand in irgendeinem Zusammenhang mit einem Silberbaum, welcher in diesem Haus umgekommen war … es gab auch noch andere, und der Wispergeist vermochte sie alle zu beherrschen. Sie konnten Leben aussaugen wie Thaulons Zauberfalle, aber zudem auch noch Erinnerungen und Scharfsinn.

Längst verblichene Silberbaums hatten diese Geister »Stille Schatten« genannt und waren vor ihnen geflohen … die Gespenster vermochten nicht, den unmittelbaren Umkreis des Schweigenden Hauses zu verlassen, und je weiter sie sich von den überdachten Teilen des riesigen Gebäudes entfernten, umso schwächer wurden sie.

Der Wispergeist befehligte sie. Es handelte sich um einen tiefen, dunklen Verstand, eine mächtige Kraft, und ohne seine Magie wäre Thaulon ihm gegenüber wie eine Kerze im Wind.

Aber da er wusste, was er tat, und vor allem die Magie zur Verfügung hatte, sich mit großen, magischen Zaubernetzen zu verbinden, welche sowohl Schild wie auch Waffe darstellten, vermochte Thaulon den Geist auszuloten und ihm standzuhalten.

Wenn er die richtigen Dinge tat, die richtige Magie anwendete und nur ein paar weitere Gegenstände mit ganz bestimmtem innerem Feuer herstellte, dann konnte er den Wispergeist schlagen.

Er konnte den Geist und das Schweigende Haus auf einen Schlag erobern – keinem anderen eingebildeten Magierfürsten würde das gelingen!

Ja, er – Thaulon Talasorn, der unbedeutende Hauszauberer eines hinterwäldlerischen Fürsten – war wahrhaftig der mächtigste unter den lebenden Zauberern!

Er griff sich seinen Zauberpanzerhandschuh, steckte sich zahlreiche Ringe auf und schnallte zwei Gürtel um, welche Messer trugen, die er mit seinem Willen durch die Luft fliegen lassen konnte.

Er lachte triumphierend.

Dann setzte er sich auf die Kante seines Bettes, setzte den Helm wieder auf und schickte seine Gedanken erneut über den Fluss zu dem Schafhirten, von dem inzwischen nur noch eine ausgesaugte, leblose Hülle übrig sein musste. Dieses Mal näherte er sich jedoch von der entlegensten Ecke der Schwarzburg den blinkenden Lichtern des gleichnamigen Dorfes.

»Ja«, schnappte er. Er saß allein mit seinen schimmernden Zaubern in seinem Schlafgemach. »Fühlt die Hand des Thaulon Talasorn. Fühlt die *Macht* von Thaulon!«

Wie eine jagende Eule schoss er durch die Nacht. Er wusste, nach welcher Bauernkate und nach welchem darin schlafenden Geist er suchte.

Er tastete nicht nach dem schnarchenden Schmied Dunkath Yardro auf der einen Seite des Bettes, sondern nach dem Geist der nach dem Liebesspiel zufrieden atmenden Frau, welche, in einen Wust aus Decken gehüllt, auf der anderen Seite schlief.

Janthra Yardro war die bei weitem schönste Frau in Schwarzburg – und eine ehrliche und treue noch dazu, wie Thaulon feststellen konnte, als er tief und rücksichtslos in ihren Geist eintauchte.

Sie wachte auf und wehrte sich stöhnend, blieb aber ansonsten stumm. Mit einer Heimlichkeit, welche gar nicht zu ihr passte, tat sie das Undenkbare: Sie erhob sich splitterfasernackt von der Seite ihres Mannes, schlich sich aus der Hintertür des Hauses und stahl sich durch das taufeuchte Gras, wobei sie sich an den murmelnden Bach hielt, um keine Hunde aufzuwecken.

Auf halber Strecke der Langen Wiese belegte Thaulon die Frau mit einem Flugzauber und ließ sie um den Turm schießen wie einen großen, sich dem Mondlicht entblößenden Vogel … geradewegs durch sein Fenster, zu ihm.

Sie landete auf den Knien liegend vor ihm und küsste seine Füße, so wie er das befohlen hatte. Dabei zitterte sie vor innerem Zorn und gleichermaßen verängstigt. Er ließ sie sich zurücksetzen und sich ihm anbieten, bis sie darum flehte, ihn berühren zu dürfen.

Noch während sie ihn anflehte, glühten ihre Augen förmlich – aber sein Griff war sicher und stark. Stark genug, sie noch kurz tanzen zu lassen, bevor sie sich auf sein Bett warf und ihn zu sich winkte.

Als Thaulon sich seiner Gewänder entledigte, schaute er auf einen seiner Ringe auf dem Handschuh, dann auf einen zweiten. Der erste erwachte zum Leben und nagelte Janthra Yardro wie eine kalte Geistesklammer fest, so dass sie wie eingefroren vor ihm lag.

Der zweite Ring blinkte auf, als er eine Verbindung zwischen dem Schmuckstück und der Aumglora herstellte. Weil alle seine Zauber an ihn gebunden waren, konnte ihn seine eigene Zauberfalle nicht aussaugen.

Er vermochte sich ungefährdet mittels des Rings mit der Aumglora zu verbinden.

Das hieß, dass er jedes Mal, wenn es ihm gefiel, ein wenig von Janthra Yardros Lebenskraft abzapfen konnte. Bei der Dreifaltigkeit, wie war sie schön, wie sie ihn da seinen Blicken dargeboten anflehte … und mit solch rasendem Zorn in den Augen.

»Betet mich an«, flüsterte er, als er sie in Besitz nahm. Bald verlor er jedoch das Interesse daran, sie dazu zu bringen, etwas zu sagen – denn sie sagte letzten Endes ja nur das, was er ihr aufzwang. Also atmete sie nur noch schwer, und sie stöhnte wild, sobald sie fühlte, dass ihre Kraft aus ihr herausfloss.

Thaulon kicherte und überlegte mit einem Schauder des Entzückens, dass das hier genau das war, was der Fluch im Schweigenden Haus tat – und er grinste aufrichtig erfreut, als sie »Ja! Ja! Ja!« keuchte.

Erst viel später, als er die Knochen in die Abfallgrube kippte, hörte er schlagartig auf zu summen, als ihm einfiel, was sie da willkommen geheißen hatte.

»Vergessen war eine viel zu schnelle Erlösung für Euch!«, schimpfte er in der Dunkelheit, aber die niederfallenden Knochen gaben ihm keine Antwort.

Zwei

Ein Triumph im Hause Silberbaum

Werter Fürst«, sagte Thaulon mit einem Lächeln und blitzenden Augen, »ich kann Euch endlich Erfolg melden. Zwar nur einen kleinen Erfolg, aber einen Schritt in Richtung unseres Zieles. Ich weiß jetzt, wie man den Feind bindet und zudem die große Zahl von Ungeheuern, welche ihm dienen. Zur gegebenen Zeit wird das Haus der Silberbaums das Eure sein.«

Barangar Silberbaum starrte den Zauberer kalt an. »Wie viel Zeit?«

Der Magier mit dem bleichen Gesicht neigte den Kopf. »Noch lange Zeit, Fürst. Ich muss um Eure Geduld bitten. Das Haus der Silberbaums ist so groß wie Sirlptar oder sogar noch größer, und in ihm hausen so viele feindliche Ungeheuer, wie ganz Sirl Einwohner hat.«

»Ich werde nicht jünger, Zauberer«, knurrte der Fürst. »Immer noch drängen wir uns in diesem Turm – während *Ihr* Eure Gemächer immer prächtiger ausstattet, wo wir doch Platz für Dutzende von Räumen dort drüben auf der anderen Seite des Flusses haben könnten.

Jedermann sagt, dass das Schweigende Haus verlassen ist – he, deshalb nennt man es auch das Schweigende, was? –, und jeder Narr kann erkennen, dass die Türen in den meisten Türöffnungen fehlen.

Wenn Ihr also die Wahrheit sprecht und die Ungeheuer dort herumhuschen, warum kommen sie nicht stolpernd oder gleitend oder auf Flügeln heraus, und zwar Tag für Tag, und streifen als Bedrohung durch das Tal?«

Thaulon lag eine zornige Antwort auf der Zunge – bei der Dreifaltigkeit, wie konnte dieser Bulle von einem Mann nur so dumm sein? – und wurde noch wütender, als er die Edle Asmura spöttisch lächeln sah.

»Wenn Ihr mir eine kleine Vorführung gestatten wollt?«

»Führt etwas nach Belieben vor, Magier!«

»Meinen Dank. Wachen, haltet euch bitte bereit. Es mag gefährlich werden.«

Ein paar der Wachen von Silberbaum standen an den Mauern entlang aufgereiht und lösten die vor der Brust gekreuzten Arme. Sie bedachten Thaulon mit Blicken, welche ebenso liebevoll und vertrauensselig wie die ihres Herrn waren. Der Zauberer vom Schwarzburgturm war kein sehr beliebter Mann.

»Die Antwort auf Eure äußerst scharfsinnige Frage nach den umherstreifenden Ungeheuern, Fürst«, sagte Thaulon glatt, »ist die Natur ebendieser Ungeheuer von Haus Silberbaum. Viele unter ihnen sind an diesen Ort gebunden und können nicht nach draußen. Tatsächlich hausen etliche innen, ganz innen. Innerhalb der Steine, um genau zu sein.«

Als Barangar ihn anschaute, verflocht Thaulon die Finger beider Hände und erweckte nicht weniger als sechs Ringe zum Leben.

Einige unter den fürstlichen Wachen erstarrten und legten die Hände auf die Schwertknäufe. Thaulon lächelte schwach und holte mittels eines Fangzaubers eine Maedra aus der weit entfernten Östlichen Vorhalle des Schweigenden Hauses.

Plötzlich füllte ein Aal oder eine Schlange aus Stein die hohe Halle des Fürsten, und der schlangengleiche Kopf des riesigen Wesens zeigte den Wachen einen Wald von Zähnen.

Die Erscheinung besaß die Länge eines großen Pferdes oder sogar noch mehr, und der Schlangenkörper verfügte über die Schultern und die Arme eines Riesen von der Stärke eines Schmiedes. Die Hände endeten jedoch in scharfen Krallen.

Eine Wache schrie etwas Spöttisches über Zauberer und Trugbilder und stürzte vorwärts, um mit seinem Schwert auf das monströse Ungeheuer einzuschlagen. Sein Stahl klirrte auf – Stein, wenn man dem Klirren glauben wollte, und die Maedra türmte sich über ihm auf.

Mehrere Wachen hackten nun auf den Aal ein, und eine Klinge zerbarst in sich drehende Scherben, als das Ungeheuer plötzlich nach vorn schoss und auf den Wachmann niederstieß, welcher zuerst angegriffen hatte.

Der Biss ließ nur ein abgetrenntes Bein inmitten einer Wolke von Blutstropfen übrig, welche auf die Steinplatten des Bodens sprühten. Die Edle Asmura wimmerte. Das Ungeheuer kaute und schwang dann den Kopf in Richtung eines Paares von Wachen – und dann, ohne auch nur hinzuschauen, streckte es eine Klaue aus und riss einem anderen Wachposten die Eingeweide heraus, als trüge dieser keine Rüstung.

»Zurück!«, befahl Thaulon. »Bildet einen Ring, hebt die Schwerter, aber schlagt nicht zu!«

Bewaffnete, welche die Schreie ihrer Kameraden gehört hatten, kamen herbeigerannt und erwarteten einen Befehl. Schließlich schnappte Barangar: »Hört auf den Zauberer!«

Sobald die Männer sich zurückgezogen hatten, beschrieb die Maedra einen Kreis, um sich zu vergewissern, dass keine unmittelbare Gefahr drohte – Thaulon hatte seine Hände mit den blitzenden Ringen bereits hinter seinem Rücken verborgen und ließ sie auch dort –, und stieß dann auf ihren eigenen Schwanz nieder. Oder besser gesagt, sie tauchte in den Steinboden unter dem Schwanz ein.

Sie floss in die Platten, als seien die ein Trugbild, und verschwand langsam und mit dem Kopf voran.

Überall in der Halle keuchten die Menschen, aber Thaulon riss beide Hände hinter dem Rücken hervor und wies auf die Maedra. Er schnarrte ein eindrucksvolles und unverständliches Wort, welches ein donnerndes Echo in der Halle zu wecken schien.

Und während der Boden unter aller Füßen erbebte, erschauerte der noch sichtbare Teil der großen Steinschlange. Der riesige Schwanz und eine nach hinten gekrümmte Klaue fielen mit einem feuchten Klatschen zu Boden. Wo die Maedra in den Boden eingetaucht war, war sie sauber in Höhe der Steinplatten durchtrennt worden.

Die Platten sahen genauso unberührt und heil aus wie zuvor, und nichts deutete darauf hin, dass ein seltsames Ungeheuer in der Halle gewesen war.

Männer näherten sich zögernd dem großen Schwanz, welcher immer noch schwach zuckte und sich kaum merklich zusammenrollte. Einer der Männer wirbelte zu Thaulon herum und starrte den Zauberer an. »Ist es – tot?«

»Ja. Mein Zauberbann hat sie getötet, nicht etwa ihr Eintauchen in den Boden. Diese Maedra vermögen in festem Stein zu leben.«

Ein anderer Wachposten schüttelte den Kopf. »So etwas habe ich noch nie im Leben gesehen. Es kann nicht viele von diesen Ungeheuern geben.«

Thaulon zuckte die Achseln. »Ich habe Dutzende auf einmal gesehen, als ich mein Spähauge benutzte. Im Schweigenden Haus gibt es eine Menge Steinwände.«

Die Edle Asmura hatte den Kopf an der Brust ihres Vaters vergraben. Barangar blickte auf und sagte einigermaßen erschüttert: »Magierfürst Thaulon, Ihr habt die Erlaubnis, Euch so viel Zeit zu nehmen, wie Ihr in dieser Angelegenheit braucht.«

Der erste Korb hatte ihm die meisten Schwierigkeiten bereitet. Selbst Glühsteine von der Größe eines Kiesels wiegen etwas, und mehrere hundert von ihnen sind schwer. Er hatte die Verbindungen gewirkt, bevor er das Schweigende Haus betrat, so dass er ständig von magischen Strängen umgeben war, welche summend anschwollen und jedes andere Wesen außer ihm selbst zur Unbeweglichkeit verurteilen würden.

Jeder, der das Gewebe berührte, würde – oder sollte zumindest – auf der Stelle gelähmt und eingefroren werden und dabei spüren, wie Thaulons Gedanken und sein Wille, um ein Vielfaches verstärkt, seinen Geist überwältigten.

Vorsichtig rollte er ein paar Steine in die Dunkelheit und zwang sie kraft seines Willens dazu, in voller Stärke aufzuglimmen, bevor er neue auswarf. Sein Gürtel sorgte dafür, dass der Zauberer vorwärts schritt, ohne dass seine Füße den Boden berührten.

Er hatte schon oft erlebt, dass Krallen aus dem Boden schossen, um zuzuschlagen und zu zerreißen. Nachdem er den ersten Raum in seinen Besitz gebracht hatte, schwitzte er … aber er gehörte ihm; ein Gemach des Schweigenden Hauses gehörte jetzt Thaulon Talasorn.

Thaulon nahm sich einen Raum nach dem anderen vor. Langsam, unendlich langsam verankerte er das anwachsende Zaubernetz mit allen möglichen kleinen Gegenständen, welche er erschaffen hatte.

Er verteilte diese Gegenstände – von Glühsteinen über fliegende Teller bis hin zu Glöckchen auf den Türschwellen – im ganzen Schweigenden Haus. Viele hatte er auf hohen Simsen, in Nischen oder hinter Wandverkleidungen versteckt, wobei er behutsam vorging, um nicht den Fluch oder die von ihm befehligten Maedra auf sich aufmerksam zu machen.

Aus Tagen waren Monate geworden, Monate zu einem halben Jahr, und Thaulon Talasorn wurde immer grimmiger und stiller. Die Arbeit ließ ihn dünner werden; seine Augen glühten, und die Einwohner des Turms gingen ihm aus dem Weg, wenn er geistesabwesend durch die Hallen wanderte.

Einsame Magier zu finden und anzulocken erwies sich als immer schwerer, und er traute sich nicht, sich mit großen Zauberern wie denen von der Sirler Zunft, den Schlangenpriestern oder den Magierfamilien von Carraglas oder Gloit abzugeben.

Sie alle wussten, dass jemand Zauberer einfing, und sie beobachteten einander und versuchten, den Verantwortlichen aufzuspüren.

Die Zauberbanne des Schweigenden Hauses verbargen das wachsende magische Feuer von Thaulons Netz vor ihren Nachforschungen, und die Zauberfalle selbst strahlte nicht stärker als viele Wächterzauber über Gräbern oder einem Thronsaal. Aber er musste Umsicht walten lassen.

Mehr noch – es gab, soweit er wusste, nicht einen Feld-, Wald- oder Wiesenzauberer mehr in Aglirta, noch irgendeinen Magier mit mehr Kräften.

Und wenn er nur die Lebenskraft von wilden Tieren oder einfachen Leuten zum Aussaugen bekam, drehte sich der Pfeifstern so langsam, dass es gar nicht erst der Mühe wert schien. Thaulon würde alt und grau werden und sterben, bevor sie ihm ausreichend Kraft verschafften, etwas wirklich Nützliches zu wirken.

Und das Schweigende Haus war riesengroß. Er hätte nicht zu sagen vermocht, wie viele verzauberte Gegenstände er in dem Haus versteckt hatte, zuletzt Dutzende der einfachsten Glühsteine … und er brauchte mindestens noch einmal genauso viele, selbst wenn er dem Wispergeist nur den ebenerdigen Teil zwischen den vier Türmen nahe am Fluss entreißen wollte.

Der Wispergeist beobachtete ihn ohne Unterlass bei der Arbeit. Vor Zorn zischend schickte er Dutzende von Maedra, welche aufmerksam um Thaulon herumglitten und sich dem magischen Netz so dicht wie möglich näherten.

Von Zeit zu Zeit hatte der Geist versucht, das Netz zu zerreißen, indem er die Maedra veranlasste, ganze Böden einstürzen zu lassen, Wände einzureißen und die Räume des Palastes umzuformen, während Thaulon sich im Schwarzburgturm aufhielt und erschöpft neue Glühsteine entstehen ließ. Aber die versammelte Zauberkraft des Netzes breitete sich aus und schützte jeden einzelnen Gegenstand davor, zerquetscht oder von Zauberbannen zerstört zu werden.

Das Netz selbst trank die Angriffsmagie in sich hinein und wurde stärker, und die einzelnen Gegenstände blieben mit dem Netz verbunden durch Stränge, welche der Geist bislang noch nicht zu zerstören vermochte. Wenn der Wispergeist einzelne Gegenstände zu Orten brachte, welche Thaulon weder erreichen noch wahrnehmen konnte, dann führte das nur dazu, dass sich das Netz schneller und weiter ausbreitete, als Thaulon dies vermocht und gewagt hätte.

Der Wispergeist hatte bald alle Versuche eingestellt, das Netz zu zerstören – jedenfalls vorläufig.

Falls es ihm gelang, den Geist und die ihm dienenden Maedra innerhalb seines Netzes zu fangen und anschließend gewisse Zauber zu wecken, welche ins Netz fließen sollten, dann würde er den Geist wie auch die Ungeheuer darin fangen können.

Und heute würde *endlich* der Tag dafür gekommen sein.

In der hereinbrechenden Dämmerung schwamm Thaulon Talasorn durch das Netz zu dem unteren Keller, welchen die Maedra während der letzten Tage so eifrig ausgeweitet hatten – um ihn so lange wie möglich aufzuhalten, so vermutete er –, und legte dort einen weiteren Gegenstand ab.

Die Steine unter und über ihm schnappten wie eine große Maedra zusammen und zerquetschten – nichts. Er lächelte wölfisch und rief die beiden Zauberstäbe auf, welche er in den Panzerhandschuhen hielt.

Einen richtete er nach oben, den anderen nach unten, und ihre Magie brannte geradewegs durch die Falle, welche der Wispergeist aus verbundenen und zusammengedrängten Maedra errichtet hatte.

Verbrannte Maedrakörper kippten um. Das schrille, feuchte Wehklagen der sterbenden Ungeheuer währte nur kurz – und Thaulon nahm die wenigen übrig gebliebenen Steine aus seinem Beutel und schlug mit einer magischen Peitsche, welche er im Turm hergestellt hatte, auf die bebenden Überlebenden ein.

Dann verband er sie zu einer langen Kette, deren Enden leicht zu dem Netz hinzugefügt werden konnten, und zwar hier … und hier.

Dann hatte er es vollbracht.

Thaulon schoss aus dem Keller. Er war viel zu verschlagen, um das Risiko einzugehen, die Lähmungszauber zu wecken, während er sich noch unter einem Dach befand, welches der Geist zusammenbrechen lassen konnte.

Nahe den Eingängen beim Fluss gab es einen zerfallenden Turm, wo das Netz hinausreichte und ihm Raum genug bot – und er hing da wie in einer Wiege, während er den letzten großen Zauberbann wob und spürte, wie seine Schöpfung um ihn herum zu vollem, großartigem Leben erwachte.

Die Aufgabe war erledigt. Leben oder Sterben, Erfolg oder Fehlschlag, Thaulon Talasorn hatte dies erschaffen. Das größte magische Werk, welches je in Darsar vollbracht worden war.

Selbst die Dreifaltigkeit würde nicht umhin können, dies zu bemerken.

Das magische Netz schimmerte heller und heller, und seine dahinrasenden Energien klangen wie gedämpftes, aber ununterbrochenes Gebrüll – und etliche Räume entfernt zerbarst ein Turm in Stücke und brach in sich zusammen, eine Kuppeldecke zersprang und fiel nieder, Staubwolken erhoben sich, und das endlose Geflüster schwoll zu einem wilden Geschrei an.

Thaulon Talasorn ballte eine Faust, wodurch jeder einzelne Ring auf seinem Panzerhandschuh zornig blitzte, nahm das Zepter der Veränderung in die andere Hand und wartete …

Und der Fluch des Hauses Silberbaum schrie vergeblich und war fest gebunden.

Thaulon warf den Kopf in den Nacken und brüllte seinen Triumph in den Nachthimmel.

Dies war kein hinterlistiger Trick gewesen noch von der Dreifaltigkeit gesandtes Glück – dies war das Ergebnis seiner Arbeit, langer, harter Arbeit. Sein Streben und sein Sieg.

Er schloss die Faust. Ein Ring blitzte auf, und Thaulon befand sich an einem anderen Ort.

»Also seht Ihr, Fürst von Teln«, sagte Fürst Barangar herzlich und schwang seinen Kelch, »dass Silberbaum ein reicher und gut geführter Grundbesitz ist, ein Ort, an welchem Frieden herrscht, und …«

Die Luft vor der glitzernden, festlich gedeckten Tafel explodierte in plötzlichem Feuer, worauf der reiche, hochmütige Abgesandte der Kaufleute aus Teln seinen eigenen Kelch klappernd auf den Tisch fallen ließ.

Er erblasste vor Zorn wie auch vor Furcht und tastete nach dem Schutzzauberamulett an seinem Gürtel. Die Leibwächter in blinkenden Rüstungen, die des Fürsten und auch seine eigenen, fluchten und versuchten, ihre Zeremonialschwerter zu ziehen.

Ein Mann in staubigen Gewändern stand mitten in der Luft. In einer Hand trug er einen funkelnden Zauberstab, an der anderen einen metallenen Panzerhandschuh, welcher den starken blauen Schein von Magie ausstrahlte und zudem an jedem Gelenk einen blitzenden Zauberring aufwies.

»Mein werter Fürst«, erklärte der Mann mit triumphierender Stimme, »meine Aufgabe ist vollbracht! Ich habe *gesiegt*! Das Silberbaumhaus ist das Eure!«

Mit einem lauten Brüllen erhob sich Barangar Silberbaum. Dann leerte er seinen Krug, schleuderte ihn hoch zu den Deckenbalken und schrie: »Ihr Ritter von Silberbaum! An die Waffen! Macht euch bereit, auf der Stelle!«

Thaulon Talasorn lachte, und der Fürst lachte mit ihm, und die beiden schüttelten die Fäuste in der Luft wie zwei aufgeregte kleine Buben.

Aber dann sagte der Zauberer: »Ich muss eine Warnung aussprechen: Es gibt immer noch Unmengen von Fallen, welche allerdings nicht magischen Ursprungs sind. Es wäre alles andere als klug, den Fluss in allzu großer Hast zu überqueren.«

Der Fürst Silberbaum brach mitten im Gelächter ab und schwieg. Er starrte Thaulon für eine Weile an und schrie dann: »Halt! Ich widerrufe meinen letzten Befehl!« Er warf einen Seitenblick auf den wie versteinerten Gesandten und fügte hinzu: »Die Aufregung angesichts dieser großartigen Leistung hat mich übermannt!«

Er schaute Thaulon an. »Magierfürst, wollt Ihr mit uns speisen?«

»Mit Vergnügen«, antwortete der Zauberer und lächelte Asmura an, welche mit vor Erstaunen offenem Mund dasaß und ihn zum ersten Mal ehrfürchtig und mit Wohlwollen musterte.

Der Fürst winkte seinem Haushofmeister zu, Platz an der Tafel zu machen. Der untersetzte Mann beeilte sich, dem Befehl zu gehorchen, blickte aber gleichzeitig mürrisch drein.

Barangar Silberbaum wandte sich ein wenig beschämt seinem Gast aus Teln zu. »Ich bitte Euch um Vergebung, Fürst Lzurellan. Hm, kann ich Euch einen frischen Kelch besorgen?«

Khelt Lzurellan aus Teln war es nicht gewohnt, dass ein Fest so rüde gestört wurde, aber er war nicht zu einem der reichsten Männer von ganz Darsar aufgestiegen, weil er ein Narr gewesen wäre.

Er nickte dünnlippig und antwortete: »Das wäre mir genehm.

Wie es scheint, müssen wir einen Trinkspruch auf einen neuen Helden ausbringen – einen Zauberer noch dazu. Das ist wirklich ein ganz außergewöhnlicher Anlass, bei der Dreifaltigkeit.«

Barangar Silberbaum lächelte auf den Ausblick hinunter, welcher sich ihm bot. Der Silberfluss strömte endlos vorbei, und seine Wasser schimmerten golden im Licht der untergehenden Sonne. In der Mitte des Flusses erhob sich die lange, dunkle und von Bäumen bestandene Treibschauminsel, und auf der anderen Seite des Stroms ragten die dunklen Türme der Schwarzburg in den Himmel.

An diesem angenehmen Abend hatte man auf den flusswärts gelegenen Zinnen des Schweigenden Hauses sanft brennende Lampen angezündet, um den bevorstehenden Sonnenuntergang zu begrüßen, und der Drachentraum in seinem Krug schimmerte so golden wie der Fluss.

Die Gärtner hatten sich zurückgezogen, damit sich Thaulons Zaubernebel ausbreiten und alle Blut saugenden Insekten töten konnte, und die ordentlich hergerichteten Gärten lagen verlassen vor seinen Blicken.

All das gehörte ihm.

»Irgendwie«, sagte der Fürst Silberbaum und schwenkte seinen Krug in Richtung des Ausblicks, »irgendwie schaut der Fluss von hier aus großartiger aus. Ich habe Euch schon oft meinen Dank ausgesprochen, aber lasst es mich noch einmal zum Ausdruck bringen: Ich kann das nicht oft genug wiederholen. Ihr habt mir das Silberbaumhaus verschafft, was Generationen von Silberbaums vor mir verwehrt blieb.«

Thaulon Talasorn hob seinen eigenen Krug und lächelte freundlich. Gleichzeitig vollführte er eine träge Geste, woraufhin ein langes Kriegsschwert aus seinem Versteck unter einer Zinne schoss, wo es in dem Fahnenstangensockel eines steinernen Wasserspeiers gesteckt hatte.

Immer noch lächelnd beobachtete der Zauberer, wie die Klinge in den Rücken des Fürsten Silberbaum eindrang und aus dem prächtigen Stoff über des Fürsten Brust austrat. Einer seiner Ringe sorgte dafür, dass der Todesschrei des Fürsten leise ausfiel, und ein weiterer verhinderte, dass das Blut herausschoss.

So bildete sich nur eine mitten in der Luft stehende Blutwolke.

Thaulon kicherte und ließ einen Ring an seiner anderen Hand aufblitzen. Die Luft antwortete mit einem Blitz, und plötzlich stand der große, gut aussehende und von Asmura so geliebte Wachposten Daer auf dem Wehrgang und blinzelte ungläubig.

Er erblickte Barangar und sperrte vor Erstaunen den Mund auf.

Thaulon machte es großen Spaß, magisch in den Geist des Wachpostens mit den großartigen Muskeln einzudringen und gleichzeitig zuzuschauen, wie Daer das Gehirn aus den Ohren quoll.

Dann erhob sich der Magierfürst von Silberbaum, drückte dem gehirnlosen Mann seinen Krug in die Hand und bewirkte mittels Zauberei, dass der Wächter die Finger um das Behältnis legte und Daers andere Hand sich fest um sein Schwert schloss.

Thaulon umrundete sein Arrangement und griff sich das Schwertgehänge, welches er zuvor aus Daers Gemächern gestohlen hatte, und gürtete den Mann damit. Dann schob er den toten Fürsten mit den vorquellenden Augen und den Wachposten mit den leeren Augen und ohne Gehirn so zurecht, wie es ihm richtig erschien.

Ja. Makellos. Daer und Barangar hatten gemeinsam Drachentraum getrunken, und der verräterische Wachmann hatte seinem Herrn sein Schwert in den Rücken gestoßen. Der auf magische Weise alarmierte allergetreueste Zauberer hatte sich eilends hierher versetzt, um angesichts der verabscheuenswürdigen Tat vor Zorn rasend dem Wachmann das Gehirn zu zerblasen.

Die Körper des »Opfers« und seines »Mörders« lagen am Boden, und bevor Thaulon Talasorn Alarm schlug, blieb ihm nur noch eins zu tun: Er musste zwei seiner Ringe benutzen, um den stärksten Bezwingungszauber zu wirken, welchen er kannte … und denselben nach der Edlen Asmura auszusenden.

Sie schlief, und ihren Geist ausreichend zu wecken, um die Herrschaft über ihn zu ergreifen, bedurfte einer wilden Anstrengung.

Einer der Ringe wurde schwarz und bröckelte von Thaulons Finger, aber er lächelte nur verzerrt, als er den Schmerz verspürte.

Er ließ seine Miene den Ausdruck tiefsten Entsetzens annehmen, holte tief Luft und schrie: »Wachen! Wachen! Zu *Hilfe*!«

Mindestens einhundertzwanzig der zweihundert Burgbewohner drängten sich auf den Zinnen, nämlich Wachleute, Soldaten, Ritter und altgediente Diener von Barangar Silberbaum, und nicht wenige unter ihnen musterten den leichenblassen Magier, welcher sich hingesetzt hatte, mit misstrauisch gerunzelten Stirnen und um die Schwertknäufe gekrampften Händen.

Der alte Ardanath von der Wache war so weit gegangen, danach zu verlangen, dass Thaulon seine Ringe ablegte und dem Haushofmeister übergab, bis »das entschieden ist, was entschieden werden muss«.

Man hatte grimmig entschlossen nach der Edlen Asmura geschickt. Die älteren Männer stimmten darin überein, dass die betagteren Damen des Haushalts – die Hausdame und die oberste Kammerfrau sowie Asmuras altes Kindermädchen – sie sanft aufwecken sollten.

Thaulon zog langsam und vorsichtig die Ringe von den Fingern und legte sie einen nach dem anderen in Ardanaths umgedrehten Helm. Dann saß er vermeintlich wie betäubt da und murmelte von Zeit zu Zeit: »Oh, Barangar, alter Freund, warum mussten Eure Träume so enden.«

Und dann teilte sich wie durch Zauberei die Menge, und die Edle Asmura schritt heran. Ihr Gesicht schimmerte so blass wie das einer Marmorstatue. Tränen strömten ihr über die Wangen, aber sie schluchzte nicht, als sie die beiden Körper am Boden erblickte.

Sie schaute eine lange Zeit auf sie nieder und schien um Fassung zu ringen – aber als ihr altes Kindermädchen eine Hand ausstreckte und sie tröstend stützen wollte, hob sie den Kopf und sagte laut und deutlich:

»Also ist das, was ich in meinen Alpträumen sah, wahr geworden. Verzeiht mir, dass ich über all die Jahre an Euch gezweifelt habe, Magierfürst, und nehmt meinen Dank dafür entgegen, dass Ihr den Verräter getötet habt, welcher um mich warb, um so an meinen Vater heranzukommen.«

Sie hob die Stimme, so dass diese von einem Ende der versammelten Menge bis zum anderen schallte, und verkündete: »Der Wunsch meines Vaters war, dass dieser treueste unter allen Männern, Thaulon Talasorn, sein Nachfolger auf dem Fürstenthron werden und mich zum Eheweib nehmen sollte. Ich bin einerseits traurig, dass dieser Tag gekommen ist, und andererseits zutiefst glücklich, meinen und unser aller neuen Herrn willkommen heißen zu dürfen. Fürst Thaulon Talasorn Silberbaum, wollt Ihr mich heiraten?«

Der Bannmeister blickte auf und brachte ein wehes Lächeln zustande. »In Erinnerung an meinen alten Freund und Herrn, Barangar, und Euch zuliebe, werte Asmura, kann ich nicht umhin, Euer Angebot anzunehmen.«

Alle auf den Zinnen Versammelten rührten sich, halbherziger Jubel wurde laut – und inmitten der Leute griff sich Thaulon mit einer Hand Ardanaths Helm mit den Ringen und mit der anderen Asmura Silberbaum.

Im Schweigenden Haus schlief man schlecht in den Nächten, in welchen der Wispergeist raste und Traumbilder schickte.

Zudem verdrehte er einzelne Zauberbanne, aber das war auch schon alles, was er tun konnte, denn seine grausame Macht lag in festen Banden.

Aber er wusste, wann Thaulon allein in seinen Gemächern schlief, und lockte ihn in tieferen Schlummer. Die Gedankenbande zu Asmura hielten den Magier während der meisten Nächte an der Grenze zum Wachwerden – aber wenn er alle paar Monate zu erschöpft war, sie aufrechtzuerhalten, dann brachte er sie zu einem abgelegenen Turm des Hauses, versiegelte die Türen mit Bannen und fesselte und knebelte sie, so dass er seine Herrschaft über sie fahren lassen und wahre Erholung finden konnte.

Und wann immer er dies tat, schickte der Wispergeist jedem

Wachposten, welcher sich in der Nähe befand, furchtbare Traumbilder, so dass die Männer sich keuchend vor Angst ein paar Räume weiter entfernt zurückzogen, um dort ächzend in die Dunkelheit zu starren, ohne zu bemerken, was der Geist tat.

Und in diesen wenigen ungestörten Momenten sammelte der Wispergeist seine Stärke an einem oder zwei der magischen Tore, welche sich überall verstreut im Haus befanden, und veränderte heimlich ihre Eigenschaften.

Der Geist hinterließ ein Echo seines Geflüsters, welches bewirkte, dass die auf ihrem Weg in die entfernt gelegenen Räume des Hauses unbeabsichtigt durch die Tore wandernden ahnungslosen Ungeheuer sich nicht zu einer Flut entwickelten.

Der Geist wollte vermeiden, den Magierfürsten Thaulon Talasorn Silberbaum dazu zu verleiten, Tor für Tor zu suchen und den Versuch zu unternehmen, eins nach dem anderen zu versiegeln.

Nicht wenn er den Magier zu gegebener Zeit zu dem Versuch anstacheln konnte, eines dieser Tore zu zerstören – und so sein Netz zu zerreißen, auf dass der Wispergeist befreit würde und nach eigenem Belieben handeln könnte.

Der Geist freute sich sehr darauf, auf Thaulon Talasorn einzuwirken, und zwar höchst schwungvoll und sehr ausführlich.

»Seneschall! Wo ist Skorntar, und warum antwortet er nicht auf meine Vorladung?«

Der stämmige, in einer prächtigen Uniform steckende Hofbeamte wandte sich von der murrenden Menge an der Tür der Großen Halle ab, um zu antworten, und seine Miene sah finster aus. »Wir haben gerade Nachricht aus der Nördlichen Vorhalle bekommen, Fürst, dass nämlich Skorntar in zwei Stücke gerissen auf seinem Posten aufgefunden wurde, und das da war gerade dabei, ihn aufzufressen.«

Er trat zur Seite und ließ zwei Soldaten eintreten, welche einen Schild mit einem Ungeheuer darauf zwischen sich trugen.

Thaulon Silberbaum betrachtete die unordentliche Masse aus schleimigen Kiefern und Halsknochen – sie erinnerten an übergroße, gerupfte Truthahnhälse, nur zusammenhängend und mit großen, verbundenen Knochenwucherungen, welche über eine Unterarmlänge emporragten, und zwar zwei, nein drei Mal …

Er starrte auf das gelbliche Sekret, welches von dem Schild zu Boden tropfte, und zischte: »Bringt das da hinaus und verbrennt es in der Knochengrube – sofort! Ich weiß nicht, was es ist, und ich verspüre auch kein Verlangen danach, dies je zu erfahren!«

Dann schaute er die Edle Silberbaum an, welche still und stumm dasaß. Sie blieb stumm, und es oblag dem Seneschall, beunruhigt zu erklären: »Mein werter Fürst, das ist der dritte Anschlag eines Ungeheuers in den letzten beiden Tagen! Der Hof …«

»Fühlt sich ebenso belagert wie ich selbst, daran hege ich keinen Zweifel«, schnappte Thaulon und fragte sich, ob er den Fluss überqueren und sich inmitten der summenden Wachzauber begeben sollte, welche er im Turm hinterlassen hatte, um die Zauberfalle zu benutzen und die herumwandernden Ungeheuer über ihren Geist zu fangen.

Nein. Nein, er wollte das Schweigende Haus nicht verlassen. Eine solche Reise wagte er weder allein noch mit jemandem zusammen. Er hätte Asmura mitnehmen und irgendwo im Turm fesseln und knebeln müssen … und was würde geschehen, wenn sich der Wispergeist während seiner Abwesenheit irgendwie befreite? Oder dem Falschen etwas zuflüsterte und zum Beispiel den Seneschall dazu verlockte, den Hofstaat gegen ihn aufzuhetzen?

Er mochte zwar der mächtigste Magier von ganz Darsar sein, aber wenn er nicht jeden einzelnen Pfeil aufhielt, welchen seine ach so ergebenen Soldaten auf ihn schossen … es bedurfte schließlich nur eines einzigen, welcher sein Ziel traf.

Nein, er würde hier abwarten und standhalten. Morgen würde er eine Jagd ansetzen, und seine Soldaten sollten die umherwandernden Ungeheuer und die Reisenden aus fernen Ländern stellen – erst vor wenigen Tagen war ein verirrter und vollkommen überraschter fahrender Sänger aus Ultharn noch hinter Sarinda hereingeplatzt –, und anschließend würde sich Thaulon mit all seiner Magie auf das stürzen, was sie aufgescheucht hatten.

Der Wispergeist und seine Maedra waren noch immer gebunden, dessen war er sich gewiss, aber die Eindringlinge stellten eine immer stärker werdende Bedrohung und zudem ein Ärgernis dar.

Vielleicht waren sie schon immer zum Schweigenden Haus gekommen – es gab Unmengen von Toren – und von den Maedra verschlungen worden. Hm … vielleicht würde es ihm ja gelingen, die Steinwürmer verhungern zu lassen …

Er schaute Asmura an, welche auf dem Thron neben ihm saß, und sie antwortete mit einem liebevollen Lächeln, griff nach seinem Arm, beugte sich vor und gab dem Magier einen Kuss.

Auf seinen Befehl hin natürlich. Er liebte es, wie ihre großartigen Brüste in dem tiefen Ausschnitt ihres Kleides hin und her schwangen, wenn sie sich an ihn drückte … aber in den Tiefen ihrer glitzernden Augen sah er es.

Es war immer da. Eine tiefe Flamme der Todespein und des Hasses, und er spürte das Brennen durch den Zwangsbann. Ihr Innerstes teilte ihm unzweifelhaft mit, dass sie ganz genau wusste, was er ihrem Vater und ihrem Geliebten angetan hatte.

Er erschauerte jetzt beinahe unter ihrem durchdringenden Blick, gab sich aber damit zufrieden, ihr Kinn festzuhalten, sie zu küssen und sie dazu zu zwingen, ein hungriges Stöhnen auszustoßen und an seinem Mund zu knabbern.

»Ah, welch eine Ablenkung«, gurrte er in Richtung des Seneschalls, und der Mann errötete bis zu den Wurzeln seines eingeölten Haares. »Ich bringe die Fürstin am besten in unsere Gemächer, oder sie besteigt mich gleich hier auf dem Thron. Obwohl – das wäre eine Art Belagerung, welche ich willkommen heißen würde.«

Nachdem die sechs in lange Gewänder gehüllten Männer aus den Bäumen gestiegen waren und schweigend einen Ring um ihn herum gebildet hatten, wusste Halduth, dass etwas ganz und gar schief gegangen war.

Er schluckte, versuchte aber, seine Stimme so ruhig wie möglich klingen zu lassen, während er sich zu dem Mann umwandte, welcher ihn hierher gebracht hatte. »Das sind Eure Geschäftspartner? Teilt ihr immer durch sieben? Ich fürchte, dass ich nichts Wertvolles bei mir trage, was es lohnen würde, durch sieben geteilt zu …«

»Euer Name ist Halduth Silberbaum?«, zischte einer der Schlangenpriester. »Von den Silberbaums aus Sirlptar?«

»Ja, aber …«

»Kommt. Wir brauchen Euch. Das mag Euch am Leben halten. Fluchtversuche oder Streitereien mit uns hingegen nicht.«

Die Priester nahmen den reisenden Kaufmann in ihre Mitte, und als sie vorwärts schritten, züngelten Schlangen aus ihren Ärmeln.

Halduth Silberbaum blieb nichts anderes übrig, als sich ebenfalls zu bewegen, und sein Magen fühlte sich plötzlich leer und so flüssig an wie Wasser. Er würde sterben, ganz gleich, was auch immer geschah, er würde … die Schlangenanhänger ließen niemals jemanden am Leben, der ihre Geheimnisse kannte.

Er war schon jetzt ein toter Mann, aber wenn er eine gewisse Vorsicht walten ließ, dann mochte es ihm gelingen, dass in seinen letzten Augenblicken keine Schlange an einem seiner Augäpfel nagte …

Es gelang ihm nicht, ein Wimmern zu unterdrücken, und einer der Schlangenpriester lächelte beinahe. Dann duckten sich alle nacheinander unter einem tief hängenden Ast hindurch und wandten sich anschließend scharf nach rechts – zwei Priester blieben zurück und liefen mit erhobenen, vor glühender Magie schimmernden Armen rechts und links von ihm weiter.

Vermutlich sollten sie ihn am Davonlaufen hindern. Halduth folgte der Reihe von Schlangenpriestern und fand sich schließlich vor einem aufrecht stehenden ovalen Ring blauer Flammen wieder, welcher mitten in der Luft zwischen zwei Bäumen schwebte.

Er schaute den Ring mit blinzelnden Augen an. Nun, jedermann wusste, dass die Schlangen Magie benutzten, aber er hatte nie mehr zu Gesicht bekommen als irgendeinen Feld-, Wald- und Wiesenzauberer, welcher die Flammen eines Lagerfeuers verdrehte, um Bilder aus alten Geschichten entstehen zu lassen. Das hier war hingegen Furcht erregend.

»Tretet durch den Ring. Passt auf, dass Ihr die Flammen nicht berührt, wenn Ihr am Leben bleiben wollt.«

Eine brennende Laterne – eine stabile metallene Laterne, welche auch einen Fall überstehen mochte – wurde ihm in die Hand gedrückt und eine zweite mit einer dicken, nicht angezündeten Kerze an seinem Gürtel eingehakt. Ein anderer Schlangenpriester drückte ihm einen langen hölzernen Stab in die Hand.

»Ihr werdet einen dunklen Ort betreten. Wir werden bei Euch sein und mit Euch sprechen, und zwar in Eurem Geist. Erzählt uns im Vorwärtsgehen, was Ihr seht, und behaltet immer im Kopf, dass Ihr Euer eigenes Verhängnis heraufbeschwört, falls Ihr ruft, schreit oder beim Gehen ein lautes Geräusch verursacht.

Von uns droht Euch kein Unheil, sondern von jenen, welche an dem Ort hausen, den Ihr betreten werdet. Er ist nämlich nicht so verlassen, wie es den Anschein haben mag.«

»Wie heißt dieser Ort?

»Das müsst Ihr nicht ...«

»Doch«, sagte Halduth ruhig, »das muss ich. Ich werde dort sterben, und deshalb möchte ich den Namen erfahren. Sonst schwinge ich diesen Stab in meiner Hand gegen einen von euch und sterbe einfach *hier.*«

»Er ist ein Silberbaum«, murmelte einer der Schlangenpriester.

Ein anderer Priester betrachtete Halduth mit einem Lächeln und erklärte: »Haus Silberbaum.«

»Aha«, meinte Halduth und wandte sich dem flackernden Tor zu. »Dann werde ich also in den Wahnsinn getrieben. Warum habt ihr mir das nicht gleich gesagt?«

Er neigte den Kopf, senkte sorgfältig den Stab und stieg durch die Flammen.

Aha, der alte Geist der Silberbaums. Ich bewundere diesen Geist noch immer, trotz all der Fehler und Verstrickungen, welche so viele der Silberbaums angerichtet haben.

Immerhin sind sie nicht die Einzigen, welche eilends von Fehler zu Fehler schreiten.

Ich selbst habe das einmal zu oft getan, und jetzt erinnert mich dieser Mantel aus Kälte unablässig an meinen Irrtum.

Für jeden einzelnen eisigen Augenblick der Ewigkeit.

»Leer«, murmelte Halduth und hielt die Laterne ein wenig höher. »Was genau soll ich hier überhaupt für euch finden? Schätze?«

»Nichts so Grobes. Wir suchen Wissen. Der Schmerz hinter Euren Augen – das sind wir, die wir durch sie hindurchblicken.«

»Oh.« Halduth wurde sich bewusst, einen leisen Ton gehört zu haben, und blieb stehen. Ein weit entferntes, schwaches Flüstern. Er lauschte angestrengt und fragte dann: »Hört ihr das auch? Wisst ihr, wer – oder was – das sein mag?«

»Nein, aber man vernimmt es seit tausend Jahren, wenn wir gewissen Aufzeichnungen Glauben schenken können. Wie es scheint … vermögen wir nicht zu erkennen, aus welcher Quelle es stammt.«

»Ihr auch nicht?«, fragte Halduth spöttisch. »Soll ich jetzt weitergehen?«

»Ja, diesen Gang entlang, und wenn Ihr eine Tür, einen Bogengang oder eine Kreuzung erreicht, bleibt Ihr stehen. Dort werden wir wieder lauschen.«

Das Flüstern klang inzwischen lauter und drängender, und Halduth glaubte, *beinahe* einzelne Worte verstehen zu können. Aber es schien immer noch von überall her zu kommen.

Von allen Seiten gleich stark. Und jetzt hörte er auch ein Pochen, und das nahm ebenfalls zu, während er durch den Bogengang spähte.

»Geht in Richtung des Geräuschs, aber berührt keinesfalls das, was es hervorbringt.«

»Redet mit mir«, verlangte Halduth, während er dem Befehl gehorchte. »Warum habt ihr mich ausgewählt?«

»Ihr seid vom Blute der Silberbaums. Ihr könnt dazu dienen, die Geheimnisse des Silberbaumhauses zu lüften.«

»Ich verstehe. Ist es wahrscheinlich, dass mich diese Geheimnisse beißen werden? Oder mit Schwertern auf mich eindringen?«

»Wenn wir das wüssten, geschwätziger Kaufmann, dann …«

»Wären es keine Geheimnisse«, ergänzte Halduth den Satz. »Natürlich.«

Etwas, das an einen strahlend weißen Lichtstrahl erinnerte – oder die bebende Saite einer riesigen, unsichtbaren Harfe –, erstreckte sich quer über den vor ihm liegenden Gang.

Es reichte von irgendetwas Winzigem auf einem hohen Sims zur Rechten nach unten bis zu einer kleinen Spalte nahe dem Boden zu seiner Linken.

»Berührt es nicht!«

»Das hatte ich auch nicht vor«, antwortete Halduth und besah sich den vibrierenden Zauber. Er ahnte, dass die Spitze seines Stabes einfach verschwinden würde, wenn er sie in den magischen Lichtstrahl hielte, aber er verspürte nicht das geringste Bedürfnis, seine Vermutung zu bestätigen. Warum …

Das Flüstern wurde plötzlich lauter, schwoll zu einer Art Singsang an, und jetzt vermochte Halduth einige Wörter herauszuhören.

Die Worte erzeugten eine Flut von Bildern in Halduths Kopf, so wie die Eindrücke in einem lebhaften Traum, und er sah schlangenartige Wesen mit menschlichen Armen, welche in die Wände hinein- und wieder aus ihnen herauszutauchen vermochten; dann Männer, welche schrien und mit Schwertern kämpften und starben, andere Männern mit schmelzenden, dann völlig konturlosen Gesichtern und sprießenden Tentakeln, mit denen sie schreiende Frauen zerrissen.

Das Geflüster schwoll zu einem Schrei an, einem kreischenden Geheul, welches Halduth überschwemmte und dann aus ihm hinausschwappte und stechen und brennen und zerfleischen wollte …

Er hörte die sterbenden Priester schreien und vergeblich Gebete stammeln oder Gesänge anstimmen, und – dann waren sie aus seinem Geist verschwunden, und unter einem rosa Himmel sprachen die Blumen mit Halduth Silberbaum, aber der Name bröckelte von ihm ab, ganz gleich, wie verzweifelt er auch danach griff und ihn festzuhalten trachtete, und … und …

Die wahnsinnig gewordene Hülle des unglücklichen Halduth schritt zielgerichtet die Gänge des Silberbaumhauses entlang, in einer Hand den Stab, in der anderen die schwingende Laterne.

Als der erste der Wachposten sich von der Wand löste und ihm mit gezücktem Schwert den Weg versperrte, hielt Halduth an und verkündete laut und deutlich: »Ich bringe eine Nachricht für den Fürsten Thaulon Talasorn Silberbaum – und die ist nur für seine Ohren bestimmt. Führt mich zu ihm, oder ich sehe mich dazu gezwungen, Euch mit meinen Zauberbannen zu zerstören.«

Der Wachposten starrte den Fremden unsicher an.

Der Mann sah aus wie ein Hausierer, welcher sein Bündel verloren hat, schritt aber wie ein König einher. Sein Stab sah ganz danach aus, als sei er heute Morgen noch ein Schössling gewesen, aber andererseits …

Nun, Zauberer benehmen sich schon wie Wahnsinnige, der Fürst Silberbaum bildete da keine Ausnahme. Der Wachposten nahm einen kleinen Schild von seinem Gürtel und schlug mit der Spitze seines Schwertes dagegen.

Nachdem zwei Soldaten mit blitzenden Schwertern herbeigeeilt waren, erzählte ihnen der Wachposten, dieser Fremde wolle zu dem Fürsten gebracht werden und mit ihm sprechen.

Halduth wiederholte gehorsam die Worte, die beiden Soldaten wechselten Blicke und winkten ihm dann zu, sie zu begleiten.

Der Weg durch den Palast zu Fürst Silberbaum schien endlos zu sein, und es bedurfte etlicher Erklärungen und Verhandlungen – aber in Halduth Silberbaums Kopf war nichts mehr vorhanden, um Erstaunen angesichts dessen zu empfinden, was er über die Schultern des Seneschalls dem schwarz gekleideten Mann mit den dünnen Lippen sagte, welcher auf dem Thron saß.

»Mein Name ist Halduth Silberbaum, und ich komme, um Euch zu enthüllen, was man Euch schon vor langer Zeit hätte mitteilen sollen, Thaulon Silberbaum. Ich kenne das große Geheimnis unseres Familienfluches und wie man sich der ihm zugrunde liegenden unvergleichlichen Magie bemächtigt.«

Thaulon schaute den Fremden mit gerunzelter Stirn an, erweckte einen seiner Ringe und sandte einen Nachforschungszauber aus, welcher hinter die milden blauen Augen von Halduth dringen sollte.

Er fand sich wieder, wie er in Blumen fiel, wobei ein rosafarbener Himmel zunächst über, dann überall um ihn herum wirbelte.

Der Seneschall schrie: »Fürst? Fürst Silberbaum?«, aber seine Stimme schien aus weiter Ferne zu kommen, und auch die Kälte der grauen Steinmauer, gegen welche er prallte, nachdem er weg vom Thron gestolpert war, schien weit, weit weg zu sein.

Er bemerkte abrupt, dass hinter der Steinoberfläche die Krallen einer Maedra lauerten und vor unterdrückter Wut rauchten.

Blindlings stieß er sich von der Mauer ab und kämpfte die ganze Zeit darum, seinen Geist zurück aus dem brabbelnden, flüsternden Wahnsinn zu ziehen. Dann gab eine Platte des steinernen Bodens unter seinem Stiefel nach, und er stürzte auf etwas sehr Festes und Scharfes.

Der bohrende Schmerz brachte Thaulon augenblicklich wieder zu sich, und er sah, dass der Seneschall verzweifelt auf den niedergestürzten Körper des Fremden einschlug.

Der Stab des Mannes rollte auf ihn zu, und Thaulon erkannte, dass er in einer uralten Fallgrube festsaß, bis zu den Achseln in der Grube steckte und irgendeine Art Stachel sein Bein aufgerissen hatte und in seinen Hintern eingedrungen war.

Thaulon schluckte, wobei ihn der Schweiß beinahe blendete, und ballte eine zitternde Faust. Der Wispergeist hatte das angerichtet und ihn in eine Falle gelockt, welche sich seit Jahrhunderten hier befinden musste …

Der Ring blitzte auf, und mit einem Schlag befand er sich in seinen Gemächern. Sein kostbarer zauberischer Heilwein befand sich nur wenige Schritte entfernt, versteckt in einer Flasche in Gestalt des Barangar Silberbaum.

Bei der Dreifaltigkeit, diese Schmerzen!

Thaulon taumelte der Linderung entgegen, langte verzweifelt nach der Flasche und bemühte alle seine Kräfte, um nicht vor Todespein in Ohnmacht zu fallen.

Jemand Wohlgestaltes, Vertrautes trat ihm in den Weg und schob seine zitternde Hand sanft beiseite. Jemand mit einem Lächeln im Gesicht, welches Mord verhieß.

Asmura stieß den kleinen Dolch, mit welchem er die Kerzen zu beschneiden pflegte, in sein linkes Auge und zischte: »Für meinen Vater!«

Dann zog sie die Waffe wieder heraus und trieb sie in sein anderes Auge. »Für Daer, Ihr Spross des Dunklen!«

Die gekeuchten Worte schienen Thaulon wie aus weiter Ferne zu kommen und durch seine neue Dunkelheit zu klingen, während er taumelte und fiel, fiel …

Sie hatte kaum Zeit aufwenden müssen, um ihn in ein schwarzes Bündel auf dem Teppich zu ihren Füßen zu verwandeln.

Thaulons Augenblicke des Wahnsinns hatten seinen Zauberzwang über sie gebrochen – der Dreifaltigkeit sei Dank –, und nun hatte sie die Rache genommen, welche so lange Zeit in ihr gebrannt hatte.

Weinend fiel Asmura auf die Knie, als eine durch Thaulons Tod freigesetzte Woge aus pochendem Licht in ihren Geist fuhr.

Geblendet und verloren wimmerte sie auf, als die Welle über ihr zusammenbrach und sie mit sich schwemmte, weiter und weiter in die Endlosigkeit … und als endlich die Wut des zusammenbrechenden Zaubernetzes erstarb, brandete der Wispergeist wie eine rasende schwarze Wolke heran und verschlang sie.

Die Fürstin Asmura Silberbaum richtete sich auf, achtete nicht weiter auf die blutigen Spuren – und einen glitzernden Augapfel – auf ihren durchschimmernden Gewändern und stahl sich auf nackten Sohlen in die Schatten davon.

Ihre Augen glühten vor schwarzem Feuer, welches zu ihrem furchtbaren Lächeln passte – und Schatten für Schatten wurde zu ihrer Zuflucht, als sie von Gemach zu Gemach schritt und ihr kleines Messer verstohlen und geschickt benutzte.

Und sie küsste ein jedes ihrer Opfer, und der Wispergeist sammelte sich in ihren Gehirnen und der entschwindenden Lebenskraft.

Die Sonne ging auf und wieder unter, bevor Asmura ihre Arbeit beendet und der letzte einsame Wachposten röchelnd sein Leben vor ihren Füßen ausgehaucht hatte.

Sie trat über ihn hinweg, und das dunkle Flüstern hallte laut durch ihren Kopf. Sie ging allein in die Mitte einer Kammer, wo Dutzende von Steinschlangen, welche zweimal so groß waren wie sie selbst, in einem Kreis rundherum und rundherum glitten.

Sie teilten sich weich vor ihr, bis sie zu dem aufrecht stehenden Schatten in ihrer Mitte vorgedrungen war. Die Säule aus Dunkelheit schien einmal ein Wesen mit Tentakeln und zuschnappenden Kiefern zu sein, dann nahm es wieder die Gestalt und die Züge einer großen Frau an. Einer Frau, deren Gesicht Asmura irgendwie vertraut schien. Eine Frau mit dem Gesicht einer Silberbaum.

Kleine, sagte der Schatten in Asmuras Kopf, *kommt zu mir. Kommt zu Sembril und findet Frieden.*

Diese Dinge sah ich in Visionen im Schweigenden Haus, in jenen letzten Augenblicken, bevor das Flüstern begann, Sinn zu machen, und bevor ich für alle Zeiten entfloh:

Eine junge Frau tötet mit ihrem Dolch einen Wachposten nach dem anderen, eilt barfüßig von einem zum anderen, bis alle tot und mit ausgestreckten Gliedmaßen vor ihr liegen.

Die Wahnwürmer kommen aus den Mauern und fressen die Toten, rühren aber die barfüßige Mörderin nicht an.

Die junge Frau schreitet einher wie eine Schlafwandlerin, dringt in ein großes Gemach vor, in welchem Wahnwürmer einen großen Schatten umkreisen und das Flüstern ohrenbetäubend laut hallt.

Die Steindurchdringer teilen sich vor ihr, und sie umarmt den Schatten, welcher jetzt die Gestalt einer Frau angenommen hat.

Die Schlafwandlerin ist des Todes.

Die Wahnwürmer fressen und fressen, bis nichts als Knochen übrig sind, und ziehen sich dann in die Mauern und Wände zurück.

Schweigen herrscht im verlassenen Silberbaumhaus, während

der Winterstürme wie auch im Frühlingsregen, welcher dann der Sommersonne weicht.

So folgt Jahreszeit auf Jahreszeit, und das Haus steht leer.

Ab und zu erklingen die flüchtigen Schritte kühner Abenteurer und Plünderer, welche dann in Fallen stürzen oder von den Wahnwürmern verschlungen werden. Manchmal schreiten auch Wanderer versehentlich durch die Tore, welche unsichtbar schimmernd in vielen Räumen und Gängen des Hauses warten.

Ich gehörte zu jenen Abenteurern, und mich lockte der helle, kalte Schimmer verzauberter Gegenstände.

Das Haus ist voll von ihnen:

Glühsteine auf hohen Simsen, als hätte ein Kind sie dort abgelegt, Zauberstäbe und Zepter, an welchen jeder Kriegsmagier seine Freude hätte, und Seltsamkeiten wie Fußabstreifer, welche bei jedem Eindringling laut schreien.

Ein paar dieser Dinge habe ich aus dem Haus geholt, nicht mehr als eine Hand voll von einem Berg aus schimmernder Zauberei.

Es ruft mich, es verlockt mich, aber ich wage es nicht, das Schweigende Haus noch einmal zu betreten.

Rasche Zauber, das Leben meiner Freunde und die Hilfe der Dreifaltigkeit haben mich das letzte Mal entkommen lassen, aber ich spürte und fühlte es wie einen dunklen Schatten in meinem Geist:

Das Haus lebte und besaß ein Bewusstsein und beobachtete *mich.*

Es lebt immer noch – wuchernd, in Trümmern liegend, aber auf irgendeine Weise immer noch weiter und noch weiter anwachsend, so dass kein Sterblicher ermessen kann, wohin das noch führen wird.

Seine Wände pulsieren vor Leben um die Tausende und Abertausende verstreuter magischer Gegenstände.

Seine Tore saugen Lebenskraft von draußen in das Haus hinein, und mir will scheinen, dass es dadurch unaufhaltsam wächst.

Es ist noch am Leben, und es hält nach mir Ausschau.

Also habe ich das Schleudern von Zaubern ebenso wie das Streben nach Abenteuern aufgegeben. Aus schierer Furcht beschäftige ich mich jetzt mit den weisen Büchern über Zauberkunde.

Der Furcht, dass ich ausgesaugt werde und mein Geist überrannt wird von dem unaufhaltsam wachsenden Geist, welcher im Silberbaumhaus lauert.

Und wenn ich und zu viele andere fallen, dann wird der Wispergeist bald in der Lage sein, sich über ganz Aglirta zu verbreiten und Magier zu ergreifen – und dann kommt der Rest von Asmarand und Darsar an die Reihe, bis kein Ort mehr sicher ist.

Ist es möglich, dass dies der Fluch der Dreifaltigkeit ist, welcher zuletzt über uns kommt?

AUNDRAMUS VARANDTHORN
Zauberweiser
Zweite Wiederkunft, Abnehmender Sommer,
achthundertsechsunddreißigstes Jahr
der Herrschaft von Kelgrael

BUCH ACHT

Brungelth Silberbaum

Geboren im Jahr 2008 nach Sirler Zeitrechnung,
gestorben im Jahr 2062 nach Sirler Zeitrechnung

Fürst von Silberbaum

Von seinem Verwandtenmord und seinem Verhängnis

Eins

Ein schmutziger Beruf

Der in Ketten liegende Mann mit der zerhackten, eingebeulten Rüstung begann zu schluchzen.

»Bitte, Fürst Brungelth!«, flehte er, auf den Knien liegend, und ein dünner Blutsfaden rann von seinen Lippen. »Verschont mein Leben! Ich will Euch als Diener in der Küche dienen – als Verbannter – ich werde alles tun! Ich …«

Der untersetzte braunäugige Fürst in der nur wenig besser aussehenden Rüstung kam klappernd zu dem Mann, bedachte ihn mit einem höhnischen Lächeln – und zog seine langschäftige Axt in einem bösartigen, tödlichen Schlag nach unten.

Unter Kettengerassel kippte der Mann zur Seite, nachdem die Schneide mit einem feuchten, lauten Geräusch eingedrungen war und den Kopf nahezu abgetrennt hatte. Dunkles Blut sprudelte.

Fürst Brungelth Silberbaum grinste angesichts des aus den verzweifelt aufgerissenen Augen schwindenden Lebens. Nachdem der Blick des Mannes endgültig gebrochen war, drehte sich der Fürst zu dem Kreis der zuschauenden Krieger um und schwang seine Axt.

»Und so geht der Letzte dahin; Aglirta gehört mir! Wir reiten los!«

»Wie reiten los!«, brüllten die Krieger zur Antwort und stiegen in die Sättel.

»Seht Ihr, mein Junge? Euer Geist tut uns nicht das Geringste. Wenn es sich um eines dieser jagenden Gespenster gehandelt hätte, welche man die Stillen Schatten nennt, dann sähe die Sache ganz anders aus …«

Horl ging in einem Gang voraus, welcher zweimal abbog und

schließlich vor einer leeren Wand endete. Seine linke Hand mit den wie immer zusammengekrümmten Fingern baumelte nutzlos nach unten.

»Unser Untergang?«, fragte Dlanazar ein wenig müde.

»Ja, bei der vom Mondlicht übergossenen Schulter einer Jungfrau«, murrte der ältere Mann beinahe abwesend. Seine ganze Aufmerksamkeit richtete sich auf bestimmte Steine seitlich in der Wand, und er fingerte dann mit der Rechten an ihnen herum.

Sein Schwert hatte er ungeschickt unter den linken Arm geklemmt, um ungehindert die Steine untersuchen zu können. Dann glitt auch schon die Wand unter dumpfem Rumpeln zur Seite und enthüllte die dahinter liegende Schwärze.

Dlanazar sah äußerst misstrauisch zu und holte mit der Hand aus, in welcher er einen Glühstein trug.

Horl nickte. »Los, mein Junge, aber werft den Stein möglichst tief. In dem Raum gibt es Wesen, welche wir ganz gewiss nicht treffen wollen.«

Der jüngere Beschaffer öffnete den Mund zu einer Antwort, schloss ihn dann aber, ohne ein Wort gesagt zu haben, und warf den Glühstein in die vor ihm liegende Kammer.

Wie sich herausstellte, war die Kammer groß und prächtig. In ihrem Herzen stand ein solider Sitz aus Stein mit prächtig geschmückter hoher Lehne und einer dicken Schicht aus Staub und Spinnweben, welche nicht ganz die zahlreichen Kerben und Risse verbarg.

Anscheinend hatten Dutzende von Schwertkämpfern wie wahnsinnig auf den Sitz eingehackt, ohne Rücksicht auf ihre Klingen oder … all die faustgroßen Edelsteine zu nehmen, welche an den Lehnen funkelten.

»Ahhh«, seufzte der junge Beschaffer und machte eifrig einen Schritt nach vorn.

»Langsam!«, murrte Horl barsch und legte eine Hand auf die Schulter des jungen Mannes. »Das da ist der Thron der Silberbaums. Man sagt, Fürst Brungelth sei darauf gestorben.«

»Und? Was heißt das?«

»Das heißt, dass manche behaupten, ein Fluch befalle alle, welche es wagen, die Edelsteine zu stören. Zwei Flüche, genauer gesagt.

Irgendeine Art schnellen Zaubers hier und jetzt, und dazu ein zweiter, nämlich ein langsames, gewichtigeres Verhängnis, welches das Leben des Ruhestörers befällt.«

Dlanazar befreite sich aus Horls Griff. »Ruhestörers? Die Dreifaltigkeit lächelt auf mich herab, alter Mann! Erinnert Ihr Euch daran? Nun, das da drüben sind die ersten Edelsteine, welche wir zu Gesicht bekommen – und schaut nur, sie reichen aus, uns so reich wie die Könige zu machen. Und Ihr verlangt von mir, dass ich mich von ihnen *zurückziehe?*«

»Junge, Junge – überall im Haus sind Unmengen von Edelsteinen versteckt, welche Begehrlichkeit erwecken mögen, aber sie sind nicht mehr wert als Spucke, wenn Ihr sterbt, ohne die Sonne wiedergesehen zu haben, und keinerlei Möglichkeit habt, Euren Reichtum auszugeben!«

Horl drückte sich an Dlanazar vorbei, so dass er wieder vor dem jungen Mann stand, und fügte ernst hinzu: »Bevor Ihr wutentbrannt die Kammer betretet und damit anfangt, die Edelsteine aus dem Thron zu brechen, überlegt Folgendes:

Am anderen Ende des Raumes – seht Ihr es? – befinden sich ein Dutzend oder mehr Schränke in dem Stein der Wand. Alle sind leer … und sobald Ihr ein oder zwei geschlossen habt, werdet Ihr feststellen, dass sie versteckt sind:

Schließt die Drehzapfentüren, und sie sehen genauso aus wie alle anderen Steine in der Wand. Ein Dieb, welcher sich auf sein Handwerk verstand oder diesen Ort sehr gut kannte – oder beides –, war in diesem Raum. Und schaut nur: Er hat Dutzende der versteckten Schränke geöffnet – und dennoch den Thron nicht angerührt! Sagt Euch das vielleicht etwas?«

Dlanazar stieß ein wütendes Knurren aus, zuckte die Achseln und wedelte ärgerlich mit der Hand. Dann brach es aus ihm heraus. »In Ordnung, alter Mann! Ihr habt wieder einmal Recht! Ich sollte Euch in allen Dingen vertrauen!«

»Gut gesagt!«, antwortete Horl. »Jetzt zügelt Eure Leidenschaft,

Junge, und schaut Euch um. Seht die Wand an, welche ich dazu gebracht habe, sich zu bewegen – und merkt Euch, dass es weder Griffe oder Ringe gibt, sie zurückzuziehen.

Solcherlei Dinge solltet Ihr Euch merken. Und kommt nicht auf den Gedanken, den Thron bewegen zu wollen – er spuckt tödliche Blitze auf alle, die das wagen. Und jetzt versucht, Eure Hände – und Euer Hinterteil – vom Thron fern zu halten. Wenn irgendeine Sitzgelegenheit in diesem Haus Euch in ein grässliches Ungeheuer verwandelt, dann diese.«

Er schlurfte auf seinen krummen Beinen vorwärts in den Thronsaal. »Unser erster Schachzug wird darin bestehen, so sicher wie möglich zu stellen, dass der Weg ungefährlich ist und nichts oben an der Decke oder hinter einer Säule lauert und sich auf uns stürzt. Anschließend holen wir uns unsere Glühsteine wieder. Und erst *dann* schauen wir uns um.«

Dlanazar gehorchte den Anweisungen und stand gleich darauf da und spähte auf eine Treppenflucht, welche in die Dunkelheit nach oben führte. Außerdem sah er einen Steintisch am anderen Ende des Saals, eine einzelne dicke Säule, welche sich zwischen Boden und Decke erhob, und eine verrottende Reihe von Wandteppichen mit einer großen Lücke dazwischen.

Die Stelle sah so aus, als hätte jemand eine große Anzahl von Wandteppichen heruntergerissen. Zudem gab es noch eine Sammlung geschlossener Türen in den verschiedenen Wänden.

Die meisten der Räume, welche er bis jetzt gesehen hatte, waren quadratisch oder rechteckig gewesen, aber diese Halle wies Wände auf, welche einmal nach innen und dann wieder in ungeraden Winkeln nach außen verliefen, dazu kam eine hohe, flache und offenbar ungeheuerlose Decke, wo sich eigentlich ein Gewölbe hätte befinden sollen. Der Raum wirkte seltsam, und Dlanazar äußerte sich auch dazu.

»Das stimmt, Junge, das stimmt ... aber in jenen Tagen lebten hier auch seltsame Leute. Ein selten zu findender Fürst, welcher über Jahre hinweg Frieden hielt ... nicht vergleichbar mit der Herrschaft König Burgmäntels, aber wenigstens Frieden, und die

Wächter wurden bis jetzt nie wieder gebraucht. In diesen alten Tagen hatte niemand Zeit für prächtige Gebäude.«

Dlanazar hob eine Braue und beschrieb einen Bogen mit der Hand, um die Größe des Schweigenden Hauses um sie herum anzudeuten. »Ach, tatsächlich?«

»Nein, Junge, denn vieles wurde von den Maedra gebaut und wieder verändert, welche damit ihre eigenen Ziele verfolgten. Menschen hatten damit nicht das Geringste zu tun. Es gab einige Silberbaums, welche sich vor dem Zubettgehen ängstigten, weil sie fürchteten, über Nacht lebendig eingemauert zu werden.«

»Ach, jetzt kommt aber!«, spottete Dlanazar. »Das muss doch jetzt ein am Kamin erzähltes Schauermärchen sein! Ich weiß, dass die Maedra – Wahnwürmer in den Mauern! – nichts anderes sein können als die reich ausgeschmückten Erinnerungen daran, dass einst irgendwelche Zauberer Trugbilder heraufbeschworen, um Eindringlinge abzuschrecken.«

Mit ernster Miene hob Horl seinen nutzlosen linken Arm und zeigte mit den Fingern, welche er nicht ganz strecken konnte, auf den jungen Mann. »Nein, Junge. Diese Art von Spott wird Euch so schnell das Leben kosten, als wenn Ihr blindlings durch die Halle laufen würdet. Es gibt die Maedra – und sie fressen Menschenfleisch, wenn ihnen gerade der Sinn danach steht.«

Dlanazar starrte den alten Mann ungläubig an – und musterte dann rasch die Halle. Hatte sich da drüben im Stein etwas gerührt?

»So lasst uns denn losgehen, und zwar rasch, alter Mann!«, schnappte er. »Damit ich die Edelsteine ja nicht anfasse und mich die Ungeheuer, an welche ich nicht glaube, nicht schnappen! Fein – lasst uns also einen Ort suchen, wo wir Juwelen *bekommen* können, ja?«

Horl nickte und stolperte vorwärts. »Aber da gibt es noch eine Sache, welche Ihr zuerst sehen solltet.« Er wies auf eine der Steinplatten neben Dlanazars Stiefeln. »Seht Ihr das kleine pfeilförmige Zeichen? Das ist eine Warnung. Auf der Seite der Platte, in welche die Pfeilspitze zeigt, befindet sich eine Stechklinge.«

»Eine Schwertklinge, welche mitten aus dem Boden schießt?«

Horl nickte und fügte, ohne auch nur im Mindesten zu lächeln, hinzu: »Also gehen wir um sie herum und durch *diese* Tür hinaus.«

Die beiden schauten zurück, als sie durch die Türöffnung traten, aber es dauerte noch etliche Atemzüge, bis der Schatten, welcher wie ein trauriger alter Mann aussah, langsam auf dem zerhackten, zerbeulten Thron erschien, sich daraus erhob und sich daran machte, die beiden Männer lautlos zu verfolgen, so dass ihn keiner der zwei Schatzsucher sah.

»Ich bin der reichste Gewürzhändler in ganz Sirlptar, und jetzt übernachte ich hier draußen vor den Toren eines aglirtanischen Fürsten! Ha!«

Der Mann in grünen Gewändern spuckte höhnisch in das prasselnde Feuer.

»Und Ihr seid auf irgendeine Weise wichtiger als der Rest von uns?«, fragte ein anderer Kaufmann von der anderen Seite der Flammen, an welchen er sich die Hände wärmte.

»Hu!«, mischte sich ein dritter ein und begutachtete das Rauchwölkchen, das von einer zwischen die Zinken einer langen Feuergabel geklemmten Nuss aufstieg. Verbrannt, daran konnte kein Zweifel bestehen.

»Keiner von uns ist sich zu schade, dem Geld hinterherzurennen, oder? Wir Händler und Kaufleute warten doch auf den Stränden der Inseln, auf welchen sich tote Fische türmen, und auf von Ratten verseuchten Docks in den stinkenden Abwässern – wollte sagen – Kanäle von Urngallond darauf, empfangen zu werden, oder etwa nicht?«

»Da habt Ihr vollkommen Recht«, stimmte ein weiterer Kaufmann aus Sirl zu, welcher gerade aus dem nächtlichen Dunkel trat. »Aber ich habe nie zuvor auf einem Friedhof warten müssen.«

»Ich schon«, meinte der Mann mit der Feuergabel, schwieg dann aber. Etliche der um das Feuer Versammelten wechselten Blicke und kicherten.

»Ah, aber dieser Platz ist doch recht angenehm. Unsere Hunde halten die Wölfe und die Gesetzlosen fern, dort drüben ist der Fluss, und die geschlossenen Tore des Fürsten Brungelth Silberbaum heißen uns genauso willkommen wie jedermanns verschlossene Tore.«

Der Mann, welcher sich die Hände wärmte, warf einen kurzen Blick auf die dunklen, wie missbilligend wirkenden Türme hoch über ihnen und murmelte:

»Wisst ihr, dass man sich seit Jahrhunderten erzählt, dass Gespenster im Silberbaumhaus herumschleichen, welche Leute töten?«

»Ja«, sagte der Mann mit der Feuergabel und fuhr mit ebendieser durch die Luft. »Das weiß ich, und ich hatte gehofft, wir könnten es wenigstens einmal unterlassen, haarsträubende Geschichten auszutauschen. Ich schlage vor, dass wir stattdessen über den Fürsten reden, welchen auszuplündern wir so ängstlich bedacht sind. Was haltet ihr davon?«

»Einverstanden. Man sagt, Ulthorth sei dem Untergang geweiht und Silberbaum würde morgen, spätestens übermorgen im Triumph zurückkehren.«

»Wer ist Ulthorth?«

»Bei der Dreifaltigkeit! Ihr wohnt in Sirlptar und treibt flussaufwärts Handel und wisst nicht, wer Ilangh Ulthorth ist? Er ist zufällig der letzte Kriegsherr von Aglirta, das ist alles!

Ohne Brungelth Silberbaum hätte er schon vor Monaten unsere Tore überrannt!«

»Sie sind doch *alle* Kriegsherren! Wieso soll einer wichtiger sein als der andere? Wartet, bis sich einer unter ihnen – dieser Silberbaum – durchsetzt, und treibt dann Handel mit *ihm*. Kann mich jemand darüber aufklären, warum ausgerechnet er gewonnen hat? Nur weil der Grausamste unter ihnen zufällig Glück hatte oder weil er besonders schlau ist oder weil ihn die Dreifaltigkeit ganz besonders liebt?«

Das Feuer knisterte und spuckte – und etliche unter den Kaufleuten spuckten zurück. Der Mann mit der Feuergabel rührte sich als Erster. »Nun ja«, begann er zögerlich, »Fürst Steinherz …«

»Fürst wer? Wie viele verfluchte Fürsten gibt es denn in Aglirta?«

»Dutzende, mein Lieber, und jeder einzelne von ihnen ist ein Fluch«, kam die Antwort, und viele der Männer am Feuer lachten freudlos.

»So nennt man Silberbaum«, erklärte der Mann mit der Gabel, »und zwar aufgrund seiner Unbarmherzigkeit. Fürst Brungelth Silberbaum – nur ein gedungener Krieger unter all den Silberbaums, welche für Geld ihre Schwerter in Sirl schwingen, weil sie sonst nichts gelernt haben.

Aber er ist gut. Er ist verschlagen und schnell mit der Klinge – und angeblich versteht er sich auch ein wenig auf Zauberei, wenn man den Gerüchten Glauben schenken darf. Unter allen Silberbaums mag er der Grimmigste sein.«

»Der Schrecken von Aglirta«, murmelte jemand.

»Und der Name passt. Er hat das ganze Tal auf seinem Weg hierher ausgeplündert. In Schwarzgult auf der anderen Seite des Flusses – die beiden Fürstentümer waren seit Jahren verfeindet – hat er jeden Burgfried, jedes Dorf und jede Scheune niedergebrannt und wenig mehr übrig gelassen als eine von wilden Tieren durchstreifte Wüstenei; sollten noch irgendwelche Schwarzgults leben, dann sind sie Gesetzlose und verstecken sich in den Windfangs oder dahinter.

Wir kamen hierher, weil dies der einzige Ort ist, an welchem man Brungelth ohne Schwert in der Hand treffen kann und wo nicht schon euer Grab ausgehoben ist. Aber er übernachtete nie in dem Silberbaumhaus – er nutzt es lediglich als Palast. Zum Vorzeigen, meine ich.«

Etliche der Männer spähten in die Dunkelheit. »Dafür, dass er nie einen Fuß hineinsetzt, hat er aber viel Geld dafür ausgegeben«, murmelte einer, und seiner Stimme konnte man die übliche Sirler Verachtung für unnütz ausgegebenes Geld anhören.

»Ein großes Torhaus und ein paar Banner, das ist auch schon alles«, lautete die Antwort. »Und er brauchte die Tore.

Als junger Bursche bin ich auf einem Schiff hier vorbeigesegelt auf meinem Weg nach Tselgara, und ich sah nichts als leere, klaffende Türöffnungen, und Bären und andere wilde Tiere gingen nach Belieben ein und aus.«

»Na, das sind ja Verbesserungen!«, warf jemand ein. »Die wilden Tiere haben Rüstungen angelegt und hausen jetzt hier.«

»Also stimmt es? Der Palast ist von Gespenstern heimgesucht, und jeden wahren Silberbaum, welcher hier wohnt, befällt ein tödlicher Fluch?«

»Vielleicht, vielleicht aber auch nicht. Ich hörte, dass der Fürst den fast endlosen geheimen Gängen und den kriechenden Wesen nicht traut, aber ich habe nicht vor, ihn danach zu befragen. Und es ist nicht so, dass er alle Räume benutzt, Bursche – wenn er nicht wie jeder Abenteurer gerade die Keller und die entlegenen Räume mit einer kleinen Armee untersucht, dann reitet er durch ganz Aglirta und tötet jeden fähigen Regenten oder unbedeutenden Kriegsherren im Tal.«

»Ich habe gehört, dass die Hohen Häuser von Sirlptar versuchen, Gebete von den Priestern der Dreifaltigkeit zu erkaufen, auf dass Überschwemmung oder eine Erdspalte oder Blitze ihnen den Fürsten Silberbaum vom Halse schaffen mögen.«

»Hm. Schaut Euch an, wie erfolgreich das gewesen ist. In ein paar Monaten wird er so weit sein, unsere Tore niederzureißen und in die Stadt einzudringen, um unsere Truhen zu leeren!

Und deshalb sind unsere Höchsten und Mächtigsten auch mehr als besorgt. Sie wollen nicht, dass sich letztendlich ein König in Aglirta erhebt und sich anschickt, sie zu überrennen.

Das mit den Gebeten glaube ich – nachdem ihr jeden Söldner ganz offen unterstützt habt, welcher darauf bedacht war, sich selbst ein Fürstentum im unteren Tal zu sichern. Und ihr habt doch jedem Zauberer klingende Münze versprochen, welcher anbot, den Fürsten Silberbaum zu töten.«

»Manche sind auch ziemlich nahe an ihn herangekommen, wie ich gehört habe.«

»Ja«, erwiderte der Mann mit der Feuergabel trocken. »Und deshalb heuert Brungelth jetzt auch eigene Magier an. Und deswegen habe ich euch auch um so viel Geld wie möglich gebeten. Die unter einer Kapuze verborgene Last, welche ich in meinem Zelt bewachen lasse, ist nicht etwa eine Schöne der Nacht: Es handelt sich um einen Sirler Zauberer, welcher mir zufällig eine *Menge* Geld schuldet – und ebenso zufällig ein Fachmann für Magie ist.«

Sobald die Kapuze gefallen war, musterte Brungelth Silberbaum den erstaunten, blinzelnden Mann, welcher sich darunter verborgen hatte, mit einem kalten Blick. »Ihr seid der Weise Darvult?«

»Ah – uh, ja, Fürst.«

Der Fürst wandte sich den wartenden Kaufleuten zu. »Ich bin mit dem Handel einverstanden.«

Drei Diener traten vor. Einer hielt einen Vertrag bereit, und die anderen trugen offene Schatullen voller Münzen.

Die erfreuten Kaufleute aus Sirl untersuchten alles, fanden das Wappen und das Siegel des Fürsten auf beiden Seiten des Pergaments und stellten, wenn auch oberflächlich, ein zahlreiches Vorhandensein der Letzteren fest, bevor sie sich umwandten, um beides mit zurück auf ihr wartendes Schiff zu nehmen.

Der Fürst Silberbaum verabschiedete sich mit einem herzlichen Lebewohl und bewegte einen Finger als Zeichen, als er sich umdrehte – und hinter der geschnitzten Vergoldung seiner Balkone erhoben sich Bogenschützen mit schussbereiten Bögen und verwandelten die Kaufleute aus Sirl in ebenso viele mit Pfeilen gespickte, blutgetränkte Nadelkissen. Andere Diener eilten herbei, nahmen das Gold an sich und plünderten die Leichen und das wartende Schiff.

Brungelth sah ihnen einen Augenblick mit einem dünnen Lächeln auf den Lippen zu, legte dann eine feste Hand auf den Arm des entsetzten Zauberers und führte ihn tiefer in die Vorhalle mit der großen Kuppel. »Ich schätze mich glücklich, dass Ihr den langen Weg zu mir auf Euch genommen habt, Meister Darvult«, sagte er freundlich. »Ich brauche nur Antworten auf ein paar Fragen …«

Dem Weisen schwanden die Sinne.

Darvult vermochte nur eine Tür zu sehen, welche aus seinem Zimmer hinausführte, und kurz zuvor hatte er gehört, wie diese verschlossen wurde. Angstschweiß nahm ihm beinahe die Sicht und tropfte von seiner Nase, während er über den Tisch hinweg Fürst Silberbaum anstarrte.

Der fragte: »Und der fähigste unabhängige Magier von ganz Asmarand ist wer?«

»Kalanth Bogendrachen«, beeilte sich Darvult zu stammeln.

Brungelth Silberbaum nickte lächelnd, und der Weise weinte beinahe vor Erleichterung. Vielleicht würde es ihm doch gelingen, am Leben zu bleiben.

Immer noch lächelnd schaute Brungelth auf den stämmigen Soldaten hinter dem sitzenden Weisen – und dieser trat vor, zielte mit der Schwertspitze durch eine der Lücken in der Schnitzerei der hohen Lehne und spießte den Weisen geschickt auf.

Darvult starrte den Fürsten in Todesangst an, und tief in seiner Kehle gurgelte Blut, als die glitzernde Schwertspitze wieder in seinem Bauch verschwand. Dann stürzte er vornüber und fiel mit dem Gesicht zuerst auf den Tisch.

Der Fürst drehte sich von dem sterbenden Mann weg und griff nach dem Kelch, welchen ein Diener auf einem Tablett bereitgehalten hatte.

»Befragungen mit vorgehaltener Schwertspitze sind so viel schneller«, murmelte er, »und sie sprechen so eifrig. Bemerkenswerterweise haben sich alle auf einen Mann festgelegt. Dieser Kalanth Bogendrachen muss der Beste sein.« Er wandte sich einem anderen Soldaten zu. »Die Feld-, Wald- und Wiesenmagier sind hier?«

»Ja, Fürst.« Der Mann gab diese Zusicherung mit fester Stimme, aber seinen nächsten Worten konnte man sein Zögern anhören. »Seid Ihr sicher, dass dies weise ist?«

Der Fürst musterte den Mann lange. »Weisheit ist etwas für alte Männer, welche sich Dinge betrachten, nachdem diese sich ereignet haben. Ich fürchte mich vor keinem Feind, sei der nun der größte Zauberer oder auch nicht. Bringt sie herein.«

Die nicht sonderlich befähigten Zauberer schauten recht furchtsam drein, während sie in das Zimmer geschlurft kamen – und sie duckten sich ganz unverhohlen, sobald sie den toten Mann am Tisch sahen.

Fürst Silberbaum bedachte sie mit einem herzlichen Lächeln. »Die Münzen, welche ich angeboten habe, sind zufrieden stellend, nehme ich an?«

Sie alle starrten ihn an, und als er darob sein Lächeln verschwinden ließ, verknoteten sich fast ihre Zungen, so eilig waren sie darauf bedacht, ihm zu versichern, ja, das Gold sei erfreulich, sehr erfreulich sogar!

Als er eine Hand hob, verstummten sie so rasch, als habe er sie mittels eines Zaubers zum Schweigen gebracht. Er lächelte in die wieder hergestellte Stille und sagte: »Fürchtet euch nicht, ihr Meister der Magie. Ich stehe zu meinen Abmachungen, und ihr habt nichts von mir zu befürchten, so lange ihr mich nicht hintergeht – so wie das zu meinem größten Bedauern Darvult aus Sirlptar dort drüben tat. Weise sind ein wenig vertrauenswürdiges Volk, wenn man genauer darüber nachdenkt. Bartapan Helder betrog mich vor Darvult, und Yundreth von Gloit vor Helder.«

Fürst Silberbaum kratzte sich nachdenklich am Kinn, setzte wieder ein Lächeln auf und hob seinen Kelch. »Aber uns muss das nicht kümmern. Wir müssen uns nur mit dem befassen, was ich jetzt von euch für mich zu tun verlange. Belegt Kalanth Bogendrachen mit einem Zauber. Ja, den großen Kalanth. Ich verfüge selbst über gewisse magische Kräfte, aber nicht über diesen Zauber. Und wenn euch das gelingt, dann werdet ihr, so glaube ich, für mich so nützlich sein wie ich für euch in den vor uns liegenden Tagen. Sobald ich über Aglirta herrsche, benötige ich einen Zauberer an der Seite eines jeden Tersepten, so dass wir rasch miteinander sprechen können.«

»König Brungelth«, keuchte einer der alten Männer und versuchte umständlich, sich auf die Knie sinken zu lassen.

»Nein, nein«, kam ihm Brungelth lachend zuvor und bedeutete dem Mann mit einer Geste, auf den Füßen zu bleiben. »Lasst uns hier nicht Kronen vor Schwertern haben! Kommt, ruft mir Kalanth Bogendrachen!«

Als sich die Zauberer hastig anschickten, ihre Banne zu wirken, summte der Fürst sichtlich fröhlich eine Melodie vor sich hin. Die Soldaten an den Wänden bemerkten sein breites Lächeln, bemühten sich aber, möglichst unbeteiligt dreinzuschauen. Sie unterließen jede Bemerkung über die Zeile, welche ihr Fürst da zitierte: »Der beste Zauberer ist ein toter Zauberer, der beste Weise hat keine Zunge …«

»Er hegte keinen Verdacht. Er geht davon aus, am heutigen Tag einen Pakt mit dem richtigen Kalanth abgeschlossen zu haben, noch dazu zu einem weit niedrigeren Preis, als er erwartet hat.«

»Ah, aber wenn ich Brungelth Silberbaum wäre, würde ich nicht annehmen, die ehemalige Baronie Tarlagar als Preis sei allzu günstig gewesen. Immerhin, jetzt wird der Mann, welchen er für den mächtigsten Zauberer der Welt hält, in einer Burg an einem Ende von Aglirta sitzen und abwägen, wann ein gewisser lautstarker, selbst ernannter König zu einem allzu unerträglichen Ärgernis wird. An Omngluths Stelle würde ich in naher Zukunft mit Gift oder irgendeiner hässlichen Falle rechnen.«

»Das ist wahr genug, aber Omngluth beschloss aus ebendiesem Grund, Kalanth zu spielen: Er liebt es, sich mit diesen Kerlen zu messen. Es wird unser lautstarker Brungelth sein, welchem eine hässliche Überraschung ins Haus steht.«

»Oh, und nicht etwa uns Feld-, Wald- und Wiesenzauberern? Ich rechne damit, dass er Soldaten durch geheime Gänge schickt, welche uns noch vor dem Morgen die Kehlen mit ihren geschärften Dolchen aufschlitzen werden.«

»Noch nicht. Die Weisen könnten ihm mehr Schaden zufügen, indem sie ihren Handel mit ihm verrieten und erzählten, was sie gesehen haben, als dass sie ihn mit ihrem Wissen unterstützen können. Er braucht uns aus genau dem Grund, welchen er uns enthüllt hat – und vielleicht händigt er uns ja auch Zauberstäbe und so weiter aus, ein oder zwei Spielereien für jeden, welche wir für ihn verstecken sollen für den Fall, dass er vor Kalanth wegrennen muss. Immerhin könnte er sich dann umdrehen und seine eigene Überraschung präsentieren.«

»Und wie steht es mit dem echten Kalanth? Wird der nicht wie ein Sommersturm über uns kommen, wenn er erst einmal erfahren hat, dass sich jemand für ihn ausgibt?«

»Selbstverständlich – unter Umständen. Die sich bekriegenden Edlen von Carraglas fordern schon seit einigen Jahren seine Unterstützung bei dieser oder jener Zwietracht, also gibt er sich mit derlei Dingen nur ab, wenn er nichts Dringenderes zu erledigen hat. Und sollte er denn kommen, so führen wir eine andere kleine Täuschung auf.«

»Ich bin froh, dass Ihr all Eure kleinen Täuschungen auseinander halten könnt. Ich verliere schnell die Geduld und fange an, Leute umzubringen.«

»Und Ihr sorgt so dafür, dass man die Koglaur noch mehr hasst und fürchtet. Eines Tages werden wir ganz offen herrschen, Arauntras – und es wird uns viel schwerer fallen, Freude daran zu empfinden. Und noch dazu wird es viel gefährlicher sein, wenn die gewöhnlichen Menschen uns bis zu den Zehennägeln und denen ihrer Urgroßväter hinunter hassen und fürchten.«

»Bei der Dreifaltigkeit, Ihr solltet Balladen schreiben, Northear!«

»Ich würde viel lieber die Taten vollbringen, welche die Barden beschrieben, Arauntras. Das Schreiben von Balladen bedeutet harte Arbeit, während hingegen Hurerei und Betrug und Verrat ein unleugbares Element von Spaß enthalten. Und das entdecken viel zu viele Könige und Fürsten.«

»Schlau gemacht, gesichtsloser Kamerad!«

»Nennt mich nicht so! Ich hasse dieses Wort!«

»Welches? Schlau? Es bedeutet ...«

»Gesichtslos, das wisst Ihr ganz genau, Northear! Einige unter uns weigern sich ...«

»Ja, ja, ja! Wie viele Jahrhunderte hören wir Euch schon über diese Sache schimpfen? Schweigt, alle beide. Ich stimme Northear zu. Dies wurde schlau gemacht. Brungelth ist klüger, als er zugibt, aber ich gehe davon aus, dass er nichts ahnt. Und ich hatte einen ganz leichten Zauber eingesetzt, seinen Geist abzutasten, während er mit uns sprach. Das waren echtes Vergnügen und echte Überraschung.«

»Ja, Überraschung, denn eigentlich hatte er beschlossen, uns zu töten, statt uns in seinen Diensten zu behalten, Arauntras. Unsere List gelang nur deshalb, weil er einen von den Sirler Zauberern geführten Anschlag auf sein Leben *erwartete*. Ich mache mir mehr Sorgen über das, was er denken wird, nachdem er darüber nachgegrübelt hat, wieso ausgerechnet ein paar alte, wacklige Zauberer plötzlich über genug Magie oder Verstand verfügen, um ein Dutzend Zauberer der Zunft abzuwehren.«

»Nun, wir werden diese ›List‹, wie Ihr es zu nennen beliebt, nicht wiederholen. Ein weiteres Dutzend von uns kann mit Leichtigkeit ins Spiel gebracht werden, aber ich werde Darsar nicht aller halbwegs fähigen Zauberer entledigen, nur um uns einem herrschsüchtigen, unbarmherzigen Hinterwäldler von einem Eroberer gewogen zu machen. Wir mögen diese Zauberer brauchen, wenn wir uns an unseren nächsten großen Plan machen – die Große Schlange erhebt sich nämlich wieder, und die Schlangenpriester kriechen hervor!«

Der Koglaur, welcher neben dem großen, aufrecht stehenden Oval aus kalten blauen Flammen stand, zischte und ließ einen kleinen Wald von Tentakeln wachsen. In jedem einzelnen trug er einen Zauberstab oder ein Schwert, aber der durch das Tor stolpernde Mann mit dem nutzlos herabbaumelnden gebrochenen Arm, von welchem blaues Blut tropfte, erwiderte das Zischen und schlug den nächsten Zauberstab mit einem plötzlich gewachsenen eigenen Tentakel beiseite.

»Ihr gebt einen scharfsinnigen Torwächter ab, Thaalor!«

»Was tut Ihr hier, Northear? Wir haben dieses Tor nie verwenden wollen, um von dem Fürsten …«

»Und menschliche Zauberer vergießen kein blaues Blut, oder?

Zu viele Aglirtaner wissen um diese unsere Eigenheit – dank einiger übermäßig geschwätziger Barden, welche wir zu lange am Leben ließen. Jetzt holt Arauntras! Ich bedarf der Heilung, oder ich brauche jemanden, welcher die Rolle des alten Gluth spielt, dieses närrisch treu ergebenen Feld-, Wald- und Wiesenzauberers.«

Thaalor wandte sich um und eilte davon, und währenddessen wuchs ihm ein kleiner Wald von schnell laufenden Beinen. Im Dahinhasten wandte er sich um und rief: »Aber was ist *geschehen?*«

»Wir hatten so viel Spaß daran, falsche Angriffe gegen unseren geliebten Brungelth zu unternehmen und dann unsere Spuren zu verwischen«, erwiderte Northear säuerlich und sah zu, wie Thaalor beinahe in Arauntras und eine Dreiergruppe ihn begleitender Koglaur lief, »dass wir nicht auf die geringste Attacke seinerseits vorbereitet waren.«

»Nun?«, fragte Arauntras und ließ Arme wachsen, um einen Heilzauber zu wirken, während er auf den blutenden, schon halb verwandelten Northear zuschritt.

»Schon wieder Zauberer aus Sirl.«

»Bei der Dreifaltigkeit! Wie viele lebensmüde Narren hat die Zunft denn noch übrig?«

»Wahrscheinlich immer noch viele, aber dieses Mal handelte es sich um Fremde – aus Ravander, und man hat sie für eine große Menge Sirler Geldes für Asmarand angeworben.«

»Ravander? Ganz gewiss. Man braucht einen mächtigen Magier, um von Sirlptar nach dort fernzusprechen. Und sie beherrschten also ihre Kunst?«

»Es reichte. Aber die Schlangen waren viel, viel schlimmer.«

»Die Schlangen?«, keuchte Thaalor vollkommen außer sich.

»Ja. Sie warteten ab, bis die ganze Zauberschlacht in vollem Gange war, und erschienen dann zahlreich und bestens geordnet mit wohl ausgewählten Zauberbannen – und das heißt, dass sie uns genau wie Brungelth Silberbaum beobachtet haben – und ...«

Der Rest von Northears Worten ging in dem lauten Fluchen der übrigen Koglaur unter, welchen sich inzwischen zwei weitere zugesellt hatten, die aus den Gängen gekommen waren.

Einer der Neuankömmlinge zischte streng: »Ruhe! Wenn ihr nicht wollt, dass ein Dutzend Silberbaumkinder aufwachen und all die Ungeheuer mit den Tentakeln sehen und schreiend davonlaufen! Es ist schon schlimm genug, den Fluch in Schach zu halten, auch ohne dass ihr euch aufführt wie die Narren!«

»Entschuldigung, Laumthrara. Wie steht es mit dem Fluch?«

»Wir halten immer noch den ganzen Flügel, aber sie schleudert Maedra auf uns, so wie der Fürst Leute enthauptet, welche ihm im Weg stehen. Sie ließ sie unter uns graben, auf dass uns die Decke über dem Kopf zusammenstürzt.

Unser Zaubernetz ist für sie ein mehr als ebenbürtiger Gegner.«

»Das sagt der tapfere Koglaur, welchem dank der Schlangen gerade eine unangenehme Überraschung zuteil wurde und der jetzt glaubt, Darsar hielte keine weiteren hässlichen Überraschungen für ihn bereit.«

»Friede, Laumthrara«, sagte der zuletzt angekommene Koglaur. »Die Wahrheit sieht so aus: Unsere Zauber halten gegen den Fluch, und ich habe sie etliche Schichten tief gewoben – sollte sie eine Barriere durchstoßen, dann gewinnt sie ein paar Räume und nicht etwa freien Zugang zu unseren Energien. Das Schweigende Haus um unsere kleine Zuflucht herum ist zu einem Schlachtfeld sich verschiebender Gänge und umherstreifender Ungeheuer geworden, und damit meine ich die Maedra und noch viel Schlimmeres. Sie will uns ganz gewiss zerstört sehen, ohne sich jedoch Brungelth Silberbaum zu offenbaren.«

»Welcher sich immer noch hütet, sich in Reichweite ihres Geflüsters zu begeben«, fügte Laumthrara hinzu.

»Genau. Das Tor, durch welches Ihr gerade gekommen seid, Cornthear – seid Ihr übrigens inzwischen geheilt? Selbst grausame Fürsten vermögen Zauberer zu zählen; er wird nicht ewig Eure Abwesenheit übersehen –, lässt mich Greifzauber weben, welche genau wie der Fluch Lebensenergien aufzusaugen vermögen. Und diese helfen uns dabei, den Fluch zurückzuhalten.«

»Und all das für eine Hand voll schreiender Silberbaumbälger«, knurrte Thaalor. »Weshalb nehmen wir all dieses Lauern und

Heimlichtun auf uns? Warum töten wir sie nicht einfach alle und *nehmen* uns Aglirta, wenn wir es uns doch so sehr wünschen?«

»Weil wir dann auch nichts anderes wären als ein weiterer grausamer Fürst, welcher auf eine Flut von Möchtegernnachfolgern wartet, die nichts sehnlicher wünschen, als ihre Schwerter in uns zu bohren. Wir würden nicht bestehen. Mehr noch, der Fluch kann nicht ewig bestehen, und wenn wir einen Weg finden, ihn niederzuwerfen, dann wird es uns gelingen, das zustande zu bringen, was wir zu der lange, lange zurückliegenden Zeit, als Ravengar Silberbaum dieses Haus baute, nicht vollenden konnten. Dieser Palast mit all seiner Magie wäre eine passende Koglaurfestung – *die* passende Heimat der Koglaur.«

Thaalor schüttelte etliche Köpfe, welche die Mienen verschiedener Koglaur während der Unterhaltung beobachtet hatten, und fragte: »Noch einmal – warum müssen wir uns verbergen? Warum müssen wir Kinder fangen und sie hier im Verborgenen und unter Belagerung aufziehen?«

»Auf diese Weise«, erklärte Laumthrara geduldig, »ziehen wir etliche geschützte, versteckte Silberbaums auf, welche wir unterweisen – und tun etwas, auf das sich weder ein Fürst noch ein Schlangenpriester versteht: Wir erobern Aglirtas Zukunft.«

Aha, ein edles Ziel, die Zukunft beherrschen zu wollen. Welch ein Jammer, dass kein Sterblicher – und, so glaube ich, an den meisten Tagen die Dreifaltigkeit ebenso wenig – dies vermag.

Oder eher ein Segen. Welche Freude könnte das Leben bereiten, wenn jemand – irgendjemand – die vor uns liegenden Tage nach seinem Willen formen könnte?

Hätte ich doch nur ein klein wenig mehr über meine vergangenen Tage gebieten können …

Aber das gelang mir nicht, und deshalb finde ich mich wieder, wie ich in endloser Kälte ertrinke.

Aber wer außer der Dreifaltigkeit vermöchte zu sagen, ob mich nicht das gleiche Schicksal ereilt hätte, ganz gleichgültig, wie perfekt ich meine Tage auch beherrscht hätte?

Manch einer sagt, die Dreifaltigkeit kenne unser Ende, bevor wir geboren werden, und ...

Nein, ihr irrt euch, rufe ich jenen zu, welche dies glauben. Wäre dem so, wie könnte die Dreifaltigkeit irgendein Vergnügen daran finden, unsere Bestrebungen zu beobachten?

Und wenn sie keine Unterhaltung wünschen, indem sie uns zusehen, warum lassen sie dann zu, dass so viel Chaos die Welt beherrscht? Warum haben sie dann die Dinge nicht besser geordnet?

Aber genug dieser Gedanken. Die Kälte nagt an meinem Geist. Besser lasse ich mich treiben und gebe mich einfach meinen Erinnerungen hin.

Erinnerungen an Gedanken und Empfindungen, welche nicht meine eigenen sind.

Omngluth machte es sich zur festen Regel, seine Maske als Kalanth Bogendrachen niemals auch nur für einen Augenblick fahren zu lassen. Einmal mehr erwies sich dies als gut, als Brungelth Silberbaum die Türen von Bogendrachens Turm aufriss, ohne sich anzukündigen, und mit neun Soldaten zu dem Zauberer hereintrat. Der hob kaum eine Braue, sondern legte nur eine Hand auf ein Zauberbuch und bemerkte: »In Eurem Kelch befindet sich Oithqual, mein König.«

»Noch bin ich kein König, Zauberer«, schnappte Brungelth, »und der Priester erzählt mir, ich würde das auch nie, sofern ich ›nicht ohne eine Verzögerung die Prophezeiung breche‹. Aber der Narr weigert sich, mir zu sagen, was er meint oder um was es sich bei seiner kostbaren Prophezeiung handelt – er behauptet, im Angesicht der Dreifaltigkeit beginge er sonst eine Gotteslästerung!«

»Aha. Das ist so. Für ihn jedenfalls. Ich hoffe, Ihr habt ihn nicht töten lassen.«

»Nein. Nicht vor seinem eigenen Altar, vor Priestern und einem Dutzend betender Gläubiger. Nein. Aber sollte er jemals seinen Tempel verlassen ...«

»Nein, Fürst, tut das nicht! Die Ungnade der Dreifaltigkeit hat schon Reiche hinweggefegt, bevor dies geschah, und er folgte nur seiner heiligen Pflicht – und versuchte Euch zu warnen, so gut er das vermochte. Er verdient Dank, nicht das Schwert.«

Brungelth Silberbaum blickte den großen Zauberer in den weißen Gewändern finster an und sagte dann kurz: »Ihr wisst so etwas am besten, deshalb seid Ihr auch hier. Also, könnt Ihr mir diese Prophezeiung enthüllen?«

»Ja. Ohne all die nett anzuhörenden Titel der Dreifaltigkeit und die priesterliche Sprache besagt sie Folgendes: In der Zeit, welche noch kommen wird, werden Eure eigenen Nachkommen Euch töten, es sei denn, Ihr fegt sie alle von Darsars Antlitz, bevor Ihr vierzig Sommer zählt.«

Brungelth stand mit offenem Mund da, und der Zauberer wiederholte ernst seine Worte.

»Ihr … Ihr meint das ernst«, knurrte der Fürst, nachdem er Bogendrachens Miene studiert hatte. »Die Dreifaltigkeit sei mir gnädig!« Er warf einen wilden Blick auf die neun Soldaten in ihren glänzenden Rüstungen, welche mit um die Schwertgriffe geballten Fäusten hinter ihm standen, und schüttelte dann den Kopf. »I … Ich mache mich am besten gleich daran!«

»Ich fürchte, dass Ihr keinen Erben benennen dürft, welcher von Eurem Blute ist«, murmelte der Zauberer. »Ich weiß, dass Ihr dies beklagenswert findet, und …«

»Bei den Dreien dort oben, das ist es nicht, Bogendrachen! Ich habe *jahrelang* durch das ganze Tal gehurt! Ich mag Dutzende – nein Hunderte – von Kindern haben!«

»Dann habt Ihr es ganz richtig erkannt«, meinte der Zauberer traurig, »und macht Euch am besten gleich daran.«

Jemand lachte. »Ich hörte, er jage sie wie Hirsche durch die Wälder!«

»Arme Bastarde«, brummte ein anderer.

»Ah, das sind sie! Genau das sind sie!«

Mehr Gelächter.

»Ho, Herr Wirt! Mehr Kalamanta!«

»Und mehr Saal, wenn Ihr schon dabei seid!«

Der Wirt antwortete mit einem Lächeln und dem fröhlichen Ruf: »So schnell wie der Wind, ihr Herren aus Sirlptar!«

Aber während er sich zu seinen Fässern umdrehte, verschwand das Lächeln aus seinem Gesicht. Seit zwei Tagen beehrten die Kaufleute aus Sirl jetzt schon das Gasthaus Zum Schweigenden Vorderhaus, und er war ihrer Scherze, ihrer Prahlereien und ihrer offenen Verachtung für Aglirta und aller Aglirtaner gründlich müde.

Eigentlich war es an und für sich schon schierer Hohn, dass sie sich ausgerechnet hier versammelt hatten – in einem Gasthaus, welches gerade eben außerhalb des Torhauses vom Schweigenden Haus errichtet worden war –, um auf ihren Erfolg anzustoßen.

Für drei Jahre hatten diese Hunde aus Sirl sich auf Kosten des Fürsten gemästet. Seit drei Jahren stand es ihnen frei, Verträge abzuschließen, welche das Tal in den Ruin trieben. Sie hatten ihre eigenen Taschen gefüllt, wann immer es ihnen gefiel, indem sie Brungelth Silberbaum Nachrichten über den einen oder anderen Verwandten brachten, welcher in diesem oder jenem entlegenen Dörfchen wohnte – und drei Jahre lang war der Fürst wie ein Wahnsinniger im Tal auf und ab geritten und hatte seine eigenen Söhne und Töchter abgeschlachtet. Außerdem hatte er eine Unzahl von Spionen angeheuert, welche jedem Hinweis auf Abkömmlinge oder überlebende Frauen, mit welchen er sich einst vergnügt hatte, hinterherschnüffelten.

Trotz alledem setzte er die Karaffen mit dem Saal und dem Kalamanta sehr sorgfältig ab, denn ihr Geld war ohne Makel.

Und sobald er sich in sicherer Entfernung von dem Tisch befand, beugte sich einer der Sirler Kaufleute, ein Mann mit dunkler Haut und einer langen, geraden Nase, vor und flüsterte seinen Kameraden zu: »Für meinen Teil danke ich der Dreifaltigkeit dafür, dass ein solch mächtiger Krieger ebenso verrückt geworden ist wie der ganze Rest – wie all die anderen hinterwäldlerischen Fürsten und Barone von Aglirta, meine ich – und sich der Aufgabe gewidmet hat, sein eigenes Land in Angst und Schrecken zu versetzen und nicht Sirlptar.«

»Ja, und verrückt ist er tatsächlich. Ich möchte nicht hier sein, wenn er das Verschlingen seiner eigenen Nachkommen beendet hat, mit Blut auf den Lefzen aufschaut und nach anderen Ausschau hält, welche er angreifen kann.«

»Wohl gesprochen, und es gibt noch mehr, Freunde: Der Nachschub an noch lebenden Silberbaums muss allmählich seinem Ende zugehen. Es wäre mehr als klug, morgen ein Schiff den Silberfluss hinunter zu nehmen und das Tal zu verlassen.«

»Nachdem wir diesen vorzüglichen Wein ausgetrunken haben!«, rief ein jüngerer Kaufmann laut vernehmlich, und der Vorschlag wurde mit erleichtertem Gelächter begrüßt.

Kalte Augen beobachteten den fröhlichen Tisch amüsiert von einem angrenzenden Raum aus, nämlich der dunkleren, einfacher eingerichteten Kammer, welche Fremden vorbehalten blieb, die ihre Münzen nicht ganz so freigiebig verteilten wie dicke, erfolgreiche Sirler Betrüger.

»Zeit zum Gehen«, murmelte einer der Beobachter. »Am besten sind wir schon verschwunden, wenn das Sterben beginnt.«

»Die Große Schlange wird erfreut sein.«

»In der Tat. Ich habe bemerkt, dass der Gastwirt sich selbst zu dem einen oder anderen Schluck verholfen hat, während er ihre Kelche füllte – und warum auch nicht? Immerhin bezahlen sie dafür.«

»Sie bezahlen jetzt, und sie werden dafür bezahlen, bevor diese Kerze niedergebrannt ist«, flüsterte der erste Beobachter. »Lasst uns von hier verschwinden.«

Und die Priester der Schlange gingen durch den Raum zur Seitentür und schlüpften zufrieden hinaus in die Nacht. Sie hatten jedes einzelne Weinfass vergiftet, sogar die kostbaren Flaschen voller Drachentraum für den Fall, dass der Fürst Brungelth Silberbaum Durst verspürte, wenn er später in der Nacht hierher kam, um sich das schreckliche Verbrechen zu besehen. Nur Narren würden in einem Haus, in welchem der Tod in Form von Gift gekommen war, etwas trinken, also würde der Fluch der Schlange passenderweise nur die wahrhaftigen Dummköpfe treffen.

Die Schlangenpriester wussten, wo sie die Nacht verbringen würden, aber viele Häuser ringsumher standen ihnen offen, sobald sie leise vor den Fenstern riefen. Die Verehrung der Großen Kriechenden war während der letzten anderthalb Jahre immer stärker geworden, denn die Aglirtaner hatten den Schlächterfürsten zu hassen und zu fürchten gelernt und schauten sich anderswo nach Führung und Schutz um.

Und wie jeder Priester der Schlange wusste, stellte Gift den besten Schutz dar.

Zwei

Wut ohne Gesicht

In dem Raum hinter Omngluth flammte ein Blitz auf, welcher nur Ärger bedeuten konnte. Mächtige Zauberei brachte *immer* Ärger mit sich. Er veränderte sein Gesicht, die Hände und seine Haut, und als er den Krug mit Wasser, welchen er immer bereitstehen hatte, aufnahm und sich gewandt umdrehte, sah er …

Einen großen Mann in himmelblauen Gewändern, dessen Augen loderten, während seine Hände vor tödlicher Magie brannten. Sein Gesicht glich dem, welches Omngluth noch wenige Augenblicke zuvor getragen hatte. Es handelte sich um den echten Kalanth Bogendrachen.

Omngluth ließ sein Gesicht den Ausdruck des Erstaunens annehmen und hoffte, sein eigener Schildzauber würde stark genug sein – und noch mehr, diesen Zauber nicht einsetzen zu müssen.

»Oh, werter Zauberer! Ihr habt mich überrascht! Ich schickte mich gerade an, die Blumen zu gießen.«

»Ihr kennt mich?« Die Frage klang schroff, und die Handbewegung, mit welcher der Neuankömmling Flammen hochwirbeln ließ, um Omngluth vor einem weiteren Näherkommen zu warnen, wirkte äußerst ungeduldig.

»Selbstverständlich. Ihr seid Kalanth Bogendrachen, der größte Magier von ganz Darsar. Der Fürst Silberbaum hat mir oft erzählt, wie dankbar er Euch ist, dass Ihr gekommen seid, um ihm beim Aufbau von Aglirta zu helfen. Ich weiß, dass ich mich nicht hier in diesen Räumen aufhalten soll, in welchen Ihr Zauberbanne wirkt, aber ich – vergebt mir – vermutete, Ihr wärt zum Silberbaumhaus gegangen, um den Fürsten an diesem Morgen zu begrüßen. Ich sah die Gestalt, welche Ihr annehmt, wenn Ihr unter Leute geht, hier in dieser Spähschale.«

Omngluth wies anmutig auf die weite Schale neben Bogendrachen in der Hoffnung, der Magier würde nicht bemerken, dass deren Zauber mit Omngluths Gedanken verbunden war.

Kalanth Bogendrachen musterte Omngluth für einen Augenblick und trat dann zurück, winkte in Richtung der Schale und befahl: »Zeigt es mir. Die Gestalt und den Fürsten.«

Omngluth ließ für einen Moment ein verwirrtes Stirnrunzeln auf seinem Gesicht erscheinen, setzte den Wasserkrug ab und ging zu der Schale.

»Selbstverständlich, Magierfürst. Hier – seid Ihr.« Er schaute auf Bogendrachen und fügte ehrfurchtsvoll hinzu: »Eure Macht ist noch größer, als ich dachte. Hier steht Ihr, und der verzauberte Körper gehorcht Euch aus der Ferne. Ich habe immer geglaubt, das wärt Ihr, verhüllt von Zauberbannen.«

Bogendrachen musterte das Bild in der Schale. Eine riesige Schlange mit einem Menschenauge ragte etwa sechzig Fuß über einen Kreis von Schlangenpriestern auf. Die Große Schlange selbst, welche endlich erwacht war. Aber wo befand sich der Drache?

Er schaute Omngluth aus zusammengekniffenen Augen an und fragte leise: »Warum glaubt Ihr, dass ich das bin?«

Omngluth brachte einen verwirrten Blick zustande. »Ich weiß, dass dies vor den Leuten geheim gehalten wird, Herr, aber ich und der Rest des Haushalts waren anwesend, als Ihr und der Fürst darin übereinstimmten, dass Ihr als die Große Schlange auftreten solltet. So dass niemand je Euer wahres Gesicht sehen sollte, so sagtet Ihr, auf dass Ihr in Eurer wahren Gestalt frei im Tal umherstreifen könntet, wann immer es Euch beliebt, ohne dass Euch Spione oder Neugierige oder ein Schwert folgen würden. Ihr habt darauf bestanden – oder beharrte der Fürst darauf, dass dies das Beste sei? An diesem Tag wurde so viel besprochen.«

»Und das ist vor drei Jahren geschehen«, murmelte der Magier mit einem Anflug von beißendem Spott. »Zeigt mir den Fürsten.«

Omngluth bewegte eine Hand langsam über die Schale, und das Wasser kräuselte sich und zeigte schließlich eine Szene am Flussufer. Ein großes Segelschiff legte vor einer riesigen Festung an, und überall sah man Hörner und Fahnen und zahlreiche Leute, welche aufgeregt vorwärts drängten.

»Der Fürst hält nicht viel von dem Gasthaus, welches gleich vor seinem Torhaus errichtet wurde«, bemerkte er und wies auf einen breitschultrigen Mann in prächtiger Rüstung, welcher im Herzen des Getümmels zornige Gesten vollführte. »Ich dachte immer, er hasst es. Ich wette, dass es dort nicht mehr viele Tage stehen wird.«

»Zeigt mir noch einmal die S… meinen Schlangenkörper«, befahl Bogendrachen. Omngluth gehorchte und beobachtete, wie sich die Nasenflügel des Magierfürsten kaum merklich blähten.

»Gießt die Blumen«, fügte Kalanth hinzu – und war auch schon verschwunden. Einfach nicht mehr da, wo er eben noch gestanden hatte.

Omngluth schluckte bedächtig und schickte sich an, den Wasserkrug aufzunehmen. Er ging vorwärts, ohne die Schale aus den Augen zu lassen. Das alles erschien ihm viel versprechend.

Die Große Schlange wirkte offenbar an einem vielschichtigen Gewebe, und ihre Anhänger gaben sich alle Mühe, ihre Macht durch Gesänge und das Nachzeichnen von Runen zu verdoppeln. Omngluth kannte den Zauber nicht, aber er war mit Sicherheit darauf angelegt, möglichst viel Schaden anzurichten. Und er richtete sich zweifellos auf den Fürsten.

Dann flammte ein Blitz auf, und eine Gestalt in himmelblauen Gewändern stand auf dem Wehrgang des Silberbaumhauses. Ihre Hände formten einen großen Zauber und hinterließen zischende Feuerlinien in der Luft.

Omngluth rief seinen eigenen Schild auf und trat klugerweise einen Schritt von der Schale weg.

Dann blitzte die Schale grell auf, und von der Außenseite des Turms her erklang ein donnerndes Gebrüll. Die Schale zeigte eine überraschte Große Schlange und verblüffte Priester, welche sich plötzlich von einem Netz aus Feuer umgeben sahen – und dann verschwanden sie von einem Augenblick auf den anderen mitsamt ihren Runen und Gesängen.

Dann zeigte die Schale wieder das Silberbaumhaus und eine riesige Schlange, welche gemeinsam mit den vielen Schlangenpriestern wie aus dem Nichts auf die Steine des Vorhofes geschleudert wurde, in welchem der Fürst Silberbaum und seine Ritter mit den glänzenden Rüstungen standen. Oder besser gesagt gestanden hatten. Es gab viel Blut und sich windende, zerschmetterte Körper, und viele Leute rannten laut schreiend weg.

Dann erhob sich eine große Schlange aus dem Blut und dem Staub, und prasselndes Zauberfeuer umloderte ihren Kopf, während ihr ein kleiner Wald menschlicher Arme wuchs. Diese sahen absurd kümmerlich aus auf dem mächtigen, geschuppten Leib der Schlange, aber jedes einzelne Paar webte eifrig an einem Zauberbann – und Kalanth Bogendrachens Gesicht wirkte offenkundig erschrocken, als er mit seinem nächsten großen Zauber begann.

»Aaah!«, machte Omngluth erfreut. Eine solche Unterhaltung wurde einem nur einmal im Leben geboten …

Ja, aber wessen? Der Betrug war so weit gelungen, und Bogendrachen griff die Große Schlange an in dem Glauben, das Ungeheuer hätte seine Gestalt angenommen. Wenn die Dreifaltigkeit den Koglaur gewogen war, dann würde Bogendrachen sowohl die Schlange als auch den Fürsten zerstören, aber … er war nur ein mächtiger Zauberer. Die Große Schlange war ebenfalls ein sehr mächtiger Zauberer, aber sie wurde seit Tausenden von Jahren von anderen mächtigen Zauberern angebetet und unterstützt.

Zwei Blitze brachen gleichzeitig und blendend hell aus der Schale. Omngluth keuchte vor Schmerz und warf die Hand in die Luft, wobei das Wasser aus der Schale einen anmutigen Bogen durch die Luft beschrieb, und versuchte seine Augen zu schützen. Natürlich zu spät.

Das Wasser beruhigte sich ungefähr zu der Zeit, als er aus wässrigen Augen wieder sehen konnte, allerdings nur verschwommen.

Wie es schien, hatte die Große Schlange zuerst zugeschlagen – und der Fürst von Silberbaum verfügte über ein Torhaus weniger. Ihr Sturz hatte außerdem das Gasthaus zerstört, welches dem Fürsten ein Dorn im Auge gewesen war, und den größten Teil der

Leute, welche nun als blutige Flecke unter heruntergefallenen Steinen lagen. Ob der Fürst überlebt hatte – oder irgendeiner der Schlangenpriester –, vermochte Omngluth nicht zu erkennen.

Erkennen konnte er aber, dass die flussaufwärts gelegene Vorderseite des Silberbaumhauses von der sich in Todespein windenden Großen Schlange aufgerissen worden war.

Und das wunderte ihn kein bisschen: Die Innereien des Untiers quollen aus dem riesigen Leib, wobei hier und da zwischen den Schuppen immer noch violette Zauberflammen hochzüngelten, und ihr Unterkiefer schien ganz verschwunden zu sein. Dampfende Innereien glitten aus dem zerstörten Maul hinaus und wieder zurück, während sie sich wand, ausschlug und sich bog. Ihr durch die Luft dreschender Schwanz zerstörte Türmchen und Mauern.

Dann blitzte ein goldener Schein zwischen den Steinen bei dem halb gesunkenen Schiff auf. Omngluth beugte sich vor und zwinkerte heftig, um einigermaßen klar sehen zu können, und zwang die Schale dazu, nach dem goldenen Aufblitzen zu suchen.

Die Szene erschien rasch, so dass er auf das Schimmern spähen konnte. Es handelte sich um die Überreste eines schwachen Zaubers, gewirkt von einem zerbrochenen, von Schmerzen gequälten Mann … aber Kalanth Bogendrachen sprach und gestikulierte immer noch, trotz all des Blutes auf den Fetzen seiner himmelblauen Gewänder …

Omngluth murmelte einen einfachen Zauberspruch, und der Raum füllte sich plötzlich mit großem Geheul und dem Poltern fallender Steine. Aus dem Dunkel erklang eine schmerzerstickte Stimme. »Genug … davon. Zurück nach Arlund – für alle Zeiten!«

Und das goldene Licht loderte zu einer Flamme auf und verschwand. Es hatte den schwer verletzten Kalanth Bogendrachen nach Hause gebracht.

Omngluth wandte seine Aufmerksamkeit wieder der Ansicht des zerstörten Ufers zu. Die Große Schlange bewegte sich jetzt langsam und zuckte und schlitterte nur noch, was anzeigte, dass Eroeha den Schlangenkörper verlassen hatte und sich nun wie Rauch davonstahl, um in einen unglücklichen Schlangenpriester oder jemand anderen zu fahren und in dessen Gestalt neue Kräfte zu gewinnen.

Der Dreifaltigkeit sei Dank hatte es keinen Hinweis auf den Drachen gegeben, sonst hätte kein Aglirta mehr existiert, das irgendwer hätte erobern können.

Aber das war unwichtig. Wo befand sich der Fürst Silberbaum?

Er hatte sich im Vorhof aufgehalten, dicht vor dem Tor ... wo sich jetzt die niedergestürzten, zerborstenen Steine des Torhauses und des Gasthofs türmten.

Da! Brungelth Silberbaum lag dicht vor den beschädigten Mauern des Silberbaumhauses seitlich eines Turms, welchen die jetzt reglose Große Schlange zertrümmert hatte. Er sah einigermaßen heil aus, und während Omngluth ihn noch anstarrte, bewegte sich eine seiner Hände. Allem Anschein nach rollte er sich grunzend herum.

Zur gleichen Zeit kam um den Turm herum ein Schlangenpriester, welcher einen vergifteten Dolch mit sich trug. Omngluth versteifte sich, da er wusste, dass es keinen Zauber gab, welchen er schnell genug über eine so weite Strecke auszusenden vermochte. Dann sah der Priester den Fürsten.

Die Kapuze war dem Priester auf die Schultern gerutscht, und Omngluth konnte seinen kahlen, von Schuppen bedeckten Kopf sehen, welcher sich aufmerksam erst in die eine, dann in die andere Richtung wandte, um sicherzustellen, dass ihn niemand beobachtete.

Dann eilte der Priester zu dem hingestürzten Fürsten und – ließ sich zwei lange, seilartige Tentakel wachsen, welche unter den ausgestreckten Schrecken von Aglirta glitten und ihn sanft von den niedergefallenen Steinen hoben. Brungelth drehte den Kopf und hob einen Arm, als wolle er sich schwächlich wehren, und der Koglaur wickelte einen Tentakel um die Augen des Fürsten und ließ vier oder fünf weitere Auswüchse sprießen. Mit diesen umfing er den Fürsten wie mit fleischigen Schlingen – und ließ dann gleich über ihm neue Beine wachsen, so dass er zu einem großen Laufungeheuer wurde, unter dessen Bauch der Fürst Silberbaum baumelte. Das Ungeheuer setzte sich sogleich zielbewusst um den Turm herum in Richtung des Flügels in Bewegung, welchen insgeheim die Koglaur besetzt hatten.

Omngluth entspannte sich und gestattete sich ein Lächeln. Immerhin hatten sie schließlich den Sieg an sich gerissen. Er wandte sich von der Spähschale ab und machte sich daran, den Krug wieder aufzufüllen. Die Blumen brauchten trotz allem Wasser.

Sein Lächeln wäre rasch verschwunden, hätte er sehen können, was geschah, als der Koglaur den Fürsten durch einen Spalt im Haus und dann einen Gang entlangtrug. Der Koglaurposten, welcher den Gang bewachte, begrüßte den Ankömmling freundlich und entbot ihm seine Glückwünsche – und in dem Augenblick, als der Träger des Fürsten an ihm vorbei war, drehte er sich um und stieß nicht weniger als ein Dutzend Klingen in seinen Mitgesichtslosen.

Befreit von den ihn umschlingenden Tentakeln schlitterte Brungelth Silberbaum den Boden des Gangs entlang. Der Wachposten holte in aller Ruhe ein fassgroßes Gefäß von den Sparren einer einstmaligen Treppe und kippte den größten Teil des Inhalts über sein schwer verletztes Opfer. Die Säure brannte sich zischend in Koglaurfleisch, und der Wachposten kam nicht umhin, zwei Tentakelspitzen zu opfern, da er die Todesschreie ersticken musste, indem er den Mund des Sterbenden zustöpselte.

Der Gesichtslose litt unter solch entsetzlichen Todesqualen, dass es ihm nicht gelang, den Willen aufzubringen, sich zu wehren, bevor er starb.

Tentakel schlangen sich um einen Hals, und entsetzte Augen starrten auf einen Möchtegernmörder. Die Tentakel stießen Klingen nach unten, welche in Stücke hacken und verletzen sollten. Ein magischer Blitz schoss durch die Dunkelheit, und ein Koglaur schrie.

»Was geschieht denn da?«, fragte ein junger, verwirrter Koglaur und schaute durch eine Türöffnung. Sein Kopf wurde von einem Wirbelwind verzauberter Klingen sauber abgetrennt, welche einen Augenblick später durch den Gang rasten, und der kopflose Körper taumelte ein oder zwei unsichere Schritte in den Gang hinein. Er verspritzte Blut in alle Richtungen, bevor er zu einer Pfütze aus Fleisch zusammensackte.

Laumthrara streckte Arme aus, welche sich auf gute zwanzig Schritte verlängerten, und schloss fest die Tür und verriegelte sie. Dann wob sie einen Wächterzauber, welcher magische Banne daran hindern sollte, sie zu zertrümmern.

Indreira hatte bereits eine Hexerei vollendet, um die Silberbaumkinder in den Schlaf sinken zu lassen, aber ihre Augen schimmerten dunkel vor Sorge. »Auf die Gefahr hin, so hirnlos zu erscheinen wie Thaalor: Was geschieht gerade?«

Laumthrara seufzte. »Unsere Streitereien sind endlich in offenen Hader ausgebrochen. Die jüngeren und ungeduldigeren unter uns Koglaur haben eine Gelegenheit gesehen – und sich beeilt, sie zu ergreifen, und noch dazu so unbedacht wie die Menschen, welche sie so sehr verachten.«

Indreira runzelte die Stirn. »Einige unter uns hegen einen Groll, das ist wahr, und die Jüngeren begehren immer gegen die Ordnung der Älteren auf. Aber ich hatte keine Ahnung, dass irgendein Komplott geschmiedet wurde, welches andere Ziele verfolgte als diejenigen, welchen wir alle gemeinsam seit … Jahrhunderten folgen. Oder bin ich blind, Laumthrara?«

Der andere Koglaur seufzte wieder. »Ich fürchte schon, Indreira. Jedenfalls blind genug, um nicht zur Kenntnis zu nehmen, wem Ihr trauen könnt. Jetzt haben sie sich *sehr* schnell bewegt; Thaalor war einer von ihnen, und dennoch wusste er nicht, was im Gange gewesen ist.«

»Aber was *ist* denn im Gange?«

»Der Fürst von Silberbaum wurde in einer Zauberschlacht bewusstlos geschlagen – wir hörten und spürten den Tumult –, und Cornthear griff ihn sich … aber er wurde von Brazam umgebracht. Etliche unter uns haben die Tat beobachtet, und Arauntras tötete Brazam – und dann fingen alle an, sich gegenseitig zu bekämpfen.«

»Aber aus welchem *Grund*? Welche Rivalität mag stark genug sein, dass man dafür *tötet*?«

Laumthrara gab das Seufzen auf und blickte Indreira aus traurigen Augen an. »Seit langer Zeit ist Eure Art daran gewöhnt, sich zu verstecken, und ihr arbeitet daran, Herrscher und ihre Feinde insgeheim zu führen, auf dass Aglirta stark bleibt, nicht wahr? So dass wir uns irgendwann in der Zukunft erheben und gemeinsam ein starkes, wohlhabendes Reich regieren können?«

Indreira nickte.

»Nun, einige Koglaur sehnen sich danach, Aglirta ganz offen vom Silberbaumhaus aus zu beherrschen und dabei die überall um uns herum vorhandene Zauberkraft dazu zu benutzen, die Schlangenanhänger zu beherrschen und dazu noch alle fremden Zauberer, all die Krieger und die Kaufleute, welche das Tal erobern wollen. Sie trachten nach dem Flussthron, und sie scheren sich nicht um das, was sie anderen bei dem Erreichen ihres Zieles antun – den Rest von uns ohne jeden Zweifel eingeschlossen.«

Indreira schüttelte den Kopf. »Ich … verstehe. Ich bin blind gewesen, und dennoch bin ich froh darüber. Welche Art von Geist mag solchen Wert auf Macht legen, die so befleckt und missbraucht ist?«

Laumthraras Blick wurde noch trauriger. »Ihr macht jetzt den gleichen Fehler, welchen viele unter uns begehen: Ihr glaubt, wir seien den Menschen auf irgendeine Weise überlegen. Indreira, wir *sind* Menschen. Und wie viele Menschen streben nach Macht um jeden Preis, ganz gleichgültig, wie viel Unheil ihre Schwerter und ihre Zauber anrichten?«

Jetzt war es an Indreira, ein Seufzen auszustoßen. »Was sollen wir also jetzt tun, Laumthrara?«

Laumthraras Lächeln wirkte schief. »Wir kämpfen. Natürlich.«

Keuchend und blutend griff sich das Wesen den Fürsten Silberbaum und stieß ihn durch eine weitere Türöffnung. Brungelth bemerkte nur verschwommen, dass er nicht allzu sanft auf kalten, harten Stein gesetzt wurde und anschließend das Wesen mit den Tentakeln davonwirbelte und sich anderswohin begab.

Irgendwo hinter ihm ertönten ein kurzes, feuchtes und wildes

Knurren, ein erstaunt klingender, miauender Ton, und dann ein Schmerzensgeschrei. Brungelth versuchte, sich herumzurollen, um nach der Quelle der Geräusche schauen zu können, aber der Raum um ihn herum schien sich zu drehen. Alles sah irgendwie wässrig aus, als blicke er durch einen Kelch sprudelnden Weines.

Stahl klirrte auf Stahl und prallte von Stein ab – als ob zwei Krieger, welche sich nicht um ihre Klingen scherten, ungeschickt die Schwerter kreuzten.

Brungelth kniff die Augen zusammen und fand etwas, das er deutlicher erkennen konnte: ein Paar Tentakel hinter dem sich am nächsten befindlichen gestaltwandelnden Halbmenschen, welchem zierliche menschliche Hände gewachsen waren, die gerade Zauber wirkten.

Er dachte darüber nach, etwas zu schleudern, um die Zauber zu brechen, aber seine Hände waren leer – und als er versuchte, sich ausreichend vom Boden zu erheben, um einen Arm nach vorn zu bringen, überflutete Übelkeit seinen Kopf und seinen Magen.

Brungelth gab sein Vorhaben auf und sackte zurück, so dass sein Kinn auf dem Boden ruhte, und beobachtete, was als Nächstes geschah.

Das Ungeheuer beendete seine Zauberbanne, drängte sich vorwärts und trieb seinen Feind mit einem wilden Hagel von Schwerthieben zurück. Klingensplitter sprangen weg, prallten klirrend von Stein ab, fielen zu Boden, während das andere Ungeheuer durch die Türöffnung stolperte – ebenfalls ein Gesichtsloser! Beide schienen Gesichtslose zu sein! Dann murmelte der, welcher die Zauber gewirkt hatte, ein einziges Wort und warf sich hastig nach hinten und an die Seite der Tür.

Und in dem Gang draußen gleich hinter dem Gegner erblühte eine magische Explosion, vernichtete ihn und schleuderte seinen Körper in den Raum und direkt an Brungelths Nase vorbei. Dann prallte er schwer und mit einem feuchten Knall in die hintere Wand.

Kaum war das rollende Echo des ersterbenden Zaubers verklungen, hörte Brungelth auch schon das Geräusch laufender Füße draußen im Gang – sich zornig und wild entschlossen nähernder Schritte.

Der Gesichtslose, welcher den Zauber gewirkt hatte, erhob sich vom Boden und begab sich hoch zur Decke über der Türöffnung. Er stemmte die Tentakel auf beiden Seiten der Tür wie Säulen auf den Boden und faltete den Rest seines Körpers so zusammen, dass er wie eine Art Segel quer über dem Türbalken hing. Noch während Brungelth ehrfürchtig die Veränderung beobachtete, wurden seine Farben heller und verwandelten sich in Grautöne, um sich dem Stein der Wände besser anzupassen.

Ein Gesichtsloser erschien in der Tür, und seine langen Tentakel trugen Schwerter, mit welchen er in dem Raum herumstocherte. Die Klingen hackten und stachen wie wild zu, und Brungelth presste sich flach auf den Boden in der Hoffnung, nicht in Stücke gehauen zu werden.

Dann folgte der Körper eines Mannes mit einer glatten, weichen Masse Fleisch anstelle eines Gesichts den Tentakeln durch die Türöffnung, und Brungelth sah, wie Augäpfel bis zu den Enden der Tentakel hinabschwammen wie rasch dahinschießende Ruderboote auf den Wassern des Silberflusses.

In diesem Augenblick warf der Gesichtslose über der Tür sein schartiges blutiges Schwert mit der Spitze nach unten – und spießte den Gegner von oben her auf, indem er sein ganzes Gewicht hinter den Stoß legte.

Blaues Blut schoss wie eine Fontäne aus dem zerteilten Körper des Getroffenen, und seine Gedärme sackten nach unten, wobei sie wütend zuckend versuchten, eine neue Gestalt anzunehmen. »Arauntras!«, schrie der Gesichtslose aus mehr als einem halben Dutzend Mündern, und seine Tentakel zogen sich aus den weiter entfernten Ecken des Raums zurück und schossen nach innen, um aus fünf Richtungen gleichzeitig tödlichen Stahl in den Körper seines Feindes zu bohren.

Arauntras sprang in den Gang hinaus, wobei er immer noch mit der Klinge schlitzte, welche so fest steckte, dass die Bewegung den Feind auf den Rücken warf und über den Boden zerrte.

Eine weitere magische Explosion brüllte gleich darauf durch die Türöffnung und versengte brutzelnd den bereits halbtoten Gesichtslosen. Der stieß ein langes, bebendes Jammergeschrei aus, welches jedoch erstarb, als der Gesichtslose in sich zusammensackte und endlich reglos liegen blieb.

»Arauntras?«, fragte jemand leise.

»Ich bin hier, hinter Hanauntyn, welchen Ihr gut durchgebraten habt. Meinen Dank! Ich habe mich um Rezmur gekümmert; er ist dort drinnen, zusammen mit dem Fürsten Silberbaum, der sich vielleicht gerade in die Hosen macht angesichts von Koglaur, welche einen kurzen, blutigen Krieg gegen Koglaur führen.«

»Es sei denn, er ist noch zu verblüfft, um sich zu fürchten.«

Brungelth Silberbaum schloss eilends die Augen und blieb schlaff und reglos liegen, aber er war zu langsam, um den Blicken der gleitenden Augen auf den Tentakeln zu entgehen, und gleich darauf erklang ein Kichern.

»Menschen«, meinte Arauntras, »sind meistens schlechte Schauspieler.«

»Dursil?«

»Das bin ich einmal gewesen. Jetzt bin ich nur noch der größte Teil von Dursil. Ich habe dort drei Tentakel zurückgelassen.«

»Aha. Ja. Ich bin Enselnur.«

»Das weiß ich. Andernfalls wärt Ihr jetzt tot. Ich verfüge immer noch über ein wenig Magie.«

»Oh, ah, ja.«

Dursil seufzte. »Schaut, Jüngling, das ist keine gute Zeit, sich aufzuregen. Ich brenne darauf, einen gewissen Koglaur zu töten, und wenn Ihr mich ausreichend reizt, dann setze ich Euch einfach mit auf die Liste. Was wollt Ihr?«

»Äh, uh – ich will wissen, was geschehen ist!«, sprudelte es verzweifelt aus dem jüngeren Koglaur heraus.

»Zuletzt kam es zu einem offenen Kampf, und den haben wir verloren. Die ›wacht über Aglirta und hütet es‹-Partei hat gewonnen, jedenfalls für den heutigen Tag.«

»Und … und was sollen wir jetzt tun?«

»Ich werde davonschlüpfen und mich verstecken – und nein, ich werde Euch nicht sagen wo. Ihr müsst Euch um Euch selbst kümmern.«

»Davonschlüpfen? Sie halten alle Wege nach draußen besetzt – und wenn wir tiefer hineingehen, dann werden die Wände lebendig und gebären Maedra!«

Dursil seufzte. »Ich habe einen Zauberkäfig um mich selbst gewoben, so dass sie mich zwar bedrohen, aber nicht erreichen können. Ich biete Euch seinen Schutz an, bis wir aus dem Palast hinaus sind.«

»D-danke! Aber … Ihr dringt tiefer in den Palast ein! Wie könnt Ihr hinausgelangen, indem Ihr …?«

»Durch dieses Tor, Enselnur. Es befindet sich seit Jahrhunderten dort.«

»Wo führt es hin?«

»Nach draußen. Das tun Tore immer.«

»J-ja, aber wohin?«

Dursil seufzte wieder, behielt aber seinen raschen Schritt bei. Durch von ihm weggleitende Maedra hindurch ging er um eine Ecke und auf einen zuckenden Schimmer zu.

Enselnur folgte ihm hastig in einen viereckigen Raum mit einer hohen Decke. In der Mitte schwamm ein aufrecht in der Luft stehender Bogen zuckenden weißen Feuers, durchsetzt mit Silberflammen.

»Es führt in unsere Zukunft, Ihr Narr«, erklärte Dursil und eilte auf den Bogen zu. »Vorausgesetzt, Ihr besitzt Verstand genug, dafür zu sorgen, dass Ihr eine habt.«

»Nein, nein, Brungelth Silberbaum, versucht nicht, vor uns davonzurennen.« Arauntras' geschickte Tentakel pflückten die Letzte der versteckten Waffen aus der Rüstung des Fürsten und wanden sich verblüfft, als sie seinen Gürteldolch neben seinem Gemächteschutz entdeckten. »Es wird Euch nicht gelingen – abgesehen davon, dass Ihr uns verärgert –, und Ihr werdet nur in Euren eigenen Tod laufen.«

»Wisst Ihr«, mischte sich der andere Gesichtslose mit solch beruhigender Stimme ein, dass man hätte meinen können, es handele sich um eine freundliche Amme, »weil Ihr ein Silberbaum seid, würde Euch der Fluch der Silberbaums in den Wahnsinn treiben – und dann das Leben aus Euch heraussaugen und Euch als umherwandelnden Geist zurücklassen, falls Ihr Euch Euren Weg durch unsere Wächterzauber hindurch und tiefer in den Palast hinein erkämpftet. Oh ja, der Fluch ist sehr wirklich, und Ihr seid nur mit knapper Not dieser Art von Tod entkommen, als Ihr mit dem Gedanken spieltet, diesen Ort zu erforschen.«

»Und wenn Ihr den anderen Weg geht«, fügte Arauntras hinzu, »dann sterbt Ihr an der Schwächepest. Oh ja, die Große Schlange ließ einen hässlichen Zauber los, welcher eben jetzt im Tal wütet – so lange wir also kein Mittel gefunden haben, den Zauber zu besiegen, würdet Ihr Euch gewissermaßen das Schwert in den eigenen Bauch stoßen, wenn Ihr hinaus ins Sonnenlicht trätet. Der Tod käme nur viel langsamer: Eure Finger und Eure Zehen fielen ab, dann Eure Hände und Füße, und das ginge so weiter, und Euer Fleisch würde von den Enden Eurer Gliedmaßen bis zum Körper zurück verfaulen. Zeigt es ihm, Laumthrara!«

Der andere Koglaur verwandelte sich von einer Säule mit vielen Tentakeln in eine große, anmutige Menschenfrau mit langem weißem Haar und einer königlichen Haltung – aber nicht bevor Brungelth zwei Tentakel bemerkt hatte, welche einen raschen Zauberbann woben.

Die Frau bedeutete dem Fürsten mit einem Handzeichen, ihr aus dem Raum hinaus und den Gang hinunter zu folgen, weg von der verbrannten Masse aus Tentakeln und Eingeweiden, welche einmal Hanauntyn gewesen waren. Brungelth Silberbaum folgte ihr grimmig und beäugte im Vorbeigehen Arauntras voller Misstrauen. Er wünschte sich, ihm wäre eine Waffe geblieben. *Irgendeine* Waffe.

»Dort kommen sie; hört auf, Euch zu beschweren, und baut einen Abwehrkäfig, sonst sieht er, wie Ihr atmet«, knurrte Gelkhesm.

Indreira warf einen widerspenstigen Blick auf die auf dem Boden ausgestreckte Gestalt, welche einem unrasierten, bis zur Hüfte entblößten menschlichen Bauern glich, dessen Arme bis auf zwei geschwärzte Stümpfe an den Schultern weggebrannt waren und dessen Mund und leere Augenhöhlen den gleichen seltsamen Farbton abgenommen hatten … und dem auch die Beine fehlten.

Seine Antwort klang sehr ruhig und sehr kalt. »Wollt Ihr wirklich Laumthrara noch wütender machen?«

Indreira starrte ihn reumütig an, bevor ihre Augen verschwanden und sie sich in eine Frau ohne Arme und Beine verwandelte.

Gelkhesms Zauber hüllte sie alle beide in eine glühende, summende Aura – Augenblicke bevor Laumthrara Brungelth Silberbaum in den Raum führte und ernst sagte: »Halt. Wie Ihr sehen könnt, schützen uns unsere Zauber vor der Pest, welche in diesen beiden Unglücklichen lauert – aber draußen, wo der Wind den Silberfluss hinunterbläst, hättet Ihr keinen solchen Schutz. Die Leute fallen zu Hunderten wie die Fliegen um. Pferde ebenso.«

Fürst Brungelth Silberbaum musterte das tote Paar eingehend, trat dann einen Schritt zurück und starrte weiter zitternd auf die Leichen. Er war weiß bis zu den Lippen, als er aufblickte und zu dem Koglaur sagte: »Ich – ich bleibe.«

Der erschöpfte Mann mit den staubigen Haaren erhob sich von seinem Platz am Lagerfeuer und hastete in die Büsche. Binnen eines Augenblicks hielt er sein vom Feuer geschwärztes Schwert in der Hand.

Die Frau und die Jungen starrten in die Dunkelheit und versuchten auszumachen, was auch immer Orstel Schwarzgult alarmiert hatte.

Nichts. Von den weit entfernten Vogelschreien abgesehen herrschte Stille.

Dann hörten sie ihn überraschend nah keuchen: »Vater? *Mutter?*«

Es blieb ihnen nicht die Zeit, ungläubige Blicke auszutauschen, als Fürst Schwarzgult auch schon schrie: »*Bleibt stehen!* Ich weiß nicht, wer ihr seid – Geister oder – oder –, aber bleibt stehen! *Bleibt weg von mir!*«

Und dann kam er auch schon wieder mit leichenblassem Gesicht und warnend erhobenem Schwert aus den Büschen gesprungen. Zwei Gestalten folgten ihm, und als sie ihre Gesichter erkannte, ächzte die Edle Schwarzgult.

»Orstel! Was hat das zu bedeuten?«, fragte sie und streckte unwillkürlich die Arme aus, um die Schultern ihrer Söhne zu umfangen.

»Regt Euch bitte nicht auf«, sagte der Mann mit dem Gesicht Tarthen Schwarzgults sanft.

»Wir wollen euch nichts Böses antun«, fügte die Frau, welche Orphala Schwarzgult glich, hinzu, und dann blickte sie den Fürsten Schwarzgult eindringlich an und fuhr fort: »Ja, Eure Mutter ist tot, und soweit ich weiß, ruhen ihre Knochen in Frieden. Ich nahm nur deshalb ihre Gestalt an, um zu verhindern, dass Ihr mich gleich in Stücke haut.«

»Wir möchten mit Euch sprechen – mit euch allen«, meinte der wie Orstel Schwarzgults Vater ausschauende Mann. »Wäre es nicht besser, wenn wir uns alle gemeinsam am Feuer niederließen? Wie ihr sehen könnt, tragen wir keine Waffen bei uns.«

Ohne auf eine Antwort zu warten, setzten sich die Fremden der Edlen Schwarzgult und ihren Söhnen gegenüber ans Feuer. Fürst Schwarzgult blieb stehen, und das Schwert in seiner Hand zitterte. »Wer *seid* ihr?«, fragte er heiser.

»Habt Ihr jemals von den Gesichtslosen gehört?«

»Pah! Das sind die Geschichten von Trunkenbolden, allesamt …« Seine Augen wurden groß. »Nichts als Fantastereien …«

»Über gestaltwandlerische Ungeheuer, welche Menschen töten und fressen und ihre Gestalt annehmen, um näher an ihre zukünftigen Opfer zu gelangen?«, fragte die Frau mit dem Gesicht seiner Mutter mit einem Anflug von Bitterkeit.

»Ja«, flüsterte die Edle Schwarzgult, und ihre um die Söhne gelegten Arme bebten.

»Sänger und Trunkenbolde aus den Wirtshäusern neigen bedauerlicherweise zu Ausschmückungen«, fügte die Frau, welche nicht Schwarzgults lange verstorbene Mutter war, hinzu – und ihr Gesicht verschob sich und schmolz, was die beiden Schwarzgultsöhne mit höchster Aufmerksamkeit beobachteten, und zeigte gleich darauf die runzligen Züge der Bauersfrau, von welcher der Fürst zuletzt Eier zu kaufen gewagt hatte. »Wir sind beide Gesichtslose oder Koglaur, um unseren richtigen Namen zu nennen. Wir haben schon immer in Aglirta gelebt, uns aber inmitten der Bewohner verborgen, indem wir die Gestalt von Leuten annahmen, die allein starben.«

»Wir sind nicht hier, um euch zu betrügen, zu töten oder aufzufressen«, warf der Mann, welcher nicht Fürst Schwarzgults lange toter Vater war, ein, und sein Gesicht veränderte sich ebenfalls und zeigte die Züge des Schäfers, dessen Herde Schwarzgult vor Verzweiflung geplündert hatte, um seine Familie satt zu machen.

»Wir zeigen uns euch in diesen Gestalten, um euch zu beweisen, dass wir euch schon seit einiger Zeit beobachten und nichts getan haben, um euch zu schaden«, erklärte die Bauersfrau. »Wir tun dies, weil die Koglaur – der größte Teil der Koglaur – leben, um Aglirta zu beschützen und zu nähren.«

»Und ihr seid ein Teil Aglirtas, welchen wir erhalten müssen«, fuhr der andere Koglaur mit fester Stimme fort. »Wir ziehen es vor, uns niemals zu enthüllen, aber uns fiel keine andere Möglichkeit ein, euch aus der Einöde zurück in euer rechtmäßiges Zuhause, nämlich die Burg Schwarzgult, zu locken.«

»Um von Silberbaum umgebracht zu werden?«, grollte der Fürst. »Was ...«

Der Gesichtslose in Gestalt eines Mannes hob eine Hand, und Orstel Schwarzgult schwieg. Seine Frau und seine Söhne starrten ihn verblüfft an, aber er hatte nur Augen für den Koglaur, welcher jetzt ruhig weitersprach. »Ich weiß, dass ihr meinen Worten nur schwer Glauben schenken könnt, aber die Große Schlange hat Brungelth Silberbaum beinahe getötet, und ihre Belohnung bestand darin, auf der Stelle von einem Zauberer umgebracht zu werden. Einige von ... unserer Art halten Silberbaum im Schweigenden Haus gefangen. Sein Torhaus wurde niedergerissen und zerstört, und zahlreiche seiner Ritter liegen tot am Ufer des Flusses. Das Gesicht des Reiches wurde verändert, und ihr werdet gebraucht – oder Aglirta flussaufwärts mag zu einem verwüsteten Land der Gesetzlosen und umherstreifender Wölfe werden ... oder Schlimmerem.«

»Werdet ihr zur Burg Schwarzgult zurückkehren?«, fragte der andere Koglaur. »Das kann kaum gefährlicher sein als der Versuch, einen weiteren Winter hier draußen zu überstehen.«

Die Frau des Fürsten und seine Söhne blickten Schwarzgult flehentlich an. Er starrte sie an, holte tief Luft und biss die Zähne zusammen. Dann hob er den Kopf und erklärte: »Ich werde euch beiden Koglaur trauen. Wir werden mit euch kommen. Und möge euch die Dreifaltigkeit züchtigen, falls ihr uns betrügt.«

Fürst Schwarzgult stapfte zögerlich die Hügelkuppe hinauf, als fürchte er sich vor dem Anblick, welcher sich ihm bieten mochte. Der Koglaur ging höflich langsamer, so dass der Fürst mit ihm Schritt zu halten vermochte. Schwarzgult warf einen grimmigen Blick in Richtung des Gesichtslosen und schritt dann weiter.

Und hielt an, stand mit offenem Mund da ... und begann zu weinen.

Seine gleichermaßen überraschte wie besorgte Familie beeilte sich, zu ihm aufzuschließen – und erblickte die tief unter ihnen liegende Burg Schwarzgult. Es handelte sich nicht länger um die niedergebrannten Ruinen, welche Silberbaum übrig gelassen hatte. Steinmetze und Zimmerleute schwärmten überall in der Burg herum. Burg Schwarzgults Türme ragten wieder in den Himmel.

Orstel Schwarzgult gelang es gerade lang genug, seine Tränen zu unterdrücken, um ein Keuchen hervorzustoßen. »Wie ...?«

»Wir vermögen unsere Gesichter zu verändern, habt Ihr das vergessen?«, murmelte der andere Koglaur. »Für uns ist es ein Leichtes, die Gestalt eines beliebigen Sirler Kaufmanns anzunehmen und uns seines Vermögens zu bedienen, ganz abgesehen von seinen Arbeitern und seinen Verbindungen. Auf diese Weise wird das

Werk vollendet. Schaut nur: Eifrige Kaufleute und Handwerker aus Sirl können selbst im Hinterland von Aglirta gute Arbeit verrichten, sofern Ihr sie gut genug bezahlt. Ihr müsst nicht glauben, dass Euch ein Betrug erwartet: All dies wird Euch nichts kosten, und es ist wieder Euer Zuhause. Wie wir schon sagten, sind wir bestrebt, über Aglirta zu wachen und das Land wieder aufzubauen – und zwar immer.«

Die Schwarzgults starrten erstaunt auf die hoch aufragenden Türme – bis die Fürstin schließlich in Tränen des Glücks ausbrach und den neben ihr stehenden Koglaur umarmte.

Die Jungen stießen ein Jubelgeschrei aus, und ihr Vater warf den Kopf in den Nacken und lachte ... das erste Mal seit Monaten.

Und dann schwieg er plötzlich und blickte über den Fluss, über die bewaldete Insel von Treibschaum und die weit entfernten, dräuenden Türme des Silberbaumhauses. »Er ist dort, nicht wahr?«, murmelte er und unterdrückte einen Schauder. »Ich kann diesen verfluchten Ort spüren. Ich habe ihn in all den Jahren gespürt. Er *beobachtet* mich.«

Brungelth Silberbaum schritt vor sich hin brütend und vielleicht zum tausendsten Mal durch den Gang. Die Gesichtslosen hatten dieses Gefängnis um ihn herum wirklich sorgfältig errichtet. Er saß in diesen endlos pulsierenden Wächterzaubern fest.

Er stolperte vor Erschöpfung, als er sich von der Tür abwandte, welche er nicht zu öffnen wagte, und begann seine Wanderung von neuem. Dieser Tage fühlte er sich immer erschöpft, und zwar dank der entsetzlichen Visionen und der geflüsterten Drohungen, welche ihn während seiner kurzen Stunden unruhigen Schlafes quälten – und aus denen er immer und ohne Ausnahme schweißüberströmt, schreiend oder von eiskalter Furcht gelähmt erwachte.

Es war der Fluch, welcher auf ihn einflüsterte und sich alle Mühe gab, die Koglaurzauber zu überwinden, nach ihm zu greifen und seine Träume heimzusuchen ... ein Fluch, auf welchen er durch das Flüstern peinigende kurze Blicke werfen konnte.

Sie war groß und nackt, wenn man von ihren langen, fließenden

Haaren absah, und ihr wohlgeformtes Gesicht lag zwar noch in Schatten verborgen, wies aber Augen wie lodernde Sterne auf. Sie kam auf ihn zu. Näher, mit jedem Tag immer näher …

Er wandte sich abrupt um und stelzte zurück durch den Gang zu dem Raum an dessen Ende. Er konnte den Blick der beiden Koglaur, welche ihn beobachteten, wie tückische Klingen in seinen Rücken dringen fühlen. Aber er spürte zumindest jetzt den bläulichen Schaum nicht, welcher um die Ecken seines Geistes wirbelte, wenn sie Magie benutzten, um seine Gedanken auszuspähen.

Das war auch gut so, denn angesichts dessen, was er gerade dachte, wären sie wohl kaum erfreut gewesen. Er bemühte sich, seine Hände nicht zu nahe an seinen Gürtel kommen zu lassen. Er verließ sich darauf, dass die Verschnürung seines Gemächteschutzes den Schwertgriff an Ort und Stelle halten würde, welchen er sich vorn in die Hosen gesteckt hatte. Der Griff hatte unter einem Geröllhaufen gelegen, welchen er vor Tagen entdeckt hatte – es amüsierte die Koglaur, ihn in ihren wenigen Räumen herumgraben und im Dreck scharren zu lassen, vielleicht glaubten sie auch, die Ablenkung sorge für eine gewisse Zufriedenheit … oder Zurechnungsfähigkeit –, aber er hatte sich den Griff erst gestern Abend geholt. Er wusste nicht, was mit seinen eigenen Waffen geschehen sein mochte, aber diese hier – alt und schwer und merkwürdigerweise beinahe ohne Rost mit einer abgebrochenen Klinge, welche ungefähr die Länge einer Hand aufwies – würde ihm besser dienen.

Er stampfte träge durch den Raum, zog die Klinge heraus und nahm sie in die Hand, schlenderte die Hinterwand entlang zu der Tür, welche sich zum Rest des Silberbaumhauses hin öffnete – seinem Haus –, wo der Fluch regierte.

Das Geflüster wurde schneller, drang klar verständlich an sein Ohr, als er sich gegen die Tür lehnte. In plötzlicher Raserei rammte er den Klingenrest in den Spalt zwischen Tür und Wand, wo sich der Riegel befinden musste, und stieß nach oben. Er hörte ein metallisches Klirren tief drinnen im Stein. Er verlagerte sein Gewicht zu einer Seite, zerrte und stieß und schob wie wahnsinnig – und dann öffnete sich die Tür mit einem schleifenden Geräusch und enthüllte Dunkelheit, einen plötzlichen Schwall glühend weißer Wächterzauber und einen anschwellenden, triumphierend flüsternden Chor. Und Brungelth Silberbaum warf sich in die Dunkelheit.

Ein Koglaur schrie hinter ihm her, aber der andere meinte ruhig: »Lasst ihn gehen. Er ist ohnehin halb verrückt, und wir haben ja noch die anderen.«

Wir haben ja noch die anderen?

Und während er blindlings in die Schwärze rannte, erhob sich um ihn herum das Geflüster des Fluches und schwoll zu einem triumphierenden, plötzlich betäubend lauten Chor an, welcher in seinen Ohren donnerte – nein, in seinem Geist –, und er sah seine mit Schwerthieben getöteten Söhne, dann seine kleinen Töchter, welchen er mit eigener Hand die Hälse gebrochen hatte wie Hühnern. Er sah Mütter mit flehentlich erhobenen, blutigen Händen, dann angesichts des Todes vor Entsetzen brüllende Krieger, Frauen, welche schrieen, als er sich auf sie warf, und …

Er rannte gegen eine Wand, und der heftige Schmerz unterbrach die Flut des Wahnsinns. Er prallte von den Steinen zurück, schüttelte seine gebrochenen Finger und wandte sich um … wandte sich um zu dem kleinen Rechteck weißen Lichtes.

Er rannte, rannte, plötzlich umgeben von brüllendem Geflüster und blitzenden Klingen und behelmten Köpfen, welche ihm den Weg versperrten. Brungelth Silberbaum kniff die Augen zusammen und rannte schneller als jemals zuvor in seinem Leben, spürte das Gewicht seines in der langen Gefangenschaft fett gewordenen Körpers … der Gefangenschaft, welche ihm jetzt verlockend erschien, in die er sich wie rasend krallen wollte … und welche er endlich wiederfand!

Er befand sich wieder im Licht und rollte schmerzhaft über den Boden bis vor die Füße eines der Gesichtslosen.

»Willkommen zurück, Brungelth«, ertönte es über ihm, und Brungelth entging nicht der Spott in der Stimme des Koglaur. »Fühlt Ihr Euch jetzt weniger wahnsinnig?«

Zu atemlos, um antworten zu können – und mit viel zu angesengtem Verstand, da die große, dunkle nackte Frau immer noch in seinem Kopf raste, wohlgeformte Hände ausstreckte und zu Krallen formte, sich dann vorbeugte mit einem Gesicht so riesig und dunkel wie der Nachthimmel, um zuzubeißen …

Der ganze Raum bebte, und um ihn herum blitzte Licht auf.

»O-Omngluth!«, stieß einer seiner Bewacher überrascht aus.

»Omngluth allerdings, ihr Tollpatsche! *Mit was habt ihr eure Spielchen getrieben?* Ich konnte flussaufwärts bis Tselgara hören, wie sich der Fluch zu seiner vollen Stärke erhob!«

Brungelth lag reglos am Boden und hielt sich den Kopf. Dann erschlaffte er, als habe er das Bewusstsein verloren.

»Ich – wir – der Gefangene …«

»Euer Gefangener hat erkannt, dass ihr ihn hier vor langer, langer Zeit gebunden habt, und dann hat er endlich den Mut und die Mittel gefunden, einen Befreiungsversuch zu unternehmen … weil ihr ihn diese beiden Dinge habt finden lassen. Narren! Ihr bringt nicht nur einen einzelnen brutalen Mann in Gefahr oder euch und alle unserer Art, welche diese Zuflucht betreten und nicht darauf vorbereitet sind, den Fluch zu bekämpfen, sondern ihr spielt mit unserem Einfluss auf ganz Aglirta!«

»Wirklich? Und was tut Ihr indessen?«

»*Wagt* es nicht, mich zu verspotten, Gelkhesm! Ich war es nicht, welcher von Langeweile überwältigt wurde! Geduld, ihr Jungvolk, *Geduld*! Ihr seufzt mürrisch, wann immer wir das Wort verwenden, als beleidigten wir durch seine schiere Verwendung eure Klugheit … und beweist immer und immer wieder, dass ihr nicht wisst, was es bedeutet! Wir sind Koglaur, und – um die Hauptlektion aus eurer Kindheit zu wiederholen – ›Geduld und Heimlichkeit sind unsere besten Waffen‹. Wusstet ihr, dass der Fluch versucht hat, unter der Zuflucht wieder Tunnel zu graben? Wollt ihr hier sein, wenn der Boden einbricht und sein Gedankenwahnsinn hereinflutet?«

»Nein, Omngluth«, erwiderte der andere Koglaur ruhig.

»Ja, seid nur mürrisch – aber beherzigt meinen Rat!«

»Ja, Omngluth«, murmelte Gelkhesm.

»Das klingt besser. So, nun lasst mich dafür sorgen, dass ich euch ein kleines bisschen von eurer Langeweile befreie. Es ist am besten, wenn ihr wisst, dass die Burg Schwarzgult wieder bewohnbar ist und dem Fürstengeschlecht wieder als Heimstatt dient, obwohl wir nach wie vor mit dem Wiederaufbau beschäftigt sind. Maerlin ist ebenfalls wieder hergerichtet, und die rechtmäßigen Besitzer von nicht weniger als einem Dutzend Baronien wurden aus ihren Verstecken geholt und über das ganze Tal verteilt wieder in Amt und Würden gesetzt. Allerdings geschah das nicht so offen wie im Falle des Fürsten Schwarzgult. Einige unserer Art haben die überlebenden Söhne dieses Jämmerlings in Sirlptar versammelt – ja, alle jene, welche er zu töten vergaß. Sie halten gerade jetzt einen Rat ab.«

»Natürlich wollen wir ein Teil all dessen sein«, erklärte der am prächtigsten gekleidete Sirler Kaufmann fest. »Aglirta ist immer noch das am wenigsten geleerte Füllhorn des Wohlstandes in unserer Reichweite.«

»Und Ihr würdet es vermutlich am liebsten allein leeren und den Anteil des Drachen übernehmen, statt Euch mit dem zufrieden zu geben, was abfällt, wenn andere es direkt an Eurer Nase vorbei den Fluss hinunter und dann auf das Meer bringen«, rief der lauteste der Silberbaumsöhne.

Der Kaufmann geriet ins Stottern, aber etliche der anderen Kaufleute aus Sirl grinsten, und einer unter ihnen sagte glattzüngig: »Das stimmt. Danke für Eure Offenheit, aber können wir jetzt fortfahren? Ich glaube, wir alle wissen, weshalb ihr hier seid – das Feuer der Rache und vielleicht ein Anflug von Furcht, dass Brungelth Silberbaum, falls er noch unter den Lebenden weilt, euch irgendwie aufspürt und sich euch schnappen wird. Und wir wissen alle, weswegen *wir* hier sind. Mehr noch, wir sind über Jahre hier in Sirlptar reich geworden und wissen, wie man das anfängt. Wir vermuten, dass wir euch eine Armee zur Verfügung stellen müssen, damit ihr das Silberbaumhaus stürmen und endlich den verhassten Fürsten zur Strecke bringen könnt. Als erfahrene Meister der Kaufmannskunst verlangen wir kaum eine Gegenleistung für diese kostspielige und gefährliche Geldanlage. Unser Problem hat mit dem Haus selbst zu tun.«

»Ja«, murmelte ein anderer Kaufmann. »Wie kämpft man gegen Gespenster?«

»Gespenster?«, fragte ein Silberbaum höhnisch. »Ihr seid erwachsene Männer und glaubt an Gespenster?«

»Meinethalben auch den Verstand verschlingende, Leben aussaugende Wesen, mein Junge. Welche über Jahrhunderte hinweg Eure Ahnen und noch dazu jede Menge Schatzsucher ermordet haben.«

»Ah«, meldete sich einer der Sirler Zauberer, welcher der Versammlung vorstand, zu Wort und lehnte sich aus den Schatten, in welchen er gestanden hatte. »An dieser Stelle kommen wir ins Spiel. Ich glaube, wir können versprechen, dass wir uns um die geringeren Zauberbanne und die umhersausenden Wesen im Schweigenden Haus kümmern werden.«

»Geringere Zauberbanne und umherhuschende Wesen sind nicht meine Hauptsorgen«, knurrte einer der Kaufleute. »Sondern der Fluch.«

»Wir gehören nicht der übermäßig zuversichtlichen Magierzunft von Sirlptar an«, höhnte ein weiterer Zauberer. »Wir studieren den Fluch des Silberbaumhauses seit Jahrhunderten.«

»Jahrhunderten? Ihr seid aber nicht seit Jahrhunderten am Leben!«

»Ach, wirklich nicht?«, erwiderte der Zauberer seidenglatt, während sein Gesicht sich veränderte, bis es bis aufs Haar dem Vater des Kaufmannes glich … und dann seinem Großvater.

Der Mann musste schlucken, da sich die Gesichter aller Zauberer in ähnlicher Weise veränderten.

»All die Arbeit. Alles umsonst. Man gab mir einen Haushalt und eine Armee, und sie trieben den Fluch zurück, um mir diese Hälfte des Silberbaumhauses zu geben«, knurrte der Mann auf dem Thron, während er dem Rufen und Schreien und dem Poltern eiliger Stiefel lauschte. »Und wir wehrten die Zauberer aus Sirl ab samt der Armee meiner rachsüchtigen Söhne einschließlich jedes verfluchten Söldners aus der letzten Hütte von Asmarand – und dann fiel uns Schwarzgult in den Rücken und hat alles zerstört.«

Irgendwo zersplitterten Möbel, und aus einer anderen Richtung erklangen Wutgebrüll und das Klirren von Schwertern.

Sie kamen zu ihm zurück. Die gleichen Ritter mit den eng anliegenden Helmen, welche ihn mit ihrem Stahl eingekreist, verspottet und dann abgeschlachtet hatten.

Um ihn dann ohne Arme und Beine verblutend auf dem Thron zurückzulassen, die glitzernden Eingeweide in seinem Schoß, und in seiner Todespein nur am Leben gehalten von den Zaubern, welche er am Leib trug. Zauber, welche einer nach dem anderen verschwanden. Es würde nicht mehr lange dauern.

Er sah zu, wie sie zurückkehrten und ihn wieder mit gezückten Schwertern grimmig umringten. Großartig aussehend in ihren Kampfrüstungen, welche das blitzende, schwindende Licht seiner Schutzzauber widerspiegelten. Sein Halspanzer zerbröckelte bereits, und die Krone würde bald folgen. Natürlich würde ihn der Tod lange Zeit vor dem endgültigen Ersterben seiner Zauber ereilen.

»Mir bleibt keine Magie übrig, um euch niederzuwerfen«, erklärte Brungelth seinen Mördern mit fast müder Stimme, »und es wird nicht mehr lange dauern. Ihr könnt eure Schwerter wegstecken. Die Ringe, mit welchen ich euch hätte töten können, sind mit meinen Armen verschwunden.«

Einer der Männer, welche ihn anblickten, bewegte sich unruhig, aber die übrigen Männer im Kreis schwiegen.

»Nun?«, fragte er mit einer Stimme, welche nicht mehr bedrohlich klang. »Kein Hohn? Keine Jubelschreie für Schwarzgult?«

»Wir sind keine Schwarzgults«, erwiderte der Mann, welcher sich bewegt hatte, und spuckte die Worte beinahe aus. »Vater.«

Er riss sich den Helm vom Kopf und enthüllte wirre schwarze Haare und zornig funkelnde Augen, welche wie zwei Kohlen glühten.

Ein Echo meines Gesichtes, das stimmt. Aber überzieht sie mit Spott, lasst sie mir alles erzählen …

Lockt sie in meine Falle …

Brungelth Silberbaum hob den Kopf und musterte das zornige Gesicht, dann stellte er milde Verwirrung zur Schau. »›Vater‹? Ihr seid doch gewiss ein besonders ehrgeiziger meiner Ritter? Oder – seid ihr Fremde, welche von außen in das Tal eingefallen sind, um neue Ländereien für euch zu erobern?«

Überall im Kreis nahmen Männer ihre Helme ab. Ihre Gesichter sahen zwar unterschiedlich aus, hatten aber alle die gleichen glühenden Augen.

»Wir sind alle Eure Söhne, Fürst Silberbaum«, knurrte der Mann, welcher als Erster den Helm abgenommen hatte. »Eure Bastarde – genauer gesagt diejenigen, deren Mütter Ihr nicht erwürgt habt oder von Euren Hunden hetzen ließt, sobald Ihr entdecktet, dass sie die Frucht Eurer Lenden im Schoß trugen. Diejenigen, welche ihr ganzes Leben damit verbracht haben, sich irgendwo im Tal oder noch weiter entfernt versteckt zu halten. Und deren Mütter sich vor Furcht zusammenduckten, wenn sie nur das Wappen der Silberbaums zu Gesicht bekamen.«

»Wir sind diejenigen, welche Ihr übersehen habt«, mischte sich ein anderer Mann bitter ein. »O Ihr allerbester Schlächter des Tals.«

Er ging zu einer üppig verzierten Anrichte, griff sich eine Karaffe aus dem darauf befindlichen Wald von Getränken, entfernte den Stopfen mit dem Daumen seines Panzerhandschuhs und nahm einen langen, laut gurgelnden Schluck. »Ah, das tut gut!« Er lächelte. »Wie süßes Feuer. Und all das gehört jetzt uns.«

»Bis ihr anfangt, euch darum zu streiten«, murmelte Brungelth. Alles um ihn herum schien jetzt dunkler zu sein.

»Ha!«, knurrte der erste Mörder. »Das glaube ich nicht! Und selbst wenn wir das tun, dann haben wir lange genug gelebt, um einige Eurer besten Jahrgänge zu verkosten!« Er ging zu der Anrichte und nahm eine weitere Karaffe. Wie auf ein Signal hin schlossen sich ihm die anderen Männer eilig an und griffen sich schlankes Silber und gläserne Flaschen.

»Das habt ihr«, sagte Brungelth leise. »Das habt ihr.« Sein Kopf sank ihm tiefer auf die Brust, und das Blut spritzte jetzt nicht mehr auf den Boden unter dem Thron, sondern tröpfelte nur noch leise vor sich hin.

»Euer bestes Bernsteinfeuer, nicht wahr, fürstlicher Vater?«, spottete ein anderer seiner Söhne und wedelte mit einer Flasche vor Brungelths Gesicht herum.

»Und ich habe Hirschblut, dem Geschmack nach zu schließen«, meinte ein anderer und hielt die Flasche hoch, auf dass sich das flackernde Kaminfeuer darin spiegelte. »Ganz hervorragend.«

»Habt ihr jetzt alle getrunken?«, fragte der sterbende Mann auf dem Thron müde.

Seine Söhne bejahten lautstark seine Frage, und der Fürst sagte schwach und undeutlich: »Dann haltet dies für einen Trinkspruch. Wenn ihr getrunken habt, dann seid ihr auch bereit, die Geheimnisse meines Aufenthaltsortes enthüllt zu bekommen, bevor ich sterbe. Schnell jetzt … ich kann die Schwäche spüren … beugt euch nahe zu mir herunter …«

»Nicht zu nahe!«, rief einer der Söhne warnend aus. »Er mag über einen letzten explodierenden Zauber verfügen«.

»Nein«, widersprach ein anderer. »Ich trage einen Zauberunterdrückungsring – Zauber oder nicht, in diesem Raum befindet sich nichts mehr, was er benutzen könnte.«

»Ich brauche keine Zauberei«, sagte Brungelth Silberbaum ruhig, »um euch Hunde mit mir in die Dunkelheit zu nehmen. Alle Weine in diesem Raum sind vergiftet.«

Weinflaschen fielen zu Boden, Gesichter wurden leichenblass, und inmitten des Geklirrs der niedergeworfenen Flaschen und der Flüche hörte man das Zischen rasch gezückter Klingen.

»Das Gegengift, alter Mann!«, knurrte ein Sohn und hob sein Schwert. »Ich weiß, dass Ihr welches habt! Sprecht, oder verliert ein Auge!«

»Nehmt es Euch«, erwiderte der Fürst. »In Kürze werde ich es nicht mehr brauchen. Die Gegengifte befinden sich alle in meinem Schlafgemach – allerdings bleibt euch keine Zeit mehr, es lebend zu erreichen. Ich musste sie über Jahre hinweg einnehmen, um die Giftmenge in den Weinen zu vertragen, welcher ihr euch so herzhaft bedient habt. Wiedersehen, ihr Narren. Allesamt seid ihr unwürdig, den Namen Silberbaum zu tragen. Seid verflucht.«

Und mit diesen Worten schloss Brungelth Silberbaum die Augen, und sein Kopf kippte zur Seite. Den Söhnen von Silberbaum blieb kaum Zeit, zu schreien und zu fluchen, bevor sie fielen und rings um den Thron herum mit schlaffen Gliedmaßen hilflos niedersanken in einer Gemeinschaft von Toten.

Dies ist ein Gefängnis. Ich werde niemals entkommen.

Das Haus ist mein Gefängniswärter – und inzwischen auch mein Leben.

Sein schreckliches, brütendes Bewusstsein ist überall um mich herum, während ich dies schreibe, und erlaubt es diesem meinem kleinen Stolz, Angst an jene weiterzureichen, welche meine Worte finden mögen.

Ich gehöre nicht zu den zahllosen Gespenstern jener, welchen hier das Leben ausgesaugt wurde und welche auf sein Geheiß hin durch die Schatten der Hallen gleiten, verrückte Phantome eines wie das andere. Mein Verstand gehört immer noch mir, und mir bleibt ein kleiner Rest meines Lebens, obwohl ich in etwas verwandelt wurde, was wenig besser ist als ein Gespenst. Von Zeit zu Zeit vermag ich einen kleinen Teil meiner selbst körperlich werden zu lassen und so Zauberbanne zu wirken.

Das Haus hält mich in diesem Zustand: sein gefangener Fallensteller. Ich treibe durch seine Weiten, webe Zauberfallen, schleudere gefallene Blöcke von den Toten nach oben, zwinge mähende Klingen zurück in ihre Fassungen, wirke sich anschmiegende Staubwolken, um die Zeichen der vergangenen Schlächtereien zu verbergen.

Einst ein stolzer Zauberer, jetzt ein Burgvogt. Und manchmal ein Schreiber, welcher einen Arm und eine Hand lange genug fest genug werden lässt, um diese Warnungen für alle niederzuschreiben, welche in das Haus eindringen. Ihr werdet sie im ganzen Haus verteilt finden; ich bin dazu gezwungen, jede einzelne in einem anderen Raum zu hinterlegen. Mutmaßungen über die Natur des Wispergeistes und seine Ziele. Beschreibungen der endlosen Erweiterungen durch die Maedra, von welchen einige wirklich sehr weit reichen.

Tatsächlich gehen manche der Tunnel so weit, wie ein Mann auf einem guten Pferd an einem Tag zurückzulegen vermag. Ich wurde mir des Hauses als mehr als ein schierer Name in einer Gespenstergeschichte bewusst, als die Maedra seine unterirdischen Gewölbe bis nach Adeln ausweiteten und einen langen Tunnel errichteten, welcher die Abwässerkanäle und Keller von Adelnwasser durchquerte. Diese noch weitere Ausdehnung beunruhigt mich heute noch genauso wie damals, denn ich glaube, sie enthüllt die finsteren Absichten des Wispergeistes (welchen manche auch »den Fluch« nennen): nämlich eines Tages ganz Aglirta zu erobern und zu beherrschen.

Das Haus verspottet oder bricht jene, welche hier wohnen oder zu lange verweilen. Einige tötet es, oder treibt sie mit von Alpträumen vergiftetem Verstand vor sich her – aber zwei Sorten von Menschen verdirbt und verdreht das Haus. Wie die alten Geschichten sagen, sind seine wichtigsten Opfer solche vom Blut der Silberbaums – nach denen scheint es vor allen anderen zu hungern, und dann macht es sich zu einem Köder und einem Paradies für alle Silberbaums. Es heilt sie, saugt ihnen aber zur gleichen Zeit die Lebenskraft aus und versucht, sie an sich zu binden, so dass sie, wenn sie es jemals verlassen, sich danach sehnen, zurückzukehren.

Die andere Sorte Menschen, welche das Haus versklavt, sind Personen, welche ein Talent zur Zauberei ihr Eigen nennen. Ich habe hier drei Magier gefunden, welche mein Schicksal teilen, obwohl es so scheint, dass das Haus uns voreinander verbirgt, so gut es das vermag. Ich fand sie, weil sie ebenso wie ich vom Haus angetrieben wurden, bestimmte Räume tief in seinem Innern zu suchen – in welchen magische Tore lodern, die zu fernen Orten führen. Wieder und immer wieder zwingt es uns dazu, dorthin zu gehen und wie gebannt auf die Feuerringe zu starren, durch welche es uns nicht gehen lässt. Ist es möglich, dass das Haus sich danach sehnt, die Orte zu erobern, zu welchen die Tore führen?

Anstelt Sendimarr
Zauberer des Hauses (vormals von Adeln)
Erste Wende, Schwindender Sommer,
Eintausendzweites Jahr von Kelgraels Regentschaft

BUCH NEUN

Faerod Silberbaum

Geboren im Jahr 2230 nach Sirler Zeitrechnung,
gestorben im Jahr 2276 nach Sirler Zeitrechnung

Fürst von Silberbaum

Wie er ein Bündnis mit einem bösen Magier schloss

Eins

Der Zaubermeister erhebt sich

»Vorsicht, Junge«, sagte der alte Horl in warnendem Ton. »Diese Kammer ist bis zur Decke mit Zaubern gefüllt.«

»Wie vorsichtig? Werden wir … in irgendetwas verwandelt?« Dlanazar schwitzte vor Angst – der Glühstein in seiner Hand flackerte heftig, und obwohl er nichts weiter als ein schwaches Prickeln oder Kribbeln in der Luft spürte, glaubte er dem älteren Mann aufs Wort.

Magie, starke Magie.

Er spähte in der Kammer mit den vielen Säulen herum. Außer einer Menge heruntergefallener Steine und Knochen schien sie nichts zu enthalten – zerschmetterte Knochen, und etliche darunter sahen viel zu klein aus, um von Menschen stammen zu können. Von einer Säule stand nur noch ein Stumpf am Boden, und an der Decke hing ein Rest, welcher an einen Zahnstummel gemahnte.

»Wie ist dieser Ort … in diesen Zustand geraten?«

»Ingryl Ambelter kämpfte hier gegen jemanden«, antwortete Horl kurz und ging weiter. »Er war der zweite Bannmeister der Silberbaums, und zwar der schlimmere der beiden.«

Er stolperte und fiel beinahe, und Dlanazar sprang vor, packte den alten Mann an den mit abgetragenem Leder bedeckten Schultern und richtete ihn wieder auf. »Passt auf, dass Euch nichts geschieht!«, schrie er. Die Augen hatte er vor Angst weit aufgerissen. »Passt … einfach auf!«

Horl atmete schwer. »Danke, Dlanazar«, sagte er, zog sein Schwert und stützte sich darauf, so wie sich ein alter Mann auf seinen Stock stützt.

»Ich bin nicht mehr so jung wie Ihr, Junge … und so seltsam es auch scheinen mag, ich werde auch nicht jünger.«

Der junge Beschaffer nickte und warf misstrauische Blicke in alle Richtungen. »Warum sind wir hier, in diesem Raum? Mir gefällt er nicht – ganz und gar nicht. Dieser Ort ist der erste, in welchem ich mich … merkwürdig fühle.«

»Ihr wolltet Edelsteine, nicht wahr? Nun, dann fühlt Euch noch ein paar Atemzüge länger merkwürdig, und dann habt Ihr sie. Hoffe ich.«

Der ältere Schatzjäger ging jetzt durch den Raum, wobei er den Glühstein nach unten hielt, um den Boden vor seinen Füßen untersuchen zu können. Er strebte auf die zerborstene Säule zu.

Mit weißem, angespanntem Gesicht beobachtete Dlanazar Duncastle den alten Mann … und folgte ihm schließlich widerstrebend. Aber er spähte immer noch umher und hielt sein gezücktes Schwert in der Hand.

Sein Stiefel verfing sich mit einem scharrenden Geräusch an einer unebenen Steinplatte, und Horl wirbelte zu ihm herum. »*Zurück*, Dlanazar! *Springt zurück!*«

Der junge Beschaffer musste nicht angetrieben werden; er kam mit Mühe zum Halten und sprang wie außer sich zurück, wodurch er schmerzhaft auf einer Hüfte landete. Er rollte, rollte sich weiter, als über ihm ein Donnern losbrach, ein lautes steinernes Stöhnen, welches sich blitzschnell in den ohrenbetäubenden Lärm niederstürzender Steinblöcke verwandelte.

Sie schleuderten sich selbst mit all dem Zorn der Götter in Richtung Boden und krachten mit der Wucht von Hammerschlägen nieder. Der Boden tanzte und schüttelte sich, wodurch der sich wie wild wegrollende junge Beschaffer in die Luft geschleudert wurde.

Die Steinblöcke prallten auf dem Boden auf und hüpften davon, und ihr schrecklicher Lärm ließ den ganzen Raum erbeben. Wolken von erstickendem Staub stiegen auf und nahmen Dlanazar die Sicht. Er rollte keuchend und würgend weiter über unsichtbare, sich hebende Steinplatten, bis er Horls Stimme vernahm. »Halt, Junge! *Halt!*«

Und Dlanazar krümmte den Rücken und katapultierte sich unter Verrenkungen in die Luft. Er kam mit der Schulter zuerst auf dem Boden auf, schrie vor Schmerz und lag dann mit dem Gesicht in Richtung der niedergestürzten Steine da.

»Was?«, rief er schwach. »Was ist das?« Seine Augen tränten, und seine Lungen brannten. Er hustete und stieß sich vom Boden ab, um auf Hände und Füße zu kommen. Dann hustete er wieder, dieses Mal so heftig, dass er seinen ganzen Mageninhalt von sich gab und vor Schmerz wimmerte.

»Ist das ein Ungeheuer?«, schluchzte er in Horls Richtung. »Oder bin ich in Sicherheit, wenn ich mich nicht rühre?«

»Steht einfach nicht auf, Junge«, knurrte die vertraute Stimme. »Bleibt auf den Knien.«

Dlanazar gehorchte und krabbelte hustend den Weg zurück, welchen er hergerollt war. Seine tastenden Hände fanden unterwegs Steine und größere Mengen Schutts auf dem Boden, und mehr als einmal jammerte er: »Ist das sicher?«, und »Bin ich immer noch in Sicherheit?«

Horl half ihm mit beruhigenden Worten, bis Dlanazars Hände über schartige Steine strichen. Seine tränenblinden Augen enthüllten ihm nichts als bedrohliche Schwärze.

»Ist dies die Stelle, an welcher die Steine herunterfielen?«

»Ja, Junge, und hört auf, herumzutasten. Wartet einfach, bis Ihr wieder sehen könnt. Ich kann mir nicht vorstellen, dass sie zwei solcher Steinfallen in einem Raum aufgestellt haben. Aber diejenige, welche Ihr ausgelöst habt, brachte einen weit größeren Teil der Decke herunter, als man hätte erwarten dürfen. Es mögen immer noch ein, zwei Steinblöcke auf Euch niederfallen.«

Dlanazar duckte sich. »Oh, großartig!«

»Zerbrecht Euch nicht den Kopf!«, rief Horl fröhlich. »Die Dreifaltigkeit lächelt auf Euch herab, habt Ihr das vergessen?«

Wie zur Antwort auf seine Worte und bevor Dlanazar Atem holen und fluchen konnte, löste sich etwas mit einem tiefen, knirschenden Laut langsam aus der Decke und bohrte sich nicht weit von Dlanazars Stiefeln entfernt in den Boden. Die Wucht des Steins reichte aus, um den jungen Beschaffer ein Stück weit nach vorn zu schleudern.

Dlanazar kreischte vor Entsetzen.

Seine Schreie verstummten etwa zur gleichen Zeit wie der Widerhall, und das Nächste, was Dlanazar hörte, war Horls angewiderte Stimme, welche gleich über ihm erklang.

»Nun, Junge, können wir jetzt den Versuch unternehmen, erneut durch den Raum zu gehen? Und dieses Mal mit ein wenig mehr Vorsicht? Erinnert Euch daran: Etwas zu sagen ist einfach, es in die Tat umzusetzen hingegen schwieriger.«

Dlanazar kam zitternd auf die Füße. Er vermochte immer noch nicht deutlich zu sehen, und die Furcht raste nach wie vor kalt in seinen Adern. »B-bei der Dreifaltigkeit«, stammelte er und versuchte, sich umzusehen. »Ist es vorüber?«

»Vielleicht nicht«, sagte Horl grimmig. »Diese Art von Lärm pflegt alle möglichen Wesen aus dem ganzen Schweigenden Haus herzulocken. Sie gleiten heran in der Hoffnung, etwas Totes zum Fressen zu finden ... und das wären wir, wenn wir uns bei ihrer Ankunft immer noch hier aufhielten.«

»So lasst uns von hier *verschwinden!*«

»Was, Junge? Keine Edelsteine?«

»Verflucht! Die Edelsteine seien verflucht!«, schrie Dlanazar. »Wir können ...«

Schwielige Finger öffneten seine Hand und legten etwas hinein. Etliche glatte, kalte und harte Gegenstände. Dlanazar hob die Hand vor die Augen, schaute genauer hin und zog ehrfürchtig die Luft ein.

»Jelzaster! *Riesige* Jelzaster!«

»Ja, Junge – und wie Ihr wohl sagen wolltet, können wir jederzeit hierher zurückkehren, um mehr zu holen. Meint Ihr, Ihr könnt wieder laufen?«

Dlanazar wischte sich wie wild über die Augen. »Ich – ich glaube schon. Wenn ... *was war das?*«

»Verdammt«, flüsterte Horl, als das schwere Kratzen und Schaben wieder ertönte. Er zog an Dlanazars Arm und zerrte den jungen Mann in eine andere Richtung.

»Was *ist* das nur?«, fragte Dlanazar aufgeregt, als er dem alten Mann notgedrungen nachstolperte.

Das Kratzen wurde lauter, als sei es um eine Ecke herumgebogen und habe mit ihnen den Raum betreten.

»Nun, Junge«, murmelte Horl, und dieses Mal klang echte Furcht in seiner Stimme mit, wie sie Dlanazar noch nie zuvor gehört hatte, »Ihr habt bestimmt schon einmal von Nachtlindwürmern gehört, oder? Und Ihr seid kein so hirnloser Narr, dass Ihr glaubt, dass das nur Kamingeschichten sind, welche fahrende Sänger erzählen, was?«

»J-ja?«

»Also, nach dem Schlüpfen – bevor sie fliegen lernen, was aber in diesen Räumen keine Rolle spielt – sind sie kleiner als jene, welche Ihr weit draußen über das Meer fliegen sehen könnt, wo die Zauberbanne der Magierzunft nicht hinreichen ... aber nicht *viel* kleiner.«

»Oh, ihr Götter!«

»Ja, Junge, das wäre eine gute Gelegenheit für Eure hochgeschätzte Dreifaltigkeit, auf Euch herabzulächeln. Eine ausgesprochen gute.«

Horl zerrte Dlanazar in einem stolpernden Lauf hinter sich her und duckte sich hinter etwas, bei dem es sich um Säulen handeln mochte. Deshalb klang jetzt auch das zischende Gebrüll aus den hungrigen Mäulern ein wenig gedämpfter. Aber nicht sehr.

Die beiden dunklen, gut aussehenden jungen Männer schauten sich über den Raum hinweg an.

Der größere, schlankere von beiden hatte dunkle Augen und rabenschwarzes Haar, welches an den Wangen in Backenbärte auslief, deren rasiermesserscharfe Spitzen an Dolche erinnerten, und ein langes, fein gemeißeltes Gesicht. Er trug eine prächtige kurze Jacke aus golddurchwirktem Gewebe, zahlreiche Ringe und blütenweiße Kniehosen, und all das zusammen wies ihn entweder als einen der reichsten Kaufherren Sirlptars oder als das aus, was er tatsächlich war: Fürst Silberbaum.

Der kleinere Mann in den dunkelblauen Gewändern und dem gleichfarbigen Umhang vollführte eine anmutige Geste in Richtung des Fürsten, welche diesem bedeuten sollte, er möge als Erster sprechen.

Faerod Silberbaum nickte leicht, lächelte und sagte: »Ich verlange Eure unumstößliche Treue. Euer magischer Dienst muss allein mir gewidmet sein und darf nur meinen Befehlen gehorchen – für den Rest Eures Lebens. Ich lege keinerlei Wert darauf, Euch anzulügen; es ist am besten, wenn wir uns gegenseitig vollkommen verstehen.«

»Das ist eine der Eigenschaften, welche ich am meisten an Euch schätze«, antwortete Ingryl Ambelter ohne die Spur eines Lächelns. »Dies, Eure Furchtlosigkeit und Euren Willen, Verträge einzuhalten, sobald sie erst einmal geschlossen sind. Wir haben bis jetzt so gut zusammengearbeitet, Fürst Silberbaum, dass Euer Angebot mich lockt ... während ich den Vorschlag, mich in Knechtschaft zu begeben, bei jedem anderen Fragesteller entschieden abgelehnt hätte. Ich soll also ein Leben in Euren Diensten führen, noch dazu mit allem mir zur Verfügung stehenden Eifer? Nun, da Zauberfürst Gadaster von uns gegangen ist, bin ich wahrscheinlich der fähigste Zauberer auf dieser Seite von Arlund, von zwei oder drei alten Zauberfürsten in Sirlptar einmal abgesehen, welche mir vielleicht annähernd das Wasser reichen können. Was bietet Ihr mir als Gegenleistung an?«

»Einen Rang in meinem Reich, ganz egal, wie groß es wird, und nur übertroffen von meinem eigenen. Ihr sollt jetzt der Meisterzauberer von Silberbaum sein. All die Burgen und Besitztümer zweier Fürstentümer – Tarlagar und Phellinndar, obwohl ich mit Eurem Einverständnis Tersepte ernennen möchte, um Recht und Gesetz zu repräsentieren, Steuern einzutreiben und Ungeheuer zu vertreiben –, sowie ein drittes in der Zukunft, auf welche wir uns untereinander einigen müssen mit Ausnahme von Schwarzgult und Silberbaum. Falls wir Sirlptar erobern, dann sind der Titel und die Hälfte der Steuereinnahmen die Euren von dem Tag Eurer Herrschaft an. Und ich glaube, Ihr wolltet meine Schwestern?«

»Alle drei, auf dass ich mit ihnen und ihrem Leben nach meinem Gutdünken verfahren kann.« Der dunkel gekleidete Zauberer trat einen Schritt vor. »All Eure Angebote sind mir genehm. Sollen wir einen Blutpakt schließen?«

»Das wollen wir. Jetzt gleich?«

»Es gibt niemals eine bessere Zeit zum Anfangen, mein Fürst, als ›jetzt‹.«

Faerod Silberbaum stand auf den Zinnen der Silberbaumburg und starrte über den Silberfluss hinüber zu den in den Himmel strebenden Türmen der Burg Schwarzgult. Den höchsten krönte ein goldener Greif, welcher so groß war, dass der Fürst selbst auf die Entfernung sein spöttisches Lächeln sehen konnte.

Ein spöttisches Lächeln, welches er bald in Stücke hauen und in Grund und Boden stampfen würde, da er jetzt endlich frei war.

Frei von seines Vaters Schatten: dem kalten, höhnischen Gadaster Mulkyn. Dem Bannmeister von Silberbaum, dessen Zauberbanne Aglirta für so lange Zeit beherrscht hatten. Endlich verschwunden.

Ein fehlgeschlagener Zauber hatte Gadaster getötet, so behauptete wenigstens Ingryl Ambelter, aber viele hegten stille Zweifel daran, Faerod Silberbaum eingeschlossen.

Tagelang hatte Faerod damit gerechnet, dass Gadaster plötzlich und so gefährlich sanft wie immer auftauchen würde – aber als die verstreichenden Tage keinen leise lächelnden Mulkyn erscheinen ließen, verblasste seine Befürchtung allmählich. Was auch immer Ingryl Ambelter ihm angetan haben mochte, Gadaster Mulkyn war und blieb verschwunden.

Was Faerod die Freiheit ließ, diese Festung zu zerstören. Den Wohnort des Mannes, welchen er mehr als alles andere in der Welt fürchtete und hasste: Ezendor Schwarzgult, den unvergleichlichen Kämpfer mit dem schnellen Verstand und der raschen Zunge. Den am besten aussehenden Mann im Tal, vor dessen Füßen die Frauen nicht nur zu Dutzenden, sondern zu Hunderten in Ohnmacht fielen.

Die Ritter von Schwarzgult beherrschten jedes Schlachtfeld, auf welches sie galoppierten. Nur Ambelters Zauber hatten verhindert, dass Silberbaum von der Landkarte gelöscht wurde, obwohl viel zu viel Silberbaumgeld dafür aufgewendet worden war, so viele Söldner anzuwerben, dass ihre Zahl die der Schwarzgulttruppen um ein Dreifaches übertraf.

Faerod Silberbaum hatte Gadaster Mulkyn gleichermaßen gehasst wie gefürchtet, da der Zauberer sich geweigert hatte, seine Banne während Schlachten zu schleudern. Stattdessen hatte er Faerod mit leiser Giftigkeit an Besonnenheit, vorsichtige Intrigen und die Wünsche von Faerods Vater erinnert, und zwar mehr als Schwarzgult … aber Gadaster Mulkyn war jetzt verschwunden, und …

»Die Zügel sind von uns allen gelöst«, flüsterte er in den Wind und starrte nach Norden über den Silberfluss.

Für beinahe ein Jahrzehnt war Schwarzgult nun ungehindert lachend und lautstark im Tal herumgezogen, von Schlafgemach zu Spielzimmer, von Schlachtfeld zu den Tischen von Kaufleuten, um Verträge abzuschließen – während Faerod Silberbaum mit einem Zaubermeister geschlagen war, welcher ihm nicht helfen wollte. Außerdem gab es noch den ehrgeizigen Zauberlehrling Ingryl Ambelter, welcher es aber angesichts Gadasters kalter Wachsamkeit nicht wagte, Faerod zu unterstützen. Also verfügte Faerod Silberbaum über keinerlei Macht, und ihm blieb nichts weiter übrig, als vor sich hin zu brüten und zu beobachten. Vor sich hin zu brüten und zu beobachten …

Mulkyn hatte zugelassen, dass Faerod nach Recht und Gesetz seine untreue Ehefrau aburteilte, aber er hatte verhindert, dass der Fürst seiner blassen, vor sich hin starrenden Tochter den Hals umdrehte … mit der Begründung, sie würde »in der Zukunft nützlich sein«.

Nun würde Embra nützlich sein, aber ganz anders, als Gadaster sich das vorgestellt hatte.

Vor-sich-hin-Brüten und Beobachten verändern einen Mann. Aber Unbarmherzigkeit und die sorgfältige Beachtung von Kleinigkeiten gehörten zu Faerods eigenen Stärken. Aber angesichts Schwarzgults wagemutiger und fröhlicher Sorglosigkeit hatte Faerods Bereitschaft über Jahre hinweg lediglich dafür gesorgt, dass der Fürst von Silberbaum am Leben blieb.

Erst jetzt hatte er sich dank Ingryls Meisterschaft dunkler, Ungeheuer beherrschender Magie den wild gewucherten Wald der Treibschauminsel zu eigen gemacht und den lange verlassenen Palast von König Kelgrael Schneestern für sich beansprucht und in Burg Silberbaum umbenannt. Das war kein einfaches oder unbedeutendes Unternehmen gewesen, und ohne Ambelters Zauberbanne hätte er es niemals zustande gebracht.

Er schuldete dem Zauberer so viel, und er brauchte Ingryl Ambelter um ein Vielfaches mehr.

Schwarzgult musste getötet werden – nachdem Folter ihn gebrochen hatte. Man sollte das Tal hinauf und hinunter Faerod Silberbaum fürchten und ihm gehorchen, nicht dem Goldenen Greifen. Sänger wie Inderos Sturmharfe mussten Balladen schreiben, welche Faerod Silberbaum und nicht den Schlafgemachstürmer Ezendor Schwarzgult priesen. Die Reichtümer Sirlptars mussten die seinen werden, und die spöttischen Kaufleute mussten lernen, sich vor Aglirta zu ducken und nicht wie bisher hinterwäldlerische Fürsten und Barone als lärmende Bauern auszulachen, welche sich selbst einen Titel verpasst hatten.

Und diese große, vom Silberfluss umspülte Insel reichte ihm nicht. Er war ein Silberbaum, und das Schweigende Haus mit all den sagenhaften Gespenstern und durch die Steine kriechenden Würmern und den Furcht erregenden Ungeheuern *musste* sein werden.

Gegen seinen Willen drehte Faerod sich um und starrte über die Bäume auf die große, dunkle Masse des Hauses, aber dankenswerterweise verbargen die hoch aufragenden, blätterreichen Äste das Anwesen vor seinen Augen.

Die größte Festung von Asmarand, größer noch als die meisten Städte. Eine von Geistern heimgesuchte, verlassene Ruine, sein Erbe außerhalb seiner Reichweite … und er konnte sich keinen Weg denken, seine Faust darum zu schließen, es zu bezwingen und dort zu wohnen, ohne verrückt zu werden.

Bis jetzt.

Denn am heutigen Tag und kaum länger her als das Austrinken eines Kelches zur Feier des Tages hatte Ingryl unterschrieben. Und mehr noch. Faerod hatte einen eigenen Zauber benutzt – den mächtigsten unter der dürftigen Hand voll, welche er dank der verdrehten alten Ileendaera kannte – und dem Zauberer während des Unterzeichnens Blut abgezapft. Die Phiole hatte er sorgfältig versteckt, und endlich konnte Faerod es sich gestatten, sich von der in seinen Adern singenden Erregung überwältigen zu lassen.

Er stand auf den Zinnen, starrte nach Norden auf Burg Schwarzgult und erlaubte sich ein Lachen. Und das klang wenig freundlich.

»Mein Bruder hat mich geschickt«, flüsterte sie. Ihre großen Augen schimmerten dunkel, und ihre Haut wies die Farbe von ausgeblichenen Knochen auf.

Ingryl Ambelter lächelte sie an. »Und?«

»Ich soll Euch in allen Dingen dienen. Von jetzt an seid Ihr mein Herr und Meister.«

»Gut, dass Ihr das verstanden habt«, erwiderte der Magier und bewegte den kleinen Finger seiner rechten Hand. Lautlos verschloss sich die Tür hinter ihr, und ein sanftes Glühen – als seien unsichtbare Kerzen entflammt – verbreitete sich in der Luft und ein kleines Stück vor ihr, so dass sie beleuchtet in der Dunkelheit stand.

»Legt Euer Gewand ab, und lasst es fallen.«

Sie starrte ihn an, ihre Lippen teilten sich vor Schreck – aber dann, vermutlich nachdem sie den Ausdruck in seinen Augen gesehen hatte, gehorchte sie ihm, löste ihre Schärpe und die drei verzierten Gürtel, welche ihre Hüften umschlangen, und zuletzt ihr reiches Gewand. Es glitt ihr aus den Händen und fiel auf den Steinboden.

Sie erbebte unter seinem starren Blick und stand nackt bis auf ein Lendentuch und hohe, mit Gold geschnürte Stiefel aus geschmeidigem Leder vor ihm.

»Zieht auch die Stiefel aus. Entfernt sie und steht dann still.«

Sie schluckte, senkte den Kopf und folgte seinem Befehl.

Ingryl Ambelter schritt in seinen weichen Schuhen fast lautlos um sie herum. Eine seiner Hände strich über sein Kinn, die andere hatte er hinter dem Rücken zu einer Faust geballt.

»Smarelda, nicht wahr?«

»Ja, Herr. Die jüngste von uns dreien.«

»Ja. Eure Schwestern sind vor Euch hier gewesen und haben mir große Dienste erwiesen. Entfernt Euren Schmuck – samt und sonders, ganz egal, an welch geheimen Stellen er versteckt oder wie teuer er Euch ist. Ihr mögt ihn auf dem Schal dort auf dem Boden ablegen.«

Smarelda Silberbaum gehorchte ihm wiederum, kniete sich scheu nieder, und Ingryl Ambelter fuhr fort, sie zu umkreisen.

Als er ein weiteres Mal vor ihr stand, gab er keinerlei Bemerkungen zu ihrem Erröten oder den Stellen ab, vor welche sie in einem verspäteten Versuch, ihre Keuschheit zu schützen, die Hände gelegt hatte, sondern sagte barsch: »Folgt mir. Wendet Euch nicht zur Seite in andere Räume. Kommt.«

Und er wandte sich um und schritt über den glatten Steinboden des düsteren Ganges davon. Sie trat aus dem Licht, welches auf der Stelle erlosch und so ihre Angst steigerte, und folgte ihm.

Der Weg zog sich länger hin, als sie erwartet hatte, und führte durch zwei Bogengänge, welche von weiteren Gängen gekreuzt wurden. Plötzlich endete der Weg vor einem Türbogen, welchen eine schimmernde Kraft füllte, die seufzend in stille, leere Dunkelheit verging, als der Zauberer sich näherte, den Bogen durchschritt und sich schließlich zu ihr umdrehte.

Sie erkannte eine merkwürdige, verschlungene Kreidezeichnung auf dem Boden aus glattem, schwarzem Marmor, und zwei dunkle Metallstäbe, welche sich in einem seltsamen Winkel trafen, hingen von der unsichtbaren Decke herab.

»Tretet in die Mitte dieser Rune, und bleibt dort stehen. Aber hebt Eure Füße. Berührt *keinesfalls* die Kreide.«

Nachdem sie getan hatte wie geheißen, befahl er: »Schaut nach oben. Seht Ihr diese Stangen? Ergreift die Enden.«

Indem sie mit den Händen so weit wie möglich nach oben langte, ihre Fersen vom Boden hob und den Körper streckte, gelang es ihr gerade eben.

»Gut«, meinte der Magier und winkte lässig mit einer Hand. Plötzliche Energie erwachte in den Stangen und durchpulste sie, so dass sie zu zittern begann.

»Wenn Ihr die Stangen loslasst, sterbt Ihr«, bemerkte er ruhig. Dann trat er vor, ohne darauf zu achten, ob er die Kreide verwischte.

Smarelda ächzte vor Scham wie auch vor Schmerz und versuchte, die Hände von den Stangen zu lösen – musste aber feststellen, dass sie dies nicht vermochte. Sie war durch Magie gebunden wie auch von einer seltsamen Empfindung, welche gleichermaßen kalt wie warm in ihr aufstieg und bewirkte, dass ihr Haar sich von den Schultern hob und sie umwirbelte wie ein ruheloser Wald winziger Schlangen.

»Ja«, zischte Ingryl. »Jaaa.«

Er umkreiste sie ohne Unterlass und bemerkte dann so ruhig wie zuvor – obgleich Smarelda durch ihre Tränen sah, dass ihm Schweiß von Nase und Kinn tropfte und seine Augen wie zwei Flammen brannten: »Ihr seid sogar noch süßer als Eure Schwestern, meine Große. Sie hatten mehr Verstand, mehr Erfahrung, aber Ihr – Ihr verfügt über die Macht.«

»Macht, Fürst?«, keuchte sie, da sie spürte, dass sie ihm antworten musste.

»Ihr vermögt Magie zu wirken, deshalb ist Eure Lebensenergie viel stärker als ihre. Ihr werdet mich mehr als zwanzig Sommer länger am Leben erhalten, als mir eigentlich zustünde, und zudem mein Zaubertalent verstärken.«

Sie fühlte sich plötzlich schwach, und der dunkle Raum wurde noch dunkler. Ingryl Ambelter stellte die einzige Lichtquelle dar, da er regelrecht leuchtete.

»Was«, keuchte sie abgehackt, »geschieht mit mir, Herr? Was tut Ihr mit mir?«

»Ich nehme Euch das Leben, so wie ich es Euren Schwestern

nahm. Eure Lebensenergien haben mir ungewöhnlich viel Lebendigkeit, Kraft und Ausdauer gegeben.«

Dann meinte er spöttisch: »Ich *danke* Euch, Smarelda.«

Alles war nun dunkel, dunkel und kalt, raste hoch und aus ihr hinaus, und sie fiel … fiel …

»Mein Bruder …«, hauchte sie, und ihre Lippen fühlten sich plötzlich dick und schlaff an.

»Gab mir die unumschränkte Erlaubnis hierfür. Er kennt nicht die Wahrheit über Euer Opfer, weiß jedoch, dass die ›großen Zauber‹, welche ich wob, um das Schweigende Haus für ihn zu bezwingen, alle fehlschlugen und euch drei bedauerlicherweise in Wahnsinn und Tod trieben.«

Aber Smarelda Silberbaum hörte ihn nicht mehr.

Als der Zauberer wenige Atemzüge später von ihrem dunklen, eingeschrumpften Körper zurücktrat, fiel der in sich zusammen und ließ nur zwei leblose Hände zurück, welche sich noch immer um die Stäbe klammerten.

So viel Grausamkeit.

So viele heimtückische Gedanken, welche so dunkel und wie Schlangen durch die Nacht gleiten.

So kleinlich und so gierig.

Lasst uns das meiste davon vergessen. Sie hatten keine Vision, weder Faerod Silberbaum noch Ingryl Ambelter, welche über das Streben nach Macht hinausging.

Macht ist ein Hunger.

Und nagt an vielen, welche auch nur einen kleinen Fetzen davon erhaschen und sich so aus Hilflosigkeit und Hoffnungslosigkeit erheben in ihr helles Wahngebilde.

Macht zu erringen lässt viele Männer brennen vor dem Verlangen nach mehr, immer mehr …

Aber wenn ein Zauberer, ein König oder ein gesetzloser Söldner die Macht gewinnt, so müssen andere ihrer verlustig gehen – und dieser Verlust ist nur in den wenigsten Fällen freiwillig.

Deshalb wird so viel Blut vergossen in dieser Welt und so viel

Zeit verschwendet, indem man Schwerter schmiedet und vor Furcht flieht und zusehen muss, wie das Werk harter Arbeit in Flammen aufgeht.

Das alles bewirkt beinahe, dass ich mich abwende und nicht mehr um das Verhängnis kümmere, welches ich über Darsar hereinbrechen sehe.

Beinahe.

»Ja, Zauberer«, lachte der in seinem hohen Sattel sitzende Faerod Silberbaum. »Ja, mein Meisterzauberer, Ihr habt es vollbracht!«

Ingryl Ambelter grinste zu dem Fürsten hoch. Um ihn herum raste immer noch der Kreis grünen zauberischen Feuers, welcher Hunderte von Rittern und Soldaten aus Schwarzgult umgebracht hatte. Er fragte: »Habe ich Euch nicht den Sieg versprochen?«

»Das stimmt«, brüllte Fürst Silberbaum, »und somit habt Ihr diesen Handel zu dem besten meines Lebens gemacht!« Er schlug mit einem blutigen Panzerhandschuh durch die Luft und zerrte so heftig an den Zügeln, dass sich sein großes Schlachtross aufbäumte und mit den Hufen ausschlug.

Denn drei Hügel weiter lagen die Toten von Schwarzgult verstreut, und die Geier ließen sich dort nieder, wo die Silberbaumsoldaten nicht die Verwundeten erstachen – und niemand hatte gesehen, dass der Goldene Greif von dem Schlachtfeld entkommen wäre.

Das Ross des Fürsten scheute vor Ambelters flammender Magie, wandte sich von ihm ab und bockte; Faerod Silberbaum lachte bellend und benutzte die Magie in seinem linken Panzerhandschuh, um es am Durchgehen zu hindern.

Das Tier zitterte und zuckte unter ihm, als der Zauber zu wirken begann, und der Fürst schüttelte ein weiteres Mal triumphierend den Panzerhandschuh, welchem die knochenbrechende Zauberkraft innewohnte.

»M-mein Fürst?«, fragte ein Ritter, in dessen Stimme mehr als nur ein Anflug von Furcht mitschwang. »Ihr wolltet, dass man Euch dies hier zeigt.«

Der Mann hielt einen gespaltenen, vom Feuer geschwärzten Helm und einen halb geschmolzenen Anhänger an einer großen Kette hoch – und auf beiden blitzte noch immer der fröhlich lächelnde Greif.

»Wo wurden die gefunden?«, zischte Ambelter.

Der Ritter schaute ihn an. Der Zauberer war nicht der Fürst, aber kein Mann, welcher seinen Verstand beisammen hatte, würde mit einem verärgerten Zauberer streiten, dessen Zauberfeuer immer noch in einem Kreis um ihn herumloderte.

»A-auf einem Leichnam dort drüben, Euer Gnaden«, erklärte er hastig, »auf der Kuppe des Hügels – genau dort, wo unsere Männer die Toten umdrehen, seht Ihr? Dort liegt ein großer Haufen von Toten, welche alle verbrannt und zusammengewürfelt dort liegen, wo Euer letzter Blitz einschlug, und …«

Er nickte bedeutungsvoll in Richtung der Gegenstände in seiner Hand.

Faerod Silberbaum warf den Kopf in den Nacken und stieß ein Triumphgebrüll aus, welches bewirkte, dass seine Männer überall auf dem Schlachtfeld die Köpfe umdrehten.

Sein Ross schnaubte und schlug wieder mit den Hufen aus, woraufhin der Ritter eilig zurückwich. Der Fürst zeigte auf ihn und lachte. »Wickelt das in einen Umhang und bewahrt es für mich auf! Los, nun macht schon!«

Der Ritter verbeugte sich, nickte und ging eilig davon.

Ingryl Ambelter blickte dem Mann nach, drehte sich dann zu seinem Herrn um und sagte leise: »Einen Sieg habe ich für Euch errungen, Fürst, aber bislang habe ich im Hinblick auf einen anderen versagt.«

Faerod Silberbaum schaute den Zauberer an. »Nämlich?«

»Trotzdem Eure Schwestern starben, habe ich noch keinen Weg gefunden, um das Schweigende Haus zu zähmen – noch nicht.

Ich habe einen Plan, Burg Silberbaum so lebendig vor Magie und Euch so gehorsam zu machen, wie das Schweigende Haus das sein sollte, aber – das wird Euch eine Tochter kosten.«

»Magier«, antwortete Faerod Silberbaum immer noch fröhlich.

»Sie ist die Eure, aber ich habe nur diese eine. Sie muss Euch reichen, selbst wenn Euch Fehler unterlaufen, denn ich habe keine mehr, welche ich aufsparen könnte.«

Dann neigte er den Kopf und schaute in Ambelters Gesicht, und beide Männer sagten wie aus einem Mund: »Bisher noch nicht.«

Dann brüllte der Fürst wieder vor Lachen. »Nehmt meine Töchter! Nehmt sie alle – ich werde mich noch in dieser Nacht daran machen, neue zu zeugen! Ihr werdet eine von ihnen zu einem Echo des Fluches vom Schweigenden Haus machen?«

»Zu einem Euch gehorchenden Fluch, ja. Eure Tochter Embra oder eine zukünftige Tochter wird zur Lebenden Burg werden – sofern sie das Talent zur Zauberei aufweist.«

Faerod Silberbaum runzelte die Stirn. »Also muss ich mich mit Zauberinnen einlassen?

Ich weiß nur von dreien – ziemlich hochmütigen Biestern noch dazu – in Sirlptar, und sie zu besteigen wird drei Schlachten erfordern, welche sich mit dieser hier messen können!«

»Nun, was das betrifft«, schnurrte der Zaubermeister von Silberbaum, »so habe ich einen Plan ...«

Zwei

Dunkle Zauberer in einem dunklen Haus

»Ich glaube«, knurrte Ezendor Schwarzgult und drehte sich unter Schmerzen um, so dass die Weise Frau die große Wunde, welche ein Schwerthieb hinterlassen hatte, zunähen konnte, »der richtige Ausdruck dafür lautet ›stechende Niederlage in der Schlacht‹. Und sie wurde uns nicht durch den großen Fürsten der Kälte zugefügt, sondern durch seinen Zauberer, trotz Faerods vergoldeter Rüstung und seiner verzauberten Panzerhandschuhe.«

Der Ritter, welcher neben ihm lag, kicherte, stöhnte dann aber schmerzlich. Die alte Frau schimpfte: »Ich habe Euch gewarnt, Dummkopf! Nun liegt still, und denkt weniger begeistert darüber nach, Aglirta aufzuteilen!«

»Wenn wir nicht Eure List und die von Euch angeheuerten Zauberer gehabt hätten«, spottete der Ritter, welchem die Worte schwer fielen, da sein Mund sich mit Blut füllte, »wären wir *alle* ...«

Der Goldene Greif lag still da und lauschte. Zwei lange, widerstrebende Atemzüge später fragte er die Weise: »Tot?«

»Noch nicht ganz«, kam die säuerliche Antwort. »Aber ihr alle bemüht euch redlich zu sterben – und es steht so um sie, weil sie Euch lieben und Euch treu ergeben sind, Fürst Schwarzgult. Ihr habt ihnen befohlen, in den Krieg zu ziehen.«

Er rührte sich nicht trotz ihres Tadels und sagte schließlich leise: »Ihre Aussicht hätte nach meinem Tod oder meiner Flucht darin bestanden, sich mit der Herrschaft des Faerod Silberbaum abzufinden.«

»Gibt es nicht ein weitaus schlimmeres Los?«

Ezendor Schwarzgult lag still da und starrte die Wand an.

»Nein«, sagte er schließlich. »Nein, das glaube ich nicht.«

»Zwei entbehrliche Helfer sollten ausreichen? Dann werbt sie an!«, sagte der Fürst Silberbaum scharf. In ihm brannte immer noch das Feuer seines Sieges über Schwarzgult. »Meine Geldtruhen stehen Euch offen, Magier!«

Ingryl Ambelter lächelte und beugte den Kopf. »Meinen Dank, werter Fürst.«

»Angenommen – und ich erwarte, in Bälde wieder *Euch* danken zu können, Ingryl, wenn Ihr mir helft, Fürstentum auf Fürstentum, Baronie auf Baronie zu zerschlagen, bis wir ganz Aglirta erobert haben! *Das Land ohne König wird wieder einen Herrscher bekommen!*«

Faerod war von seinem eigenen Satz so eingenommen, dass er vom Thron aufstand und ihn mehrere Male wiederholte.

Ingryl achtete sorgsam darauf, dass er die Kammer verlassen hatte und außer Sicht der Wachen gelangt war, bevor er die Augen verdrehte.

»Ihr gehorcht dem Fürsten Silberbaum in allen Dingen«, erklärte Ambelter den beiden geringeren Zauberern, »und zwar aufgrund eines Vertrages und wegen der Vorkehrungen, welche wir, wie wir alle wissen, getroffen haben.«

Er schnippte mit den Fingern, und sie alle befanden sich von einem Moment zum anderen – woanders.

An einem Ort, an welchem es verwitterte steinerne Gräber gab, die sich zwischen hohen Gräsern erhoben, außerdem Kletterwein und große Mengen von Dornbüschen. Erschreckte Vögel schwirrten nur wenig schneller davon, als die große Felsschlange, welche sich auf einem Grabstein gesonnt hatte, hinab und in ein Versteck glitt.

»Wie dem auch sei, der Fürst begleitete uns nicht. Er wird uns zweifellos magisch im Auge behalten, aber er wird nicht mit uns gehen, wenn wir uns *dort* hineinbegeben.«

Er wies auf eine hohe, dunkle Steinwand, welche sich auf der Spitze des Hügels erhob.

»In seiner Abwesenheit müsst ihr mir vollkommen gehorchen.

Ich bin der Bannmeister von Silberbaum, und als solcher habe ich die Oberherrschaft über alle magischen Angelegenheiten auf silberbaumschen Ländereien. Und ich kann euch ebenso gewiss wie schmerzhaft töten wie Faerod Silberbaum. Tatsächlich vermag ich euch erheblich schneller umzubringen. Behaltet das im Gedächtnis.«

Er schritt vorwärts und winkte ihnen zu, ihm bis zu einem großen, flachen Grabstein zu folgen. Trotz der Risse in der Oberfläche und des Umstandes, dass Hunderte von aglirtanischen Wintern den Stein gehoben hatten, bot er dennoch eine halbwegs gerade Fläche zum Stehen.

»Wirkt eure Zauberbanne«, befahl Ingryl Ambelter, »und verbindet euch mit mir.«

Wann auch immer Klamantel Beirldoun oder Markoun Yarynd als Mittelpunkt einer Gedankenverbindung der im Volksmund mittlerweile als Faerod Silberbaums Dunkle Drei Bezeichneten dienten, winselten und wankten sie, sobald sich die Verbindung aufbaute. Aber Ingryl Ambelter stand stolz und reglos da und hob angesichts des einsetzenden Gedankenstroms lediglich eine spöttische Braue, während ihn die beiden anderen Männer anstarrten.

Der stille, solide, kaltäugige Klamantel war der ältere und mächtigere der beiden, während der jüngere Markoun ein hitzigeres Temperament sein Eigen nannte, schneller zu Taten bereit war und den größeren Ehrgeiz besaß. Markoun schien beinahe zu gut auszusehen, um ein Magier zu sein, und Ingryl wusste mit Sicherheit, dass er bereits Eroberungen unter den Dienerinnen hatte verbuchen können. Sollte der mächtige Markoun zu viele delikate Gedankenzauber in weiblichen Köpfen hinterlassen haben, als Ingryl wieder zu entfernen vermochte, dann würde sich die Geduld eines gewissen Bannmeisters sehr bald erschöpfen.

»Wir betreten das Schweigende Haus nicht zum Besichtigen noch zum Zerstören irgendwelcher Dinge – obwohl ich mir sicher bin, dass wir uns bald in Zauberschlachten verwickelt wiederfinden werden, welche ausreichen, um eure Köpfe samt aller dareingestopfter Zauberbanne auf die Probe zu stellen. Wir gehen hinein, um so viel Magie wie möglich aufzuspüren, denn unsere Spähzauber haben uns Blitzen und Glimmern sonder Zahl gezeigt! Dann verlasst das Haus wieder. Verweilt keinesfalls darinnen, um einen Feind zu töten oder etwas heimzuzahlen, wenn uns jemand – oder etwas – angreift. Wenn ihr nicht einverstanden seid, dann kappe ich mit Freuden das Gedankenband, sobald wir im Haus sind, und überlasse es demjenigen, welcher anderer Meinung ist, sich seinen gewiss erheblich erfolgreicheren Weg nach draußen allein zu suchen.«

Zwei Köpfe nickten. Keiner der beiden Zauberer sagte ein Wort.

Ambelter nickte ohne zu lächeln und wirkte einen raschen Zauber, welcher ihre Stiefel einen guten Fuß breit über den Boden hob. Er schritt durch die Luft voraus in die wartende Dunkelheit.

»Horl«, schluchzte Dlanazar nachgerade, als schwielige Hände ihn herumdrehten und etwas in seine Hand drückten, »was habt Ihr – was ist das?«

»Während Ihr es geschafft habt, die Decke auf unsere Köpfe stürzen zu lassen«, sagte der ältere Schatzjäger grimmig, »habe *ich* den Schatz aufgelesen – für dieses Mal. Nicht die Edelsteine, die habe ich nämlich fürs Erste liegen lassen. Es geht um etwas viel Wertvolleres. Haltet das Ding in Euren Händen gut fest. Ja, es ist ein Metallstab, und ja, das Ende, welches von Euch wegzeigt, ist gefährlich, also richtet es nicht auf *mich*, danke! Und wenn Ihr wieder richtig sehen könnt, dann richtet es auf eins der Mäuler der Ungeheuer dort drüben und denkt an Feuer ... vorwärts hüpfendes Feuer, ja?«

»Die Dreifaltigkeit möge mir helfen! Ich werde nichts *sehen* können!«

»Oho«, keuchte Horl, als er Dlanazar hastig um eine weitere Säule zerrte, während etwas Stinkendes um sie herumwirbelte, »die Mäuler werden nicht schwer zu finden sein. Riecht Ihr den Atem? Wenn Ihr Zähne spürt, welche sich um Euch schließen wollen, dann löst einfach den Zauberstab aus!«

Dlanazar wischte sich in äußerster Hast über die Augen, schaute ... und stolperte mit einem entsetzten Schrei zurück.

Eine purpurfarbene Zunge wand sich obszön nur vier Schritte entfernt in einem weit klaffenden Maul, dessen Kiefer von seinen Knien bis zu seinem Brustkorb gähnten. Kiefer, welche sich bedrohlich auf ihn zubewegten, da sie sich in einem dunklen Schlangenkopf auf einem Hals befanden, welcher so dick war wie ein Maulesel. Und es gab auch noch einen zweiten Hals und ein weiteres Paar Kiefer in dem zusätzlichen Kopf, welcher sich mit wie kalte Sterne inmitten glitzernder Schuppen glänzenden Augen in Richtung Horl zurückrollte.

»*Jetzt*, Junge! Denkt an das Feuer! Dieses Untier ist ein Küken, kein voll ausgewachsenes Ungeheuer! *Gebt ihm Feuer!*«

Während Ihr was tut? Dlanazar verbannte diesen zornigen Gedanken und ließ ihn unausgesprochen. Er biss die Zähne zusammen, als sich die lange, spitze Schnauze näherte, und dachte an Feuer.

Wütendes, vorwärts schießendes Feuer, rasende Flammen …

Der Stab in seiner Hand explodierte in weiße Funken und einen zustoßenden Strahl sengender, brüllender Weiße, welcher in nichts den fröhlichen orangegoldenen Flammen glich, welche er sich vorgestellt hatte. Der Strahl drang in das klaffende Maul vor ihm ein.

Der Nachtlindwurm erbebte und warf den Kopf zurück. Ein zischender Schmerzensschrei entrang sich seiner stinkenden Kehle. Dlanazars dahinschießender Feuerstrahl brannte sich in die obere Mundhöhle ein und zerschmolz das sogleich in wild herumwirbelnden Rauch aufgehende weiche Fleisch. Das Ungeheuer versuchte, den Kopf freizuschütteln von dieser quälenden Nadel des Schmerzes.

Zur gleichen Zeit fuhr sein anderer Kopf nieder …

… und Horl trat neben Dlanazar. Er hielt etwas golden Glühendes in den Händen, flüsterte leise ein paar Worte darüber …

… und die Luft um den auf Dlanazar niederfahrenden Kopf mit den sich zum Zuschnappen öffnenden Kiefern herum füllte sich plötzlich mit wirbelnden goldenen Scherben. In Metallklingen mit zwei Enden, welche herum und immer wieder herum und durch den Kopf rasten wie eine tödliche, rasiermesserscharfe Wolke.

Der Kopf bewegte sich schnell, und die Klingen folgten ihm. Horl bellte: »Bleibt, wo Ihr seid!«, als Dlanazar gerade einen Schritt rückwärts machte, um sich umzuwenden und zu fliehen.

Der zweite Kopf des Nachtlindwurms verging zu einer Wolke aus Blut, herumfliegendem Fleisch und zerschredderten Schuppen, und Horl stieß einen Fluch aus und zog das goldene Ding über seine Brust.

Und der wirbelnde Sturm aus goldenen Klingen raste durch die Luft und schnitt in die rauchenden Überreste des ersten Kopfes, denn Dlanazars Feuer zuckte gerade und ließ von dem Untier ab.

Dlanazar beobachtete die Schlächterei mit weit offen stehendem Mund, bis der letzte Kopf des Nachtlindwurms in einer Wolke von Blut verschwunden war. Der lange Hals des Lindwurms zuckte zurück und gesellte sich zu dem anderen, welcher vor Schmerz wild ausschlagend die Säulen peitschte und überall in dem Raum riesige Blutspritzer verteilte.

»Gut«, knurrte Horl und zerrte an Dlanazars Schulter. »Jetzt könnt Ihr fliehen. Diesen Weg entlang und dort hindurch, bevor all der Lärm andere …«

Er wuchtete eine Tür auf – und sprang zurück. Gleichzeitig stieß er einen Fluch aus, welchen Dlanazar nicht verstehen konnte.

In dem dunklen Gang vor ihnen wartete etwas, das wie ein großer Haufen Tauwürmer aussah. Viele feuchte, glitschige Tentakel – sofern es sich denn um solche handelte mit ihren Unmengen kleiner Augen und Münder – hatten sich ausgedehnt, um die Tür aufzuzwingen. Sie fielen feucht klatschend in den Raum herein, drangen durch die Tür und hinderten Horl so daran, sie wieder zu schließen.

»Feuer, Junge, so wie eben!«, befahl der alte Mann knapp und hob wieder seine goldene Kugel mit den vielen Griffen. »Das da ist noch viel gefährlicher als der Nachtlindwurm!«

Dlanazar stöhnte vor Angst und übergab sich, ohne sich dessen so recht bewusst zu werden. Dann hob er die zitternden Hände und zwang sich dazu, an Feuer zu denken … Feuer … glitzernde Windungen langten nach ihm – nein *nein* nein, *Feuer …*

Seine Welt explodierte in einem Brüllen, welches ihn nach hinten schleuderte, so dass er unter Funkengestiebe über eine weite Fläche geschleudert wurde. Säulen rasten an ihm vorbei, dann niederstürzende Glühsteine, hüpfende Münzen ... bis er in etwas Dunkles, Feuchtes und Stinkendes prallte, das unter ihm wankte und bebte und gerade genug Widerstand leistete, um seine taumelnden Glieder aufzufangen und weiterzuschleudern.

Dlanazar Duncastle traf mit den Knien hart auf steinige Trümmer und rollte weiter. Seine Hände fühlten sich an, als stünden sie in Flammen, und die Schmerzen waren schlimmer als alles, was er je zuvor im Leben gespürt hatte ... und ihn hatte gerade der Körper eines sterbenden Nachtlindwurms vor einem tödlichen Zusammenprall mit einer Säule bewahrt, und das stinkende Blut hatte ihn durchtränkt. Sein Feuerstab war irgendwie explodiert, und der alte Horl hatte gerade noch neben ihm gestanden ... er war dem Untergang geweiht, alle beide waren sie tot oder dem Tode geweiht, und er würde niemals ...

Irgendwo auf der anderen Seite des Raums hörte er den alten Mann aus vollem Herzen fluchen und dann folgende Worte sagen: »Ich hätte es besser wissen müssen, als verfluchter Magie zu trauen!«

Dlanazar warf den Kopf hoch, kippte beinahe von den Trümmern und sah, wie Horl das goldene Ding wegwarf, welches Rauchfäden hinter sich herzog. Dann zog der alte Mann wieder sein verbeultes Schwert.

Ein verbeulter alter Mann mit einem verbeulten Schwert, dachte Dlanazar und kicherte angesichts dieser schieren Dummheit.

»Dlanazar, Junge!«, brüllte Horl über die Schulter, ohne sich umzudrehen. »Ich höre Euch! Steht auf und kommt herüber – ich bin zu alt, um allein Leichensauger zu zerhacken!«

Verwirrt und voller Unglauben schüttelte Dlanazar den Kopf und kämpfte sich auf die Füße. Der Schutt bewegte sich unter seinen Stiefeln, und er fiel augenblicklich aufs Gesicht. Seine Haut schmerzte wie die Hölle, genau wie seine Hände, aber alles schien vorhanden und brauchbar zu sein. Er kam wieder auf die Füße und stolperte unsicher von dem Trümmerhaufen hinunter. Dabei beäugte er misstrauisch den schwach zuckenden Körper des kopflosen Nachtlindwurms.

Auf halbem Weg zu Horl trat er in ein Loch im Boden, welches vorhin nicht da gewesen war, und beinahe wäre er wieder gestürzt. Edelsteine regneten rasselnd auf die Steinplatten um seine Stiefel herum, als er das Gleichgewicht zu wahren versuchte und beinahe auf etwas Ekelerregendem ausglitt, bevor er sein Schwert zückte und weitertrottete.

Der – der Leichensauger, wie Horl ihn genannt hatte, befand sich immer noch in der Türöffnung. Seine Vorderseite schien geschwärzt und zerschmolzen, und rauchendes Blut triefte auf den Boden … und von einem Großteil seiner wurmartigen Tentakel waren nur noch abgehackte Stümpfe übrig oder niederbaumelnde zerfetzte Überreste. Ihre Magie war zwar erstorben, aber nicht ohne beträchtlichen Schaden anzurichten.

Das Wesen bäumte sich auf wie ein großer Teppich aus Tentakeln und versuchte, seine unverletzte Hinterseite nach oben und über seine zerrissene Vorderseite zu schwingen und so Horl zu erreichen. Dutzende von Tentakeln krümmten sich hungrig nach vorn … und die Decke des Ganges war hoch genug, ihnen ausreichend Raum zu bieten.

»Können wir nicht einfach wegrennen?«, schrie Dlanazar im Laufen. »Durch eine andre Tür?«

Horl drehte den Kopf. »Und Eure Edelsteine zurücklassen?«

»*Verflucht* seien die Edelsteine!«, schnappte Dlanazar. »Verflucht seien die verfluchten Edelsteine! Lass uns so verflucht schnell wie möglich von hier *verschwinden*, alter Mann!«

Horl schüttelte sich wie ein Hund, welcher sich von Flusswasser befreit, wies dann quer durch den Raum und sagte lebhaft: »Zu dieser Tür dort drüben. Passt aber auf die gekennzeichneten Bodenplatten auf.«

Dann schlug er auf ein paar Tentakel ein, trat zurück und schlüpfte hinter einer Säule durch, um die Tür zu erreichen, auf welche er gezeigt hatte.

Ein oder zwei Tentakel ringelten sich hinter ihm her, sanken dann aber zu Boden.

Dlanazar schluckte, bezwang seine bebende Wut und schickte sich an, die Bodenplatten genauestens zu mustern.

Es begann in dem Augenblick, als sie über die Türschwelle traten. Der Schwebebann des Zaubermeisters bewahrte sie davor, in Fallgruben zu stürzen, und hielt zweifelsohne viele der zustoßenden und niederfallenden Klingen ab. Aber der Schild, welchen Ingryl Ambelter über ihnen gesponnen hatte, wurde von zahlreichen riesigen Steinblöcken getroffen – von welchen manche an langen Ketten hingen, so dass sie wieder hochgezogen werden konnten, um auf den nächsten Eindringling zu warten.

Maedra brachen mit ausgestreckten Krallen und gefletschten Zähnen aus den Wänden, geisterhafte Schatten flogen bedrohlich auf die drei Zauberer zu, zuckende Hände im Dunkel schleuderten magische Brände, Blitzpfeile und verdrehte Umformungszauber, welche an den Dunklen Drei zerrten.

Und dann war da noch das Flüstern. Worte, welche von Liebe sprachen, von Reichtum und von Macht; Feinde wanden und ergaben sich, Frauen boten sich an, Städte häuften Schatzkiste auf Schatzkiste … und Zauberer wandten sich ihnen voller Ehrfurcht und Bewunderung zu und boten Zauberbücher an, welche man nur aus Sagen kannte und seit Jahrhunderten vergeblich gesucht hatte … Macht … unvergleichliche Macht …

Und mit dem Flüstern kamen Bilder, eine Abfolge von Schrecken – Ritter, welche von schwebenden, heranschießenden Klingen in Stücke gehackt wurden, obwohl keine sichtbare Hand sie führte; Zauberer, denen zischende Maedra Körperteil für Körperteil ausrissen; Beschaffer, welche Finger, Hände, Arme und sogar Köpfe verloren – blutüberströmt Rutschen hinunterglitten – hinein in verborgene Klingen … und all dies spielte sich in dem Schweigenden Haus ab, und all das wartete auf die Dunklen Drei.

Hinter dem Flüstern und den Bildern ragte der dunkle, titanische Geist, welcher sie ausgesandt hatte, über ihren eigenen Gedanken auf und glitt in die Gedankenverbindung.

Ingryl Ambelter stellte überrascht fest, dass er die Arme ausstreckte, um einen Zauberbrand willkommen zu heißen, kurz bevor der explodierte …

Klamantel Beirldoun taumelte zurück, nachdem er lächelnd seine Eingeweide einer rostigen Klinge dargeboten hatte, die von einem von nichts Menschlichem stammenden Skelett geschwungen wurde …

Markoun Yarynd sprang entsetzt von einer Maedra zurück, welche zu umarmen er sich angeschickt hatte …

Und der Zaubermeister wischte sich den in Strömen über sein Gesicht laufenden Schweiß ab und wurde vollends hellwach vor Entsetzen, denn es, nein SIE – befand sich gemeinsam mit ihnen in der Gedankenverbindung! Und mit jedem Augenblick, welcher verstrich, flossen seine Erinnerungen aus ihm hinaus und von ihm fort, versammelten sich für immer in der dunklen, sich bedrohlich abzeichnenden Säule, welche jetzt ganz dicht vor ihm …

»Hinaus!«, schrie er. »Hinaus mit euch!« Und er spann den stärksten seiner übrig gebliebenen Schutzzauber und benutzte dessen knisternde Linien, um sich die Zeit zu erkaufen, den Zauber für den Rückzug zu weben. Mit diesem Bann hätte er sich beinahe nicht abgegeben, da er nie geglaubt hätte, etwas derart Verzweifeltes anwenden zu müssen, und noch dazu Hals über Kopf.

Drei keuchende Zauberer mit weit aufgerissenen Augen in den zerfetzten Überresten ihrer Kleidung taumelten gemeinsam in die Zauberkammer mit der Gewölbedecke auf Burg Silberbaum. Je nach Temperament wimmerten oder knurrten sie vor Furcht und taumelten auseinander, wobei sie zitternd in die leere Luft griffen.

Ingryl Ambelter schritt verängstigter als je zuvor in seinem Leben durch das Zaubergemach. Sein Verstand war verwüstet, seine Zauberkraft in einem solchen Ausmaß beeinträchtigt, dass er es nicht wagte, jemanden davon zu unterrichten. Wenn die beiden bemitleidenswerten Jämmerlinge nicht das gleiche Verhängnis ereilt hätte, dann hätte er fürchten müssen, von einem der beiden gedemütigt zu werden, was die Zauberei betraf. Und wenn Faerod Silberbaum je erfuhr, wie geschwächt sein Zaubermeister aus dem Schweigenden Haus zurückgekommen war, wäre es ihm ein Einfaches, zwei Fürstentümer zurückzufordern, sich ein drittes zu sichern und außerdem noch einen Anteil an Sirlptar.

Aber wie die Dinge standen, hätte Ambelter sich keine Sorgen zu machen brauchen. Faerod lag, alle viere von sich gestreckt, in seinem eigenen Mageninhalt und seinen eigenen Ausscheidungen. Ihm troff der Speichel aus dem Mund, seine Augen blickten glasig. Von Zeit zu Zeit schluchzte er, als könne sein Hirn sich nicht daran erinnern, wie aufgebracht er war, und verschaffe sich nur Luft, wenn undeutlich etwas aus seinen Tiefen heraufdämmerte.

Er vermochte sich nicht genau an das zu erinnern, was den Dunklen Drei widerfahren war. Er wusste nur, dass es sich um etwas Entsetzliches – *Entsetzliches* – gehandelt hatte und beinahe und in Windeseile tödlich ausgegangen wäre. Was auch immer SIE sein mochte, SIE konnte willkürlich ihr Leben fordern oder schlimmer noch – ihren Verstand, und sie dann zurück nach Aglirta schicken, auf dass sie IHR dienten und Schaden anrichteten! Irgendwie hatte Ambelter es fertig gebracht, sie alle herauszuholen, sonst hätte er es nie gewagt, ihnen zu befehlen, das Schweigende Haus erneut zu betreten.

»Ich – ich habe meinen Glühstein verloren!«, keuchte Dlanazar. »Und die Laterne ebenfalls.«

Horl sah ihn für einen Augenblick ausdruckslos an. Dann versenkte er eine Hand in einer Gürteltasche und zog einen Stein hervor.

Dlanazar starrte ihn an, dann auf den bereits glühenden Stein in der anderen Hand des alten Mannes.

»Wie viele Glühsteine haben wir?«

»Vier«, antwortete der ältere Schatzjäger schroff. »Wie ich Euch sagte, habe für dieses Mal ich die Schätze abgepflückt. Während Ihr Euch damit amüsiert habt, Euch in dem Raum herumzurollen und mit Eurem Kopf Steinblöcke herunterzupflücken, wisst Ihr noch?«

Zorn stieg in Dlanazar auf, aber er gab ihm nicht nach und fragte nur erschöpft: »Und was für weitere Schätze habt Ihr gefunden, wenn man von dem Feuerstab absieht, welchen ich zerbrach, und dem Klingending, welches Ihr zerbrochen habt?«

Horl griff in einen anderen Beutel und klatschte mit ausdrucksloser Miene eine Hand voll grüner Orblouns von der Größe von Dlanazars Daumen in die Handfläche des jungen Mannes. »Diese da«, erklärte er kurz. »Als ich sah, dass Ihr die meisten der Jelzaster fallen ließet und Euch auf dem Rest von ihnen herumwälztet.«

Dlanazar verspürte plötzlich den Drang, laut zu lachen. Er unternahm einen Versuch, aber Horl schlug ihm leicht auf den Arm und grollte: »*Genug* des Lärms. Es sei denn, Ihr wollt gegen noch etwas kämpfen. Jetzt folgt mir hier hindurch ...«

Dlanazar verstaute die Edelsteine eilig in einer Gürteltasche, nestelte wegen des um seine Hüften geschlungenen Seils sorgfältig daran herum, um das Behältnis auch wirklich zu verschließen, und folgte dem dahinschlurfenden alten Mann. »Wie konntet Ihr wissen, wo die zu finden waren? Und wie vermochtet Ihr ...?«

Horl wirbelte herum. »Junge, willkommen in der Welt, in welcher der Rest von uns lebt, wo die Dreifaltigkeit auf jede Eurer Launen herablächelt und nichts sich so ereignet, wie Ihr Euch das gedacht habt. Prägt Euch das gut ein: Nichts ereignet sich so, wie Ihr Euch das gedacht habt.«

Diese mitfühlenden Worte hallten immer noch durch den schmalen Gang, in dem sie sich befanden, als eine mit Krallen bewehrte Hand so groß wie Dlanazars Kopf aus der Wand neben Horl brach und nach ihm langte – und der alte Mann warf geschickt seine zerbeulte alte Klinge von der rechten Hand in die Linke und schlug die Krallen wütend von sich weg.

Aus dem Inneren des Steins drang ein gedämpfter Schrei, aber das Geheul verstummte, nachdem die blutüberströmte Hand wieder in den Stein zurückgezogen worden war. Der Stein wellte sich kurz, dann sah er so glatt aus wie zuvor.

Dlanazar starrte in Horls ruhiges Gesicht und dann auf die Klinge des alten Mannes. Sie triefte von dem Blut eines unbekannten Ungeheuers, aber Horls linke Hand hielt sie aufrecht und bereit.

Die Schilde des Bannmeisters waren bei seinem Verschwinden explodiert, und die nicht geschleuderten Banne der Geisterzauberer hatten in der Kammer gewütet und Dutzende Maedra verwundet oder getötet.

Eine nach der anderen sackte zu Boden oder kippte vornüber, eingefroren im Tod, noch während sie erst zur Hälfte in den Stein eingetaucht waren. Steinblöcke stürzten von der Decke nieder, als seien sie zu erschöpft, um länger dort oben zu bleiben.

Im Herzen der Zerstörung schwankte eine große, dunkle und schlangenähnliche Gestalt in noch viel größerer Müdigkeit. Die Arau war sehr alt, und schiere Wut reichte nicht aus, sie am Leben zu halten angesichts der zerstörerischen Magie. Sie hätte sich nie vor den drei Eindringlingen verbergen können, sonst wäre sie nicht die Arau gewesen ... aber das Alter hatte sie stärker geschwächt, als sie angenommen hatte.

So wie es auch vielen Menschen widerfährt.

Die Arau lehnte sich gegen eine geborstene Wand, glitt langsam nach unten in einen unordentlichen Haufen von Windungen und trieb in einen immer tiefer werdenden Schlaf. In den langsamen Abstieg in die Dunkelheit, aus welcher es kein Erwachen mehr gibt ...

Die Empfindung, welche vor langer Zeit Yuesembra Silberbaum gewesen war, saß gefangen in diesem stillen, sich vertiefenden Untergang, und sie wusste, was sie erwartete.

Verzweifelt zog sie alle Energie aus dem sterbenden Körper, schleuderte sie in ihre Sinne und ihre Zauberkraft, um einen bebenden Spähzauber so weit auszusenden, wie sie das vermochte ... auf der Suche nach einem neuen Wirt, irgendeinem Wirt, bevor die Arau starb.

Suchte ... dehnte sich aus ... suchte ... verzweifelt ... und *fand*.

Weit weg am südlichen Ende des Schweigenden Hauses, wo die

Maedra neue Flügel bis in die Wälder hinein geschaffen hatten, war in der Nacht zuvor ein alter Mann zögernd eingedrungen, da er Schutz vor dem strömenden Regen suchte.

Und weil das Haus einen guten Unterschlupf geboten hatte, wanderte er nun neugierig durch das Dämmerlicht. Eignete sich das Haus vielleicht auch als Wohnstätte? Während seiner Wanderung schien der Körper des alten Mannes von Zeit zu Zeit die Gestalt zu verändern – und wo die meisten Eindringlinge den größten Teil ihrer Aufmerksamkeit auf die Furcht vor den vor ihnen liegenden Gefahren richteten, nämlich tiefer im Innern des Hauses, schaute dieser furchtsam nach hinten, als fürchte er, man mache von Aglirta aus Jagd auf ihn.

Mit letzter Kraft sandte Yuesembra einen Gedanken aus.

Der alte Mann erstarrte, hob den Kopf und runzelte die Stirn. Plötzlich schien es ihm so, als kenne er den vor ihm liegenden Weg, als *erinnere* er sich daran …

Das konnte nicht sein. Er wusste sehr gut, dass er diese Hallen und Räume nie zuvor gesehen hatte. Aber von Zuversicht ergriffen eilte er weiter zu den prächtigeren Hallen, von welchen er wusste, wo sie sich befinden mussten. Dann eilte er zu den wartenden Schächten und Treppen, welche zu Galerien führten, und zu zerborstenen Gemächern, in welche mit Früchten beladene Bäume eingedrungen waren.

Er kam zu einem Ort, in dem immer noch aufgewirbelter Staub trieb, als hätte hier ein Kampf stattgefunden, und die Leichname von Ungeheuern lagen überall verstreut. Er erkannte eine Schlange, welche so groß und dunkel war, dass er auf den ersten Blick glaubte, sie sei Teil des Bodens und der Wände.

Er wusste, dass er sich eigentlich vor Entsetzen hätte zusammenkauern müssen, aber alles schien ihm so tröstlich bekannt … und dort auf dem Boden, neben dem spitzen Ende des großen Schlangenschwanzes, lag etwas Kleines, Wunderschönes.

Die Figur einer Frau – gerade eben so lang wie seine Hand und aus einem dunklen Stein gemacht. So glatt und exquisit geschnitzt, dass sie beinahe lebendig wirkte … sofern es je wunderschöne, sich zufrieden zurücklehnende nackte menschliche Frauen von solch geringer Größe gegeben hatte.

Er hob die Figur vorsichtig auf und bewunderte ihre Schönheit und die sich offenbarende Handwerkskunst. Sie sah wirklich wunderschön aus … und auf ihrem Rückgrat waren winzige Buchstaben zu erkennen: »Yuesembra Silberbaum«.

Kaum hatte er die Worte gelesen, zerbröckelte die Figur in seiner Hand zu Staub und verging binnen eines Seufzers.

Und den alten Mann überwältigte eine plötzliche Traurigkeit, eine Verzweiflung, welche tiefer reichte als der schiere Verlust eines schönen Gegenstandes. Er setzte sich allein in der Dunkelheit hin und weinte.

Wie ein leiser Schatten wand sich das, was von Yuesembra übrig war, seinen Weg in ihren neuen Wirt, und sie stellte fest, dass er mehr war als der alternde Mensch, welcher er zu sein schien. Weit, weit mehr.

Sie hatte Glück gehabt, ihn anzulocken, ohne dass er sie bemerkte. Sorgfältig betrat sie den besten Ort in seinem Geist, versteckte sich dort und ließ sich still nieder, um auf den Augenblick zu warten – welcher vielleicht Jahre auf sich warten lassen und vielleicht auch niemals kommen würde –, an dem er jemanden vom Blute der Silberbaums berührte und sie wieder in einen passenden Wirt übergehen konnte.

Die Zeit vergeht, und ich vergesse, die Tage zu zählen. Der Winter geht seiner Mitte zu, und ich muss den überwiegenden Teil der Zeit in meiner Wolfsspinnengestalt verbringen oder vor Kälte zugrunde gehen.

Wenn ich weiter nach unten gehe, erreiche ich tiefere Ebenen, in welchen immer Kälte herrscht, aber die scheint wärmer als der Winterfrost. Aber ich hungere.

Ich versuche, nicht weiter auf meine knurrenden Eingeweide und meine immer schwächer werdenden Gliedmaßen zu achten, aber in meinem Geist höre ich Geflüster. Ich glaube, das Haus selbst sagt mir, ich solle hochsteigen, umherstreifen und Beute machen. Anscheinend befindet sich da oben eine Bande Fackeln tragender Männer – verzweifelter Männer, Gesetzloser –, welche den ältesten Teil des Hauses nahe dem Fluss betreten haben. Aber wieso das Flüstern dies weiß, vermag ich nicht zu sagen.

Ich habe meinen ersten Menschen gefressen. Mein Verstand wünschte verzweifelt, dass mir übel würde, aber mein Magen sagte mir, dass das dampfende Blut – mit einem Geschmack wie dem Eisen von Schwertern – gut war, aber das Fleisch war mager nach all dem Nagen an der Metallhülle der Rüstung.

Ich werde Menschen fressen. Ich werde am Leben bleiben und das Geflüster zufrieden stellen. Ich werde alles tun, um zu verhindern, dass es sich mehr Schrecken ausdenkt, welche meine Träume heimsuchen.

Als ob ich daran erinnert werden müsste, weshalb ich hierher kam. Um mich zu verstecken. Um weniger zu sein als ein Mensch, um zu dem Ungeheuer zu werden, welches ich überwältigte:

Eine Spinne und der jagende Schrecken, welche manche »Langzahn« nennen und andere »Wolfsspinne«. Um Menschen und Tiere zu fressen – gestern Morgen einen Wolf, ganz Sehnen und Fell – und mich vor allen Fürsten, Baronen, Tersepten und anderen verborgen zu halten, welche Heiler ausbeuten wollen.

Sie würden mich in einer Kerkerzelle anketten und Verwundete zu mir bringen und beim Heilen mein eigenes Leben aus mir heraustrinken, bis ich sterbe. Bei der Dreifaltigkeit, wie ich die Fürsten hasse. Beinahe so sehr, wie ich sie fürchte.

Kein Mensch wird mich je wieder beherrschen. Nie wieder.

Der Abscheu vor dem Verzehr von Menschen ließ mehr und mehr nach. Mit dem Frühling sind Hirsche, umherwandernde Lämmer und jene gekommen, welche sie jagen.

Das Verschlingen von Abenteurern ist zu einer ganz gewöhnlichen Angelegenheit geworden, und die Jagd nach ihnen viel weniger ungeschickt und beängstigend. Anscheinend weiß ich, wo sich in den Räumen und Gängen, welche ich nie zuvor betreten habe, Fallen befinden, und die Geister und anderen Wächter, welche ich begonnen habe zu sehen, scheinen mich zu meiden.

Ich sehne mich danach, das Schweigende Haus zu verlassen und unter den grünen Bäumen und auf den Hügeln herumzustreifen, welche ich von den Fenstern und Wehrgängen aus und durch Öffnungen längst vergangener Türen hindurch sehen kann.

Aber das ist mir nicht möglich. Dieser Ort ist zu meinem Gefängnis geworden, und mein Gefängniswärter befindet sich in meinem Verstand. Und flüstert.

Es gibt keinen Fluch mehr im Schweigenden Haus. Genauer gesagt, der Fluch ist in mir. Manchmal sehe ich undeutlich Erinnerungen vor mir, welche nicht die meinen sind, obwohl ich stärker bin. Dies ist jetzt mein Leben, und obwohl ich umherstreifen kann und das auch getan habe, um Schafe und Gesetzlose und Abenteurer in ihren Lagern ein ganzes Stück jenseits der Mauern zu erbeuten, kehre ich immer hierher zurück.

Das Haus ist ein Teil von mir. Sollte der König wiederkommen, das Gesetz wieder in Aglirta herrschen und es Heilern sowie Kaufleuten freistehen, wohin sie ihre Schritte lenken und wo sie leben möchten, und wenn ich immer weiterginge und bis zum Ende von Darsar reiste, so würde ich doch eines Tages hierher zurückkehren.

Ganz gleich, wo ich auch hingehe und wie weit entfernt der Ort meines Todes auch sein mag, so würde ich doch zurückkehren.

SARASPER KODELMER
Auszüge aus seinen unvollständigen Tagebüchern
Geschrieben in verschiedenen Jahren der
Herrschaft von Kelgrael Schneestern

BUCH ZEHN

Embra Silberbaum

Geboren im Jahr 2250 nach Sirler Zeitrechnung
Fürstin von Silberbaum

Hochfürstin und Hüterin von Aglirta

Wie sie die Freiheit schmeckte, zum Drachen
aufstieg und was danach geschah

Eins

Eins wird zu Drei

In der Nacht, in welcher sich sein Leben wieder einmal änderte, befand sich Sarasper Kodelmer auf der Jagd. Das Gewirr aus Steinen und Kriechpflanzen war früher die Westliche Vorhalle gewesen, bevor ein großer Sturm die einst großartige Kuppel zum Einstürzen gebracht hatte. Die riesige zusammengestürzte Halle lag jetzt unter freiem Himmel, und aus irgendwelchen Gründen, welche nur ihnen selbst bekannt waren, hatten die Maedra sie nicht wieder aufgebaut. Sie hatten sie in Ruinen liegen lassen und das Haus rings um sie herum erweitert, so dass die Halle inzwischen zu einem eingeschlossenen Burghof geworden war. Spätere Silberbaumgenerationen hatten den Ort Hof des Brüllenden Sturmes genannt, und als nach vielen, vielen Jahren schließlich ein großer Teil des Gebäudes leer stand, hieß er nur noch der Sturmhof.

Aber ganz gleichgültig, wie man den Ort nennen mochte, jetzt diente er tagsüber umherschwirrenden Vögeln als Zuflucht, und des Nachts ruhten viele dort. Ein Mann, welcher in den dunklen Stunden über all die unsicheren Steine kletterte, konnte nicht darauf hoffen, mehr zu erreichen, als schlafende Trappen und Baumflügler zu wecken, so dass sie in einer zornig kreischenden Wolke aufstiegen.

Aber ein sich anschleichender Langzahn mochte mit ein wenig Unterstützung seitens der Dreifaltigkeit drei oder vier Vögel erwischen, bevor er den Rest aufweckte.

Sarasper hatte zwei Tiere gefangen und langte gerade vorsichtig nach einem dritten. Von seinen Kiefern tropfte immer noch Blut.

Plötzlich schob sich etwas Großes mit ledrigen Flügeln vor den Mond, und das Rauschen der Schwingen brachte die Vögel dazu, sich in Panik zu ducken und davonzuhüpfen.

Ein Nachtlindwurm!

Sogar die größten Langzähne – und Saraspers Wolfsspinnengestalt war weit davon entfernt – stellten eine leichte Beute für selbst den jüngsten Nachtlindwurm dar, welchem es aufgrund mangelnder Größe mitnichten gelingen würde, den Mond zu verdecken. Und dieser hier schwebte direkt über der Vorderseite des Schweigenden Hauses!

Dann brach der Himmel selbst auseinander und wurde von einer gewaltigen Explosion erschüttert – offenkundig irgendeine Art Ausbruch von Magie –, und gleich darauf regneten Blutstropfen hernieder. Dann breitete sich der Gestank des versengten Nachtlindwurms aus.

Zu dieser Zeit rannte Sarasper bereits vertraute dunkle Gänge entlang und versuchte, so schnell wie möglich weiter in die ebenerdig gelegenen Räume des Schweigenden Hauses zu gelangen. Er wagte es nicht, sich über die vielen Treppen und Rampen tiefer nach unten zu begeben. Gewisse Dinge durchstreiften die Ebenen, auf welchen sich die Keller und die Verliese befanden, und er hatte gelernt, dass ein Langzahn einen leicht zu fangenden Leckerbissen abgab.

Er legte seine Wolfsspinnengestalt erst ab, als er das halbe Haus durchquert und einen bestimmten Raum erreicht hatte. Es handelte sich um einen seiner bevorzugten Zufluchtsorte; einen kleinen, namenlosen Raum ohne Dach, vor dem sich drei Gänge gabelten. Einer davon führte in einer glatten Rampe nach oben zu dem höher gelegenen Stockwerk, ein anderer von der gleichen Art senkte sich in das erste Kellergeschoss, und der letzte Gang verlief in gleicher Höhe weiter. In eine der Wände eingelassen gab es eine Bank, auf welcher Sarasper gerne zu sitzen und nachzudenken pflegte, wenn er seine wahre menschliche Gestalt angenommen hatte. Manchmal schlief er dort sogar ein und träumte von den Dwaerindim.

Es war auch gut, um Atem zu schöpfen, wenn man vor Furcht keuchte, und Sarasper nutzte die Bank jetzt zu ebendiesem Zweck.

»Bei der Dreifaltigkeit«, murmelte er und lauschte dem Krachen niedergetrampelten Unterholzes und vor Aufregung schrill klingender Männerstimmen Die Geräusche drangen schwach von der weit entfernten Flussseite des Hauses zu ihm herüber ... höchstwahrscheinlich von dem Friedhof.

Er schaute zum Nachthimmel empor, sah aber nichts – Wolken oder Dunst mussten die Sterne verdecken. Nach einem Augenblick nahm er seine geringere Gestalt an, nämlich die einer Spinne von der Größe eines kleinen Lammes, kletterte zur Decke des geraden Ganges empor und setzte seine Reise fort.

Vielleicht war er ja ein übermäßig alter Narr von einer Riesenspinne, aber er eilte in Richtung der dem Fluss zugewandten Räume des Hauses. Ja, es handelte sich um die ältesten Räume und außerdem seinen liebsten Teil des großen Palastes ... aber wenn diese Männer hier hereinkamen oder etwas ins Haus jagten, dann würden sie aller Wahrscheinlichkeit dorthin kommen.

Andererseits – wenn sein Wohnort von gewalttätigen, gefährlichen Wesen oder deren möglicher Beute überrannt würde, dann erschien es ihm nur vernünftig, genau wissen zu wollen, wie viele Wesen, noch dazu von welcher Sorte, sich wo im Haus hinbegaben. Fallen würden an manchen Stellen Eindringlinge einsammeln, und er vermochte unerwünschte oder essbare Besucher in bestimmte Räume einsperren, indem er die Türen hinter ihnen zuschlug und Balken und Steinblöcke umkippte, um die Türen zu verrammeln. Obwohl er bis jetzt noch kein Bellen gehört hatte, brachten Männer, welche kamen, um das Haus zu erforschen, oft Jagdhunde mit. Und die gaben immer eine gute Mahlzeit ab.

Er war nur noch sieben Räume von den alten Gemächern entfernt, als er das schwache Echo einer allem Anschein nach weiblichen Stimme vernahm, welche zornig einige kurze Worte schrie. Dann brach die Decke eines Raums irgendwo im Haus in sich zusammen – weiter vorn, in der Nähe des Einganges am Fluss. Das tiefe, knirschende Geräusch niederdonnernden Steins ließ keinen Zweifel zu.

Zauberei? Höchstwahrscheinlich, wenn man bedachte, wie der Nachtlindwurm gestorben war. Es stand zu hoffen, dass die Steine den verantwortlichen Zauberer unter sich begraben hatten. Oder handelte es sich vielleicht eher um eine Zauberin? Die schreiende Stimme hatte ganz gewiss der Wirkerin des Zaubers gehört, ja, der Wirkerin ihres eigenen Zaubers … aber irgendwie ergaben sich im Darsar, von welchem die Barden nicht sangen, dem wirklichen Darsar draußen, dem Darsar, in welchem die Weltensteine verloren gegangen waren, die Dinge nie so zufrieden stellend.

Das bedeutete, dass Sarasper aus Sorge um seine eigene Sicherheit diese Zauberin finden und sie beobachten musste, bis sie entweder einer der Fallen im Haus zum Opfer fiel – oder ihm.

Mächtige Magier, welche das Silberbaumhaus betraten, trugen einen von zwei Umhängen: Entweder handelte es sich um unabhängige Möchtegernplünderer … oder sie verrichteten ihre Suche nach Magie für Auftraggeber. Und das waren in der Regel entweder reiche und brutale Sirler Kaufleute oder gierige und brutale Fürsten, Tersepte und Kriegsherren aus Aglirta. Und sie alle würden eine Schwindel erregende Summe Geldes für einen in einem Käfig sitzenden oder in Ketten gelegten Heiler bezahlen. Falls ihn die mächtigen Zauberer nicht vorher in blutige Stücke zerplatzen lassen würden.

Sarasper wählte eine kleine Nische im Windschatten einer Hammersteinfalle aus, um sich wieder in eine Wolfsspinne zu verwandeln, denn sein Magen knurrte unablässig – bei der Dreifaltigkeit, wie war er hungrig! Dann kletterte er die Wand hinauf, überquerte höchst geschickt den Überbau der Falle und setzte seinen Weg über Zimmer- und Korridordecken fort. Die größere und bedrohlicher wirkende Gestalt eines Langzahns eignete sich besser als die einer lediglich großen Spinne, welche den Eindringlingen höchstens erstaunte Flüche entlockt hätte. Ihm schien es als weitaus sicherer, der Zauberin in dieser Gestalt als Köder zu dienen, statt kopflos nach vorn zu stürmen und zu versuchen, sie aufzuspüren, zumal ihn ein rascher Zauber ihrerseits binnen eines Augenblicks rösten mochte. Und anders als Spinnen egal welcher Größe vermochte ein Langzahn zu heulen.

Also hielt Sarasper in der Großen Halle des Alten Wasserspeiers an. Die einst hoch aufragende Figur in ihrer Mitte, welcher die Halle ihren Namen verdankte, war schon seit langem zerbröckelt, so dass nur ein unkenntlicher Steinzahn übrig geblieben war. Sarasper setzte zu einem lauten Heulen an.

Er hatte nach seinem Schrei kaum Luft geholt, als in den verebbenden Widerhall zwei schwere, rumpelnde Schläge aus einem Gang nahe der Halle der Ritter antworteten, welche von den niedersausenden Fallgittern verursacht sein mussten. Dann folgte das Rollen und Poltern von fallenden Steinen. Kein Einsturz, sondern für dieses Mal lose Steine, die zwischen den starken Metallgittern niederprasselten, um jeden lebendig zu begraben, der die Falle berührt hatte.

Die Falle musste mehr als siebzig Jahre gewartet haben, ohne je ausgelöst worden zu sein ... und wer auch immer das getan hatte, dem geschah recht: Jedermann mit einer guten Laterne, gutem Sehvermögen und einem halbwegs arbeitenden Verstand konnte die Falle sehen, zumal jemand ihr Vorhandensein an beiden Enden des Ganges eingezeichnet hatte.

Also handelte es sich bei den Eindringlingen entweder um ausgesprochene Narren, die sich selbst außer Gefecht gesetzt hatten. Oder die meisten von ihnen waren, was ihm wahrscheinlicher erschien, nicht in die Falle gelaufen, sondern hatten den anderen Gang an der Gabelung drei Räume weiter entfernt in Richtung der Halle der Ritter eingeschlagen und bewegten sich jetzt ... genau auf ihn zu.

Die schmutzig braune Wolfsspinne presste sich flach an die Decke, spannte die Beine zum Sprung an und entblößte grausam lächelnd die Zähne.

Aber andererseits lächelten die Langzähne immer auf diese Weise.

»Eure Hand ist also doch nicht so nutzlos«, meinte Dlanazar anklagend, als sie einen weiteren Gang hinuntergingen. »Werdet Ihr mir verraten, wozu Ihr diese Eure wertvolle Hand *wirklich* haben wollt?«

»Junge«, antwortete Horl ein wenig müde, »wir alle hüten unsere kleinen Geheimnisse. Ich sterbe, müsst Ihr wissen. Ein wenig langsamer, als es in dem Thronsaal beinahe Euer Schicksal gewesen wäre, aber … ich bin dem Tod viel näher, als Ihr es jemals gewesen seid.«

»Und *wie* soll Euch diese Kupferhand helfen?«

»Darüber müsst Ihr Euch jetzt keine Gedanken machen«, erwiderte der alte Mann schroff, »da Ihr doch wisst, dass wir das verdammte Ding noch nicht gefunden haben.«

»Horl! Ich will aber Bescheid wissen! Ich bin es leid, im Dunkeln an der Nase herumgeführt zu werden, und …«

»Und ich bin es müde, das Kindermädchen für einen ach so gut aussehenden jungen Mann zu spielen, welcher glaubt, Darsars Sonne schiene nur für ihn, der plärrt und Frage auf verfluchte Frage stellt wie ein unzufriedenes Kind – aber Ihr hört mich nicht darüber klagen, oder?«

Etwas im Tonfall des alten Mannes durchdrang Dlanazars Wut, und der junge Mann stellte plötzlich fest, dass er hilflos lachte.

Nach einem Augenblick kicherte Horl ebenfalls.

Da trat Dlanazar unvorsichtigerweise auf einen der im Gang verstreuten Steine, welcher daraufhin durch den langen Gang schlitterte – und etwas enthüllte, das schimmerte.

Der junge Mann blickte hin und langte dann nach unten. Horl taumelte vorwärts, um nach dem Gegenstand zu greifen, aber Dlanazar befand sich näher an dem Ding und griff schneller zu.

Während der junge Mann sich aufrichtete, wandte er sich aus schierer Gewohnheit von dem alten Mann ab und hielt seinen Fund in die Höhe: eine glatte, wunderbar gearbeitete menschliche Hand aus reinem, glänzendem Kupfer – glänzend? Ja, natürlich musste Magie im Spiel sein, beachtete man den guten Zustand der bis in jede Einzelheit ausgeführten Finger. Auf den Fingerspitzen befanden sich winzig kleine Zähne oder Stacheln wie Rosendornen, und auf dem Handrücken entdeckte er eine Art Griff, welcher bis zum Ende der Hand reichte.

»Wer hat sie gemacht?«, fragte Dlanazar leise und hielt die kupferne Hand außerhalb von Horls Reichweite, »und warum wollt Ihr sie haben?«

»Thaulon Silberbaum hat sie hergestellt«, knurrte Horl, »und wir trafen eine Übereinkunft, junger Duncastle. Wir haben immer noch eine Übereinkunft. Gebt mir die Hand.«

Dlanazar blickte aus kalten grünen Augen den älteren Mann an. »Und wenn ich mich nicht darum schere?«

Ganz hinten in dem vor ihm liegenden Gang erwachte ein winziger Schein zum Leben und trieb wie ein kleiner Stern dahin. Magie natürlich. Vor dem Licht erkannte Sarasper menschliche Silhouetten. Ein sehr großer, muskelbepackter Mann stand neben einer ebenfalls hoch gewachsenen schlanken Frau, und neben ihnen erkannte Sarasper einen kleineren, anmutigen Mann … einen Beschaffer? An der dritten Gestalt kam ihm irgendetwas vertraut vor … an vorderster Stelle und dem Heiler am nächsten, bewegte er sich jedoch mit lobenswerter Vorsicht.

Dann zerbarst der Stern, und der Lichtblitz bewirkte, dass Sarasper sich zusammenkrümmte und halb geblendet wurde. Er blinzelte wütend durch die Tränen und hörte, wie ein Mann aus voller Kraft vor Schmerz schrie, welchen ohne Zweifel der Lichtblitz von eben hervorgerufen hatte.

Dann sagte eine kalte, scharfe und nach einer Adligen klingende weibliche Stimme – eine sehr junge weibliche Stimme: »Wenn Ihr Euch um Eure eigenen Aufgaben kümmert, Ritter, dann *versuche* ich, mich mit der Magie zu beschäftigen. Craer, ich werde jetzt die Kleider brauchen.«

Craer. Einst hatte er einen Craer gekannt …

Eine Männerstimme murmelte eine leise, kurze Antwort, und dann hörte Sarasper das Scharren von Stiefeln, als sich der große Mann niedersetzte.

Sarasper nahm halb seine Menschengestalt an, dann verwandelte er sich wieder in eine Wolfsspinne zurück. Der Vorgang ermüdete ihn und ließ wie immer seine Eingeweide schmerzen, als verdrehten sie sich mit einem eigenen Willen in seinem Leib. Aber er hatte vor langer Zeit gelernt, dass er die wässrigen Augen, das Niesen und sogar die Übelkeit weitgehend vertreiben konnte, wenn er die Verwandlung begann und dann auf der Stelle wieder umkehrte. Er wagte nicht daran zu denken, was geschehen mochte, wenn er jemals den Versuch unternehmen sollte, eine ganze Verwandlung umzukehren … vielleicht würde er entdecken, dass sein Körper seinem Willen nicht mehr gehorchte und tat, was ihm beliebte.

Seine Sehfähigkeit war inzwischen wieder hergestellt, wenn auch sein Sichtfeld an den Rändern ein wenig gelblich und verschwommen aussah, aber er schützte die Augen mit einem Bein, während er vorwärts kroch.

»Edle!«, zischte der kleine Mann mit der sanften Stimme. »Seid Ihr verletzt?«

»Mein letzter Zauberbann«, murmelte die Zauberin, als er ihr auf den Boden half, wo bereits der große Mann saß, »ist verschwunden. Und das ist gut so, denn das Wirken von Bannen scheint mich … umzubringen.«

Dann blitzte noch mehr magischer Schein auf. Sarasper warf ein anderes Bein hoch, um seine Augen beinahe vollständig abzuschirmen. Er wusste immerhin so viel, dass die schnell dahintreibenden Zauberbanne nicht von der jungen Frau stammten, welche auf seltsame Weise den größten Teil ihrer Kleidung verloren zu haben schien, sondern vom Eingang des Hauses kamen – oder sogar von draußen.

Als sie das magische Leuchten sah, ächzte die auf den Knien liegende, barschultrige Zauberin, riss sich von dem Beschaffer los und keuchte: »Haltet euch fern! Mir bleibt keine Magie mehr übrig, sie zu bekämpfen, was auch immer sie sein mögen!«

Die Strahlen verlangsamten sich, entfalteten sich zu Schlingen silbriger Fäden – und wechselten die Richtung, um auf die junge Zauberin niederzuschießen.

Sarasper eilte an der Decke entlang nach vorn. Feindliche Magie oder nicht, ihm würde sich keine bessere Gelegenheit bieten, sie zu töten!

Er hastete zu genau der richtigen Stelle, hielt an und drehte sich um zum Sprung – und natürlich erblickte sie ihn in diesem Augenblick.

Vor Furcht innerlich schreiend knurrte Sarasper und sprang mit ausgestreckten Klauen und gebleckten Zähnen los.

Die silbrigen magischen Ranken versammelten sich über der Zauberin, als diese sich von der Wand abstieß und versuchte, sich von Sarasper wegzurollen.

Die Wolfsspinne landete dicht vor ihren Stiefeln, während der Beschaffer leise fluchend aufsprang.

Kein Todesbiss, jedenfalls nicht gleich. Ein Bein über ihren Mund – er musste ihre Kiefer geschlossen halten –, und zwei weitere um ihre Arme geschlungen, damit sie keine Zauber zu wirken vermochte. Dann sich auf sie gehockt, damit sie am Boden festgenagelt wurde, und sich dann umgedreht und die beiden anderen angeschaut!

Gerade rechtzeitig. Sobald die Zauberin sich in Saraspers Griff befand – und erlitt, was auch immer die umhertreibenden Zauberbanne ihr zufügten –, hatte der große Mann ein Furcht erregendes Kriegsschwert gezogen, mit welchem er jetzt blindlings auf … nichts einhackte, jedenfalls für diesen Augenblick.

Bei der Dreifaltigkeit, wie vermochte der Hüne die Luft zu zerhauen! Und er suchte nach einem Feind und konnte vielleicht den Langzahn riechen, aber zu sehen vermochte er ihn nicht. Sobald seine Blindheit verschwand, würde Sarasper seine Beute vielleicht loslassen müssen, andernfalls würde er in blutige Stücke geschlagen. Der kleinere Mann schaute sich unsicher um und hielt einen gezückten Dolch in der Hand – Sarasper beeilte sich, die Augen mit einem weiteren Bein zu bedecken.

Der Krieger bezwang seinen Zorn – jedenfalls verstummte sein Geknurre, und er schob den Kopf nach vorn, als lausche er. Seine Schläge wurden überlegter und kamen näher.

Und ausgerechnet in diesem Moment versuchte die Zauberin, sich zu befreien, indem sie sich unter Sarasper wand und drehte.

Er zog sich zurück und zerrte die Zauberin mit sich, als das lange Schwert immer wieder durch die Luft schlug und immer näher und näher kam, da sich der immer noch geblendete Krieger Schritt für vorsichtigen Schritt näherte.

Der Beschaffer sprang plötzlich an Sarasper vorbei, rollte sich unter die Füße des größeren Kameraden und riss sie ihm weg, so dass der Krieger hilflos zu Boden krachte und das Schwert losließ, welches über den Boden schepperte.

Er kam nur langsam wieder auf die Füße, schüttelte den Kopf und fluchte schwach, während er grimmig einmal hierhin, einmal dorthin zu schauen versuchte. Was hieß, dass dieser gewisse Langzahn mit heiler Haut davonkam, so lange der Krieger sein Schwert nicht gefunden hatte, außer der Beschaffer …

Der Beschaffer duckte sich vorsichtig nicht einmal eine Armlänge entfernt und schaute Sarasper direkt in die Augen.

»Sarasper?«, fragte er zögernd. »Seid Ihr das?«

Sie starrten einander in die Augen.

Also musste der Mann Craer Delnbein sein … nach all den Jahren …

Die Zauberin rührte sich wieder unter Sarasper und gab ein schwaches, wortloses Stöhnen von sich – und der große Krieger rieb sich die Augen und schaute Sarasper ebenfalls an.

Was ihm keine andere Wahl ließ als zu fliehen, oder …

Ein Langzahn ist ein mächtiges Untier. So groß wie die größten Männer – größer gar als dieser Löwe von einem Krieger – und spinnenähnlich, aber mit dem Pelz, dem Rachen, dem Kopf und den starken, hervortretenden Muskeln eines Wolfs. Zwei der Spinnenvorderbeine wiesen am vordersten Glied kleine, zum Zerfleischen bereite Reißzähne auf, und die anderen trugen Stacheln an den Spitzen.

Es bedarf einigen Mutes, eine solche Verteidigung angesichts jener abzulegen, welche einen töten könnten – zumal wenn einer bereits den Versuch unternommen hat, nachdem man einen guten Grund dafür geliefert hat.

Mut oder die Hoffnung, die Erlösung aus schmerzlicher Einsamkeit zu finden. Oder eine leise innere Stimme …

Sarasper ließ die Wolfsspinnengestalt langsam schwinden. Das lange, allmähliche Davonschwinden stellte die beeindruckendste Art der Gestaltwandlung dar, ließ ihm ein kleines Geheimnis und verursachte die wenigsten Schmerzen.

Er behielt den Krieger, welcher ihn beobachtete, im Blick und bemerkte, wie sich auf dessen Miene zunächst echte Furcht, dann Überraschung und schließlich ein Anflug von Abscheu abzeichneten, als er dann Saraspers wahre Gestalt musterte.

Ein dünner, älterer Mann mit traurigen Augen kniete nackt auf dem Rücken der Zauberin, welche auch nicht viel mehr am Leib trug als Sarasper und jetzt viel größer und stärker war als er. Ganz zu schweigen von ihrer Zauberkraft, welche ihn ebenso mühelos in Stücke hätte reißen können, wie er es als Wolfsspinne mit Menschen vermochte.

Der Krieger schaute auf sein Schwert und zog es rasch zurück. Dann blickte er Craer an. »Ihr nennt ihn ›Sarasper‹. Wer ist Sarasper?«

Sarasper begab sich hastig von der Zauberin herunter, welche keuchend auf dem Boden liegen blieb. Sie schaffte es beinahe sofort, den Kopf zu drehen und zu sagen: »Ja, Craer, stellt uns bitte vor. Und wenn Ihr das getan habt, dann hätte ich gern meine Kleider!«

Der Beschaffer lächelte und drehte sich zu der Stelle um, wo er seinen Sack hatte fallen lassen. »Freunde«, sagte er über die Schulter, »hiermit stelle ich euch Sarasper Kodelmer vor, einen meiner ältesten Freunde. Ich habe seine Spur vor Jahren verloren und erst vor kurzem von einem anderen alten Freund erfahren, dass er sich hier aufhält.«

»Also hat mich Thalver verraten, was?«, knurrte Sarasper bitter und erschöpft und fuhr sich mit der Hand übers stoppelige Kinn. Der einzige Mann, welchen er aus dem Haus gejagt hatte, statt ihn zu töten, weil sie einst Schwertbrüder gewesen waren. »Das Alte Donnerschwert … auch nicht besser als all die anderen.« Seine Stimme klang rau und heiser, da er sie seit langem nicht mehr benutzt hatte.

»Er starb auf dem Weißnarbenstrand mit drei Pfeilen im Leib«, antwortete Craer leise. »In den Armen eines Freundes. Jemandes, welchem er sich anvertrauen konnte, so dass er ein wenig Erleichterung fand, ehe er starb. Erinnert Euch seiner ohne Groll.«

»Hmmmm«, erwiderte Sarasper barsch. Er zog sich an der Wand entlang zurück und versuchte gleichzeitig, die drei zu beobachten. Vielleicht zog ja einer eine Klinge oder wob einen raschen Zauberbann. »Wie viel hat er Euch erzählt?«

»Dass Ihr die richtigen Langzähne vor langer Zeit getötet habt und seither in diesen Katakomben hier haust und Euch vor den Menschen versteckt haltet ... als Fledermaus, als Schlange oder als der Menschen fressende Langzahn des Silberbaumhauses.«

Und das alles entsprach den Tatsachen, abgesehen von den »Langzähnen«, welche Thalver hinzugedichtet hatte. Sarasper hatte in all den Jahren insgesamt nur drei Wolfsspinnen in diesen Hallen getötet, und bei keiner hatte es sich um einen Gestaltwandler gehandelt. Und er hatte sie natürlich alle verschlungen, denn ein Mann muss essen. Selbst von der Dreifaltigkeit verborgene gestaltwandelnde Heiler müssen essen.

»Habt Ihr Euch vor allen Menschen versteckt oder nur vor meinem Vater?«, fragte ihn die Zauberin durch wirres Haar. Sie lag immer noch auf den unebenen Steinplatten, hatte aber schon die Arme auf den Boden gestemmt, um hochzukommen.

»Vor allen Fürsten und Baronen, Mädchen«, erwiderte Sarasper höflich und versuchte, nicht auf die anmutigen Kurven ihres nackten Körpers zu schauen – ohne großen Erfolg. Es war so lange her, seit er ...

Er senkte den Blick und fragte in Richtung der Wände: »Und wer ist Euer Vater?«

»Faerod Silberbaum.«

Wut und Angst vermochten die Veränderung in Gang zu setzen ...

Sarasper kämpfte gegen das durch die juckende Haut seiner Unterarme sprießende Fell und starrte sie an. Embra Silberbaum, die Herrin der Edelsteine, welche selbst von den Magiern aus Sirl gefürchtet wurde … beinahe ebenso sehr, wie sie die Dunklen Drei fürchteten.

»Er sandte Euch aus, mich zu finden, Zauberin?« Er machte sich bereit, sich auf sie zu stürzen, trotz der Tatsache, dass der Krieger sein Schwert bereithielt.

Sie schüttelte den Kopf, so dass ihr Kinn über den Boden schrammte. »Wir drei sind auf der Flucht vor seinem Zorn und seinem Zugriff – oder vielmehr dem seiner Zauberer.«

Sarasper hätte beinahe vor Erleichterung geseufzt. Aber eben nur beinahe. Sie hatte nicht gelogen, aber die Zauberkraft der Dunklen Drei mochte sich immer noch in ihrem Geist entfalten, so dass sie sich nicht dessen bewusst war, wenn sie die Unwahrheit sprach. Er zog sich noch ein Stückchen zurück, bis er wieder die Wand berührte.

»Und wie steht es mit Euren Zauberbannen, Herrin der Edelsteine?«, fragte er scharf. Er musste es wissen, und selbstverständlich würde eine ihrer Sinne mächtige Zauberin lügen, wenn sie über ihre Banne sprach. Aber die Art und Weise, *wie* sie log, mochte ihm einige Rückschlüsse erlauben.

»Die sind erschöpft, nachdem sie uns hierher geschafft haben«, antwortete Embra einfach und drehte den Kopf, um Craer anzuschauen. »Meine *Kleider*?«

Der Beschaffer reichte ihr Stiefel und ein Bündel und hielt dann den Sack, in welchem sie sich befunden hatten, als Abschirmung hoch. Allerdings verbarg der Sack so gut wie nichts, und sie bedachte Craer mit einem säuerlichen Blick, als sie sich aufsetzte und damit begann, ihre nassen Kniehosen anzuziehen.

Die drei Männer sahen, wie sie erschauerte, als sie die Beinkleider über ihre Hüften zerrte, und der große Krieger stand plötzlich auf und ging zu der Laterne mit der Kerze. Er setzte sie dicht neben der Zauberin auf den Boden, trat zur Seite und setzte sich wieder, das Schwert über die Knie gelegt. Er ließ Sarasper keinen Moment aus den Augen.

»Also haben wir hier einen alten Mann vor uns, welcher über genug Magie verfügt, um die Gestalt von drei verschiedenen Ungeheuern anzunehmen, wenn nicht noch mehr«, brummte der Krieger. »Er verbirgt sich in seiner Schrecken erregendsten Gestalt und frisst Menschen roh, sobald sie in seine Reichweite kommen … warum?«

»Er ist ein Heiler«, bemerkte Embra laut und wirbelte mit der für den Augenblick vergessenen Tunika in der Hand herum, um den an der Wand zusammengekauerten alten Mann anzusehen.

Sarasper versteifte sich und starrte in die Schatten. Er nickte so kurz, dass sie es beinahe nicht bemerkt hätten. »Geheimnisse, so scheint es«, erzählte er der Decke und seufzte, »halten niemals lange vor.«

»Er vermag Wunden zu heilen?«, fragte der Krieger. »Mit Zauberkraft? Und was treibt einen Mann dazu, über Jahre hinweg Menschenfleisch zu fressen?«

»Die Tradition will es«, sagte die Zauberin tonlos in Richtung ihrer Tunika, zog sie sich über den Kopf und zupfte die feuchten Ärmel zurecht, »dass Fürsten und Barone sich ihre Heiler in Ketten gelegt als Sklaven halten, um auf Befehl zu heilen.

Und weil die Kräfte durch die Körper der Heiler fließen, macht es sie alt und braucht ihr Fleisch auf. Ein Heiler ohne die Freiheit, den Gebrauch seiner Fähigkeiten einzuschränken, wird unter Umständen jung sterben … krumm und zerbrochen wie ein alter Mann.«

Stille breitete sich aus. Die drei Gefährten starrten Sarasper an.

»Ihr hattet Angst, von dem Fürsten Silberbaum gefangen genommen zu werden«, sagte der Krieger langsam und beinahe so, als spräche er einen Segen aus. Sarasper antwortete nicht.

»Und das mit gutem Grund«, unterbrach Embra die Stille und zog trockene Stiefel an. Sie trat auf die Steinplatten, um ihre Füße richtig an Ort und Stelle zu bringen, und ging dann zu dem alten Mann.

Sarasper hob den Kopf, um sie anzusehen, und sein Gesicht glich einer erschöpften Maske.

»Ihr habt Euch hinter den Fallen dieser Katakomben versteckt, wann immer die Truppen meines Vaters – oder Abenteurer auf der

Suche nach Gold in den Gräbern – hierher kamen, und Ihr habt nur des Nachts außerhalb dieser Mauern gejagt … und nur in der Gestalt dieser Wolfsspinne«, überlegte die Herrin der Edelsteine laut. Sie schritt vorwärts und blieb dann nur ein paar Schritte von dem alten Mann entfernt stehen.

Wieder nickte Sarasper. »Ich bin des rohen Fleisches so überdrüssig geworden«, sagte er zu ihr – und stellte entsetzt fest, dass er sie beinahe anflehte. Er sehnte sich danach, diese Frau anzufassen. Irgendetwas in ihm regte sich …

Er bedachte sie mit einem Blick, welcher beinahe eine Herausforderung darstellte – nämlich so, wie er in jüngeren Jahren eine Hure angeschaut hätte –, um dann rasch den Blick zu senken.

Bei der Dreifaltigkeit, was ist nur in mich gefahren? Welche Laune treibt die Götter zu so etwas?

»Dann verlasst Euer Versteck«, drängte Craer, »und kehrt ins Leben zurück! Einst ritten wir Seite an Seite für Schwarzgult, erinnert Ihr Euch daran, Sarasper? Wir brauchen Euch als Heiler, sowohl Hawkril als auch die Edle Embra. Sie war eine Gefangene des Fürsten wie jeder angekettete Heiler. Werdet Ihr uns unterstützen … bitte?«

Sarasper musterte alle drei. Der Krieger hieß also Hawkril, und die Herrin der Edelsteine war die Gefangene ihres Vaters gewesen? Er musste bei ihr bleiben, mit ihr zusammen sein … was brachte ihn nur dazu, so zu fühlen? Etwas Dunkles, Drängendes …

Etwas, vor dem er große Furcht empfand. In seinem Geist wandte er sich davon ab, was immer es auch sein mochte, und fand sich auf einen Weltenstein blickend wieder, welcher in seinen Gedanken aufflammte.

Wie so oft in letzter Zeit schien er ein Leibeigener seines eigenen Geistes zu sein.

Sarasper kämpfte gegen den allzu vertrauten Anblick des Dwaer an, welcher sich langsam und endlos in seinen Gedanken zu drehen schien, und schaute auf die drei Eindringlinge.

So lebendig – und mindestens ebenso verzweifelt wie er selbst. Drei Schwertgefährten. Und die gefährlichen, anstrengenden Tage als Schwertbruder schienen ihm die besten seines Lebens gewesen zu sein.

»Das will ich«, sagte er zu seinem eigenen Erstaunen, »aber ich verlange einen Preis.«

Da er nicht genau wusste, wie er ihnen von den flammenden Dwaerindim erzählen sollte, ohne für vollkommen wahnsinnig gehalten zu werden, verschaffte er sich ein wenig Zeit, indem er ein Versteck in der Mauer neben sich öffnete, welches er vor Jahren entdeckt hatte, und einen Glühstein hervorzog.

Er stellte ihn auf den Boden und löschte die Kerze der Lampe mit sicheren Fingern.

»Mein Preis«, erzählte er grimmig dem aufsteigenden Rauchfaden, »besteht darin, dass ihr mir bei einer Sache helft, welche mich Tag und Nacht umtreibt.«

»Eine Verpflichtung? Eine Suche?«, fragte Craer. »Etwas Verlorenes, das wiedergefunden werden muss?«

»Vier Dinge müssen gefunden werden«, antwortete Sarasper knapp. »Die Suche mag länger dauern, als mir noch an Lebenszeit vergönnt bleibt.«

»Ich weiß wirklich nicht, ob ich tatsächlich so schwer verletzt bin«, brummte Hawkril und schaute in das blasse, von Schmerzen gezeichnete Gesicht der Edlen Silberbaum.

»Ich schon, fürchte ich«, flüsterte sie so leise, dass Sarasper ihre Worte kaum verstand. Mit lauter, ruhigerer Stimme fügte sie hinzu: »Erzählt uns mehr über diese Suche, Heiler.«

Hinter einem sich um einen Zapfen drehenden Stein ein Stück weit die Wand entlang befand sich ein altes Gewand, und Sarasper wurde ohne das Fell der Wolfsspinne allmählich kalt.

Er zog das alte, zerfetzte Ding hervor, ohne sich um den Schimmelgestank zu scheren, und sagte langsam, als habe er um ein Feuer versammeltes Jungvolk vor sich: »Der Schutzherr aller Heiler ist Vorvater Eiche, der mächtigste unter den Dreien, und manchmal spricht er zu uns, welche wir heilen, indem er uns Traumbilder schickt.«

Der Krieger zuckte die Achseln. »Ich habe oft sehr lebendige –

oder auch dunkle – Träume, an welche ich mich nach dem Aufwachen erinnere … bei den meisten geht es um Blut und Schlachten und Freunde, welche im Kampf starben. Erscheint denn das Gesicht von Vorvater Eiche – oder haltet Ihr es wie die meisten Priester und wählt nur die Träume aus, welche Euch zupass kommen, und bezeichnet sie als die vom Vorvater geschickten?«

Mit dieser Art Spott hatte Sarasper gerechnet. Sie brauchten ihn; also musste er ihre Schwächen ausnutzen.

Sarasper machte sich steif und richtete sich so großartig auf wie nur irgendein Fürst. Dann erklärte er ebenso kalt wie bedächtig:

»Wenn Euch der Vorvater ein Traumbild geschickt hätte, dann wüsstet Ihr dies und würdet nicht so sprechen. Er umschmückt seine Bilder mit goldenem Feuer, welches ewig brennt und nie verlischt. Vertraut meinen Worten, Schwertmeister, so wie ich Euch vertraue, wenn es um die Waffenkunst geht.«

Hawkril nickte ein wenig beschämt und wedelte mit einer Hand. »Sprecht weiter.«

Sarasper nickte. »Der Preis mag ein hoher sein, aber diese Suche nagt an mir.« Er blickte sich in der Runde um. »Sie sollte an allen Leuten den Silberfluss hinauf und herunter nagen. Sie sollte in den Herzen eines jeden Kriegers, eines jeden Zauberers im einstmaligen Aglirta tönen und drängen, auf dass das Land wieder zu dem wird, was es einstmals gewesen ist!«

Die Dreifaltigkeit möge mir helfen, jetzt klinge ich wirklich wie ein Wahnsinniger.

Er bemühte sich, mit ruhigerer Stimme fortzufahren: »Die Suche hat während der letzten Jahre meine Gedanken vereinnahmt, denn die Bilder kommen wieder und immer wieder, so dass ich ohne je Ruhe zu finden diese endlosen Wege entlangstreifen muss.

Die Weltensteine müssen wiedergefunden werden. Die Dwaerindim müssen richtig angeordnet werden, auf dass der Schlafende König erwache … welcher, wie die Geschichten erzählen, sich erheben wird, um dem Land wieder Frieden und Wohlstand zu bringen.«

»Ach, bei den Hörnern«, zischte der Krieger verächtlich. »Das sind doch nur erfundene Geschichten für Kinder! ›Findet nur die vier verschollenen Steine, und die Burgen werden sich erheben, die Berge fallen, und das Goldene Zeitalter kommt über das Land, und jedermann wird fett und glücklich über alle Maßen, da auch die gefährlichen Ungeheuer die Flucht ergreifen.‹ Ammengeschwätz!«

Embra Silberbaum nickte. »Auf meinen Bücherregalen im Schloss stehen drei verschiedene Fassungen der Geschichte von den Dwaerindim, welche mir meine Lehrer vorzulesen pflegten, bis ich die Wörter selbst entziffern konnte. Diese Bücher sind uralt.

Falls es den Schlafenden König je gegeben hat, dann sind von ihm nicht mehr als Knochen und Staub übrig. Sagt mir, Sarasper: Wie wollt Ihr Staub aufwecken?«

Sarasper grollte müde: »Ich bin weder verrückt noch besitze ich den Verstand eines fahrenden Sängers. Ich kann nur wiederholen, dass ich die Wahrheit sage und nicht leere Geschichten aufwärme.

Ich vermute, ihr glaubt auch, dass die Schlange in den Schatten auch nicht mehr ist als eine hübsche alte Geschichte?«

»Ist das nicht irgendein Übel, welches von Anfängern in der Kunst des Vergiftens verehrt wird?«, grollte Hawkril.

»Ein Zauberer«, sagten Sarasper und die Zauberin wie aus einem Mund, schwiegen dann und schauten einander an. Sarasper bedeutete ihr mit einer höfischen Handbewegung, sie möge als Erste fortfahren. Sie musterte ihn aus zusammengekniffenen Augen, nickte dann und meinte leise: »Ein Zauberer, welcher an der Verzauberung der Steine beteiligt war, wurde verrückt – oder war das bereits –, und ermordete etliche Magierrivalen, um die Banne zu verstärken, mit welchen er einen der Dwaerindim belegte. Als seine Taten ans Licht kamen, stellten sich ihm die anderen am Gestalten der Steine beteiligten Magier entgegen.

Er floh in die Schlangengestalt, um zu versuchen, sich aus ihren Zauberbanne freizukämpfen – und sie setzten ihn in der Schlangengestalt gefangen. Und er trägt sie immer noch.«

»Also ist er noch am Leben?«, fragte der Krieger. Seine Stimme klang ebenso ungläubig wie vorhin nach Saraspers Worten.

Dieser Ochse von einem Mann war also sein wirklicher Feind.

»Schwertmeister«, fragte Sarasper, »gibt es irgendetwas in Darsar, an das Ihr glaubt, abgesehen von dem Schwert in Eurer Hand und der nächsten Mahlzeit? Oder geht es Euch nur um Huren, bessere Waffen und ein gutes Bett, um darin zu schlafen?«

»Alter Mann«, antwortete Hawkril und blickte Sarasper in die Augen, »ich glaube oft, Darsar wäre ein besserer Ort zum Leben, wenn sich mehr Leute mit solchen Dingen zufrieden gäben und sich weniger um Götter und sich erhebende Königreiche und das Abschlachten ihrer Nachbarn kümmerten. Ach ja – und natürlich das Träumen kluger Träume nicht zu vergessen.«

»Nun, wir haben kluge Worte ausgetauscht«, knurrte der alte Heiler und schaute einem nach dem anderen ins Gesicht, »und wir wissen, wessen ihr bedürft und wie hoch mein Preis ist.

Ihr rennt vor einem unbekannten Übel davon und fürchtet einen bekannten Feind. Ich biete euch einen Traum an, welchem man in kommenden Jahren folgen kann. Einen Traum, welcher uns den Weg weist aus Tod und Tyrannei, die jetzt das beherrschen, was einst Aglirta gewesen ist und wo jetzt die Anzahl der Gesetzlosen und Ungeheuer die der Bauern übertrifft, so wie das ehrliche Volk diejenigen übertrifft, welche glücklich und ohne Furcht sind.«

Er zuckte die Achseln. »Vielleicht schert ihr euch ja auch nicht um eine bessere Zukunft oder das Land, welches euch gebar. Vielleicht sorgt ihr euch nur um eure nächste Mahlzeit und einen Weg aus all dem hinaus.

Falls dem so ist, so vermag ich euch andere Wege aus diesem Haus zu zeigen – oder ich verschlinge euch einen nach dem anderen, solltet ihr Gewalt gegen mich anwenden. Das sollte ich ohnehin tun, auf dass mein Geheimnis gewahrt bleibt … aber ich habe kein großes Bedürfnis danach, so lange die Möglichkeit besteht, dem Willen des Vorvaters zu folgen.«

Und noch einmal zuckte er die Achseln. »Die Wahl bleibt euch überlassen. Ich kann sie nicht an eurer Stelle treffen.«

Er unternahm nichts, um die nun folgende Stille zu brechen.

Craer ergriff als Erster das Wort und schaute dabei rasch den Ritter an. »Hawkril? Ich habe Euch in diese Sache hineingezogen …«

Der Krieger zuckte mit den Schultern. »Mein Wille ist, zu Euch zu stehen, welche Straße Ihr auch wählen mögt. Ich glaube, der alte Mann folgt verrückten Träumen – aber wir alle müssen irgendetwas folgen oder ins Grab sinken, ohne etwas getan zu haben. Bleibt oder geht. Ihr entscheidet.«

Craer schüttelte den Kopf. »Mir gefällt beides nicht.« Langsam, beinahe widerstrebend blickte er zu Embra Silberbaum.

Sie erwiderte den Blick, schaute der Reihe nach alle an und sah dann auf den Boden, ohne ein Wort zu sagen.

»Sprecht«, grollte Hawkril schließlich.

Ihr Kopf fuhr in die Höhe, ihre Augen loderten vor Zorn, und sie blickte ihn lange an, bevor sie leise sagte: »Ich habe nicht den Mut, mich an meinem Vater oder sonst wem zu rächen. Ich weiß nicht einmal, ob ich es wagen kann, Magie zu benutzen oder das, was mich befallen hat, nun, da die Bindungen zerbrochen sind.«

Ihre Lippen verzerrten sich wie zum Fluch, aber dann fuhr sie beinahe ruhig fort: »Ihr habt es gewagt, mir zu helfen, Männer von Schwarzgult. Ich denke, wir alle sollten – müssen – es wagen, diesem einsamen Mann zu helfen. Ich könnte nicht mit leichtem Herzen von hier weggehen und ihn allein zurücklassen, und genauso wenig können wir es wagen, ihn zu bekämpfen … was ich auch gar nicht anstrebe, selbst wenn wir ihn dank irgendeiner Gnade der Götter besiegen könnten. Wir können nicht jeden, welchen wir treffen, als Feind ansehen, welchen es zu töten gilt.«

Ja! O ihr Götter, *ja!*

Sarasper drehte sich um, so schnell er das vermochte, um vor ihnen zu verbergen, dass er weinte. Aber er war nicht schnell genug.

In der Stimme des Kriegers hörte er die falsche Herzlichkeit, welche auf Scham gründet. »Nun, wenn wir uns einig sind, dann müssen wir eine Bande von Abenteurern sein, wir vier – und wir müssen uns einen Namen geben, bevor sich irgendwelche Sänger etwas Lächerliches ausdenken. Hat jemand einen klugen Vorschlag?«

»Aber immer!«, antworteten Embra und Craer trocken und wie aus einem Mund. Dann schnaubten sie, wenn auch widerstrebend, da eine gewisse Steifheit zwischen den beiden Männern und der Zauberin herrschte, um dann in Gekicher auszubrechen, welches sich zu Gelächter ausweitete. Dazwischen erklang Saraspers raues Bellen schierer Erleichterung, und seine Tränen versiegten.

Das Gelächter erstarb ganz plötzlich, als vier in die Falle geratene und verzweifelte Gestalten einander anstarrten.

»Bevor diese Klugheit«, sagte Sarasper eilig, bevor ihn der Mut verließ, »uns alle mit einem besseren Namen schlägt, lasst uns die Bande der Vier sein.«

»So soll es sein«, antwortete Craer und meinte dann neckend: »Embra, fangt doch schon einmal an, die Ballade zu dichten!«

»Das würde Euch Leid tun«, gurrte die Zauberin in einem Ton, welcher sowohl Belustigung als auch eine Warnung enthielt, »und für Euch immer noch Fürstin Embra!«

Alle drei Männer gaben spöttische Laute von sich, aber als Embra die Hand ausstreckte, reckten sich ihr langsam die der anderen entgegen, und aller Hände umschlossen sich in festem Griff.

Furchtsame Blicke aus vier Augenpaaren trafen sich. Niemand jubelte, aber keiner der Vier beeilte sich, die Hand zurückzuziehen.

Zwei

Viel Ruhm und viel zu viele Schlangen

Sobald Sarasper seine Hände auf die Rippen des Kriegers Hawkril Anharu legte, atmete der Ritter mit einem langen, bebenden Seufzer aus – einem Seufzer, welcher zu einem Ächzen wurde, als die Heilung begann und sich warm in seinem Körper ausbreitete.

»Ohhh, bei Sargh, aber es ist gut, davon befreit zu werden!«

Sarasper fuhr fort und ließ die Energie aus sich hinausfließen. Die Nützlichkeit dieses Mannes lag in seiner Stärke, und zudem duldete er einen alten Mann als Heiler seiner Schmerzen, welcher sich in eine Wolfsspinne verwandeln konnte.

Hawkril stieß einen tiefen Seufzer der Erleichterung aus und fragte: »Wie kommt es nur, dass Magier Blitze schleudern und Burgen zum Einsturz bringen und anschließend kaltblütig davonschreiten, während Heiler sterben, wenn sie zu viel heilen?«

»Das Heilen kommt von ganz tief drinnen. Die Dreifaltigkeit gewährt diese Gabe nur ganz wenigen«, knurrte Sarasper, ohne aufzublicken. Die Schwäche überwältigte ihn so *schnell* …

Er hoffte, dass niemand bemerkte, wie stark seine Hände zitterten. »Zauberer nehmen sich Kraft von anderen Verzauberungen, um ihr Werk zu vollenden.«

»Oh? Und wer wirkte den ersten Zauber, dessen sich ein Magier bediente?«

»Ah«, machte Craer, »das ist eine Frage, welche die Priester einander an die Kehlen gehen lässt, und noch dazu in vollem Ernst! Sie beanspruchen alle, dass ihr eigener Gott unter der Dreifaltigkeit den ersten Zauber gewirkt hat … und es gibt sogar Magier, welche diesen oder jenen noch älteren Magier dafür verehren, dass er sein Leben gab, um einen Zauber zu vollenden, dessen sich alle anderen Magier bedienen konnten.«

Er schaute herausfordernd von der Stelle aus, an welcher er saß, die Wand entlang bis zu der Herrin der Edelsteine. »Behaupten Eure Bücher etwas anderes?«

»So viele verschiedene Dinge, dass ich keine unter ihnen glauben mag«, erwiderte Embra Silberbaum und seufzte zutiefst erschöpft.

»Wann fing es an, dass Ihr Euch so … ausgelaugt fühltet?«, fragte er in scharfem Ton.

»Vor nicht allzu langer Zeit.«

Ein paar Augenblicke später berührte der Beschaffer Saraspers Schulter und wies auf die Zauberin.

Der Heiler blickte an dem Finger seines alten Freundes entlang. Embra saß zusammengesunken an der Wand und hatte die Augen geschlossen. Binnen weniger Atemzüge sah ihr Gesicht so verrunzelt aus wie das einer alten Frau.

Sarasper nickte langsam und versuchte, den Eifer nicht zu zeigen, welcher ihn plötzlich erfasste. Bei der Dreifaltigkeit, er würde doch die Beherrschung nicht verlieren, wenn er sie berührte, und wie ein brünstiges Tier über sie herfallen, oder etwa doch? Das würde auf der Stelle dazu führen, dass Hawkril das Schwert in seinen Rücken bohrte …

Er verdrängte das blutige Bild aus seinem Kopf und brachte es irgendwie fertig, Craer zu antworten. »Ich bin hier fast fertig. Die Organe in seinem Leib waren übel zerrissen, so dass Eure Zaubertränke nicht geholfen hätten, aber dieser Krieger besitzt die Natur eines rechten Bären.«

Sarasper schaute auf den Ritter und grunzte: »Nun liegt wenigstens so lange still, bis ich mit der Edlen fertig bin. Je länger Ihr Euch nicht regt, desto rascher wird die Heilung auch noch den letzten kleinen Schmerz erfasst haben.«

Ohne auf eine Antwort zu warten, erhob er sich und durchquerte steif und unsicher den Gang, während er die innere Schwärze bekämpfte, welche ihn anschrie, sich auf sie zu stürzen, sich auf sie zu werfen, keinen Augenblick länger zu zögern …

Da er so hastig vorwärts taumelte, prallte er gegen die Wand neben der Zauberin. Vor Schmerz ächzend senkte er eine zitternde Hand und legte seine Finger auf Embra Silberbaums Wange.

Und das Geschrei in seinem Geist verwandelte sich in einen aufsteigenden Jubeltriller, als sich etwas beinahe weiblich Anfühlendes in seinem Inneren erhob.

Eine große Dunkelheit löste sich von seinen Gedanken … nein, keine Dunkelheit, sondern ein Gewicht so schwer, dass kein Sterblicher es hätte tragen dürfen und auch nicht zu tragen vermochte ohne all die wirbelnden Schatten … welche sich nun zurückzogen und schwanden angesichts des hell leuchtenden Bildes der Weltensteine.

Alle vier Dwaerindim drehten sich langsam, und das Bild eines jeden unterschied sich ein klein wenig von den anderen. SIE hatte sie ihm in all ihrer hell leuchtenden Pracht hinterlassen.

Licht wirbelte zwischen den Weltensteinen umher und erreichte ihn mit einer beinahe liebkosenden Berührung, und eine Stimme, die ihn bis an sein Lebensende zum Beben bringen würde, sprach tief in seinem Geist: *Sembril ist Euch zu Dank verpflichtet, treuer alter Sarasper. Aglirta braucht mehr von Eurer Art. Bei der Dreifaltigkeit, ganz Darsar braucht solche wie Euch.*

Sarasper erhob sich in begeisternder Helligkeit und fand sich mit zwinkernden Augen im Schweigenden Haus wieder, und unter seinen Fingern spürte er Embras weiche Wange. Bei den Göttern, *SIE* hatte sich in dieses junge Ding von einer Zauberin begeben …

Embra öffnete für einen kurzen Moment die Augen, drückte sich dann fest gegen seine Hand und fiel scheinbar in festen Schlaf.

Sarasper runzelte die Stirn, als er spürte, wie sein Bewusstsein vorläufig in das ihre sank. Halb fürchtete er, einen schlimmen Fehler zu begehen und wieder in den Glanz einzusinken – und dieses Mal würde der nicht so gnädig mit ihm umspringen.

Kein Entzücken erfasste seinen Geist, nicht einmal ein Flüstern, aber er fand dunkle Fäden, welche nichts mit Sembril zu tun hatten. Viele Fäden.

»Zauber liegen auf ihr«, erzählte er Craer und Hawkril, wobei sein Bewusstsein noch immer in Embra Silberbaums Geist sank.

»Ich frage mich, ob das ihre eigenen sein mögen – oder das dunkle Werk der Silberbaummagier.«

»All meine Magie ist verschwunden«, murmelte Embra unter Saraspers Hand. »Heute Nacht brachen die beiden da die Zauber, welche auf den Befehl meines Vaters gewirkt worden waren. Ich weiß nicht, um welche Zauberbanne es sich sonst noch handeln könnte.«

»Euer Vater hat nie Zauber auf Euch legen lassen, welche Euch jünger werden ließen oder … Eure Schönheit verstärkten?«

Ein schwaches Lächeln umspielte ihre Lippen. »Nein«, sagte die Herrin der Edelsteine mit immer noch geschlossenen Augen. »Alles, was Ihr seht, gehört mir allein.«

»Die Zauber sind mit Sicherheit das Werk von Silberbaums Magierlieblingen«, grollte Hawkril.

Sarasper runzelte die Stirn. »Dann werde ich sie brechen.«

»Das könnt Ihr?«, fragte der Ritter und rollte sich auf einen Ellbogen, um besser zusehen zu können. Er kam gerade noch rechtzeitig, um zu sehen, wie Embras Körper unter Saraspers Händen einmal hochfuhr, bevor sie hilflos zu zittern begann.

Die Zauberin bog den Rücken durch, und als sie die Augen öffnete, sah man darin nur das Weiße. Dann schloss sie sie wieder und sackte zusammen, als besäße sie keine Knochen mehr im Leib.

Der Ritter hörte, wie ihre Zähne klapperten, als der Heiler seine Arme um Embra legte – Bei der Dreifaltigkeit, wer von uns hat die schlimmsten Verletzungen? Meine Kraft schwindet so *rasch*! Werde ich genug davon haben? – und knurrte: »Natürlich! Jeder vermag einen Zauber zu brechen … sofern man Mittel und Wege kennt. Außer wenn man ebenfalls verzaubert ist.« Er schwitzte jetzt, und seine Haut fühlte sich eisig an. Wenn er niederblickte, würde er sehen, dass sie dunkel angelaufen war.

»Ihr meint«, fragte Hawkril bedächtig, »dass jeder, der genug lernt, ein Zauberer sein kann?«

»Beinahe«, schnappte Sarasper, denn die Zauberin in seinen Armen wurde jetzt von einem gewaltigen Zittern geschüttelt und stieß ihn dadurch an der Wand entlang.

Die Dreifaltigkeit möge mir genug Kraft verleihen …

Lasst mich hier bei der jungen Unschuld nicht versagen und auch nicht bei Sembril, welche in sie eingegangen ist …

»Es bedarf größerer Geduld, als die meisten Leute aufzubringen imstande sind«, spuckte er beinahe aus. Er zitterte im eiskalten Griff der Schwäche beinahe heftiger als Embra in seinen immer schwächer werdenden Armen. »Zudem eines eisernen Willens, sich an ein Ziel zu halten – und einer gewissen Unbarmherzigkeit. Aus diesem Grund treten die meisten Magier so großspurig oder geheimnisvoll oder bedrohlich auf. Sie wollen, dass die Leute glauben, dass nur ganz bestimmte Auserwählte Magier werden können, so dass nur wenige sie belästigen, weil sie ihre Lehrlinge werden wollen.«

Ein plötzlicher Schmerz ließ ihn aufstöhnen. Er keuchte einen leisen Fluch, als Embras wildes Ausschlagen einen seiner Ellbogen traf und auf den Boden prallen ließ und sie so seinem Griff entglitt. Sarasper rollte weg, und er war zu schwach, um sich auch nur an ihr festzuhalten.

Embra drehte sich einmal auf dem Steinboden wie ein Hund, welcher sich auf einer Matte den Rücken kratzt, und blieb dann still liegen, so dass Sarasper der Einzige war, der noch zitterte.

Vor Schmerz umfing Sarasper seinen eigenen Körper, so wie sich nach einer Schlacht verwundete Krieger an einem Lagerfeuer selbst umfangen, und ihm war kaum noch bewusst, was um ihn herum vor sich ging.

»Sarasper?«, brummte Hawkril. »Geht es Euch …?«

Irgendwie brachte Sarasper es fertig, den Kopf zu heben. »Gut. Mir ist es nie besser gegangen. Ich muss auf die Füße kommen und ausgelassen herumspringen!«

Dann hustete er. Er klappte unwillkürlich nach vorn, und sein Husten wurde immer würgender und spuckender … bis er schließlich nur noch stöhnte. Als endlich – nach einer wie es schien endlosen Zeit – seine Qual nachließ, schaute Sarasper Craer und Hawkril an. »Keiner von euch beiden hat auch nur die leiseste Vorstellung, wie ein Heiler arbeitet, habe ich Recht?«

Er wartete nicht auf eine Antwort, sondern wandte sich zu Embra um. Ihr Gesicht wirkte reglos, und die Augen hielt sie geschlossen, aber ihre Haut wies den richtigen Farbton auf und *roch* richtig. Sie war von den Zauberbannen befreit und auf dem besten Weg, vollständig geheilt zu sein.

So zärtlich wie ein Vater rollte er sie in eine bequemere Stellung und zog vorsichtig ihre Tunika an Ort und Stelle zurück, denn ihre Zuckungen hatten ihre nackten Schultern entblößt. Dann seufzte der alte Mann tief und wandte den Blick ab.

»Das sah schwerer aus als die Zauber, welche sie wirkt«, meinte Hawkril widerwillig und wedelte mit einer Hand von Sarasper zu Embra, um anzudeuten, dass er die Heilung meinte.

Nach einem Augenblick des Schweigens fragte der Krieger mit Eifer und auch einer gewissen Bewunderung: »Könnte ich Zauber wirken wie ein Magier?«

Sarasper, welcher die Hände wieder auf Embras Schultern gelegt hatte, schaute ihn an. »Eines Tages vielleicht, wenn die Notwendigkeit stark genug gewesen ist. Aber erst müsst Ihr etwas verlieren.«

»Oh?«

»Ja. Euren klaren Verstand. Um ein Zauberer zu werden, welcher irgendeine Art von Macht ausübt, ist es sehr hilfreich, wenn man verrückt ist.«

Hawkril stieß ein angewidertes Geräusch aus und brummte dann spöttisch: »Danke. Ich werde versuchen, mich daran zu erinnern.«

Unter den Händen des Heilers stieß Embra ein schwaches Geräusch aus. Nämlich ein Kichern.

Viel zu bald darauf arbeitete sich Sarasper Kodelmer eine Wand des Schweigenden Hauses entlang, während heulende Windböen an seinen abgetragenen Gewändern zogen und zerrten. Steine und Staub prasselten und zischten um ihn herum, und für einen kurzen Augenblick hatte es den Anschein, als sei der saugende, magische Wirbelsturm aus dem schmalen Türeingang hinter ihm her.

»Verdammt, verdammt, verdammt!«, schluchzte er und mühte

sich mit blutenden Fingern und vor Eile unachtsam an den Steinen entlang.

Dann schlug die Wucht des zauberischen Sturms die Tür mit einem solch lauten Donnerschlag zu, dass die Wände um Sarasper herum bebten … und darauf folgte plötzliche Stille.

Hier und da polterten kleine Steine zu Boden, und er vernahm noch immer ein tiefes Krachen und Brüllen, aber inzwischen befand sich eine geschlossene Tür zwischen ihm und der Wut von was auch immer die Magier des Fürsten Silberbaum ihnen nachgeschickt hatten.

Faerod Silberbaum, welcher jeden Preis für einen gefangenen Heiler zahlen würde …

»Craer!«, schrie er, und eiskalte Furcht stieg in ihm auf. »Sonst noch jemand?«

Aber er erhielt keine Antwort.

Er war jetzt allein, und seine neu gefundenen Freunde waren hinweggefegt worden. Seine Heilkunst hatte er verschwendet … und noch schlimmer: Die Dunklen Drei mussten mit ihren Zaubern ausgespäht haben, wo sie sich befanden, so dass sie gewusst hatten, wo sie ihren Zaubersturm hinschicken mussten. Also wussten sie jetzt, wer Sarasper Kodelmer war und wo er sich aufhielt, sogar wie er aussah – und zudem alles über seine lange verborgen gehaltene Heilkraft.

Sie würden jetzt bis zum Rest seiner Tage hinter ihm her sein.

»Bei den Krallen des Dunklen!«, zischte Sarasper bitter in das Dämmerlicht um ihn herum, wo jetzt der Staub herumwirbelte und sich langsam senkte. Nach all diesen Jahren des sich Verbergens und Umherschleichens in eher Ungeheuer- denn in Menschengestalt hatten einige wenige wilde Stunden sein Geheimnis enthüllt, und der Untergang, vor welchem er sich so lange gefürchtet hatte, stand unmittelbar bevor.

Zumindest sah es so aus. Er hätte Embra Silberbaum die Kehle herausreißen sollen, und zwar in dem Augenblick, als sie das Schweigende Haus betreten hatte. Er hätte mit ihrem Kopf tief in die Katakomben fliehen und ihn bis auf den nackten Knochen abnagen sollen, auf dass kein Geist mehr übrig bliebe, welcher Zauberrufe auszustoßen imstande gewesen wäre.

Er schüttelte sich bei diesem Gedanken, denn ihr wunderschönes Bild erschien wieder vor ihm, aber dann stieß er wild hervor: »Die Tochter des Fürsten – seine Tochter! Einzige Erbin noch dazu, also greift er selbstverständlich nach ihr, und ich bin ihr zu nahe. Viel zu nahe. Sie könnte hinter mir her sein und allem anderen hier drinnen, damit sie Waffen gegen ihren Vater schwingen oder mich und alles andere als pflichtbewusste Tochter zu ihm zurückbringen kann.«

Er setzte sich hin, lehnte sich gegen die Wand und fügte verbittert hinzu: »Wer sagt denn, dass sie ihm nicht inzwischen auch als Eheweib dient? Silberbaums sind zu allem fähig. Oder er zwingt sie durch seine Magier dazu, hierher zu kommen und mich zu töten. Und wenn die Dunklen Drei sich auf ihr Handwerk verstehen, dann merkt sie es nicht einmal! Bei den Göttern, Sarasper, was seid Ihr dumm! Ein Blick auf ein schönes Gesicht und ...und den Rest, und Ihr schwänzelt um sie herum, sprecht zu ihnen allen und helft ihnen auch noch, verflucht noch mal!«

Mit einem verzweifelten Stöhnen lehnte er sich gegen die Wand und schloss die Augen. Er schlotterte vor Erschöpfung. Er hatte sie geheilt, nun gut, und sich selbst erschöpft wie ein vollkommener Narr ... Oh Sarasper, wie konntet Ihr nur die Lektion vergessen, welche Euer ganzes Leben geformt hat?

Zu erschöpft zum Weinen sackte der alte Mann gegen die Wand und verlor das Bewusstsein.

Zersplitterte Knochen verschoben sich unter ihr, und Embra rutschte hilflos und mit den Schultern voran hinunter in die Dunkelheit. Immerhin rutschte sie nicht mit den Beinen über dem Kopf und nach Luft schnappend nach unten, wie ihr das vor ein paar Augenblicken passiert war, wobei der Zaubersturm über ihr heulend umherwirbelte.

Als ob das die Sache besser gemacht hätte. Alles, was sie getan hatte, lief darauf hinaus, dass sie ihren Vater amüsiert und seine drei Magier mit der Gelegenheit zum Ausprobieren ihrer Zauber erfreut hatte. Sie hätte ebenso gut Craer und Hawkril ein paar Juwelen geben und ihnen dabei helfen können, so schnell von der Insel zu verschwinden, wie sie gekommen waren. Sie hätte sie darum bitten sollen, sie zu lieben – bei den Göttern, wie sehr sie sich danach sehnte, einfach nur im Arm gehalten zu werden aus Liebe und nicht in grausamem Spiel! Dann hätte sie sich töten und die Überreste dem Fluss übergeben können, um ihren Vater um seine Lebende Burg zu betrügen.

Sie hätte sich schon vor Jahren selbst töten sollen.

Nicht dass sie je mehr Mut aufgebracht hätte, als ein Messer zu ergreifen und sich selbst im Spiegel zittern zu sehen, während sie daran dachte, es zu benutzen. Ihre feinen weißen Teppiche mit hellem Blut zu durchtränken und an die Decke zu starren, bis alles um sie herum dunkel wurde …

Nein. Bei der Dreifaltigkeit, nein.

Sie hielt sich nicht für eine Abenteurerin. Bei den Göttern, sie war nicht einmal eine Zauberin. Und hier befand sie sich nun in dem von Geistern heimgesuchten Schweigenden Haus und zog zwei Männer in den Tod. Männer, deren Hass auf sie nur durch ihre Furcht zurückgehalten wurde, obwohl sie sie nicht kannten.

Nun, sie wussten, dass sie Zauber zu schleudern vermochte, und sie wussten, dass sie eine Silberbaum war. Grund genug, sie zu hassen und zu fürchten, oder etwa nicht? Ganz Aglirta hasste und fürchtete die Silberbaums aus gutem Grund.

»Ich werde *nicht* wie mein Vater sein!«, sagte sie wild in die Dunkelheit, welche sie umgab. »So werde ich nicht sein!«

Selbst den Bannen großer böser Zauberer kann man ausweichen oder sie bekämpfen.

Obwohl es wie eine lange, harte Zeit erschien, dauerte es nicht allzu lange, bis sich die Viererbande wieder in einem Raum des Schweigenden Hauses versammelt hatte, welcher sich ein Stück weit südlich der Stelle befand, wo der Zaubersturm sie getrennt und beinahe vernichtet hatte.

Sie plünderten dort alle Magie, um Embras Zauber anzufeuern, damit ihnen eine Waffe und ein Schild gegen die Dunklen Drei zur Verfügung stünde und zudem auf ihrem Weg, welchen sie auf ihrer Suche nach den verlorenen Weltensteinen einschlagen würden.

Sarasper lächelte schief. Nach all den Jahren im Haus war er ein Dieb von Zaubern geworden wie so viele, welche er getötet oder in einer der vielen hier angebrachten Fallen hatte sterben sehen. Er …

»Steckt sie einfach in den Sack«, grummelte Hawkril und schwang das Behältnis von seinen Schultern. »Wenn ich ein Dutzend feuchter Zauberbücher zu tragen vermag, dann kann ich auch noch ein paar Kerzenhalter schleppen.«

Embra runzelte die Stirn, als ihr der schwache Modergeruch der Bücher in die Nase stieg, welche sich im Sack befanden, und hielt ihm einen Leuchter und eine Hand voll Armbänder hin.

Anstatt sie zu ergreifen, wurde der stämmige Krieger blass, griff nach seinem Schwert und keuchte: »Bei den Klauen des Dunklen!«

»Was …?«, fragte die Zauberin verwirrt, als Craer sich mit einem plötzlich gezückten Dolch in der Hand duckte.

Sarasper wandte sich um, da er wissen wollte, auf was alle starrten, und Embra wirbelte herum – aber nicht ohne nach einer weiteren Hand voller Armbänder zu greifen.

Rings um die Bande der Vier herum in einem immer enger werdenden Kreis flossen drei Dutzend halb verwester, halb skelettierter Gestalten, deren glitzernde Augen auf Embra gerichtet waren. Alpträume kommen lautlos aus dem Nichts.

Embra musterte sie mit einer Hand auf der Hüfte und streifte sich rasch die Armbänder über den Unterarm. »Wir haben etwas geweckt, Heiler«, sagte sie ruhig zu Sarasper, »aber ich sehe hier nichts, was uns Schaden zufügen könnte.«

»Manche Geister können einem durchaus Schaden zufügen, oder etwa nicht?« Craers Stimme klang nicht ganz fest.

»Ja«, antwortete Embra und hob ihren mit Armbändern geschmückten Arm beinahe trotzig. Die Geister schienen zurückzuweichen, als sie mit einem Finger die verzauberte Schüssel berührte, welche sie sich vorher ins Mieder gesteckt hatte, und einen kleinen Splitter ihrer Macht aufrief, um magische Glut und Funken über die Schmuckstücke blitzen zu lassen. »Ich bin einmal einem begegnet. Das war meines Vaters Vorstellung davon, wie mein Mut angefeuert werden sollte.«

Die Geister schwebten näher heran.

»Müssen wir bleiben?«, schnappte Hawkril.

»Ich denke, am besten setzen wir uns in Bewegung«, meinte Craer. »Was ist, wenn die Magier des Fürsten irgendeine Bedrohung gegen uns einschmuggeln – einen Zauber, ein Ungeheuer oder gar einen von ihnen persönlich – in diesen Raum mitten unter all ... diese da?«

Sarasper nickte. »Deshalb müssen wir zusehen, dass wir uns beeilen.« Er schaute Embra an und fügte düster hinzu: »Ich verberge mich nun schon seit so vielen Jahren an diesem Ort, dass die hier im Schweigenden Haus umherwirbelnden Geister fast so etwas wie alte Bekannte geworden sind. Aber zum ersten Mal beschleicht mich ein Gefühl, als ob jemand – oder etwas – uns ohne Unterlass beobachtet.«

Dieses Gefühl verschwand, nachdem sie Tage später die Katakomben des Schweigenden Hauses hinter sich gelassen und sich auf den langen, langen Marsch durch die Dunkelheit gemacht hatten, welcher sie zu den Abwässerkanälen von Adelnwasser bringen sollte.

Sarasper trottete unablässig hinter Craer her, rief sich seine lebhafte Erinnerung an die Dwaerindim ins Gedächtnis und lächelte glücklich angesichts des schimmernden, sich langsam drehenden Feuers.

Die vor ihm liegenden Tage hielten aller Wahrscheinlichkeit nach Gefahren und Unannehmlichkeiten bereit, aber wenigstens hatte er jetzt Freunde, mit welchen er sie teilen konnte. Er fühlte sich wieder *lebendig* nach viel zu vielen Jahren des einsamen Wartens in der Dunkelheit.

Während all dieser langen Jahre des Jagens und sich Versteckens hatte ihn, das wusste er inzwischen, Sembril Silberbaum am Leben erhalten – er hatte nur überlebt, weil sie einen Wirt brauchte, um sich selbst lebendig zu erhalten. Dort hatte sie gewartet, bis eine passende Silberbaum in ihre Reichweite kam, in welche sie fahren konnte, nämlich ihre Nachfahrin Embra Silberbaum, und …

Und dann?

Plötzliche Furcht ließ Sarasper Kodelmer anhalten, nach Luft schnappen, sich umdrehen und auf die große, anmutige, dunkelhaarige Zauberin starren, welche hinter ihm durch die endlosen Gänge schritt.

Was hatte er nur auf die Welt losgelassen?

Er sollte sie auf der Stelle töten, er musste …

»Sarasper?«, fragte sie mit besorgter Stimme und streckte eine Hand aus, als sie an ihm vorbeiging.

Embras Finger hielten an, kurz bevor sie ihn berührte, aber ihre Hüfte streifte ihn für einen kurzen Augenblick – und das Bild der Dwaerindim flammte in seinem Geist so blendend hell auf, dass Sarasper Kodelmer wie verzaubert hineinstarrte und vergaß, was ihn so sehr beunruhigt hatte. Er stand da und lächelte still auf ein irgendwie vertrautes Lächeln zurück, welches zusammen mit dem hellen Schein verblasste und sich in seine Erinnerung zurückzog ….

Der alte Heiler schaute zurück auf die Dunkelheit und gab sein Lächeln an Hawkril Anharu weiter, welcher als Letzter der Viererbande durch den Gang schritt und ihn scharf anblickte.

Nach langer, langer Zeit verließ er das Schweigende Haus. Nach langer, langer Zeit konnte er den Versuch unternehmen, die Dwaerindim zu finden und Aglirta – und sich selbst – aus der langen Dunkelheit holen.

Das Schweigende Haus wich hinter ihm zurück wie ein dunkler Umhang, zwar vertraut, aber viel zu lange getragen und ihm inzwischen zuwider geworden.

Er verließ es jetzt mit Freude im Herzen – aber dennoch wusste Sarasper Kodelmer, dass er in seine Hallen zurückkehren würde. Eines Tages. Irgendwie.

Der hauchfeine Schatten eines Lächelns verblasste in den Tiefen seines Geistes.

Einige Monate später drang Horlbrant gemeinsam mit seinen Mitrittern tiefer in das von Gespenstern heimgesuchte Düster des Schweigenden Hauses vor. Ein tiefes, donnerndes Krachen vor den Männern ließ die Steinplatten unter den Stiefeln sowie die Wände ringsumher erbeben, und Horlbrant wollte gar nicht weiter darüber nachdenken, was diesen Tumult verursacht haben mochte. Sein eigener Fürst samt etlichen anderen hatte sich den Rittern angeschlossen, ein jeder hastete mit gezücktem Schwert weiter, und …

»Entweihung!«, schrie jemand weiter vorn, und die Stimme klang gleichermaßen kultiviert wie zornig.

Dann öffnete sich eine riesige Halle vor den dahineilenden Rittern, und auf deren Boden häufte sich Schutt, während an den Wänden Galerien angebracht waren, auf welchen sich bereits Unmengen von Kriegern und Höflingen drängten. Es sah ganz danach aus, als hätte sich ganz Aglirta – die Dreifaltigkeit sei uns gnädig! Sogar Schlangenpriester! – in dieser zerbröckelten Halle versammelt.

In der Mitte stand ein Mann, welchen Horlbrant vom Sehen her kannte: der Goldene Greif. Fürst Ezendor Schwarzgult ragte über einer Hand voll Leuten auf – einer mit Blut bedeckten Frau, einem halbnackten Riesen von einem Mann, ebenfalls blutverschmiert, sowie einer kleineren, halb verdeckten Gestalt. Ein vierter Mann hing nackt und mit ein paar Blutflecken bedeckt bewegungslos in der Luft, als sei er mitten im Sprung eingefroren. Seiner Haltung nach zu schließen hatte er versucht, Schwarzgult zu erreichen, und zwar mit keineswegs freundlichen Absichten.

Die dunkle Rüstung des Goldenen Greifen sah verbeult aus, aber auf seiner Miene zeichnete sich die Lust des Wolfes an Blutvergießen ab. In seinen Händen trug er drei Steine, welche wie neugeborene Sterne schimmerten. Das Gemurmel seiner Kameraden um ihn herum sagte Horlbrant, dass sie auf die mächtigste Magie starrten, welche ihnen je vor die Augen gekommen war.

Schwarzgult musterte der Reihe nach all die grimmigen Männer und erklärte ruhig: »Da sich Aglirta allen Ernstes zum ersten Mal, seit ich denken kann, versammelt, lasst uns für mehr Platz sorgen.«

Die drei leuchtenden Steine – das mussten die Dwaerindim sein – flammten gleichzeitig auf, stiegen in die Höhe und formten einen anmutigen Bogen in der Luft. Gleichzeitig stieg auch der Schutt vom Boden in die Höhe, und ein Wirbel aus Leichen und zerborstenem Stein fegte in eine Ecke und senkte sich zu einem staubigen Haufen nieder.

In die ehrfürchtige Stille spuckte Fürst Maerlin: »Ihr als Herrscher? Schwarzgult, Eure Schurkereien sind der Grund dafür, dass wir einen Herrscher brauchen! Was macht Euch besser als mich? Warum soll Maerlin nicht herrschen?«

»Maerlin! Maerlin!«, echoten die hinter ihm stehenden Ritter.

»Ruhe!«, brüllte ein anderer Baron. »Ich sehe keinen Grund zur Eile, was die Ernennung eines Herrschers betrifft – ganz im Gegensatz zu Euch, Drückeberger Schwarzgult, oder Euch, Gierhals Maerlin! Lasst uns ...«

Jemand schleuderte einen Dolch über die Köpfe der Menge, welcher dicht an dem Ohr eines Adligen vorbeizischte und einem hinter dem Fürsten stehenden Ritter das Kinn aufschlitzte.

Die Halle explodierte in eine wilde, brüllende Schlägerei. Schwerter klirrten wie schnelle, wütende Schmiedehämmer, Männer schrien – und jedermann stieß, schob, hackte und drängte ... oder starb. Die Luft füllte sich mit Schwertern, Dolchen und sogar Steinen. Horlbrant duckte sich, hob schützend sein Schwert und einen Dolch und versuchte auszumachen, was diese Schlangenpriester taten oder ob irgendwelche Zauberer sich anschickten, Banne zu schleudern.

Magier entdeckte er keine, aber die Schlangen schienen zu den Wänden zu schwärmen und ihre Zauber nur zu benutzen, um sich von dem blutigen Kampf abzuschirmen. Der in der Luft hängende alte Mann verschwand hinter all den herumwirbelnden, drauflos-hackenden Kriegern, und anschließend war Horlbrant viel zu sehr damit beschäftigt, sich selbst am Leben zu erhalten, als dass er irgendetwas bemerkt hätte außer der nächsten Schwertklinge. Er achtete nur darauf, aus welcher Richtung sie heransauste und wie er am besten denjenigen angreifen konnte, welcher sie schwang.

»Nichts ereignet sich so, wie man sich das gedacht hat«, schimpfte ein angewiderter Fürst ganz in der Nähe. »Dafür sei der verfluchten Dreifaltigkeit gedankt!« Und dann schrie der Fürst auch schon vor Schmerzen.

Überall um Horlbrant herum schrien und fielen Männer, und er erhaschte kurze Blicke auf Krieger mit Augen, aber ohne Gesichter, sondern glatten Masken aus Fleisch, welche in Paaren oder Gruppen kämpften und ihre Schwerter mit großem Geschick führten. Sie schienen sich ganz bestimmte Gegner vorzunehmen, aber Horlbrant wirbelte jetzt von ihnen weg in Richtung der Tür, durch welche er hereingekommen war. Die seltsamen Kämpfer wollten ihm ganz und gar nicht gefallen, und er wollte nicht sterben.

Mehr Ritter in Rüstungen drängten jetzt durch die Tür – Männer, welchen das Fleisch von den Wangenknochen getropft und in grotesker Weise festgefroren war. Die Geschmolzenen!

Mitten unter ihnen schritt ein stämmiger Magier mit Haaren von der Farbe schmutzigen Strohs und Augen wie grauem Eis, welcher Beschwörungen sang und Befehle bellte. Dieses musste Korloun sein, der Bannmeister von Maerlin.

Und als Horlbrant sich möglichst klein machte, um nicht gesehen zu werden, starrte Korloun quer durch die Halle, lächelte triumphierend und sagte: »Ihr Männer, welche ich geschaffen habe – zu der Frau dort drüben!«

Gehorsam und ohne das geringste Zeichen von Furcht drängten sich die Geschmolzenen hackend und stoßend in einem großen gerüsteten Keil dicht an Horlbrant vorbei. Sie töteten ein Dutzend Männer, dann mehr, und wurden dann langsamer, da eine entschlossene Gruppe von Rittern aus Maerlin sich ihnen entgegenstellte – worauf einige der Geschmolzenen auseinander barsten. Ihre Knochen explodierten und fällten die Männer, welche mit ihnen kämpften und sie einzukreisen trachteten. Als besäßen sie kein Gehirn, drangen sie weiter vor.

Das schien die Schlangen zu entfesseln und noch dazu eine große Anzahl bislang unerkannt gebliebener Zauberer, und überall in der Halle entstanden kriechende, zustechende Zauberbanne. Gesänge und gezischte Beschwörungen wurden überall in der Halle laut, und Horlbrant verkroch sich unter einen sterbenden Ritter aus Maerlin, nachdem er mit dem Mann zu Boden gesunken war. Er hoffte, so den gierigen Flammen zu entkommen, welche nur zu bald über der Schlächterei züngeln würden.

Feuerbündel erblühten über allen Köpfen und wirbelten über die Wände, wobei sie taumelnde Männer brennend mit in die Tiefe rissen und gleich darauf die Galerien, auf welchen sie sich befunden hatten.

Aber unter seinem keuchenden, sterbenden Schild fürchtete sich der darunter umherspähende Horlbrant weit mehr vor den durch die Luft schießenden Reißzahnzaubern der Schlangenpriester: schimmernden Schlangen der Macht, welche hier und dort in das Blutgemetzel fuhren und mit jedem Biss lebendes Fleisch zerschmolzen.

Glücklicherweise sah es ganz danach aus, als seien die Geschmolzenen und ihr Meister Korloun die Ziele der Schlangen. Die dahinschlurfenden toten Männer fielen erst dann, wenn der größte Teil ihres verwesenden Fleisches verschwunden war und die freiliegenden Knochen unter dem Gewicht ihres übrigen Körpers zusammenbrachen. Korloun befahl ihnen, einen Wall um ihn herum zu bilden. Ausschließlich auf seine eigene Sicherheit bedacht, scherte es ihn nicht, dass die herumsausenden Mäuler sie nach Belieben verzehrten.

Die Zahl der Geschmolzenen schwand rasch dahin, bis nur noch ein kleiner Kreis um den Zauberer herum übrig blieb – und genau zu diesem Zeitpunkt erschien eine frische, starke Schar von Rittern, welche die Wappen von Adeln trugen und durch die Tür hereinströmten, welche Horlbrant hatte erreichen wollen. Die Männer schickten sich sofort an, sich ihren eigenen blutigen Weg durch das Gemetzel zu bahnen.

Blut hatte den Boden um Horlbrant herum feucht und schlüpfrig werden lassen, und überall verstreut lagen Berge von Toten, so dass diejenigen, welche noch kämpften, durch Blut wateten und darauf ausglitten. Überall wurden hilflose Ritter aufgespießt, desgleichen Zauberer, welche den verzweifelten Schwertern jener, welche sie töten wollten, nicht entkamen.

Durch das Getümmel drangen die Ritter aus Adeln unter der Führung eines Riesen von einem Mann wie ein großer Speer hervor und kamen direkt auf den Fürsten Schwarzgult zu.

Ein kleiner, neben Schwarzgult zusammengeduckter Mann schleuderte Dolche nach dem langsam heranschreitenden Titanen aus Adeln, welcher sie jedoch beiseite schlug … und dann trat ein halbnackter, ebenso großer Hüne neben Schwarzgult hervor, um den Mann aus Adeln mit einem langen, schweren Kriegsschwert herauszufordern.

Bevor er den Adelner Riesen erreicht hatte, ging ein Blitz von dem Goldenen Greifen aus – nein, er stammte von der Frau zu seinen Füßen – und zischte kurz um den Riesen herum.

Dann jedoch schoss er zurück zu der Frau, welche aufschrie, als für einen kurzen Augenblick winzige Blitze aus ihren Augen, der Nase und dem Mund brachen, bevor Schwarzgult irgendetwas mit einem der Dwaerindim anstellte, das sie heilte. Der Riese aus Adeln trug offenkundig eine verzauberte Rüstung oder eine andere Art von abschirmender Magie.

Der halbnackte Mann und der erheblich größere Adelner in seiner Rüstung prallten zusammen, eine mit Stacheln versehene Axt verhakte sich mit dem Kriegsschwert, und die beiden Männer zogen und zerrten Schulter an Schulter, bevor sie beide mit einem Wirbelwind von Schlägen und Hieben begannen.

Andere Männer aus Adeln strömten vorwärts und bildeten einen Kreis um die beiden Kämpfer, und viele unter ihnen stachen mit ihren Schwertern nach den Kniesehnen des halbnackten Mannes, aber die Zauberin schleuderte Feuer auf sie, und Schwarzgult erzeugte mit Hilfe der Weltensteine einen mannshohen, purpurfarbenen Feuerring, welcher sich hoch auflodernd um die angestrengt kämpfenden Hünen ausbreitete und Männer gegen die Wände drückte.

Die Hitze des Feuerrings zerschmolz Steine und zudem die Dolche, welche durch ihn hindurchgeschleudert wurden. Die Männer unterließen binnen kurzem jeden Versuch weiterzumachen, und Schweigen breitete sich in der Halle aus, während die beiden großen Männer gegeneinander kämpften.

Schwert knirschte gegen Axt, und die Waffen schrammten langsam mit einem Geräusch gequälten Stahls aneinander entlang, als sich die Kämpfer mit nun zitternden Muskeln gegeneinander drängten.

Einer der Stacheln auf der Adelner Axt brach, wodurch das Schwert abrutschte und die beiden Männer in entgegengesetzte Richtungen gewirbelt wurden.

Die Männer aus Adeln stießen ein Gebrüll aus. Ihr Kämpfer trug eine schwere Kriegsrüstung, während auf dem Körper seines Gegners lediglich Haar, Schweiß und eine Blutspur zu sehen waren, wo ein Axtstachel einen langen Riss verursacht hatte.

Der Kämpfer aus Adeln schritt bedrohlich vorwärts, rammte einen Stiefelabsatz in den Boden, machte zwei schnelle Schritte und trat mit dem Fuß aus, an welchem er gerade eine Klinge hatte vorspringen lassen.

Horlbrant sah in dem kurzen Augenblick, bevor die Männer ineinander krachten, den dicklichen Flecken Giftes auf der Klinge. Der Adelner musste lediglich einen ganz winzigen Schnitt zustande bringen …

Aber der halbnackte Mann bewegte sich wie eine zustoßende Schlange, wich der Klinge aus und zertrümmerte die Halspanzerung seines Gegners mit einem festen Hieb, welchen viele der Männer spüren konnten, obwohl doch der Flammenring die Kämpfenden abschirmte.

Gurgelnd und dem Ersticken nahe kippte der Adelner auf den Rücken, während er nach Luft rang. In diesem Augenblick murmelte ein Sirler Zauberer, welcher beinahe auf Horlbrant stand, einen schnellen Zauber, und die Rüstung des Titanen aus Adeln blitzte hell auf – und explodierte mit einem Brüllen, wobei sie ihren Träger in Stücke riss und Fetzen des Stahls in alle Richtungen schießen ließ.

Männer heulten auf, als Metallfetzen durch die Flammen flogen und überall in der Halle in Fleisch bissen. Die Teile prallten singend und klirrend von Rüstungen ab, weitere Schreie erklangen, und als die Zauberin herumgerissen wurde und fiel, schrie auch sie, und der Feuerring verging.

Mit Gebrüll stürmten die Krieger aus Adeln vor und trampelten in ihrer Hast, zu Schwarzgult zu gelangen, Horlbrant und viele der Toten oder Sterbenden nieder.

Der Goldene Greif pflückte einen der sich drehenden Dwaerindim aus der Luft und steckte ihn ein, während er auf die Angreifer zuschritt und sich einen Schritt später die anderen beiden griff.

Er brachte die Weltensteine dazu, magisch glühende Schwertklingen für ihn zu erschaffen, während er sich den Männern aus Adeln näherte. Die Klingen zogen Spuren von Funken hinter sich her und zischendes Feuer, als er durch die Luft hieb wie jeder Schwertmeister, welcher seine Tapferkeit unter Beweis stellt – und wann immer ein Herausforderer oder seine Klinge auf den Schein trafen, wurden sie zurückgeschleudert.

Der halbnackte Krieger, welcher den Kämpfer aus Adeln besiegt hatte, sprang zu Schwarzgult, um ihm beizustehen, und der Beschaffer stellte sich an des Greifen andere Seite, wobei er immer noch Dolche schleuderte.

Horlbrant beobachtete, wie etliche in Adelner Kehlen oder Augen fuhren. Überall in der Halle schlugen die von dem Feuerring nicht mehr zurückgehaltenen Kämpfer wieder aufeinander ein.

Und dann schwankten plötzlich die Ritter aus Adeln und fielen fluchend überall um Horlbrant herum zu Boden. Er sah sich dazu gezwungen, sich zu drehen und zu winden und unter dem Gewicht der Toten hervorzukriechen, und er fragte sich, wer oder was sie umbrachte.

Jedenfalls kamen die Schwerthiebe von hinten … ja, die Geschmolzenen natürlich! Ein paar Furcht erregende tote Männer schlugen schon wieder die Ritter aus Adeln in Stücke, und …

Horlbrant fluchte und kroch auf allen vieren über den Boden. Hätte er auch nur einen Moment gezögert, dann hätte er eine rostige Klinge im Hals stecken gehabt. Er rollte sich weiter von den

Schwertern der gehirnlosen Männer mit den geschmolzenen Gesichtern weg und vorwärts in die dichten Reihen der Ritter aus Adeln, welche wie besessen versuchten, Schwarzgult und die Hand voll seiner Getreuen niederzuhauen, da auch sie danach trachteten, von den Geschmolzenen wegzugelangen. Aber sie scheiterten.

Horlbrant trat aus und kroch um sich schlagend an Beinen vorbei, so gut er das vermochte, und bahnte sich prügelnd seinen Weg durch einen Regen von Blut. Viele der Männer über ihm waren bereits getötet worden, aber zu fest aneinander gequetscht, um zu fallen, zumal sich ihre Rüstungsteile miteinander verhakt hatten.

Er kletterte auf einen zu Boden gestürzten Toten – gerade noch rechtzeitig, um sich zu ducken, die Zähne zusammenzubeißen und das volle Gewicht eines eben getöteten Adelners aufzufangen, welcher dann an seinem Rücken entlang zu Boden glitt. Er wagte einen Blick nach oben, um sicherzustellen, dass nicht etwa ein anderer Ritter auf das ihm unbekannte Gesicht einstach, und erblickte stattdessen einen austretenden, sich windenden Adelner, welchen die beiden haarigen Arme des halbnackten Kriegers von den Füßen gerissen hatten.

Laut schreiend schwang der Mann vergeblich sein Schwert – und wurde weggeschleudert. Er flog an Horlbrant vorbei und außer Sicht, und man hörte nur ein lautes, markerschütterndes Krachen, als er irgendwo auf die Steinfliesen des Bodens prallte.

Männer brüllten daraufhin vor Furcht und vor Zorn – und schwiegen dann urplötzlich überrascht. Horlbrant schaute auf, während er sich auf die Füße kämpfte … und schloss sich dem stummen Staunen an.

In der Luft über dem halbnackten Mann erschien langsam eine Gestalt aus glühendem, weißem Licht, dessen Helligkeit stetig zunahm: das gespenstische Abbild des Erwachten Königs.

Gemurmel wurde laut, und Männer begannen nach vorn zu drängen – aber Stille senkte sich wieder über die Halle, als die Stimme des Königs in jedem Kopf widerhallte. »Schwarzgult, öffnet mir Euren Geist!«

»Selbstverständlich, Majestät«, antwortete der Goldene Greif, bevor wieder Stille herrschte – und Horlbrant verlor mitten unter den schlaffen, blutgetränkten Leichen das Gleichgewicht, fiel nach vorn und glitt hilflos in den Wald aus Adelner Beinen. Hastig schloss er die Augen und spielte den Toten, um zu vermeiden, von den Männern über ihm in Stücke gehauen zu werden.

Jemand stieß ihn zur Seite, wieder ein anderer trat auf ihn und fluchte, und er glitt in eine Blutpfütze. Dann rutschte er in der schmierigen Nässe gegen einen weichen Körper ohne Rüstung.

Die Zauberin gab einen Schmerzenslaut von sich, als er gegen sie stieß, zuckte zusammen und wich vor ihm zurück. Sie rutschte aus, legte eine feste, langfingrige Hand auf seine Schulter, um sich zu befreien … und Blut – ihr Blut – wischte über seine Wange.

Daraufhin flüsterte etwas tief in seinem Innern, schwach und dennoch rasch und zornig, und das Geflüster schwoll zu einem beinahe ohrenbetäubenden Gesang an, dessen Worte er nicht verstand.

»Ich …«, hörte er Schwarzgult leise durch den flüsternden Lärm. »Ich bin treu!«

Und das Geflüster wirbelte nach oben und nahm Horlbrant in Besitz, und Erinnerungen, welche nicht seine eigenen waren, wogten wie Alpträume in seinen Verstand. Das Letzte, was er hörte, während das Flüstern ihn nach unten zog – *wenn Embra etwas zustößt, seid Ihr der eine, seid Ihr der eine, seid Ihr der eine* –, war die Stimme des Erwachten Königs, welche durch die Halle dröhnte: »Er spricht die Wahrheit! Erhebt Euch, Schwarzgult, als der Regent von Aglirta!«

Der weiche, langgliedrige Körper neben dem seinen wölbte sich plötzlich, und ein Arm schlug so hart und fest wie eine Eisenstange auf die Kissen. Hawkril Anharu wurde augenblicklich wach und lauschte angestrengt nach Eindringlingen, irgendetwas zu Boden Gefallenem oder … oder Magie.

Die Edle Embra Silberbaum lag nackt und glänzend im Mondlicht, welches durch das hohe Bogenfenster hereinströmte, und ihre Haut schimmerte feucht, als hätte sie sich eingeölt. Hawkril fuhr mit einer großen, haarigen Hand über einen ihrer Schenkel. Schweiß.

Seine Berührung ließ sie zusammenzucken, dann keuchte sie plötzlich und erwachte.

»H-Hawkril?«, flüsterte sie, als er sie in die Arme nahm.

»Der bin ich«, bestätigte er und hielt sie fest. »Was ist los? Seid Ihr ... krank?«

»Ich ... bei den Göttern, ich *triefe* vor Schweiß! Aber ich glaube nicht, dass ich krank bin.« Embra rührte sich in seinen Armen, damit er sie losließ, weil sie sich aufrichten wollte.

Als die Hochfürstin von Aglirta dann mit um sie wallendem Haar aufrecht im Bett saß, schwieg sie und starrte ganz betont quer durch das Zimmer, bis Hawkril sich bemüßigt fühlte, in die gleiche Richtung zu schauen. Der Schrank, der Spiegel mit ihren wie immer darüber geworfenen Kleidern ... nichts sah ungewöhnlich aus.

»Embra«, brummte er. »Embra?«

Sie starrte weiter schweigend ins Nichts, also schob er eine Hand unter eines ihrer Knie und kniff in das weiche Fleisch.

Sie zuckte wieder zusammen, gab ihm einen spielerischen Klaps und sagte: »Entschuldigung, Hawkril. Ich – ich sehe immer noch das Schweigende Haus ... seine Räume ... und ich rieche immer noch die Gerüche. Meine Erinnerungen daran, wie wir es gemeinsam durchwanderten, sind sehr lebendig.«

»Meint Ihr gerade jetzt? Ganz plötzlich wie aus dem Nichts oder ...?«

»Während der letzten zehn, zwölf Tage, glaube ich. Ich dachte zunächst manchmal während des Tages daran, aber in den Nächten nahmen die Bilder zu. Ich denke, ich verbrachte die ganze letzte Nacht in einer Art magischen Befangenheit – wisst Ihr noch, dass ich Euch erzählt habe, wie müde ich mich fühlte, als ob ich gar nicht geschlafen hätte, ohne den Grund zu kennen? Ich schlich im Traum durch das Haus. Ich ging rastlos von Raum zu Raum, aber nicht, um etwas dort Lauerndes aufzuspüren ... gerade eben tat ich es wieder, aber dieses Mal hatte ich ein Gefühl der Beunruhigung.

Als stimme etwas nicht, etwas, das es mir nicht zeigen kann, von dem es mich aber unterrichten will. Aber was?«

»Und warum?«, ergänzte Hawkril.

Sie starrten einander im kalten Mondlicht für ein paar Augenblicke an, bis Hawkril ruhig sagte: »Wenn Ihr Euch ein paar Kleider überwerft, kann ich unsere Stiefel und Schwerter holen, auf dass wir uns gleich dorthin begeben können, falls Euch das beruhigt. Blutklinge ist tot, die Schlangen wieder einmal besiegt, und Raulin ist für die nächsten Tage auf dem Thron sicher.«

»Nein, Hawkril«, wisperte sie nach kurzem Zögern. »Haltet mich einfach nur.«

Dann berührte sie mit einem Finger seine Lippen und fügte hinzu: »Ich belege Euch mit einem Zauber. Sobald Ihr einschlaft, befindet Ihr Euch in meinem Geist. Wir werden den gleichen Traum teilen.«

»Das könnte mir Spaß machen«, brummte der Ritter. »Aber aus welchem Grund?«

»Ich möchte, dass Ihr etwas für mich tut«, flüsterte Embra.

»Was?«

»Schaut nach, was mit meinem Verstand nicht in Ordnung ist.«

Drei

Saat und Blüte

Jahre später war an einem bestimmten Abend im Schweigenden Haus nichts in Ordnung.

Die Schlangen wirbelten herum und hasteten zurück, als sie das Krachen hörten, aber sie hätten sich nicht derartig beeilen müssen. Der Stein besaß die Größe eines kleinen Sofas, und selbst wenn sie fünfmal mehr gewesen wären, hätten sie ihn nicht heben können.

Die Wucht des Falls hatte Steinplatten zermalmt, und der Stein hatte sich tief in den Boden gebohrt. Rote Flecken, zwei Füße und eine vergeblich ausgestreckte Hand zeigten an, wo der hinterste ihrer Wachposten gestanden hatte.

Sarthen blickte sich unruhig um. »Vielleicht ziehen wir uns besser zurück.«

»Nein, heiliger Mann, das wäre es nicht«, erwiderte eine der Wachen fest.

Sarthen zuckte zusammen, als hätte der Mann ihn geschlagen, und zischte: »Habt Ihr vergessen, wer ich *bin*, Ihr Wurm? Kennt Ihr die Strafe der Bruderschaft der Schlange für eine solch unverschämte Missachtung meines Rangs?«

Er hob eine Hand, hielt deren Fläche nach außen – und sie explodierte in einen kleinen Wald aus fleischfarbenen Schlangen. Ihre winzigen Kiefer schnappten zu, als sie sich wanden und wieder und immer wieder in die Luft bissen.

»Küsst meine Handfläche«, befahl der Priester der Schlange, »oder schwört auf der Stelle Eurem Glauben ab.« Eine Bewegung seiner anderen Hand brachte das Dutzend steingesichtiger Schlangenwachen dazu, ihre geladenen und schussbereiten Armbrüste bedrohlich zu heben. »Wenn wir dem schuppigen Weg folgen, dann leben – oder sterben – wir gemeinsam.«

»Genau«, knurrte der Wachposten. »Und wir tun dies, indem wir Befehlen von oben gehorchen, Sarthen – Befehlen, die kraft der Autorität erteilt werden, welche von der Großen Schlange selbst herabfließt. Ihr hattet den Befehl, das Schweigende Haus zu durchsuchen und etwas zurückzubringen, was der Kirche nützlich sein mag, und nicht auf dem Absatz kehrtzumachen und davonzurennen, sobald Ihr einen Mann verloren habt. Die Brüder der Schlange wissen seit über tausend Jahren, dass Fallen im Schweigenden Haus lauern – zudem noch starke Magie und Ungeheuer. Mit Verlusten mussten wir rechnen.«

»Also beharrt Ihr darauf, mir sagen zu wollen, wie meine Aufgabe beschaffen ist?«, zischte Sarthen und wurde bleich vor Zorn.

»Nein, Sarthen. Küsst meine Stiefelspitze, und zwar augenblicklich. Ich bin einfach nicht daran gewöhnt, dass schlichte Priester der Schlange Ungehorsam zeigen, sei es nun in kleinen oder großen Angelegenheiten.«

»Schlicht?« Sarthen erstickte beinahe vor Wut. »Seid Ihr verrückt, Ihr Wurm?« Ohne auf eine Antwort zu warten, drehte er sich um und gestikulierte ebenso empört wie großspurig in Richtung der Armbrustschützen.

Bogensehnen vibrierten, Bolzen schossen los – und wirbelten durch die Luft an dem einsamen Wachposten vorbei, beschrieben dann einen weiten Bogen in dem dämmrigen Gemach und schossen auf die versammelten Schlangen zu.

Dort fand das vollständige Dutzend sein Ziel, bohrte es sich mit solcher Wucht in Sarthens Brust, dass es den Mann in Stücke reißen oder ihn quer durch den Raum hätte schleudern müssen – oder auch beides.

Stattdessen blieb er mit zitterndem, wankendem Körper stehen. Seine Augen quollen aus den Höhlen, Blut sprudelte aus seinem Mund, und sein Brustkorb war derartig durchlöchert, dass er nicht mehr Atem schöpfen konnte. Niemals wieder. Nur Zauberei hielt ihn aufrecht … und am Leben.

»Steht einfach nur da, und freut Euch an den Schmerzen, Sarthen«, befahl der einsame Wachmann, riss sich den Helm vom

Kopf und schleuderte ihn auf den Boden. »Ich will, dass Ihr lange genug am Leben bleibt, um zu leiden. Und dass Ihr wisst, wie wenig die Bruderschaft von Eurem Rückgrat und von Eurer Treue hält.«

Er richtete sich auf und fügte hinzu: »Wenn wir eine bessere Meinung von Euch gehabt hätten, dann hätte ich nicht meine eigenen wichtigen Aufgaben und Pflichten vernachlässigen und Euer Kindermädchen spielen müssen.«

Mehrere seiner Kameraden hatten sich angeschickt, unsicher und mit gezückten Schwertern in der Hand auf den barhäuptigen Wachposten zuzugehen. Er musterte sie kalt.

»Falls ihr nicht Sarthens Schicksal teilen wollt, solltet ihr aufhören, mich zu bedrohen, meine treu ergebenen Schlangenbrüder. Erzpriester der Kirche sind nicht daran gewöhnt, Ungehorsam von Untergebenen entgegengebracht zu bekommen.«

Die Schlangenbrüder neben dem Rest der Wachen schluckten unverkennbar. »D-dürfen wir Euren Namen erfahren, verehrter Erzpriester?«, fragte einer mit zitternder Stimme.

»Lulkoun«, kam die kurze Antwort, und beim Klang dieses Namens keuchten etliche unter den Wachen hörbar auf, und ein Schlangenbruder stöhnte.

Erzpriester Lulkoun war die Geißel der Schlange, der Bestrafer all der kleinen Unbedachtheiten und Verrätereien unter den Gläubigen – und sein eiskalter Mangel an jeder Form von Gnade war allen in den Reihen der Kirche der Schlange nur allzu gut bekannt.

Falls es ihn erfreute, welche Wirkung die Nennung seines Namens zeitigte, so ließ die Geißel sich dies nicht anmerken. Er hob eine Hand, wies auf die sie umgebende Dämmerung und sagte tonlos:

»Wir kamen aus einem bestimmten Grund hierher. Lasst uns weitermachen. Vorsicht ist angebracht, und wenn es notwendig werden sollte, werde ich den Befehl zum Rückzug aus dem Schweigenden Haus erteilen – aber erst nachdem wir magische Figuren oder andere Gegenstände von Wert eingesammelt oder so viele Verluste erlitten haben, dass ich bezweifle, dass die verbliebenen

Kräfte ausreichen, irgendetwas Nützliches zu vollbringen. Oder wenn wir am Leben bleiben und nach draußen gelangen können. Ich *muss* Bericht erstatten.«

Er schaute seinen Mitschlangen der Reihe nach in die Gesichter und fügte hinzu: »Einige unter euch wurden für diese Aufgabe ausgewählt, weil sie schon in der Vergangenheit das Haus betreten haben und wieder hinausgelangten. Bruder Dreelar, Bruder Ansur, Bruder Thabras, Bruder Rhanglan ... Habe ich einen vergessen?«

Es herrschte angespannte Stille, und Lulkoun nickte ungeduldig. »Kelgrael Schneestern war zur Zeit eures ersten Eindringens noch nicht wiedererwacht; fühlt oder bemerkt einer von euch irgendetwas, was sich seitdem im Haus verändert hat? Wie unbedeutend sie auch immer sein mögen, eure Eindrücke sind mehr als willkommen. Ansur?«

»Nein, Erzpriester. Nur ...«

»Sprecht frei von der Leber weg.«

»Äh – uh – das letzte Mal fühlte ich mich beobachtet. Die ganze Zeit über. Jetzt hingegen nicht.«

Die anderen nickten, und Bruder Rhanglan platzte heraus: »Ich glaube nicht, dass das Haus noch wächst, ehrenwerter Erzpriester. Es erscheint mir ... nun, nicht leblos, aber so, als ob der Fluch verschwunden sei.«

Seine drei Kameraden nickten. »Kein Flüstern«, ergänzte Dreelar.

»Keine Maedra, welche bei jedem Schritt, den man tut, aus den Wänden platzen«, fügte Thabras aufgeregt hinzu.

Erzpriester Lulkoun nickte. »All das lässt einen größeren Erfolg unsererseits erwarten, ja?«

Keiner wagte eine Antwort, und er wartete nicht länger, als er brauchte, um einen bedeutungsvollen Blick auf den zitternden, lautlos schreienden Körper von Sarthen zu werfen. »Meine Vorgesetzten, die Schlangenfürsten, erwarten dringend, dass wir nützliche Schlachtzauber zurückbringen. Was auch immer in der Lage sein mag, die Maedra zu befehligen oder diese gleitenden Schatten – oder gar einen der sagenumwobenen Dwaerindim.

Die Sage, dass einer der Weltensteine irgendwo im Schweigenden Haus versteckt liegt, mag pure Fantasterei sein, aber in Sirlptar glaubt man seit Urzeiten daran. Also, meine Mitschlangenbrüder, lasst uns unsere Pflicht tun.«

Er wies auf die Mündung eines Ganges, durch welchen sie geschritten waren, als der Stein den armen Nammas getötet hatte, und winkte seine Mitschlangen vorwärts.

Ihr Weg zwang sie dazu, an der bebenden Gestalt von Sarthen vorbeizugehen, welcher geglaubt hatte, die Plündererbande anzuführen. Sie warfen kurze Blicke auf ihn, während sie sich, so schnell sie es vermochten, an ihm vorbeiduckten.

Das Gesicht eines auf der Schwelle des Todes eingefrorenen und in wütenden Todesqualen gefangenen Mannes ist kein schöner Anblick, wenn man drauf und dran ist, sich in Dunkelheit und Gefahr zu begeben.

Sie durchschritten zwei weitere Räume, bevor sich zwei Steinsäulen von den Wänden lösten und den nächsten Mann wie ein Paar Hämmer töteten.

»Dann hättet Ihr unsere Kameradschaft beendet«, sagte der alte Horl müde, »und ich ließe Euch allein hier unten, auf dass Ihr Euch Euren Weg aus dem Schweigenden Haus auf eigene Faust sucht – falls Euch das gelingt.«

Dlanazar runzelte die Stirn. »Ihr habt zugelassen, dass ich mir all diese Zauber nehme, die Münzen, die Edelsteine ... aber Ihr wollt dieses eine hübsche kleine Ding.« Er schüttelte die Hand, so dass die Finger rasselten, und fügte leise hinzu: »Was mich darauf schließen lässt, dass sie eine Menge wert ist.«

»Junge, Ihr seid nicht unbedingt in der Stellung, Geschäfte abschließen zu können«, erklärte der alte Schatzjäger schwerfällig. »Ihr ...«

»Ich könnte Euch mein letztes bisschen an Nützlichkeit aushändigen, wenn ich Euch die Hand gebe«, schnarrte Dlanazar misstrauisch. »Und noch etwas, alter Mann: Hört auf, mich ›Junge‹ zu nennen!«

»Nun gut, junger Narr«, antwortete Horl kalt. »Denn genau ein solcher seid Ihr, sonst wüsstet Ihr, dass es eine Sache gibt, welche Beschaffer niemals tun sollten: nämlich ihre wenigen beruflichen Verbindungen betrügen, mit welchen sie arbeiten müssen – oder sie werden ebenfalls betrogen und müssen unter Folterqualen sterben. *Gebt mir die Hand!*«

»Nein!«, höhnte Dlanazar und lächelte Horl grausam an. »Ihr könnt hinter mir her hinken und stolpern!« Er wandte sich um und rannte den Gang zurück.

Horl schleuderte etwas, so fest er konnte – etwas Kleines, Unförmiges, ein kleines Stoffbündel, welches an Dlanazars Kopf vorbeisauste. Ha! Der alte Mann schaffte es nicht einmal, geradeaus zu werfen! Warum ...

Horls Geschoss traf den Boden vor Dlanazar, platzte auf und verstreute seinen Inhalt: hüpfende, glitzernde, rollende Glasperlen, und zwar zu Dutzenden!

Dlanazar versuchte, die Richtung seines Laufs zu ändern, aber es gab nicht genug Platz zum Ausweichen, und die Perlen befanden sich auch schon unter seinen rennenden Füßen. Er rutschte ein-, zweimal aus, fing sich wieder und prallte dann gegen die Wand. Er rutschte an ihr entlang, fing sich ein weiteres Mal und rannte vor Erleichterung lachend weiter.

Aber schon traf ihn etwas so fest am Hinterkopf, dass er von den Füßen gerissen wurde. Er gewann den kurzen Eindruck, auf den Boden zu stürzen, und zwar so hart, dass er sich die Ellbogen auf den Steinplatten aufschlug, aber nicht den Kopf.

Die Dreifaltigkeit sollte ihn schützen! Nein, dafür war es jetzt zu spät ...

Als er wieder geradeaus schauen konnte, sah er über sich einen Glühstein, welchen sein eigenes Blut bedeckte, und jemand zerrte an der Kupferhand in seinen Fingern.

Er trat wild aus und wurde von einem raschen Keuchen und dem plötzlichen Ende von Horls Ziehen und Zerren belohnt. Aber bei den Göttern, sein Kopf schmerzte!

Ein Brüllen und Blubbern, welches an die Brandung vor Sirl erinnerte, entstand in seinen Ohren, als Dlanazar einen seiner Dolche aus dem Gürtel nestelte – aber Horl war schon wieder da und zog den Arm zurück, um wie wild auf Dlanazars Schritt einzuschlagen.

Dlanazar wehrte die Schläge mit beiden Armen ab und ließ den Dolchgriff fahren – und Horls brauchbare linke Hand kam über ihn wie ein sich in ihn bohrender Pfeil und traf hart seine Kehle.

Die Luft ging ihm aus, und Dlanazar versuchte zu schreien, brachte aber nichts weiter als ein schwaches Pfeifen zustande. Gurgelnd und dem Ersticken nahe krümmte er sich und umklammerte die zertrümmerte Ruine unter seinem Kinn, während die Welt um ihn herum dunkler wurde …

Ein hartes Knie landete auf seiner Brust, und ein zweites wurde in sein Gemächt gerammt … und vor Todesqualen vergaß Dlanazar, wie man sich windet und dreht.

Horl schnappte sich die Hand aus Dlanazars Fingern, packte sie am Griff, hob sie ein wenig hoch und schüttelte sie. Die Hand begann zu glühen, und die Finger bewegten sich, als seien sie lebendig. Horl schaute ihnen zu, fingerte an der Rückseite herum, was Dlanazar aber nicht sehen konnte, und nickte befriedigt, als sich die Finger einmal in diese, dann in eine andere Richtung krümmten.

»Wie ich Euch früher schon gesagt habe, junger Narr, sterbe ich. Nur ein alter Mann mehr, welchen die verstreichenden Jahre seiner Gesundheit, seiner Schnelligkeit und seiner Beweglichkeit beraubt haben. Und jetzt kommt mir Thaulons Spielzeug – und Ihr – zu Hilfe.

Seht Ihr diese kleinen Fingerzähne? Sie trinken Leben … und sie werden Eures trinken, und dadurch wird es in mich eindringen. Ich werde wieder jung und stark sein … und Sirl wird einen grausamen, gedankenlosen jungen Dieb weniger jagen müssen.«

Horl ließ die Hand die Finger spreizen und senkte sie in Richtung von Dlanazars entsetztem, vor Schmerz verzerrtem Gesicht. »Euch erwartet ein schönes Grab«, sagte er leise. »Ihr unverschämter, vollkommen selbstsüchtiger junger Mann.«

In diesem Augenblick erschien plötzlich in der Luft zwischen ihnen ein drittes Gesicht – nur ein Gesicht ohne Kopf oder Körper, welches wie dunkler Nebel umherschwebte. Die Augen richteten sich anklagend auf Horl.

Dlanazar erhaschte einen kurzen Blick auf ein trauriges altes Männerantlitz, bevor Horl mit einem Angstfluch zurückzuckte und mit der Kupferhand nach der Erscheinung schlug.

Die Finger mit den Reißzähnen schlitzten wütend durch den wirbelnden Nebel. Horl knurrte vor Angst und wich vor dem Gesicht zurück, welches aber vollkommen unverletzt immer näher trieb.

Und mit jedem Schlag mit den bissigen Kupferfingern wurde Horl ein wenig grauer und weniger körperlich, und es schien ganz so, als würde er sich in Nebel auflösen.

Die Hand glomm jetzt heller wie ein erwachter Stern, welcher aus dem sich verdichtenden Dunst aufstieg.

»Jetzt sieht es ganz danach aus, als würde Euch *Euer* Leben gestohlen«, sagte das schwebende Gesicht mit Trauer, aber auch ruhigem Verhängnis in der Stimme. »Erinnert Euch daran, Horlbrant: Nichts ereignet sich so, wie Ihr Euch das gedacht habt.«

»Nein«, keuchte Horl rau. Seine Stimme klang wie ein schwaches Echo. »Nein.«

Seine Augen richteten sich flehentlich auf das schwebende Gesicht, während er mit seinen verblassenden Händen wedelte, um die Kupferhand zu vertreiben.

Diese hing fröhlich schimmernd in der Luft. Dlanazar starrte sie stumm und vor Angst wie eingefroren an, und Horl löste sich noch ein wenig mehr in Nebel auf. Der alte Mann keuchte wie aus weiter Ferne: »W-wer seid Ihr?«

»Zu meinen Lebzeiten nannte man mich Sarasper Kodelmer, und Euer Name war Horlbrant Silberbaum. Der Fluch fuhr durch Embras Blut in Euch hinein … um sich eine zweite Waffe zu sichern für den Fall von Embras Tod. Nun, Horl, wir alle beide haben den Tod leicht genug gefunden.«

Aber es folgte keine Antwort, denn von dem alten Horl war nichts übrig geblieben als treibender Nebel. Und während Dlanazar zusah, begann der Nebel rasend schnell und wütend zu jedem

Finger der Kupferhand zu strömen und darin zu verschwinden. In die Vergessenheit?

»Ein Gefängnis innerhalb eines Gefängnisses«, dachte der Schatten namens Sarasper laut und schaute zu, wie die letzten gespenstischen Nebel vergingen.

»Nur ein weiterer Silberbaum, welcher viel zu hastig nach Macht strebte oder dieselbe gegen die heutigen Schwierigkeiten anwenden wollte, um die Folgen zu studieren oder auf lange Sicht zu bedenken … wieder einmal liefen die Dinge aus dem Ruder.«

Er betrachtete die Kupferhand, welche jetzt sehr hell blinkte, und seufzte.

»Ganz ähnlich«, fügte er hinzu, und seine traurigen Augen musterten den Raum, »wie dieser Ort.«

Dann blickte er Dlanazar lange und kalt an und verschwand.

Der Dieb mit der heiseren Kehle entdeckte, dass er noch atmen konnte, aber zu sprechen wagte er nicht. Genauer gesagt hoffte er nicht einmal, eines fernen Tages überhaupt wieder reden zu können. Aber obgleich ihn der Schmerz überwältigte, glaubte er doch, dass ihm seine Beine gehorchen würden.

Seine Arme mochten gebrochen sein – einer, nämlich der linke, baumelte nutzlos von der Stelle aus nach unten, wo ein Ellbogenknochen aus seiner Ledertunika spießte –, aber er konnte immer noch rennen …

Als das schwebende Gesicht verschwunden war, rollte Dlanazar sich herum. Seine Arme schmerzten grässlich, und in seinem Kopf spürte er ein Pochen, aber irgendwie kämpfte er sich auf die Knie.

Der Raum drehte sich um ihn, als er auf die Füße kam, und beinahe wäre er wieder umgefallen. Er machte einen hastigen Schritt zur Seite, spreizte die Füße und blieb aufrecht stehen, obwohl er keuchend hin und her schwankte, bis er seine Schmerzen besiegt hatte.

Die Kupferhand schimmerte direkt vor ihm, gleich über seinem linken Knie, und mit plötzlich aufwallender Befriedigung langte er mit der Rechten danach und presste sie dann ungeschickt an die Brust.

Er bedurfte der Heilung, und wenn es ihm gelang, irgendwo einen schlafenden Schafhirten zu finden und dessen Leben zu nehmen, dann würde er diesen Schmerz verbannen und seine Arme heilen und alles andere zurückbekommen können, und …

»Nein!« Das schwebende Gesicht befand sich genau vor seinen Augen und schien aus der leeren Luft hervorgebrochen zu sein. *»Lasst sie fallen!«*

Dlanazar schrie vor Schreck, wirbelte voller Zorn und Angst herum und begann zu rennen.

»Nein!«, kreischte er, und die Steingewölbe über seinem Kopf warfen das Kreischen zurück. »Nein! Ich bin es satt, dass mir alle Welt erzählt, was ich zu tun und zu lassen habe! Die Dreifaltigkeit lächelt auf mich herab und …«

Eine Steinplatte mit einem unbemerkten Pfeil darauf senkte sich unter Dlanazars trampelnden Stiefeln um Haaresbreite – und eine Klinge so groß wie der Dieb schoss aus dem Boden und durchbohrte ihn.

»Ruft Euch unverzüglich vor ihr Angesicht«, murmelte Sarasper. Er sah zu, wie die Kupferhand auf den Boden klapperte. Der schreiende sterbende Dlanazar Duncastle, welchen die Schwertfalle gepfählt hatte, starrte ihn flehentlich an.

»Und ich bin mir sicher, dass die Dreifaltigkeit Eurer ununterbrochenen Beschwerden und Forderungen und Eures ›zuerst ich‹ sehr rasch müde sein wird. Welch eine Verschwendung.«

Sarasper ließ sich durch den Gang zurücktreiben und löste sich wieder in Nebel auf. Seine Gedanken füllten sich wieder mit Bildern der reichen dunklen Erde Treibschaums, welche man so liebevoll um seine Knochen gepackt hatte. »So viel Verschwendung …«

Lulkoun stand ruhig da und beobachtete aufmerksam, wie die blutigen Steinblöcke an quietschenden, rasselnden Ketten so dick wie ein Männerarm in ihre vormalige Stellung gezogen wurden … an Ketten, welche dringend frischen Öls bedurft hätten. Als sie sich wieder an Ort und Stelle befanden, kreuzte er die Arme vor der

Brust und befahl: »Bruder Rhanglan, probiert aus, ob diese Falle jedes Mal ausgelöst wird, wenn jemand die Stelle überquert.«

Der Bruder nahm die Farbe alten Telnankäses an, starrte wild um sich, als suche er nach einem Fluchtweg, schluckte dann und erwiderte schnell: »*Ja*, verehrter Erzpriester.«

Rhanglan machte ein paar unsichere Schritte den Weg zurück, welchen sie gekommen waren, bis zurück zur Mündung zum anschließenden Raum, und nickte angesichts von etwas, das er dort sah. Er zischte einen eiligen Zauberbann, wandte sich um und schaute seine Mitschlangen an. Eine Hand hielt er in die Höhe, als zöge er an einer Leine.

Und ein schwerer, niedergestürzter Block aus der Decke bewegte sich hinter ihm her wie ein widerspenstiger Hund an der Leine und rumpelte und schabte alle paar Schritte über die Bodenplatten.

Bruder Rhanglan hielt an und hob auch die andere Hand, als wolle er mit seinem Fingerwackeln seinem plötzlich lebendig gewordenen Stein die Richtung weisen. Dessen Gepolter nahm jetzt einen gleichmäßigeren Rhythmus an, als ginge der Stein vorwärts, denn die Geräusche erinnerten an die Schritte eines gehenden Mannes.

Inmitten umgestürzter Steine donnerte der Block über den Boden. Die Steine blieben jedoch reglos, und nur das frische Blut auf ihnen wies darauf hin, dass sie sich je bewegt hatten.

Rhanglans riesiger Stein polterte zwischen sie, wobei sich bei jedem Aufprall auf den Boden kleine Splitter von ihm lösten. Die Säulen blieben reglos an Ort und Stelle.

Rhanglan schaute zu dem Erzpriester hinüber – und stellte fest, dass dieser ihn sogleich aus kalten Augen anstarrte. Sie wirkten wie schwarze Tümpel, zerrten ihn …

Er schauderte und wandte den Kopf ab. Er fühlte sich, als ziehe er sich aus einer Falle.

Die Falle selbst aber rührte sich nicht. Er schaute wieder in Lulkouns Starren und erbebte erneut. Die anderen Schlangen standen wie Statuen da und schauten ihn ebenfalls an.

Also drehte er sich um, rannte den Gang entlang und sprang in die Luft. Als er zwischen den beiden Säulen hindurchsauste, schloss er die Augen.

Nach drei Atemzügen hielt er rasch an – bevor er vielleicht in den nächsten wartenden Tod flog, wie auch immer der aussehen mochte – und kam durch den Gang zurück. Lulkouns Blick ruhte noch immer auf ihm, und unter seinem kalten, beständigen Gesicht betete Rhanglan still zu der Großen Schlange … und schritt langsam zwischen die beiden Säulen.

Die standen ebenso bewegungslos da, wie es Steinen gut anstand, und der Rest der Schlangen brach in einen kurzen, unsicheren Jubel aus. Der endete aber abrupt, als Lulkoun rasch die Hand hob und aalglatt in die jetzt herrschende Stille sprach: »Rhanglan hat einmal mehr seine Nützlichkeit für uns alle bewiesen. Murskar, errichtet einen Schild in Form eines großen Bogens – und haltet ihn über jeden von uns, wenn wir zwischen den Hämmern hindurchgehen.«

Er wandte den Kopf, um den Rest der Schlangen anzuschauen, und fuhr fort: »Ihr werdet euch beeilen und wenigstens vier Schritte Abstand von der Stelle halten, wo sie niedersausten, so dass ein jeder unbehelligt vorbeikommt. Ohne einen Befehl meinerseits werdet ihr nicht weitergehen.«

Murskar wob seinen Schildzauber, hielt ihn nacheinander über jede Schlange, und alle gingen ohne einen Zwischenfall an den Säulen vorbei. Nachdem sie die Falle hinter sich gelassen hatten, hieß Lulkoun sie mit einer stummen Bewegung seines Arms, sich in einer Reihe an der Wand entlang aufzubauen. Dann verkündete er: »Bruder Murskar wird nun seinen Schild über den vordersten Mann in der Reihe halten, nämlich unseren Bruder im Glauben, Penstarn.«

Der Wachposten, welchen der Erzpriester genannt hatte, wurde so weiß wie eine Wolke in einem blauen Mittagshimmel, löste sich sehr langsam aus der Reihe stummer Schlangen und schritt an ihnen vorbei. Als er einige seiner Brüder im Glauben erreicht hatte, hörten sie ihn flüstern: »Er kennt uns alle mit Namen. O Schlange, wir sind alle dem Untergang geweiht!«

»Sind die Waffen bereit?«, fragte Lulkoun kurz angebunden. »Nun denn, dringt vor!«

Sie schlurften weiter, und um sie herum erstreckte sich dunkel und still das Schweigende Haus … und vor ihnen wartete es auch …

Der Gang öffnete sich in einen weiteren Raum, welcher sich so weit in östliche Richtung erstreckte, dass der Schein ihres magischen Glühens die entlegensten Ecken nicht mehr erreichte. »Bleibt beieinander«, befahl Lulkoun in scharfem Ton, als die Wachen auseinander strebten, um Platz für ihre Waffen zu schaffen. Hastig kehrten sie in Reih und Glied zurück. »Bruder Rhanglan«, fügte der Erzpriester hinzu, »schickt Licht in die Ecken.«

Der Bruder nickte, trat ein paar Schritte vor, damit seine Arme genug Raum für das Wirken seines Zaubers hatten – und dann gab der Boden unter seinen Füßen nach, und er fiel in einen Schacht. Dieser war so tief, dass seine Schreie rasch leiser wurden, bis seine stumm schluckenden Brüder den schwachen Aufprall von Rhanglans Körper auf steinernen Speeren hörten und das Krachen seiner Knochen.

Ein Bruder im Glauben wimmerte, wandte sich um und rannte den Weg zurück, welchen sie gekommen waren. Lulkoun gestikulierte in Richtung Murskars, welcher rasch seinen Schild wie eine Wand niederzog, und der Wachposten rannte mit voller Wucht und dem Kopf zuerst in das unsichtbare Hindernis hinein.

Schweigend beobachteten die Schlangen, wie der betäubte Mann an dem unsichtbaren Schild hinunterglitt.

»Um mit den Worten des Schlangenpriesters Sarthen zu sprechen«, bemerkte Lulkoun unbewegt, »wenn wir dem Geschuppten Weg folgen, leben oder sterben wir gemeinsam.«

Die Schlangen standen wie die Statuen da, bis er befahl: »Helft dem Bruder im Glauben Alansen auf die Beine und bringt ihn zu seinem Platz in der Reihe zurück. Ich glaube, ihr alle wisst, dass der Jüngling Raulin gerade den Thron bestiegen hat. Fürsten und Barone werden jetzt zu ihren eigenen Ländereien oder ihren Burgen zurückkehren, um sie wieder aufzubauen, und für uns ist das die beste Zeit, um so viel, wie wir können, aus dem Schweigenden Haus einzusammeln, ohne bemerkt zu werden. Die Gelegenheit wird verstreichen, wenn wir tagelang herumtrödeln oder uns von Feigheit und Furcht davon abhalten lassen, unsere Aufgabe auszuführen. Also macht weiter.«

Grimmig schweigend gehorchten die Schlangen seinem Befehl. Zwei Räume weiter verloren sie einen weiteren Bruder, als eine rostige, aber immer noch scharfe Sensenklinge aus der Wand sprang und auf ihrem Weg einen Kopf von einem in Rüstung steckenden Körper sichelte, bevor sie wieder in der Wand verschwand.

Zwei weitere Männer wurden im dahinter liegenden Gang schwer verwundet, als ähnliche Klingen von oben niederschossen. Blutend humpelten sie weiter, und ihre zunehmend mürrischer werdenden Kameraden folgten ihnen.

Wieder zwei Räume weiter gab es eine Stelle, von welcher aus zwei riesige steinerne Treppen nach oben führten – und Ungeheuer, welche wie große Katzen mit vorspringenden Hauern und Hörnern auf dem Kopf aussahen, schlichen auf lautlosen Pfoten auf sie zu, um sich mit Schlangenanhängern den Bauch voll zu schlagen.

Lulkoun wob höchstpersönlich einen Zauber, welcher zwei der Ungeheuer in lebende Fackeln verwandelte, aber die fuhren schreiend und brennend unter die Reihe der Brüder und krallten und bissen in Todespein um sich – und nur ein hastig gewirkter Hammerschlagzauber von Bruder Murskar schleuderte die brennenden Ungeheuer von den Männern weg, welche sie zu Boden gestoßen hatten und zerreißen wollten.

Weitere Katzen mit Hauern – und dazu ein paar Geschöpfe, welche wie große, ungeschickt umherwandelnde Säulen von belaubten Ranken aussahen – erschienen durch weit entfernte Türöffnungen, während die Brüder noch gegen die ersten kämpften. Der Erzpriester Lulkoun befahl einen Ausfall in Richtung der Türöffnungen, durch welche die Ungeheuer gekommen waren, und die Schlangen stießen verzweifelte Flüche aus, während sie die Wesen töteten.

Die dahinter liegenden Gänge trafen sich in einem Wirrwarr von

Kreuzungen, wo sich Ungeheuer unbekannter Arten – schafsähnliche Wesen mit einer stachelgespickten knöchernen, knochenzermalmenden Schwanzkeule, und kleine umherhuschende tintenfischköpfige Kreaturen, welche Gewänder trugen und Zauberbanne woben, welche die Luft selbst schneiden ließ wie scharfe Schwerter – zu den Blättersäulen und den Katzen mit den Hauern gesellten, um einen wilden Krieg gegen die eindringenden Schlangen zu führen.

Erheblich weniger Gläubige des Geschuppten Wegs taumelten aus diesen blutdurchtränkten Gängen weiter und drangen in Richtung eines fernen pulsierenden magischen Glühens vor, wobei sie sich durch eine Hand voll herabschwebender, geflügelten Füchsen ähnelnder Untiere kämpfen mussten, bis sie schließlich die Lichtquelle erreichten.

Sie fanden sich in einer großen Halle wieder, in welcher überall monströse Leichen herumlagen, und zwar sowohl frische als auch uralte. Im Herzen des Ganzen schwebte ein aufrechter, ovaler Ring aus blassem Feuer, das mit beinahe schmerzhafter Heftigkeit pulsierte. Ungeheuer lauerten um die aufgehäuften Leichen herum und warteten darauf, sich auf alles zu stürzen, was durch den Ring aus einem unbekannten Irgendwo erschien. Einige der ankommenden Wesen wurden augenblicklich getötet, andere hingegen waren groß oder schnell genug und schafften es, an den hungrigen Ungeheuern vorbeizukommen.

Einer der Ankömmlinge erinnerte an einen dünnen, langschwänzigen jungen Nachtlindwurm. Er brauste mit sich ringelndem Schwanz über die Torwächter hinweg und stürzte sich in einem weiten, bedrohlichen Flug auf die Schlangen, wobei er die mit Zähnen bewehrten Kiefer aufriss.

Erzpriester Lulkoun wob ruhig einen mächtigen Zauber, während das Untier heranschwebte, und es gelang ihm, einen der Köpfe in feuchte Brocken zerplatzen zu lassen, welche von dem hin und her dreschenden Hals in alle Richtungen geschleudert wurden – aber der andere Kopf biss zu und beendete ein für alle Mal seine kalten Befehle. Man sah nur noch wild austretende Beine, welche aus dem Ungeheuermaul hingen, als das Wesen sich mit beinahe über den Boden schleifendem Bauch umwandte und durch die meisten der brüllenden, sich zur Flucht wendenden Schlangenanbeter krachte.

Am Ende verbannte Bruder Murskar jeden Gedanken an das Schleudern von Zauberbannen gegen das magische Tor oder eine Erforschung desselben, sondern sammelte alle verbliebenen Schlangen, welche noch laufen konnten – sieben außer ihm –, um den Versuch zu wagen, aus dem Schweigenden Haus zu gelangen.

Beinahe hätten sie es auch geschafft.

Das Bild des fernen Thronsaals von Treibschaum verblasste zu einem wirren, wirbelnden Glühen und dann in eine Wolke tanzender Funken … und schließlich ins Nichts.

Auf dem Bett neben der Zauberin, welche das Bild gewebt hatte, seufzte Hawkril Anharu – nicht länger ein Hochfürst von Aglirta und ausgesprochen glücklich darüber – zufrieden und brummte mit seiner tiefen Stimme: »Raulin scheint also ein guter Regent zu sein, und alles hat sich zum Guten gewendet. Glücklich, Liebste?«

»Sehr«, antwortete Embra leise und drehte sich auf die Seite, um ihm mit einem langen Finger über die Muskeln seines Oberarms zu streicheln, »mein werter Fürst Schwarzgult.«

»Na, lasst es gut sein«, wehrte Hawkril leicht beschämt ab. »Ich wollte nie diesen Titel, am wenigsten durch den Tod des Goldenen – Eures Vaters. Ihr seid die rechtmäßige Fürstin von Schwarzgult wie auch von Sil…«

»Still«, sagte Embra und legte ihm die Fingerspitzen auf den Mund. »Ich weiß. Und ich weiß auch, dass ich groß und schön und blitzgescheit bin – und zudem von halb Asmarand gehasst und gefürchtet werde. Aber es gibt nur ein Ich, und ich habe nicht genug Platz in meinem Kopf für all die Zauber, der Drache zu sein, Hüterin von Aglirta und daneben auch noch die Herrin zweier Fürstentümer …«

Sie packte Hawkril zärtlich an den Schultern, während sie zurück aufs Bett rollte und ihn über sich zog.

»Außerdem fühle ich mich von all den Würden und Pflichten von etwas viel Wichtigerem abgelenkt«, gurrte sie unter ihm. »Uns ist es endlich gelungen, Aglirta zu einem Land zu formen, in welchem ich gern Kinder aufziehen würde. Zuerst einen Sohn, denke ich …«

»Embra!«, keuchte Hawkril erfreut. »Können wir … sollen wir? Oh …«

»Natürlich«, erwiderte die Edle und bewegte sich hungrig unter ihm. »Ihr werdet jetzt hoffentlich nicht die nächsten Monate damit verbringen, nach Worten zu suchen, wie Ihr das jetzt tut, und ruhelos umherlaufen. Es war hoch an der Zeit, dass das Schweigende Haus gesäubert und zu einem richtigen Zuhause gemacht wurde. Wir können jetzt all unsere Freunde standesgemäß unterbringen, wenn sie zu Besuch kommen, und ich sehe schon voraus, dass wir eine *riesige* Familie haben werden – und Eure Hände sind die besten Führer entlang dieses – dieses …«

Dann warf sie den Kopf hoch und biss ihm stöhnend in die Lippen, als Hawkril seine großen, starken Hände einer sehr guten Verwendung zuführte.

Dolmur Bogendrachen hob so schnell den Kopf, dass Maelra von dem Zauber aufblickte, welchen sie gerade wirkte, und rasch fragte: »Onkel? Stimmt etwas nicht?«

Der große Mann in den langen Gewändern hob seine Hand, um sie zu beruhigen, starrte für einen langen Augenblick wie in weite Fernen und lächelte dann.

»Nein«, sagte er schließlich und blickte sie an. »Der Drache rührt sich, aber aus keinem üblen Grund. Dieses Mal nicht.«

»Ja!«, brüllte Embra Silberbaum so triumphierend wie jeder Ritter, welcher einen Kriegsschrei ausstößt. »Jaaa – *ja!*«

Sie zerrte an Hawkrils mächtigen Schultern und bog und wand sich unter ihm … und in ihrem Inneren hüpfte das, was einmal Yuesembra gewesen war, wie eine aufgeregte Flamme auf und ab und warf endlich den Umhang aus Schatten um ihren Geist ab und breitete sich aus und traf – auf das erstaunte und blendend hell und goldfarben lodernde Feuer des Drachen.

Zwei Empfindungen rauschten gegeneinander, getragen von Embras Entzücken, packten sich in einer Mischung aus Furcht und Erstaunen, freuten sich und machten sich begeistert daran, sich einander zu erklären ...

Und unter einem verwunderten und dann erschrockenen Hawkril Anharu hob sich die Dame seines Herzens vom Bett, als werde sie hochgeschleudert, und trug ihn mit sich durch den Betthimmel. Währenddessen brach ihre Haut in Flammen aus, welche ihre vereinigten Körper umbrausten, und ein goldener Schein umspielte Embras schweißgetränkte Haut.

Blendend hell wurde der Schein, und Hawkril klammerte sich verzweifelt an sie und schrie sowohl aus Furcht als auch vor brennendem Entzücken, welches ihn erfasste. Unter ihm sang Embra hoch und klar und ohne Worte einen endlosen Lobpreis.

Das ovale Fenster ganz oben in ihrem Gemach zerbarst hinter seinem Rücken in singende Scherben, deren Fall Hawkril kaum bemerkte, als er und seine jubelnde Liebste sich in das wie eine zweite Sonne strahlende Mondlicht erhoben und trotz der sie umtosenden Flammen nicht verbrannten.

Er erhaschte einen Blick auf ihr schimmerndes Ebenbild, welches die Wasser des Silberflusses tief unter ihnen widerspiegelten. Dann verwandelte sich das Lied, und eine Stimme, die nicht ganz Embras glich, sagte: »Endlich! Oh mein Ravengar, wie sehr ich doch wünschte, Ihr hättet lange genug gelebt, um diesen Tag zu sehen! *Silberbaum!*«

Der Raum bebte zu einem Klang, welcher dem Geläute einer großen Glocke glich, und Maelra blickte ihren Onkel erschreckt an. »Das Zimmer bewegt sich! Was kann der Drache ...?«

»Der *Turm* bewegt sich, meine Kleine«, sagte ihr Vater Ithim, welcher in der Türöffnung hinter ihr stand. »Eine Woge von Macht schwappt über Darsar, wie ich das noch nie zuvor erlebt habe! Dolmur?«

»Sie kommt von flussaufwärts aus Aglirta«, erwiderte der Älteste der Bogendrachen immer noch lächelnd.

»Aus *Aglirta?*«

»Ja, Bruder, zu uns hierher nach Arlund von einer gewissen Dame, deren Namen Ihr wohl erraten könnt.«

»Potzblitz! Die Drachenfürstin? Was mag dies bedeuten?«

»Ich glaube, der Drache empfängt gerade einen Erben«, erklärte Dolmur ruhig. »Sobald das Beben aufgehört hat, ist es meiner Ansicht nach Zeit für einen Trinkspruch. Und wir brauchen etwas richtig Kostbares aus meinem Weinkeller.«

Maelra hatte sich schon immer zu sehen gewünscht, was hinter dieser mit dreifachen Zauberschlössern versehenen Kellertür sein mochte, und fragte eifrig: »Onkel? Darf ich aussuchen?«

Und dann tat der Älteste der Bogendrachen etwas wirklich Bemerkenswertes. Er trat vor, drückte sie an sich und sagte: »Bringt Arme voll von was immer Euch gefällt – und lasst die Tür offen, so dass Ihr den Keller später genauer erforschen könnt.«

Und dann warf Dolmur Bogendrachen den Kopf in den Nacken und lachte aus schierer Freude, und Maelra und Ithim starrten ihn ebenso verwundert wie fröhlich an.

Der wirbelnde Feuerball über dem Tisch brach in sich zusammen und spuckte Rattenfüße und einen Hundeschwanz in alle Richtungen, als der Boden bebte. Etwas, das wie das hallende Geläut einer großen Glocke klang, raste aus dem Osten heran, wusch über sie hinweg und war auch schon brüllend in der Ferne verschwunden. Die mächtigsten Zauberer von Sirl fluchten und stolperten von dem ruinierten Zauber zurück.

»Was bei der verfluchten Dreifaltigkeit ist geschehen?«, brüllte einer von ihnen.

»Es geschieht immer noch«, stellte ein anderer grimmig richtig.

»Mehr Macht, als ich je zuvor gespürt habe«, keuchte ein dritter. »Oh, der Kampf des Drachen mit der Schlange setzte vielleicht mehr frei, aber wir bekamen nur die Ausläufer zu spüren. Das war … war …«

»Großartig!«, schluchzte der jüngste Magier und brach in Tränen aus. »Ich … ich werde nie wieder so etwas spüren …«

»Nein«, knurrte eine älter und weiser klingende Stimme, deren Besitzer immer noch blutende Rattenbeine aus seinem Gesicht wischte. »Nicht mehr ganz dasselbe, ja. Ein der Magie gewidmetes Leben erschließt einem ein weites Feld unterhaltsamer Katastrophen – und in neunzig Wintern habe ich nicht einen einzigen Zauber wiederholt.«

»Aber was ist das gewesen?«

»Der Drache erhebt sich«, sagte der alte Zauberer, kniff die Augen zusammen und kratzte sich das Kinn. »Und … und … paart sich gerade, so glaube ich. He! Mit etwas, das seit über tausend Jahren hier gewesen ist.«

»Mit etwas? Aber *was*?«

»Hm. Ich habe eine Frage beantwortet, nun seid ihr an der Reihe, ihr mächtigen Zauberer. Beantwortet sie nur, oder?«

Der vor dem Altar kniende Mann öffnete sein Gewand beinahe ehrfürchtig und bot seine nackte Brust der einsamen Schlange auf dem Altar zum Zubeißen dar.

Die Schlange ringelte sich zusammen, richtete sich höher und immer höher und zum Zustoßen bereit auf.

Und dann erbebte der Raum, und Kacheln fielen scheppernd von den Wänden. Ein rollendes Zittern verstärkte sich, bis die Wände hin und her schwankten und der ganze Raum erschüttert wurde. Im Herzen des Tumults wusch etwas, das wie das Geläut einer großen Glocke klang und aus dem Osten heranraste, mit einer Wucht über den Raum, welche den Altar zerspringen und die zischende Schlange umkippen ließ. Dann war der rasende Donner auch schon wieder in der Ferne verschwunden.

Der kniende Mann erhob sich, sein Körper nahm an Größe und Gewicht zu, und entlang seiner sich verlängernden, verdickenden Arme bildeten sich unglaublich schnell Schuppen. Sein Mund teilte sich, Zähne wuchsen darin, und eine gegabelte Zunge schoss hervor, während der Mann vor Furcht und Zorn laut zischte.

Er war zwar noch sehr weit davon entfernt, zur Großen Schlange zu werden, aber ein Anfang war immerhin gemacht.

Flaeros Delkamper, welcher ein reich verziertes Glas zum Mund führen wollte, hielt mitten in der Bewegung inne. Seine Haut prickelte.

»Junge?«, brüllte Hulgor am anderen Ende des Tisches. »Ist es – Gift?«

Und dann hörten alle, was er gespürt hatte: ein hohes, helles Geläut, welches lauter und lauter wurde und aus dem Nordosten mit Furcht erregender Geschwindigkeit heranraste.

Während noch Diener umherhasteten und die Köpfe aller um den großen Tisch Versammelten sich erschreckt in Richtung Decke wandten, wusch der Lärm über sie hinweg – und es klang gerade so wie das Geläut einer großen Glocke, welches das Glas in Flaeros' Hand und viele andere Gläser im Raum zerspringen ließ, und während noch einige der edlen Damen schrien, verschwand es auch schon in der Ferne.

»Nun denn«, knurrte Hulgor und kam wieder auf die Füße. »Nun denn. Ist jemand verletzt?«

Sein zottiger Kopf drehte sich, während er die am Tisch Versammelten musterte und schließlich bei einer Gestalt verweilte, welche an dessen Ende saß. »Orele? Was bei der fröhlich tanzenden Dreifaltigkeit war *das?*«

Und die alte Edle Orele Delkamper lächelte ihn an, wobei verräterische Tränen in ihren Augen glitzerten. »Etwas Wundervolles, Hulgor. Wenn Ihr alt genug seid, erkläre ich es Euch. Es hat damit zu tun, dass sich Jahrhunderte des Wartens erfüllt haben, außerdem mit Drachen und mit kleinen Kindern.«

»Kleinen Kindern?«

»Kleinen Kindern.«

Hulgor setzte sich hin, und auf seinem Gesicht breitete sich langsam ein Lächeln aus.

»Nun denn«, sagte er zufrieden zu niemand Bestimmtem. »Nun denn.«

Suldun Großsarn hatte schon seit langen Jahren als Gärtner in Treibschaum gedient, aber er pflegte stolz zu betonen, dass er ein besonders guter war. Er arbeitete vom Morgen bis zur Abenddämmerung und bog seinen Rücken beim Graben und Jäten mit einer Energie, welche jüngeren Männern schon beim Zuschauen wehtat. Auf diese Weise erinnerte er die anderen Gärtner daran, dass er unvermeidlich vom Regenten gebraucht wurde, um bald genug wieder eine Rüstung zu tragen und ein Schwert zu führen, und deshalb weniger Zeit hatte als sie, den während der jüngsten Kämpfe doch stark vernachlässigten Pflanzenwuchs auf Treibschaum im Zaum zu halten.

Deshalb hielt er sich nach Einbruch der Dämmerung als Einziger noch bei Mondlicht in den Gärten auf. Er tat dies häufig des Nachts und gestattete es sich, die Schönheiten zu genießen, welche er sich tagsüber nicht zu betrachten erlaubte, wenn so viel Arbeit zu erledigen war.

Er betrachtete hier ein Beet mit Flackertrompeten, dann wandte er sich den Königshelmen zu, welche sich unter der Last ihrer Blüten neigten. Ja, morgen früh würde er sich darum kümmern müssen, bevor …

Und dann spürte er ein plötzliches Beben, welches über den Fluss aus dem Norden kam. Von der Burg Schwarzgult! Suldun ging an einigen Beeten vorbei bis zu der Stelle, wo die heldenhaften Gefallenen begraben lagen, um von dort aus durch eine Lücke in den Bäumen über den Fluss spähen zu können und …

Die Kuppel des Drachenturms explodierte in die Nacht, und Flammen loderten in den Himmel hinauf.

Ein Ball zornigen Feuers so hell wie die Sonne stieg aus dem zerborstenen Turm, und Suldun schrie vor Schmerz und warf einen Arm über die Augen. Jemand – eine Frau – sang ein wortloses Lied aufsteigenden Triumphes, so wunderschön und glücklich, dass Suldun plötzlich die Tränen in die Augen schossen.

Und dann endete das Lied, und Suldun hörte Worte, welche er nicht ganz verstehen konnte, etwas wie ›Ravengar‹ und ›hier‹.

Aber das letzte Wort klang klar und deutlich an sein Ohr und rollte wie ein lauter Schrei durch den Himmel: »*Silberbaum!*«

Das Wort breitete sich wie das klare, laute Geläut einer großen

Glocke aus und warf den halb betäubten Suldun auf die Knie, bevor es über Asmarand hinwegraste und ihn weinend zurückließ.

Dann grollte es direkt vor ihm, und er erkannte ein schwächeres Glühen.

Er ließ den Arm von den tränenden Augen sinken und schaute hin …

Ein Grab gleich vor seinen Füßen öffnete sich, und die Erde bebte, als ein Glühen daraus hervorbrach.

Die ehrenwerten Toten erhoben sich!

Suldun Großsarn war blitzschnell auf den Füßen und rannte schnell wie der Wind durch die Gärten, ohne sich darum zu scheren, worüber er trampelte.

Als einstiger Krieger hatte er sich seinerzeit, als die Schlange und der Drache über dem in Ruinen liegenden Palast von Treibschaum kämpften und das Schicksal von ganz Aglirta auf dem Spiel stand, sicherer gefühlt als jetzt, und …

Er rutschte auf der weichen Erde eines Blumenbeetes aus, stolperte eine steinige, moosbewachsene Böschung hinunter und prallte sehr, sehr fest gegen einen Baum.

Deshalb schlief Suldun Großsarn bis zum Morgen, und was er gerade gesehen hatte, schwand aus seinem Gedächtnis … und aus diesem Grund erzählte er nie jemandem etwas über das, was er beobachtet hatte.

Epilog

Der alte Mann taumelte vor Müdigkeit, als er im grauen Nebel der Morgendämmerung aus dem klaffenden Bogengang trat, aber er tauchte in den wartenden Dämmer des Schweigenden Hauses ein, als handele es sich um sein eigenes Haus. Jeder Schritt, welchen er machte, führte über vertraute Wege.

Er bewegte sich unheimlich still, obwohl er doch schlurfte und stolperte. Er hielt in seinem zielgerichteten Schreiten nur inne, um auf eine Gestalt in dunklen Gewändern zu schauen, welche in dem Gang lag.

»Wird das Tal *niemals* frei von Schlangen sein?«, fragte er angewidert die Dunkelheit und richtete sich auf, nachdem er Bruder Murskars blicklos starrende Augen gesehen hatte, welche für alle Ewigkeit weit aufgerissen vor Entsetzen ins Leere starrten.

Wie immer gab ihm die Dunkelheit keine Antwort

Der alte Mann sah ein Stück weiter den Gang hinunter eine weitere alle viere von sich streckende Gestalt, und er seufzte. »Was ist denen denn nur widerfahren?«

Er fand sechs weitere frische Leichen, als er seinen Weg fortsetzte, und fand sich kurz darauf wieder, wie er in die schmerzerfüllten Augen eines stumm schreienden Schlangenpriesters blickte, welcher aufrecht stehend im Würgegriff irgendeines Zauberbannes zitterte. Zahlreiche eingefrorene Pfeile waren für immer im Begriff, sich in seine Brust zu bohren, und sein eigenes Blut hing ihm in einer roten Wolke vor Nase und Mund.

Das Gesicht des alten Mannes verzog sich vor Ekel, und er schüttelte den Kopf und murmelte: »Selbst eine Schlange sollte nicht ein solches Schicksal erleiden müssen.« Er trat um den heimgesuchten Mann herum und ging weiter.

Sofort kippten Säulen mit frischen Blutflecken über den Gang. Ihr Fall hätte ihn zerschmettern müssen, aber aus irgendeinem Grund stand der alte Mann noch immer da, als sie sich wieder aufrichteten.

Er wandte sich um und bedachte die Säulen mit einem alles andere als erfreuten Blick, stemmte die Hände in die Hüften und ging weiter.

Als er wieder anhielt, dann tat er dies, um eine rostige Klinge zu mustern, welche sich aus der Wand springend durch ihn hindurchgebohrt hatte. Er ging einfach weiter ohne sichtbare Verletzung und vergoss keinen Tropfen Blut. Nach einem Augenblick schien die Klinge zu einem Entschluss gekommen zu sein und glitt knirschend in ihr Versteck zurück. Als er sich dieses Mal umschaute, sah er hinter sich eine Fledermaus durch den Gang fliegen, welche hastig die Richtung wechselte und außer Sicht schoss.

Mit etwas auf dem Gesicht, was der Anflug eines Lächelns sein mochte, schritt der alte Mann weiter in Richtung der ältesten Räume des Hauses, den Flussufergemächern. Zwei weiteren Fallen gelang es nicht, ihn zu töten, sondern sie fuhren, ohne Schaden anzurichten, durch ihn hindurch, und schließlich erreichte er den Alten Wasserspeier. Dort hielt er inne und blickte sich um.

Vertraute Räume und Gänge, das gleiche endlose und beobachtende Dunkel, und dennoch … ja, eine neue Macht pulsierte durch das Haus.

Der alte Mann runzelte die Brauen und machte einen Schritt in südliche Richtung, weg vom Fluss. Das ferne Pochen der Macht schien ein kleines bisschen lauter geworden zu sein.

Als er dann durch eine der Türöffnungen in der Südwand ging und den Alten Wasserspeier hinter sich gelassen hatte, wurde das Klopfen eindeutig lauter.

Jetzt sah er abgenagte Knochen, welche hier und dort verstreut lagen – die Knochen von Ungeheuern. Ziemlich frisch und nicht die zerbröckelten Überreste vergangener Jahrhunderte. Es mussten hier in der Umgebung viele Kämpfe stattgefunden haben … und das Pochen der Macht klang inzwischen wie gedämpfter Donner.

Der alte Mann erreichte schließlich eine Stelle, von welcher aus er hinter einer Türöffnung einen schwachen, pulsierenden Schein erkennen konnte. Er ging darauf zu, durchquerte mehrere Räume mit umherliegenden toten Dingen und trat dann in einen riesigen Raum, in welchem es überwältigend nach Aas stank.

In der Mitte befand sich ein schwebender Ring aus blassem Feuer, ein aufrecht stehendes Oval, dessen kalte Flammen mit einer solchen Kraft loderten, dass die Luft selbst zu stöhnen schien. Seltsame Ungeheuer drangen schlitternd, tatzend und stelzend durch den Ring, und andere, zwischen den Leichen wartende Ungeheuer stürzten sich mit Krallen, Tentakeln und Klauen auf die Neuankömmlinge.

Der alte Mann begab sich zu einer Stelle, von welcher aus er das Gemetzel besser anschauen konnte. Ein Tentakel schlug fast augenblicklich durch ihn hindurch und kringelte sich beinahe erstaunt wieder zurück, nachdem es ohne Schaden anzurichten durch ihn gefahren war.

Der alte Mann achtete genauso wenig darauf wie auf das löwenartige Ungeheuer, welches ein paar Schritte weiter auf und durch ihn hindurch sprang. Er ging vorsichtig um den Ring herum und schaute ihn forschend an. Dann streckte er versuchsweise eine Hand danach aus, und sein Arm begann auf der Stelle zu pulsieren und schien dann zu fließen und beinahe wie Rauch wegzutreiben, bis er ihn wieder zurückzog.

Der alte Mann runzelte die Stirn. Etwas Großes mit Fledermausflügeln brach durch das Tor und schwebte durch ihn hindurch. Es stürzte sich mit ausgestreckten Krallen auf eine schlangenähnliche Gestalt, welche sich inmitten der Leichen erhob und sich zum Kampf stellte – und dann flog das Ungeheuer aus dem Ring in die Dunkelheit des Hauses davon.

Der alte Mann beobachtete sein Verschwinden – bis er aus dem Augenwinkel eine Bewegung bemerkte. Er wirbelte gerade noch rechtzeitig herum, um die Fledermaus zu erblicken, welche ihm gefolgt war. Vielleicht handelte es sich ja auch um ein zweites Tier, aber er bezweifelte dies.

Die Fledermaus flog durch eine offene Tür davon.

»Der Herr der Fledermäuse sieht alles«, bemerkte er trocken, wandte sich um und schaute wieder auf das magische Tor.

Klaffende Kiefer, aus welchen ein lautes Gebrüll drang, schnappten nach seinem Gesicht, als ein riesiges Steinhorn auf ihn sprang. Es fuhr durch ihn hindurch, die Füße mit den langen Krallen zerschlitzten die Luft, und das Untier landete auf Knochen und halb aufgefressenen Leichen. Es rutschte auf dem verwesenden Fleisch aus, als es darum kämpfte, sich umzudrehen und ihn wieder anzugreifen.

Das Untier knurrte vor Wut und Verwunderung, und seine über den Boden scharrenden Krallen ließen einen Knochenschauer nach hinten wegspritzen, als es ihm schließlich gelang, sich umzudrehen und wieder den alten Mann anzuschauen.

Der drehte sich ebenfalls um, faltete die Arme über der Brust und sah dem Ungeheuer ruhig entgegen, welches jetzt ein zweites Mal sprang, wobei sich seine riesigen Muskeln unter der schmutzig grauen Haut anspannten.

Und wieder fuhr es durch ihn hindurch, als sei er nur ein Schatten. Verwirrt brüllte das Steinhorn auf und tobte zubeißend und mit den Krallen ausschlagend um den alten Mann herum.

Der trat gehorsam einige Male zwischen die Kiefer und schaute sich gebannt die Zähne und die Farben der Zunge an. Dann schnappte der Kopf plötzlich nach oben und von ihm weg, denn die wütenden Augen hatten etwas Neues erblickt.

Der alte Mann wirbelte herum. Ein Teil der glatten und allem Anschein nach festen Wand hatte sich geöffnet wie eine Tür – tatsächlich handelte es sich auch um eine geheime Tür.

Das Gesicht des Mannes, welcher durch sie hereintrat, schmolz wie Butter in der Sonne und verwandelte sich von der missbilligenden, mürrischen Miene des Mannes in etwas weitaus Weiblicheres.

Der Koglaur erblickte den alten Mann und das Steinhorn – und duckte sich an der Wand entlang, während die inzwischen nicht mehr geheime Tür sperrangelweit offen stehen blieb. Mit einem hungrigen Knurren machte sich das Steinhorn an die Verfolgung, wobei es über Haufen von Leichen hüpfte und sprang.

Der Koglaur verwandelte sich noch immer in eine große, schlanke Frau und schien auf die Wand zu schauen, als suche er dort etwas. Vielleicht eine andere Tür.

Noch während der alte Mann hinschaute, fand der Gestaltwandler, wonach er gesucht hatte, und drehte sich um. Auf seinem neuen Gesicht – einem schönen, wenn auch völlig unbekannten – spielte ein Lächeln, und er wartete auf den Angriff des Steinhorns.

Das hoch aufragende Ungeheuer kam rasend schnell über ihn. Es hatte den Kopf gesenkt, um die Hörner, welchen es seinen Namen verdankte, in die Eingeweide des Koglaur zu bohren, ihn – oder sie – zu pfählen und in die Wand zu rammen.

Der Gestaltwandler rührte sich nicht, und das Steinhorn raste auf ihn zu, sprang – und kam zu einem zitternden Halt, zu tot, um auch nur einen Schrei ausstoßen zu können. Eine Reihe von vier alten und starken Klingen hatte sich von der Decke gelöst und das Steinhorn in zwei Hälften geschnitten. Ihre schiere Wucht zerhackte das Hinterteil des Ungeheuers in blutige Stücke. Der verletzte Kopf schlidderte mit immer noch weit aufgerissenen Kiefern auf die Füße des Koglaur zu.

Der Gestaltwandler musterte für einen Augenblick die gebrochenen Augen und die Zähne des Ungeheuers, dann schaute er quer durch den Raum den alten Mann an.

Die beiden tauschten ein schwaches Lächeln aus. Dann stellte der Gesichtslose etwas mit der Wand neben sich an, und eine weitere verborgene Tür öffnete sich. Der Koglaur schritt hindurch und schloss sie hinter sich.

Immer noch lächelnd ging der alte Mann an den bluttriefenden Klingen vorbei, welche jetzt langsam wieder zur Decke hochrasselten, und auf eine Tür zu, welche aus dem Raum führte.

Ein eingeschrumpfter, aber noch nicht ganz bis auf die Knochen verwester Körper lag ein paar Schritte weit entfernt auf dem Boden. Ein gewaltiger Block aus einer Steinfalle, deren vor Staub dicke Kette sich bis zur Decke spannte, hatte ihn zermalmt.

Die Leiche trug die zerfallenden Überreste von Stiefeln und der Art von Gewändern, welche von Zauberern bevorzugt werden, die Eindruck machen wollen. Daneben lag nicht weit entfernt von den ausgestreckten Armen mit den zu beinernen Klauen zusammengeschrumpften Händen ein langer schwarzer Stab.

Als der alte Mann näher trat, erwachte ein rubinroter Schimmer an einem Ende des Stabes und blinkte ihn an.

Der Mann sank neben dem Stab in die Hocke, beäugte ihn für eine Weile und hob dann eine Hand vor sein Gesicht, um wie gebannt auf seine Finger zu starren.

Lange herrschte Stille, und allmählich begann die erhobene Hand zu zittern, um dann langsam in Richtung Boden zu sinken, als ob sie zu schwer geworden wäre für ihren betagten Besitzer.

Der alte Mann drehte die sich senkende Hand um, so dass seine Finger sich um den Stab schließen konnten.

Sein Körper erzitterte in unheimlicher Stille … und sein Arm schien dunkler und körperlicher zu werden. Er stützte sich auf ein Knie und geriet ins Wanken, und als er mit dem anderen Arm ausholte, um das Gleichgewicht wiederherzustellen, senkten sich seine Finger zu den Steinplatten und fuhren für einen flüchtigen Moment durch sie hindurch.

Der alte Mann packte den Stab fest und hielt ihn neugierig hoch. Seine Hand war nun stark genug, um den Stab mit Leichtigkeit zu halten, und mehr als das: Er stand ohne die bisherige Schwäche und Steifheit auf.

Überall am Stab erschienen kleine Lichter.

Das Tor in dem Raum hinter ihm flammte in plötzlicher, blendend heller Stärke auf, und die lauernden Ungeheuer wurden hinweggeschleudert. Der alte Mann drehte sich um, um zu sehen, was sich abspielte … und das lebende Gegenstück zu dem am Boden liegenden verrotteten Leichnam trat aus dem Feuerring und schaute sich um, als erwarte er Ärger.

Es handelte sich um einen weiteren großen, hirschköpfigen Zauberer in roten Gewändern. Der Hirschmann hatte dunkelbraune Haut, rot geränderte gelbe Augen, deren Farbe ihn zornig oder böse vor sich hin starrend erscheinen ließ. Aus seinem Kopf entsprang ein großes schwarzes Geweihpaar.

Der Zauberer erstarrte angesichts des alten Mannes und wob einen eiligen Vernichtungszauber.

Der krachte durch den Raum und fuhr durch den alten Mann hindurch, welcher aber allem Anschein nach unverletzt blieb. Sein Arm wurde allerdings wieder blasser, und der Stab entglitt seinen Fingern und fiel klappernd zu Boden.

Ohne ihn wieder aufzuheben, schritt der alte Mann zuversichtlich zurück in den Raum mit dem magischen Tor und geradewegs auf den Zauberer zu.

Der Hirschmann schleuderte einen neuen Zauber. Dieser fiel mächtiger aus als der erste, aber als Blitz und Donner sich gelegt hatten, kam der alte Mann immer noch näher. Und damit nicht genug: Er lächelte auch noch.

Erstaunen und Furcht wechselten sich auf der Miene des Hirschzauberers ab. »Wer *seid* Ihr?«

»Sarasper Kodelmer«, antwortete der alte Mann und trat rasch zur Seite, »und das ist mein Zuhause.«

»Niemand wohnt hier außer den Toten und jenen, welche zu einem baldigen Untergang verdammt sind«, knurrte der Zauberer großtuerisch, wandte sich zu dem alten Mann um und trat einen Schritt vor. Er hob seine mit Ringen geschmückten Hände, um einen weiteren Zauber zu wirken.

»In der Tat«, stimmte Sarasper zu – und schon stürzte ein Steinblock von der Größe eines kleinen Sofas donnernd von der Decke wie eine Faust der Götter und zerquetschte den Zauberer zu einer blutigen Masse.

Sarasper lächelte freudlos, schüttelte den Kopf und ging zurück zu dem Stab. Sein Körper knisterte vor Energie, welche von all dem zauberischen Feuer herrührte, das sich in ihn ergossen hatte.

Diese Falle war die einzige in diesem Raum gewesen, von der er gewusst hatte.

Als Sarasper vier Räume von dem Tor entfernt war, hörte er das Pochen eines weiteren und machte sich auf, es zu finden.

Er fand nicht nur eines, sondern zwei – und ein Dutzend Räume dahinter noch ein drittes. Um das Tor herum lagen Haufen von Knochen, und Sarasper sah Hinterlassenschaften von Ungeheuern wie seit langem getrocknete Blutspuren, Kot sowie Krallenspuren an den Wänden.

All dies wies darauf hin, dass Ungeheuer aus diesen Ringen in das Schweigende Haus eingedrungen waren und einige Zeit überlebt hatten.

Sarasper schüttelte den Kopf. Alle Spuren eines Lächelns waren aus seinem Gesicht verschwunden.

Als er sich grimmig von dem letzten Tor abwandte, flammte dieses blendend hell auf, und dieses Mal war der Schein um ein Vielfaches stärker als bei der Ankunft des Hirschzauberers.

Er wandte sich mit hoch erhobenem Stab um, obgleich er nicht die geringste Ahnung hatte, wie er ihn schwingen sollte, und erblickte – einen Nachtlindwurm!

Mit weit ausgebreiteten riesigen Schwingen stürzte das Ungeheuer auf ihn zu, wobei seine Flügel das Feuer des Tors hinter sich her zogen.

Beide Köpfe brüllten Sarasper herausfordernd an, was ihn beinahe taub werden ließ – und das Ungeheuer schoss mit ausgestreckten Krallen und weit aufgerissenem Maul auf ihn zu.

Der dunkle, gefährlich gekrümmte Körper schien im Herannahen den Raum auszufüllen, als ob eine ganze Burg auf Sarasper zurasen würde.

Sarasper konnte nirgendwohin ausweichen, also blieb er mit traurigen Augen stehen, als die Zähne und Klauen wirkungslos durch ihn hindurchfuhren. Dann schwebte der große, massige Körper auch schon über ihn hinweg.

Der Nachtlindwurm kreischte kurz vor Zorn, bevor er mit einer solchen Wucht in die am weitesten entfernte Wand krachte, dass der ganze Raum bebte.

Staub und kleine Steine fielen in Wolken nieder, als der Nachtlindwurm mit gegen die Wände schlagenden Schwingen versuchte, sich umzudrehen.

Von Krallen und Flügelspitzen gelöste Steinblöcke fielen zu Boden und zerbarsten in tausend Stücke, und Sarasper beobachtete, wie dem Ungeheuer dämmerte, dass es nicht aus der Kammer fliegen konnte, in welche es eingedrungen war.

Dann seufzte Sarasper und verließ kopfschüttelnd den Raum. Der schreiende Nachtlindwurm schlug und flatterte vergeblich mit seinen großen Flügeln und brachte dadurch den größten Teil einer Wand dazu, auf ihn zu stürzen.

Seine Schreie und der schreckliche Lärm hallten eine ganze Weile hinter Sarasper her, während er einen Gang hinunterschritt und sich fragte, ob das Ungeheuer irgendwann durch das Tor zurück in die Freiheit finden würde – oder ob es das überhaupt vermochte.

Er strebte in Richtung der versteckten Bibliotheken des Schweigenden Hauses in der Hoffnung, dass deren steinerne Regale immer noch die wertvollen Zauberbücher enthielten. Wenn die Dreifaltigkeit wahrhaftig auf ihn herablächelte – und auf Aglirta dann würde er in wenigstens einem der Bände etwas Hilfreiches über die zauberischen Tore finden.

Im Vorwärtsschreiten beobachtete Sarasper die vor ihm dahingleitenden, weghuschenden und einherstelzenden Ungeheuer. Die Fledermaus umkreiste einmal seinen Kopf, bevor sie in einer Halle verschwand, welche in eine andere Richtung abzweigte.

Auf eine Eingebung hin wandte sich Sarasper lange genug von seinem eigentlichen Ziel ab, um eine alte, schmale Treppe zu einer Galerie hinaufzusteigen, auf welcher er einst viele Stunden zugebracht hatte.

Hier oben herrschte Stille, und nichts war angerührt worden. Die Knochen der letzten Trappe, welche er hier oben verzehrt hatte, lagen immer noch in einem ordentlichen Haufen dort auf dem Fensterbrett, wo er sie hingelegt hatte.

Er verweilte an dem hohen Bogenfenster, an welchem er so oft gestanden hatte, und starrte hinaus nach Westen ins Tal.

Bei den Göttern, wie war Aglirta doch schön. Der Geist von Sarasper sah im Licht der Morgensonne Blätter tanzen, und wieder schüttelte er den Kopf.

»Ein wunderschönes Land«, murmelte er. »Hier wohnt tatsächlich niemand außer den Toten und jenen, welche zu einem baldigen Untergang verdammt sind. Und wenn ich nicht irgendeinen Weg finde, die Tore zu verschließen, dann mag ganz Aglirta zu einem Schweigenden Haus der Toten werden. Und zwar bald.«

Glossar

Aglirta: Königreich.

Ambelter, Ingryl: Bannmeister des Faerod Silberbaum und mächtigster Magier der Dunklen Drei, welchem der Wispergeist zum Verhängnis wird.

Ammurak: Koglaur, in welchen Yuesembra Silberbaums Geist nach ihrem Tod einfährt.

Anharu, Hawkril: einst Ritter und Schwertmeister im Dienst des Goldenen Greifen, bester Freund von Craer Delnbein, Mitglied der Viererbande und dann Hochfürst und Hüter von Aglirta.

Arau: uraltes Wesen im Schweigenden Haus, in welches Sembril Silberbaums Geist einfährt.

Arauntras: Koglaur.

Beirldoun, Klamantel: Zauberer der Dunklen Drei.

Belmuragath: Koglaur.

Bogendrachen: mächtiges Zauberergeschlecht in Arlund.

Bogendrachen, Dolmur: mächtiger Zauberer in Arlund.

Bogendrachen, Erard: mächtiger Zauberer in Arlund.

Bogendrachen, Haljaster: Zauberer.

Bogendrachen, Kalanth: mächtiger Zauberer, dem Anschein nach in den Diensten des Brungelth Silberbaum.

Bogendrachen, Presmur: Zauberer.

Bogendrachen, Thelmest: Zauberer.

Burgmäntel, Raulin: zeitweise Herrscher von Aglirta, vor seiner Krönung Gefährte der Viererbande.

Daer: unglücklicher Geliebter der Asmura Silberbaum.

Delnbein, Craer: ehemals Beschaffer – also Kundschafter und

Dieb – im Dienste des Goldenen Greifen. Freund des Hawkril, Mitglied der Viererbande und im späteren Verlauf der Geschichte zum Hochfürsten und Hüter von Aglirta ernannt.

Die Dunklen Drei: drei Zauberer im Dienste Faerod Silberbaums, deren Anführer Ingryl Ambelter ist.

Duncastle, Dlanazar: junger Beschaffer aus Sirlptar, welcher gemeinsam mit Horl das Schweigende Haus durchstreift.

Dwaer: einer der Weltensteine.

Dwaerindim: die vier Weltensteine, welche den Schlafenden König erwecken können und ungeahnte Zauberkräfte besitzen.

Gelkhesm: Koglaur.

Geschmolzene: untote Krieger mit Gesichtern wie aus geschmolzenem Wachs, welche kaum besiegt werden können, da sie ja schon tot sind.

Gorold der Mächtige: Zauberer zur Zeit von Helbara, Lehrmeister des Imlur.

Große Schlange: auch Schattenschlange, heilige Schlange genannt. Ein Wesen von großer Bösartigkeit, der Sage nach einst ein menschlicher Zauberer, welcher mithalf, die Dwaerindim zu verzaubern, dem Wahnsinn verfiel und Schlangengestalt annahm. Versucht mit Hilfe ihrer Anhängerschaft immer wieder, an die Macht zu gelangen. Gilt als der schlimmste Feind Aglirtas. Ihr Todfeind ist der geheimnisvolle Drache.

Horl: eigentlich Horlbrant, einst Ritter, jetzt mit Dlanazar auf der Suche nach Schätzen im Schweigenden Haus.

Indreira: weiblicher Koglaur.

Kodelmer, Sarasper: Heiler, welcher sich einst im Schweigenden Haus versteckt hielt und in der Lage war, die Gestalt einer Wolfsspinne anzunehmen. Wurde dann Mitglied der Viererbande und zum Hochfürsten von Aglirta. Weilt nicht mehr unter den Lebenden.

König Kelgrael Schneestern: Schlafender König, welcher sich nach seiner Erweckung durch die Weltensteine wieder in den Schlaf begibt, um seinen Widersacher, die Große Schlange, auszuschalten.

König Naegrath Schneestern: Herrscher zur Zeit von Taerith Silberbaum.

König Thamrain: König von Aglirta zu der Zeit von Ravengar Silberbaum.

Koglaur: geheimnisvolle Nachfahren des Prinzen Koglaur, welchem ein Makel anhaftete, nämlich die Fähigkeit, nach Belieben die Gestalt zu verändern. Diesen Makel hat er an seine Nachkommen vererbt, die sich wegen der Verfolgungen verborgen halten. Bei den Koglaur gibt es zwei Parteien, welche sich gegenseitig bekriegen: einmal die Gruppe, die ohne Rücksicht auf Verluste die Macht in Aglirta übernehmen will, wozu ihnen jedes Mittel recht ist, und zum anderen die wohl von Yuesembra Silberbaum beeinflusste, welche das Wohl des Reiches an vorderste Stelle gesetzt hat und auch mit Menschen Bündnisse eingeht bzw. sie unterstützt. Auch Gestaltwandler oder Gesichtslose genannt.

Laumthrara: weiblicher Koglaur.

Lormondal: Zauberer, Lehrmeister von Helbara.

Lulkoun: Erzpriester der Kirche der Schlange und allseits gefürchtet.

Maedra: riesige, im Stein lebende Würmer, auch Wahnwürmer oder Steinaale genannt. Die eigentlichen Erbauer des unterirdischen Teils des Schweigenden Hauses.

Maretta: weiblicher Koglaur.

Mulkyn, Gadaster: einst Zauberer des Hauses Silberbaum.

Narmandur Halgryn von Kardassa: Fürst von Kardassa.

Omngluth: Koglaur, welcher die Gestalt des Zauberers Kalanth Bogendrachen annimmt.

Pherember, Imlur: Zauberlehrling, welcher Helbara begehrt.

Prinz Koglaur: Stammt wie das aglirtanische Herrschergeschlecht von Königin Elroumrae ab und ist mit einem Makel behaftet, nämlich der Fähigkeit, die Gestalt zu wandeln. Deswegen wurden er und seine Nachkommen von der Thronfolge ausgeschlossen und verfolgt.

Samraethe: weiblicher Koglaur.

Sarthen: Schlangenpriester, welcher einen schrecklichen Fehler begeht.

Schwarzgult, Ezendor: Fürst, auch der Goldene Greif, leiblicher Vater von Embra Silberbaum. Zeitweise Herrscher von Aglirta.

Schwarzgult, Garlen: Koglaur, in welchen Maretta einfährt, um dann Taerith Silberbaum zu heiraten.

Schwarzgult, Narembra: Fürstin, verheiratet mit Joszgar Silberbaum.

Schwarzgult, Orstel: von seinen Ländereien geflohener Fürst von Schwarzgult, welchen die Koglaur wieder in Amt und Würden setzen.

Schweigendes Haus: einst Burg der Fürsten von Silberbaum, von den Maedra erweitert und verändert, inzwischen die Heimstatt des Wispergeistes oder Fluches. Wird von allen möglichen Ungeheuern heimgesucht, ist von magischen Fallen und Toren durchsetzt und wird von allen gemieden bis auf Schatzsucher und Abenteurer. Auch Silberbaumhaus oder Silberbaumpalast.

Silberbaum: Fürstengeschlecht in Aglirta, von dessen wechselvoller Geschichte hier erzählt wird.

Silberbaum, Asmura: Tochter des Barangar Silberbaum, nach dessen Tod Heirat mit dem Zauberer Thaulon Talasorn Silberbaum.

Silberbaum, Barangar: Fürst, in dessen Diensten der Zauberer Thaulon Talasorn steht. Vater von Asmura Silberbaum.

Silberbaum, Brungelth: Fürst von Silberbaum, welcher versucht, seine Nachkommen auszulöschen.

Silberbaum, Desmer: Bruder von Sembril Silberbaum.

Silberbaum, Embra: Zauberin, vermeintliche Tochter des bösen Faerod Silberbaum. Mitglied der Viererbande, später zur Hochfürstin und Hüterin von Aglirta ernannt, wird zum Drachen im Kampf gegen die Große Schlange.

Silberbaum, Faerod: Vater von Embra, für seine Grausamkeit berüchtigt.

Silberbaum, Helbara: Zauberin auf der Flucht.

Silberbaum, Joszgar: Beschaffer und gewerbsmäßiger Entführer aus Sirlptar, später Heirat mit Fürstin Narembra Schwarzgult. Fürst von Silberbaum.

Silberbaum, Phelmar: Anführer der Wartalons, welchen die Anhänger der Schlange für ihre eigenen Zwecke einsetzen wollen.

Silberbaum, Ravengar: Hochfürst von Aglirta, Erbauer des Schweigenden Hauses, Ehemann von Yuesembra Silberbaum.

Silberbaum, Relvaert: Bruder von Sembril Silberbaum.

Silberbaum, Sembril: Prinzessin, verbindet sich mit der Arau und wird dann zum Wispergeist oder Fluch des Schweigenden Hauses.

Silberbaum, Smarelda: Schwester des Faerod, welcher ein schreckliches Schicksal zuteil wird.

Silberbaum, Taerith: in jungen Jahren Dieb in Sirl, als Klingen-Taerith bekannt, dann Fürst von Schwarzgult.

Silberbaum, Taraunt: Bruder von Sembril Silberbaum.

Silberbaum, Yuesembra: Zauberin, Ehefrau des Ravengar Silberbaum, auch Hexe von Sarinda genannt. Ihr Geist fährt nach ihrem Tod in einen Koglaur ein. Auf diese Weise entsteht die Gruppe der Koglaur, welcher das Wohlergehen Aglirtas auch mit Beteiligung der Menschen am wichtigsten ist.

Slaundshel: Koglaur.

Talasorn: mächtiges Zauberergeschlecht in Sirlptar.

Talasorn, Thaulon: Bannmeister von Schwarzburgturm, später Fürst von Silberbaum. Erfinder der Zauberfalle und Erschaffer all der magischen Gegenstände im Schweigenden Haus.

Thrael: geheimnisvolle magische Verbindung zwischen der Großen Schlange und ihren Anhängern.
Treibschaum: Insel im Silberfluss.

Wispergeist: auch Fluch genannt, tödliches Wesen im Schweigenden Haus, welches alle Eindringlinge zu fressen oder in den Wahnsinn zu treiben trachtet.

Yarynd, Markoun: Zauberer der Dunklen Drei.